Gerçek Bir Ha

Betty M

Kızım Olmadan Asla

Çeviri

Çiğdem SAMSUNLU

Sonsuz Kitap: 70
2. Baskı: Mayıs 2013
ISBN: 978-605-384-501-0
Yayıncı Sertifika No: 16238

Yazarlar: Betty Mahmudî & William Hoffer
Çeviri: Çiğdem Samsunlu
Yayın Yönetmeni: Ender Haluk Derince
Görsel Yönetmen: Faruk Derince
Yayın Koordinatörü: Ceylan Türk

Baskı: Sonsuz Matbaa Kağıtçılık Müc. Hiz. San. ve Tic. Ltd. Şti.
Matbaa Sertifika No: 28487
Davutpaşa Cad. Güven Sanayi Sitesi
C Blok 2. Kat No: 291 Topkapı/İSTANBUL
Tel: 0212 674 85 28 - 501 04 95 Faks: 0212 674 85 29
E-posta: sonsuzbasim@gmail.com

YAKAMOZ KİTAP / SONSUZ KİTAP
Gürsel Mah. Alaybey Sk. No: 7/1 Kağıthane/İSTANBUL
Tel: 0212 222 72 25 Faks: 0212 222 72 35
www.yakamoz.com.tr / info@yakamoz.com.tr
www.facebook.com/yakamozkitap
www.twitter.com/yakamozkitap

Kızım Olmadan Asla

Bu gerçek bir hayat hikâyesidir.

Romanda yer alan kişiler ve olaylar gerçektir. Ancak bazı karakterlerin adları, belirleyici özellikleri; kendilerini ve ailelerini korumak, İslami İran Cumhuriyeti'nin yasalarına karşı geldikleri için cezalandırılmalarını engellemek adına değiştirilmiştir. Adları değiştirilen kişiler: Erkek giyim mağazasının sahibi Hamit; İranlı bir erkekle evli olan Judy; Judy'nin kayınbiraderi Ali; Judy'nin arkadaşları Raşit, Trish ve Suzanne; öğretmen Azar; Alev Hanım; Amahl ve Mosehn.

Bu kitabı babam Harold Lover'ın
anısına adıyorum.

BİRİNCİ BÖLÜM

Kızım İngiliz Hava Yollarına ait uçağın pencere kenarındaki koltuğunda uyurken kızıl kahveye bakan lüle lüle olmuş saçları yüzünü çevreleyip omuzlarından aşağı dökülüyordu. Bugüne kadar saçlarını hiç kestirmemiştik.

Tarih 3 Ağustos 1984'tü.

Güzel yavrum yapmış olduğumuz uzun yolculuktan dolayı yorgun düşmüştü. Çarşamba sabahı Detroit'ten yola çıkmıştık ve yolculuğumuzun sonuna ulaştığımız cuma sabahında güneş doğmak üzereydi. Kocam Mudî (Mudî) kucağında tuttuğu kitaptan başını kaldırdı ve gözlüğünü saçsız kalmış alnına doğru iterek, "Hazırlansan iyi olacak" dedi.

Emniyet kemerimi çözdüm, çantamı aldım ve uçağın dar koridorlarında ilerleyerek tuvalete doğru yürüdüm. Uçağın içindeki personel, iniş hazırlığına girişmiş çöpleri topluyordu.

Bu bir hata, dedim kendi kendime. Şu anda uçaktan inmek için her şeyimi verebilirdim. Tuvaletin içine girer girmez kapıyı arkamdan kilitledim ve paniğin son sınır noktasına girmiş bir kadını görmek için aynaya baktım. Daha otuz dokuzuma basalı çok olmamıştı ve bu yaşa gelmiş bir kadın olarak yaptığım şeyin bilincinde olmam gerekiyordu. Hayatın kontrolünü kaybetmemin nedeni neydi?

Beni rahatsız eden düşüncelerden bir nebze olsun kurtulmak için büyük bir itina ile makyajımı tazelemeye çalıştım. İstemediğim hâlde burada olmama rağmen yine de şu anda yapılması gereken şey neyse onu yapmak zorundaydım. Bu iki hafta çabucak geçecekti. Detroit'teki evimize döndüğümüzde Mehtap şehrin dışındaki Montessori ilkokulunun ana sınıfına başlayacak Mudî de kendini işine verecek ve biz hayalini kurduğumuz evin inşaatına başlayacaktık. *Yapılması gereken tek şey bu iki haftayı atlatmak*, dedim kendi kendime.

Mudî'nın almam için ısrar ettiği bir çift kalın külotlu çorabı bulmak için çantamın içini altüst ettim. Çorapları giydikten sonra koyu yeşil renkteki uzun elbisemin eteklerini düzeltip bir kez daha aynaya baktım. Hafifçe dağılmış saçlarımı fırçalamamın bir anlamı yoktu. Neden olsun ki? Mudî'nin dışarıya çıktığımızda örtmek zorunda kalacağımı söylediği başörtüsünü başıma örttüm ve çenemin altında bağladım. Başörtülü hâlimle yaşını başını almış köylü kadınlara benziyordum.

Uzun bir süre boyunca elimdeki gözlüklere baktım. Kendimi gözlüksüz daha çekici buluyordum. Aslında istediğim şeyin Mudî'nin ailesini etkilemek mi yoksa kaygı verici bir durumda olan bu ülkenin neye benzediğini görmek mi olduğunu bilmiyordum. Takmış olduğum başörtünün görüntümü yeterince tahrip ettiğini fark ederek gözlüğümü taktım.

Sonunda koltuğuma geri döndüm.

"Düşünüyorum..." dedi Mudî. "Amerikan pasaportlarımızı saklamak zorundayız. Onları buldukları takdirde elimizden alırlar."

"Ne yapmalıyız?"

Mudî tereddüt etti. "Önce senin el çantana bakarlar; çünkü sen Amerikalısın. Pasaportlar bende kalsın; çünkü beni arama ihtimalleri çok daha düşük."

Büyük bir ihtimalle haklıydı. Kocam soyadından da anlaşıldığı gibi soylu bir aileden geliyordu. Mudî bir zamanlar İranlı isimlerin özel bir anlam taşıdığını ve kendi adının da Sayyed Bozorg Mahmudî'den geldiğinden bahsetmişti. Seyid adını taşıyanlar doğrudan doğruya Peygamberleri olan Muhammed'in soyundan gelmekteydi ve Mudî bunun doğru olduğunu kanıtlamak için elinde çözümü oldukça zor olan ve Farsça yazılmış soy ağacı vardı. Ailesi ona 'Bozorg' adını koyarken bu adı alan büyük, ulu ve saygıdeğer insanlar gibi büyüyeceğini umut etmişti. Moddy'nin ailesinin orijinal soyadı Hâkim'di; ama Mudî'nin doğduğu yıllarda Şah, İslami bir adın kullanılmasını yasaklayınca Mudî'nin babası soyadlarını değiştirmiş ve Mahmudî soyadını almış. Mahmudî Farsçada 'değer verilen' anlamına geliyordu. Her şey bir yana kocamın görmüş olduğu eğitim İran da saygı duyulan bir şeydi. Mudî'nin yurttaşları Amerika'dan nefret ediyor olsa da Amerikan eğitim sistemine hayranlık besliyordu. Amerika'da eğitimini tamamlamış Mudî kendi ülkesinde saygı bir o kadar da ayrıcalıklı biri olarak görülecekti.

Pasaportumu bulmak için çantamın içini karıştırdım ve bulur bulmaz Mudî'ye verdim. Mudî vermiş olduğum pasaportu alarak ceketinin iç cebine sakladı.

Uçak inişe geçer geçmez motorun sesi değişmiş ve uçağın burun kısmı alabildiğine pist pozisyonunu almıştı. Diklemesine büyük bir hızla alçalıyorduk. "Şehrin etrafını sarmış dağlardan dolayı bu kadar dik ve hızlı iniş yapmak zorundalar" dedi Mudî. Uçak tam anlamıyla sarsılıyordu. Mehtap ürkerek uyandı ve bir güvence ararcasına elime yapıştı.

"Her şey yolunda" dedim ona. "Sadece iniyoruz."

Dünyada Amerikalılardan en çok nefret eden bu ülkeye bir Amerikalı olarak gitmemin sebebi neydi? Irak ile amansız bir savaş süren ve savaşı sürdürmeye kararlı bu ülkeye kızımı götürüyor olmama bir anlam veremiyordum.

Mudî'nin yeğeni Mamal Kutsî'nin bize İran'da tatil yapmamızı önerdiğinden beri yüreğimin derinliklerine yerleşmiş olan korkuyu ne kadar çaba sarf etmiş olsam da yenebilmiş değildim. İki haftalık tatili, *geriye döndüğümüzde her şey eski hâline gelecekse dünyanın neresinde olursa olsun göze alabilirim*, diye düşünmüş olsam da içim hiç de rahat değildi. Mudî'nin İran'a ayak basar basmaz beni ve Mehtap'ı sonsuza kadar orada tutacağını söyleyen arkadaşlarıma Mudî'nin yirmi yıla yakın bir zamandır Amerika'da yaşadığını ve kendini tam anlamıyla bir Amerikalı gibi hissettiğini ve bunu hiçbir koşul altında yapamayacağını söylemiştim. Sahip olduğu taşınmaz mallar, muayenehanesi, gününü idame ettirecek geliri ve yarının güvencesi Amerika'daydı. Geçmiş hayatını bir çırpıda silmesinin anlamı olabilir miydi?

Mantıklı bir bakış açısıyla bakıldığında ortada var olan bir sorun yoktu; ama o zamanki şartlar altında Mudî'nin çelişkili bir karaktere sahip olduğunu bilemezdim. Mudî her ne kadar sevgi dolu bir baba ve eş olsa da ailesinin arzularını ve ihtiyaçlarını görmezden gelemeyen bir yapıya sahipti. Sahip olduğu muhteşem zekâ, saplantılarının karanlığında boğulabilirdi. Kültürel açıdan bakıldığında Mudî Batı'nın ve Doğu'nun karışımıydı; ama bence hangi kültüre daha yatkın olduğunu kendisi bile bilmiyordu.

Mudî iki haftalık tatilimizden sonra bizi Amerika'ya götürmek zorunda olduğu kadar İran'da tutma hakkına da sahipti.

Tüm bu olasılıkların farkında olarak böylesine bir yolculuğa razı olmamın sebebi neydi?

Mehtap.

Mehtap doğalı dört yıl olmuştu. Neşeli, konuşkan, girişken bir çocuktu ve hem babasıyla hem de benimle olan ilişkisi sevgiye dayalıydı. Yanından ayırmadığı ve çok sevdiği bir de tavşanı vardı. Bu tavşan 1.20 boylarında olup yeşil üzerinde beyaz noktaları olan yassı gövdeli ucuz bir fiyata alınmış pelüş bir oyuncaktı. Mehtap tavşanın ayaklarına kendi ayakkabılarını giydirdiğinde birlikte dans bile edebiliyorlardı.

Mehtap.

Resmi dili Farsça olan Müslüman bir ülkede Mehtap 'ay ışığı' anlamına geliyordu.

Ama benim için Mehtap gün ışığı demekti.

Uçağın tekerleri piste değer değmez önce Mehtap'a ardından Mudî'ye baktım. İran'a gelmeye razı olmamın nedenini artık biliyordum.

• • •

Uçaktan iner inmez bizi terminale götürecek otobüse doğru yürürken Tahran'ın sıcak, baskıcı ve bir o kadar boğucu yaz sıcağı yüzümüze vurdu. Daha sabahın yedisiydi.

Mehtap elimi sıktı ve kendisine garip bir o kadar da yabancı ülkeyi keşfedebilmek için kocaman açılmış kahverengi gözleriyle bana doğru baktı.

"Anne" dedi fısıldayarak. "Çok sıkıştım."

"Tamam, bir tuvalet buluruz." Terminal binasına girer girmez sıcaktan dolayı terlemiş insanların rahatsız edici ter kokusuyla karşılaştık. Buradan mümkün olduğunca çabuk kurtulmayı umut ediyordum; ama aynı anda birçok uçağın inmesinden dolayı oluşmuş kalabalıktan kurtulmak kolay olmayacaktı. Pasaport kontrolüne giden tek yol burası olduğundan bir an önce kontrol noktasına varmak için herkes birbirini itekliyordu.

İlerleyebilmek için ben de omuz omuza geldiğim insanları itmeye başlamıştım. Kabalığın içinde Mehtap'ı ezilmekten kurtarmak istercesine kucağıma aldım. İnsanların çıkartmış olduğu gürültü kulaklarımızı çınlatırken Mehtap ile birbirimize öylesine sıkı sarılmıştık ki ikimiz de ter içinde kalmıştık.

İran'daki kadınların kollarını, bacaklarını ve alınlarını örtmek zorunda olduğunu duymuştum; ama havayollarında çalışan kadın personelin de kadın yolcular gibi hiçbir yerlerinin gözükmeyecek şekilde Mudi'nin *çador* dediği örtüyle örtünmüş olmalarını görmek şaşırtıcıydı. Yarım ay şeklindeki büyük bir örtü omuzlarını, alnı ve çeneyi örterek sadece gözlerin ve ağzın açıkta kalmasına imkân tanıyordu. Muhafazakâr Müslümanlar eski zamanlardaki rahibe kıyafetlerini andıran bu giysinin içinde sadece gözleri açıkta kalacak şekilde örtünüyordu. Kadılar bir elleriyle çadorlarını çenelerinin altında sıkıca tutmak zorunda olduğundan ağır bavullarını tek elleriyle taşıyorlardı. Çadorları sırtlarına giren havadan dolayı bir balon gibi havalanıyordu.

Asıl şaşırtıcı olan şey kadınların bu kavurucu sıcakta çadorları giymeye gönüllü olmalarıydı. Müslümanlık dinine uygun başka kıyafetler olmasına rağmen çador giymeyi kendileri seçmişti. Dinlerinin ve toplumun onları bu denli ağır bir baskı altında tutmayı başarmış olması korku verici bir durumdu.

Pasaport gişesinin önünde yarım saat bekledikten sonra işimiz bitti. Pasaport gişesindeki görevli üçümüze ait pasaportlara göz attıktan sonra mührü bastı ve geçin dercesine elini havada savurdu. Mehtap ve ben Mudî'yi takip ederek birkaç basamak daha çıktık ve sonunda bagajların bulunduğu bölüme ulaşabildik. Aynı kalabalık ve aynı gürültü burada da vardı. "Anneciğim çok sıkıştım" diyen Mehtap tuvalete gitmek için sabırsızlanırken bir o yana bir bu yana salınarak yerinde duramıyordu.

Mudî çador giymiş bir kadına Farsça tuvaletin yerini sordu. Kadın ilerisini işaret ederek çabucak yoluna devam etti. Mudî'yi bagajlarla ilgilenmesi için yalnız bırakarak Mehtap'ı kadının işaret etmiş olduğu yere götürdüm. Ama tuvaletin kapısına yaklaştığımızda insanın yüzüne vuran tiksindirici kokudan dolayı girip girmeme konusunda tereddüt etmiş olsam da gönülsüz bir hâlde girmek zorunda kaldım. Tuvaletin ışığı yanmıyordu ve biz karanlığın içinde tuvaletin yerini bulmak için etrafta göz gezdirirken gözlerimiz karanlığa alışır alışmaz çimento zeminin üzerinde etrafı oval bir porselenle çevrili bir delik olduğunu gördük. Tuvaletini yaparken deliği tutturmayı başaramayan insanların bırakmış olduğu pisliklerin üzerinde sinekler uçuşuyordu. "Çok kötü kokuyor!" dedi Mehtap haykırırcasına. Beni dışarıya çıkartmak için çekiştirdi. Çabucak Mudî'nin yanına döndük.

Mehtap'ın duyduğu sıkıntı barizdi; ama başka bir tuvalet arayışı içerisine gireceğe benzemiyordu. Mudî'nin ablasının evine varıncaya kadar dayanacağını sanıyordum. Mudî'nin her zaman saygıyla bahsettiği ablası Sara Mahmudî Ghodsi hakkında anlatılanlara bakıldığında ailenin reisi olduğunu anlamak zor değildi. Mudî ablasından bahsederken 'Büyük Teyze' anlamına gelen 'Emine Bozorg' lakabını kullanıyordu. 'Büyük Teyze'nin evine varır varmaz işlerin yoluna gireceğini düşündüm.

Mehtap gücünün son noktasına gelmiş olsa da oturacak bir yer yoktu. Mudî yeni doğan yeğeni için almış olduğu bebek arabasını açtı ve Mehtap'ı arabanın içine oturttuk.

Gelmek bilmeyen bavulları beklerken bize doğru gelirken cırlamaya benzeyen bir ses çıkartarak "*Dayıcan*!" diye bağıran birinin sesini duyduk. "Dayıcan!!"

Mudî bize doğru yaklaşmakta olan adama içtenlikle el sallarken, "Bana dayıcığım diyor" dedi adamın Farsça söylemiş olduğu şeyi tercüme ederek.

Birbirlerini kucakladılar. Mudî'nin gözlerinden akan yaşları gördüğümde bu yolculuk için bu kadar zor razı olduğumdan dolayı kendimden utandım. Onun ailesi, kökeni buradaydı. Yakınlarını görmeyi istemesi tabii ki en doğal hakkıydı. İki hafta boyunca ailesiyle hasret giderdikten sonra bizimle birlikte Amerika'ya dönecekti.

"İşte Ziya" dedi Mudî bana.

Ziya Hakim içtenlikle elimi sıktı.

Ziya, Mudî'nin 'yeğenim' diye söz ettiği sayıları belirsiz erkek akrabalarından sadece biriydi. Ziya'nın ablası Melek, Mudî'nin saygıdeğer ablasının üçüncü oğlu Mustafa ile evliydi. Ziya'nın annesi Mudî'nin annesinin ablası, babası da Mudî'nin babasının kardeşiydi; ama tam tersi olma ihtimali de vardı. Aslında ben Mudî'nin akrabalık ilişkilerini tam anlamıyla çözmüş değildim. Bir akrabasının akrabalık derecesini belirtmek isterken 'yeğenim' demek daha kolayına geliyordu.

Ziya Mudî'nin Amerikalı karısıyla tanışmış olmaktan dolayı heyecanlıydı. Güzel İngilizcesiyle bana, "İran'a geldiğinizden dolayı çok mutluyum" dedi. "Bunun olmasını ne kadar da çok bekledik!" Ardından Mehtap'ı kucağına aldı ve öpmeye başladı.

Ziya soylu Arap hatlarına sahip yakışıklı bir delikanlıydı. Genelde kısa boylu İranlıların arasında uzun boylu sayılırdı. Uygar ve sevimliydi. Mudî'nin diğer aile üyelerinin de bu yönde olmasını umut ediyordum. Ziya'nın kızıla çalan kahverengi saçları günün modasına uygun olarak kesilmişti. Üzerinde özenle dikilmiş bir takım elbise ve bembeyaz gömleğiyle tertemiz ve iç açıcı bir görüntüye sahipti. Her şey bir yana her yönüyle temizdi.

"Dışarıda sizi karşılamak için bekleyen o kadar çok kişi var ki..." dedi Ziya insanın içini aydınlatan bir gülümsemeyle. "Saatlerdir bekliyorlar."

"Gümrükten nasıl geçtin?" diye sordu Mudî.

"Burada çalışan bir arkadaşım var."

Mudî'nin yüzü birdenbire aydınlandı. Elini ceketinin cebine soktu ve Amerikan pasaportlarımızı çıkarttı. "Bunları ne yapalım?" diye sordu. "El koymalarını istemiyoruz."

"Senin için saklarım" dedi Ziya. "Yanında para var mı?"

"Evet." Mudî cebinden çıkartmış olduğu dolar destesini pasaportlarla birlikte Ziya'ya teslim etti.

"Dışarıda buluşuruz" dedi Ziya ardından kalabalığın içinde kayboldu.

Etkilenmiştim. Ziya'nın görüntüsü, bırakmış olduğu etki Mudî'nin bana ailesi hakkında anlatmış olduğu şeyleri doğruluyordu. Aile üyelerinin çoğu iyi bir eğitim almıştı, çoğu üniversite mezunuydu. İçlerinden bazıları Mudî gibi doktor olmuş, bir kısmı da ticaret alanında tanınmış kişilerdi. Mudî'nin sahip olduğu 'yeğenlerden' bazılarıyla bizi Amerika'daki evimizde ziyarete geldiklerinde tanışmıştım. Ve Amerika Birleşik Devletleri'nde yaşayan İranlılara kıyasla toplumdaki statülerinin daha yüksek düzeyde olduğunu söyleyebilirim.

Ziya bile bavulların bu denli yavaş dağıtılması karşısında bir şey yapamamıştı. Görevliler belirli aralıklarla gelip birtakım işaretlerle konuşuyordu. Ama bavullara ait en ufak bir iz bile yoktu. Sonuçta insanı çıldırtan sıcaklığın içinde üç saat daha bekledikten sonra bavullarımızı alabildik; ama bu kez de gümrük kontrolü için sıraya girmek zorunda kaldık. Mehtap sessizlik içinde bekliyor olsa da ben yavrumun ne denli sıkıntılar içinde olduğunu biliyordum. Sonunda ite kaka gümrük memurunun önüne varabildik. Mehtap'ın arabasını iten Mudî önde, ben arkada olmak üzere bavullarımızın en ince detayına kadar araştırılmasını sessizlik içinde izledik.

Bavullarımızı araştıran görevli içi ilaç dolu bavulu açtığında Mudî ile aralarında Farsça tartışmaya başladılar. Mudî durumu bana

İngilizce olarak açıkladığında görevliye bu ilaçların hastaneye bağışlanmak üzere getirildiğini söylediğini söyledi.

Görevlinin şüpheleri artmış olduğundan sormuş olduğu soruların sonu gelmek bilmiyordu. Mudî akrabalarından her birine hediyeler getirmişti. Artık bu noktadan sonra getirmiş olduğumuz her bir hediyeyi açmak zorunda kaldık. Hediyelerin çoğuna gümrük vergisi uygulanacaktı.

İçinde giysilerimizin bulunduğu bavullar açıldığında Mehtap'ın son dakikada almaya karar verdiği beyaz benekli kocaman tavşanı ortaya çıktı. Mehtap'ın tavşanı bizimle birlikte Teksas'a, Meksika'ya ve Kanada'ya kadar gelmiş olduğundan yolculuk etme konusunda oldukça deneyimliydi. Ve Detroit'teki evimizden İran'a gitmek için yola çıkacağımız zaman Mehtap en iyi arkadaşı olmadan gidemeyeceğine karar vermişti.

Gümrük memurları kıyafetlerimizi ve Mehtap'ın pelüş tavşanını alabileceğimizi, diğer eşyaların kontrolden geçirildikten sonra bize verileceğini bildirdi.

Uçaktan indikten dört saat sonra havaalanından çıkabildik.

Mudî aniden karalara bürünmüş ve kendinden geçmişçesine tezahürat eden bir kalabalık tarafından çevrelendi. Mudî'yi karşılamaya gelen yüzden fazla akrabalarından bazıları Mudî'nin ceketini çekiştiriyor kimileri de üzerine atlamak için can atıyordu. Hepsi bir ağızdan ağlarken öylesine yüksek sesle bağırıyordu ki şaşırmamak mümkün değildi. Ne olduğunu anlamadan akrabalarından birkaçı bana ve Mehtap'a sarılıp bizi öpmeye başladı. Kucaklarımızın çiçeklerle dolması uzun sürmedi.

Şu aptal başörtüyü neden taktım ki, diye sordum kendi kendime. *Başım terledi, saçım yapış yapış oldu*, diye düşündüm. Karşımda duran insanlar gibi kokmaya başlamış olmalıydım.

Mudî ablası Emine Bozorg'un boynuna sarılmasından dolayı gözyaşlarına boğuldu. İran'daki tüm kadınlar gibi Emine Bozorg da kara çadorun içine sarılmış olsa da daha öncesinden fotoğrafını görmüş olduğumdan dolayı onu tanımamam zor olmadı. Böylesine kemerli bir burna sahip bu kadın Mudî'nin ablasından başka biri olamazdı! İri yapılı, geniş omuzlu Emine Bozorg kırk yedisini biraz geçmiş olmalıydı. Mudî'ye bir daha bırakmak istemiyormuşçasına sarılmış var gücüyle onu göğsüne bastırıyordu.

Mudî Amerika'da osteopat ve anestezi uzmanıydı ve yılda yüz bin dolar kazanan saygın bir hekimdi. Ama İran'da Emine Bozorg'un küçük kardeşi olmaktan başka bir şey değildi. Mudî'nin annesi babası da hekimmiş ve Mudî altı yaşındayken ölmüştü. Ablası Emine Bozorg yetim kalan kardeşini kendi evladı gibi büyütmüştü. Neredeyse on yıllık bir özlemden sonra kardeşine sımsıkı sarılan ablayı diğer akrabaları güç bela ayırabildi.

Mudî beni ablasına takdim eder etmez Emine Bozorg büyük bir sevgi gösterisi içinde boynuma sarıldı, arka arkaya beni yanaklarımdan öptü ve Farsça bir şeyler söylemeye çalıştı. Burnu öylesine kocamandı ki onun gerçek bir burun olduğuna inanmak oldukça zordu. Gözyaşlarıyla dolmuş ela gözleri kocaman burnunun her iki tarafında parıldıyordu. Ağzının içi çarpık, lekeli ve bakımsız dişlerle doluydu.

Mudî eniştesi Hacı Baba'yı tanıştırdı. Hacı Baba kısa boylu, sevimsiz bir adamdı. Adı 'Mekke'ye giden baba' anlamına geliyordu. Diz kısımları ütüsüz pantolonu, ayaklarına giymiş olduğu keten ayakkabıları örtecek kadar uzundu. Herhangi bir şey söylemedi ve göz göze gelmemek için kenarları buruşmuş gözlerini yere dikti. Sivri beyaz sakalı Ayetullah Humeyni modeliydi.

Ne olduğunu anlamadan kocaman ağır bir çelek omuzlarımın üzerine oturtuldu. Bu hareket gitmeyi işaret ediyor olabilirdi; çünkü herkes park alanındaki arabalara doğru yöneldi. Altı, yedi ya da en fazla sekiz kişilik arabalara on iki kişinin sığabilmiş olması şaşırtıcıydı. Her yerden kollar ve bacaklar sarkıyordu.

Mudî, ben ve Mehtap oldukça büyük turkuaz rengindeki yetmiş model bir Chevrolet'e götürüldük. Üçümüzü de arka koltuğa oturttular. Arabayı kullanma şerefi en büyük oğul olan Hüseyin'e verilmiş olduğundan vakit kaybetmeden direksiyonun başına geçti.

Emine Bozorg ile Hüseyin'in arasına bekâr olan en büyük kızları Zühre oturdu.

Çiçeklerle süslenmiş arabayla yola koyulduk. Kavisli ayaklarının üzerinde duran kocaman Şahyad Kulesi'nin etrafında bir tur attık. Yeşil mozaiklere sahip Şahyad Kulesi öğlen güneşinin altında parıldıyordu. Şah zamanında yapılmış bu kule Acem mimarisinin en değerli örneklerinden biriydi. Mudî bana bu kulenin kent sınırlarının içinde bulunduğundan ve kentin bir gurur kaynağı olduğundan bahsetmişti.

Kuleyi ardımızda bırakarak otoyola girer girmez Hüseyin gaza basarak emektar Chevrolet'in sahip olduğu gücü zorlayarak yüz kilometre hıza çıkartmaya çalıştı.

Son sürat yolumuza devam ederken Emine Bozorg arkasına döndü ve üzeri hediye kâğıdıyla kaplanmış paketi kucağıma attı. Kucağıma düşen paket oldukça ağırdı.

Mudî'ye sorgularcasına baktım. "Açsana" dedi.

Paketi açar açmaz ayak bileklerime kadar uzanacak oldukça geniş bir manto çıktı. Bedeni ve markası yazmıyordu. Mudî bana her ne kadar kumaşın has yünden olduğunu söylemiş olsa da sentetik karışımı bir şeye benziyordu. Asında oldukça inceydi; ama sık dokunmuş olduğundan kavurucu yaz sıcağında bunu giyen kişinin ısısını daha da arttıracağı kesindi. Bu griye çalan yeşil renkten nefret ediyordum. Paketin içinde başımdaki örtüden daha kalın ve daha büyük bir başörtü vardı.

Emine Bozorg'un cömertliği karşısında gülümserken Mudî, Emine Bozorg'un Farsça söylemiş olduğu şeyi tercüme etti. "Bu giysinin adı *manto*. Buradaki kadınlar bunu giyer. Başörtünün adı da *rusari*. İran'da dışarıda dolaşmak için bunu takmak zorundasın.

Bana anlatılan şeyler bundan farklıydı! Emine Bozorg ve Hacı Baba'nın dördüncü oğulları Mammal Michigan'daki evimizde bizi ziyaret ettiğinde bana, "Kadınlar dışarıya çıktığında uzun kollu kıyafetler giyip, başını örter ve koyu renkte çorap giymek zorundalar" demişti. Yazın kavurucu sıcağında böylesine ağır ve uzun bir manto giyileceğinden hiç kimse söz etmemişti.

"Endişe etmene gerek yok" dedi Mudî. "Bu sadece bir hediye. Sadece sokağa çıktığın zaman giymek zorundasın."

Aslında endişe ediyordum. Hüseyin arabayı sürmeye devam ederken kaldırımın üzerinde aceleyle gidip gelen kalabalığa bakakaldım. Tahran'ın kaldırımlarında yürüyen kadınları incelerken baştan aşağı karalara bürünmüş bu kadınların bazılarının bana armağan edilen manto ve rusarilerin üzerine çadorlarını örtmüş olduklarını fark ettim. Mantoların hepsi koyu renkteydi.

Bunları giymediğim takdirde bana ne yapacaklar ki, diye düşündüm kendi kendime. *Tutuklayacak değiller ya?*

Düşündüklerimi Mudî ile paylaştığımda, "Tutuklarlar" dedi.

Hüseyin dar sokaklardan birine saptığında dikkatimi kadınların üzerinden çekip trafiğe verdim. Dar sokaklar bile tıklım tıklımdı. Genelde tampon tampona ilerleyebiliyorduk. Sürücülerin çoğu gaza basarken kornaya da basıyordu. Çıkan gürültü dayanılamayacak kadar korkunçtu. Trafik sıkışıklığının açılamayacağını anlayan Hüseyin vitesi geçirdiği gibi dar sokaklardan birine saptı. Arabaların birbirlerine çarpması an meselesiydi. Sürücülerden bazıları arabalarından inmiş avazları çıktığı kadar bağırıyordu.

Gerçi Mudî'nin, Emine Bozorg'un dediğini çevirdiğine göre cuma günü bu kadar yoğun trafiğin olmasının sebebi Müslümanların tatil günün olması ve Müslümanların, kutsal hocalarının kıldırdığı cuma namazına gitmek istediklerinden kaynaklanıyormuş. Bu kutsal görevi genellikle en üst kutsallık mertebesine ulaşmış Başbakan Hocatülesselâm Seyid Ali Hameyni (Ayetullah Humeyni ile karıştırmamak gerek) üstleniyormuş. Başbakan parlamento sözcüsü olan Hocatülesselâm Ali Ekber Hasemi Rafsancani tarafından destekleniyormuş. Emine'nin üstüne basa basa söylediğine göre cuma namazına katılanlar yüzlerce değil, binlerce kişiymiş.

Mehtap sesini çıkartmadan tam anlamıyla çözemediği bu yabancı ortamın ona vermiş olduğu korkudan dolayı tavşanına sıkı sıkıya sarılmış bir hâlde fal taşı gibi açılmış gözleriyle dışarıyı izliyordu. Bir tuvalet bulmak için can attığını biliyordum.

Bir saat süren yolculuktan sonra Hüseyin bizi Emine Bozorg ve Hacı Baba'nın bahçe içindeki evine getirdi. Mudî ablasının evinin Tahran'ın en seçkin bölgesi olan Kuzey Bölgesinde üstelik Çin Konsolosluğu'na sadece iki bina uzaklığında yer aldığını her fırsatta böbürlenerek anlatmıştı. Sık demir parmaklıklarla çevrili bahçenin ağır demir kapısı açıldı ve arabamız taş avluya girdi.

Mehtap ve ben eve ayakkabılarla girilmeyeceğini biliyorduk. Böylece Mudî'yi takip ederek ayakkabılarımızı çıkartıp avluda bıraktık. Öylesine çok konuk gelmişti ki avlu ayakkabı yığınıyla dolup taşmıştı. Günün onuruna avluda hazırlanmış ızgaraların başında önceden tutulmuş garsonlar bekliyordu.

Çoraplarımızla Amerikan evlerinin oturma odasının en az iki katı büyüklüğündeki betonarme binanın içine girdik. Evin duvarları ceviz ve betonarmeydi. Çıplak zemin kaplamasını kapatmak için birbirinin yanına serilmiş üç dört tane belki daha fazla İran halısı vardı. Köşede duran küçük televizyondan başka bir elektronik eşya ya da mobilya yoktu.

Arka bahçeye bakan pencereden bahçede içi masmavi suyla doldurulmuş bir yüzme havuzunun olduğunu gördüm. Yüzmeyi sevmesem de o anda serin su inanılmaz davetkâr duruyordu.

Arabadan inenler evde bekleyen misafirlerle buluştuğunda yüksek sesli konuşmalar kulakları çınlatıyordu. Mudî'nin Amerikalı karısıyla gurur duyduğu her hâlinden belli oluyordu. Akrabaları Mehtap'ı öptükçe sevinci katlanıyordu.

Emine Bozorg bizi evin sol kanadındaki koridorun solunda bulunan odamıza götürdü. Odamız küçük, dört köşeli olup içinde yan yana getirilmiş çift kişilik bir yatak ve tahtadan yapılmış bir elbise dolabından başka bir mobilya yoktu.

Vakit kaybetmeden kızımı koridorun uç noktasında bulunan tuvalete götürdüm. Tuvaletin kapısını açar açmaz nemli mermerin üzerinde bugüne kadar görmediğimiz büyüklükteki hamam böceklerinin cirit atmasından dolayı donup kaldık. Mehtap tuvalete girmek istemedi; ama artık bu noktadan sonra tuvaletini tutacak hâli kalmadığından birlikte içeriye girmek için beni zorladı. En azından banyonun içinde Amerikan stili bir tuvalet ve bir de taharet musluğu vardı. Tuvalet kâğıdının bulunması gereken yerde duvara asılı bir hortum vardı.

Banyonun içi inanılmaz küf kokuyordu; ama yine de havaalanındaki tuvaletle kıyaslanamayacak kadar moderndi. Kızımın yanında durdum ve sonunda rahatlayabildi.

Koridora çıktığımızda Mudî'nin bizi beklediğini gördük.

"Benimle gelin" dedi. "Size bir şey göstermek istiyorum."

Mehtap ve ben Mudî'yi takip ederek avluya çıktık. Mehtap çığlık çığlığa bağırmaya başladı. Dış kapıyla evin kapısının arasındaki bölmede başı gövdesinden ayrılmış bir koyun kendi kanının içinde yatıyordu! Mehtap karşısında duran manzarayı görmek istemediğinden elleriyle yüzünü kapattı.

Mudî sakin bir tavırla ailesinin gelişimizi onurlandırmak için bir koyun satın alıp kurban ettiklerini,dışarıya çıkıp kanın üzerinden geçerek içeriye bir kez daha girmemiz gerektiğini söyledi.

"Ah, haydi ama sen zaten yaptın" dedim. "Şu salak şeyi yapmak istemiyorum."

Mudî sakin ama keskin bir tavırla, "Bunu yapmak zorundasın. Buna saygı göstermek zorundasın. Koyunun eti fakirlere dağıtılacak."

Saçma bir gelenek olduğunu düşündüm; ama saygısızlık etmek istemediğimden gönülsüz olsam da kabul ettim. Mehtap'ı kucağıma alır almaz yüzünü omzumun içine gömdü. Mudî'yi takip ederek kan gölünün etrafından dolandık, dış kapıya kadar çıktık ve bizden beklendiği gibi Mudî'nin akrabalarının yüksek sesle ettikleri dualar eşliğinde içeriye girdik. Artık eve girmemiz resmîleşmişti.

Armağanlar verilmeye başlandı. İranlı gelinlere damadın ailesi tarafından altın takıldığını biliyordum. Doğruyu söylemek gerekirse yeni gelin sayılmazdım; ama Mudî'nin akrabalarıyla ilk kez karşılaştığımdan bana altın takacaklarını bekleyecek kadar bu kültürü tanıyordum. Ama Emine Bozorg bu geleneği görmezden gelerek sadece Mehtap'a iki tane altın bileklik verdi. Bana verilen bir hediye olmadı. Bu bir nevi haddimi bildirmek gibi bir şeydi. Mudî'nin Amerikalı bir kadınla evlenmiş olduğundan dolayı Emine Bozorg'un kızgın olduğunu biliyordum.

Evde giymek üzere Mehtap ile bana birer süslü *çador* hediye etti. Benimki açık krem renginde olup üzerinde şeftali renginde çiçek desenleri vardı. Mehtap'ınki üzeri pembe gonca güllerle süslü beyaz bir çadordu.

Armağanlar için mırıldanan bir ses tonuyla teşekkür ettim.

Emine Bozorg'un kızı Zühre ve Fereşte konuklara sigara ve çay ikram etmek için ortalarda koşuşturup duruyordu. Etraf koşuşturan çocuklarla doluydu. Büyükler çocuklarının çıkarttığı sese aldırış etmiyordu.

Akşamüstü olmak üzereydi. Kadınlar yer sofralarının etrafına oturmuş misafirlere hizmet veriyordu. Salata tabaklarının üstü gül deseni verilmiş turplarla süslenmişti. Yoğurtla doldurulmuş kâseler, pideler, peynirler ve taze meyvelerle donatılmış tabaklar sofraların üzerini doldurmuştu. Taze sebzeler görüntüyü bütünlüyordu.

Garsonlar büyük servis tabaklarıyla avluda pişen etleri içeriye taşıyordu. Etlerin yanında büyük tabaklar içinde *çilav* servisi yapılmaya başlandı. Mudî bana Amerika'dayken Acem usulü çilav pişirmesini öğretmiş olduğundan sofrada bulunan çilavları çok iyi biliyordum. İlk olarak servis edilen beyaz sonradan servis edilen de iç bakla ve dereotunun bolca katıldığı yeşil çilavdı. Ayrıca tencerenin dibine yerleştirilen kızarmış yufkayla ve değişik soslarla yenen beyaz çilav da vardı. Sebze, baharat ve kuşbaşı etle pişirilen çilava da *horeş* deniyordu.

Garsonlar çilav servisi yaparken bazıları böğürtlen ve safran ilave ettiriyordu. Bu kalabalık için iki çeşit horeş hazırlanmıştı. Bizim favorimiz olan patlıcan, domates ve kuzu etinden yapılandı. Diğerinde soğan epeyce bol bulunuyordu.

Ana yemek tavuktu. Önce bol soğanla pişirilen ardından da kızartılan İran usulü pişirilmiş tavuk lezzetliydi.

Sofraların önünde bağdaş kurmuş bir hâlde oturan İranlılar kıtlıktan çıkmış vahşi hayvan sürüleri gibi yemeklere saldırıyordu.

Yemekler geniş ve büyük tahta kaşıklarla yeniyordu. Bazıları yemeklerini ekmekleriyle sıyırdığından kaşıkları kullanmaya gerek duymuyordu. Saniyeler içinde yiyecekler tüketildi. Ağızlardan akan artıklar ve tükürmekten çekinmeyenler iğrenç bir görüntü sergiliyordu. İnsanın midesini bulandıran bu yemek işi Farsça edilen dualar ve iyi dileklerle son bulurken etrafa tükürürken Allah'ın adını ağızlarına almalarına bir anlam verememiştim.

İngilizce konuşan kimse yoktu. Aslında Mehtap ile bana aldırış eden de yoktu.

Bir şeyler yemeğe çalıştım; ama öne doğru eğilip yemek alırken dengemi ve alçakgönüllülüğümü kontrol altında tutmak kolay değildi. Üzerimdeki dar etek yerde oturup yemek yemek için uygun değildi. Yine de bir şekilde tabağımı doldurmayı başardım. Mudî'nin bana öğretmiş olduğu İran usulü pişmiş yemekleri yemeyi seviyorduk; ama ziyafet yemeğinde sunulanlar haddinden fazla yağlıydı. İran'da yemeklere konulan yağ miktarı bir nevi zenginliğin göstergesiydi. Özellikle de verilen yemek bu denli özelken yağın yemeklerin üzerinde tabaka hâline gelmiş olması oldukça normaldi. Mehtap ve ben iştahımız kaçmış olduğundan çok fazla bir şey yiyemedik. Tabaklarımıza almış olduğumuz salatayı yiyormuş gibi yaptık.

Yemeklere karşı duyduğumuz tiksintiyi saklamak kolaydı; çünkü Mudî sofranın diğer ucunda oturuyordu ve diğerlerinin de bize aldırış ettiği yoktu. Tüm ilgi Mudî'nin üzerindeydi. Aslında ona bu denli ilgi göstermelerini anlıyor olsam da bir an için kendimi yapayalnız ve terk edilmiş hissettim.

Yine de içimde bitmek bilmeyen 'iki hafta sonra ya geri dönmezsek' korkusu az da olsa azalmaya başlamıştı. Mudî tabii ki ailesini gördüğünden dolayı sevinçliydi; ama bu yaşam tarzı ona göre değildi. Mudî bir doktordu. Temizliğin ve sağlıklı beslenmenin ne denli önemli olduğunu biliyordu. Üstelik rahatına da her zaman düşkündü. Akşam yemeklerinden sonra sohbet etmeye, sallanan koltuğunda kestirmeye bayılırdı. Yere bağdaş kurmuş hâlde oturmak ve yağlı yiyeceklerden yemek onun tarzına uygun değildi. İran'ı Amerika'ya hiçbir şekilde tercih etmeyeceğini artık biliyordum.

Mehtap ile göz göze geldiğimizde düşüncelerimizi okuduk. Bu yolculuk Amerika'daki hayatımıza verilmiş kısacık bir mola olarak kalacaktı. İki haftaya öyle ya da böyle katlanacaktık. Bundan dolayı da buradaki hayatı sevmek zorunda değildik. İşte o andan itibaren geri döneceğimiz güne kadar geçecek zamanı saymaya başlamıştım.

Yemek faslı henüz bitmemiş olduğundan çocuklar sıkılmaya başlamıştı. Yerlerinde duramayan çocuklar birbirleriyle itişiyor, yemek artıkları atıyor ve etrafta koşuştururken çıplak ve kirli ayaklarıyla yemeklerin içine basıyorlardı. İçlerinden bazıları doğuştan özürlüydü bazıları da boş boş bakıyordu. Çocukların özürlü olmasının asırlardan beri yapılan akraba evliliklerinden kaynaklanıp kaynaklanmadığını sordum kendi kendime. Odada bulunan pek çok kişinin birbirleriyle evlendirilmiş kardeş çocukları olduğunu biliyordum. Sonuç çocuklara yansımış gibi duruyordu.

Kısa bir sürenin ardından Emine Bozorg ve Hacı Baba'nın beşinci oğulları olan Rıza karısı Esey'i tanıştırdı. Rıza Teksas'da, Corpus Christi'deki evimizde bizimle birlikte kalmıştı. Bize yapmış olduğu ziyaret haddinden fazla uzadığında kendime yakıştırmamış olsam da Mudî'ye, "Onu daha fazla evimde görmek istemiyorum" diyerek resti çekmiştim. Ama yine de kimseyi tanımadığım bu ortamda Rıza tanıdık bir yüzdü ve üstelik İngilizce de biliyordu. Karısı bir süre boyunca İngiltere'de okumuş olduğundan o da İngilizce konuşabiliyordu. Esey kucağındaki küçük bebeğini sallıyordu

"Rıza Mudî'yi anlatmakla bitiremez" dedi Esey. "Onun için yapmış olduğunuz her şey için öylesine minnettar ki."

Esey'e kucağındaki bebeği sorduğumda yüzündeki gülümseme kayboldu. Bebeğin adı Mehdi'ydi ve ayakları içe dönük olarak doğmuştu. Kafası da normalin üstünde olup alnı da normal boyutlara göre oldukça genişti. Esey'in Rıza'nın kuzeni olduğunu biliyordum. Rıza gelip karısını odanın diğer tarafına götürünceye kadar birkaç dakikalığına sohbet etme fırsatı bulabildik.

Mehtap alnında kocaman kırmızı bir leke oluşturmuş sivrisineklerle boğuşuyordu. Ağustos ayının kavurucu sıcağı üzerimize çökmüştü. Evin içinde klima tertibatı vardı. Aslında havalandırma çalışıyordu; ama hangi sebepten dolayı bilinmez Emine Bozorg sinek teli olmayan pencere ve kapıları ardına kadar açarak sivrisineklere davetiye çıkartmıştı.

Mehtap'ın benim kadar rahatsızlık duyduğunu görebiliyordum. Batı'dan gelen biri için İranlıların inşallahlarla biten konuşmaları, el kol hareketleri hararetli bir tartışma olarak algılanabiliyordu. Çıkarttıkları gürültü dayanılacak gibi değildi.

Başıma ağrılar saplanmaya başlamıştı. Yağlı yemeklerin ve çevremi sarmış insanların ağır kokuları sonu gelmez konuşmalar ve ağız şapırdatmaları midemi bulandırmıştı. Baş ağrımın sebebi saat farkı olmuş olabilirdi.

"Mehtap ile ben yatmak istiyoruz" dedim kocama. Akşamüstünün erken saatleriydi ve Mudî'nin akrabalarının çoğu henüz gitmemişti. Ama Mudî akrabalarının benimle değil de kendisiyle konuşmak istediğini biliyordu.

"Tamam."

"Başım çok ağrıyor" dedim. "Yanında ilaç var mı?"

Mudî konuklardan özür dileyerek kalktı ve bizi odamıza götürdü. Gümrük memurlarının atlamış olduğu ağrı kesici kutusunu çıkartıp bana üç tane hap verdikten sonra ailesinin yanına döndü.

Mehtap ile ben yatağın içinde kıvrıldık. Üstünde yattığımız şilte, inanılmaz düz yastıklar ve çarşaflar küf kokuyor olsa da ayakta duramayacak kadar yorgun olduğumuzdan hemencecik uykuya daldık. Uykuya dalmadan önce kızımın da benimle aynı duayı ettiğinden en ufak bir kuşkum dahi yoktu. "Lütfen Tanrım. Bu iki haftanın çabucak geçmesine yardım et."

İKİNCİ BÖLÜM

Ertesi sabah saat dörtte Hacı Baba Farsça bir şeyler söyleyerek kapımızı çaldı.

Dışarıda hoparlörlerden yükselen ezan sesi duyulmaya başlanmıştı. Hüzünlü bir ses Müslümanlara namaz vaktinin geldiğini hatırlatıyordu.

"Dua etme vakti" dedi Mudî mırıldanarak. Ardından esnemenin ve gerinmenin ardından abdest almak için yataktan kalktı ve banyoya yöneldi.

Yassı şiltenin üzerinde yatmaktan dolayı her tarafım ağrımaya başlamıştı. Mudî ile aramızda yatan Mehtap yatağın ortasındaki boşluğu fark etmiş olduğundan benim yattığım tarafa doğru kaymıştı. Havanın sıcaklığına rağmen birbirimize yapışmış hâlde yatıyorduk. Mudî namazı kılmak için diğerlerinin de bulunduğu salona doğru gitti.

Birkaç dakika sonra Mudî'nin sesi Hacı Baba, Emine Bozorg, kızları Zühre ve Fereşte ve otuz yaşındaki en küçük oğulları Macit'in sesine karıştı. Emine Bozorg'un diğer beş oğlu ve kızı Ferree başka evlerde yaşıyordu.

Namazın ne kadar sürdüğünü bilmiyorum, uykuya dalmış olmalıyım; çünkü tekrar gözlerimi açtığımda Mudî yatağa dönmüştü. Ama sabah namazının ailecek kılınmasıyla dinî görev bitmemişti. Hacı Baba şarkı söyleyen bir tonda ciğerleri el verdiğince Kuran okumaya devam ediyordu. Evin diğer ucundaki yatak odasından Emine Bozorg da Kuran okuyordu. Okumaları saatlerce sürdü ve sesleri kısa bir sürenin ardından tek düze sese dönüştü.

Kalktığımda Hacı Baba ibadetini bitirmiş ve sahip olduğu 'H. S. Kutsi ve Oğulları' adlı ithalat ve ihracat şirketine gitmişti.

Kalkar kalkmaz düşündüğüm ilk şey bir gün öncesinden üstüme yapışan toz ve kirden kurtulmak için duş almak oldu. Banyoda havlu yoktu. Mudî bana Emine Bozorg'un muhtemelen havluya sahip olmayacağını daha öncesinden söylemiş olduğundan üçümüzün de kurulanması için yatak çarşaflarından birini aldım. İçinde yıkanılabilecek bir duş teknesi olmadığından akan su mermer zeminin uç köşesindeki delikten akıp gidiyordu. Tüm bu rahatsızlıklara rağmen vücudumdan akıp giden su ferahlatıcıydı.

Mehtap benim arkamdan duş aldı, ardından ben üzerime uzun kollu bluzumu ve oldukça uzun olan eteğimi giyerken Mudî yıkandı. Yüzüme hafif bir makyaj yaptım, ardından saçlarımı fırçaladım. Mudî bana evin içinde aile arasındayken örtünmeme gerek olmadığını söylemişti.

Çiçekli çadoruna bürünmüş Emine Bozorg mutfakla bir şeylerle uğraşıyordu. Her iki elinin serbest kalabilmesi için çadoru bedenine iki kez dolamış koltuk altlarını kollarıyla sıkıştırarak çadorun düşmemesini sağlamıştı.

Emine Bozorg, evin tümü gibi bir zamanlar çok güzel bir görüntüye sahip olmuş; ama geçen zaman boyunca oldukça yıpranmış mutfakta çalışıyordu. Duvarlar onlarca yıllık yağ birikintisiyle kaplanmış, Amerikan mutfaklarındaki dolaplara benzeyen madeni raflar paslanmaya başlamıştı. Çelik evyelerin içinde tepelemesine bulaşık birikmişti, boy boy tencereler ve tavalar ortadaki masanın üzerine yığılmıştı. Etraf tıklım tıklım dolu olduğundan Emine Bozorg yerde iş görmek zorunda kalmıştı. Mutfağın açık kahverengi mermer döşemesinin üzerinde siyahlı kırmızılı bir halı atılmıştı. Mermerin üzerinde yemek artıklarına, sıçramış ya da dökülmüş yağlar ve şeker kırıntılarına kadar her şey vardı. Mutfağın bir köşesinde General

Electric ait buzluğu olan bir buzdolabını görmek ben şaşırttı. Ama buzdolabının içine atılan kısa bir bakış evin içindeki dağınıklığın burada da hüküm sürdüğünü açık ve net gösteriyordu. Mutfakta ayrıca İtalyan yapımı bir çamaşır makinesi ve evin tek telefonu bulunuyordu.

Mudî'nin, gelişimiz onuruna Emine Bozorg'un büyük bir temizliğe girişmiş olduğunu iddia etmiş olması oldukça şaşırtıcıydı. Evin temizlikten önceki hâlini düşünemiyordum bile.

Yaşlı ve sıska bir hizmetçi Emine Bozorg'un emirlerini isteksiz bir tavırla yerine getiriyordu. Üzerine örtmüş olduğu lacivert çador ağzındaki çürümüş dişlerinin rengindeydi. Hizmetçi mutfağın zeminine koyduğu büyük bir tepsinin üzerine çay, peynir ve ekmek koyduktan sonra salona götürüp yere bıraktı. Küçük ve ince belli çay bardaklarına önce Mudî'ye, sonra Emine Bozorg'a ardından Mehtap ile bana çay dolduruldu.

Emine Bozorg bardağının içine kaşık kaşık şeker doldurdu. Şeker çanağının içinden şeker doldurulmuş kaşığını bardağına götürürken şekerin yarısını yere döküyordu. Bu hamam böceklerine sunulmuş açık bir davetiyeydi.

Çayı sıcak ve lezzetli buldum, şaşırtıcı şekilde iyi gelmişti. Çayımdan bir yudum daha alırken Emine Bozorg, Mudî'ye bir şeyler söyledi.

"Çayına şeker atmadın" dedi Mudî.

Mudî'nin konuşması garip bir şekilde değişmişti. İngilizceyi yeni öğreniyormuşçasına kelimeleri ayıra ayıra telaffuz ediyordu. Amerika'daki evimizde olsak asla bu şekilde konuşmazdı. İngilizcesi bir Amerikalınınkinden ayırt edilmeyecek kadar gelişmişti. Öyleyse bu değişimin sebebi ne diye sordum kendi kendime. Yoksa Farsça düşünüp düşündüklerini mi çevirmeye çalışıyordu?

"Şeker koymak istemiyorum" dedim. "Böylesi daha iyi."

"Bu şekilde davranman ablamı altüst etmiş" dedi Mudî. "Ama ben ona yeterince tatlı olduğunu ve şekere ihtiyaç duymadığını söyledim."

Emine Bozorg'un sert bakışı Mudî'nin yapmış olduğu şakadan hoşlanmamış olduğunu açık ve net belli ediyordu. Şekersiz çay içmek toplumda kabul eden bir şey değildi; ama umursamadım. Görümcemin gözlerinin içine bakarak sırıtmaya çalıştım ve şekersiz çayımı yudumlamaya devam ettim.

Bize ikram edilen ekmek; yassı, kuru ve lezzetsizdi. Peynir ise haddinden fazla tuzluydu. Mehtap da benim gibi koyun peyniri yemekten hoşlanıyordu; ama duruma bakılırsa Emine Bozorg'un koyun peynirinin bir süre suda bırakılması gerektiğine dair bir bilgisi yoktu. Sofrada bulunan peynir yıkanmamış ayak kokuyordu. Mehtap da ben de yiyebildiğimiz kadarını güçlükle yutmaya çalıştık.

Sabahın ilerleyen saatlerinde evin en genç oğlu Macit yanıma gelerek benimle sohbet etmeye çalıştı. Cana yakın ve iyi bir ahlaka sahipti; ama İngilizcesi yeteri kadar iyi değildi. Bizi götürmek istediği o kadar çok yer vardı. Şah'ın sarayını, Tahran'da çok sık görülmeyen yeşilliklerin bulunduğu Millet Parkı'nı mutlaka görmemiz gerekiyordu. Ayrıca bizi alışverişe de götürmek istiyordu.

Ziyaretimizin ilk gününde bunları unutmam gerektiğini biliyordum. Ziyaretimizin ilk gününü gelen akrabalara ve dostlara adamak gerekiyordu. Uzaktan ve yakından gelen dostlar ve akrabalar Mudî'yi ve ailesini görmek istiyordu.

O sabah Mudî Michigan'daki annemle babama telefon etmem için ısrar etti; ama bu problem yaratacaktı. İlk eşimden olan ve babalarının yanında kalan oğullarım Joe ve John nerede olduğumuzu biliyordu; ama bundan annemle babama söz etmemelerini tembih etmiştim. İran'da savaş sürmeye devam ettiğinden bizi merak etmelerini istememiştim. Babam iyileşmesi imkânsız bağırsak kanserine yakalanmıştı. Bundan dolayı onlara üzüntü ve endişe vermek istemediğim için Avrupa'ya gittiğimizi söylemiştim.

"Onlara İran'da olduğumuzu söylemek istemiyorum" dedim.

"Buraya geleceğimizi biliyorlar" dedi.

"Hayır bilmiyorlar. Onlara Londra'ya gittiğimizi söyledim."

"Onları en son ziyaret ettiğimizde" dedi Mudî. "Kapıya yöneldiğimizde onlara İran'a gideceğimi söyledim."

Bunu duyar duymaz annemleri aradım. Dünyanın neredeyse bir ucundan annemin sesini duydum. Selamlaşmalar biter bitmez babamın sağlık durumunu sordum.

"Çok iyi idare ediyor. Sadece kemoterapi onu biraz yoruyor."

Sonunda anneme Tahran'dan aradığımı söyledim.

"Aman Tanrım!" dedi annem. "Bunun olmasından korkuyordum."

"Endişe etme. Çok güzel zaman geçiriyoruz" dedim uydururcasına. "Ayın on yedisinde evde olacağız."

Telefonu Mehtap'a tuttum ve büyükannesinin sesini duyar duymaz gözlerinin kocaman açıldığını fark ettim.

Telefon konuşmasının ardından Mudî'ye dönerek, "Bana yalan söyledin!" dedim onu suçlarcasına. "Bana nereye gittiğimizi bildiklerini söyledin; ama bilmiyorlarmış."

"Onlara söylemiştim" dedi hafifçe gerilerek.

Bir an için paniğe kapıldım. Annemle babam Mudî'nin söylediği şeyi anlamamışlar mıydı, yoksa Mudî'nin yalanını mı yakalamıştım?

• • •

Mudî'nin akrabaları sürüler hâlinde gelip öğlen ya da akşam yemeğini yemek için salonu dolduruyordu. Erkeklere rahat etmeleri için pijamalar veriliyordu. Pijamasını alan erkek yan odaya geçip üstünü değiştirdikten sonra salona geliyordu. Emine Bozorg'un renkli çadorlar dağıttığı kadınlar kara çadorlarından sıyrılıp hiç değilse renkli bir görüntüye bürünmüştü.

Konuklar ya sohbet ediyor ya da yemeklerini yiyordu. Konuşmaları esnasında erkekler plastikten, camdan ya da değerli taşlardan yapılmış tespihlerini tutup ara vermeksizin otuz üç taşı parmaklarının arasında çekerken, "Allahü ekber, Allah büyüktür" diyorlardı.

Sabahtan gelen konukların öğlene doğru veda sahneleri başlıyordu. Sokak kıyafetlerini giydikten sonra geri gelip veda etmek için öpüşüyorlar ki bu öpüşme töreni bazen yarım saat ya da bir saate yakın sürebiliyordu. Buradaki insanlar için zamanın hiçbir önemi yok gibiydi.

Önemsedikleri tek şey öğlen yemeğinden sonra uyumak ve ibadetlerini zamanında yapmaktı.

Akşam yemeğine gelenler geç saatlere kadar kalıyordu. Hacı Baba'nın dönüşü bekleniyor ki bu takribi akşam ona kadar sürebiliyordu. Ben de zorunlu olarak kıpırdamadan pijamalı erkeklerin çador giymiş kadınların arasında beklemek zorunda kalıyordum. Normal şartlar altında başımı örtmekten gocunmuyordum; ama o akşam özel bir konuk gelmiş olacak ki Emine Bozorg yatak odamıza daldı ve havlarcasına Mudî'ye Farsça bir şeyler söyledikten sonra kara bir çador fırlattı.

"Çadoru ört üstüne" dedi Mudî emir verircesine. "Misafirlerimiz var. İçlerinden biri sarıklı bir hoca. Sarıklı hocalar bir caminin ya da mescidin lideri konumundaydı ve üstü abalı, başı kocaman sarıklı bu insanlar İran'da bir bakışta ayırt edilebiliyordu. Sarıklı hocalar itibar gören kişilerdi.

Bundan dolayıdır ki Mudî'ye karşı çıkmamın hiçbir anlamı yoktu ama çadoru alır almaz kirli olduğunu fark ettim. Yüze örtülen peçe kısmında sümük lekeleri vardı. Evin içinde kâğıt mendil kullanan yoktu. Duruma bakılırsa İranlılar mendil yerine peçelerini kullanıyordu! Çadorun kokusu dayanılır gibi değildi.

Gelen sarıklı hocanın adı Maraşi Ağa'ydı ve ağanın karısı Hacı Baba'nın kız kardeşiydi. Ayrıca Mudî'nin de uzaktan akrabası sayılıyordu. Yüz elli kiloluk ağırlığını dengede tutmak için baston kullanan hoca yalpalayarak salona girdi. Nefes nefese kalmış bir hâlde yere oturdu ve diğerleri gibi bağdaş kuramadığından bacaklarını açtı ki bu kocaman karnının yere sarkmasına neden oldu. Zühre vakit kaybetmeden gelen onur konuğuna sigara ikram etti.

"Bana çay getir!" diye buyurdu sarıklı hoca keskin bir ses tonuyla ardından da sigarasını yaktı. Dumanı içine çeker çekmez öksürdü ve öksürürken ağzını kapatma ihtiyacı duymadı.

Vakit kaybedilmeden çay ikram edildi. Maraşi Ağa bir çay kaşığı dolusu şekeri çay bardağının içine attı ve sigarasından bir kez daha içine çekti. "Senin hastan olmak istiyorum" dedi Mudî'ye. "Şeker hastasıyım."

İçine bürünmüş olduğum leş gibi kokan çadorun mu yoksa buna bürünmeme neden olan hocanın mı daha tiksindirici olduğuna karar veremedim.

Kıpırdamadan otururken kusmamak için dişlerimi sıkmak zorunda kaldım. Misafirler gider gitmez üzerime almış olduğum çadoru attım ve Mudî'ye şikâyet edercesine, "Buradaki kadınlar burunlarını peçelerine siliyor" dedim.

"Bu doğru değil" dedi Mudî. "Bu bir yalan."

"İnanmıyorsan bak."

Mudî peçenin üzerinde kurumuş sümükleri gördüğünde yalan söylemediğimi anladı. Ama ben Mudî'nin kafasının içinden geçirdiği garip düşünceleri anlayamadım. Çocukluk hayatına geri döner dönmez etrafında olup biteni görememesi mümkün olabilir miydi? Gerçeği görmesi için her zaman bana mı ihtiyaç duyacaktı?

İlk günlerimizi Mehtap ile birlikte yatak odasında sadece misafir geldiğinde dışarıya çıkarak geçirdik. Odamızda en azından yerde oturmak yerine yatağımızın üzerine uzanabiliyorduk. Mehtap zamanının çoğunu benimle ya da oyuncak tavşanıyla oynayarak geçiriyordu. Çoğu zaman sıkılmış, sıcaktan bunalmış ya da karamsar bir ruh hâli içinde oluyorduk.

Akşamüstünün geç saatlerinde İran televizyonu haberleri İngilizce olarak veriyordu. Mudî'nin ısrarı üzerine televizyon izlemeye başlamıştım. Aslında olup biteni merak etmiyordum; ama kendi dilimi duymak hoşuma gidiyordu. Haberlerin dört otuzda başlayıp on beş yirmi dakika sürmesi gerekiyordu; ama daha haberlerin zamanında başladığını görmemiştim.

Haberlerin ilk bölümü Irak ile olan savaş hakkındaydı. Öldürülen Iraklıların sayısı hakkında bilgi verilirken kendi ölüleri hakkında hiçbir bilgi verilmiyordu. Kutsal savaşa giden kahraman askerlerden ve cephe arkasında askerlere yemek pişiren kadınlardan bahsedildikten sonra savaşa gidecek gönlüler için çağrı yapılıyordu. İngilizce sunulan haberlerin ardından Lübnanlılar için Arapça konuşulan haberler başlıyordu. Bunun nedeni Lübnan'daki Şii Müslümanların Humeyni yanlısı olmasıydı. En son olarak dünyadan haberler veriliyor ve Amerikalıların AIDS'ten döküldüğü, Amerika'daki boşanmaların tavan yaptığı ve körfezde bombalanan İran tankerlerinin ABD'nin emri üzerine Iraklılar tarafından batırıldığı söyleniyordu.

Sürekli olarak tekrarlanan bu haberlerden bıkmamak mümkün değildi. İngilizce sunulan haberler bu denli kötüyken halkın kendi dilinde kim bilir neler anlatılıyordu.

Hacı Baba diye adlandırdığımız Seyit Selam Kutsi benim için bir bilmeceden farksızdı. Evde çok az zaman geçirirdi ve evde bulunduğu zamanlarda da hiç kimseyle konuşmazdı. Onun sesini bir tek namaz çağrılarında bir de Kuran okurken duyuyor olmamıza rağmen yine de hane üzerindeki etkisi inanılmazdı. Sabahın erken saatinde duasını edip, ütüsüz gri pantolonunu üzerine giyip mırıldanarak dua ederken evden ayrıldıktan sonra bile otoritesi evin içinde hüküm sürmeye devam ediyordu. Namazını kılmak için camiye gittiği saatlerin dışında gün boyunca işinin başında olmasına rağmen yine de karanlık kişiliğinin ağırlığı evin içinde hissediliyordu. Hacı Baba'nın babası da sarıklı bir hocaymış ve erkek kardeşlerinden biri de Irak Savaş'ında şehit olmuştu. Bundan dolayı her nerede olursa olsun herkesten farklı bir kişi olarak kabul ediliyordu.

Yoğun bir çalışma ve dualarla geçen bir günün ardından Hacı Baba'nın eve gelişi kargaşa yaratıyordu. Saat gecenin onuna doğru ağır demir kapının açılmasıyla birileri Hacı Baba'nın geldiğini bağırarak ilan eder etmez gün boyunca rusari örten Zühre ve Fereşte telaş içinde çadorlarını sıkıca örtüyordu.

Hacı Baba'nın evinde beşinci günümüzü doldurduğumuzda Mudî bana, "Evin içinde de çador takmalısın" dedi. "Ya da en azından başını rusari ile ört."

"Hayır" diyerek karşı çıktım. "Sen ve Mamal bana buraya gelmeden önce evde örtünmeye gerek olmadığını ve Amerikalı olduğumuzdan dolayı buna anlayış göstereceklerini söylediniz."

"Örtünmediğinden dolayı Hacı Baba bize kırılıyormuş" dedi Mudî devam edercesine. "Burası onun evi."

Mudî'nin sesi öylesine sert çıkmıştı ki bu durumda ona karşı koyamayacağımı anladım. Zaman zaman su yüzüne çıkan bu sert kişiliği ile daha öncesinde karşılaşmamıştım. Amerika'daki evimizde olsak bana karşı bu şekilde davranmasına asla izin vermezdim; ama burası onun ülkesi, bu evde yaşayan kişiler onun vatandaşları olduğundan elimde başka bir seçenek yoktu. O günden sonra Hacı Baba'nın karşısına çıktığım zamanlarda örtündüm ve burada geçireceğim günlerin sayılı olduğunu düşünerek dişimi sıkmaya çalıştım.

Günler geçtikçe Emine Bozorg'un bize karşı gösterdiği içtenlik azalmaya başladı. Her gün duş yaptığımızdan dolayı gelecek su faturası hakkında söylenmeye başlamıştı. Emine Bozorg biz gelmeden önce hamama gitmişti. Gün boyunca süren hamam sefasından sonra bir daha su yüzü görmemiş, önümüzdeki günlerde de göreceğe benzemiyordu. Ev halkı da Emine Bozorg gibi her gün aynı kirli giysileri giyiyor ve kavurucu sıcaktan dolayı oluşan ter kokularından rahatsız olmuyorlardı.

"Her gün duş alamazsınız" dedi Emine Bozorg.

"Her gün duş almak zorundayız" dedi Mudî cevap verircesine.

"Olmaz" dedi Emine Bozorg. "Bedeninizi kaplayan derideki her bir hücreyi açıyorsunuz ve bundan dolayı karnınızı üşütebilirsiniz. Her gün yıkanmak iyi değildir.

Tartışma yarıda kaldı. Biz her gün duş almaya devam ederken Emine Bozorg ve ailesi kokmaya devam etti.

Kendi bedensel temizliğine bu denli önem veren Mudî'nin ailesinin bu denli pis olmasına izin vermesinin nedenini anlayamıyordum.

"Pirincin içinde kurtlanmış böcekler var" dedim şikâyet edercesine Mudî'ye.

"Bu doğru değil" dedi. "Sadece bu şekilde düşünmek istediğin için böyle davranıyorsun."

Akşam yemeğinde pirincin içindeki kurtları ayıklayıp ailenin diğer üyelerine çaktırmadan Mudî'nin tabağının kenarına koydum. Tabakta yemek bırakmak ayıp karşılandığı için yemek zorunda kaldığından günlerden beri çektiklerimi anladı.

Emine Bozorg ev halkını nazardan koruyan bir tütsü yakıyordu. Tütsünün kokusu iğrençti. Evin her bir köşesine yakılan bu tütsünün kokusu beni ettiği kadar Mudî'yi de rahatsız ediyordu.

Mehtap eve gelen misafirlerin çocuklarıyla oynadığından birkaç kelime Farsça öğrenmişti; ama çevresine öylesine yabancıydı ki sıkıntısını gidermek için gününün büyük bir bölümünü tavşanıyla oynayarak geçiriyordu. Bir keresinde zaman geçirmek için sivrisinek yeniklerini saydığını bile gördüm. Tam yirmi üç yerinden sokulmuştu. Vücudunun tamamı kırmızı kabarcıklarla doluydu.

Günler geçtikçe Mudî Mehtap ile benim varlığımı unutmuş gibi davranmaya başlamıştı. İlk günlerde en ufak konuşmayı saçma ya da mantıklı olsun bize çevirirken artık söylenen hiçbir şeyi çevirmez olmuştu. Misafirler geldiğinde salona gidiyor ve saatlerce anlamadığımız konuşmaların arasında sırıtmak zorunda kalıyorduk. Bazı günlerde Mehtap'ın haricinde konuştuğum başka biri olmuyordu.

Kızımla ben Amerika'ya döneceğimiz günü iple çekmeye başlamıştık.

Mutfaktaki ocağın üzerindeki tencere aralıksız kaynıyordu. Bazı zamanlarda acıkan ev halkının büyük bir tahta kaşıkla tencerenin içinden yemek alıp ağızlarından akanın tencereye geri düştüğüne şahit oluyordum. Aynı kaşık herkes tarafından kullanılıyordu. Tezgâh mermerinin dökülen yemeklerden ve şekerden kabuk tutması banyonun zemininde olduğu gibi mutfakta da cirit atan hamam böceklerinin besin kaynağını oluşturuyordu.

Neredeyse hiçbir şey yemiyordum. Emine Bozorg genelde akşam yemeği için kuzu etli horeş pişirip içine bol miktarda kuyruk yağı katıyordu. Kuyruk yağına İran'da *dombe* deniliyordu ve İranlılar kuyruk yağının keskin kokusuna alışkındı. Kuyruk yağının bu denli yoğun kullanılmasının sebebi diğer yağlara oranla daha ucuz olmasıydı.

Emine Bozorg buzdolabında muhafaza ettiği kuyruk yağını önce büyük bir tavanın içinde eritiyor ardından içine doğradığı soğanlarla kavuruyor ve sonra içine sebzeleri katıyordu. Evin içini saran ağır yağ kokusu akşam yemeğine kadar çıkmıyordu. Akşam yemeği saati gelip çattığında ne ben ne de Mehtap bu ağır yağlı yemekten yiyorduk. Mudî bile bu denli yağlı yemekten hoşlanmıyordu.

Sonunda almış olduğu tıp eğitimi ve sağduyusu ailesine duyduğu saygıdan baskın çıktı. Sürekli olarak pislikten yakındığımdan dolayı Mudî bu konuyu dile getirmek zorunda kaldı. "Ben bir doktorum ve benim tavsiyelerime uymanız gerektiğini düşünüyorum" dedi ablasına. "Temiz değilsiniz. Duş almanız gerekiyor. Çocuklarınıza duş almasını öğretmeniz gerekiyor. Sizin bu şekilde yaşadığınızı görmek bana üzüntü veriyor."

Emine Bozorg, Mudî'nin söylediklerini duymazdan geldi. Bana doğru baktığında bakışları benim bir huzur bozucu olduğumu anlatacak kadar nefret doluydu.

Batılı âdetlerin içinde görümcemi rahatsız eden tek şey her gün duş almak değildi. Günün birinde Mudî evden ayrılırken beni hafifçe yanağımdan öptüğünde Emine Bozorg sinirlenmiş ve bana doğru dönerek, "Bu evde çocuk var" demişti. Aslında evin en küçük çocuğu Fereşte'ydi ve Tahran Üniversitesi'ne gitmeye hazırlanıyordu.

Emine Bozorg'un kirli evinde hapis kaldığımız birkaç günün ardından alışveriş yapmak için dışarıya çıktık. Mudî, Mehtap ve ben evimize dönerken ailemize değişik hediyeler götürmek istiyorduk. Takı ve halı almak için Tahran'ın haddinden ucuz fiyatlarını da kendi lehimize kullanmak istiyorduk.

Zühre ve Macit birkaç sabah boyunca alışveriş yapmak için bizi şehre götürdü. Dört yıllık bir ihtilal süreci boyunca şehrin nüfusu beş milyondan on dört milyona çıkmış olduğundan sokaklar inanılmaz kalabalıktı. Şehrin nüfusunu kesin olarak vermek mümkün değildi; çünkü ekonomik çöküntüden sonra sayısız köy boşaltılmış ve ne yapacaklarını bilemeyen köylüler kendilerini Tahran'a atmıştı. Ayrıca Afganistan'daki iç savaş nedeniyle sayıları belki de milyonu bulan Afganlı İran'a özellikle de Tahran'a akın etmişti.

Baktığımız her yerde çatık kaşlı, yüzleri asık insan öbekleriyle karşılaşmak mümkündü. Ufak bir gülümseme ibaresi görmek bile mümkün değildi. Zühre'nin ya da Macit'in üstün becerileri olmasa böylesine bir trafikte araba kullanmak mümkün olmazdı. Burada yaşayan insanların canlarının değerli olduğunu sanmıyordum; çünkü çoluk çocuk demeden karşıdan karşıya geçmek için kendilerini arabaların önüne atıyorlardı.

Kaldırım taşlarının kenarlarından akan su dağlardan geliyormuş. Halkın çoğu ihtiyaçlarını para vermeden kullanabildikleri bu suyla karşılıyordu. Ne yazık ki bu suyun içine her türlü çöp dökülmekle kalmıyor dükkân sahipleri de bezlerini yıkıyordu. Bazıları suya çişini yaparken içinde ellerini yıkayanlar da vardı. Neredeyse caddelerin tümünde akan bu suyu aşmak için üzerinden atlamak gerekiyordu.

Her taraf inşaat hâlindeydi ve makineden çok elle yapılmaya çalışıldığından zaman zaman tehlikeli bir hâl alabiliyordu. Yapılarda hazır kapı ve pencere doğramaları kullanılmak yerine doğramalar ölçülüp biçilerek tek tek hazırlanıyordu. Dayanıklı olup olmamalarının hiçbir önemi olmayan bu yapılar her an için yıkılacakmış gibi duruyordu.

Şehrin her bir yanı nöbet tutan polis memurları veya silahlı askerlerle doluydu. Asık yüzlü polisler yanlarından geçenlere zaman zaman silahlarını doğrultuyordu. İstemeden ateş etmeleri hâlinde ne olacağını düşünmek bile inanılmaz zordu.

Arazi üniforması giymiş devrim askerleri herhangi bir gerekçe göstermeden arabaları durdurup arama yapma yetkisine sahipti ve yetkilerini sonuna kadar kullanıyorlardı. Kaçak mal, uyuşturucu, Şii Müslümanlığını eleştiren yazılar ya da devrim karşıtı suç unsuru oluşturabilecek şeyler aranıyordu. Amerikan malı müzik kasetleri bile yasaktı. Üzerinde Amerikan malı müzik kaseti yakalanan kişiler en az altı aylık hapis cezasına çarptırılıyordu.

Askerlerin ve polislerin yanı sıra küçük beyaz arabalarla dolaşan polis teşkilatına bağlı; ama haklarında tüyler ürperten şeyler anlatılan '*pasdar*'lar vardı. Pasdarlar Ayetullah Humeyni tarafından Şah'ın gizli polis teşkilatına karşı kurulmuştu. Ülkenin her bir tarafını karıştıran pasdarlardan halk inanılmaz korkuyordu.

Pasdarların başlıca görevi kadınların kurallara uygun olarak giyinip giyinmediğini denetlemekti. Kurallara aklım ermediği zamanlar oluyordu. Kadınlar bir yandan tepeden tırnağa örtünürken diğer taraftan sokağın ortasında bebeklerini emziriyorlardı. Baş, çene ile el ve ayak bilekleri örtülü olduğu sürece göğüslerini göstermelerinde bir sakınca yoktu.

Mudî bu garip ülkede seçkin kişiler olduğumuzu söylüyordu. Ortalama eğitim düzeyinin üzerindeydik. Tahran'da gördüğümüz insanlardan sonra Emine Bozorg da temizliği ve hamaratlığı doruk noktasına ulaşmış bir kadın bile sayılabilirdi. Üstelik zengin bile sayılırdık.

Amerika'daki evimizden ayrılmadan öce Mudî iki bin dolarlık seyahat çekimizin olacağını söylemiş olsa da harcamalara bakılırsa daha fazlasını getirmişti. Mamal da Amerika'daki misafirperverliğimizi unutmamış olacak ki bizi paraya boğuyordu.

Doların İran'ın para birimine çevrilmesi karışık bir işti. Bankalar bir dolara yüz riyal ödüyordu; ama Mudî doları karaborsada bozdurarak daha fazla kâr ettiğimizi söyledi. Beni yanına almadan gittiği yerlerde bununla ilgileniyor olsa gerekti. Birdenbire öylesine çok parası olmuştu ki hepsini üzerinde taşımasına imkân olmadığından paraları elbise dolabındaki ceketlerinin cebine koymuştu.

Sokakta para desteleriyle dolaşan insanları şimdi anlıyordum. Bir şey almak için bir dünya Riyal gerekiyordu. İran'da kredi kartı ya da çek kavramı yoktu, bundan dolayıdır ki her şey nakit olarak ödeniyor ve en ufak bir şey için bile avuç dolusu para veriliyordu.

Sadece ben değil, Mudî de paranın değerini yitirmişti. Zengin olup dilediğimiz kadar para harcıyor olabilmemiz keyif vericiydi. El işi yastık kılıfları, altın kakmalı resim çerçeveleri, çok ince el işi minyatürler satın aldık. Mudî bana pırlantalı altın küpe, zincir, yüzük ve bilezik; Mehtap'a ise yine pırlantalı bir çift altın küpe aldı. Bunları Amerika'da bu fiyata almak imkânsızdı.

Pakistan malı uzun ve parlak elbiseleri beğendiğimizi gören Mudî, Mehtap ile bana birer tane aldı.

Beğendiğimiz sert ağaçtan, üzeri altın kakmalı koltuk ve yemek takımını vakit kaybetmeden hemen aldık. Aldığımız eşyaların gemiyle Amerika'ya gönderilmesi işlemleriyle Macit ilgilenecekti. Mudî'nin Amerika'daki evimiz için hevesle alışveriş yaptığını görmek içimdeki korkunun hafiflemesine neden oldu. Yapmış olduğu bunca masraftan sonra geri dönmemesine imkân yoktu.

Kısa bir süre sonra beni, Zühre'yi ve Mehtap'ı ve birkaç bayan akrabayı şehrin merkezine götürmeden evvel daha önce beğenmiş olduğum 1.50x2.50 metre çapındaki duvar halısını almam için Mudî elime bir deste Riyal tutuşturdu. Halı inanılmaz güzeldi ve evimize yakışacağından emindim. Duvar halısına yirmi bir dolar ödediğim hâlde yaklaşık iki yüz dolarım daha kalmıştı. Başka bir gün lazım olur diye çantamın içine attım. Mudî öylesine bol harcıyordu ki bu paranın eksikliğini hissedeceğini sanmıyordum.

• • •

Mudî'nın sayıları belli olmayan akrabalarının evinde neredeyse her gece yemeğe çağırılıyorduk. Mehtap ve ben topluluğun dışında kalsak da aslında insanlar bizi merak ediyordu. Bu akşamların eğlenceli olduğu söylenemezdi; ama yine de Emine Bozorg'un akşam sofrasından uzak kalmış olmak mutluluk veriyordu.

Kısa bir sürenin ardından Mudî'nin etrafında toplanan kişileri iki sınıfta toplamayı başarmıştım: Topluluğun yarısı Emine Bozorg'dan farksız temizliğe önem vermeyen, Batılı alışkanlıkları hor gören ve Ayetullah Humeyni'nin Şii Müslümanlık ideallerine sıkı sıkıya bağlıydılar. Diğer yarısı ise daha Batı'ya açık, kültürlü, nazik, en önemlisi de sağlık ve temizlik kurallarına önem veren kişilerdi. İngilizce konuşmakla kalmıyor aynı zamanda bana ve kızıma yakınlık gösteriyorlardı.

Rıza ve Esey'in evinde geçirdiğimiz zaman çok eğlenceliydi. Mudî'nin yeğeni bana karşı nazik ve anlayışlı davranıyordu. Esey'in de beni beğendiği her hâlinden belliydi. Her fırsatta yanıma geliyor ve İngilizce bilgisini tazelemek istercesine benimle konuşmaya çalışıyordu. Esey ve akrabalarının sayesinde sıkıntım az da olsa geçmişti.

Bir Amerikalı olarak onların can düşmanıydım ve onlar da her fırsatta bunu yüzüme vurmaktan çekinmiyordu. Bir akşam Mudî'nin kardeş çocuğu Fatma Hakim'lere gittiğimizde evlendikten sonra kocanın soyadını alma konusu açıldı. İran'da kadınlar evlendikten sonra kocalarının soyadını aldıkları gibi istedikleri takdirde kendi kızlık soyadlarını da kullanabiliyorlardı. Fatma'nın kızlık soyadı Hakim'di; ama yine Hakim ailesinden biriyle evlenmiş olduğundan aynı soyadını korumuştu. Fatma 49-50 yaşlarında olup cana yakın bir kadındı ve İngilizce bilmemesine rağmen kızıma ve bana güler yüzlü davranmıştı. Yer sofrasında akşam yemeğimizi yerken ikimizle de ilgilendi. Bir İranlıya göre oldukça uzun boylu olan kocası yemek boyunca Kuran'dan sureler okuyup tespihini çekti.

Fatma'nın otuz beşli yaşlarındaki oğlu sadece bir metre yirmi santim boyundaydı ve çocuksu yüz hatlarına sahipti. Bu çocuğun da Mudî'nin diğer akrabalarında olduğu gibi akraba evliliği nedeniyle böyle olup olmadığını sordum kendi kendime.

Gelişim bozukluğuna sahip bu genç adam yemek boyunca bizimle İngilizce konuştu. Oldukça iyi bir İngilizceye sahipti; ama bizimle konuşurken gözlerimizin içine bakmıyordu.

Yemekten sonra köşede durmuş bir hâlde, "Benimle üst kata gelmek ister misiniz?" diye sordu. Mehtap ile ben onu takip ettik. Amerikan tarzda döşenmiş oturma odasında duvara monte edilmiş raflar İngilizce kitaplarla doluydu. Fatma'nın oğlu alçak bir divanın önüne geldiğimizde oturmamızı işaret etti. Arkamdan gelen Mudî sağıma, Mehtap da soluma oturdu. Aşina olduğum bir dekoru incelerken alt kattakiler de yukarıya gelip bize katıldı. Olup biteni anlamak istercesine Mudî'ye baktım. Mudî neler olduğunu bilmiyormuşçasına omuzlarını silki.

Fatma'nın uzun boylu kocası Farsça bir şeyler söyledi ve oğlu İngilizceye çevirerek, "Başkan Reagan'ı beğeniyor musunuz?" diye sordu.

Oldukça şaşırmıştım; ama saygısızlık etmek istemediğimden hafifçe kekeleyerek, "Eh, işte" dedim.

"Başkan Carter'ı beğenir miydiniz? İran'a karşı olan tutumu hakkında ne düşünüyorsunuz?" gibi sorular yağmaya başladı.

Bir İranlı ailenin oturma odasında kendi ülkem hakkında sorguya çekilmekten hoşnut olmadığımdan bu sorulara yanıt vermedim. "Bu konular hakkında konuşmak istemiyorum. Politikaya hiçbir zaman ilgi duymadım" dedim.

Ama baskıcı sorularına devam ettiler. "Buraya gelmeden önce İranlı kadınlara yapılan baskılar hakkında uyarılmış olmalısınız" diye devam etti. "Burada gördüklerinizden sonra bunların yalan olduğunu anlamışsınızdır."

Fatma'nın oğlunun savunmuş olduğu fikir yanıtsız bırakılmayacak kadar saçmaydı. "Gördüğüm bu değil..." diye başladım; ama kulağıma, "Allahüekber" diye sayıklayan erkeklerin sesleri geldi. Çadorlarına bürünmüş ve kaderlerine razı olmuş kadınların görüntüleri gözlerimin önünde canlandı ve ben bu konuda herhangi bir yorum yapmamaya karar verdim. "Bu konular hakkında konuşmak istemiyorum" dedim aniden. "Başka bir soruya da cevap vermeyeceğim." Mudî'ye doğru döndüm ve mırıldanan bir ses tonuyla, "Beni buradan götür" dedim. "Suçlu insanlar gibi sorguya çekilmek istemiyorum."

Karısının düşmüş olduğu durumla akrabalarına karşı saygısızlık yapma korkusu arasında kalmış Mudî'nin bu durumdan rahatsız olduğunu anlamak zor değildi. Bir şey yapmadı, zaten kısa bir sürenin sonunda da konu dine döndü.

Fatma'nın oğlu kitaplıktan aldığı bir kitabın ön sayfasına, "Betty için... İçtenlikle verilen bir armağan" diye yazdıktan sonra kitabı bana verdi.

Kitap Şii mezhebinin kurucusu İmam Ali hakkında yazılmıştı. Hazreti Muhammed, kendi yerini İmam Ali'ye bırakmış; fakat ölümünden sonra Sünniler başa geçmiş ve o dönemde Müslümanlık tüm dünyaya yayılmaya başlamış. Sünnilerle Şiiler arasındaki sürtüşme günümüzde bile sona ermiş değildi.

Bana verilmiş armağanı nezaket içinde kabul etmeye çalıştım; ama az önce yaşanmış tatsız konuşmadan dolayı oldukça dağılmıştım.

Emine Bozorg'un evindeki yatak odamıza girdiğimizde Mudî ile tartışmaya başladık.

"Onlara nazik davranmadın" dedi Mudî. "Söylediklerine hak vermen gerekirdi."

Mudî'nin yüzüne bakakaldım. "Ama haklı değiller." Mudî diğer Şiiler gibi İran'daki kadınların herkesten fazla hakka sahip olduğunu savunuyordu.

"Çok ön yargılısın!" dedi Mudî. "İran'da hiç kimse kadınları baskı altında tutmuyor."

Duyduklarıma inanamıyordum. İranlı kadınları kocalarının kölesi olmuş olduğunu görüp görmediğini sordum kendi kendime. Bir yandan dinin baskısı diğer yandan hükümetin almış olduğu kurallar kadınların günlük hayatta yakasını bırakmıyordu. Orta Çağ'dan kalma üstelik bu kavurucu sıcakta sağlığa oldukça zararlı giysiler giymek zorunda olmaları yeterince baskıcı değil miydi?

O gece birbirimize küs yattık.

• • •

Aileden birçok kişi Şah'ın sarayını görmemiz için ısrar etti. Saraya varır varmaz kadınlarla erkekleri birbirinden ayırdılar. Başka kadınlarla birlikte bekleme salonuna benzeyen bir odaya girdiğimizde üstümüzü aradılar ve kurallara uygun giyinip giyinmediğimizi kontrol ettiler. Üzerimde manto ve rusari ve kalın çorap olmasına rağmen beni içeriye almadılar. Görevli bir kadın tercüman aracılığıyla kalın ve uzun pantolon giymem gerektiğini söyledi.

Mudî gelip gecikmenin sebebini anlar anlamaz sinirlenmeye başladı. Yabancı olduğumu ve bu sebepten dolayı da kalın pantolonumun olmadığını açıklamış olsa da kalın ve uzun pantolon olmadan içeriye alınmayacaktım. Mamal'ın karısı Nesrin bana bir pantolon almak için yakınlarda oturan annesinin evine koştu.

Mudî yaşananları hafifletmek istercesine, "Bu görevliler üstünlük taslamak için bu şekilde davranıyor. Aslında böyle bir kural yok" dedi.

Sonunda sarayın içine girdiğimizde tam bir hayal kırıklığına uğradım. Humeyni'nin yağmacı devrimcileri dillere destan bu sarayı soyup soğana çevirmişti. Geride kalan ne varsa kırık döküktü. Şah zamanındaki ihtişamdan en ufak bir iz bile yoktu. Rehberimiz Şah'ın ve ailesinin paraları savurduğunu anlattıktan sonra sarayın pencerelerinden görünen barakalara bakmamızı söyledi. Büyük bir ihtişamın içinde yaşarken yanı başlarındaki insanların sefaletlerinden utanmadıklarını vurguluyordu. Gezdiğimiz bomboş salonlarda başıboş çocuklar koşuyordu. Çoğunluğun ilgisini çeken şey köşede satılan İslam edebiyatına ait kitaplardı.

Üzerimde herhangi bir etki bırakmayan bu gezinin sonunda sadece tatilimizin bir gününü daha geride bırakmış olduğumuzdan dolayı mutluydum.

• • •

Zaman oldukça zor geçiyordu; çünkü kızım da ben de alışkın olduğumuz uygar dünyayı özlemiştik. İkinci haftanın ortalarında Rıza ve Esey oldukça hoş bir öneride bulundu. Rıza Corpus Christi'de bizimle kalırken Şükran Günü'nü birlikte kutlamıştık. Rıza o akşam içinde Şükran Günü'ndeki hindinin aynısını pişirmemi istedi benden. Bu rica karşısında çok sevinmiştim. Vakit kaybetmeden gereken malzemeyi bir kâğıda yazıp Rıza'ya verdim. İstediklerimi bulması bir gününü almış. Tabii ki bunu daha sonraları öğrendim.

Pişirmem için getirdikleri hindi sıska bir o kadar da kuruydu. Kafası ve ayakları yapışmış gibi duran hindinin tüyleri de tam olarak yolunmamıştı. Üzerime almış olduğum iş hiç de kolay olmayacaktı. Esey'in mutfağı Emine Bozorg'unkiyle karşılaştırıldığında çok daha temizdi ve ben Amerikan mutfağına yaraşır bir iş çıkartmak için var gücümle çalışacaktım.

Esey'in mutfağında ızgara yapılacak bir olanak yoktu ve doğrusunu söylemek gerekirse gazla çalışan fırınını daha öncesinden de kullanmamıştı. Hindiyi parçalara ayırıp tencerenin içinde pişirmek zorunda kaldım. Emine Bozorg'un mutfağında bulunup Esey'in mutfağında bulunmayan gereçleri Emine Bozorg'un mutfağından getirmeleri için Mudî'yi ve Rıza'yı seferber ettim.

Kullanacağım malzemelerin yerine başkalarını kullanmak zorunda kaldım. Örneğin hindinin içini doldurmak için ihtiyaç duyduğum baget ekmeğini bulamamışlardı. Bu yüzden onu da ben pişirmek zorundaydım. Patates püresini patatesleri tahta bir kaşıkla kevgirden geçirerek elde ettim.

Elimin altında alışkın olduğum araç gereç olmayınca yaptığım her iş haddinden fazla zor oluyordu. Mutfaktaki gereçler bir yana ortada kurulama bezi ya da tutacağa benzeyen bir şey de yoktu. Kâğıt havlunun ya da şeffaf ambalajın varlığından bile haberdar olduklarını sanmıyordum. İranlılar bu tür ihtiyaçlarını gazete kâğıtlarıyla karşılıyordu. Hindiden sonra yemek için elmalı turta pişirmek istedim; ama bu isteğim de kursağımda kaldı; çünkü mutfaklarda fırın olmasına rağmen pasta kalıbı yoktu. Yine de elmalı tatlıya benzeyen bir tatlı yaptım ve fırında pişirmeye çalıştım. Fırının üzerindeki yazılar Arapça olduğundan gelişigüzel bir ayar seçmek zorunda kaldım. Esey fırını bugüne kadar hiç kullanmamıştı.

Sabahtan akşama kadar didinip durmuş olsam da sıska ve kuru olan hindi oldukça lezzetsizdi; ama Rıza, Esey ve diğer konuklar hindiyi beğendi. İran'a geldiğimiz günden beri bize ikram edilen yağlı ve pis yemeklerin yanında bu hindi bize ziyafet sayılabilirdi.

Mudî benimle gurur duydu.

• • •

Sonunda tatilimizin son günü geldi çattı! Macit o sabah için Millet Parkı'na gitmemiz için ısrar etti.

Bu fikir hoşuma gitti. Emine Bozorg'un ailesinde cana yakın ve parıltılı bir bakışa sahip tek kişi Macit'ti. Macit ve Ziya makyaj malzemeleri imal eden bir fabrikanın ortağıydı. Söylediklerine göre en çok satılan ürünleri, Emine Bozorg'un evinde izine bile rastlanmayan deodorantlarmış.

Yaptığı iş Macit'e oldukça çok boş zaman bırakıyor olmalıydı ki onu ne zaman görsem çocuklarıyla vakit geçiriyordu. Büyüklerin çocukları umursamadığı bir toplumda çocuklarına karşı bu denli ilgili bir baba görmek oldukça şaşırtıcıydı.

Parka Macit, Mudî, Mehtap ve ben birlikte gittik. İran'dan ayrılmadan önce geçirmiş olduğumuz birkaç saat sonu gelmek bilmeyen iki haftalık tatilimizin en eğlenceli dakikalarıydı.

Parkın içi alabildiğine yeşil çimlerle kaplı olup sayısız çiçeklerle süslenmişti. Mehtap sonunda oynayacağı bir alan bulmuş olmaktan dolayı inanılmaz mutlu olmuştu. Macit ile birlikte oynamaya başladılar. Mehtap koşuyor ve Mudî de onu yavaşça kovalamaya çalışıyordu.

Şu başımdaki kalın başörtüsü ve manto olmasa parkın tadını daha çok çıkartacağımı düşündüm. Bu kavurucu sıcak havada üst üste giyinmiş olmaktan dolayı mis gibi kokan bir ortamda burnuma ter kokusu gelmesi berbattı. İran'dan öylesine nefret ediyordum ki...

Mudî'nin ani bir hareketle elimi tutmuş olması ben şaşırttı. Yapmış olduğu şey dininin kurallarına aykırıydı. Oldukça üzgün ve düşünceli bakıyordu.

"Amerika'dan ayrılmadan önce bir şey oldu" dedi. "Sana söylemedim."

"Ne oldu?" diye sordum.

"Beni kovdular."

Elimi ani bir hareketle Mudî'nin elinin içinden çektim. Bir şeyler dönüyordu ve ben bedenimi saran korkuya engel olamıyordum. "Ama neden?" diye sordum.

"Çalıştığım klinik benden daha az ücretle çalışacak başka biriyle anlaştı."

"Yalan söylüyorsun" dedim sesimi yükselterek. "Bu söylediklerin doğru olamaz."

"Evet. Doğru."

Çimenlerin üzerine oturduk ve konuşmamıza devam ettik. Mudî'nin yüzünü kaplamış çaresizliği görmemek mümkün değildi. Genç yaşında ülkesini terk etmiş ve Batı'da bir yandan tıp öğrenimini tamamlamak için çalışmış diğer yandan da bir anestezist olarak ihtisasını yapmıştı. İş hayatına Corpus Christi'de başlamış ardından Michigan'ın güneyinde bulunan Alpena adındaki küçük bir kentte devam etmişti. Birlikte birçok başarıya imza atmış olmamıza rağmen kargaşanın hüküm sürdüğü dönemler çok olmuştu. Bunlardan bazıları her ne kadar kendisi doğrulamasa da Mudî'nin kişisel hatalarından kaynaklanmış bazıları da şansızlıktan dolayı olmuştu. Irk ayrımıyla başlayan sorunları, başka aksilikler takip etmişti ve her kargaşanın ardından Mudî'nin geliri bir hayli azalmış ve meslek onuru sarsılmaya başlamıştı. Alpena'dan istemeyerek ayrılmıştık.

Detroit'in on dördüncü caddesinde bulunan klinikte bir yıldan fazla bir süredir çalışıyordu. Bu işe girmesi için çok ısrar etmiştim; duruma bakılırsa şu anda onu da kaybetmişti.

Ama gelecek için karamsarlığa kapılmanın hiçbir nedeni yoktu. Gözlerimden akan yaşları sildim ve onu cesaretlendirmeye çalıştım.

"Sorun değil" dedim. "Başka bir iş bulabilirsin ve gerekirse ben de yeniden çalışmaya başlarım."

Mudî'yi yatıştırmak imkân dâhilinde değildi. Onun da diğer İranlılar gibi boş ve mahzun baktığını anlamam uzun sürmedi.

• • •

Öğleden sonra büyük bir heyecan içinde kızımla birlikte bavullarımızı toplamaya başladık. İstediğim tek şey mümkün olduğunca çabuk buradan kurtulmaktı. Katılmam gereken tek bir akşam yemeği kalmıştı. Dillerini ve alışkanlıklarını anlayamadığım bu insanların arasında geçirilecek son bir gece daha vardı.

Çarşıdan aldığımız hazineyi bavullarımıza sıkıştırmak zorundaydık ve bu işi yapmak oldukça eğlenceliydi. Mehtap'ın gözleri duyduğu mutluluktan dolayı parlıyordu. Ertesi sabah kucağındaki tavşanıyla birlikte uçağın koltuğuna oturacak ve emniyet kemerini bağlayacaktı.

Kalbimin bir parçası Mudî'nin hissettiklerini anlamaya çalışıyordu. Ülkesini ve ailesini sevmediğimi hatta nefret ettiğimi biliyordu. Bundan dolayıdır ki bavulları hazırladığımız süre boyunca sevincimizi açık ve net göstermemek daha iyi olacaktı; ama yine de onun da çantasını toplamasını istiyordum.

Bir şeyi unutup unutmadığımı anlamak için küçük yatak odamızın etrafına göz gezdirirken düşüncelere dalmış bir hâlde oturan

Mudî'ye, "Tatlım, gel de bavulları birlikte toplayalım" dedim.

İran'a getirmiş olduğu ilaçlar bavulun içinde duruyordu. "Bunlarla ne yapacaksın?" diye sordum.

"Bilmiyorum" dedi.

"Hüseyin'e versene?" dedim öneride bulunurcasına.

Hacı Baba'nın ve Emine Bozorg'un en büyük oğulları başarılı bir eczacıydı.

Uzaktan çalan bir telefonun belli belirsiz sesini duyar gibi oldum. Bavullarımı toplama işini bitirmek istiyordum.

"İlaçlarla ne yapacağıma henüz karar vermedim" dedi Mudî. Sesi yumuşaktı; ama uzakta geliyordu. Kafası bir şeylere takılmış gibiydi.

Konuşmamızı bitirmeden önce Mudî'yi telefona çağırdılar, ben de onu mutfağa kadar takip ettim. Arayan Macit'ti. Parktan dönüşte bizi eve bırakmış ve bilet işlemlerini halletmek için havaalanına gitmişti. Aralarında Farsça bir şeyler konuştular. Bir süre sonra Mudî İngilizce olarak, "Bunları Betty'ye anlat" dedi.

Kocamın elindeki ahizeyi kulağıma götürürken tüylerimin ürperdiğini hissettim. Bir an için her şeyin bir bulmacanın parçası gibi birbirine uyum sağladığını fark ettim. Mudî'nin ailesine kavuşmasından dolayı yaşadığı sevinç, devrime açıkça ilgi duyması, paramızı böyle kolayca savurması hepsi birbirine uyuyordu. Aldığımız mobilyalara ne olmuştu? Bildiğim kadarıyla Macit mobilyaların Amerika'ya gönderilme işlemine henüz başlamamıştı. Mudî ile parkta rahatça konuşabilmek için Macit'in Mehtap'ı uzaklaştırmasına ne demeliydi? Mamal Michigan'daki evimize geldiğinde saatlerce baş başa Farsça konuşmaları bu yüzden olabilir miydi? Daha o zamanlarda gizliden gizliye bir şeyler planladıklarından kuşku duymam gerekirdi.

Macit'in telefonun diğer ucundan, "Yarın sabah gidemiyorsunuz" demesinden önce bir felaket haberi alacağımı biliyordum.

Duyduğum paniğin sesime yansımamasına gayret göstererek, "Yarın sabah gidemiyorsunuz da ne demek?" diye sordum.

"Hareket etmeden üç gün öncesinden pasaportlarınızı havaalanına getirmeniz gerekiyormuş" dedi Macit. "Pasaportlar denetlenmeden çıkış izni almanıza imkân yokmuş. Pasaportlarınızı zamanında bırakmamışsınız."

"Bunu bilmiyordum. Bu benim suçum değil."

"Yani yine de yarın sabah gidemiyorsunuz."

Macit'in sesinde küçümsemeye dair işaretler vardı. Siz Batılı kadınların burada işlerin ne şekilde yürüdüğüne aklınız ermez der gibiydi. Aslında hissettiklerim bununla sınırlı değildi. İçimden bir his sesindeki soğukluktan bunların hepsinin önceden planlanmış olduğunu fısıldıyordu. Artık Macit'ten hoşlanmıyordum.

Sesimi yükseltip ahizeye doğru bağırarak, "O zaman gidebileceğimiz ilk uçuşun ne zaman olacağını söyle" dedim.

"Bilmiyorum. Bakmam gerek" dedi.

Telefonu kapattığımda kanımın bedenimden çekildiğini hissettim. Pasaportumuzla ilgili bürokratik engellerin dışında bir şeyler olduğu kesindi.

Mudî'yi odamıza götürmek için çekiştirdim.

"Neler oluyor?" diye sordum ısrar edercesine.

"Bir şey yok... Yok bir şey. Bulduğumuz ilk uçakla döneceğiz."

"Pasaportlarımıza neden dikkat etmedin?"

"Bir hataydı; ama bana bundan bahseden olmadı."

Duyduğum korku yüzünden aklımı kaçırmak üzereydim; ama soğukkanlılığımı korumak zorundaydım. Vücudumun titremesine ve sesimin giderek yükselmesine engel olamıyordum. "Sana inanmıyorum" dedim bağırarak. "Bana yalan söylüyorsun. Pasaportları ver. Eşyalarını topla. Havaalanına gidiyoruz. Onlara üç gün öncesinden verilmesi gerektiğini bilmediğimizi anlatacağız. Belki uçağa binmemize izin verirler."

Mudî kısa bir süre boyunca suskun kaldı. Ardından derin bir nefes aldı. Yedi yıllık evliliğimiz boyunca karşımıza çıkan tüm engelleri birlikte yenmiştik. Hayatımızı etkileyecek bir problemle karşı karşıya kaldığımız zamanlarda ikimiz de problemden kaçmak yerine üstüne gitmeyi tercih ederdik.

Saçma sapan nedenlerle beni oyalayamayacağını anlayan Mudî yatakta yanıma oturdu. Elini belime doladığında geri çekildim. Oldukça sakin; ama kararlı bir ses tonuyla konuşmaya başladı. "Bunu sana ne şekilde anlatacağımı inan ki bilmiyorum" dedi. "Eve dönmüyoruz. Burada kalıyoruz."

Böylesine bir konuşmanın geleceğini tahmin etmiş olsam da duyduğum sözlerin karşısında ne şekilde tepki vereceğimi bilemedim.

Fırlarcasına yataktan kalktım ve "Yalancı! Yalancı! Yalancı!" diye çığlık çığlığa bağırdım. "Bunu bana nasıl yaparsın? Buraya neden geldiğimi biliyorsun. Ben evime dönmek istiyorum."

Mudî buraya gelişimin sebebini gerçekten de biliyordu; ama şu anda bunu umursadığı yoktu.

Babasının dönüştüğü karanlık kişiliğe bir anlam veremeyen kızımın önünde Mudî dişlerini sıkarak, "Eve gitmene izin veremem. Ne söylersem onu yapmak ve benim yanımda kalmak zorundasın." Beni var gücüyle yatağın üzerine fırlattı. Bağırması zaferini ilan edercesine yükseldiğinde bile kızımızı umursamadı. "Hayatının sonuna kadar burada kalacaksın. Anlıyor musun? İran'dan gitmiyorsun. Ölünceye kadar burada kalacaksın."

Tek bir kelime söylemeksizin yatağın üzerinde boylu boyunca yatarken gözyaşlarım sicim gibi akıyordu. Mudî'nin sesi bir tünelin diğer ucundan geliyordu.

Mehtap tavşanına sarılmış bir hâlde içini çekerek ağlıyordu. Tüm bunlar gerçek olabilir miydi? Mehtap ve ben bir hapishaneye kapatılmış mahkûmlar mıydık? Bir zamanlar karısını ve kızını her şeyden çok seven sevgi dolu bir kocanın ve babanın tutsakları mıydık biz?

Bu çılgınlıktan kurtulmanın bir yolu olmalıydı. Şaka gibi gelse de Allah'ın bile yanımda olduğunu biliyordum.

Gözyaşlarım sicim gibi akarken yatağın üzerinden fırladım ver her zamanki gibi evin oturma odasını dolduran birkaç konuğun ve Emine Bozorg'un karşısına dikildim.

"Hepiniz yalancısınız!" diye haykırdım.

Mudî'nin Amerikalı karısının neden haykırdığını anlayan ya da umursayan olmadı. Düşmanca bakan yüzlerin karşısında durmuş kendimi güçsüz ve gülünç hissediyordum.

Burnum akıyor, gözyaşlarım durmak bilmiyordu. Mudî'nin aile üyelerinde olduğu gibi benim de bir mendilim, bir peçetem olmadığından burnumu başörtüme silmek zorunda kaldım. "Bütün aileyle konuşmak istiyorum" diye haykırdım.

Nasıl oldu bilmem; ama talebim bir şekilde yerine ulaştı.

Ağlayarak, midemin bulantısını bastırmaya çalışarak kızımla birlikte yatak odasında birkaç saat geçirdim. Mudî gelip çek defterimi istediğinde herhangi bir şey söylemeden uzattım.

"Diğerleri nerede?" diye sordu. Üç tane banka hesabımız vardı.

"Sadece bir tanesini getirdim" dedim. Yapmış olduğum açıklama onu tatmin etti ve çantamın içini karıştırmaya kalkışmadı.

Beni yalnız başıma bıraktı ve ben yapacağım savunma için kendimi cesaretlendirmeye çalıştım.

Gecenin geç saatlerinde Hacı Baba işten dönüp herkes akşam yemeğini yedikten sonra aile talebim üzerine bir araya geldiğinde kurallara uygun giyindim ve salona girdim. Söyleyeceğim şeyi biliyordum. Yapacağım savunmayı Müslümanlık ahlak kurallarına dayandıracaktım. Hacı Baba'nın dinine ne kadar önem verdiğini biliyordum, zaten benim de başka bir dayanağım yoktu.

"Rıza" dedim sesimin sakinliğini korumaya çalışarak. "Söyleyeceklerimi Hacı Baba'ya tercüme eder misin?"

Hacı Baba sözlerimin arasında kendi adını duyduğunda bana kısa bir bakış attı, ardından her zamanki gibi gözlerini yere dikti.

Söylediklerimin doğrudan doğruya çevrileceğini umarak konuşmaya başladım. Hacı Baba'ya İran'a gelmek istemediğimi, İran'a geldiğimde sahip olduğum hakları kaybedeceğimi ve Mudî'nin benim efendim olacağını bildiğimi söyledim.

"Öyleyse neden geldim?" diye sordum iğneleyici bir edayla.

"Buraya geldim; çünkü Mudî'nin ailesini tanımaya ve onların Mehtap'ı tanımalarına fırsat vermeye." Aslında buraya gelmemin çok daha derin sebebi vardı; ama bunu Mudî'nin ailesiyle paylaşamazdım. Bunu açıklamak yerine Mudî'nin Allah'ın adını kullanarak yalan söylediğini söyledim.

Detroit'teki evimizde Mudî'ye çıkacağımız yolculuk hakkındaki korkularımdan bahsettiğimde Mudî korkularımı yok etmek için soylu bir davranışta bulunmuş ve geri döneceğimize ve beni İran'da tutmaya kalkışmayacağına dair Kuran'a el basmıştı.

"Mudî beni burada tutmayacağına dair yemin etti. Ama şimdi beni zorla tutuyor" dedim Hacı Baba'nın söylemiş olduğu şeylerin ne kadarını anlamış olduğunu merak ederek. "Sen Allah'tan korkan bir adamsın. Kuran'a el bastıktan sonra bana bu şekilde davranmasına nasıl izin verirsin?"

Mudî bir an için yerin dibine battı; ama toparlanması çabuk oldu. Anlatmış olduğum şeyleri doğruladı; ama hemen ardından, "Çok özür dilerim" dedi. "Allah beni affedecektir; ama başka türlü onu buraya getirmeye ikna edemezdim.

Hacı Baba fazla düşünmeye gerek duymadan konuşmaya başladı. Rıza, Hacı Baba'nın söylediğini tercüme etti. "Dayıcan neyi uygun görürse onu yapacaktır. Bize düşen ona destek olmaktır."

Kendimi tutamadım ve yapmamam gerektiğini bildiğim hâlde sesimi yükselterek, "Hepiniz yalancısınız! Bunların olacağını biliyordunuz. Hepsi kandırmacaydı. Aylar öncesinden bunları planladınız ve ben hepinizden nefret ediyorum." Hıncımı kusarcasına bağırıyor ve ağlamaktan kendimi alamazken söylediğim sözleri kontrol edemiyordum. "Günün birinde hesaplaşacağız. Dininize saygı gösterdiğimi bildiğinizden hilenize dini alet ettiniz. Gün gelecek bunun hesabını ödeyeceksiniz. Allah yaptıklarınız için günün birinde sizi cezalandıracaktır!"

Ailenin tümü kafa tutmama aldırış etmedi. "Bunu hak ettin!" dercesine bakıyorlardı. Mudî Dayı'nın Amerikalı karısının hakkından gelmiş olması onlar için büyük bir zevkti.

ÜÇÜNCÜ BÖLÜM

Mehtap ile saatlerce ağladık ve sonunda kızım uykuya daldı. Başımın ağrısı dayanılmaz bir hâl almıştı. O gece hiç uyuyamadım. Yanımda uyuyan bu adamdan sadece nefret etmiyor aynı zamanda korkuyordum.

Aramızda yatan Mehtap uykusunun arasında kıpırdandıkça kalbim parçalara ayrılıyordu. Altüst olmuş küçücük kızımın yanında Mudî'nin bu kadar rahat uyuyabilmesine bir anlam veremiyordum. Ona böyle bir şeyi nasıl yapmıştı?

En azından ben ne yapacağımı biliyordum; ama zavallı Mehtap bu konuda söz sahibi bile değildi! Dört yaşındaki günahsız bir yavru akıl almaz politik nedenlerin karıştırdığı bir evliliğin farkında olamazdı.

Gece boyunca kızımı böylesine bir yere getirdiğimden dolayı kendimi suçladım.

Aslında yanıtı biliyordum. Garip görünse de kızımı İran'dan sonsuza kadar uzak tutmanın çaresi onu kısa bir süreliğine buraya getirmekti. Ama şu anda her şey mahvolmuştu.

Hayatım boyunca politikaya ya da uluslararası entrikalara aklım ermediği gibi ilgi de duymadım. Sadece ailemle birlikte huzurlu bir hayat sürmek istemiştim. O gece saatler boyunca yatağımda uyanık bir hâlde yatarken aslında hayatımın iç içe geçmiş anılarla dolu olduğunu anladım.

Gerçekte de Mudî ile beni bir araya getiren şey de acıydı. On yıl önce başımın sol tarafında başlayan, zamanla bütün bedenimi kaplayan bir ağrıydı Mudî ile beni karşılaştıran. 1974 yılının Şubat ayında ağrılarım dayanılmaz bir hâl aldı. Buna mide bulantısı ve hâlsizlik de eklendiğinde annemle babam kaygılanmaya başladı. Ağrılar sabah uyanır uyanmaz başlıyordu. Ufacık bir gürültü ağrılarımı tetikliyor ve ancak güçlü ağrı kesiciler sayesinde uyuyabiliyordum.

Yirmi sekiz yaşındaydım ve kendime yeni bir hayat kurmaya karar verdiğim bir dönemde ağrıların baş göstermesi yaşamımı altüst etmişti. Lise biter bitmez evlenmiş ve kendimi sevgisiz bir evliliğin ardından oldukça zor geçen bir boşanma sürecinde bulmuştum. Ama büyük çabalar sonucu kendime mutlu bir hayat kurmuştum. Michigan eyaletinin Elsie kasabasındaki ITT Hancoch şirketinde bulduğum işte oldukça ilerlemiştim. Önceleri akşam vardiyasında hesap tutarak başlamış kısa bir süre içinde sorumluluk almaya başlamıştım. Mütevazı; ama rahat bir daire tutmuş, oğullarım Joe ve John ile birlikte yaşıyordum.

Gönüllü olarak çalıştığım dernek yıl sonu faaliyetlerini televizyonda yayınladığından Jerry Lewis şova bile çıkmıştım. Kısacası kendimi ayaklarımın üzerinde durmayı başardığımdan dolayı mutlu hissediyordum.

İki çocuğuyla birlikte yaşayan, kendinden emin, mutlu bir kadındım. Çevremdeki insanlardan farklı olduğumu biliyordum. Elde ettiklerimle yetinmeyip geçen her gün daha ileriye gitmeyi ve işimde ilerlemenin yanında gece kurslarına katılarak üniversite diploması almayı arzu ediyordum. Aslında yaşantımı bir düzene koymuştum; ama ben daha fazlasını istiyordum.

Tam da o anda baş ağrılarım başladı. O günlerde düşündüğüm tek şey beni karamsar ve hayata karşı bıkkın bir hâle sokan ağrılardan kurtulmaktı.

Uzun zamandır aile doktorumuz olan Doktor Roger Morris'ten yardım istemiştim. Kendisi beni yarım saat uzaklıktaki Elsie'de bulunan Carson City'deki hastaneye gönderdi.

Doktor beynimde bir ur olduğundan şüphe ettiğini söylediğinde yatağın üzerinde kıvrılmış, duyduklarıma inanamayarak ağlamamak için kendimi tutuyordum.

Annemle babam Bannister'de beni ziyarete gelirken yanlarında yaşları hastane ziyareti yapamayacak kadar küçük olan Joe ve John'u da getirdiler. Oğullarımı görmek beni mutlu etti; ama hastane kurallarını bildiğimden oğullarıma izin vermiş olmaları beni korkuttu. Tesadüfen bir sonraki gün de odama rahip geldiğinde vasiyetimi yazmak istemiştim.

Hastalığıma bir tanı konamıyordu. Her gün fizik tedavisi ve manipülasyon yapıldıktan sonra perdeleri kapalı tutulan bir odada dinlendiriliyordum. Manipülasyon, ağrıları doğal yoldan geçirmeye çalışan bir yöntemdi ve ağrıyan yerdeki kasları gevşetmeye yarıyordu. Ağrılarımdan bir an için kurtulmak istediğimden her türlü tedaviye elimden geldiğince yardım etmeye çalışıyordum.

Manipülasyon tedavisinin başladığı gün öylesine büyük acılar içindeydim ki yanımdaki asistan doktoru fark edememiştim. Masanın üzerinde yüzükoyun yatarken asistan, boynumda sıkışmış sinirleri kurtarmak için masaj yapıyordu. Ellerinin dokunuşu rahatlatıcı ve nazikti.

Boyun ve omuz kaslarımı aynı yöntemle rahatlatmak için sırtüstü dönmeme yardımcı oldu. Uygulamanın en önemli kısmı boyunu sabit tutup ani bir hareketle çevirmekti. Omurgaların arasında biriken hava bu ani hareket sayecinde çıkıyor ve inanılmaz bir rahatlama sağlıyordu.

Sırtüstü yatarken doktora yakından baktım. Benden beş altı yaş büyük olduğuna göre diğer asistanlardan daha yaşlı olmalıydı. Saçları dökülmeye başlamıştı; ama bu lehineydi çünkü etrafındakiler ona saygılı davranıyordu. Yakışıklı sayılmazdı; ama güçlü ve tıknaz vücudu onu çekici kılıyordu. Arap hatları göze çarpıyordu. Ten rengi benimkine nazaran biraz daha koyuydu; ama konuşması ve davranışlar bir Amerikalıdan farksızdı.

Adı Seyid Bozorg Mahmudî'di; ama diğer doktorlar ona kısaca Mudî diyordu.

Hastanede kaldığım süre boyunca Doktor Mudî'nin tedavi saatleri sıkıcı yaşantıma bir renk kattı. Onun varlığı uyguladığı tedaviyi daha da etkili hâle getirmişti. Mudî bugüne kadar karşılaştığım en ilgili hekimdi. Tedavi saatlerinin dışında da günde birkaç kez kapıdan kafasını uzatır ve "Nasılsın?" diyerek, hâlimi hatırımı sorardı. Akşam saatlerinde de iyi geceler demek için uğrardı.

Birçok testten geçirildim ve sonunda beynimde ur olmadığı anlaşıldı. Ağrılarımın sebebi aniden baş gösteren bir migrenmiş ve bu migren geldiği gibi kendiliğinden yok olabilirmiş. Aslında tam isabetli bir tanım yapılmıştı; çünkü birkaç haftanın ardından ağrılarım azalmaya başladı. Çektiğim acılar bir yan etki bırakmamıştı; ama yine de yaşantımda dramatik gelişmelere neden oldu.

Hastanedeki son günümde Dr. Mudî masajı bitirmek üzereyken birdenbire, "Parfümünüzün kokusunu çok beğeniyorum. Bu hoş koku sizinle bütünleşmiş" dedi. Her zaman sürdüğümn kokumun adı Charlie'ydi. "Bazı akşamlar evime gittiğimde ellerimde parfümünüzün kokusunu alabiliyorum."

Eve döndüğümde sağlığımı kontrol etmek için beni arayıp arayamayacağını sorduğunda, "Tabii ki" dedim. Dikkatlice adresimi ve telefon numaramı yazdı.

Tedavim bittiğinde bana doğru eğildi ve beni dudaklarımdan öptü. Bu masum öpüşün bizi nereye götüreceğine dair en ufak bir fikrim dahi yoktu.

Mudî İran hakkında konuşmayı sevmezdi. "Oraya *asla* geri dönmeyeceğim" derdi. "Çok değiştim. Ailemle anlaşmam imkânsız. Bu saatten sonra onlara ayak uyduramam."

Mudî, Amerikan yaşam tarzını seviyor olsa da İran'ı Amerikanlaştırmaya çalışan Şah'tan nefret ediyordu. İran'da en çok kızdığı şey pilavın üstüne kuzu eti konulan *çelokebap* adlı iran usulü yiyeceğin yerini her köşe başında açılan ve hazır yemekler satan Mc Donalds'ların almış olmasıydı. İran artık onun yetiştiği ülke değildi.

Mudî İran'ın güney batısındaki Şuştar'da dünyaya gelmiş ve annesiyle babasının ölümünden sonra Horaşam'da yaşayan ablasının yanına taşınmıştı. İran tipik bir üçüncü dünya ülkesiydi ve yoksullarla zenginler arasında uçurum vardı. Yoksul bir tabakada dünyaya gelen biri Tahran'ın teneke mahallelerinde diğer yoksullarla üst üstte yaşayıp gitmek ve arada bir bulduğu üç beş kuruşluk işlerle geçinmek zorundaydı. Mudî varlıklı bir ailenin çocuğu olduğundan sıkıntı çekmeden liseyi bitirmiş ve yüksek öğrenimini tamamlamak için yurtdışına gönderilmişti. Şah, ülkesinin Batı'da eğitim gören gençler sayesinde yükseleceğine inandığından yurtdışında okumak isteyenlere burs veriyordu.

Aslında bu pek de işe yaramamış; çünkü İranlılar Batılılaşmaya var güçleriyle karşı koymuştu. Amerika'ya giden ve orada yaşayan İranlılar bile dinlerinin gerekliliklerini yerine getirerek ve geleneklerini koruyarak topluma karışmadan koloni hâlinde yaşamayı başarmışlardı. Bir gün yirmi yıldır Amerika'da yaşayan; ama bulaşık kurulama bezinin ne işe yaradığını bilmeyen İranlı bir kadınla karşılaştım. Ona bulaşık kurulama bezinin ne işe yaradığını gösterdiğimde harika bir buluş diyerek sevinmişti.

Batıda okuyan İranlı gençler, "Milletler, özgür iradeleriyle yönetim biçimlerini seçmeli ve asla asimile olmamalıdır" sloganlarıyla devrim hazırlığına girişmiş ve sonunda Şah'ı devirerek yurt dışı edilmesini sağlamışlardı.

Mudî tipik bir İranlı gibi değildi. Yirmi yıla yakın bir süreden beri Amerika'da yaşıyordu ve kendini politik olaylardan olabildiğince uzaklaştırmıştı. Çocukluk yıllarını geçirdiği ülkeden farklı bir yer bulmuş ve bulduğu yeni yer ona rahatlığın her türlüsünü sunmuştu. Mudî gerçek bir Batılı gibi yaşamak istiyordu.

İran'dan ayrılır ayrılmaz Londra'ya gitmiş ve iki yıl boyunca İngilizce eğitim görmüştü. 11 Temmuz 1961 yılında öğrenci bursuyla Amerika Birleşik Devletleri'ne gelmiş ve Missouri Üniversitesi'nde lisansını tamamladıktan sonra matematik dersleri vermeye başlamış. Mudî her konuda başarılıydı; ama yetenekleri onun bir dalda ilerlemesini engelliyordu. Mühendislik eğitimi görmüş ve Türk iş adamlarıyla çalışmaya başlamıştı. Çalıştığı şirket NASA'nın bir alt kuruluşuydu ve Apollo uzay tasarısıyla ilgileniyordu. Mudî zaman

zaman büyük bir gururla, "Aya birilerini göndermede benim de katkım var" derdi.

Otuzlu yaşlarına geldiğinde ülkesinde en çok geçerli olan ve annesiyle babasının mesleği olan doktorluğa heveslenmişti. Parlak diplomalarına rağmen ilerleyen yaşından dolayı birçok üniversite başvurusunu geri çevirince Kansas City Üniversitesi'nde anestezi öğrenimi için kaydını yaptırmıştı.

Onunla çıkmaya başladığımız günlerde Carson City'deki staj süresi tamamlanmak üzereydi. Stajı biter bitmez Detroit'teki hastanede üç yıl boyunca anestezi dalında hizmet verecek ve anestezi alanında ihtisasını tamamlayacaktı.

"Aslında pratisyen hekim olmalısın" dedim ona günün birinde. "Hastalarınla iletişimin çok güzel."

"Anestezinin getirisi daha çok" dedi tam bir Amerikalı gibi düşündüğünü kanıtlarcasına. Mudî yeşil kart sahibiydi ki bu Amerika'nın her yerinde ona çalışma imkânı sunuyordu. Bu kart ileride Amerikan uyruğuna geçmek için ona kolaylık sağlayacaktı.

İran'daki ailesiyle bağlarını kopartmak ister gibiydi. Ailesinden herhangi birine mektup yazmıyordu. Kendisini büyüten ablasına bile. Mudî İran'dan ayrıldıktan sonra Emine Bozorg Horaşam'dan Tahran'a taşınmıştı. Mudî'nin aile bağlarını koparıyor olması beni üzüyordu. Benim de ailevi sorunlarım yok değildi; ama aile bağlarının güçlü olmasını desteklemekten vazgeçmeye niyetim yoktu.

"En azından onları arada bir aramalısın" derdim Mudî'ye. "Sen bir doktorsun. Ayda bir İran'a telefon etmek bütçeni sarsmaz."

İran'a gitmesi için onu cesaretlendiren de ben oldum. Temmuz ayında stajını tamamlar tamamlamaz ablasını ziyaret etti. İran'da bulunduğu süre zarfında eksikliğimi hissettiğini ve beni ne kadar özlediğini göstermek için her gün mektup yazdı. Aslında ben de Mudî'nin eksikliğini hissetmiş ve ona âşık olduğumu o zaman anlamıştım.

Mudî'nin üç yıllık staj süresi boyunca arkadaşlığımız devam etti. Belirli günlerde buluşuyorduk. Bize geldiği zamanlarda Joe ve John'a şekerlemeler bana da çiçek, takı ya da güzel kokular getiriyordu.

Getirmiş olduğu hediyelerle ruhumu fethediyordu. İlk kocam özel günleri unuturdu, Mudî ise en küçük olayı anımsar ya da hediye almak için kendi fırsat yaratırdı. Doğum günümde hediye ettiği müzik kutusunun üzerinde kucağında bebeğini sallayan bir annenin resmi vardı. Hediyeyi verirken, "Çünkü sen mükemmel bir annesin" demişti. O günden sonra John'u müzik kutusunun içindeki 'Brahms'ın Ninnisi' ile uyuttum. Hayatım Mudî'nin gönderdiği güllerle renk kazandı.

Yeniden evlenmek istemediğimi her fırsatta söylüyordum ona. "Özgürlüğümün bana ait olmasını istiyorum" diyordum. "Birine bağlı yaşamak istemiyorum." Aslında o zamanlarda gerçekten düşündüğüm şey de buydu.

Mudî Detroit'teki hastanede pratisyen hekim olarak çalışmaya başlamıştı. Ben de iyileştikten sonra işime devam etmiş; ama evime daha çok zaman ayırmaya başlamıştım. Bu arada uzun zamandan beri istediğim Owosso'daki Lansing Community Üniversitesi'ndeki endüstri kurslarına başlamanın mutluluğunu yaşıyordum.

Mudî nöbetçi olmadığı hafta sonlarında arabasıyla üç buçuk saatlik yoldan elleri kolları hediyelerle dolu gelirdi. Nöbetçi olduğu hafta sonlarında ben Detroit'e gidiyor ve onun dairesinde kalıyordum.

Mudî'yi öpmek bana her şeyi unutturuyordu. Kendinden çok sevdiği kadının mutluluğunu önemseyen düşünceli bir sevgiliydi. O zaman kadar beni kendine bu denli çeken başka bir erkek olmamıştı. Birbirimize doyamıyor geceleri uyurken bile birbirimize sımsıkı sarılıyorduk.

Yaşantımız dopdolu ve mutluyduk. Mudî oğullarım Joe ve John'a mükemmel bir 'hafta sonu babalığı' yapıyordu. Çocuklarla birlikte pikniğe gidiyor ya da hayvanat bahçesini geziyorduk. Arada bir de Doğu'nun gelenekleriyle bizi tanıştırmak için Detroit'teki şenliklere katılıyorduk. Mudî bana kuzu eti, özel soslu pilavlar ve sebze yemeklerinden oluşan İran yemeklerini pişirmesini de öğretti. Bu yemekleri çocuklarım ve arkadaşlarım da benim kadar seviyordu.

Farkında olmadan Mudî'nin beni beğenmesi için özen gösterir olmuştum. Detroit'e gittiğim zamanlarda onun için alışveriş yapıyor, sevdiği yemekleri pişiriyor ve bekâr evini temizliyordum.

Mudî'nin geniş bir arkadaş çevresi yoktu; ama benim arkadaşlarım kısa bir zaman içinde onun da arkadaşı oldu. Toplantılarımızda güler yüzü ve tatlı diliyle eğlenceli şeyler anlatır ve gecenin en sevilen kişisi olmayı başarırdı.

Mudî bana Müslümanlığın Yahudi ve Katolik dinleriyle ortak yönleri olduğunu anlattığında çok şaşırmıştım. Müslümanlar için Allah ne ise bağlı olduğum metodist kilisesindeki Tanrı da oydu. Müslümanlar, Musa'nın Allah tarafından gönderilmiş bir peygamber olduğunu ve Tevrat'ın da Yahudiler için Tanrı'nın buyruğu olduğunu kabul ediyordu. Müslümanlık İsa'nın peygamberliğini kabul etmekle kalmadığını aynı zamanda İncil'i kutsal kitap olarak kabul ettiğinden bahsetti. İslam dinine göre Hazreti Muhammed hem sonuncu hem de en büyük peygamber olarak görülüyordu. Kuran kutsal kitaplar arasında en yeni kitap olup aynı zamanda en değerlisi olarak kabul ediliyordu.

Mudî Hristiyanlıkta Babtist, Katolik, Protestan olduğu gibi İslam dininin de mezheplere ayrılmış olduğundan bahsetmişti. Mudî ve ailesi Şii mezhebine mensuptu ki bu Batılı ülkelerde fazla bilinen bir şey değildi. Batı âşığı olan Şah yönetiminde hiçbir güce sahip olmayan bağnaz Müslümanlardan oluşan Şii'lerin günümüzde İran'da etkin bir tarikat kurmuş olduğunu da Mudî'den öğrenmiştim. Mudî Amerika'da kaldığı süre boyunca içinde doğup büyümüş olduğu İslami bağnazlığın gereklerini yerine getirmemişti.

Domuz etinden alabildiğince kaçınıyor olsa da arada bir içki içmeyi seviyordu. Sadece bazı özel günlerde seccadesini yayıp namaz kılıyordu.

Bir hafta sonu Mudî'nin Detroit'deki evine geldiğimde telefonu çaldı. Telefonda kısaca konuştuktan sonra, "Acil bir durum var hemen halledip gelirim" dedi.

Mudî evden çıkar çıkmaz Elise'deki evimde tepsilere hazırlamış olduğum İran yemeklerini ve kutunun içine yerleştirdiğim tabakları ve şarap kadehlerini almak için arabama indim.

Çok geçmeden Doktor Gerald White ve karısı onlara önceden vermiş olduğum yemeklerle ve pastayla geldiler. Pastayı sipariş ettiğim yere pastanın üzerine kırmızı, beyaz ve yeşil renklerden oluşan İran bayrağını yerleştirmelerini ve Farsça "Doğum günün kutlu olsun" diye yazmalarını rica etmiştim.

Mudî'nin beklenmedik yokluğu sırasında otuza yakın davetli geldi. Mudî geri döndüğünde herkes evde toplanmış, kutlama havasına girmişlerdi.

Topluluk, "Sürpriz!" diye bağırıp ardından da "Mutlu yıllar sana" diye şarkı söylemeye başladığında Mudî'nin yüzünü mutluluk kapladı ve gülümseyerek bize karşılık verdi.

O gün otuz dokuz yaşına basmış olsa da küçücük bir çocuk kadar coşkuluydu. Onu sevindirmiş olmanın mutluluğu müthiş bir duyguydu.

İlerleyen zamanlarda onu mutlu etmek benim için bir amaç hâline gelmişti. İki yıl süren bir arkadaşlık onu düşüncelerimin odak noktası hâline getirmişti.

İş yaşantım çekiciliğini kaybetmiş gibiydi. Benim için önemli olan sadece hafta sonlarıydı. Bu yüzden yaptığım çalışmalar da eskisi kadar parlak değildi. Üstelik şirketteki elemanlardan birinin boşanmış bir kadın olduğum için beni kolay lokma sanması da can sıkıcıydı.

Sonunda bu elemanla yatmadığım sürece işimde ilerleyemeyeceğimi anladım ki bu çekilmez bir durumdu. Hafta içinde biriken stresi atabilmek için gelecek hafta sonunu sabırsızlık içinde bekliyordum. Onun için yaptığım doğum günü partisi benim için de eğlenceli olmuştu. Uzakta olmuş olsam da iyi bir organizasyonla işin altından kalkmayı başarmış ve eşleriyle birlikte birçok doktor arkadaşı ağırlamıştım. Bu topluluk yaşadığım kasabadaki insanlardan çok farklıydı.

Doğum günü partisi gece yarısına kadar sürmüştü. Son konuğumuz kapıdan çıkar çıkmaz Mudî elini belime dolamış ve "Seni bu yüzden çok seviyorum" demişti.

Evlilik teklifi 1977 yılının Ocak ayında geldi. Bu teklif üç yıl önce Mudî'den ya da başka birinden gelmiş olsaydı kesinlikle reddederdim. Ama geçen zaman beni değiştirmişti. Boşandıktan sonra özgür olmanın tadını çıkartmış ve aileme bakabileceğimi kanıtlamıştım. Yalnız başına yaşamak artık çekici gelmiyordu. Dul kadın damgasından nefret ediyordum.

Mudî'yi seviyordum ve onun da beni sevdiğini biliyordum. Üç yıl boyunca en ufak bir anlaşmazlığımız olmamıştı. Artık önümde yeni bir seçenek vardı, iyi bir eş ve anne olacaktım. Doktor Mahmudî'nin eşi olarak yükleneceğim tüm sosyal sorumlulukların üstesinden geleceğimi biliyordum. Belki bu arada üniversiteyi bitirirdim belki de çocuğumuz olurdu.

Şimdi aradan yedi yıl geçmiş ve ben kâbuslarla dolu uykusuz bir gecede bir zamanlar sevmiş olduğum erkeğin yanında yatmış anılarımı gözden geçiriyordum. Bu noktaya geleceğimizin ipuçları o zamanlarda bile o kadar çoktu ki ama ne yazık ben bunların tümünü görmezden gelmiştim.

Hayatımızın akışı içinde geleceğimizi göremiyoruz. Şu anda geçmişi hatırlamanın bana hiçbir faydası olmayacak. Kızım ve ben bize yabancı gelen bu dünyada isteğimizin dışında tutsak edilmiştik bir kez. Şu anda bu duruma gelmemizin adımları ikinci planda kalması gereken bir şeydi, önemli olan tek şey önümüzde bizi bekleyen günlerdi.

Günler mi?

Haftalar mı?

Yıllar mıydı bizi bekleyen şey?

Ne kadar dayanmak zorundaydık? Bunları düşünmek bile gözlerimin yaşlarla dolmasına neden oldu. Mudî böylesine bir şeyi bize yapmak istemeyecekti, yapamazdı bunu bize. Kısa bir zaman içinde etrafını saran pisliğin farkına varacak ve bu farkındalık onu hasta etmeye yetecekti. Mesleki geleceğinin, en basit sağlık kurallarından ve sosyal adalet kavramlarından bihaber olan bir toplumda değil,

Amerika'da olduğunu anlayacaktı. Düşüncelerinin değişeceğinden emindim. Bizi evimize geri götürecekti ve ben Amerikan topraklarına ayağımı basar basmaz kızımla birlikte bulduğum ilk boşanma avukatına koşacaktım.

Ya fikrini değiştirmezse ne olacaktı? Bana kim yardım edecekti. Annemle babam mı? Michigan'daki arkadaşlarım mı? Polis mi? Dışişleri Bakanlığı mı? Mudî Amerikan vatandaşı olmasa da kızım ve ben Amerikan vatandaşıydık. Haklarımız vardı.

Ama nasıl?

Bu haklara kavuşmamız ne kadar sürecekti?

DÖRDÜNCÜ BÖLÜM

Mudî İran'da kalacağımızı açıkladığı günden beri kâbus dolu günler beni bırakmadı. Beni altüst eden haberi aldığımda her ne kadar aklım başımdan gitmiş olsa da çantamdaki nakit parayı saklamayı akıl etmiştim. Mudî benden çek defterimi istemişti; ama üzerimde nakit olup olmadığını sormamıştı. Çantamın içini boşaltırken alışveriş çılgınlığından kalma oldukça yüklü bir miktarda parayla karşılaştım. İki yüz bin riyalim ve yüz dolarım vardı. Riyalin karşılığı aşağı yukarı iki bin dolardı ve karaborsada bozdurmayı başardığım takdirde bunun altı katını almam bile mümkündü. Saklı hazinemi önce şiltenin altına sakladım Mudî ailenin diğer üyeleriyle namaz kılmaya gittiğinde de yatağın altından alıp dolabın içindeki kıyafetlerin arasına sakladım. Bu parayla ne yapacağımı bilmiyordum; ama belki günün birinde özgürlüğümü satın almama yardımcı olacaktı. Öyle ya da böyle günün birinde bu hapishaneden kurtulmanın yolunu bulacağımdan en ufak bir şüphem dahi yoktu.

Burası bir hapishaneydi. Mudî sadece pasaportlarımıza değil, bunun yanında doğum belgelerimize de el koydu. Elimizde bu önemli belgeler olmadan evden kaçmayı başarmış olsam bile Tahran'dan çıkmam imkânsızdı.

Günler boyunca Mehtap ve ben yatak odasından neredeyse hiç çıkmadık. Rahatsızlanmıştım ve lapanın haricinde başka bir şey yiyemiyordum. Hâlsizlik ve uykusuzluk kâbusum olmuştu. Mudî ilaç vermeye başlamıştı.

Zamanın çoğunda hayatımızın sonuna kadar İran'da kalma düşüncesini kabullenmemiz ve kaderimize razı olmamız için bizi yalnız başımıza bırakıyordu. Bir koca olmaktan çok gardiyan gibiydi. Yakında beş yaşına basacak kızımızın olanları öylece kabul etmesini beklemek oldukça mantıksızdı. Mudî kızından sevgi ve anlayış bekledikçe Mehtap da kendini o denli geri çekiyordu. Babası elini tutmak istediğinde elini onun elinden çekip benim elimi tutuyordu. Kahverengi gözlerindeki bakıştan durumu kavrayamadığını anlamak zor değildi. Babası onun gözünde düşmandan başka biri değildi.

Her gece Mehtap uykusunun arasında ağlıyordu. Banyoya tek başına gidemiyordu. Yediklerimizi hazmedemediğimizden dolayı karnımız ağrıyor ardından ishal oluyorduk. Bu nedenden dolayıdır ki günümüzün büyük bir bölümünü hamamböceklerinin cirit attığı banyoda geçirmek zorunda kalıyorduk. Güvencede olduğumuz tek yer olan banyoda, "Tanrım bunun üstesinden gelmemize yardım et. Lütfen... Amerika'daki aileme sağ salim kavuşmamız için bize bir yol göster" diye dua ediyordum. Kızıma ondan asla ayrılmayacağımı sürekli olarak yinelemek zorundaydım. En büyük korkum Mudî'nin kızımı benden almasıydı.

Oyalanabildiğim tek şey İngilizceye tercüme edilmiş Kuran'dı. Elimdeki Kuran Tukson Camisi'nin imamı Raşit Halife tarafından çevrilmişti. Yatak odasının ışığı olmadığından sabahın ilk ışığı odaya girer girmez okumaya başlıyordum. Karı koca arasındaki ilişkinin betimlendiği bölümleri dikkatlice okuduğum sırada Hacı Baba'nın oturma odasından gelen sesi bana eşlik ediyordu.

Bulunduğum duruma uyan bir bölüme rastladığımda bunu Mudî'ye ve diğer aile üyelerine gösteriyordum.

Dördüncü surenin otuz dördüncü ayetinde Hz. Muhammed şöyle buyurur:

Erkekler kadınlardan sorumludur, Allah onlara bunu yapacak özelliği vermiştir. Evin ekmeğini erkekler sağlar. Bu nedenledir ki erdemli kadınlar bu kuralı saygıyla kabullenir ve eşler evde olmadığında da o evi Allah'ın istediği gibi onurlandırırlar. Eşler-

den biri eşine karşı çıktığında önce durumu bildiğini belli etmeli, sonra yatağından kovmalı o da işe yaramadığında dövmelidir. Ama sözünden çıkılmayan eşe dokunulmamalıdır. Allah büyüktür ve senden üstündür.

Bu sözlerde işime yarayacak bir şey yoktu.

Evli bir çiftin sorunu olduğunda kocanın ve kadının ailesinden birer yargıç saptanır. Sorun halledilirse Allah onları tekrar bir araya getirir. Allah uludur ve o her şeyi bilir.

"Sorunlarımızı halletmek için ailelerimize danışabiliriz" dedim Mudî'ye okumuş olduğum ayeti gösterirken.

"Senin ailen Müslüman değil" dedi Mudî. "Onların sözü geçmez" dedi eklercesine. "Üstelik bu *senin* sorunun; bizim değil."

Mudî'nin ailesi Şii Müslümanlarıydı ve yapmış oldukları devrimin başarısına sırtlarını dayamışlardı. İnanılmaz bağnazdılar ve her durumda sadece kendilerini haklı görüyorlardı. Bir Amerikalı, bir gâvur üstelik bir kadın olan ben nasıl oluyordu da Kuran'daki ayetleri göstererek İmam Rıza'ya, Ayetullah Humeyni'ye, Hacı Baba'ya ve kocama meydan okumaya kalkıyordum? Mudî ile evli olduğuma göre onun malıydım ve bana istediği şeyi yapma hakkına sahipti.

Tutukluluğumuzun üçüncü gününde, aslında eve ulaşmış olmamız gereken günde, Mudî ailemi aramam için bana baskı yaptı. Söyleyeceklerimi bir bir anlattı ve konuşmamız boyunca da bizi dinledi. Talebi itaat ettirecek kadar tehditkârdı.

"Mudî biraz daha kalmamıza karar verdi" dedim ev halkına. "Hemen gelmiyoruz."

Annemle babam altüst oldu.

"Endişelenmeyin" derken sesimin neşeli çıkmasına gayret ediyordum. "Yakında geliriz. Biraz daha kalıyor olsak da yakında evde oluruz."

Söylemiş olduğum sözler onları rahatlattı. Onlara yalan söylemekten nefret ediyordum; ama tepemde dikilen Mudî varken onlara doğruyu söylememizin imkânı da yoktu. Onları görmeyi ve oğullarıma sarılmayı öylesine özlemiştim ki... Onları bir daha görüp göremeyeceğimi bile bilmiyordum.

Mudî değişken bir kişiliğe bürünmüştü. Çoğu zaman aksi biri olup sadece bana değil, kızımıza da kötü davranıyordu. Bazen de inanılmaz nazik davranıyordu ki bu şekilde hareket ettiğinde onun da benim gibi çelişkiler içinde olup olmadığını soruyordum kendime. Kendimi toparlamam için bana yardım ediyordu. Bir keresinde, "Betty bu akşam bizim için yemek pişirecek" dedi ilan edercesine Emine Bozorg'a.

Beni markete götürdü. Güneş ışınlarının sıcak dokunuşu beni az da olsa kendime getirmişti; ama şehrin kalabalığı ve yaydığı koku midemi bulandırdı. Birkaç sokak ötedeki kasap dükkânına girdiğimizde, "Etimiz kalmadı saat dörtte gelecek" denildi. Başka dükkânlar da bize aynı cevabı verdi. Aynı turu akşamüstü de yaptıktan sonra sonunda üç kilometre uzaktaki bir kasap dükkânında sığır rostosu bulabildik.

Emine Bozorg'un pis mutfağında bir şeyler pişirmeye çalışmadan önce aletlerin temizlenmesine öncelik verdim. Amerikan ağız tadına uygun bir yemek hazırlarken görümcemin lanet okuyan bakışlarını görmezden geldim.

Akşam yemeğinden sonra Emine Bozorg küçük erkek kardeşinin dikkatini çekmek istercesine, "Sığır etini bizim midemiz hazmedemiyor" dedi. "Bir daha bu eve sığır eti girmeyecek."

İran'da sığır eti alt sınıfın yiyeceği bir et olarak kabul görüyordu. Aslında Emine Bozorg'un söylemek istediği şey hazırlamış olduğum yemeğin ağızlarına layık olmadığıydı.

Mudî'nin ablasına karşı çıkmama imkân yoktu, bundan dolayı da sesimi çıkartmadım. Emine Bozorg evinin günlük işleyişine yaptığım müdahaleden hoşnut olmamıştı. Aslında ev halkının tamamı odaya girdiğimde görmezden gelmek istercesine bana sırtlarını dönüyordu. Bir Amerikalı olmam nefretlerini kazanmama neden olmuştu, Mudî'nin karısı olmak bir işe yaramamıştı.

Eve kapatıldığım hafta boyunca benimle kibar bir şekilde konuşan tek kişi Esey oldu. Ziyarete geldiği günlerden birinde beni kenara çekti ve "Çok üzgünüm" dedi. "Seni gerçekten seviyorum; ama bize senden uzak durmamız söylendi. Yanında oturup seninle konuşmamız yasak. Sana yapılan şeyleri onaylamıyorum; ama ailemin tümünü de karşıma almama imkân yok."

Emine Bozorg'un hayatım boyunca bu evde yalnızlık ve tutsaklık içinde yaşamamı bekleyip beklemediğini merak ettim. Bu çıldırmış ev halkının amacı ne olabilirdi?

Mudî kalabalık ev halkıyla birlikte yaşamaktan dolayı memnundu. Arada bir iş aradığını söylüyor olsa da iş arama anlayışı yeğenlerinden Amerika'da almış olduğu diplomaların İran'da geçerli olup olmadığını araştırmalarını istemekten ibaretti. Amerika'da almış olduğu diplomanın İran'daki hastanelerin kapısını açacağından emin gibiydi. Mesleğini burada sürdürmeye niyetliydi.

İran'da yaşayan insanların çoğu için zaman kavramının bir önemi yoktu ve Mudî eski alışkanlığına çarçabuk geri dönmüştü. Günlerini radyo dinleyip gazetesini okuyarak ve Emine Bozorg ile uzun saatler süren sohbetler yaparak geçiriyordu. Arada bir Mehtap ve beni kısa süren yürüyüşlere çıkarttığında bile gözlerini üzerimizden ayırmıyordu. Bazı günlerde öğleden sonraları yeğeniyle birlikte akraba ziyaretlerine gittiğinde bize göz kulak olması için ev halkını görevlendiriyordu. Bir keresinde Amerika karşıtı bir gösteriye katıldığında komik sloganlar mırıldanarak dönmüştü.

Günler geçti... Sayısız karamsar, sıcak, boğucu, can sıkıcı ve korkunç gün bırakıldı arkamızda. Karamsarlığın içine gittikçe daha çok batıyordum. Kendimi ölmek üzere olan bir hasta gibi hissediyordum. Mudî bana uyku ilacı ve sakinleştirici vermeye devam etse de çok az yiyip çok az uyuyordum. Bana neden kimse yardım etmiyordu?

Şans eseri tutsaklığımın ikinci haftasının ortasında telefon çaldığında telefonun yanında duruyordum. İçgüdüsel olarak telefonun ahizesini kaldırdığımda Amerika'dan arayan annemin sesini duyduğumda ne yapacağımı şaşırdım. Bana birçok kez ulaşmayı denediğini; ama artık saçma sapan konuşmalara tahammülünün kalmadığını söyledi. Vakit kaybetmeden ve hızlı hızlı konuşarak bana Tahran'daki İsviçre elçiliğinde Amerikalıların sorunlarıyla ilgilenen bölümün telefon numarasını ve adresini verdi. Yüreğim deli gibi çarpıyor olsa da telefon numarasını aklımda tutmayı başardım. Birkaç saniyenin içinde Mudî elimdeki ahizeyi kaptı ve konuşmamızı sona erdirdi.

"Ailenle yanında olmadığım zamanlarda konuşman yasak" diye bağırdı.

O gece yatağımın içinde adresi ve telefon numarasını belleğime yerleştirmek için basit bir kod yarattım ve adres defterimin içine yazdım ve defterimi paraları saklamış olduğum yere sakladım. Yine de önlem olsun diye telefon numarasını sabaha kadar yineleyip durdum. Sonunda bana uzanacak bir yardım eli buluştum. Ben Amerikan vatandaşıydım ve elçiliğin Mehtap ile beni buradan çıkartacak bir yol bulacağından emindim.

Bir sonraki günün sabahında bir fırsat yakaladım. Mudî gittiği yeri söyleme zahmetine girmeden evden çıkmıştı. Emine Bozorg ve diğerleri öğlen uykusuna çekilmişti. Ses çıkartmadan mutfağa girdim ve telefona uzandım. Öylesine heyecanlıydım ki kalbim yerinden fırlayacak sandım. Telefon çaldı... Bir, iki, üç kez... Çabuk açmaları için dua ederken cevap geldi. Ama telefondan gelen cevapla birlikte Emine Bozorg'un kızı Fereşte de mutfağa daldı. Sakin görünmeye çalıştım. Bugüne kadar benimle İngilizce konuşmamıştı, bu yüzden konuşacaklarımı da anlayamayacaktı.

"Merhaba!" dedim kontrol altına alınmış bir fısıldamayla.

"Biraz daha yüksek sesle konuşmak zorundasınız" dedi hattın diğer ucundaki bayan.

"Bunu yapamam. Bana yardım edin, lütfen. Beni tutsak ettiler."

"Biraz daha yüksek sesle konuşmak zorundasınız. Sizi duyamıyorum"

Duyduğum hayal kırıklığından dolayı akmak üzere olan gözyaşlarıma hâkim olmaya çalıştım. "Beni buraya kapattılar. Lütfen yardım edin."

"Yüksek sesle konuşun" dedi kadın; ama daha herhangi bir şey söylemeye fırsatım olmadan telefonu kapattı.

On dakika sonra Mudî eve geldiğinde hışımla yatak odasına daldı; beni yataktan çekercesine kaldırdıktan sonra omuzlarımdan tutup sarsarak, "Kiminle konuştuğunu söyle!" diye haykırdı.

Şaşırmıştım. Ev halkının beni sevmediğini biliyordum; ama Fereşte'nin Mudî eve gelir gelmez telefonda konuştuğumu söyleyeceğini beklemiyordum. Çabucak bir yalan uydurmaya çalıştım.

"Hiç kimseyle" dedim cılız bir ses tonuyla. Bu kısmen de doğruydu.

"Evet konuştun. Bugün telefonda birileriyle konuştun."

"Hayır, Esey'i aramaya çalıştım; ama ona ulaşamadım. Numara aklımda yanlış kalmış olmalı."

Mudî parmaklarını omuzlarıma geçirmişti. Mehtap köşede sinmiş ağlıyordu.

"Bana yalan söylüyorsun!" diye haykırdı Mudî. Beni yatağa doğru itince yatağın üzerine sırtüstü düştüm. Kapıyı vurup çıkmadan önce de bağırarak, "O telefona bir daha asla dokunmayacaksın!" dedi.

Mudî dengemi altüst etmişti ve bana olan davranış şeklini önceden kestiremediğim için harekete geçirecek bir plan yapamıyordum. Sinirli davranıp bağırıp çağırdığı zamanlarda elçilikle bağlantıya geçmeye karar veriyor; ama bana karşı nazik davrandığı zamanlarda da bizi tekrar eve götüreceğine dair umutlar yeriyordu içimde. Benimle oyun oynuyor gibiydi ki bu karara varmamı zorlaştırıyordu. Bana verdiği sakinleştiricilerin etkisiyle geceleri yatışıyor; ama gündüzleri kararsızlık içinde çırpınıyordum.

Ağustos ayının sonlarına doğru İran'a geleli bir aya yakın bir zaman olduğunda Mudî bana, "Cuma günü Mehtap'ın doğum gününü kutlamak ister misin?" diye sordu.

Bu garipti; çünkü Mehtap'ın doğum günü cuma günü değil 4 Eylül Salı günündeydi. "Doğum gününde kutlamak isterim" dedim.

Mudî sinirlenmeye başladı. Doğum günleri İran'da kimsenin çalışmadığı cuma günlerinde kutlanıyordu.

Direnmeyi sürdürdüm. Mudî'nin karşısında kendi haklarımı savunamayacak durumda olsam bile Mehtap'ın haklarını sonuna kadar savunacaktım. İran gelenekleri umurumda bile değildi. Nasıl başardığımı bilmesem de Mehtap'ın doğum gününün salı günü kutlanmasına razı oldular.

Bu fırsatı kendi lehimde kullanmak istercesine, "Ona bir oyuncak bebek almak istiyorum" dedim.

Mudî itiraz etmedi. Alışveriş için Macit'i ayarladı. Gün boyunca birçok dükkâna girip çıktık; çünkü İran'da yapılan bebekleri beğenmiyordum. Sonunda üzerinde kırmızı-beyaz çizgili pijaması olan Japon malı bir bebek beğendim. Ağzındaki emzik çıkartıldığında bebek ya gülüyor ya da ağlıyordu. İran parasıyla otuz dolar civarındaydı.

"Haddinden fazla pahalı" dedi Mudî. "Bir bebeğe bu kadar çok para veremeyiz."

"Vereceğiz" dedim itiraza yer bırakmaksızın. "Çocuğun burada hiç bebeği yok."

Ve bebek alındı.

Kızımın doğum gününü kutladığımız için mutlu olacağını umut ediyordum. Doğum günü yaklaştıkça kızımın heyecanı arttı ve yüzü gülmeye başladı. Kızımın gülümsediğini görmek çok hoştu.

Kutlamadan iki gün önce meydana gelen bir kaza her şeyi bozdu. Mehtap mutfakta oynarken çıkmış olduğu küçük tabure kırıldı ve kırılan parçanın keskin tarafı çocuğumun koluna saplandı. Çığlığını duyar duymaz mutfağa koştum ve kolundan fışkıran kanı gördüğümde ne yapacağımı şaşırdım.

Mudî kanı durdurmak için Mehtap'ın kolunu sıkıca sardı ve onu arabaya attığı gibi hastaneye götürdü. Acılar içinde kıvranan kızımı hastaneye götürürken Mudî hastanenin iki sokak ötede olduğunu ve telaşlanmamam gerektiğini söyledi.

"Burada acil yok" diyerek bizi geri çevirdiler.

Sıkışık trafiğin içinde büyük bir beceriyle araba kullanan Macit sonunda bizi ilkyardım yapılan bir hastaneye ulaştırdı. Hastanenin içine girdiğimizde gözüme çarpan ilk şey içerisinin pis ve dağınık olduğuydu; ama gidilebilecek başka bir yer yoktu. Bekleme odası tıka basa insan doluydu.

Mudî doktorlardan birini yakaladı ve Farsça Amerika'dan gelen bir doktor olduğunu ve kızına acil müdahale edilmesi gerektiğini anlattı. Doktor bizi odasına aldı ve meslektaşından bu müdahalenin karşılığında herhangi bir ücret talep etmeyeceğini söyledi. Mehtap'ın kolundaki yarayı inceledi ve gerekli aletleri hazırladı.

Dehşet içinde, "Anestezi yapılmayacak mı?" diye sordum.

"Hayır" dedi Mudî.

Midem altüst oldu. "Mehtap cesur bir kız olmak zorundasın" dedim.

Mehtap doktorun elindeki iğneyi gördüğünde çığlığı bastı. Mudî sakinleşmesi için ona bağırdı. Güçlü kollarıyla kızımın kolunu ameliyat masasına sıkıca bastırdı. Kızımın küçücük eli benim elimi yakaladı. Babasını güçlü kolları arasında çığlık çığlığa bağırmaya devam eden Mehtap kurtulmak için çırpınıyordu. İğnenin batışını görmemek için kafamı çevirdim; ama kızımın çığlığı iğneler sanki benim vücuduma batırılıyormuş gibi hissetmeme neden oldu. Onlara karşı duyduğum nefret doruk noktasına ulaşmıştı. Bu cehennemde bulunmamızın tek sorumlusu Mudî idi.

Yarayı dikme işlemi birkaç dakika sürdü ve kızımın gözyaşları bu birkaç dakika içinde durmadı. Bir anne için en büyük acı yavrusu acı çekerken hiçbir şey yapamamaktır. Onun yerine acı çekmeye razıydım; ama bunun imkânı yoktu. Midem bulanıyor, soğuk soğuk terliyor olsam da asıl acıyı kızım çekiyordu. Ona sarılmak ve acısına dayanmak için ona yardımcı olmaktan başka yapabileceğim bir şey yoktu.

İranlı doktor işini bitirdikten sonra tetanos aşısı için bir reçete yazdı ve Mudî'ye yapması gereken şeyleri anlattı.

Hastaneden ayrıldığımızda Mehtap kucağımda inliyordu. Bir eczaneden tetanos aşısını aldıktan sonra yaptırmak için başka bir hastaneye gitmemiz gerekiyordu.

Mudî'nin Amerika yerine burada doktorluk yapma isteğini bir türlü anlayamıyordum. İranlı doktorun yapmış olduğu işi eleştirdi ve gerekli aletlere sahip olmuş olsaydı bundan çok daha iyi dikeceğini söyledi.

Emine Bozorg'un evine vardığımızda Mehtap bitkin düşmüş, hemen uykuya dalmıştı. Uykusunun arasında iç çekişleri kalbimi parçalıyordu. Onun doğum gününün özel olmasını istediğimden iki gün boyunca güler yüzlü davranmaya karar verdim.

İki günün ardından Mehtap'ın doğum günü pastasını ısmarlamak için Mudî ile birlikte pastaneye gittik. Pasta büyük bir gitar şeklinde olacaktı. Görüntü ve renk olarak Amerikan pastalarına benzeyecek olsa da tadının güzel olacağından emin değildim.

"Pastanın süslemesini neden sen yapmıyorsun?" diye sordu Mudî. Pastaları süslemek sahip olduğum yeteneklerden biriydi.

"Hayır, süslemek için gereken malzemelerim yok" dedim.

Pastacı İngilizce konuşarak, "Bana yardım etmek ister misiniz?" diye sordu.

"Hayır" dedim kestirip atarcasına. İran'da çalışma anlamında parmağımı bile oynatmaya niyetim yoktu.

Eve döndüğümüzde doğum günü için hazırlıklar başladı. Yüzün üzerinde konuk çağrılmıştı. Konukların çoğu iş çıkışı gelecekti. Emine Bozorg mutfakta hazırladığı mayonezli tavuk salatasının üzerine bezelyeleri kullanarak Farsça Mehtap yazdı. Kızlar hararetli hararetli peynirleri tabaklara diziyor ya da tavukları şişlere takıyordu.

Hacı Baba ve Emine Bozorg'un ikinci oğulları olan Murtaza, karısı Nesteren ve bir yaşındaki kızları Nilüfer ile birlikte geldi. Nilüfer cana yakın bir bebekti. Mehtap bebekle oynarken Murtaza ve

Nesteren balonları süslemeye başladı. Hediyeleri açacağı dakikayı sabırsızlıkla bekleyen Mehtap bir gün öncesinde yaşadığı şeyi unutmuş gibiydi.

Ellerinde hediye paketleri olan konuklar eve doluşmaya başladı. Hediye paketlerinden oluşan yığını gören Mehtap'ın gözleri fal taşı gibi açılmıştı.

Murtaza ve Neşteren kızlarıyla birlikte dışarıya çıktı ve geri döndüklerinde kızımın doğum günü için ısmarlamış olduğumuz pastanın aynısıyla geri döndüler. Bu tesadüf bizi epey şaşırttı. Aslında ikinci bir pasta yaptırmış olmaları çok iyi olmuştu; çünkü Macit bizim ısmarlamış olduğumuz pastayı kapının eşiğinden geçirirken Nilüfer'in ona doğru koşmasından dolayı yere düşürdü.

Neyse ki ikinci pasta sapasağlam duruyordu.

Mamal ellerini çırparak bir çocuk şarkısı söylemeye başladığında eğlence başladı. O ana kadar insanların güldüğüne şahit olmadığımdan bu ülkede gülmeyi yasaklayan bir yasa olup olmadığını merak ediyordum. Çevremde mutlu insanların varlığına rastlamamıştım. O gün ailedeki herkes neşeyle gülümsüyor ve kızımın mutluluğunu paylaşıyordu.

Şarkı söyleme faslı kırk beş dakika kadar sürdü. Mamal ve Rıza kendilerini eğlenceye iyiden iyiye kaptırmış bir hâlde çocuklarla oynuyordu. Ardından gizli bir işaret verilmişçesine Mamal ve Rıza hediye paketlerini açmaya başladı.

Mehtap gördüklerine inanamıyordu. Gözlerinden akan yaşlar yanaklarından süzülmeye başladı. "Anne benim paketlerimi açıyorlar!" diyerek ağladı.

"Bu yaptıkları hoş değil" dedim Mudî'ye. "Kendi hediyelerini bıraksın da açsın."

Mudî, Mamal ve Rıza ile konuştu. Homurdanan iki yetişkin adam birkaç paketi açması için Mehtap'a uzattıktan sonra kalan paketlerin ambalajlarını yırtmaya devam etti.

Mehtap'ın üzüntüsü, armağanlar önüne yığıldıkça azaldı. Bir anda dünya kadar oyuncağı olmuştu. İran malı oyuncakların arasında ip üzerinde sallanan küçük bir melek, bir top, yüzmesi için kolluklar, üstü balonlarla süslü hoş bir lamba, çeşitli giysiler ve bir de bizim aldığımız bebek vardı.

Bir anda o kadar çok oyuncağı olmuştu ki bunların hepsiyle oynamasına imkân yoktu. Mehtap ona aldığımız bebeğe sımsıkı sarıldı; diğer çocuklar oyuncakların üzerine atladı ve oyuncakları odanın her bir tarafına atmaya başladılar. Mehtap bir kez daha gözyaşlarına boğulmuş olsa da bu azgın çocukları zapt etmenin imkânı yoktu. Bu durum büyüklerin umurunda bile değildi.

Bebeğini kucağında güvence altına alan kızım yemek boyunca suratını astı; ama doğum günü pastası sofraya geldiğinde tekrar gülmeye başladı. Mumları üflerken içim burkuldu, dilemiş olduğu şeyin ne olduğunu biliyordum; ama bu dileği yerine getirmeme imkân yoktu.

Mehtap'ın doğum günü geçer geçmez yine karamsarlığa gömüldüm. Eylül ayına girmiştik ve üç hafta önce evimize dönmüş olmalıydık.

Sıradaki doğum günü içimi daraltıyordu. Şiilerin kurucusu İmam Rıza'nın doğum günü kutsal bir gün olarak kabul ediliyordu ve bu günde Şiilerin İmam Rıza'nın mezarını ziyaret etmesi mecburiydi; ama İmam Rıza'nın mezarı düşman ülke Irak'ın topraklarındaydı. Bu yüzden İmam Rıza'nın eski başkent Rey'deki kız kardeşinin mezarına gidilecekti. Mezarlığa gitmek arabayla bir saat sürüyordu.

Mezarlığa gidilecek gün kavurucu bir sıcaklık vardı. Sıcaklığın gölgede elli dereceden fazla olduğunu tahmin ediyordum. Kalın giysilerin içinde tıklım tıkış bindiğimiz bir arabayla benim için hiçbir önemi olmayan bir mezarı ziyaret etmek istemiyordum.

"Ben gitmek istemiyorum" dedim Mudî'ye.

"Gelmek zorundasın" dedi emir verircesine.

Emine Bozorg'un evinde toplanmış kalabalığı saydım. Arabaya binmek için bekleyen yirmi yetişkin vardı.

Mehtap'ta sıcaktan dolayı benim kadar keyifsizdi. Yola çıkmadan önce ikimiz de banyoya kapandık ve "Tanrım, sağ salim eve dönmemiz için bize yardım et" diye dua ettik.

Mudî bu kutsal gün için kara çador giymem gerektiğini söyledi. Söylediği şeyi yaptım. Arabanın içinde ben Mudî'nin kucağına, Mehtap da benim kucağıma oturdu. Bir saat süren sıkıcı ve tozlu yolculuktan sonra Rey'e vardığımızda herkes kendini arabadan attı ve kara çadorlar giymiş kadınların arasına karıştık. Kızımın elinden tutarak herhangi bir şey düşünmeksizin kadınları takip etmeye başladım.

"Mehtap benimle gelebilir" dedi Mudî. "Onu kucağıma alırım."

"Hayır" dedim haykırırcasına.

Mehtap'ın elini tutmaya yeltendi; ama kızım elini geri çekti. Gelen geçen herkes bize bakıyordu.

"H-a-y-ı-r..." diye bağırdı Mehtap avazı çıktığı kadar.

Mehtap'ın inat etmesine sinirlenen Mudî Mehtap'ı kolundan tuttuğu gibi kendine doğru çekti. Yaptığı yetmiyormuş gibi kızımın sırtına tekme attı.

Üzerine atılarak, "Yapma" diye bağırdım; ama çadorum ayaklarıma dolandığından yuvarlandım.

Mudî duyduğu öfkeyi çıkartmak istercesine bildiği tüm küfürleri savurmaya başladı. Öfkesi karşısında yapacak bir şeyim yoktu, sadece ağlıyordum.

Mehtap bana yardım etmek için aramıza girdi. Babası ona korkunç bir bakış attıktan sonra yüzüne öyle şiddetli bir tokat attı ki dudağı patladı ve kanamaya başladı.

İran'da kan 'mundar' demekti ve görüldüğü yerde temizlenmesi gerekiyordu. Ama aile kavgasına karışmak isteyen yoktu. Ne Emine Bozorg ne de diğer aile üyeleri Mudî'nin öfkesini yatıştırmak için herhangi bir girişimde bulundu. Kafalarını yere eğmiş bir hâlde olup biteni görmezden geliyorlardı.

Mehtap canının acısından ağlıyordu. Kızımı kucağıma alıp çadorun kenarıyla dudağını temizlemeye çalıştım. Sakinleşmek bilmeyen Mudî küfürler savurmaya devam ediyordu. Onun bu şekilde konuşmasına daha önce şahit olmamıştım.

Gözlerimden akan yaşların arasından nefret dolu bakışlara sahip bu adamı izlemekten başka bir şey yapamadım.

"Dudağına bastırmak için buz bulmak zorundayız" dedim ağlayarak.

Mehtap'ın kan revan içinde kalmış yüzü Mudî'nin aklını az da olsa başına getirdi. Kendine gelir gelmez etrafında dondurmacı olup olmadığını bulmak için etrafına bakındı. Kısa bir sürenin ardından soğuk limonata ve su satan birini bulduk. Adam toz tutmuş buz parçasından bir parça kopartıp bize verdi.

Kızım inlerken bile Mudî söylenmeyi kesmedi. Bense tutsak edildiğim bu ülkede, hâkimiyetin erkeğe verildiği bu yerde kayıtsız şartsız akıl sağlığından şüphe duyduğum bir kocaya itaat etmek zorundaydım.

Mudî tarafından eve kapatılalı bir ay olmuştu ve kocam her geçen gün yetişmiş olduğu kültürün akıl almaz çekiciliğine kapılıyordu. Kişiliği korkunç bir değişime uğramış olduğundan artık onu tanıyamıyordum. Kızımı ve beni öldürmeden bu karabasandan kurtulmak zorundaydım.

Birkaç gün sonra bitmek bilmeyen bir öğleden sonra Mudî evden çıkıp gitti ve ben de özgürlüğüm uğruna bir adım atmaya karar verdim. Çantamın içine bir miktar para koyduktan sonra Mehtap'ın elinden sıkı sıkı tutarak evden çıktım. Elçilikle yapmış olduğum başarısız telefon konuşmasından sonra elçiliğe giderek buradan kurtulmanın bir yolunu bulmak zorundaydım. Üzerimde bir manto ve rusari olduğu sürece bir yabancı olduğum anlaşılmazdı. Buradan kurtulmak için harekete geçtiğimi hiç kimseye belli etmeye niyetim yoktu. Rusariyle yüzümü iyice kapattım çünkü pasdarların dikkatini çekmemem gerekiyordu.

"Nereye gidiyoruz anneciğim" diye sordu kızım.

"Sana birkaç dakika içinde anlatırım. Ama şimdi acele et." Güvende oluncaya kadar onun umutlarını söndürmek istemiyordum.

Hangi yönde gideceğimizi bilmeden şehrin kalabalığına karıştık. Duyduğum heyecandan dolayı kalbim deli gibi atıyordu. Mudî kaçtığımızı anladığında delirecekti; ama geri dönmeye niyetim yoktu. Onu bir daha göremeyeceğim düşüncesine kendimi alıştırdıkça içim rahatlıyordu.

Sonunda İngilizce yazılmış tabelası olan bir taksi durağı bulduk. Taksi çağırmak için içeriye girdik ve beş dakikanın ardından özgürlük yolunda ilerlemeye başladık.

Taksi şoförüne İsviçre elçiliğindeki Amerikan temsilciliğine gideceğimizi anlatmaya çalıştıysam da söylemek istediğim şeyi anlamadı. Annemin telefonda vermiş olduğu adresi tekrarladım ve "Park Avenue, on yedinci sokak" dedim. Park Avenue der demez şoförün yüzü aydınlandı ve kalabalık trafiğin içine dalarak ilerlemeye çalıştı.

"Nereye gidiyoruz anneciğim?" diye sordu Mehtap bir kez daha.

"Elçiliğe gidiyoruz" dedim yola çıkmış olmanın rahatlığı içinde. "Orada güvende olacağız. Oradan eve gitmeyi başaracağız."

Mehtap duyduğu sevinçten dolayı derin bir nefes aldı.

Tahran sokaklarında yarım saate yakın bir süre dolaştıktan sonra şoför Park Avenue'de Avusturya elçiliğinin önünde durdu. Kapının önündeki bekçiyle konuştuğunda bekçi az ilerideki köşeyi işaret etti. Birkaç saniye sonra büyük, modern bir beton binanın önünde indik. Tabelada İsviçre elçiliği yazıyordu. Yapının etrafı çelik parmaklılarla çevriliydi ve binanın önünde iki İranlı polis nöbet tutuyordu.

Taksi şoförüne parasını ödedim ve elçilik binasının önünde bulunan diyafonun düğmesine bastım. Açılan kapı bize özgür topraklara ayak basmamızı salladı. Artık İsviçre topraklarında bulunduğumuza göre İran'da sayılmazdık.

İngilizce konuşan bir İranlı pasaportlarımızı istedi. "Pasaportlarımız yok" dedim. Gözlerimizin içine uzun bir süre baktı ve Amerikalı olduğumuza ikna oluncaya kadar incelemeye devam etti. Sonunda geçmemize izin verdi. Tepeden tırnağa arandık; ama artık özgür olduğumuzu düşündükçe içim içime sığmıyordu.

Elçiliğin içine girdiğimizde Helen Balasanyan adında Ermeni asıllı İranlı bir kadın anlayışlı bir yüz ifadesiyle tutsaklık hikâyemi sabırla dinledi. Kırk yaşlarında olan Helen uzun boylu, ince bir yapıya sahipti ve Batılı kadınlar gibi etekleri dizlerinin altında modern bir takım elbise giymişti. Saçları açıktı ve bakışları dostçaydı.

"Bize sığınma hakkı verin" dedim yalvararak. "Ardından bizi eve götürecek bir yol bulun."

"Neden bahsediyorsunuz siz?" diye sordu Helen yüzüme bakarken. "*Burada* kalmanıza imkân yok!"

"O eve dönemem."

"Siz İran vatandaşısınız" dedi Helen yumuşak bir sesle.

"Hayır, biz *Amerikan* vatandaşıyız."

"Siz İran vatandaşısınız" dedi tekrar edercesine. "Ve İran kanunlarına uymak zorundasınız."

Anlayışlı; ama itiraz kabul etmeyen bir dille bana bir İranlıyla evlendiğinde herhangi bir işleme gerek duymadan İran vatandaşlığına geçildiğini anlattı. Yasal açıdan kızım da ben de İran vatandaşı sayılıyorduk.

Sırtımdan aşağı soğuk terler dökülmeye başladı. "Ben İran vatandaşı olmak istemiyorum" dedim. "Ben Amerika'da doğdum. Amerikan vatandaşı olmak istiyorum."

Helen kafasını sallayarak, "Hayır" dedi yine yumuşak bir sesle. "Ona geri dönmek zorundasın."

"Beni döver" dedim ağlayarak. Mehtap'ı göstererek, "*İkimizi* de döver!" diye ekledim. Helen hissettiklerimi anladı; ama bana yardım edecek durumda değildi. "O evde esir tutuyor bizi" dedim gözyaşları gözlerimden süzülürken bir kez daha şansımı denemek istercesine. "Ev halkı uyuduğunda arka kapıdan kaçabildik. Geri dönemeyiz. Geri döndüğümüzde bizi odaya kilitleyecektir. Bize ne yapacağını tahmin bile edemiyorum."

"Amerikalı kadınların bunu neden yaptığını anlayamıyorum" dedi Helen mırıldanarak. "Size kıyafet temin edebilirim. Mektuplaşmanızı sağlayabilirim. Ailenizi arayıp sağlığınızın yerinde olduğunu haber verebilirim. Sizin için yapabileceklerim bundan ibaret. Ne yazık ki elimden başka bir şey gelmiyor."

Mehtap ile benim bu bağnaz ataerkil toplumun kurallarına uymak zorunda olmamız gerçeğin ta kendisiydi. Elçilikte geçirdiğim bir saat boyunca yaşadığım şoku üzerimden atamadım. Amerika'daki ailemi telefonla aradım. "Eve gelmek için bir yol arıyorum" dedim binlerce millik uzaklıktaki annemle konuşurken. "Sen de orada yapılabilecek bir şeyler olup olmadığını araştır."

"Dışişleriyle irtibata geçtim bile" dedi annem acı bir ses tonuyla. "Elimizden geleni yapıyoruz."

Helen Amerika Birleşik Devletleri'nin Dışişleri Bakanlığı'na yazacağım mektup için yardım etti. Mektup İsviçre üzerinden gönderilecekti ve Dışişlerine İran'da zorla, kaba güç kullanarak tutulduğumu ve Birleşik Devletler'deki servetimizin buraya aktarılmasına razı olmadığımı bildirecekti.

Helen birkaç formu doldurmak için Mudî hakkında sorular sordu. Mudî'nin uyruğu üzerinde çok durdu. Mudî İran'daki devrim işlerine bulaştığından beri Amerikan vatandaşlığını erteleyip durmuştu. Helen Mudî'nin yeşil kart sahibi olup olmadığını sordu. Geri dönmediği takdirde bu kartı kaybedeceğinden bahsetti. Kartı kaybettiği takdirde Amerika'da doktorluk yapamayacaktı.

"Korkarım mesleğine burada devam edecek" dedim. "Burada doktorluk yapma hakkını elde ederse hepimiz kapana kısılırız. Şayet burada doktorluk yapamazsa o zaman belki Amerika'ya dönmeye karar verir."

Helen elinden gelen her şeyi yaptıktan sonra korktuğum an geldi çattı. Helen sakin bir ses tonuyla, "Artık eve dönmek zorundasın" dedi. "Yapabileceğimiz her şeyi yapacağız. Sabırlı ol."

Bizim için bir taksi çağırdı. Taksi geldiğinde bizi kapıya kadar geçirdi ve taksi şoförüne Emine Bozorg'un evine giden en kestirme yolu tarif etti. Kalan birkaç bloğu yürüyecektik ve böylece Mudî taksiyle geldiğimizi görmeyecekti.

Kendimizi Tahran sokaklarında bulduğumuzda midem bir kez daha altüst oldu. Bir kocadan ya da babadan çok bir gardiyana benzeyen o adamın evinden başka gidecek bir yerim olmadığını düşündükçe kusacak gibi oluyordum.

Başım zonklamasına rağmen sakin bir ses tonuyla, "Bunu babaya ya da başka birine söyleyemeyiz. Ona yürüyüşe çıktığımızı; ama kaybolduğumuzu söyleyeceğim. Sana sorduğunda bir şey söyleme sakın."

Mehtap onaylarcasına kafasını salladı. Şartlar onu olgunlaştırıyordu.

Sonunda eve vardığımızda Mudî bizi bekliyordu. "Neredeydiniz?" dedi üzerime yürürken.

"Yürüyüşe çıktık" dedim yalan söyleyerek. "Kaybolduk. İstemeyerek daha da uzaklaştık. Görülecek o kadar çok şey var ki."

Mudî kısa bir süre yapmış olduğum açıklamayı gözden geçirdi, ardından gözleri ateş saçmaya başladı. Yön bulma konusundaki ustalığımı biliyordu. Karısı tarafından kızdırılmış bir Müslüman erkeği olarak beni kolumdan yakaladı ve bir elinin parmaklarını koluma diğer elinin parmaklarıyla da saçlarımı yolmaya başladı. Beni sürükleyerek salonda miskin miskin uyuklayan aile bireylerinin yanına götürdü. "Bu evden dışarıya çıkması kesinlikle yasak!" dedi emredercesine.

Ve ardından bana doğru dönerek, "Bir daha bu evden çıkmaya çalışırsan seni *öldürürüm*!" dedi.

Yatak odamın yalnızlığına, boşluğuna ve kusmayla bulantılar arasında geçen kâbus dolu günlerime geri döndüm. Yatak odasından dışarı adım attığım anda ya Emine Bozorg ya da kızlardan beri peşime düşüyordu. İrademi kaybetmek üzereydim ve kısa bir sürenin ardından kaderime boyun eğecek ve ölünceye kadar ailemden ve vatanımdan uzakta kalmayı kabullenecektim.

Dış dünyayla ilişkim kesildiğinden beri, garip bir mizah anlayışıyla, önemsiz konulardan habersiz olmak beni rahatsız ediyordu. İran'a gelmek için yola çıkmadan önce beyzbol sezonunun son ayındaydık ve Tigers takımının durumu hakkında en ufak bir bilgim bile yoktu. Yolculuğumuz öncesinde Tigers lig birincisiydi. Tatil dönüşü, bir daha gidecek fırsatı olmayacak babamı maça götürmeyi planlamıştım.

Evimi öylesine özlemiştim ki annemle babama mektup yazmaya çalıştım. Mektubu ne şekilde postalayacağımı bilmiyordum. Elimde kalemi tutacak güce sahip olmadığımı görmek dehşete kapılmama neden oldu. İmzamı atacak gücü bile bulamıyordum.

İçine düşmüş olduğum durumum hakkında saatlerce düşündüm. Hastaydım, sinir sistemim iflas etmişti, depresyona girmiştim ve eninde sonunda aklımı kaçıracaktım. Mudî beni kapana kıstırmıştı ve özgürlüğüm için savaşamayacak durumda olmam hoşuna gidiyordu. Mehtap'ın yüzünde sayılamayacak kadar çok sivrisinek lekesi vardı. Yaz bitmek üzereydi. Yakında kış gelecekti. Farkında olmadan mevsimler de tıpkı zamanın kendisi gibi boşluk içinde geçip gidecekti. Burada kaldığım süre uzadıkça irademe sahip olmam o denli güçleşecekti.

Babamın sürekli olarak yinelediği, "İradenin olduğu yerde çare tükenmez" cümlesini geçirdim aklımdan. Ama çare bulacak iradeye sahip olmuş olsam da bize yardımcı olacak birleri var mı diye merak ettim. Beni ve kızımı düşmüş olduğumuz kâbusun içinden kurtaracak birileri var mıydı? Güçsüzlüğüme ve Mudî'nin bana vermiş olduğu sakinleştiricilere rağmen bunun yanıtını verecek kadar aklım başımdaydı.

Bize hiç kimse yardım edemezdi.

Bu durumdan bizi kurtaracak tek bir kişi vardı o da bendim.

BEŞİNCİ BÖLÜM

Alçaktan uçan jetlerin sesi duyulduğunda Emine Bozorg'un avlusunda bulunuyordum. Savaş jetleri bulunduğumuz yere doğru yaklaşıyordu. Uçaksavarların açmış olduğu karşıt ateş gökyüzünü aydınlatırken patlama sesleri yankılanmaya başladı.

"Aman Tanrım!" dedim kendi kendime. "Demek savaş Tahran'a kadar ulaştı."

Kızımı alıp güvenli bir yere saklanmak için etrafıma bakındığımda endişe dolu bakışlarımı gören Macit beni yatıştırmaya çalıştı ve "Bu sadece bir gösteri" dedi. "Savaş haftası için."

Mudî, Savaş Haftası'nın Irak'la yapılan İslami savaşın da ötesinde Amerika'ya karşı yapılan savaş için her yıl tekrarlanan bir kutlama olduğunu, Iraklıların Amerika'nın kuklası hâline geldiğini, Amerika tarafından silahlandırıldıklarını ve komuta altında tutulduklarını ifade ediyordu.

"Amerika'ya karşı savaşacağız" dedi Mudî sevinç ve coşkusunu belli edercesine. "Buna adalet denir. Senin baban benim babamı öldürdü."

"Ne demek istiyorsun sen?"

Mudî babamın İkinci Dünya Savaşı'nda Amerikan birliklerine hizmet ettiği sırada babasının cephedeki sıtmalı hastaları tedavi ederken sıtmaya yakalanıp öldüğünü anlattı. "Şimdi bunun bedelini ödeyeceksin" dedi. "Oğlun Joe'nın Orta Doğu'daki savaşta öleceğinden emin olabilirsin."

Mudî'nin sadist hayalleriyle beni kışkırtmak istediğinin bilincinde olsam da kafamın içi gerçekle hayali ayırt edemeyecek kadar bulanıktı. Evlendiğim adamın karşımda duran adam olmasına ihtimal bile yoktu. Doğruyu yanlışı ayır etmeyi başarabilecek miydim?

"Gel" dedi. "Evin çatısına çıkalım."

"Neden?"

"Gösteri için."

Yapılan gösteri Amerika aleyhineydi.

"Hayır" dedim. "Gelmiyorum."

Tek bir kelime söylemeksizin Mehtap'ı kolundan yakaladı ve odadan dışarı çıkardı. Babasının elinden kurtulmaya çalışan kızım yaşadığı şaşkınlıkla bağırıyordu. Ailenin diğer üyelerinin ardından evin çatısına çıktılar.

Kulakları sağır eden uğultunun duyulması uzun sürmedi.

"*Maag barg Amerika*!" diye bağıran insanlar kahrolsun Amerika diyordu. Bu sözü haberlerde sıkça duyduğumdan ne anlama geldiğini biliyordum.

"*Maag barg Amerika*" diye haykıran sesler yükseldi. Ailenin diğer üyeleriyle birlikte çatıya çıkmış kızıma seslendim. Mudî kızımı kendi ülkesine karşı çıkması için zorluyordu. Kendinden geçmiş halkın çıkartmış olduğu uğultu kulakları çınlatıyordu.

"*Maag barg Amerika! Maag barg Amerika! Maag barg Amerika*!" diye bağırmaları içime oturdu.

"Yarın Kum kentine gidiyoruz" dedi Mudî.

"Orası da neresi?"

"Kum İran'ın din merkezidir. Kutsal bir yerdir. Yarın Muharrem ayının yani tas tutma ayının ilk cuması. Oradaki türbeyi ziyaret edeceğiz. Siyah çadorunu giy."

Kızımın babasından yediği korkunç tokatla biten Rey gezisi geldi aklıma. Mudî ve ailesi benimle Mehtap'ı gittikleri her yere sürüklemeseler olmaz mıydı?

"Gitmek istemiyorum."

"Gidiyoruz."

Gerekçe bulacak kadar İslam dini hakkında bilgi sahibiydim. "Türbe ziyareti yapamam" dedim. "Regl oldum."

Mudî kaşlarını çattı. Mehtap doğduğundan beri ne zaman ona regl olduğumu söylesem ikinci bir evlat, yani arzu ettiği erkek çocuğunu veremediğimden dolayı yüzü asılırdı.

"Gidiyoruz" dedi.

Ertesi sabah Mehtap'ta ben de günün baskısından dolayı keyifsiz uyandık. Mehtap ishal olmuştu. Yediği yemeklere henüz uyum sağlamış değildi.

"Mehtap hasta" dedim Mudî'ye. "Evde kalsa iyi olur."

"Gidiyoruz" dedi Mudî kesin bir tavırla.

Derin bir karamsarlık içinde siyah pantolon, uzun siyah çoraplar, uzun kollu mantodan oluşan üniformamı giydim ardından da siyah eşarbı bağladım. Hepsinin üzerine nefret ettiğim siyah çadoru geçirdim.

Kum kentine Mudî'nin yeğeni Murtaza'nın arabasıyla gidilecekti. Emine Bozorg, kızı Fereşte ve Murtaza'nın karısı Nesteren ve kızları küçük Nilüfer arabaya doluştuk. Otoyola çıkmamız bile bir saatimizi aldı. Ardından tampon tampona ilerleyerek iki saat daha yol aldık. Pencereden gördüğüm çevre ruhumun derinlikleri kadar donuk ve renksizdi.

Kum kentinin yolları asfalt değildi. Kırmızıya çalan toprak, kenti görmeye gelen kalabalık tarafından savruluyor ve savrulan tozlar terden ıslanmış kıyafetlerimize yapışıyordu.

Geniş bir alanın merkezinde olimpik ölçülerde büyük bir havuz vardı. Kum kentine gelen hacılar havuzda abdest almak için birbirlerini itip kakıyordu. Havuzun kenarını kapmak herkesin ortak arzusuydu. Su şapırtısı duyulur duyulmaz birilerinin havuza düşmüş olduğunu anlamak zor değildi.

Mehtap ile ben namaz kılmayacağımıza göre bu pis suyun etrafında işimiz olmadığından diğerlerinin işi bitinceye kadar beklemeye koyulduk.

Ardından cinsiyetimize göre ayrıldık. Kızımla birlikte Emine Bozorg'u, Fereşte'yi, Nesteren'i ve Nilüfer'i izleyerek türbenin kadınlar bölümüne girdik. Ayakkabılarımızı çıkartmak için eğilecek kadar bile yer olmadığından bir ayağımızın topuğuyla diğer ayakkabımıza basıp ayakkabılarımızı çıkarttık ve ayakkabı dağının arasında bıraktık.

İtiş kakışlardan korkmuş Mehtap elime yapışmış bırakmıyordu. Etrafı aynalarla kaplanmış kocaman bir odanın içine girdik. Aynaların güzelliği ile kara çadorlara bürünmüş kadınlar tezat hâlindeydi. Yine de görüntünün ve sesin birleşimi büyüleyiciydi.

"*Bişin*!" dedi Emine Bozorg ki bu, "Oturun" demekti.

Mehtap ile oturduk. Nesteren'de kızı Nilüfer ile yanımıza oturdu.

"*Bişin*!" dedi Emine Bozorg yeniden. El kol hareketleriyle Farsça karşımızda duran aynalara bakmamızı istiyordu. Ardından Fereşte ile birlikte yan taraftaki odanın ortasında bulunan süslü tabuta doğru ilerledi.

Aynalara baktıktan birkaç dakika sonra transa girdiğimi fark ettim. Aynaların içinde birbirinin içinde yansıyan görüntüler sonsuzluğu andırıyordu. Hoparlörlerden yükselen ilahiler ve kadıların dövünmeleri dokunaklı bir sesle okunan dualar insanı ister istemez etkiliyordu. İnanç sahibi birinin kendini bu havaya kaptırmaması mümkün değildi.

Bu şekilde ne kadar oturduğumuzu bilemiyorum. Epey zaman sonra Emine Bozorg'un Fereşte ile birlikte yanımıza dönmüş olduğunu fark ettim. Yaşlı cadı öfkeyle üzerime yürüdü ve kemikli parmağını tehdit edercesine bana doğrultup Farsça bir şeyler söylemeye başladı.

"Bu durumda ne yapmalıyım?" diye sordum kendi kendime.

Emine Bozorg'un söylediklerinin arasında *Amrika*'dan başka bir şey anlamıyordum.

Gözyaşlarıma hâkim olamıyordum. Saçlarını yolmak için elini çadorunun içine sokarken diğer eliyle de göğsünü yumrukluyordu. Öfke içinde kalkmamızı işaret etti, türbeden çıkmak için onu takip ettik ve avluda ayakkabılarımızı bulduk.

Namazlarını bitirmiş Mudî ve Murtaza bizi bekliyordu. Emine Bozorg dövünerek Mudî'nin yanına gitti.

"Sorun ne?" diye sordum Mudî'ye.

Kızgın bakışlarını bana doğru yöneltti. "*Haram*'a girmeyi neden reddettin?"

"Ben hiçbir şey reddetmedim" dedim. "*Haram* da ne?"

"Bir türbe. *Haram* bir türbe. Ve sen oraya gitmedin."

"Bana yere oturup aynalara bakmamı söyledi."

Rey'de yaşanalar bir kez daha tekrar edecek gibiydi. Mudî öylesine öfke doluydu ki herkesin gözleri önünde beni döveceğinden endişe duyuyordum. İhtiyar cadı bana tuzak kurmuştu. Mudî ile aramı açmaya çalışıyordu.

Mudî içindekileri dökünceye kadar bekledim. Elimden geldiğince nazik; ama bir o kadar da kararlı bir ses tonuyla, "Konuşmayı bırakıp söylediklerini düşünsen iyi olacak. Bana yere oturup aynalara bakmamı söyledi."

Mudî dövünmesi hız kesmeyen ablasına doğru döndü. Aralarında bir şeyler konuştuktan sonra bana doğru dönüp, "Sana oturup aynalara bakmanı söylemiş ama orada kal dememiş."

"Nesrin de kaldı" dedim açıklama getirmek istercesine. "Ona neden tepki göstermiyor?"

Sormuş olduğum soruyu Farsçaya çevirerek ablasına sordu. Mudî'nin öfkesi öylesine doruk noktasına ulaşmıştı ki ablasının söylediklerini üzerinde düşünmeden çevirmeye başladı. "Nesrin regl olmuş" dedi. "Gelemez..." İşte o zaman benim de regl olduğumu hatırladı.

Bu kez mantık deliliğini bastırmayı başarmıştı. Bana karşı yumuşadı ve öfkesini ablasına yöneltti. Uzun bir süre boyunca tartıştılar ve arabanın içine tıkış tıkışa binildikten sonra bile tartışmaları devam etti.

"Ona haksızlık ettiğini söyledim" dedi Mudî bana doğru dönerek. Sesi nazik ve sevecendi. "Dilimizi anlamıyorsun, sana karşı daha anlayışlı olması gerektiğini söyledim."

Bir kez daha beni korumuştu. Bugün anlayışlıydı. Yarın da bu kadar anlayışlı olabilecek miydi?

Okul dönemi başladı. Okulun ilk gününde öğretmenler büyük bir gösteri yapmaları için çocukları Tahran sokaklarına salıyordu. Bize yakın bir okulun öğrencileri Emine Bozorg'un evinin önünden geçerken hep bir ağızdan, "*Maag barg Amrika*!" ve diğer düşmanı da ekleyerek, "*Maag barg İsrael*!" diye slogan atıyordu.

Yatak odasında benim yanımda duran Mehtap kulaklarını kapattı ve ama sesleri duymamasına imkân yoktu.

Okulun İranlı çocukların üzerinde bu denli kötü bir etkisinin olmuş olması Mudî'ye esin kaynağı oldu. Mehtap'ı tam bir İranlı gibi yetiştirmeyi kafasına koymuş olan Mudî ani bir kararla, "Mehtap yarın okula başlıyor" dedi.

"Hayır, bunu yapamazsın!" dedim ağlayarak. Mehtap benden yardım istercesine kolumu çekiştiriyordu. Benden ayrıldığında çok korkacağını biliyordum. Üstelik 'okul' buraya temelli yerleşmek anlamına geliyordu.

Ama Mudî kararlıydı. Mehtap ile birlikte birkaç dakika Mudî'yi kararından döndürmek için uğraştık ama işe yaramadı. Sonunda, "Önce okulu görmek istiyorum" dedim. Mudî itiraz etmedi.

Aynı günün öğleden sonrasında okulu araştırmak için oraya gittik. Güzel bir bahçenin içinde yüzme havuzlu ve Amerikan tarzı tuvaletlere sahip modern binayı gördüğümde şaşırdım. Mudî bana buranın özel bir anaokulu olduğunu söyledi. İranlı çocuklar ilkokula başladıklarında devlet okuluna gitmek zorundaydı. Mudî kızının disiplinli bir devlet okuluna başlamadan önce anaokuluna gitmesini istedi.

Kızımın Amerika'da ilkokula başlamasını istememe rağmen herhangi bir şey söylemedim.

"Burada İngilizce bilen var mı?" diye sordum. "Mehtap'ın Farsçası iyi değil."

Cevap, "Evet" oldu. "Ama şu anda okulda değil."

Mudî Mehtap'ın hemen ertesi günü okula başlamasını istediğini söylediğinde anaokulun müdürü altı aydır sıra bekleyenlerin listesini gösterdi.

Mehtap bunu duyar duymaz derin bir nefes aldı. Sorun şimdilik çözülmüş gibiydi. Emine Bozorg'un evine dönerken binlerce düşünce beynimin içini kemiriyordu. Mudî kızımı okula yazdırmayı başarmış olsaydı İran'a yerleşmenin ilk somut adımı atılmış olacağından yenilgiye uğramış olacaktım. Oysa İran'a yerleşmek yerine özgürlüğe gidecek bir yol bulmak gerekiyordu. Mudî yaptığım her şeyi bir paranoyağın kuşkulu bakışları altında izliyordu. İçinde bulunduğum koşullar altında buradan kaçmanın bir yolunu bulmak için plan yapmanın imkânı yoktu. Buradan kurtulmak için plan yapabilmemin tek yolu burada yaşamayı kabullenmiş gibi görünmek olacaktı. Okula gittiğimiz günün akşamı hücreye dönen yatak odamda bir plan yapmaya çalıştım. Zihnim bulanık ve karmakarışıktı; ama mantığımı zorlamak zorundaydım. Her şeyden önemlisi sağlığıma özen göstermem gerekecekti. Az yiyip az uyuyordum ve Mudî'nin vermiş olduğu sakinleştiricilere sığınmıştım. Kendime gelmek zorundaydım.

Bütün aile üyelerinin gönüllü birer gardiyan olduğu bu evden kurtulmak zorundaydım. Altı haftadır birlikte yaşıyor olsak da ne Emine Bozorg ne de Hacı Baba beni adam yerine koyuyordu. Bugünlerde Hacı Baba ile Mudî'nin çekişme konusu benim de namazlara katılmam içindi. Mudî Kuran'ı okuduğumu ve İslam kurallarını öğrenmeye çalıştığımı söyledi ona. Müslümanlığı kabul etmem hususunda Mudî'nin bir baskısı yoktu; ama içten içe kendiliğimden kabul etmemi umuyor gibiydi.

Aslında Mudî de sonsuza kadar ailesiyle birlikte yaşamak istemiyordu. Altı haftadır sevişmemiştik. Mehtap babasına karşı duyduğu öfkeyi gizleyemiyordu. Mudî günün birinde İran'da normal bir hayat kurmanın hayalini kurduğuna göre onunla aynı hayali paylaşıyormuş gibi yapmak kurtuluşum olacaktı.

Üzerime aldığım yükü düşündükçe içim içime sığmıyordu. Özgürlüğe giden yol inandırıcı oynamama bağlıydı. Mudî onu hâlâ sevdiğime inanırken aslında ben kocamın ölmesi için her gün dua ediyordum.

Ertesi sabah planımı uygulamaya başladım. Haftalardan beri ilk kez saçımı taradım, güzelce topladım ve makyajımı yaptım. Etekleri ve kolları uzun olan Pakistan elbisesini seçtim. Mudî bendeki değişimi hemen fark etti ve onunla konuşmak istediğimi söylediğimde hemen kabul etti. Baş başa konuşabilmek için arka avludaki havuzun kenarına gittik.

"Kendimi iyi hissetmiyorum" diye başladım. "Gün geçtikçe gücümü kaybediyorum. Kendi adımı bile yazamaz oldum."

Kafasını hafifçe salladı ki bu bana karşı anlayışlı davranacağının bir işaretiydi.

"Artık ilaç almak istemiyorum."

Mudî itiraz etmedi. Bir hekim olarak fazla ilaç kullanılmasına karşıydı. Bana zor zamanları atlatmam için yardım ettiğini söyledi. Ama ilaçları kesmenin zamanı gelmişti.

Ondan almış olduğum cevabın cesaretiyle ona, "Bundan sonra Tahran'da yaşayacağımız fikrini sonunda kabullendim ve artık buradaki hayatımızı başlatmak istiyorum. Burada ailemize bir yuva kurmak istiyorum."

Mudî'nin yüzünde kuşkulu bir ifade belirmiş olsa da uzun sürmedi.

"Bir hayat kurmak istiyorum; ama bunu için yardımına ihtiyacım var" diye sürdürdüm. "Tek başıma hele ki bu evde istediğim hayatı kuramam."

"Bunu yapmak zorundasın" dedi sert bir sesle. "Emine Bozorg benim ablam. Ona saygısızlık edemem."

"Ona tahammül edemiyorum" dedim, gözyaşlarım yanaklarımdan akıp altüst olmuş midemden dolayı kusmamaya çalışırken. "Ondan nefret ediyorum. Pis. Çok pis. Mutfağa girdiğimde mutlaka ocağın üzerine eğilip tencereden yemek yiyen birilerini görüyorum. Ağızlarından akan yemek tencerenin içine düşüyor. Çay ikram ettikleri bardakları yıkamıyorlar, pirincin içi böcek dolu ve evin içi inanılmaz kötü kokuyor. Bu şekilde yaşamak istiyor musun?"

Dikkatlice yapılmış planıma rağmen onu kızdırmak hataydı. "Burada yaşamak zorundayız" dedi homurdanarak.

O sabah uzun bir zaman oldukça sert tartıştık. Onun da benim gibi Emine Bozorg'un evinin pislikten kırıldığını görmesini istiyor olsam da ablasını savunmaya devam etti. Sonunda başarılı olmayacağımı anlar anlamaz taktik değiştirdim ve boyun eğmiş kadını oynamaya başladım. Elbisemin eteğine gözlerimden akan yaşları silerek, "Lütfen" dedim. "Seni mutlu etmek istiyorum. Mehtap'ı mutlu etmek istiyorum. Lütfen bana yardım edecek bir şeyler yap. Tahran'da yeni bir hayat kurmak için beni bu evden çıkart."

Mudî ona karşı kullandığım yumuşak tavrı kabul etti. Doğruyu söylediğimi biliyordu; ama karısıyla ablası arasında ne şekilde seçim yapacağını bilmiyordu. "Gidecek başka bir yerimiz yok" dedi.

Buna hazırlıklıydım. "Rıza'da kalıp kalamayacağımızı sor."

"Sen Rıza'yı sevmezsin ki."

"Evet, seviyorum. İran'a geldiğimizden beri Rıza ve karısı bana samimi davranıyorlar."

"Yani" dedi Mudî. "Bunun işe yarayıp yaramayacağını bilmiyorum."

"Bizi defalarca davet etmedi mi?" diye sordum.

"Bu sadece *taraf*. Gerçekte demek istediği şey bu değil." *Taraf* İran'da misafirlere yapılan kibar tekliflermiş. Bu teklifler ciddiye alınmazmış.

"Sen de ciddiye al" dedim.

Mudî'ye günlerce bu konuyu hatırlattım. Aile üyeleriyle iyi geçinmeye çalıştığımın da farkındaydı. Uyuşturucu ilaçlar almadığımdan dolayı iradem güç kazanmaya başlamıştı. Yapmış olduğum plan kolay değildi; ama sonuna kadar götürmek zorundaydım. Sonunda Mudî, Rıza'nın akşam geleceğini, onlara gitme konusu açacağını söyledi.

"Tabii ki gelebilirsiniz" dedi Rıza. "Ama bu akşam olmaz. Bu akşam planımız var." *Taraf.*

"O zaman yarın?" diye atıldım.

"Tabii ki. Bir araba bulup sizi almaya gelirim." *Taraf.*

Mudî fukara elbise dolabındaki kıyafetlerimizden sadece birkaçını almamıza izin verdi. Emine Bozorg benden nefret ediyor olsa da evden ayrılmamıza hüzünlendi. Mudî yanımıza çok az eşya alarak ablasına ziyaretimizin kısa süreli olacağını anlatmaya çalışıyor olsa da gün boyunca ablasının sitemlerinden kaçınmaya çalıştı.

O gece saat gecenin onu olmuş olsa da Rıza bizi almaya henüz gelmemişti. Mudî'ye Rıza'yı arayabilmek için ısrar ettim. Numarayı çevirirken arkamda bekliyordu. "Seni bekliyoruz" dedim. "Bizi almaya gelmedin."

"Ah, evet, çok yoğundum" dedi Rıza. "Yarın gelirim." *Taraf.*

"Hayır, yarına kadar bekleyemem. Bu akşam size gelsek olmaz mı?"

Rıza sonunda vermiş olduğu sözü tutması gerektiğini anladı. "Tamam, geliyorum" dedi.

Rıza kapıdan girdiğinde çıkmak için hazırdım; ama Rıza'nın acelesi yoktu. Kendisine verilen pijamaları giydi, ikram edilen çayı içti, meyveleri yedi ve annesiyle uzun uzadıya sohbet etti. Ayrılırken öpüşüp koklaşma sahneleri bile bir saat sürdü.

Yola çıktığımızda saat gece yarısını geçmişti. Bahçe içindeki iki katlı beton binanın alt katında Rıza, karısı Esey ve kızları Meryem ve oğulları Mehdi; üst katta ise Mamal, karısı Nesrin ve oğulları Emir yaşıyordu.

Eve vardığımızda Nesrin temizlik yapıyordu ki bu Rıza'nın oyalanmasını açıklıyordu. Misafir bekler bir hâlleri yoktu. Davet etmeleri sadece *taraftı*. Ama yine de bizi gören Esey sıcak davrandı.

O kadar geç olmuştu ki doğruca yatak odasına gittim. Paramı ve adres defterimi yatağın altına sakladım. Ardından Mehtap derin bir uykuya daldığında bir sonraki adımımı gerçekleştirmek için harekete geçtim.

Mudî'yi yatak odasına çağırdım ve hafifçe koluna dokundum. "Bizi buraya getirdiğin için seni çok seviyorum" dedim.

Yumuşak bir hareketle elini belime doladı, daha da ileriye gitmek için cesaretlendirilmek istiyordu. Altı hafta olmuştu. Beni öpmesi için kafamı kaldırdım.

Sonraki dakikalar boyunca kusmamak için kendimi tutarken zevk alıyormuş gibi davranmak zorundaydım. "Ondan nefret ediyorum! Ondan nefret ediyorum! Ondan nefret ediyorum!" diye tekrarladım Mudî benimle sevişirken defalarca.

Her şey bittiğinde fısıldayarak, "Seni seviyorum" dedim. *Taraf*!!!

ALTINCI BÖLÜM

Ertesi sabah Mudî erkenden kalkıp İslami kurallara uygun olarak namaz kılmak ve dün geceki sevişmenin izlerinden kurtulmak için duşa girdi. Sabah sabah Mudî'nin duş almasıyla Rıza ile Esey ve üst kattaki Mamal ile Nesrin aramızın düzeldiğini anladı.

Aramızın düzelmiş olması doğru değildi. Mudî ile sevişmek özgürlüğe giden yolda başıma gelen ve gelecek olan en berbat şeydi.

Sabah olduğunda Mehtap, Rıza ve Esey'in üç yaşındaki kızları Meryem ile oynadı. Meryem'in İngiltere'de yaşayan dayısının göndermiş olduğu bir sürü oyuncak ve arka bahçede de bir salıncak vardı.

Bahçe kalabalık ve gürültülü kentin ortasında özel bir ada gibiydi. Bahçenin etrafı üç metrelik bir duvarla çevriliydi ve bahçenin içinde bir salıncak, bir sıra sedir ağacı, bir nar ağacı ve birkaç tane de gül ağacı vardı. Aynı sokakta bu eve benzer evler vardı; ama her bir evin arasını yüksek duvarlar ayırıyordu. Asma yaprakları duvarların üzerinden sarkıyordu.

Emine Bozorg ile karşılaştırıldığında Esey çok daha temiz bir ev hanımıydı. Tabii evi bu hâle getirmek için saatlerce temizlik yapmış olsa da çok da temiz sayılmazdı. Hamamböcekleri ne yazık ki burada da vardı. Evden çıkmadan önce ayakkabılarımızın içine girmiş böceklerden kurtulmak için ayakkabılarımızı sallamak zorunda kalıyorduk. Esey oğlunun altını bağlamadığından çocuk istediği yere tuvaletini yapabiliyordu. Evin dayanılmaz kokusu da bu yüzdendi.

Çocuk kakasını yaptığında Esey kakayı hemen temizliyordu; ama çişler halının içine sinmişti. Mudî kabul etmese de evdeki kokudan kurtulmak için beni, Mehtap'ı ve Meryem'i birkaç sokak ötedeki parka götürdü. Bizi gözetleyen birilerinin olmadığından emin olmak için etrafına bakındı. Mudî'nin bu hareketinin farkında değilmişim gibi davranmak istediğimden çevremdeki ayrıntıları izlemeye koyuldum. Evler aynı renkte ve iki katlıydı ve gözün alabildiğince uzanıyordu. Minyatür evlerin oluşturduğu bu kasabadaki binlerce insanların gürültüleri buraya hayat veriyordu.

Ilık bir sonbahar günüydü ve gittiğimiz park iki katlı blok evlerle güzel bir uyum içindeydi. Üç blok uzunluğundaki çimlerle kaplı alan rengârenk çiçekler ve bakımlı ağaçlarla donatılmıştı. Buraya geldiğimden beri sayısız dekoratif havuz görmüştüm; ama hiçbirinin fıskiyesi çalışmıyordu. Evlere verilecek elektriği bile güç bela bulan bir hükümet boş yere su akıtılmasına kesinlikle karşıydı.

Mehtap ile Meryem salıncakta oynarken Mudî sabırsız bir hâlde eve dönmek zorunda olduğumuz söyledi.

"Ama neden?" diye sordum. "Burası çok güzel."

"Dönmek zorundayız" dedi sinirli bir tavırla.

Planıma bağlı kalarak tek bir şey söylemeksizin ayağa kalktım. Aramızda gerginliğe neden olmak istemiyordum.

Günler geçtikçe apartmanın havasına ve komşuların arasındaki hareketliliğe alıştım. Sokak satıcılarının yüksek sesle bağırmaları da beni artık rahatsız etmiyordu.

Çöpçüler küçük el arabalarıyla dar sokaklarda ilerlerken, "*Aşkali! Aşkali!*" diye bağırıyordu. Ev hanımları çöpçünün sesini duyar duymaz büyük bir telaş içinde çöplerini kaldırımın üstüne boşaltıyordu. Çöpçü zaman zaman çöpleri topladıktan sonra geri dönüp kedilerin ya da farelerin didikleri çöpleri çalı süpürgesiyle süpürüyordu.

Arada bir "*Namakiy*" diye bağıran tuz satıcıları vardı. El arabalarının üzerine kocaman, ıslak tuz parçalarını yüklemişlerdi. Kadınlar kurumuş ekmek karşılığında tuz alıyor, tuz satıcıları da almış oldukları kurumuş ekmekleri hayvan yemi olarak kullanıyordu.

"*Sabzi*!" diye bağıran sebze satıcıları el arabalarının üzerinde ıspanak, maydanoz, dereotu, nane, limon ve mevsim sebzelerini satıyordu. Geldiklerini duyurmak için megafon kullandıkları günler de olmuştu. Beklenmedik bir anda geldiklerinde Esey aceleyle çadorunu üzerine geçirip sebze almak için dışarıya çıkıyordu.

Koyun satıcısının geldiği koyunların melemesinden anlaşılıyordu. On ile on iki koyundan oluşmuş sürülerin kuyrukları inek memeleri gibi sallanıyordu. Çobanları tarafından güdülen koyunları satıcılar üzerilerine vurulan damgalardan ayırt edebiliyordu.

Arada bir bisikletleriyle dolaşan bileyiciler vardı. Esey bana bu bileyicilerin inanılmaz yoksul olduğunu ve acınacak koşullarda yaşadıklarını anlattı. Bileyicilerin karıları da birkaç parça giyecek, yiyecek ya da para dilenmek için evden eve dolaşırlarmış. Esey bileyicileri ya da para dilenmek için gelen herhangi birini geri çevirmezken Mamal'ın karısı Nesrin kapısına gelen herkesi tersleyip kovuyordu.

Yaşam savaşı veren kadınların ve erkeklerin çıkartmış olduğu ses insanın kulağına garip bir senfoni gibi geliyordu.

En olmayacak koşullarda bir araya gelen iki kişi ne denli anlaşıyorsa Esey ile aramızdaki ilişki de o düzeydeydi. En azından konuşacak birileri vardı. İngilizce konuşan birinin yanında olmak rahatlatıcıydı. Emine Bozorg ev işlerine beni karıştırmazken Esey ona yardımcı olmamdan hoşnuttu.

Esey iyi bir ev kadını değildi; ama en azından mutfak işlerinde bilinçliydi. Yemek hazırlıkları için mutfakta ona yardım ederken buzdolabının düzenine her seferinde bir kez daha hayran kalıyordum. Etler ve sebzeler temizlenip yıkanıyor ve pişirmeye hazır olarak poşetlenip dolaba konuyordu. Mutfak panosuna asılmış bir aylık yemek listesi vardı. Yemeklerin çoğunu sağlıklı beslenmeye ve sağlık kurallarına uygun olarak hazırlıyordu. Pilavı pişirmeden önce içindeki kurtları büyük bir dikkatle temizliyordu. Pirincin içindeki kurtları ayıklamaktan zevk almaya başlamış olmam inanılır gibi değildi. İki ay içinde değişen değer yargılarıma ben bile inanamıyordum. Amerika'da yaşam biçimimin vermiş olduğu şımarıklıkla küçük ayrıntılarla uğraşırken burada her şey bambaşkaydı ve pek çok şey önemini yitirmiş durumdaydı. Burada kurtlanan pirinç atılmıyordu ve bebeğin değerli İran halısına pislediği takdirde halı ıslak bir bezle üstünkörü siliniyordu. Kocan parktan erken bir saatte ayrılmak istediğinde de ayrılmak zorunda kalınıyordu.

Günün birinde Zühre, Emine Bozorg'u getirdi. Mudî ablasının bize bir yastık hediye etmesine sinirlendi. İran'da evden ayrılan konuklara hediye vermek bir gelenekti. Emine Bozorg'un demek istediği şey açık ve netti. Rıza ve Esey'in evinde kalışımızın geçici olduğunu düşünmüyordu. Onun evi yerine burayı tercih etmiş olmamızdan dolayı da alınmıştı.

Tartışmaya girecek zaman olmadı. Zühre, Esey'in ikram ettiği çayı reddederek, "Acelemiz var; annemi hamama götüreceğim" dedi.

"Zamanı gelmişti" diye homurdandı Mudî. "Geleli sekiz hafta oldu ve daha yeni banyo yapıyor."

Aynı günün akşamında Zühre telefon ederek, "Dayıcan lütfen çabuk gel" dedi. "Annem hasta."

Rıza birkaç sokak ötede oturan kız kardeşinin evine kadar yürüdü ve kız kardeşinin arabasını aldıktan sonra evden kendisini aramış olduklarına çok sevinen Mudî'yi ablasına götürdü.

Ama gecenin geç saatlerinde döndüğünde Mudî ablası hakkında söylenip duruyordu. Emine Bozorg yıkanmamak için eklem ağrılarını bahane edip evine geri döner dönmez kendini yatağa atmıştı. Zühre'ye de ellerine ve alnına kına yaktırtmıştı. Mudî onu kat kat giyinmiş ve kafasına üşüşen şeytanları kovmak için örtünün altına saklanmış hâlde bulmuş. Mudî ablasının ağrılarını dindirmek için iğne yapmış.

"Hasta falan değil" dedi Mudî homurdanarak. "Hamamdan kurtulmak için numara yapıyor."

Rıza'nın bana karşı yakınlık gösteriyor olması şaşırtıcıydı. Corpus Christi'deki evimizden onu kovduğumda bana ağzına gelen her şeyi söylemişti. Aramızda geçenleri unutmuş gibiydi. İslami devrimi destekleyenler arasında olmuş olsa da Amerika anıları olumluydu.

Bir akşam, yaşamımıza Amerikan esintileri katmak için pizza yemeğe davet etti. Mehtap ve ben inanılmaz heyecanlıydık üstelik karnımız da acıkmıştı; ama önümüze gelen pizzalar iştahımızı kaçırdı. Pizzalar İran'da yayın olarak kullanılan lavaş ekmeğine yapılmıştı. Lavaş ekmeğinin üzerinde birkaç kaşık domates salçası ve az miktarda kıyma vardı. Kaşar peyniri yoktu. Berbat bir tadı olmasına rağmen yine de yiyebildiğimiz kadar yedik. Ne de olsa Rıza'nın bu cömertliği karşısında ona borçluyduk. Mudî yeğeninin bu cömertliği karşısında oldukça mutluydu.

Batı kültürüne bu denli yakın olan Rıza kendiyle gurur duyuyordu. Planıma büyük bir katkı sağlayacak bir öneride bulunarak, "Esey'e Amerikan yemeklerini pişirmeni rica ediyorum" dedi.

Esey'e ızgara et ve patates püresi hazırlamayı öğretmek için araç gereçlere ihtiyacım vardı. Bu yüzden çarşı pazar dolaşmamız gerekecekti. Mudî'nin herhangi bir itirazda bulunmasına fırsat vermeden teklifi seve seve kabul ettiğimi söyledim; ama Mudî bizi günlerce pazara götürdü ve bir an olsun yanımızdan ayrılmadı. Dikkatlice etrafıma bakıp yolları tanımaya çalışıyordum. Telefonla çağrılan taksilerin 'turuncu' taksilerden daha pahalı olduğunu da öğrendim. Turuncu taksilerde çalışan şoförler arabalarını tıka basa doldurup para kazanmaya çalışan kişilerdi. Otobüsler gibi belirli bir güzergâhları vardı.

Alışveriş sırasında Mudî'nin yanımızdan ayrılmaması sıkıcıydı. Zamanla beni gözetlemekten vazgeçeceğini umut ediyordum. Günün birinde öyle ya da böyle Esey ile yalnız başımıza kalacaktık. Belki Mehtap ile birlikte sokağa çıkacağımız günler bile gelecekti. İşte o zaman elçilikle irtibata geçecek ve adıma gelmiş bir mektup olup olmadığını sorabilecektim. Kim bilir Dışişleri Bakanlığı'ndan yardım teklifi gelmiş bile olabilirdi?

Mudî çoğu zaman tembeldi. Burada yaşamaya istekli bir kadın olduğuma inandığı vakit kadınlarla birlikte dolaşmak can sıkıcı bir hâl alacaktı.

Rıza ve Esey'in evinde iki haftamızı doldurduğumuzda zaman kaybettiğimizi anladım. Ev sahiplerimiz gün geçtikçe bizden sıkılmaya başlamıştı. Kızları Meryem şımarık bir çocuktu ve oyuncaklarını Mehtap ile paylaşmak istemiyordu. Esey'in konukseverliğinde bir azalma yoktu; ama küçücük evin içinde onları rahatsız ettiğimiz aşikârdı. Rıza güler yüzlü davranmaya gayret etse de akşamları yorgun argın eve geldiğinde Mudî'nin başıboş hâli sinirlerini bozuyor gibiydi. Kartlar değişmişti. Amerika'dayken Mudî'nin eline bakmak güzeldi; ama İran'da dayıcana elini uzatmak ağır gelmişti. Davetleri de sadece taraftı. Rıza'nın nankörlüğüne içerleyen Mudî ağırlığını koymak yerine kabuğuna çekilerek bana, "Burada daha fazla kalamayız" dedi. "Zaten kısa süreliğine kendini daha iyi hissetmen için gelmiştik. Artık geri dönmeliyiz. Ablamı da daha fazla kırmak istemiyorum."

Duyduğum panik bedenimi kapladı. Emine Bozorg'un hapishaneden farksız korkunç evine beni geri götürmemesi için ona yalvardım ama nafile. Mehtap da duydukları karşısında en az benim kadar altüst oldu. Meryem ile sürekli kavga ediyor olsa bile burada kalmayı tercih ediyordu. Akşam banyoda Tanrı'ya bize yardımcı olması için dua ettik.

Tanrı yardım elini uzattı. Teklifi üzüntümüzden etkilenen Mudî mi yoksa Mamal ve Nesrin mi yaptı bilmiyorum; ama o akşam alt kata inerek bizimle ilgili planlarından bahsettiler. Nesrin'in akıcı İngilizce konuştuğunu görmek beni şaşırttı. Bugüne kadar yanımda hiç konuşmamıştı.

"Mamal bütün gün çalışmak zorunda ben de öğleden sonra üniversiteye gitmek zorundayım" dedi. "Bebeğe bakacak birine ihtiyacımız var."

Mehtap sevinç çığlığı attı. Nesrin'in bir yaşındaki oğlu Emir uyanık ve akıllı bir çocuktu ve Mehtap onunla oynamaktan hoşlanıyordu. Üstelik Emir'in altı bağlanıyordu ki bu temizlik açısından çok önemliydi.

Amerika'dayken Mamal'dan hoşlandığım söylenemezdi ve buraya geldiğimizde beri de Nesrin bize surat asıp durmuştu. Yine de Emine Bozorg'un pis evine dönmektense üst kata taşınmak çok daha iyiydi. Üstelik bu öneri bir *taraf* da değildi, bize ihtiyaçları vardı. Mudî üst kata taşımayı kabul etmiş olsa da bunun geçici olacağını özellikle belirtti. Günün birinde ablasının evine geri dönecektik.

Yanımıza az eşya almış olduğumuzdan toparlamamız uzun sürmedi.

Üst kata çıktığımızda Nesrin oğlunun başının üzerinde tütsü yakıyordu. Bu işlem oğlunu nazardan korumak içindi. Yatmadan oğluna bir bardak süt ve masal okuması yerinde olacak diye düşünmüş olsam da herhangi bir şey söylemedim.

Mamal ve Nesrin iki kişilik yatak bulunan yatak odalarını bize bıraktı ve rahatsız olma pahasına yan odadaki yer yataklarını hazırlamaya başladılar. Mobilyalardan hoşlandıkları söylenemezdi. Yemek odalarında kocaman bir masa ve sayısı belli olmayan sandalyeler vardı; oturma odasında modern ve rahat bir hava estiren yeşil renkte koltuk takımı vardı. Ne yazık ki bu tarz mobilyaları Şah dönemi özentisi olarak kabul ettiklerinden yemek odasının ve oturma odasının kapısı kilitliydi. İran halılarıyla döşenmiş yerde yemek yiyip sohbet etmekten hoşlanıyorlardı. Yerde yemek yenen odada bir telefon ve Alman malı bir televizyondan başka bir şey yoktu.

Nesrin'in evi Esey'in evine kıyasla daha temizdi; ama kötü bir aşçı olduğunu anlamam uzun sürmedi. Sağlıklı şeyler pişirmek ya da yemeklerin lezzeti hakkında bir şey bilmediği gibi aslında buna önem de vermiyordu. Bir kuzu budu aldığında ya da şans eseri eline tavuk geçtiğinde bunları temizlemeden gazete kâğıdına sardığı gibi buzdolabının buzluğuna tıkıyordu. Aynı et dört beş kez çözülüp tekrar donduruluyordu. Depolamış olduğu pirinç içler acısıydı. Pirincin içinde küçük siyah böceklerin yanında beyaz kurtçuklar da vardı. Pişirmeden böcekleri ayıklamadığı gibi pirinci yıkama zahmetine bile katlanmıyordu.

Şükürler olsun ki kısa bir zaman içinde yemek pişirme görevi bana verildi. Mamal İran yemekleri dışında başka bir yemiyordu; ama kendim pişirdiğime göre en azından artık temiz bir şeyler yiyebilecektim.

Sonunda yapacak bir işim olduğu için mutluydum. Nesrin derslerine devam ederken ben de evde toz alıyor, evi silip süpürüyor ve etrafta ovulacak ne varsa ovuyordum. Mamal İranlı bir ilaç firmasının yönetim kurulu üyesiydi. Bu nedenle evinde İran'da nadir bulunan şeyler vardı. Bir düzine şampuan, lastik eldivenler ve bulunması neredeyse imkânsız toz deterjanlar depolanmıştı.

Nesrin griye dönmüş duvarlarının yıkandıktan sonra beyaz bir renge dönüştüğünü gördüğünde hayran kaldı. Yatılı bir hizmetçi bulmuş olduğundan dolayı mutluydu. Sayemde namaz kılmaya ve Kuran okumaya daha fazla zaman ayırabiliyordu. Nesrin dinine Esey'den daha fazla bağlıydı ve evinin içinde bile çadora bürünüyordu.

Üst katta geçirdiğimiz ilk günlerde ben ev işleriyle meşgulken Mehtap Emir'le oynuyor, Mudî ise boş boş oturuyordu. Aslında herkes durumundan memnun gibiydi. En azından Mudî Emine Bozorg'un evine geri dönmekten bahsetmiyordu artık.

İranlılar hayatlarını güçleştirmek için ellerinden geleni yapıyordu. Günün birinde Mudî şeker almak için beni dışarıya çıkarttığında şeker almamız bütün günümüze mal oldu. İranlılar çay içerken iki tür şeker kullanıyordu. Emine Bozorg çayına döke saça koyduğu toz şekerleri tercih ederken Mamal çayı kıtlama içmeyi seviyordu.

Mamal Mudî'ye gıda fişi verdi ve birkaç aylık şeker almasını rica etti. Gittiğimiz bakkal gıda fişlerini inceledikten sonra kurtlara davetiye çıkartırcasına yerde duran şeker yığınından birkaç kilo tarttı. Ardından kocaman bir şeker kütlesini kırarak büyük parçalara ayırdı.

Eve vardığımda haddinden büyük şeker kütlelerini küp şekeri hâline gelinceye kadar küçültmem gerekecekti. Şeker kütlelerini önce parçalara böldüm, ardından ellerim su toplayana kadar kerpetenle küçük parçalara ayırdım.

1984 yılının Ekim ayı bu tarz şeylerle geçti; ama yine de ilerleme kaydettim. Mudî az da olsa beni kontrol etmeyi başarmıştı. İranlı kadınlardan daha güzel yemek pişiriyor ve pazar yerinden büyük bir titizlikle taze sebze, et, meyve ve ekmek bulabiliyordum. Her sabah

Emir ile Mehtap'ı sonbaharın havasına uygun olarak giydirdikten sonra gündelik alışverişimizi yapmak için dışarıya çıkıyorduk.

Çıktığım alışverişlerden birinde pizza ile hamburger karışımı yiyecek satan bir dükkân buldum. Dükkân sahibi Amerikalı olduğumu öğrendiğinde İran'da çok ender bulunan peynirden iki kilo vermeye razı oldu. Dükkân sahibi istediğim zaman bu peynirden alabileceğimi söyledi. Amerikalı olmanın yararını ilk kez görüyordum. Alışveriş turlarında Mudî hep yanımdaydı ve gözünü üzerimden bir an olsun ayırmıyordu; ama yüzündeki bıkkınlık mutluluk vericiydi.

Bir keresinde Mehtap'a öreceğim kazak için yün almaya Nesrin ile yalnız başımıza çıkmamıza izin verdi. Örgü şişi bulmak için yarım gün boyunca dolaşmış olsak da bulamadık. "Bu tarz şeyleri bulmak şans işi" dedi Nesrin. "Benimkileri kullanabilirsin."

Mudî'ye çarşı pazar işinin ne kadar sıkıcı olduğunu yumuşaklıkla işlemeye çalıştım. Akşamları yemek hazırlarken ertesi günün çarşı pazarını garanti etmek istercesine, "Fasulye kalmamış yarın alırım ya da peynir, ekmek yok yarın hallederim" diyordum. İranlıların hoşlandığı ketçap bile alışverişe çıkmam için bahane oluşturabiliyordu. Mudî birkaç gün sonra nedeni belli olmayan asık bir suratla dolaşmaya başlamış olsa da beni köşeye sıkıştırmış olduğuna inanması güzeldi. Günün birinde kendi işleriyle uğraşmak zorunda olduğundan, beni pazara götüremeyeceğinden yakınmaya başladı. "Git kendin al" dedi. Ama bu aslında başka bir konuyu gündeme getirdi. Mudî elimde para bulunmasına karşıydı; çünkü elime geçen para özgürlüğün yolunu açabilirdi. Bu arada tabii ki özel servetimden haberi yoktu. "Önce git fiyatını öğren sonra buraya dön, ne kadar gerekiyorsa veririm."

Bu alışveriş işi kolay değildi; ama üstesinden gelmeye kararlıydım. Gıda maddeleri kilo hesabıyla satılıyordu ve bu işlem bana Farsça kadar yabancıydı. Önceleri yanıma kâğıt kalem alarak dükkân sahibine rakamları yazdırdım; ama sonraları Farsça yazılmış rakamları okumayı öğrendim.

Planımın gerçekleşmesi hususunda edindiğim bu yeni uğraş katkı sağlayacaktı. Kısa bir süre için olsa bile Mudî'den uzaklaşmayı başarmıştım.

Tek başıma çıktığım alışverişlerde Mudî'yi kızdırmak ya da kuşkulandırmak istemediğimden bana söylemiş olduğu her şeyi harfiyen yerine getirdim. Ardından dükkânların kalabalığından ve servisin ağır işlediğinden yakınmaya başlayarak dışarıda geçirdiğim zamanı uzatmaya başladım. Tahran kalabalık bir yerdi ve alışveriş esnasında çok zaman geçirmek olağandı. Sonunda dördüncü ya da beşinci alışveriş turumda İsviçre elçiliğine telefon açma cesaretini buldum kendimde. Göğsüme birkaç riyal sakladıktan sonra Mehtap'ı ve Emir'i yanıma alarak telefon kulübesi aramaya başladım ve karşıma çıkan ilk kulübeye girdim; ama yanıma almış olduğum para işe yaramıyordu. Telefon açmak için gereken şey *dozari* adını verdikleri ve iki riyal değerindeki madeni paraydı. Telefon açabilmek için dükkânları dolaşıp dozari olup olmadığın sordum. Erkek giyim eşyası satan bir dükkâna kafamı sokup, "Dozari var mı?" diye soruncaya kadar benimle ilgilenen olmadı.

Tezgâhın arkasında duran uzun boylu, esmer bir adam beni kısa bir süre boyunca inceledikten sonra, "İngilizce konuşuyor musunuz?" diye sordu.

"Evet. Telefon açmak için bozukluğa ihtiyacım var. Lütfen?"

"Benim telefonumu kullanabilirsin" dedi.

Adamın adı Hamit'ti ve gururlu bir ses tonuyla birçok kez Amerika'ya gitmiş olduğunu söyledi. İşiyle ilgilenmeye devam ederken ben de İsviçre elçiliğini aradım ve çok geçmeden Helen'e bağlandım.

"Demek mesajımızı aldınız" dedi sevinç içinde.

"Ne mesajı?"

"Aramanızı eşiniz mi istedi?"

"Hayır."

"Ah." Helen duyduğu şaşkınlıktan dolayı derin bir nefes almak zorunda kaldı. "Yani size ulaşmaya çalıştık. Aileniz Dışişleri Bakanlığı'na başvuruda bulunmuş ve bizden adresiniz ve kızınızın sağlık durumu hakkında bilgi vermemiz istendi. Birkaç kez görümcenizi aradım; ama o da Hazar Denizi tarafında olduğunuzu söyledi."

"Hazar Denizi'ne hiç gitmedim" dedim.

"Her neyse. Görümceniz ne zaman geleceğinizi bilmiyormuş. Ona sizinle bir an önce görüşmem gerektiğini anlattım. Helen'in anlattığına göre İran hükümeti bizim sağlık durumumuz hakkında bilgi edinmeleri konusunda İsviçre elçiliğindeki Amerikan bürosuna izin vermiş.

Helen ayrıca Mudî'ye bizi elçiliğe getirmesini istediği bir mektup yollamıştı. Birinci mektuba aldırış etmeyen Mudî ikinci mektuba bu sabah telefon etmiş. "Çok yardımcı olduğunu söyleyemem" dedi Helen.

Dehşet içinde kalakaldım. Demek ki Mudî ailemin resmî kanallara başvurduğunu öğrenmişti. Birkaç gündür suratını asmış bir hâlde dolaşmasının nedeni de bu olabilirdi.

Oyalanmadan eve dönmem gerekiyordu. Daha ekmek bile almamıştım. Ama telefonu kapatır kapatmaz Hamit benimle birkaç dakika konuşmak için üsteleyerek, "Bir sorununuz mu var?" diye sordu.

Başıma gelenleri elçiliğin dışındaki birilerine anlatmamıştım. İran'da konuştuğum kişiler de Mudî'nin tanıdıkları ya da akrabalarıydı. Ailedekilerin Amerikalılara olan bakış açısından yola çıkarak diğerlerinin de bundan farklı davranmayacağını sanıyordum. İranlıların tümünün aynı düşünüp düşünmediğini zaman zaman kendime sormuştum. Örneğin pizza yediğimiz dükkânın sahibi sevecendi. Ama sıradan bir İranlıya güven olabilir miydi ki?

Er ya da geç ailenin dışındaki birilerinden yardım isteyeceğimden dolayı korkularımı bir yana bıraktım. Bir yabancıya içimi dökmeye karar vererek başımdan geçenleri anlattım.

"Sizin için yapabileceğim bir şey varsa yapmaya hazırım" dedi. "İranlıların hepsi kocanız gibi değildir. Telefonu ne zaman istersen kullanabilirsin." Ardından, "Sizin için biraz araştırma yapabilirim. Pasaport dairesinde tanıdıklarım var" diye ekledi.

Hamit'i karşıma çıkartan Tanrı'ma teşekkür ettim ve koşarak *nanni* adındaki ekmek fırınına gittim. Dışarıya çıkış nedenim lavaş almaktı ve lavaş almadan eve dönmeme imkân yoktu. Ağır ağır kuyrukta ilerlerken fırında çalışan beş kişiyi izlemeye koyuldum. İşe fırının uç noktasında duran üzerindeki ağırlıkla eğrilmiş, kocaman çelik tepsisinin üzerindeki hamurla başlıyorlardı. İçerideki sıcaklığın etkisiyle kan ter içinde kalmış insanlar robot gibi çalışıyordu. Hamurdan bir parça kopartan biri koparttığı parçayı terazinin kefesine attıktan sonra fazlasını kesip aldı. Çıplak ayaklı iki adam çimento üzerindeki hamuru unla yoğuruyordu.

Bağdaş kurmuş başka biri ezberden Kuran okurken nemli hamuru iki yana sallayıp una buluyor sonra diğerleriyle aynı hizada yere bırakıyordu.

Üçüncü kişi elindeki merdaneyle top hâlindeki hamuru açtıktan sonra bir ustanın edasıyla dördüncüsüne fırlatıyordu. Dördüncü kişi ise aldığı hamurları çimento zeminin üzerinde açılmış kuyuya bırakıyordu. Sadece kafası, omuzları ve kolları görünen adam fırının sıcaklığından korunmak için paçavralara sarılmıştı ve kuyunun içinde pişen lavaşları dışarıya atıyordu.

O gün sıranın bize gelmesi haddinden uzun sürdüğünden Mudî'nin tepkisinden korkmaya başlamıştım.

Sonunda sıra bize gelir gelmez lavaşların parasını verdim ve lavaşları gelişigüzel sararak fırından çıktım.

Eve yaklaşırken Mehtap'a babasına Hamit'in dükkânındaki telefon görüşmesinden bahsetmemesini tembih ettim. Beş yaşındaki küçük kızım düşmanla dostu ayırt etmeyi çoktan öğrenmiş olduğundan bunu tembih etmem bile gereksizdi.

Mudî ekmek almanın bu kadar uzun sürmesinden dolayı kuşkulandı. Fırında bitmez tükenmez bir kuyruk olduğu yalanım hazır olduğundan telaşa kapılmadan sakin kalmaya çalıştım. Ona sıranın bize geldiğinde fırında ekmek kalmadığından dolayı başka bir fırın aramak zorunda olduğumu söyledim.

Anlattıklarımdan mı yoksa elçilikten gelen mektuptan dolayı mı bilemiyorum; ama sonraki günlerde Mudî'nin öfkeli, kuşkulu ve sinirli davranışlarının sonu gelmedi.

Annemin yazdığı mektup başımı belaya sokmuştu. Mudî ailemden ve arkadaşlarımdan gelen mektupların hepsini yok etmiş olsa da bu sefer üzeri annemin el yazısıyla yazılmış ve zarfı açılmamış bir mektubu bana verdi. İran'a geldiğimden beri annemin el yazısını görmemiştim. Mudî yanıma oturdu ve beni göz hapsinde tutarken mektubu okumaya başladım.

Sevgili Betty ve Mehtap

Sizin için öylesine endişe ediyoruz ki. Bunlar olmadan önce sizi İran'da tutacağına ve bir daha dönmenize izin vermeyeceğine dair kötü bir rüya görmüştüm. Aranızı bozmak istemediğimden sana bu kötü rüyadan bahsetmedim.

Ama kötü bir rüya daha gördüm. Rüyamda patlayan bir bomba Mehtap'ın bacağını kopartıyordu. İkinizden birinin başına böyle bir şey geldiği takdirde sorumluluk kocana ait olacaktır. Bunların hepsi onun suçu...

Mudî mektubu elimden kaparcasına aldı. "Deli saçması!" diye bağırdı. "Bundan sonra onlardan gelen hiçbir mektubu sana vermeyeceğim. Onlarla konuşmana da bundan böyle izin yok."

Sonraki günlerde alışveriş yaparken bir an için bile olsa yanımızdan ayrılmadı. Hamit'in dükkânının önünden geçerken soğuk terler döküyordum.

Son zamanlarda Mudî İran'ın dışında da bir dünyanın var olduğunu unutmuş gibiydi; ama unuttuğu sorumsuzluk bir gün elbette yakasına yapışacaktı.

Amerika'dan ayrılmadan önce Mudî çılgınca harcamalar yapmıştı. Akrabalarına aldığı dört bin dolarlık hediyeleri kredi kartıyla ödemişti. Detroit'teki evimiz için de bir kira sözleşmesi imzalamıştı. Sözleşmeye göre ayda altı yüz dolar ödenmesi gerekiyordu; ama evde kimse olmadığından bu para ödenmemişti. Ödenmesi gereken ek masraflar vardı ve vergi dairesinden de aranıyorduk.

Mudî'nin kazancının iyi olduğu günlerde biriktirdiğimiz paraların banka hesabında durduğunu sanıyordum; ama Mudî büyük bir ihtimalle İran'a gelmeden önce paranın büyük bir bölümünü çekmişti. Beni kuşkulandırmak istemediğinden iki ev ve iki arabadan oluşan mal varlığımızı satışa çıkartmamıştı. Ayrıca Corpus Christi'de kiraya verdiğimiz bir evimiz daha vardı. Bankada birikmiş paramız on bin doların üstündeydi. Mudî mal varlığımızı İran'a getirmeye kararlı olsa da dışişlerine bunun aksine bir talimatta bulunduğumdan henüz bir haberi yoktu. Öfkelendiğinde bundan sonra parasının tek bir kuruşunun bile Amerikan hazinesine girmeyeceğinden bahsediyordu. "Amerika için tek kuruş bile vergi vermem!" dedi kafa tutarcasına. "Benden alacaklarını aldılar. Artık benden bir kuruş bile koparamazlar."

Bu işlerin baş kaldırmayla olmayacağını Mudî de gayet iyi biliyordu. Alacaklılarımız borcu faiziyle birlikte nasıl olsa tahsil edecekti. Bu kafa tutma, her geçen gün mal varlığımızı biraz daha azaltıyordu.

"Annenler her şeyimizi satıp parayı bize gönderecekler!" dedi Mudî içine düştüğümüz maddi durum benim hatammış gibi söylenerek. Bu düzeltmek annemlere düşecekti.

Mudî şu anda herhangi bir şey yapacak durumda değildi ve burada geçen her gün Amerika'ya dönme umutlarımızı daha da zayıflatıyordu. Kendi yaşamını karıştırmakla kalmamış aynı zamanda bizim de yaşantımızı içinden çıkılmaz bir kaosa sokmuştu.

Amerika'ya döndüğü takdirde alacaklılar yakasına yapışacaktı, üstelik onu boşayacağımı tahmin edebiliyordu. Anlaşıldığı üzere İran'da tıp diplomasının hiçbir geçerliliği yoktu. Boş oturmaktan öfkesi doruk noktasına çıkmakla kalmıyor yoluna çıkan ne varsa kırıp geçiriyordu. Mudî'nin huzursuz bakan gözleri büyük bir tehlikenin habercisiydi.

Su tesisatçıları yan evdeki kanalizasyonun onarımına başladığında suyumuz iki gün boyunca kesildi. Bulaşıklar tepeleme birikmekle kalmadı, yiyecekler yıkanmadığı için yemek de pişmedi. Yakınmaları duyan Mamal bizi lokantaya götüreceğine söz verdi. Mudî'nin ailesinde dışarıda yemek yeme alışkanlığı olmadığından Mamal'ın bizi dışarıya çıkartacak olması büyük bir olaydı. Ertesi akşam yemekle uğraşmak zorunda olmadığımdan kızımla mümkün olduğunca bakımlı görünmek için çaba sarf ettik.

Mamal eve döndüğünde hazırdık; ama Mamal yorgun ve keyifsizdi. "Çıkmıyoruz" dedi homurdanarak. Bir kez daha taraf.

Mehtap da benim kadar hayal kırıklığına uğramıştı; kırk yılda bir karşımıza çıkacak bu fırsatı kaçırmak istemiyorduk. "Taksi çağırıp biz çıkalım" diye önerdim Mudî'ye Mehtap, ben ve Mudî yerde otururken.

"Hayır, çıkmıyoruz" diye cevap verdi.

"Lütfen."

"Hayır. Biz onların evindeyiz. Onlar olmadan gidemeyiz. Onlar gitmek istemediklerine göre bir şeyler hazırla."

Yaşamış olduğum hayal kırıklığı öylesine derindi ki sağduyumu kaybettim. İçinde bulunduğum güç durumu unutarak içimde biriken hıncı çıkartırcasına, "Dün akşam çıkacağımız söylendi; ama Mamal çıkmak istemiyor" diye söylendim.

O anda sıkıntılarımın sebebi olarak Mamal'dan başkasını göremiyordum. İran'a gelme fikri de ondan çıkmamış mıydı? Birdenbire Detroit'teki evimizde Mamal'ın Mudî'nin bizi İran'da tutmasına ailesinin asla izin vermeyeceğini söylediğini anımsadım.

Oturduğum yerden kalktım ve Mudî'ye tepeden bakarak, "Mamal bir yalancı! O yalancının teki!" diye bağırdım.

Mudî korkunç bir öfkeyle ayağa sıçrayarak, "Sen Mamal'a yalancı mı diyorsun?" diye sordu.

"Evet! Ona yalancı diyorum!" dedim haykırırcasına. "Ve sen de yalancısın. İkiniz de sürekli bir şeyler uyduruyorsunuz..."

Mudî'nin sağ şakağıma indirdiği yumruktan dolayı soluğumun kesilmesi uzun sürmedi. Neye uğradığımı anlayamadan tökezledim ve duyduğum acıdan dolayı sersemledim. Mehtap'ın acı dolu haykırışı ve Mudî'nin öfke içinde bağırmasını duyan Nesrin ve Mamal'ın odaya girdiğini hayal meyal görebildim. Öylesine sersemlemiştim ki kafamın üzerinde duran tavanın dönmesine engel olamıyordum.

Düşe kalka yatak odasına doğru ilerleyebildim. Mudî'nin öfkesi geçinceye kadar yatak odasında saklanabileceğimi sandım. Mehtap hıçkırıklara boğulmuş bir hâlde arkamdan geldi.

Mehtap ile yatak odasına ulaştığımızda Mudî arkamızdan geldi. Mehtap babasının bir şey yapmasına engel olmaya çalışırken Mudî küçücük yavrumu öylesine hızlı itti ki minik bedeni duvara çarptı. Ona engel olmak istercesine Mudî'ye saldırdığımda beni yatağın üzerine fırlatıp attı.

"Yardım edin!" diye haykırdım. "Mamal, yardım et!"

Mudî saçlarımı sol eline doladı, sağ eliyle de kafama yumruklar indirmeye başladı. Mehtap yerinden doğrulup bana doğru koşmuş olsa da Mudî onu bir kez daha itti. Elinden kurtulmak için çaba sarf ediyor olsam da Mudî benden çok daha güçlüydü. Yanağıma okkalı bir tokat indirmeden önce, "Seni geberteceğim" diye bağırdı.

"İmdat!" diye bağırdım bir kez daha. "Yardım edecek kimse yok mu?"

Mamal'ın ve Nesrin'in aramıza girmeye niyeti yoktu. Rıza ve Esey de olup biteni duymuş olmalıydı; ama ortalarda yoklardı.

Mudî'nin bana uyguladığı işkencenin ne kadar sürdüğünü bilemiyorum. Bayılıp oracıkta ölmekten başka bir şey dileyemiyordum.

Vuruşları azalıp soluklanmak için ara verdiğinde bile beni yatağa sımsıkı bastırmaya devam etti. Mehtap'ın hıçkırıklarla ağlama sesi uzaklardan geliyordu.

"Dayıcan" dedi koridordan sakin bir ses. "Dayıcan." Sonunda gelen Mamal'dı.

Mudî başını kaldırdı. Duymuş olduğu sakin ses onu kendine getirmeye başladı. "Dayıcan" diye yineledi Mamal. Ardından da Mudî'yi benden uzaklaştırarak dışarıya çıkarttı.

Mehtap koşarak yanıma geldi ve kafasını kucağıma gömdü. Uzun bir süre boyunca konuşmadan ağladık. Bedenim darmadağın olmuştu. Kollarım ve bacaklarım ağrıyordu. Bacaklarımdan biri öylesine tahrip olmuştu ki birkaç gün boyunca topallayarak yürüyeceğimden kuşkum yoktu. Yüzümün durumunu gözümde canlandıramıyordum.

Birkaç dakikanın ardından Nesrin parmaklarının ucunda odaya girdi. Nesrin erkeğine kayıtsız şartsız itaat eden dört dörtlük bir kadın modeliydi. Sol eliyle örtünmüş olduğu çadoru tutarak yatağın kenarına oturdu ve elini omzumun üzerine koyarak, "Ne olur üzülme, bitti gitti" dedi.

"Biten ne? Geçen ne?" diye sordum gözlerinin içine bakarak. "Onun için geçip bitmiş olabilir. Bana seni geberteceğim demeye hakkı var mı?"

"Seni öldürmez" dedi Nesrin.

"Öldüreceğini söyledi. Bana neden yardım etmediniz? Neden bir şey yapmadınız?"

Nesrin elinden geldiğince beni teselli etmeye çalışırken, "Biz karışamayız" dedi açıklama getirmek istercesine. "Dayıcana karşı gelemeyiz." Mehtap gözyaşlarıyla dolmuş kocaman gözleriyle duyduklarını anlamaya çalışıyordu. Aklıma gelen şey tüylerimi diken diken etti. Mudî beni gerçekten öldürmüş olsaydı kızıma ne olacaktı? Kızını öldürecek değildi ya? Mehtap yetişip büyürken Mudî'nin deliliklerine boyun mu eğecekti? Mehtap da Nesrin ya da Esey gibi gençliğini, güzelliğini ve zekâsını bu kara çadorun altına mı saklayacaktı? Yoksa Mudî onu yeğenlerinden biriyle evlendirip sakat çocuk doğurup kocasından dayak yese bile sesini çıkartmayan bir kadın hâline mi getirecekti?

"Biz dayıcana karşı gelemeyiz" dedi Nesrin bir kez daha. "Ama artık her şey geçti, zaten bütün erkekler böyle."

"Hayır" dedim karşı koymak istercesine. "Bütün erkekler böyle değildir."

"Hepsi böyle" diye ısrar etti Nesrin. "Mamal da bundan farklısını yapmıyor bana. Rıza da Esey'e yapıyor. Bütün erkekler böyledir."

Aman Tanrım, diye düşündüm. Bundan sonra ne olacak?

YEDİNCİ BÖLÜM

Alışverişe gidecek gücüm olmadığından günlerce evin içinde süründüm durdum. Üstelik beni bu şekilde görmelerini de istemiyordum. Rusariyi başıma bağlasam bile yüzümdeki morlukları saklayamıyordum.

Mehtap babasından iyice uzaklaşmış uykusunda bile için için ağlıyordu.

Günler gerilim içinde geçiyordu. Mudî'nin aksi ya da kavgaya hazır olmadığı bir an bile yoktu. Mehtap ve benim korku içinde evde dolaşırken gitgide artan umutsuzluğumuz dayanılmaz bir noktaya ulaşmıştı. Bedenime inmiş yumruklar karşı karşıya olduğumuz tehlikenin boyutunu göstermeye yetiyordu. Mudî tepesi attığında sadece beni değil, aynı zamanda kızını da öldürecek kadar deliydi. Kızımla beni özgürlüğe kavuşturacak planımı uygulamaya kalkışmak güvenliğimizi tehlikeye sokacaktı. Hayatım Mudî'nin elindeydi. Ona baktığım her an buradan kaçma kararım daha da kesinleşiyordu. Artık onun gerçek yüzünü görebiliyordum. Aslında gaddar yapısını birkaç yıl öncesinde görmüştüm. Bunun olacağını biliyordum demek kendime acımaktan başka bir işe yaramayacaktı; ama gözümün önünde canlanan geçmişi de silemiyordum. Tahran'a gelmeden önce sağduyumu dinlemiş olmayı diliyordum. Bunu aklıma getirdikçe kendimi biraz daha kapana kısılmış hissediyordum. Bizi buraya sürükleyen maddi, yasal, duygusal hatta tıbbi nedenler bile vardı; ama en önemlisi buraya gelmemin nedeni Mehtap'ın özgürlüğe kavuşmasıydı.

Kızımı İran'da tehlikelerden uzak tutmayı başarabilecek miydim? Aslında bu inanılmaz zordu; çünkü Mudî istediğinde bize sevecen bir baba ve koca olarak davranıyor olsa da akli dengesizliğinin sık sık karşımıza çıkacağında en ufak bir şüphem dahi yoktu. Mehtap'ı korumaya çalışırken aslında onun hayatını tehlikeye sokabilirdim ki böylesine bir tehlikeyi henüz atlatmıştık. Mudî'nin vahşiliği beni sindirmedi, aksine daha da güçlendirdi. Gündelik işlerimi yerine getirirken aklımda tek bir amaç vardı.

Kızımın hâline baktıkça vermiş olduğum karar daha da kesinleşiyordu.

Kızım benimle banyoda baş başayken onu babasından uzaklaştırıp Amerika'ya geri götürmem için bana yalvarıyordu. Günün birinde, "Amerika'ya nasıl gideceğimizi biliyorum" dedi. "Babam uyuduğunda ses çıkartmadan evden çıkarız, doğruca havaalanına gider uçağa binerek Amerika'ya kaçarız."

Beş yaşındaki bir kız çocuğu için hayat bu kadar kolay; ama bir o kadar da karmaşıktı. Dua etmediğimiz bir gün yoktu. Yıllardır kiliseye gitmemiş olmasam da Tanrı'ya olan inancımı kaybetmemiştim. Bizi bu duruma düşürmüş olmasının nedenini bilmiyordum; ama bizi kurtaracağına dair olan ümidimi hiç yitirmedim.

Erkek giysileri satan dükkânın sahibi Hamit bize yardım elini uzattı. Mudî'nin attığı dayaktan sonra dükkâna uğradığımda Hamit bana, "Size ne oldu böyle?" diye sordu.

Ona olup biteni anlattım.

"Çıldırmış olmalı" dedi. Ardından da sakin ve kararlı bir sesle, "Nerede oturuyorsunuz?" diye sordu. "Ona haddini bildirecek birini gönderebilirim!"

Birini gönderecek olsa Mudî burada gizli dostlarımın olduğundan kuşkulanabilirdi.

Sağlığıma kavuşur kavuşmaz her fırsatta alışverişe çıkıyor ve elçilikteki Helen'den haber gelip gelmediğini öğrenmek için Hamit'in dükkânından telefon ediyordum. İran'daki tek arkadaşım olan Hamit ile dertleşiyordum.

Hamit bir zamanlar Şah'ın ordusunda askermiş ve İran'ın bugünkü durumundan hoşnut değilmiş. "Devrimi İran halkı istedi" dedi Hamit günün birinde. Ardından sokakta Ayetullah rejiminin eseri olan insanları göstererek, "Ne yazık ki istedikleri şey bu değildi" dedi.

Hamit de ailesiyle birlikte yurt dışına kaçmak istiyordu; ama bunu yapmadan önce halledilmesi gereken şeyler vardı. Önce işini bir başkasına devretmesi ardından mal varlığını paraya çevirmesi ve birtakım önlemler alması gerekiyordu. Yine de geçmişi yakasına yapışmadan buradan kaçıp gitmeye kesin kararlıydı.

"Amerika Birleşik Devletleri'nde güçlü dostlarım var" dedi. "Benim için ellerinden geleni yapıyorlar."

Ben de ona ailemin ve arkadaşlarımın benim için ellerinden geleni yaptıklarından bahsettim. Ama anladığım kadarıyla resmî kanallardan elde edilecek çok fazla şey yoktu.

Hamit'in telefonunu kullanabilmek büyük bir nimetti. Elçilikte aldığım haberler iç açıcı değildi; ama yine de vatanımla olan tek bağlantımdı. Hamit'in sayesinde İran'da Batılı medeniyeti ve yaşam tarzını beğenen ve Amerika'ya karşı düşmanca tutumu kınayan insanların olduğunu öğrendim.

Günler geçtikçe Mudî'nin övündüğü kadar İran'da söz sahibi olmadığını görüyordum. Bir hekim olarak çalışabilmesi için kendisine verilmesi gereken lisans bir türlü verilmiyordu. Zaten onun da umurunda bile değildi. Amerika'da almış olduğu eğitim ona bir saygınlık kazandırıyor olsa da Ayetullah rejiminin resmî kanalları bu eğitime ön yargılı yaklaşıyordu.

Ailede de lider kimliği yoktu. Kendisinden yaşlı akrabalarının yanında sadece gençlerden biriydi. Üstelik ailesinin arzularını ve gereksinimlerini de karşılamıyordu. Uzun zamandır akrabalarının gözlerinin önünde olmadığımızdan bizleri merak ediyorlar ve görmek istiyorlardı. Bizi sonsuza kadar gözlerden uzak tutmayı başaramayacağını kendi de biliyordu.

Mudî saygı duyduğu Hakim Ağa'nın davetini bile homurdanarak kabul etti. Hakim Ağa ile birinci kuşaktan akrabaydı ve karmakarışık soyağacında aynı kökten geliyorlardı. Hakim Ağa'nın kız kardeşinin oğlu Esey'in kız kardeşiyle evliydi. Mudî'nin kız kardeşinin kızı ise Esey'in erkek kardeşiyle evliymiş. Havaalanında tanışmış olduğumuz Ziya Hakim de Hakim Ağa'nın yeğeniydi. Aslında Mudî ve Hakim Ağa bir değil, üç yerden akrabaydı. Hakim Ağa'nın karısı da Mudî'nin yeğeniydi. Zincirleme akrabalık bağları öylece uzanıp gidiyordu. Aslında akrabalık ilişkileri saygı gerektiriyordu; ama sarıklı Hakim Ağa'ya duyulan özel saygının nedeni Şah'ın sarayının yakınlarındaki Niavaran Mescidi'nin baş imamı olmasıydı. Hakim Ağa aynı zamanda Tahran Üniversitesi'nde din dersleri vermekle kalmıyor, önde gelen İslam kitap yazarlarından olup Mudî'nin dedesi Tağatiye Hakim'in eğitici kitaplarını Arapçadan Farsçaya çeviriyordu. Hakim Ağa'nın İslami devrim sırasında Şah'ın sarayını ele geçirme görevini başarıyla gerçekleştirdiği için *Newsweek* dergisinde resmi bile çıkmıştı. Hakim Hanım Mekke'ye hacca gitmiş olduğundan 'Bebe Hacı' olarak anılıyordu.

Mudî'nin Hakim Ağa'nın davetini reddetmesine imkân yoktu.

"Siyah çador giymen gerek" dedi bana. "Siyah çadorun olmadan evlerine adım atamazsın."

Hakim Ağa'nın evi Tahran'ın seçkin bir bölgesi olan Niavaran'da bulunuyordu. Evleri büyük ve moderndi; ancak evin içinde eşya yok denecek kadar azdı. Akşam yemeği için evden çıkmış olmaktan dolayı keyifliydim; ama üstümdeki boğucu kıyafetler keyfimi kaçırmaya yetiyordu.

Saçlarına ve sakallarına kır düşmüş Hakim Ağa Mudî'den birkaç santim daha uzundu. Yüzündeki solmayan gülümsemesiyle ince yapılı zarif bir adamdı. Kıyafetleri baştan aşağı siyahtı, başındaki sarık bile siyahtı. Sarığının siyah olması onun peygamber soyundan geldiğinin işaretiymiş.

Konuşurken gözlerimin içine bakmaması dikkatimi çekti.

"Neden çador giydiniz?" diye çevirdi Mudî Hakim Ağa'nın sorduğunu.

"Zorunlu olduğumu sanıyordum."

Mudî, Hakim Ağa'nın yorumlarından rahatsız olmuşa benziyordu. Yine de söylediklerini çevirmeye devam etti.

"Bu çador ile rahat edemezsiniz. Çador bir İslami giysi değildir. Çadoru Farslar giyer. Benim evimde bunu giymek zorunda değilsiniz."

Hakim Ağa'yı sevmiştim. Bana Amerika'daki ailem hakkında sorular sordu. Ailem hakkında soru soran ilk İranlı, Hakim Ağa olmuştu. Ona babamın kanserden ölmek üzere olduğunu; annemi, babamı ve oğullarımı ne kadar çok özlediğimi söyledim. Onunla konuşurken anlayışla başını sallamaya devam etti. Aile bağları onun için önemliydi.

• • •

Mudî gittikçe duygusallıktan uzaklaşan biri olarak bir sabah, öncesinde haber vermeden, "Tamam, Mehtap, bugün okula gidiyoruz" dedi.

İkimiz de öylesine şaşırmıştık ki ağlamaya başladık. Bizi en çok korkutan şey ayrılmak zorunda kalacak olmamızdı. "Onu okula gönderme" diye yalvardım.

Ama Mudî ısrarını sürdürdü. Mehtap'ın İran'daki hayata uyum sağlaması için okula gitmek zorunda olduğunu söyledi. Okuldaki çocuklarla anlaşacak kadar Farsça öğrendiğine göre okula gitmemesi için hiçbir sebep kalmamıştı. Daha öncesinde gittiğimiz anaokulundan yanıt gelmemesinden sıkılan Mudî, Mehtap'ı Ferri adındaki bir yeğeninin öğretmenlik yaptığı devlete ait bir ilkokulun anaokul bölümüne gönderecekti. Anaokullarında yer bulmanın çok zor olduğunu ve Ferri sayesinde bunu başarmış olduğunu da söylemeyi ihmal etmedi.

"Lütfen, onunla gitmeme izin ver" dedim yalvararak. Bu kez itiraz etmedi.

Kuzey dağlarından esen soğuk sonbahar rüzgârından korunmak için sıkıca giyindikten sonra dışarıya çıktık ve Mamal'ların evinden Şeriyati sokağına saparak ana caddeye vardık. On dakika uzaklıktaki okula varmak için yarım düzine İranlının istila etmiş olduğu turuncu taksinin içine sıkışarak bindik.

Zeynep Medresesi, dışarıdan bakıldığında bir kışladan farksızdı. Koyu yeşile boyanmış çimento sıvalı binada okuyan öğrenciler siyah ya da koyu yeşil kıyafetler giymiş olup başlarına da rusari bağlamıştı. Karanlık koridor boyunca üçümüz birlikte yürüdük. Kapıda bekleyen kadın Mudî'nin içeriye girmesiyle telaşlandı. Burası bir kız okuluydu ve erkeklerin girmesi hoş değildi. Vakit kaybetmeden danışmanın kapısını çaldı ve bir erkeğin içeriye girmekte olduğunu haber verdi.

Danışmada korku içinde kızımla birlikte beklerken Mudî okulun müdiresiyle konuşmaya başladı. Müdire çadoruna sımsıkı bürünmüştü. Mudî ile konuşurken göz göze gelmemeye çalıştığından sürekli olarak yere bakıyordu. Birkaç dakika sonra bana doğru dönerek, "Karımın mutlu olmadığını söylüyor" dedi. Mudî'nin bakışları zorluk çıkartmamamı emreder gibiydi; ama söz konusu Mehtap'ın rahatlığı olduğundan bir kez daha karşı koyma gücünü bulabilmiştim.

"Bu okulu sevmedim" dedim. "Kızımın eğitim göreceği sınıfı görmek istiyorum.

Söylediklerimi Müdire Hanım'a çevirdikten ve birkaç dakika daha konuştuktan sonra, "Burası kızlar okulu. Erkekler içeriye giremez. Bundan dolayı sana okulu Müdire Şahin Hanım gezdirecek."

Şahin Hanım yirmi beş yaşlarında çadoruna rağmen çekici bir kadındı. Gözlük takıyordu oysa İran'da gözlük takan kadın sayısı çok azdı. Farsçam yeterli olmadığından el kol hareketleri ve bildiğim kelimelerle güç bela anlaşmaya çalıştık.

Okulun durumu dehşet vericiydi. Her bir duvarda Ayetullah Humeyni'nin tehdit eden afişleri ve savaş görüntüleriyle dolu resimler asılıydı. Resimlerdeki askerlerin yaralanmış kafaları sargılıydı ve ellerinde tuttukları tüfekleriyle gururlu bir ifadeye sahiplerdi. Dimdik ayakta durduklarını göstermek istiyorlardı.

Sınıftaki öğrenciler uzun sıralarda sıkış sıkış oturuyordu. Farsçayı çok az anlıyor olsam da eğitim yöntemleri hakkında bilgi sahibi olmam uzun sürmedi. Yaptıkları tek şey ezberdi. Başlarındaki öğretmen cümleyi belirli bir makamla okuyor kızlar da öğretmenlerinin okuduğu cümleyi tekrar ediyordu. Eğitim sisteminin inanılmaz kötü olduğunu düşünürken tuvaletlerin hâlini görür görmez tam anlamıyla nutkum tutuldu. Okulun beş yüz öğrencisi tek bir tuvaleti kullanıyordu. Tuvaletin kırılmış penceresinden rüzgâr, yağmur, sinek ve sivrisinekler giriyordu. Tuvalet denilen şey yere açılmış bir çukurdan ibaretti. Öğrencilerin çoğu deliği ıskalamışa benziyordu. Tuvalet kâğıdının yerine buz gibi su akıyordu.

Danışma odasına geri döndüğümde Mudî'ye, "Bu okulda gördüğüm manzaraya kendi gözlerinle şahit olmadığın sürece bir yere gitmem" dedim. "Kendi kızını böylesine bir okula göndermek isteyeceğini düşünmek bile istemiyorum."

Mudî okulun içini gezip gezemeyeceğini sordu.

"Hayır" dedi Şahin Hanım Farsça. "Erkekler giremez!"

Sesimi yükseltim ve "Okulun içini görmeden buradan gitmem!" diye bağırdım.

Sonunda müdire hanımın direnci kırıldı. Yardımcı öğretmenlerden birini göndererek yasaklı bölgeye bir erkeğin girmekte olduğunu öğrencilere duyurmasını istedi. Mudî okulun içini gezerken kızımla birlikte odada bekledik.

"Tamam, haklısın" dedi yanımıza döndüğünde. "Okulu ben de beğenmedim, rezalet ama ne yazık ki kızımız bu okula gidecek; çünkü İran'daki okulların hemen hemen hepsi bu durumda. Onun yaşındayken benim de gittiğim okuldan çok daha iyi."

Mehtap'ın gözleri yaşlarla dolu olmasına rağmen sesini çıkartmadan dinlemeye devam etti. Babası onu bugün kabul etmeyeceklerini, yarın başlayacağını söylediğinde hüngür hüngür ağlamaya başladı.

Taksinin içinde eve dönerken babasına onu okula göndermemesi için ne kadar yalvarmış olsa da Mudî yumuşamadı. Gün boyunca omzumda ağladıktan sonra akşamüstü banyoya girdiğimizde, "Ne olursun Tanrım okula gitmemem için bir şeyler yap" diye dua etti.

Duasını dilerken kızımı teselli etmek için din derslerinde öğrenmiş olduğum bir şey geldi aklıma. "Tanrı'nın etmiş olduğun dualara cevap vereceğini biliyorum. Ama Tanrı her zaman etmiş olduğuz duaları istediğimiz şekilde yanıtlamaz. Belki de Tanrı bu okula gitmeni istiyordur" dedim.

Mehtap'ı avutmayı başaramamış olsam da en azından az da olsa huzur bulmuştum. Belki de okula gitmesinde gerçekten hayır vardı. Okul konusu burada kalacağımız düşüncesini pekiştiriyor olsa da en azından kızım sabahın sekizinden akşamın altısına kadar oyalanacaktı. Üstelik cuma günlerinin dışında evden çıkacak bahanem olacaktı. Kim bilir bizi hangi fırsatlar bekliyordu?

Ertesi sabah üçümüz de erken kalktık. Bu arada Mudî için dayıcan rolünü oynamak inanılmaz önemli olmaya başladığından her sabah erkenden kalkıp karısıyla ve kızıyla ilgilenmek yerine ev halkının kıldığı namazları kontrol etmekle meşgul oluyordu. Aslında Nesrin ve Mamal dinlerine oldukça bağlı olduğu için bunu yapmasına gerek yoktu. Yine de Mudî'nin otoritesi alt kattaki Rıza ve Esey'e kadar uzanıyordu. Rıza ve Esey Nesrin ile Mamal kadar dinî gereklilikleri önemsemiyordu. Gün boyunca çalışmak zorunda kalan Rıza çoğu zaman söz konusu ibadet etmek olduğunda yan çiziyordu.

Namaz kılmak için erkenden kalkan Mudî öğlen saatlerinde uyumaya alışmıştı. Bu bir süre sonra Mehtap'ı okula götürmekten sıkılacağı ve bu görevi bana bırakacağı anlamına geliyordu. Sahip olacağım fazladan özgürlük için şimdiden seviniyordum.

İçim umutla dolu olsa da o sabah huzursuz bir sabah yaşıyor gibiydik. Mehtap okuldaki diğer kızlar gibi rusarisini takarken hiç sesini çıkartmamıştı. Okulun danışma bölümüne varıncaya kadar da tek bir kelime söylemedi. Ama öğretmenlerden biri onu sınıfa götürmek için benden ayırmaya kalktığında çığlığı bastı ve avazı çıktığı kadar bağırdı. Paltomun eteğine sımsıkı sarılmış bırakmıyordu.

Mudî'ye dönüp baktığımda gözlerinde acıma duygusu kaybolmuş öfke dolu bir adamın bakışlarını gördüm.

"Mehtap, gitmek zorundasın" dedim sakin davranmaya çalışarak. "Her şey yoluna girecek. Seni almak için burada olacağız. Endişelenmene gerek yok."

Öğretmeni Mehtap'ı yavaşça yanımızdan çekip aldı. Kızım cesur görünmeye çalışsa da çıkmak için arkamızı döner dönmez çığlığı bir kez daha bastı. Kalbim binlerce parçaya ayrılmış olsa da beni dışarıya çıkartmak için kolumdan sıkı sıkıya tutan deli adama karşı koymayı göze alamazdım.

Turuncu taksiye binip eve varıncaya kadar tek bir kelime dahi konuşmadık. Eve geldiğimizde Nesrin okuldan aradıklarını söylemek için bizi kapıda bekliyordu. "Mehtap'ı susturamıyorlarmış. Onu okuldan almanız gerekiyormuş" dedi.

"Bunların hepsi senin suçun" diye bağırdı Mudî. "Onu bu hâle sen getirdin. Normal bir çocuk gibi davranmıyor artık. Onu çok fazla etkiliyorsun. Devamlı yanında olduğu için sağlıklı gelişemedi çocuk!"

Sesimi çıkartmadım. Ona kafa tutmanın sırası değildi. Aslında yüzüne karşı onun hayatını altüst eden sensin diye bağırmak istedim; ama dilimi tuttum. Aslında haklı olduğu yanları da vardı. İran'a geldiğimizden beri Mudî'nin ve ailesinin kızımı benden uzaklaştıracaklarından korktuğum için Mehtap'ı yanımdan bir an olsun ayırmamıştım. Kızımı yanımda tutmam suçsa ben suçluydum. Bir annenin çocuğunu koruması kollaması suçsa ben gerçekten suçluydum.

Mudî kendini dışarıya attı ve kısa bir sürenin ardından tir titreyen Mehtap ile geri döndü. "Yarın o okula gidiyorsun!" dedi emrederek. "Ve orada yalnız başına kalacaksın. Ağlamasan iyi olur."

O günün akşamüstünde ve akşamında bulduğum her fırsatta Mehtap'ı kenara çekip, "Okula gitmek zorundasın" dedim tavsiyede bulunurcasına. "Güçlü ol. Kocaman, güçlü bir kız ol. Tanrı'nın yanında olacağını unutma."

Mehtap aralıksız ağlıyordu. "Tanrı'ya okula gitmemem için bir çare bulması için dua ettim" dedi ağlayarak. "Ama duama karşılık vermedi."

"Belki de cevap vermiştir" dedim ona hatırlatırcasına. "Belki de okula gitmenin bir sebebi vardır. Yalnız olmadığını düşündüğün zamanlar olmuyor mu Mehtap? Tanrı her zaman yanımızda. Her zaman sana yardımcı olacaktır. Kendini yalnız ve çaresiz hissettiğinde dua etmeyi asla unutma. Başkalarının söylediklerine aldırış etmeden sadece dua et. Her şey yoluna girecek."

Mehtap'ı teselli etme gayretlerime karşı kızım o sabah korku içinde uyandı ve ağlamaya başladı. Mudî acımadan onu tartaklayarak okula götürürken yüreğim parçalandı. Mudî okula gitmemi yasakladı. Mudî ile kızım evden ayrıldıklarında bile yavrumun çığlıkları kulaklarımdan gitmedi. Mudî'nin dönmesini beklerken evin içinde dört dönüp ağlamamak için kendimi zor tutuyordum.

Mudî eve girerken Esey onu karşıladı ve Mehtap'ın çığlıklarının okuldakileri rahatsız ettiğinden dolayı alınması gerektiğini söyledi.

Mudî öfkeli bir ses tonuyla, "Onu alıp getireceğim" dedi. "Onu öylesine döveceğim ki bakalım yarın ağlayacak mı?"

"Lütfen onun canını acıtma" diye yalvardım öfkeyle dışarıya fırlarken. "Onunla konuşurum."

Döndüklerinde Mehtap'a dayak atmamıştı, öfkesi Mehtap'tan çok banaydı. Okul müdiresi Mudî'nin yanaşamayacağı bir şey talep etmişti.

"Mehtap ile birlikte okula gelmeni istiyorlar. Mehtap sınıftayken danışmada bekleyecekmişsin. Hiç değilse birkaç gün boyunca. Yoksa okul onu kabul etmeyecekmiş."

Sonunda işler yoluna girmeye başlamıştı. Aslında Mehtap'ın İran'da okula gitmesi için zorladığımdan dolayı üzüntü duyuyordum; ama okul her gün düzenli olarak evden çıkabilmem anlamına geliyordu.

Mudî bu durumdan hoşnut değildi; fakat başka bir seçeneği yoktu.

"Sizi almaya gelinceye kadar danışmada bekleyeceksin. Telefonu kullanmaya da kalkışma."

"Evet" dedim; ama kalbimde *taraf* vardı.

Ertesi sabah üçümüz bir taksiye binip okula gittik. Mehtap korkusunu yenebilmiş değildi; ama bir önceki güne nazaran daha sakin görünüyordu. Mudî koridordaki bir sandalyeyi göstererek Mehtap'a, "Sen sınıftayken annen seni burada bekleyecek" dedi.

Mehtap anladığını ifade edercesine kafasını salladı. Koridorun yarısına kadar geldiğinde arkasını döndüğünde beni görünce yoluna devam etti. Mudî dışarıya çıkmadan önce, "Sizi almaya gelene kadar burada oturacaksın" dedi.

Oyalanmak için yanıma bir şeyler getirmemiş olduğumdan zaman geçmek bilmedi. Kızlar sınıflarına girmiş olduğundan koridorlar bomboştu. Çok geçmeden daha önce duymuş olduğum tekerlemeler kulağıma çalındı.

"Maag barg Amrika!"

Sınıfların hepsinde aynı ses yükseliyordu. "*Maag barg Amrika*! *Maag barg Amrika*!" Küçük öğrencilerin taze beyinleri bu şekilde yıkanıyordu. İslami Cumhuriyetin resmî görüşü olan, "Kahrolsun Amerika!" cümlesini kızım benimsemek zorundaydı.

Beyin yıkama sona erdiğinde sınıftan mırıldanmalar duyulmaya başlandı. Çocuklar ezber yapmaya başlamıştı. Diğer sınıflarda da eğitim sistemi bundan farklı değildi. Öğretmenin nameli sorduğu bir soruya öğrenciler yine nameli olarak cevap veriyordu. Tek bir ses ya da düşünce öğretmenin söylediğine aykırı değildi. Sorgulayan ya da kişisel fikrini söyleyen bir tek öğrenci bile yoktu. İranlıların otoriteye bu denli kolay boğun eğmelerinin nedeni bu olmalıydı. Karar vermekte özgür iradelerini kullanamıyorlardı.

Böylesine bir eğitimden geçen herkesin büyüğüne körü körüne itaat etmesini ve ona verilmiş emirleri harfi harfine uygulamasını yadırgamamak gerekiyordu. Bu eğitim sistemi ailesinin arzularına boyun eğen ve kocasının her dediğini kabul eden bir Nesrin yaratmamış mıydı? Bu sistem ülkesinin vicdanını ve düşünen beynini temsil eden Ayetullah'a sonsuza kadar sorgulamaksızın itaat eden insanlar yaratmaya yarıyordu. Sorgulamaksızın uygulayan insanlar yaratan bu eğitim sistemi benim beş yaşındaki kızıma kim bilir ne yapacaktı?

Bir süre sonra Şahin Hanım koridora çıkıp içeriye girmem için işaret etti. İranlıları taklit edercesine kafamı sallayıp dilimle çıt sesi çıkarttım. Aslında o anda çador giyen tüm İranlı kadınlardan nefret ediyordum. Ama Şahin Hanım nezaketini kaybetmeden içeriye girmem için ısrar etti. İçeriye girdiğimde müdire hanım oturmam için rahat bir koltuk gösterdi, ardından bana çay ikram etti. Çayımı yudumlarken çalışmaları izlemeye başladım. Öğrencilere öğrenmeleri için sürekli tekrar edilen Amerikan karşıtı tekerlemelere rağmen herkes bana içten davranıyordu. Masanın üzerinde duran telefona uzanıp elçiliği aramamak için inanılmaz çaba sarf ettim. Daha ilk günden ortalığı karıştıracak bir hata yapmak yanlış olurdu.

Odanın içinde üç tane çalışma masası vardı. Müdirenin haricindeki kadınlar masalarının üzerinde birikmiş kâğıt yığınlarıyla uğraşırken boşta kalan elleriyle çadorlarını sımsıkı kapalı tutmaya çalışıyorlardı. Ders bittiğinde kadınlardan biri zili çalmak için ayağa kalktı. Çalan birkaç telefona yanıt vermenin dışındaki zamanlarını gevezelik ederek geçiriyorlardı. Aralarında konuştukları şeyi anlamıyor olsam da birini çekiştirdiklerinden şüphem yoktu.

Koridordan gelen gürültülerin ardından öğretmenlerden biri küçük bir kız çocuğunu çekiştirerek odaya getirdi. Utanç içindeki kız çocuğu başını eğmiş dinlerken öğretmen cırtlak sesiyle kızı şikâyet ediyordu. Konuşmalarının arasında İngilizcede kötü anlamına gelen *baad* sözcüğünü anlayabildim. Odanın içinde bulunan üç öğretmen hep bir ağızdan kıza hakaret etmeye başladığında çocuk gözyaşlarına hâkim olamayıp ağlamaya başladı. Çok geçmeden öfke dolu bakan gözlere sahip bir kadın girdi odaya. Tehditler savururken işaret parmağını kıza doğru sallayan kadın küçük kızın annesiydi.

"*Baad, baad!*" diye bağıran annenin karşısındaki çocuk içini çeke çeke ağlıyordu.

Kıza yapılan hakaretler birkaç dakika sürdükten sonra annesi kızını kolundan tuttuğu gibi dışarıya çıkarttı.

Anne kızın odadan çıkmasının ardından Şahin Hanım ve diğer asık suratlı öğretmenlerin yüzleri gülmeye başladı ve başarılarından dolayı birbirlerini kutladıktan sonra işlerine geri döndüler. Onların görevleri çocuğa kendini kötü hissettirmekti; bunu yapmayı başarmışlardı da. Çocuğun yapmış olduğu şeyin ne olduğuna dair en ufak bir fikrim yoktu; ama kurtarmak için herhangi bir şey yapamadığım bu çocuğa çok acımıştım. Mehtap'ın hayatı boyunca böylesine bir duruma düşmemesi için dua ettim.

Mehtap gün boyunca mutlu olmasa da en azından olaysız bir gün geçirdi. Yakında olduğumu bilmesi onu sakinleştirmişti. Anaokulu öğlen saatlerinde tatile girdiğinden Mudî taksiyle bizi almaya geldi.

Ertesi sabah Şahin Hanım'ın odasında oturduğumda adının Azar olduğunu söyleyen bir öğretmen biraz İngilizce bildiğini ve benimle konuşmak istediğini söyledi. Yanıma oturdu ve kuşku dolu bakan gözlerini üzerime dikti.

"Bizden hoşlanmadığınızı biliyoruz" dedi. "Bizim kötü insanlar olduğumuzu düşünmenizi istemiyoruz. Okulumuzu beğendiniz mi?" diye sordu.

"Okulunuz pis" dedim. "Mehtap'ın buraya gelmesini istemiyorum".

"Bu şekilde düşünmenize çok üzüldüm. Ülkemizde yabancısınız ve biz sizin için bir şeyler yapmak istiyoruz."

Şahin Hanım'ın konuştuklarımızın ne kadarını anladığını bilemesem de bizi dikkatlice dinlemeye devem ediyordu. Ardından Azar müdire hanıma Farsça bir şeyler söyledi.

"Müdire Hanım buradaki herkesin İngilizce öğrenmek istediğini söylüyor" dedi Şahin Hanım'ın söylediklerini tercüme ederek. "Mehtap'ı beklerken İngilizce öğretip öğretemeyeceğinizi soruyor. Bu arada onlar da size Farsça öğretebilirler."

Dualarım sonunda kabul görüyordu. Düşünmeden kabul ettim.

Vakit kaybetmeden çalışmalara başladık. Burada çalışanların arada bir çocukları azarlamaktan başka bir işi yok gibiydi; ama birlikte çalıştığım bu kadınları zamanla anlamaya başladım. Geleneklerimiz ve savunduğumuz fikirler ayrı olsa da sonuçta onlar da kadındı ve çocuklarını ellerinden geldiğince iyi yetiştirmeye çalışıyorlardı.

Onların talihsizliği, verilmesi gereken şeyin ne olduğuna dair en ufak bir fikri olmayan bir eğitim sistemi uygulamak zorunda olmalarıydı. Zar zor anlaşıyorduk; ama ülkelerinin gidişatından hoşnut olmayan insanların sayısının oldukça fazla olduğunu anladım.

Okulda edinmiş olduğum yeni dostlarım benimle ve kızımla yakından ilgileniyordu. Sabahları kızımı güler yüzle karşılıyor hatta onu kucağına alıp öpenler bile oluyordu. Şahin Hanım Mehtap'ın sabahları sürdüğü kokunun yasak olduğunu söylese de Mehtap'ın misler gibi koktuğunu söylemeyi de ihmal etmiyordu. Arkadaş olduğum kadınların Mudî'nin beni sabah bıraktıktan sonra bir gardiyan gibi akşamları tekrar almaya gelmesine içerliyor gibiydiler. Aslında açıkça duygularını ifade eden yoktu; ama karısına ve kızına karşı sert davranan bir erkeği kınadıklarını saklayamıyorlardı.

Azar öğretmen çok yoğun çalıştığından yanımıza zar zor gelebiliyordu. Öğrendiğim kadarıyla Azar öğretmen bu okula gelmeden önce başka bir okulun müdiresiymiş. Ama müdirelik zamanı devrimden önceymiş. Yeni hükümet deneyimli iyi bir eğitimden geçmiş öğretmenlerin yerine politik alanda deneyim sahibi olmuş kişileri getirmiş. Yeni yöneticiler eğitimi iyi olmayan; ama dinine sıkı sıkıya bağlı olan kişilerdi. Hükümet için önemli olan tek şey dine olan bağlılıkmış.

Azar öğretmen Şahin Hanım'ın oldukça dindar olduğunu ve aynı zamanda dindar bir aileden geldiğini anlattı. "Bağnaz bir aileden gelmek birçok kapıyı açıyor. Ailenizin dindar olup olmadığı sıkı sıkıya araştırılıyor" dedi Azar öğretmen.

Günün birinde Azar öğretmen müdire hanımla konuştuktan sonra bana doğru dönerek, "Size gerçekten yardımcı olmak istiyoruz" dedi.

"Öyleyse" dedim atılırcasına. "Telefonu kullanmama izin verin."

Azar öğretmen söylediklerimi müdire hanıma tercüme eder etmez müdire hayır dercesine kaşlarını kaldırdı.

"Binadan ayrılmanıza ya da telefonu kullanmanıza izin vermeyeceğimize dair kocanıza söz verdik" dedi.

Aslında bu kadınların da benim gibi kapana kısılmış hâlde hayatlarına devam ettiklerini görmek zor değildi. Oyunu kurallarına göre oynamak zorundaydılar. Boyunlar eğikti. Odada bulunan kadınların tek tek gözlerinin içine baktığımda üzüntüden başka bir şey görmüyordum.

SEKİZİNCİ BÖLÜM

Sonbahara göre oldukça sıcak ve güneşli bir günde Mudî, Mehtap ile beni parka götürmeyi kabul etti. Aslında söylenerek kabul etti demek daha doğru olacak. "Sadece birkaç dakika kalabiliriz" dedi. Gazete okumak, radyo oyunlarını dinlerken kestirmek gibi pek önemli işleri olduğunu biliyordum.

Parkın diğer ucundaki salıncakların bulunduğu yerde Mehtap dört yaşındaki sarışın bir çocuğu gördüğünde sevinç çığlığı attı. Çocuğun üzerinde şort ve Mehtap'ın Amerika'dan getirmiş olduğu spor ayakkabılarının aynısı vardı. Kenarda duran çift çocuğu izliyordu. Rusarinin altından göründüğü kadarıyla annesi de sarışın, genç ve güzel bir kadındı. Kemerli mantosuyla İranlılar gibi giyinmişti.

"Amerikalı" dedim Mudî'ye.

"Hayır değil" dedi Mudî homurdanarak. "Almanca konuşuyor."

Mehtap küçük kız çocuğuyla oynarken ben de Mudî'nin homurdanmalarına rağmen kadının bulunduğu tarafa doğru ilerledim. Kadın yanındaki adamla İngilizce konuşuyordu. Mudî'nin şüpheci bakışları altında kadınla tanıştım.

Genç kadının adı Judy'di. Kocası İran'da doğup büyümüş; ama Amerika'da büyük bir inşaat işi almış olduğundan New York'ta kalmış. Karısını ve iki çocuğunu aile büyüklerine ziyarete getirmiş. İki haftalık tatillerinin bittiğini öğrendiğimde pasaportlarını ve çıkış vizelerini inanılmaz kıskanmıştım; ama Mudî ensemde beklerken herhangi bir yorumda bulunmadım.

Judy yanındaki genç adamın kayınbiraderi olduğunu söyledi. Adı Ali'ydi. Mudî'nin doktor olduğunu öğrenen Ali kalbinden rahatsız olduğunu ve Amerika'da tedavi olmak istediğini; ama bir türlü çıkış vizesi alamadığını anlattı. Judi'nin gelecek hafta Frankfurt'a gidip vize için Amerikan elçiliğine başvuracağını söyledi. Mudî'nin yapacağı öneri önemli olduğundan birileri tarafından önemsenmiş olmanın gururu içinde Mudî benden az da olsa uzaklaştı.

Judy ile ben salıncaktan inip kaydırağa doğru ilerleyen kızların yanına gittik. Mudî'nin bizi duyamayacağı bir mesafeye ulaştığımızda vakit kaybetmeden, "Burada zorla tutuluyorum" diye fısıldadım. "Bana yardım etmek zorundasın. Frankfurt'taki Amerikan büyükelçiliğine gittiğinizde burada olduğumu söyleyin. Belki bana yardım edebilirler."

Mudî ve Ali konuşarak bulunduğumuz yere doğru geldi. Judy onlara baktığımı görür görmez ters yönde ilerlemeye başladı. "Başkalarıyla konuşmama izin vermiyor" dedim. "Burada hapis tutuluyorum ve ailemle görüşmeme izin vermiyor."

"Nasıl yardım edebilirim?" diye sordu Judy.

Bir an için düşündüm. "Mudî'nin doktorluğu hakkında konuşmaya devam edelim. Bu tarz konuşmak onun egosunu tatmin eder."

"Bu harika olur" dedi Judy. "Ali için bir sağlık raporu almamız gerekiyor zaten. Kocanızın bu konuyla ilgilenip ilgilenmeyeceğini görelim bakalım."

Erkeklerin yanına döndükten sonra Mudî'ye, "Ona yardım edebilir misin?" diye sordum.

"Evet, yardımcı olabilirsem çok sevinirim" dedi Mudî. Aylardan beri gördüğüm kişiden çok farklıydı. Yeniden doktor kesilmişti başımıza! "Sizin için bir dilekçe yazarım" dedi. "Kiminle irtibata geçmem gerektiğini biliyorum. Yanımda Amerikan antetli kâğıtlar var; ama bir daktilo bulmam gerek."

"Onu ben bulurum" dedi Judy.

Birbirimize telefon numaralarımız verdik ve yakın zamanda parkta buluşmaya karar verdik. Önemli bir kişi yerine konmuş olmanın verdiği zevkten Mudî'nin keyfine diyecek yoktu. Amerikalı kadınla baş başa konuşmuş olmamı fark etmemişti bile.

Judy vakit kaybetmeden harekete geçmişti. İki gün sonra beni aradı ve Mehtap ile beni parkta beklediğini söyledi. Yalnız başına parka gitmemize Mudî'nin izin vereceğini sanmıyordum. Bu aralar bizden kuşkulanacak bir şey yapmamış olsam da bir an olsun gözünü üzerimizden ayırmıyordu.

İkinci kez parka gittiğimizde Judy'nin yanında sakallı bir İranlı vardı. Adamın adı Raşit'ti ve Mudî adamın büyük bir kliniğin idare bölümünde çalıştığını duyduğunda İran'da diploma edinebilmenin yolları hakkında sorular sormaya başladı. Yanlarından uzaklaştığımızı kimse fark etmedi.

"Endişelenmeyin" dedi Judy. "Raşit sizinle ilgili her şeyi biliyor. Eşinize söylediklerinde dikkatli olacaktır. Rahatça konuşabilmek için kocanızı ne şekilde oyalayacağını biliyor." Bana birkaç pul uzattı. "Eğer bir posta kutusu bulabilirseniz mektup gönderebilirsiniz."

Ardından planının ikinci aşamasını anlattı. Birkaç gün sonra buradan ayrılacakları için kayınvalidesinin düzenlemiş olduğu veda partisine bizi de davet ettirmiş. Mudî'nin Ali'nin sağlık raporunu yazabilmesi için de bir daktilo ayarlamış. Partinin olacağı gün benim Raşit ile yalnız konuşmamı sağlayacakmış; çünkü Raşit insanları Türkiye üzerinden kaçıracak birilerini tanıyormuş.

Parktaki konuşmamızı takip eden günlerde kafamın içinde buradan kaçmayla ilgili binlerce soru belirdi. İnsanları uçakla mı kaçırıyorlardı yoksa arabayla mı? İslami yasaların bu kadar ağır olduğu bir ülkede bunu yapmalarının nedeni neydi? Alacakları risk karşılığında çok mu para talep edeceklerdi? Mehtap ile benim pasaportuma gerek olacak mıydı?

Veda partisinin olacağı gece Raşit ile yalnız başıma görüşebilmek için dua etmeye başladım.

Anneme, babama, Joe ve John'a onları ne kadar çok özlediğimi yazdığım mektupları götürmesi için Judy'den rica edecektim. Onlara yazmış olduğum mektuplarda ne durumda olduğumu da yazmıştım; ama mektupları okumaya başladığımda bunun inanılmaz sinir bozucu olduğuna karar verdiğimden göndermekten vazgeçtim.

Erkek kardeşime ve karısına buraya geldiğimizden beri Mudî'nin çalışmadığını ve bu arada çok para harcayıp maddi sıkıntıya düşmüş olduğumuzdan bahsettiğim bir mektup yazdım. Kardeşimin Mudî'ye telefon açıp babamın ağırlaştığını ve bu yüzden kısa bir süreliğine bile olsa oraya gelmemi rica etmesini istedim. Mudî parasal bunalımda olduğundan uçak biletlerinin onlar tarafından karşılanacağını da özellikle belirtmesini istedim. Evimize bedava yolculuk etmek Mudî'ye cazip gelebilirdi. Judy'nin kayınvalidesinin düzenlemiş olduğu veda partisi çok güzeldi. Eve girdiğimizde hafif bir ses tonuyla çalan Amerikan müziği karşıladı bizi. Şii Müslümanlarının Amerikan müziği eşliğinde 'rock-and-roll' yapmaları görülmüş şey değildi. Partiye katılan kadınlar Batı tarzı giyinmişlerdi. Çador giyen ya da rusari takan herhangi bir kadın yoktu. Aralarında Amerikalı bir doktorun bulunmasının verdiği mutluluğu göstermek istercesine herkes bir anda Mudî'nin etrafına toplandı. Mudî keyiften dört köşe olurken Judy beni dilekçeyi daktiloya çekme bahanesiyle yatak odasına götürdü.

"Arkadaşım insanları Türkiye'ye kaçırıyor. Bunun karşılığında otuz bin dolar alıyormuş" dedi Raşit.

"Paranın hiçbir önemi yok" dedim. "Kızımla birlikte bir an önce buradan kurtulmak istiyorum." Ailemin ve arkadaşlarımın gerektiğinde bu parayı bulabileceklerini biliyordum. "Ne zaman gidebiliriz?" diye sordum endişe içinde.

"Arkadaşım şu anda Türkiye'de. Havalar yakında soğuyacak. Kış şartları altında sizi kaçırıp kaçıramayacağını bilemiyorum. Bunu sizin için araştıracağım. İki hafta sonra beni ararsanız size net bir yanıt verebilirim."

Raşit'in telefon numarasını gizli bir kodlamayla adres defterime not ettim. Raşit odadan çıktıktan sonra Mudî'nin dilekçesini daktiloya çektik ve bir süre daha yatak odasında oturduk. Gözüm sürekli kapıdaydı; çünkü Mudî'nin bana bakmak için buraya gelmesinden endişe ediyordum; ama gelmedi.

Judy ona vermiş olduğum mektupları Frankfurt'ta postaya atacağına söz verdi. Judy'e ertesi günü çıkacakları yolculuk için valizlerini toplamasına yardım ettim. Amerika hakkında uzun uzun konuştuk. İkimizde Judy'nin benim için neler yapabileceğini bilemiyorduk. Tıpkı Raşit ve arkadaşının bizi buradan kurtarıp kurtaramayacağını bilemediğim gibi. Ama yine de elinden geleni yapacağına kararlı olduğunu görüyordum.

"Bağlantı kurabileceğim başka dostlarımız daha var" dedi Judy.

Mudî keyiften dört köşe olmuştu. "Raşit bana kliniğinde bir iş önerdi" dedi övünerek. "Şu diploma işini ciddiye alma zamanı geldi artık."

Geç saatlerde Judy ile vedalaşırken gözyaşlarımıza hâkim olamadık. Hayatımız boyunca bir daha karşılaşıp karşılaşmayacağımızı ikimiz de bilmiyorduk.

Cuma günleri özeldi; çünkü Emine Bozorg hepimizi evinde toplamayı alışkanlık hâline getirmişti. Ancak Mudî'nin ablasıyla arası soğuk olduğundan cuma günü başka bir yere söz verdiğimizi söyledi.

Allah'ın işi ki Emine Bozorg perşembe akşamı kimsenin beklemediği bir anda yatak döşek yatacak kadar hasta oldu. "Annem ölüyor" dedi Zühre Mudî'ye telefon açtığında. "Buraya gelip son dakikalarını onun yanında geçirmek zorundasın."

Mudî ablasının yapmış olduğu numaraya sinirlenmiş olsa da hep beraber ablasının evine gittik. Zühre ve Fereşte bizi Emine Bozorg'un odasına götürdü. Başını kalın bir tülbentle sarmış olan Emine Bozorg üstüne çektiği birkaç yorganın altında odanın ortasında yerde yatıyordu. Alnına birikmiş terleri elinin tersiyle silmeye çalıştı. Can çekişircesine, "Ölüyorum, ölüyorum" diye inlemeye devam etti.

Macit ve Rıza gelmiş diğer akrabaları da yoldaydı.

Mudî ablasını uzun uzun muayene etmiş olsa da herhangi bir hastalık bulgusuna rastlamadı. "Ateşi yok, terlemesine neden olan şey kat kat örttüğü yorganlar" dedi fısıldayarak bana. Ama kadın acı içinde kıvranırken bedeninin ağrıdan kırıldığını söylüyordu.

"Ölüyorum, ölüyorum ben" dedi bir kez daha haykırırcasına.

Zühre ve Fereşte pişirmiş oldukları tavuk suyuna çorbayı ölüm döşeğindeki Emine Bozorg'a getirdiklerinde odada bulunanlar bir yudum içmesi için yalvarmaya başladı. Emine Bozorg'un en küçük oğlu Macit çorba kâsesini annesinin dudaklarına yapıştırdı; ama Emine Bozorg ağzını sımsıkı kapalı tutmaya devam etti. Sonunda bir kaşık çorba içirmeyi başaran Mudî oldu. Bir kaşık çorba içmesi odanın içindekilere zafer çığlıkları attırdı.

Sabaha kadar süren nöbet bir sonraki güne de sarktı. Hacı Baba arada bir odaya geliyor ardından namaz kılmak ve dualarını etmek için geri dönüyordu.

Mudî, Mehtap ve ben bir yere kımıldamadan hasta numarası yapan Emine Bozorg'un başında nöbet tutuyorduk. Mehtap ile birlikte Nesrin'in evine dönmek istedim; ama Mudî ailesine saygıyla karısının ve kızının rahatlığı arasında karar veremedi. Emine Bozorg başka bir yere vermiş olduğumuz sözümüz olmasına rağmen cuma gününe kadar hasta numarası yapmaya devam etti.

Ertesi gün ayağa kalkıp İran'ın kuzey-doğusunda bulunan kutsal Meşhed kentindeki şifa veren mescidi ziyaret edeceğini açıkladığında herkes şaşırdı. Cumartesi günü büyük bir kalabalık hâlinde Emine Bozorg'u havaalanına götürdük. Kadınlar dua edip gözyaşı dökerken erkekler de tespih çekerek uğurladı onu.

Mudî ablasının numarasını yüzüne vurmadı ve üstüne düşen ne varsa yerine getirdi; ama baş başa kaldığımızda, "Kendi kendine hastalık uyduruyor" dedi.

Ekim ayı bitip Kasım ayına girdiğimizde sabahın ayazı iyice ısınmayan evlerde insanı üşütüyordu. Tahran'daki yaz sıcağı ne denli bunaltıyorsa kış soğuğu da o denli donduruyordu. Üstelik kış aylarına karşı hazırlıklı da değildik. Mehtap'a kışlık bir palto almak gerekiyordu. Mudî'nin kızına bir palto almaya bile karşı çıkması maddi durumumuzun ne hâle geldiğinin bir göstergesiydi.

Erkek kardeşim Jim'den istediğim iyilik de suya düşmüştü. Judy'nin mektupları yerine teslim etmesinden iki hafta sonra erkek kardeşim Mudî'ye telefon etti ve babamın ölmek üzere olduğunu ve ailenin uçak biletleri almak istediklerini söyledi.

"Biletleri gönderelim mi? Ne zaman gelmek istersiniz?" diye sordu.

"Bu bir aldatmaca!" diye bağırdı Mudî. "Betty oraya gelmeyecek. Onun gelmesine izin vermiyorum."

Telefonu Jim'in yüzüne kapattı, ardından öfkesini bana doğrulttu.

Para yüzünden kavga etmeye başladık. Raşit'in teklif ettiği iş de olmamıştı. Teklifi büyük bir ihtimalle *taraftı*.

Aslında Mudî'nin lisans işi gerçekleşmemişti ve bunun suçunu da bize yüklüyordu.

"Sana göz kulak olmak için evde kalmak zorundayım" dedi homurdanarak. "Sana bir bakıcı lazım. Senin yüzünden kendi işime bakamıyorum. CIA beni takip ediyor; çünkü sen halkının sana ve Mehtap'a göz kulak olması için kim bilir neler yaptın."

"Halkımın bizim için birilerini gönderdiğini de nereden çıkartıyorsun?" diye sordum.

Herhangi bir şey söylemeden sadece yüzüme baktı. Ne kadarını biliyordu, diye merak ettim. Elçiliğin benim için onunla irtibata geçtiğini biliyordum; ama Mudî bunu bildiğimi bilmiyordu. Yoksa biliyor muydu?

Mudî'nin kafasında cevabı bulunmamış sorular dolandığının farkındaydım.

Bana ne kadar güvenebileceğini kendisi bile merak ediyordu. Günün birinde kaçmaya çalışmayacağıma inanabilecek miydi? Onun boyunduruğu altına girdiğime onu inandırabilecek miydim? Mudî beni kandırarak İran'a getirmeyi başarmış olsa da şu anda beni ne şekilde idare edeceğini bilmiyordu.

"Amerika'ya bir mektup yazmanı istiyorum" dedi. "Annenlere. Onlara Amerika'daki eşyalarımızı gemiyle göndermelerini söyle."

Böylesine bir mektubu yazmak kolay olmadı. Mudî mektubu yazarken yanımda durdu ve yazdıklarımı kelimesi kelimesine kontrol etti. Annemle babamın Mudî'nin istediklerini yerine getirmeyeceğinden emin olduğumdan ona itaat ettim. Mektubu yazdıktan sonra Mudî kızıma bir manto alınmasını kabul etti; ama çıkılacak alışverişe Nesrin ile Emir de bizimle gelecekti.

Mudî Nesrin'in görevini hakkınca yerine getiren bir casus olduğunu bildiğinden Mudî evde kalmayı kabul etti. Mudî öğlen uykusuna çekildiğinde hazırlandık; ama kapıdan çıkmak üzereyken telefon çaldı.

"Telefon sana" dedi Nesrin kuşku içinde. "İngilizce konuşan bir kadın." Ahizeyi bana doğru uzattı ve yanımda beklemeye başladı.

"Efendim?"

"Ben Helen" dedi bir ses. Elçilikten birilerinin evi aramış olmasından dolayı şaşırmıştım; ama şaşkınlığımı Nesrin'e belli etmemem gerekiyordu.

"Sizinle konuşmak zorundayım" dedi Helen.

"Yanlış numarayı çevirmiş olmalısınız" dedim.

Helen düştüğüm durumun zorluğunun bilinciyle söylediklerimi duymazlıktan geldi. "Seni bu evden aramayı arzu etmemiştim" dedi özür dilercesine. "Ama birileri senin hakkında bilgi istedi ve bu konuda sizinle mutlaka konuşmam gerek. Fırsat bulur bulmaz beni arayın ya da beni görmeye gelin."

"Ne dediğinizi anlamıyorum" dedim uydurarak. "Yanlış numara çevirmiş olmalısınız."

Telefonu kapatır kapatmaz Nesrin yatak odasına girip Mudî'yi uyandırdı. Nesrin'e inanılmaz kırıldım; ama kendisine söyleyemeden Mudî üzerime yürümeye başladı.

"Arayan kimdi?" diye sordu Mudî ısrar edercesine.

"Bilmiyorum" dedim kekeleyerek. "Bir kadın ama kim olduğunu bilmiyorum."

Mudî tam anlamıyla altüst olmuş durumdaydı. "Kim olduğunu biliyorsun!" dedi haykırarak. "Ve ben onun kim olduğunu bilmek istiyorum."

"Ben... *Bilmiyorum*" diye cevapladım kalabildiğim kadar sakin kalmaya çalışırken. Şiddet uygulamaya kalkması ihtimaline karşı kendimi Mudî'den uzak tutmaya çalıştım. Elçiliğin beni Mamal'ın evinden bulmaya çalışması Mudî'nin canını fena hâlde sıkmıştı.

"Gözün üstünde olsun" diye tembih etti Nesrin'e. Akşam Mamal'a şüphelerini anlattı:

"Birileri Betty'nin peşinde. Günün birinde onu sokakta yakalayıp kaçıracaklar."

Telefon görüşmesinin ardından geçen günler boyunca Helen'in bana söylemek istediği şeyin ne olduğunu düşündüm durdum. Beni evden aradığına göre mutlaka ortada acil bir durum vardı. Mudî'nin öfkesini üzerime çekecek kadar acil olan şey neydi? Bir haftalık süre boyunca olasılıklar beynimi yiyip bitirdi; ama elimden gelen bir şey yoktu. Telefon görüşmesinin ardından Mudî gözünü bir an için bile olsa üzerimden çekmiyordu. Alışveriş sırasında ya bizzat kendisi geliyor ya da Nesrin'i gardiyan olarak görevlendiriyordu. Zaman âdeta durmuş geçmek bilmiyordu. Beni özgürlüğe kavuşturacak gelişmeler olmuş olabilirdi; ama benim bunu öğrenme imkânım yoktu.

Sonunda beklediğim gün geldi. Nesrin'in üniversitede olduğu bir akşamüstü Mudî benimle alışverişe gelmekten sıkılmış olduğundan Mehtap ile birlikte çıkmama izin verdi.

Vakit kaybetmeden Helen'e telefon açmak için Hamit'in dükkânına koştum. Helen, "Lütfen dikkatli olunuz" dedi. "İki kadın sizi aramaya geldi. Ailenizle konuştular, sizi buradan kaçırmak istiyorlarmış. Dikkatli olunuz; çünkü bu kadınlar ne konuştuğunu bilmiyor" dedi. Ardından da, "Mümkün olduğunca çabuk beni görmeye geliniz. Konuşmamız gereken çok şey var."

Helen ile yapmış olduğum görüşme kafamın içini allak bullak etti. Beni araştıran bu esrarengiz kadınlar da kimdi? Beni ve kızımı kaçırmak için onları ayarlayan Judy miydi? Bu kadınların bana ve kızıma yardım edecek üst düzeydeki kişilerle bir bağlantıları olabilir miydi? Helen bu kadınlara güvenmemişti, ben de ne yapacağımı bilemiyordum. Yaşananlara inanmak mümkün değildi. Kalkışmak üzere olduğum iş felaketim mi olacaktı?

Helen ile görüşmemizin birkaç gün ardından dondurucu soğukların bastırdığı Aralık ayının bir sabahında kapı çaldı. Sokak kapısını açan Esey kara çador giyen kadının Dr. Mahmudî ile görüşmek istediğini söylemesi üzere kadını Mamal'ın dairesine gönderdi. Kadının kara çadorun altına saklamış olmasına rağmen İranlı olmadığı her hâlinden anlaşılıyordu.

"Dr. Mahmudî ile görüşmek istiyorum" dedi kadın.

Mudî beni eve girmem için zorladı, ardından merdiven sahanlığına çıkarak kapıyı arkasından kapattı. Kulağımı kapıya dayayarak konuşulanları dinlemeye başladım.

"Ben Amerikalıyım" dedi kadın mükemmel bir İngilizceyle. Şeker hastasıyım. Bana kan testi yapabilir misiniz?" diye sordu.

Kadın Emine Bozorg'un bulunduğu Meshed'deki bir İranlıyla evli olduğunu ve kocası cephede olduğundan geçici olarak kocasının Tahran'daki ailesinin yanında kaldığını söyledi.

"Gerçekten hastayım" dedi kadın. "Kocamın ailesi hâlimden anlamıyor. Bana yardım etmek zorundasınız."

"Şu anda size kan testi yapamam" dedi Mudî; ama kafasının içinde birçok sorunun olduğu aşikârdı. Karşısında onun yardımına muhtaç bir hasta vardı; ama ona bakacak lisansı henüz almamıştı. Uzun süreden beri çalışmadığı için tek bir hastadan gelecek paraya inanılmaz ihtiyacımız vardı. Geçen hafta yabancı bir kadının benimle irtibata geçeceğini öğrenmiştim ve şimdi yabancı bir kadın kapımıza kadar gelmişti. "Yarın saat dokuzda burada olun" dedi sonunda. "Aç karnına."

"Yarın gelemem; çünkü Kuran kursum var" dedi kadın.

Kapının arkasında söylenenleri dinlerken kadının doğruyu söylemediğine dair bir kuşku düştü içime. Tahran'da geçici olarak bulunduğunu, şehre bir aylığına geldiğini söylemişti; o zaman Kuran kursuna gitmesine ne gerek vardı? Gerçekten şeker hastası olan biri Kuran kursuna gitmek yerine doktorunun söylediklerini uygulardı.

"Bana telefon numaranızı bırakın" dedi Mudî. "Sizi ararım ve geleceğiniz zamanı kararlaştırırız."

"Telefon numaramı size veremem" dedi kadın. "Kocamın ailesi Amerikalı bir doktora gittiğimi bilmiyor. Öğrenirlerse sorun yaşarım."

"Buraya nasıl geldiniz?" diye sordu Mudî sinirli bir ses tonuyla.

"Telefonla taksi çağırdım. Taksi dışarıda bekliyor."

Tüylerim diken diken oldu; çünkü Mudî'nin Amerikalı bir kadının Tahran'da yolunu bulabileceğini öğrenmesini istemiyordum.

Kadın gittikten sonra Mudî derin düşüncelere daldı. Emine Bozorg'un Meshed'de kaldığı oteli aradı ve kardeşinin doktor olduğunu kimseye söyleyip söylemediğini sordu; ama Emine Bozorg hiç kimseye bahsetmemişti bundan.

Akşam olduğunda kulak misafiri olup olmamama aldırış etmeden olanları Mamal ile Nesrin'e anlattı ve kadının çadorunun altında bir mikrofon taşıdığından ve CIA ajanı olduğundan şüphelendiğini söyledi. Bundan kesinlikle emindi.

Bu doğru olabilir miydi? Bir CIA ajanı buraya kadar gelebilir miydi?

Köşeye sıkıştırılmış bir hayvan gibi kaçacak delik ararken kızım ve benim özgürlüğümüze kavuşmamız için yaşananları kafamın içinde tartmaya başladım. Uzun uzun düşündükten sonra Mudî'nin düşüncelerinin doğru olmayacağına karar kıldım; çünkü kadının yaklaşımı profesyonelce değildi. Üstelik CIA'nin bizi İran'dan kaçıracağını da sanmıyordum. CIA'nin söylendiği kadar İran'da güçlü olup olmadığını bile bilmiyordum. Amerikalı casusların İran'da bu kadar ileriye gidebileceklerini aklım almıyordu. Özellikle de Ayetullah'ın kendi casusları, askerleri, polisi ve pasdarları İran'ın her yerine bu denli dağılmışken. Bu arada tabii ki ben de ülkemin bağnaz güçlerle pazarlıkta güçlü olduğuna güvenmek istiyordum.

Bu kadını dükkân sahibi Hamit ile Helen'in ayarlamış olma ihtimali daha ağır basıyordu. Şu anda bunu öğrenme imkânım olmadığından olup bitenleri beklemekten başka bir çarem yoktu.

Belirsizlik huzursuzluk demekti; ama planımın yavaş yavaş işe yaradığını görmek heyecan vericiydi. Elimden geleni yaparken güvendiğim kişilerle konuşacak ve beni ve kızımı özgürlüğe kavuşturacak doğru kişiyi er ya da geç bulacaktım. Bu arada yapmam gereken tek şey Mudî'nin gözetimine dikkat edip gücümü dengelemeye çalışmaktı.

Çarşıda dolaştığım bir gün Hamit'in dükkânına girip Türkiye üzerinden insan kaçıran Judy'nin arkadaşı Raşit'e telefon ettim.

"Çocukları kaçıramıyorlarmış" dedi Raşit.

"Onlarla konuşmama izin verin, lütfen" dedim. "Mehtap'ı kucağımda taşıyabilirim. Sorun olmaz."

"Bu imkânsız. Kadınların sorumluluğunu alamıyorlarmış, bundan dolayı sizi de alamayacaklarmış. Dört gün boyunca dağlarda tırmanmaya erkeklerin bile gücü yetmezken bir kadının hele ki çocuğun bunu başarmasına imkân yokmuş."

"Ben sandığınızdan daha güçlüyüm" dedim söylediklerime kendim bile zor inanırken. "Formum yerinde. Yol boyunca sorun çıkartmadan kızımı kucağımda taşıyabilirim. Onunla konuşmama lütfen izin verin."

"Bunun bir yararının olacağını sanmıyorum" dedi Raşit. "Dağlar karlarla kaplı olduğundan kış aylarında Türkiye'ye geçmenize olanak yok."

Aralık ayının sonuna geldiğimizde Mudî yaklaşmakta olan Noel yortusunu kafamdan silmemi istedi. Mehtap'a hediye alınmayacaktı ve çevremizdekiler Noel ile ilgilenmediğinden için yortu adına herhangi bir şey yapılmayacaktı.

Kış aylarında yağan yoğun kar, Tahran'ı çevreleyen dağların tepelerini kaplamış esen rüzgârla savruluyordu. Donmuş sokaklarda meydana gelen kazaların sonu gelmese de sinirli sürücüler hız yapmaktan vazgeçmiyordu.

Mudî soğuk algınlığına yakalandı ve Mehtap'ı okula götürmek için ayağa kalktığı sırada kendini toparlayamayarak yatağın içine gerisin geri düştü.

"Ateşin var" dedim elimi alnına götürdükten sonra.

"Bu sadece..." diye söylenmeye başladı. "Kışlık paltomuzu giymemiz gerekiyordu. Sizinkiler kışlık kıyafetlerimizi göndermeliydi."

Gülünç aynı zamanda da bencil yakınmayı duymazdan geldim. Uzun bir aradan sonra yalnız çıkma zamanını yakaladığım bu özel sabahta kavga etmeye niyetim yoktu. Bir yandan kızımın saçlarını tararken diğer yandan da dikkat çekmemeye çalışarak, "Sorun yok, biz tek başımıza gidebiliriz" dedim.

Mudî bizden şüphe duyamayacak kadar kötü bir durumdaydı; ama yine de, "Tek başına taksiye binmeyi beceremezsin" dedi yapamayacağıma inanarak.

"Evet, beceririm. Her sabah seninle gelip giderken öğrendim. '*Seda Zafer*' Zafer sokağına gideceğim anlamına geliyor" dedim.

"Bıkmadan usanmadan bağırmak zorundasın" dedi Mudî.

"Merak etmene gerek yok. Bağırırım."

"O zaman gidin" dedi Mudî. Ardından uyumak için diğer tarafına döndü.

Sabahın ayazı kemiklerime işliyor olsa da umursamadım. Taksilerden birinin önüne fırlayıncaya kadar birinin yanımızda durmasını epeyce bekledik. Hayatımı tehlikeye atma pahasına olsa bile sonunda bir taksiyi çevirmeyi başarmıştım. Tahran'da işlerimin yolunda gitmesini sağlayabiliyorsam bu ülkeden çıkmam için gerekecek işleri de yoluna koyabilirdim.

Tıkış tıkış olmuş taksi yoğun trafikte ilerlemeye çalışırken yol buldukça gaza basıyor ardından önüne bir engel çıkar çıkmaz aniden frene basıyordu. Bu arada kornaya basmadığı bir an bile yoktu. Kendisine yol vermeyen kişilere köpek anlamına gelen '*saag*' diye küfrediyordu.

Okula kazasız belasız zamanında ulaşmayı başardık. Dört saatin ardından okulun çıkışında turuncu taksilerden birinin durmasını beklerken yolun sağ tarafından beyaz bir Pakon (İran malı bir araba) geçti. Arabanın içinde kara çador giymiş dört kadın oturuyordu. Sürücünün arkasında oturan kadın arabanın camını açarak yüksek sesle Farsça bir şeyler söylediğinde bana yol sorup sormadığını merak ettim.

Beyaz otomobil ileride kaldırımın üzerine çıkar çıkmaz arabanın içindeki çadorlu dört kadın aşağı indi ve çenelerinin altında sıkı sıkıya tuttukları çadorlarıyla bana doğru geldiler.

Kadınların neye sinirlendiklerini anlamadığım bir sırada Mehtap, "Rusarini düzelt" dedi.

Elimi rusarime götürür götürmez birkaç tel saçımın çıkmış olduğunu fark etmemle rusarimi burnuma kadar çekmem bir oldu.

Dört kadın geldikleri hızla arabalarına geri döndüler, ben de yaklaşan turuncu taksiyi durdurdum. Okula yalnız başına gidip gelmiş olduğum için Mudî benimle gurur duydu. Bense tek başıma başarmış olduğum işin keyfini sürüyordum. Ancak beyaz arabanın içindeki kadınlar canımı sıkmıştı.

Kadınların davranışını ertesi gün Azar öğretmen açıkladı. "Dün sıkıntılı anlar yaşadığınıza şahit oldum" dedi. "Taksi beklerken arabanın içinden çıkıp size doğu gelen kadınları gördüm. Size yardımcı olmak için geldiğim sırada gittiler."

"Onlar da kim?" diye sordum.

"*Pasdar*" dedi Azar Öğretmen. "Pasdarın kadın kolu."

En azından bu konuda bir eşitlik vardı. Kadın polisler kadınların kıyafetlerini denetlemek için erkek polisler kadar yetki sahibiydi.

1984 yılının 25 Aralık günü hayatımın en zor günüydü. Nedeni Noel için hiçbir şey yapamamış olmamdı. Kızıma bir hediye alamamıştım ve bulunduğumuz koşullar altında Noel'e olan özlemimi arttırmak istemediğimden dolayı bu konuya değinmiyordum. Michigan'daki evimiz, oğullarım Joe ve John, annemle babam gözlerimin önünden gitmiyordu. Üstelik Mudî de eve telefon etmeme ve Noellerini kutlamama izin vermemişti. Helen ile konuşmayalı haftalar olmuştu. Son görüştüğümüzde Helen kendimi beni soran kadınlardan korumam için sıkı sıkıya tembihlemişti. Babamın durumu ve oğullarımın yaptıkları hakkında en ufak bir bilgim yoktu.

Tahran'da Noel yoktu ve günlük hayat aynı şekilde akıp gittiğinden her günkü gibi Mehtap ile okula gittik. Soğuk algınlığını atlatamayan Mudî Mehtap'ı okulda beklemeye devam ettiğimden dolayı kötü bir eş olduğumu ima etmek istedi.

"Eve dönüp tavuk suyuna çorba yapsan daha iyi olmaz mı?"

Bunu söyler söylemez gözlerini tavana dikti. Nesrin'in kötü bir aşçı olduğunu ikimiz de biliyorduk. Umarım içtiğin tavuk çorbası sonun olur da tez zamanda aramızdan ayrılırsın diye düşündüm içimden. Başına bir şeylerin gelmesi, kalp krizi ya da kaza geçirmesi için Tanrı'ya dualar etmiştim. Aslında beddua etmenin iyi bir şey olmadığını ben de biliyordum; ama bilinçaltıma engel olamıyordum. Noel günü okuldaki öğretmenler yüzümü az da olsa güldürdü.

Azar öğretmen beni, "İyi Noeller" diyerek karşıladı. İçinden Ömer Hayyam'ın rubailerinin çıktığı bir paket uzattı bana. Rubailer İngilizce, Fransızca ve Farsça basılmıştı.

Şahin Hanım'ın oldukça dindar olduğunu bildiğimden Noel için bana bir şey söylemeyeceğini bekledim; ama beni şaşırtarak İslam dinini, duaları, dinî bayramları ve ahlâk kurallarını içeren bir kitap hediye etti.

Bana verilen hediyelerin içinde ilgimi en çok çeken kitap İran Anayasası'nın İngilizceye çevrilmiş hâliydi. Hediyemi aldığım sabah ve onu takip eden günlerde kitabı elimden düşürmeden dikkatlice inceledim. Kadın haklarını ilgilendiren bölümleri oldukça dikkatli okuyordum. Evliliğin konu olarak alındığı bölümde kadın evliliğinde sorunlar yaşadığı zamanlarda belirli bir bakanlığa ya da bu işle ilgilenen bir büroya başvurma hakkına sahipti. Bu bürodaki kişiler ailenin gelirinin saptanmasından kadının ve kocanın ayrı ayrı sorguya çekilmesinden sorumluydu. Ardından, kuşkusuz erkek olan, yargıç bir karar verirmiş. Böyle bir büroya gitme fikrinden hemencecik vazgeçtim.

Para ve mal konusu kesindi. Her şeye sahip olan tek kişi evin erkeğiydi ve kadının mallar hakkında söz söylemeye hakkı yoktu. Karı koca boşandığı takdirde çocuk mutlak suretle kocada kalıyordu.

Anayasada kadınların mahrem konularına kadar değiniliyordu. Örneğin bir kadın kocasının haberi olmadan korunuyorsa bu bir suç sayılıyordu. Aslında bunun bir suç olduğunu önceden biliyordum. Mudî bunun ölümcül bir günah olduğunu söylemiş olsa da bu maddeyi okumak bile sıkıntı basmasına neden oldu. Bunun büyük bir suç olduğunu bile bile Mudî'den habersiz olarak taktırdığım spiral yerli yerinde duruyordu. Öğrenildiği takdirde alacağım cezayı bilmiyordum. Kocasından habersiz olarak spiral taşıyan bir kadın olarak ölüm cezasına çarptırılıp çarptırılmayacağımı merak ettim. Kadılara her türlü cezanın verildiği bu ülkede bu suçtan dolayı ölüm cezasına çarptırılmak da şaşırtıcı olmazdı.

Kocanın ölmesi durumunda çocukların anneye değil de kocanın ailesine verileceğini belirten maddeyi okurken tarifsiz bir korkuya kapıldım. Mudî'nin ölmesi durumda Mehtap bana değil, Mudî'nin en yakın akrabası olan Emine Bozorg'a verilecekti. Bundan sonra Tanrı'ya onu koruması için dua etmeye karar verdim.

İran Anayasası'nda bana umut verecek tek bir madde bile bulamadım. Bu kitabı okumuş olmam Mudî'nin haberi olmadan Mehtap ile bu ülkeden ayrılmanın imkânsız olacağını bana bir kez daha hatırlattı. Mudî'nin ölümü ya da boşanmamız hâlinde ülkeden çıkmaya izinli olsam bile bu sonsuza kadar Mehtap'tan vazgeçmem anlamına geliyordu.

Kızımın benden alınmasına ölümüm pahasına direneceğimi biliyordum. İran'a gelmemin nedeni kızımın günün birinde babasının ülkesini merak edip buraya gelmesine engel olmaktı. Ne pahasına olursa olsun buradan gitmeye kararlıydım. Günün birinde şu anda ne şekilde olacağını kestiremesem de ikimiz de buradan çekip gidecektik.

Yeni yılın yaklaşmasıyla yüreğimin derinliklerini kaplayan hüzün dağılmaya başladı. Günün tamamını Mamal'ın evinde kapalı kalarak geçirmiyordum artık. Okulda edinmiş olduğum yeni arkadaşlar vermiş olduğum İngilizce derslerinden dolayı bana minnettardı. Ben de Farsçada öğrendiğim her bir kelimeyi kendi çıkarıma kullanıyordum. 1985 yılının kızımla evimize döndüğümüz yıl olacağını hissedebiliyordum. Buradan kaçmaktan başka bir şey düşünemiyordum.

Mudî arada bir sıcak; ama çoğu zaman kaba davranarak dengesizliğini sürdürüyordu. En azından hayatımızın almış olduğu düzenden memnun olduğundan uzun bir zamandan beri Emine Bozorg'un evine dönmekten söz etmiyordu. Tembelliği gittikçe arttığından umutlarım gün geçtikçe yeşeriyordu. Bir süreden beri okula tek başımıza gidiyorduk ve öğleden sonra da bizi alma zahmetine katlanmadığından yalnız başımıza dönüyorduk. Zamanında evde olduğumuz sürece sorun yoktu. Gittikçe artan özgürlüğüm umutlarımın artmasına neden oluyordu.

Bendeki gelişme Şahin Hanım'ın da dikkatini çekti. Bir gün Azar öğretmenin yardımıyla bana, "Telefonu kullanmanıza ya da okul binasının dışına çıkmanıza izin vermeyeceğimize dair kocanıza söz verdik. Bu sözümüzü tutmak zorundayız" dedi. "Ancak okula geç geldiğinizde bunu ona söylemek zorunda değiliz. Yalnız nereye gittiğinizi bize söylemeyiniz; çünkü bildiğimiz takdirde bize sorduğunda ona yalan söyleyemeyiz. Ama bilmediğimiz sürece ona bir şey söylemek zorunda da kalmayız."

DOKUZUNCU BÖLÜM

Soğuk algınlığını atlatamayan Mudî gittikçe tembelleştiğinden gün geçtikçe dizginler benim elime geçiyordu. İranlı öğretmenlerin beni gözlerinin önünden ayırmayacaklarından öylesine emindi ki hiçbir şeyden kuşkulanmıyordu.

Okula geç gittiğim bir gün tepki gösteren olmadı. Şahin Hanım sözünde durmuştu. Geç geldiğim gün Helen'e telefon açtım. Helen sözde bana yardım etmek isteyen iki kadın hakkında beni bir kez daha uyardı. Karşılıklı konuşmak için elçiliğe gelmemi istedi; ama şu anda bunu göze alamazdım. Trafiğin sıkışması her şeyi altüst ederdi.

Ama harekete geçmem gerekiyordu. Bir gün Mehtap ile Meryem evcilik oynarken ev kadını taklidi yaparak eğleniyorlardı. Birden bire Mehtap Farsça, "Eyvah erkek geliyor!" demesiyle birlikte ikisi de çadorlarına sarıldı.

Bir sabah her şeyi göze alarak planımı uygulamaya başardım. Mehtap ile birlikte okula gitmek için yola çıktık ve turuncu taksilere binmek için Şeraiti Sokağına doğru ilerledik. Mudî'nin arkamızdan gelip gelmediğini anlamak için sürekli olarak arkama bakıyordum.

"Mehtap" dedim. "Bu sabah elçiliğe gidiyoruz. Babana bunu söylememen gerek."

Farkında bile olmadan evet anlamına gelen, '*Çhah*' dedi. İran'dan gitmek için can attığını biliyordum; ama gün geçtikçe bu kültüre daha uyum sağlıyordu. İstese de istemese de geçen zamanla buraya ayak uydurmayı öğrenecekti.

Bir taksi çevirdim ve Mehtap'ın yardımıyla İsviçre elçiliğinin adresini verdim. Bitmek bilmez ve çeşitli araştırma safhalarından sonra nihayet Helen'in ofisine vardık.

Oğullarımdan ve annemle babamdan gelen mektupları bir çırpıda okudum. Oğlum John yazmış olduğu mektubunda, "Mehtap'a ve kendine lütfen çok iyi bak" diyordu.

"Çok şey oldu" dedi Helen. "En azından Dışişleri Bakanlığı bulunduğunuz yeri biliyor ve elinden geleni yapıyor."

Bu da bir şey mi, diye düşündüm.

"Amerikalı bir kadın Frankfurt'taki Amerikan elçiliğiyle ilişkiye geçerek sizden söz etmiş" diye devam etti Helen.

Judy!

Ama neden hâlâ buradayız o zaman, diye haykırmak istedim.

"Sizin için yapabileceğimiz tek şey Amerikan pasaportu çıkartmak olacak" dedi Helen. "Pasaportların vizesi olmayacak; ama günün birinde size yardımcı olabilme ihtimaline karşın onları burada tutacağız."

Pasaport için gerekli belgeleri doldurmam yarı saatimi aldı.

"Şimdi sizi araştıran o iki kadın hakkında konuşmalıyız" dedi Helen. "Sözüm ona Amerika'daki ailenizle görüşmüşler. Ne olursa olsun dikkatli olmak zorundasınız. Ne söylediklerinin farkında değiller. Dikkatli olmadığınız takdirde başınız derde girebilir." Helen'in anlattıklarına göre ikisi de İranlı kocaları olan Amerikalı kadınlarmış. Adı Trish olan kadının kocası pilotmuş. Diğer kadının adı Suzanne'ymiş ve kocası hükümette yüksek düzeyde görev yapan biriymiş. Kadınların ikisi de istedikleri anda istediklere yere yolculuk yapma özgürlüğüne sahipmiş. Benim durumumla ilgilenip bana yardım etmek istiyorlarmış.

"Onlarla nasıl görüşebilirim?" diye sordum.

Helen kadınları ciddiye aldığımı gördüğünde tedirgin oldu. Ama resmî yolların tıkanmış olduğunu kendisi de biliyordu. Helen yüzümdeki bıkkın ifadeyi görmüş olacak ki, "Benimle gelin lütfen" dedi.

Mehtap'ı ve beni yan odada bulunan şefinin yanına götürdü. Gittiğimiz kişi konsolos yardımcısıydı.

"O kadınlara hiçbir şekilde bulaşmayın" dedi Bay Vincop öğüt verircesine. "Bu kadınlar çıldırmış. Yaptıkları şeyin farkında değiller. Sizi sokaktan kaçırıp yurt dışına çıkartacaklarmış. Ama bunu ne şekilde yapacaklarını henüz bilmiyorlar. Bir filmden bahsediyor gibiler. Bu iş bu şekilde olmaz."

Hayatım bir macera filminden çok daha karmaşık olduğundan buradan kaçmayı sağlayacak her şey mübahtı. Bu iki kadınla en azından konuşmalıydım. Birdenbire aklıma bir şey geldi. "Türkiye üzerinden kaçma konusunda ne düşünüyorsunuz?" diye sordum.

"Olmaz!" dedi Bay Vincop. "O yol çok tehlikeli. Bu işi yapabileceğini söyleyen insanlarla karşılaşacaksınızdır. Sizi dağlara götürdükten sonra paranızı alıp size tecavüz ettikten sonra sizi ya öldürür ya da görevlilere teslim ederler. Bu işe kalkışmanız hem kendi hayatınızı hem de kızınızın hayatını tehlikeye atmak olur. Böyle bir şeyi yapmayı düşünmeyin bile!"

Mehtap'ın gözleri korkudan kocaman olmuştu. Kalbim duyduğum dehşetle deli gibi atıyordu. Mehtap bugüne kadar Amerika'ya dönmenin bu denli zor olacağını düşünmemişti. Duyduğu korkuyla iyice bana sokuldu.

Helen bana kısa bir zaman önce kendisiyle kızını Türkiye'ye götürecek kaçakçılara para veren İranlı bir kadının hikâyesini anlattı. Kaçakçılar kadınla kızını Türkiye'ye kadar götürmüş, dağlarda kaderlerine terk etmiş. Kız soğuktan ve açlıktan ölmüş ve kadın köylüler tarafından bulunduğunda aklını yitirmiş. Yarı ölü bir hâlde köye ulaştığında ağzında tek bir diş bile kalmadığını görmüşler.

"Kaçış yollarının arasında en tehlikeli olanı Türkiye üzerinden olanı" dedi Helen. "Size eşinizden boşanmanızı öneririm. Birleşmiş Milletler'e bir dilekçeyle başvurarak hem ayrılmanızı hem de buradan gitmenizi sağlayabiliriz. Böylece sağ salim Amerika'ya dönebilirsiniz."

Sert bir ses tonuyla, "Kızım olmadan asla!" dedim.

"Çıldırmışsınız siz" dedi Helen. Mehtap'a aldırış etmeden, "Kızınızı bırakıp çekip gidin. Kurtulun bu ülkeden. Kızınızı da unutun" dedi.

Duyduklarıma inanamıyordum. Helen bunları kızımın yanında

söyleyecek kadar acımasız olabilir miydi? Ana kız arasındaki derin bağın bilincinde değil miydi?

"Anne, beni burada bırakıp sakın gitme!" diye ağlamaya başladı Mehtap.

Kızımı sıkıca göğsüme bastırdım ve onu hiçbir zaman terk etmeyeceğime dair yemin ettim. O anda bir an önce harekete geçmeye karar verdim.

Kesin bir ifadeyle, "O iki kadınla tanışmak istiyorum" dedim.

Helen gözlerini döndürdü, Bay Vincop da sinirli sinirli öksürdü. Söylemiş olduğum şeylere ben bile inanamıyordum. İşler içinden çıkılmaz bir noktaya ulaşmıştı.

Bir süre boyunca odanın içini derin bir sessizlik kapladı. Uzun bir süreden sonra Bay Vincop içini çekerek, "Size gereken bilgileri vermekle yükümlüyüz; ama dikkatli olmanız için sizi bir kez daha uyarmak zorundayım" dedi.

"Her türlü olasılığı değerlendirmek zorundayım" dedim. "Önüme çıkan fırsatları geri çeviremem."

Trish'in telefon numarasını alır almaz elçilikten aradım.

"Elçilik bürosundan arıyorum sizi" dedim.

Trish sesimi duyduğuna sevindi. "Akşam annenizle konuştum" dedi. "Onunla neredeyse her akşam konuşuyoruz. Son derece üzgün ve durmadan ağlıyor. Bizden bir şeyler yapmamızı istiyor, biz de ona elimizden geleni yaptığımızı söylüyoruz. Sizden uzun zamandan beri haber bekliyorduk. Görüşebilir miyiz?" diye sordu.

Ayrıntıları konuştuk. Bir sonraki gün Mudî'ye okul dönüşü alışveriş yapacağım için biraz gecikeceğimi söyleyecektim. Mudî kuşkulanmadığı takdirde buluşmak için Trish'e telefon edecektim. Mehtap ile birlikte ikiyi çeyrek geçe Karoş Parkı'nın arka kapısında bekleyecek, Trish ve Suzanne bizi beyaz bir Pakon ile almaya gelecekti.

"Tamam" dedi Trish. "Orada olacağız."

Trish'in duyduğu heyecan beni hem sevindirmiş hem de telaşlandırmıştı. Trish'in böylesine bir işe kalkışmasının nedeni neydi?

Benden para mı isteyeceklerdi yoksa macera mı arıyorlardı? İyi niyetli olduğunu anlamıştım; ama bu işin üstesinden gelip gelemeyeceklerinden emin değildim. Aslında onların iyimserliklerine de ihtiyaç duyuyordum. Buluşmak için sabırsızlanırken olacakları merak ediyordum. Telefonu kapatırken Helen'in sıkıntılı bir hâlde ellerini ovuşturduğunu fark ettim.

"Yarın akşam pizza ister misiniz?" diye sordum ev halkına.

Hep bir ağızdan, "İsteriz!" yanıtı geldi. Mudî, Mamal ve Nesrin bu fikri beğenmişti. Bir şeyler çevirdiğimden kimsenin haberi yoktu.

O gece gözümü kırpmadım. Kafamın içinde dolaşan binlerce soru vardı. Mantıklı davranabiliyor muydum yoksa elçiliğin söylediğini mi dinlemeliydim yoksa özgürlüğe kavuşmamı sağlayacak fırsata dört elle sarılmam mı gerekiyordu? Kızımı tehlikeye mi atıyordum? Ona bunu yapmaya hakkım var mıydı? Yakalandığımız takdirde bizi Mudî'ye geri mi göndereceklerdi? Yoksa beni sınır dışı edip kızımı babasının yanına mı yollayacaklardı? Kızımın burada kalmasını düşünmek bir karabasan gibi çöktü üzerime. Amerika'ya tek başına dönmek istemiyordum.

Bu tehlikeleri göze alabilecek miydim? Mudî sabah namazını kılmak için kalktığında ben daha uyumamıştım. Kararsızdım. Mudî yatağa dönüp ısınmak için bana sarıldığında uyuyor numarası yaptım. Nefret ettiğim bu adamdan kurtulmak için hemen karar vermek zorundaydım.

İki saat sonra okula gitmek için Mehtap ile hazırlanırken Mudî yatakta kalmaya devam etti.

"Okuldan sonra biraz geç kalabilirim" dedim. "Pizza yapmak için Pol Pizza'dan peynir alacağım."

Mudî biraz homurdansa da onaylamadığını belirtecek bir şey söylemedi.

Anaokulu öğlen saatinde tatil olunca Mehtap da benim kadar heyecanlandı. Bir taksi çevirdik ve Karoş Parkı'na vardık. Parkın içinde bir telefon kulübesi bularak Trish'e telefon açtım.

"Geldik!" dedim.

"Beş dakikaya kadar oradayız."

Birkaç dakika içinde beyaz Pakon önümüzde durdu. Sürücünün yanındaki kadın dışarıya fırladı ve beni kolumdan tuttuğu gibi arabanın içine sokmaya çalıştı. Korku içinde kolumu geri çekerek, "Durun, neler oluyor?" dedim. "Önce konuşmamız gerek."

"Haftalardır size ulaşmaya çalışıyorduk" dedi kadın. "Şimdi de sizi almaya geldik." Bir kez daha koluma yapıştı, diğer eliyle de Mehtap'ı yakalamıştı.

Mehtap ürkerek geri çekildi ve çığlık atmaya başladı.

"Bizimle gelmeniz gerek!" dedi kadın. "Fazla seçeneğiniz yok. Ya bizimle gelirsiniz ya da size yardım edemeyiz."

"Bir dakika, ben sizi tanımıyorum bile" dedim. "Benimle ilgilenmenizi kim söyledi size? Ne yapmayı planlıyorsunuz?"

Kadın kuşkuyla polisin ya da pasdarın bizi izleyip izlemediğini anlamak için etrafı kolaçan etmeye başladı. Bir yandan da Mehtap'ı sakinleştirmeye çalışıyordu.

"Benim adım Trish" dedi. "Sizin durumunuzu bize Judy anlattı. Onunla her gün telefonda konuşuyoruz. Sizin ailenizle de her gün konuşuyoruz. Sizi bu ülkeden çıkartmanın yollarını biliyoruz."

"Bunu nasıl yapacaksınız?" diye sordum.

"Öncelikle sizi bir evde saklı tutacağız. Bu belki bir ay, belki birkaç gün ya da birkaç saat sürebilir. Bilemiyoruz; ama eninde sonunda sizi buradan çıkartacağız."

Arabanın sürücüsü bu işin daha ne kadar uzayacağını öğrenmek için arabadan indi. Kadını görür görmez tanıdım. Mudî'ye şeker tahlili yaptırmak için gelen kadındı bu. Trish, Suzanne'ı tanıştırdı bana.

"Tamam, şimdi bana planınızdan söz edin" dedim. "Ne olduğunu bilmeden sizinle gelemem."

Trish beni rahatlatmak istercesine, "Biz her şeyi düşündük" dedi. "Ama şu anda size açıklama yapamayız."

Zihnimin içinde sorular birbirini kovalıyordu. Bu garip bir o kadar da heyecanlı kadınlar bana doğru dürüst cevaplar vermediği sürece arabaya binmeme imkân yoktu.

"Kesin bir planınız olduğunda bir daha buluşuruz" dedim.

"Gece gündüz sizi aradık. İkinizi buradan nasıl kaçıracağımızı düşündük ve siz şimdi bizimle gelmiyorsunuz."

"Yalvarırım size bana en azından yirmi dört saat verin ve bu arada planınızı oluşturun."

"Hayır, size verecek yirmi dört saatimiz yok. Ya şimdi ya da hiç!"

Gözü kapalı böylesine bir tehlikeye atılmak istemediğimden sokaktaki tartışmamız dakikalar sürdü. Onların sözünü ettiği eve gittik diyelim ya bizi kaçırmayı başaramazlarsa ne olacaktı? Amerikalılardan bu denli nefret edilen bir ülkede Amerikalı bir anneyi ve kızını uzun bir süre boyunca saklı tutmalarına imkân yoktu.

Sonunda, "Peki öyleyse, hoşça kalın!" dedim.

Trish arkasını döndü ve arabanın kapısını açtı. İnanılmaz kızmıştı bana. "Siz aslında kocanızdan ayrılmak istemiyorsunuz" dedi. "Onu terk edemeyeceksiniz. Gitmek istediğinizi söyleyerek insanları kandırıyorsunuz. Size inanmıyoruz artık. Burada kalmak istediğinizden kuşkumuz yok."

Araba Tahran'ın yoğun trafiği arasında kaybolup gitti.

Kızımla birlikte İranlı insan kalabalığının arasında yapayalnız kalmıştık. Trish'in suçlamaları kulaklarımda çınlıyordu. Beni ve kızımı özgürlüğe kavuşturacak şansı geri mi çevirmiştim? Trish yapmış olduğu suçlamalarda haklı mıydı? Kendimi kandırma ihtimalim var mıydı? Kızımla buradan kurtulma umutlarımız tükenmiş miydi?

Soruların hepsi birbirinden korkunçtu! Kızımla birlikte beyaz Pakon'a binip bilinmeyen bir yere yol alabilirdik. Ama bu tehlikeli yolculuğa çıkmak yerine akşam kocama ağız tadıyla pizza yedirmek için Pol Pizza'ya peynir almaya gittik.

ONUNCU BÖLÜM

Hakim Ağa ve karısıyla düzenli olarak görüşüyorduk. Dini yozlaştırmayan bu sarıklı hocayla görüşmek hoşuma gidiyordu. Mudî de onu seviyordu. Hakim Ağa çocukluğundan beri tanıdığı Mudî'nin çalışabilmesi için doktorluk ya da en azından öğretmenlik yapabileceği bir iş arıyordu. Mudî'nin evde boş boş oturmasını istemediğinden Mudî'nin büyük babasının Arapçadan Farsçaya çevirdiği kitapları İngilizceye çevirmesini istiyordu.

Mudî bir daktilo aldı ve beni de sekreteri olarak atadıktan sonra Tağati Hakim'in *Baba ve Çocuk* adlı eserini çevirmeye başladı.

Kısa bir zaman içinde Mamal ve Nesrin'in kullanmadığı yemek masasının üzerini kâğıt yığınları kapladı. Mudî yemek masasının bir ucunda oturmuş çevirisini yapıyor, ardından daktiloya geçirmem için bana uzatıyordu.

Birlikte çalışırken Mudî'nin davranışlarını daha iyi anlamaya başladım. Tağati Hakim'in görüşüne göre çocuğun yetişmesinde sorumluk babanın üzerindeydi. Baba çocuğuna saygılı olmayı, düzgün davranmayı ve İslam'ın gereklerini yerine getirerek yaşamayı öğretmekle yükümlüydü. Eğitim konusunda annenin söz hakkı yoktu.

Haftalarca sıkı çalıştık. Mudî'nin büyük babası oldukça ağdalı bir dil kullanmıştı. Her gün Mehtap'ı okuldan getirir getirmez Mudî, çevirmiş olduğu bir deste yazıyı daktiloya geçirmem için bana veriyordu. Bu işin onu bu denli sarmış olması iyiydi.

Tağati Hakim'in çocuğun babaya karşı görevlerinin ayrıntılarını verdiği bölüm beni oldukça duygulandırdı. Ölmek üzere olan bir babanın son dakikalarında yavrusunu yanında görmek istemesi gözlerimi yaşarttığından satırları bulanık görmeye başladım. Benim babam da ölmek üzereydi ve ben yanında değildim.

Mudî gözlerimin dolduğunu fark etti.

"Ne oldu?" diye sordu.

"Şu ölmek üzere olan baba hakkındaki öykü..." dedim; ama hıçkırıklarıma engel olamadım. "Ölüm döşeğindeki babamdan beni nasıl uzak tutabiliyorsun? Hiç değilse kendi büyük babanın düşüncelerine hürmet göstermen gerek."

Mudî acımasız bir ses tonuyla, "Senin baban Müslüman mı?" diye sordu.

"Tabii ki değil."

"O zaman kitapta yazılı olanlar baban için geçerli değil."

Tek başına kalıp doyasıya ağlamak için yatak odasına koştum. Yalnızlık duygusu nefesimi kesiyordu. Babamın yüzü, gözlerimin önünde canlanan görüntüsü, "İradenin olduğu yerde çare tükenmez" diyordu.

Bir çaresi olacak, dedim içimden, kesinlikle bir çaresi olmak zorunda.

Hakim Ağa'ya yaptığımız bir ziyaret sırasında Mehtap ile benim perşembe günleri Hüseyin Erşad mescidinde İngilizce konuşan kadınlar için düzenlenen Kuran kursuna katılmamızı önerdi. Bunu önerirken bana karşı duyduğu yakınlığı bir kez daha vurguladı. Aslında dinimi değiştireceğimi umut ettiklerinden kuşkum yoktu; ama benim mutluluğumla ve rahatlığımla da ilgileniyorlardı. Ayrıca Mudî'ye evden daha sık dışarıya çıkmamı ve dilimi konuşan insanlarla kaynaşmamı sağlaması için bir ihtar vermişlerdi. Hakim çifti Müslümanlığı kendi isteğimle kabul ettiğim takdirde büyük bir sevinç yaşayacaktı.

Kuran kursu önerisi beni keyiflendirdi. Kuran eğitimi almaya hevesli değildim; ama İngilizce konuşan kadınlarla düzenli bir araya gelme düşüncesi heyecan vericiydi.

Kuran kursuna katılmam bana onun denetiminden uzak bir olanak sunduğundan biraz duraksadı; ama ben buna razı olacağını biliyordum. Hakim Ağa'dan gelen her türlü arzu emir sayılırdı.

Bir sonraki perşembe okul çıkışında Mudî, Mehtap ile beni taksiye bindirerek mescide götürdü. Orada da üstünlük taslamak istercesine içeriye girmemize izin vermeden önce sınıfa bir göz atmak istedi. Ama İngiliz idareci kadın kesin bir dille Mudî'ye girmesini yasakladı.

"Sadece içeriye girip neler yapıldığını görmek istiyorum" dedi Mudî; ama yine hayır yanıtını aldı.

"İçeride kadınlar var. Erkeklerin girmesine izin yok" dedi.

Mudî'nin öfkeye kapılıp Hakim Ağa'nın arzusuna karşı çıkacağını sanmış olsam da sadece gözlerini kıstı ve içeriye giren kadınları incelemekle yetindi. Kadınların hepsi tesettürlüydü. Çoğunun üzerinde çador vardı. Müslüman kadınlardan farkları yoktu. CIA ajanına benzeyen yoktu.

Mudî birkaç dakika bekledikten sonra bu kursa katılarak buradaki hayata daha kolay uyum sağlayacağımı düşünmüş olmalıydı ki omuzlarını silkti ve bizi İngiliz kadının gözetimine teslim etti.

İngiliz kadın, "Burada gevezelik istemiyorum. Herkes Kuran çalışır" diyerek kuralları anlatmaya başladı.

Ve Kuran çalışıldı. Koro hâlinde hep bir ağızdan Kuran okumaya başladık. Ardından soru-cevaplar başladı. Konuşmalarda İslam dini göklere çıkartılıyor, Hristiyanlık kötüleniyordu. Ardından hep birlikte yatsı duasını yaptık. Yaptığım şeyi eğlenceli bulmuyordum; ama çevremdeki kadınları inceledikçe merakım artıyordu. Onları tanımak istiyordum. Burada ne işleri vardı. Kendi istekleriyle mi geliyorlardı yoksa içlerinde benim gibi tutsak olanlar da var mıydı?

Kurs dağıldığında Mudî'nin bizi dışarıda bekleyeceğini sandım; ama kaldırımın üzerinde gidip gelen insan selinde onun yüzüne rastlayamadım. Daha ilk günden kuşku uyandırmak istemediğimden turuncu bir taksi çevirdim ve Mehtap ile birlikte zaman kaybetmeden eve vardım. Eve girer girmez Mudî saatine baktı ve fırsattan yararlanmadığımızı görmekten dolayı hoşnut oldu.

"Kurs beni etkiledi" dedim. "Sıkı bir çalışma bekliyor bizi. Çalışmayanı orada tutacaklarını sanmıyorum. Sanırım çok şey öğreneceğim."

Mudî İslami İran Cumhuriyeti'ndeki kimliğine ısınan karısını görmenin keyfiyle, "İyi öyleyse" dedi.

Benim hoşnutluğumun nedeni farklıydı. İslami Cumhuriyetten kaçabilmek için küçük bir adım daha atmıştım. Kuran kursu okul çıkışından kısa bir süre sonra başlıyordu. İlk günlerde Mudî bizi götürme gereğini duymuş olsa da kısa bir süre sonra bundan bıkacağından ve yalnız başımıza gitmemize izin vereceğinden emindim. Bu sıkılma bütün bir perşembenin bize kalacağı anlamına geliyordu.

Kuran kursunda gevezelik etmek yasaktı; ama kurs başlamadan ya da bittiğinde birbirimizle konuşacak kadar zamanımız oluyordu. İkinci dersin sonunda kadınlardan biri nereli olduğumu sordu bana. Ona Michiganlı olduğumu söylediğimde, "O zaman Ellen ile tanışmanız gerek. O da Michiganlıdır" dedi.

Bizi tanıştırdılar. Ellen Rafayi uzun boylu, iri yapılı bir kadındı. Otuz yaşlarında olmasına rağmen teni kuru ve kırışıktı. Rusarisini yüzüne öylesine dolamıştı ki saçının rengi bile belli olmuyordu.

"Michigan'ın neresindensiniz?" diye sordum.

"Lansing tarafından."

"Lansing'in neresinden"

"Orayı kimse tanımaz."

"Ben Lansing'in yakınlarında yaşadım. Belki bilirim."

"Owosso'dan."

"Şaka yapıyor olmalısın" dedim. "Ailem Bannister'de yaşıyor. Bir süre Elsie'de çalıştım. Okula da Owosso'da gittim."

Bu rastlantıya okullu çocuklar kadar sevindik. Birbirimize anlatacak çok şeyimiz vardı.

"Cuma günü öğleden sonra ailecek bize gelir misiniz?" diye sordu Ellen.

"Bilemiyorum" dedim. "Kocam başkalarıyla görüşmeme ya da onlarla bir yere gitmeme izin vermiyor; ama yine de sorarım."

O gün çıkışta Mudî bizi kapıda bekliyordu. Güler yüzle yaklaştığımı gördüğünde şaşırdı.

"Tahmin et bakalım ne oldu?" diye sordum. "Asla tahmin edemezsin. Owossolu bir kadınla tanıştım."

Mudî benim için sevindi. Aylardan beri yüzümün ilk kez güldüğünü görmüştü. Onu Ellen ile tanıştırdım ve birkaç dakika boyunca aralarında konuştular. Kabul etmeyeceğini bilsem de "Ellen bizi cuma öğleden sonrası için evine davet etti" dedim.

Beklemediğim bir cevap vererek, "Olur, gideriz" dedi.

Ellen liseyi bitireceği yıl Hürmüz Rafayi ile evlenmişti. Hürmüz Rafayi Amerika'da elektrik mühendisliği eğitimi görmüş ve evlendikleri sırada gerek parasal açıdan gerekse sosyal açıdan Helen'den üstün olduğundan koruyucu rolünü oynamış. Hürmüz de bir zamanlar Mudî gibi Amerikalı olma fikrini sevmiş. İran'da Şah rejimine karşı olduğundan onu mimlemişler. Şah'ın yönettiği yıllarda İran'a dönmek için *Savak* tarafından tutuklanmayı, işkence görmeyi hatta ölümü bile göze alması gerekiyormuş. Hürmüz de Mudî gibi İran'dan çok uzakta olsa bile ülkesindeki olup bitenlerin eşiyle özel hayatlarını etkilediğini hissetmiş.

Hürmüz Minnesota'da iş bulmuş ve Ellen ile birlikte Amerikalı bir aile gibi yaşamaya başlamışlar. Ellen ikinci çocuğunu doğurmak için Owosso'ya gitmiş ve 28 Şubat 1979 yılında bir erkek çocuğu dünyaya getirmiş. Aynı günün akşamında müjdeyi vermek için kocasına telefon açtığında, "Şu anda seninle konuşamam haberleri dinliyorum" demiş. O gün Şah İran'ı terk etmiş.

Hürmüz ve Mudî ve kim bilir kaç İranlı Şah'ın ülkeyi terk etmesiyle geçmişin hesabını sormak için ülkesine geri dönmüştür?

Erkek çocuğuna sahip olduğunu idrak ettiği anda da yeni doğan oğluna Ali adını vermiş. Şah'ın ülkeyi terk etmesiyle Hürmüz'ün ve Ellen'in hayatları tam anlamıyla değişmiş.

Mudî ülkesine dönmek için tam beş yıl direnmişti; buna karşın Hürmüz, Şah'ın gitmesinin hemen ardından vatanına dönmüş ve Ayetullah Humeyni yönetiminde yaşamaya karar vermiş.

Ellen ülkesine bağlı bir kadın olarak kocasının almış olduğu karardan dolayı epeyce şaşırmış; ama ne olursa olsun Hürmüz'ün vatanına döneceğini bildiğinden bir eş ve anne olduğunu düşünerek kocasıyla birlikte İran'a gelmiş. Aslında kocası İran'da mutsuz olduğu takdirde istediği zaman onu Amerika'ya göndereceğine söz vermiş.

Ama ne yazık ki Ellen Tahran'a ayak basar basmaz kocasının esiri olmuş ve ondan habersiz evden dışarıya adım atamayacağını, İran'da yasaların kocadan yana olduğunu öğrendiğinde artık her şey için çok geçmiş. İlk günlerde kocası onu eve kapatmış, dövdüğü zamanlar da olmuş.

Cuma gününün öğleden sonrasında bakımlı evlerinin holünde Ellen'in yaşadıklarını dinlemek garipti. Önceleri Mudî'nin sohbetten rahatsız olduğunu düşündüm; ama aslında konuşulanlar hoşuna gitmişti. Öykünün geri kalanını zaten biliyordu. Tahran'a geleli altı yıl olmuştu ve Ellen kocasının ülkesine uyum sağlamaya çalışıyordu. Aslında Mudî'nin duymak istediği tek şey de buydu.

"İlk yılımız inanılmaz zor geçti" dedi Hürmüz. "Ama sonra her şey yoluna girdi."

İran'a geldikleri ilk yıl Hürmüz, Ellen'e, "İstersen evine gidebilirsin" demiş. "Burada yaşaman için seni bir yıl boyunca zorladım; ama gitmek istiyorsan gidebilirsin."

İşte Mudî de bundan sonra konuşulacak şeyleri duymak istiyordu.

Ellen'in yaşadıklarını dinledikçe huzursuzlanmaya başlamıştım. Ellen, Jessica ve Ali'yi alıp Amerika'ya dönmüş ve altı haftanın ardından kocasına, "Gel bizi buradan al!" diye telefon açmış.

Hürmüz'ün Ellen'e iki kez ülkesine dönme şansı vermesi ve buna rağmen Ellen'in her seferinde İran'a geri dönmek istemesi inanılır gibi değildi. Tıpış tıpış dönmeyi ve kocasına kayıtsız şartsız bağlı olarak yaşamayı kabul etmişti Ellen. Ellen Müslüman kadınlar için İngilizce basılan *Majubeh* dergisinde yazılar yazıyordu. Yayımladığı her satırın İslami Konsey'in onayından geçiriliyor olması onu rahatsız etmiyordu.

Ellen ile yalnız başıma kalıp gerçek duygularını öğrenmek için can atıyordum; ama yalnız kalma fırsatını hiçbir zaman yakalayamadık. Onun gerçek öyküsünü inanılmaz merak ediyordum. Amerikalı bir kadının yaşadığı toprakları ve alışkın olduğu yaşam tarzını bırakıp İran'a gelmesinin nedeni anlayamıyordum. Ellen'i omuzlarından tutup, "Neden?!!!" diyerek sarsmak istedim.

Hürmüz kısa bir süre önce ölen babasından kalan parayla bir ev yaptırmak üzere olduğunu söylediğinde konuşma tatsız bir hâl aldı.

"Biz de bir ev yaptırmayı düşünüyoruz" dedi Mudî. "Önceleri Detroit'te ev yaptırmayı düşünmüştük; ama şimdi o evi burada yapacağız. Tabii önce paramızı İran'a getirmemiz gerek."

Amerika'daki paramızı İran'a getirmeyi düşünmek bile yeterince iğrençti.

Hürmüz ve Ellen ile dost olmamız ve sık sık bir araya gelmemiz uzun sürmedi. Aslında içim pek rahat değildi; ama yine de doğup büyüdüğüm yerden ve aynı dili konuşan biriyle bir arada bulunabiliyor olmak mutluluk vericiydi. Kendi dilimi konuşan biriyle sohbet etmek beni hiçbir zaman tam anlamıyla anlamayan İranlılarla sohbet etmeye benzemiyordu. Ellen ile konuşurken söyleyeceklerimi anlayacağını bildiğimden içimden geldiği gibi konuşuyordum. Yine de Hürmüz ile Ellen'i bir arada gördükçe içimi bir hüzün kaplıyordu. Birkaç yıl sonra Mudî ile benim görüntüm de bundan farklı olmayacaktı. Mudî'nin gözleri sürekli üzerimde olmasına rağmen Ellen ile yalnız kalmanın yollarını kolladım. Mudî büyük bir ihtimalle bizi baş başa bırakmadan önce onu iyice tanımak istiyordu.

Ellen'lerin evinde de birçok İranlıda olduğu gibi telefon yoktu. İran'da eve telefon almak özel izne tabi idi ve bazen bu izni almak yıllarca sürdüğünden Ellen'ler de kendilerine yakın bir iş yeriyle anlaşmışlardı.

Günün birinde Ellen Mudî'yi arayarak Mehtap ile beni çaya davet ettiğini söyledi. Telefonda konuşmama isteksiz izin veren Mudî suratını astı. Ellen'e içimi dökeceğimden kuşkulanıyor gibiydi.

"Çikolatalı kurabiye pişirdim" dedi Ellen.

Ahizeyi elimle kapatarak Mudî'den izin almaya çalıştım.

"Ya ben?" diye sordu kuşku içinde. "Beni de davet etti mi?"

"Sanmıyorum" dedim. "Hürmüz evde yok ki..."

"Olmaz. Gidemezsin." Yüzümdeki düş kırıklığını görmezden geldi. O an için Mudî'den uzaklaşmaktan çok çikolatalı kurabiyeye duyduğum özlem yakmıştı içimi. Ama nedeni bilinmez belki de keyifli bir gününde olduğundan beni misafirlikten alıkoymaktan vazgeçerek, "Tamam, tamam gidebilirsin" dedi.

Kurabiyelerin tadı Ellen ile yalnız kalmak kadar hoştu. Sonunda onunla özgürce konuşabilecektim. Mehtap dokuz yaşındaki Meryem (Meryem Jessica'nın Müslüman adıydı) ve Ali ile oynamaya başladı. Mehtap çocukların Amerika'dan gelmiş oyuncaklarına bayıldı. Kitaplar, yapbozlar ve hatta bir Barbie bebek bile vardı.

Çocuklar kendi aralarında oyun oynamaya dalmışken ciddi konularda konuşmaya başladık. Sonunda Ellen'e haftalardır kafamın içini kemiren soruyu sordum.

"Neden döndün?"

Uzun bir süre düşündükten sonra, "Senin durumunda olsam ben de Amerika'da kalmayı düşünürdüm. Ama benim her şeyim burada. Annemle babam emekli oldular ve bana yardım edecek durumda değiller. Bir eğitimim, yeteneklerim yok; üstelik şahsıma ait bir param da yok. İki tane de çocuğum var."

Söylediklerine anlam veremiyordum. Kocasından bahsederken nefret doluydu.

Kısa bir sürenin ardından, "Beni dövüyor. Çocukları da dövüyor" dedi ağlayarak. "Ve bunda herhangi bir yanlış görmüyor." Ellen'i dinlerken Nesrin'in bütün erkekler aynıdır diyen sözleri geldi aklıma.

Ellen'i İran'da yaşamaya zorlayan kocasına duyduğu sevgi değil, duyduğu korku olmuştu. Korku duygusal olmaktan çok ekonomik nedenlere bağlıydı. Kendisine sözüm ona mükemmel bir hayat verecek olan kocası aslında berbat bir hayat yaşatıyordu.

Sonunda neden döndün sorusuna hıçkırıklara boğulmuş bir halde, "Korkarım Amerika'ya dönersem artık orada yaşayamam" dedi.

Bir süre boyunca baş başa ağladık.

Kendini toparlamasını bekledim, ardından cesaretimi toplayarak, "Seninle konuşacaklarım var" dedim. "Ama bunlar aramızda. Eğer aramızda kalmasını sağlayamazsan anlatmam. Başını derde sokmak istemiyorum."

Ellen kısa bir süre boyunca düşündü, ardından İran'a ikinci kez döndükten sonra kocasına bağlı, gerçek bir Müslüman kadın gibi yaşamaya devam edeceğine dair söz verdiğini hatırladı. Dinini değiştirmiş ve Şii Müslüman olmuştu. Evin içinde bile örtünüyor, namazını aksatmadan kılıyor, Kuran okuyor ve kaderinin Allah'ın takdiri olduğuna inanıyordu.

Aslında dinine bağlıydı; ama aynı zamanda meraklı bir Amerikalıydı.

"Ona konuştuklarımızdan söz etmeyeceğim" dedi söz verircesine.

Derin bir nefes alarak konuşmama başladım.

"Sana bunları bir Amerikalı olduğun için anlatıyorum. Yardımına ihtiyacım var. Buradan kaçıp gitmek istiyorum."

"Ama bunu yapmana imkân yok. Kocan izin vermediği takdirde hiçbir yere gidemezsin."

"Var. Bir yolu var elbet. Kaçacağım."

"Sen aklını kaçırmış olmalısın. Bunu yapamazsın!"

"Kaçma işine karışmanı istemiyorum. Senden istediğim tek şey beni zaman zaman evine davet etmen. Ben de bu süre içinde İsviçre elçiliğine gidebilirim."

"Buradan kaçman için sana yardım mı ediyorlar?" diye sordu Ellen.

"Hayır, onlar sadece haberleşmeyi sağlıyor. Beni bulmak isteyenler onların vasıtasıyla ulaşıyor bana."

Ellen, "Ben elçiliğe gidemem" dedi. "Kocam buraya geldiğimiz ilk gün oraya gitmemi hatta yakınlarından bile geçmemi yasakladı. Bunca zamandır buradayım; ama orayı görmedim bile.

"Senin gitmene gerek yok. Belki Mudî sürekli olarak görüşmemize izin vermez; ama seni beğeniyor ve sana gelmemi yasaklayacakmış gibi durmuyor. Senden istediğim tek şey bana dışarıya çıkacak küçük bahaneler yaratman. Bu süre içinde yokluğumu belli etmemen gerek."

Ellen yapmış olduğum teklifi uzun bir süre düşündü, sonra onaylarcasına kafasını salladı. Ardından ne zaman gerçekleştireceğimizi bilmediğimiz planları kurmaya başladık.

Mehtap çocuklarla gayet güzel oynadığı için kalkacağımızı duyduğunda gitmek istemedi, huysuzluk yapmaya başladı. Çocuklar Mehtap'ın üzülmesini engellemek için ona birkaç kitap verdiler. Ellen de evindeki İncil'i okumam için günün birinde bana vereceğini söyledi.

Mudî çelişkili bir döneme girmişti yine. Hiç sebep yokken sertleşiyor, ardından yumuşayarak tatlılıkla beni elde etmeye çalışıyordu.

"Yarın yemeğimizi dışarıda yiyelim" dedi 13 Şubat'ta. "Yarın sevgililer günü."

"Çıkalım tabii ki."

Mudî beni çalışanlarının İngilizce konuştuğu söylenen Hayan otelinin restoranına götüreceğini söyledi. Mehtap ve ben büyük bir heyecan içinde olduğumuzdan hemen hazırlanmaya başladık. Kırmızı ipekli takımımı giymeyi istedim. Kırmızı ipekli takımım sevgililer gününe uygun bir kıyafetti; ama İran'da olay çıkartabilirdi. Tabii ki üzerime mantomla rusarimi alacaktım. Restoranın içinde mantomu çıkartmama izin vereceklerini umdum. Özenle saçlarımı taradım ve gözlüklerimi çıkartarak lenslerimi taktım. Mehtap pembe çiçekli elbisesini ve altına beyaz deri ayakkabılarını giydi.

Üçümüz birlikte turuncu taksiye binerek birçok kişinin hâlâ Pehlevi Caddesi olarak bildiği yere ulaştık. Mudî parayı öderken biraz oyalandı. Trafik her iki yönde oldukça yoğun olduğundan kaldırıma çıkmak istedim; ama kaldırımın önündeki su birikintisi atlanamayacak kadar büyüktü. Mehtap'ı elinden tuttum ve mazgalın bulunduğu yere doğru ilerledim. Mazgala ulaşmamızla birlikte Mehtap'ın bacağına tırmanan kedi büyüklüğündeki fareyi görür görmez kendimi ve kızımı geriye doğru attım. Kızım olup bitenin farkına varmamıştı. Fare kaçıp gitti. Mudî arkamdan, "Ne yapıyorsun sen?" diye bağırdı.

"Mehtap neredeyse arabanın altında kalıyordu. Onu kurtardım" dedim. Kızımın yanında kedi büyüklüğündeki fareden bahsedip onu korkutmak istemiyordum.

Otele giden yokuştan çıkarken Mudî'ye kısık sesle fareden söz etmiş olsam da umursamadı. Tahran'da fareden daha bol bir şey yoktu.

Akşamın tadını kaçırmak istemediğimden sakinleştim. Yapılan reklamlara rağmen otelde İngilizce konuşan yoktu. Yemek boyunca da mantomu ya da rusarimi üzerimden çıkartmadım. Ama Allah'ın hışmını göze alarak birkaç düğmemi çözmekle kalmadım; aynı zamanda kızarmış patatesleri ve karidesleri afiyetle mideme indirdim.

Mudî inanılmaz cömertti. Yemekten sonra kahve getirtti. Bu lokantada bir fincan kahve dört dolara geliyordu. Kahveler küçük 'espresso' fincanlarında gelmişti; ama tadı daha çok sert bir 'nescafe'ye benziyordu. Kahveyi beğendiğime inandırmak için Mudî'ye dil dökmek zorunda kaldım.

Mudî'nin sevecen bir kocadan bir şeytana dönüşebileceğini bildiğimden huzursuzdum. Duyarlı davranması beni tedirgin ediyordu.

Trish ve Suzanne'ın peşine takılıp gitmeli miydik diye sormadan edemiyordum kendime. Gitseydik olacakları tahmin bile edemiyordum. Bu kadınların boylarından büyük işlere kalkıştığından emindim. Aslında söz konusu tehlike olduğunda kendimi değil, sadece ve sadece kızımı düşünüyordum.

Mehtap'ın babasıyla birlikte yaşaması büyük bir tehlikeydi.

Korkunç bir patlama sesi yataktan fırlamamıza neden oldu. Pencerenin yanından alev alev yanan gökyüzü görülebiliyordu. Bir patlama sesi daha geldi, seslerin ardı arkası kesilmedi.

Ev yerinden sarsıldığında, "Bomba atıyorlar!" diyerek çığlık attım. "Bomba atıyorlar!"

Tepemizden geçen bombardıman uçaklarının motorlarından saçılan sarı-beyaz alevler odanın içini aydınlatıyordu. Gökyüzünü inleten sesler Mehtap'ın korku içinde ağlamasına neden oldu. Mudî Mehtap'ı alıp aramıza yatırdı. Üçümüz kendimizi kaderimize bırakmışçasına birbirimize sokulduk.

Mudî Farsça dualar okumaya başladığında sesinden paniklemiş olduğunu anladım. Aslında bizi korumak için bize sarılmış olmasına rağmen bedeni öylesine titriyordu ki korkumuz azalacağına daha da arttı. Mehtap ile birlikte öleceğimizi düşünerek İngilizce dualar okumaya başladık. Daha önce böylesine bir korku yaşamamış olduğumdan kalbim yerinden fırlayacakmışçasına atıyordu. Patlama sesi kulakları sağır edecek kadar şiddetliydi.

Düşman uçakları birbiri ardına yaklaşarak birer dakikalık aralıklar hâlinde bombalarını atıyordu. Uçaklardan çıkan motor sesleri aşağıdaki insanlara nefretlerini kusuyor gibiydi. Yeni bir uçağın yaklaşmakta olduğunu duyar duymaz tepemize inecek bombanın yaratmış olduğu korkudan dolayı nefeslerimizi tutuyorduk. Patlayan her bomba evin içini aydınlatıyordu. Bombanın neden olduğu sesler evi çatırdatıyor, âdeta temelinden sarsıyordu. Titreyen pencereler çığlık atmamıza neden oluyordu. Bombaların ve uçaksavarların açtığı ateş ve yanan binalardan çıkan alevler odayı aydınlattıkça Mudî'nin duyduğu korkuyu görmemek mümkün değildi.

Bizi kollarının arasında sıktıkça ona karşı duyduğum nefret daha da derinleşiyordu. Annemin, "Rüyamda bomba patladı ve Mehtap bacağını kaybetti" dediği mektup geldi aklıma.

Tanrı'ya Mehtap'ı ve beni koruması için yalvarmaktan başka bir çarem yoktu.

Kısa bir sürenin ardından bombardıman uçakları uzaklaştı ve Mudî bizi sıkı sıkıya sardığı kollarını gevşetti. Ama ben tehlikenin tam anlamıyla geçip geçmediğinden emin değildim. Saatlerce devam ettiğini sandığımız bombardıman aslında on beş dakika sürmüştü.

Duyduğum korkunun yerini öfke aldığında, "Bize yaşattıklarından memnun musun?" diye sordum Mudî'ye bağırarak. "Bize bu hayatı mı layık görüyorsun?"

Mudî her zamanki gibi üste çıkarak, "Hayır" diye haykırdı. "Bunu yapan ben değilim. Benim halkım senin ülkenden dolayı acı çekiyor. Senin ölümüne kendi ülken neden olacak."

Mamal'ın kapıdan kafasını uzatmasıyla kavgamız sona erdi. "Korkma dayıcan" dedi Mamal. "Yalnızca uçaksavar ateşiydi."

"Ama bombardıman uçaklarının sesini duyduk" dedim.

"Yanılmış olmalısın" dedi Mamal. Savaş haftasında olduğu gibi bunun da bir tatbikat olduğuna inanmamızı istiyor olması inanılmazdı.

Koridordaki telefon çaldı. Mamal telefona cevap vermek için giderken biz de yatak odasından çıktık ve arkasından gittik. Böylesine bir olaydan sonra uyumamız beklenemezdi. Elektrikler kesilmişti ve evin içini aydınlatan tek ışık yıkıntıların arasından yükselen alevlerdi.

Telefon eden Emine Bozorg'du. Mamal ve Mudî ayrı ayrı konuşarak herkesin iyi olduğuna dair güvence verdi. Nesrin mumları yaktıktan sonra çay demledi ve gerilen sinirleri gevşetmek istercesine, "Korkulacak bir şey yok" dedi. "Bizi vurmayacaklar." Söylediklerine büyük bir inançla inanıyordu.

Allah'a olan inancı derindi. Kaderciydi ve kaderinde İran'da bombalı bir saldırıda ölmek varsa Allah'ın izniyle şehit sayılacağından sorgusuz sualsiz cennete gideceğini biliyordu.

Mamal bir kez daha, "Bomba atılmadı" dedi.

"O korkunç gürültü neydi o zaman?" diye sordum. "Her yer sallandı."

Mamal verecek bir cevap bulamadığından omuzlarını silkmeyle yetindi.

Sabaha karşı şehir bir yandan yaralarını sarmaya çalışırken diğer yandan intikam almak istiyordu. Tam anlamıyla isyan hâkimdi. Bunun bir Irak saldırısı olduğundan en ufak bir kuşku olmasa da radyolar her zamanki tekerlemeleri sürdürüyordu. Onlara göre Iraklılar Amerikalılar tarafından destekleniyor, Iraklı uçuş pilotları

Amerika'da eğitim görüyor ve saldırı Amerika'nın gözetimi altında yapılıyordu. Sokaktaki adam bile saldırıyı başlatan kılavuz uçağın Reagan tarafından kullanıldığını düşünüyordu.

Tehlikenin farkında olan Mudî koruyucu rolüne soyunmak istedi. O gün okula gitmeyerek evde kaldık. Aslında okulun çevresi de kentin en fazla zarar gören bölgelerinden biriydi. Çevrede yaşayan birçok kişi hayatını kaybetmişti.

Aynı günün geç bir saatinde Ellen ve Hürmüz hasar gören yerleri görmek için bizi arabayla gezdirdiler. Kocaman binaların çoğu yerle bir olmuş ya da hasar görmüştü. Yangın çıkmış yerlerden dumanlar yükselmeye devam ediyordu.

Savaşın kötü bir şey olduğuna hemfikirdik; ama savaşın nedenlerine gelince fikir ayrılığına düşüyorduk. Ben savaşı bağnaz ve çılgın yönetimin doğal bir sonucu olarak görürken Hürmüz ve Mudî savaşın Amerikalılar yüzünden olduğunu iddia ederek Amerika'ya lanet okuyorlardı. Ellen çaresiz kocasının yanında olmak zorundaydı.

Hürmüz Amerikanlıların ikiyüzlülüğü hakkında konuşmaya bayıldığından Mudî'yi de o tarz bir konuşmanın içine çekmek istedi. Onun fikrine göre Amerika körfezdeki güç dengesini koruyabilmek için hem İran'a hem de Irak'a destek sağlıyordu. Amerika bir yandan Irak'ın bombardıman uçaklarına malzeme sağlarken diğer yandan da İran'ın savunma sistemi olan uçaksavarlara yatırım yapıyormuş. Ancak İran'a uygulanan ambargodan dolayı malzemeler el altından sağlanıyormuş.

"İran varını yoğunu bu savaş için harcıyor" dedi Hürmüz. "Ambargo nedeniyle gereken silahlar üçüncü bir ülkeden alındığından neredeyse üç katı ödeniyor.

Saldırının bununla sınırlı kalması için hep birlikte dua ettik. Mudî'nin aktardığı radyo haberlerine göre kutsal Şii ordusu vakit kaybetmeden intikamını alabilmek için Amerikan kuklalarına saldırmaya hazırlanıyormuş.

Kesin bir şey bilinmemesine rağmen kulaktan kulağa fısıldanan haberlere göre saldırıda yüzlerce kişi hayatını kaybetmişti. Resmî rapora göre ise ölenlerin sayısı sadece altı idi. İnsanlarla alay edercesine bu saldırıda Allah'ın İranlıların yanında olduğu da eklenmişti. Sözüm ona bombalardan biri Allah tarafından Humeyni'nin güçlerine karşı birleşen Şah'ın askerleri olan *münafık*ların harekât merkezine düşmüş! Yapılan araştırmalar doğrultusunda bodrumda bir silah deposu ve yasadışı alkol çetesi ele geçirilmiş. Yayımlanan resmî görüşe göre Allah İran'ın kazanmasını istemiş ve lanet olası münafıkların kökünü kazıyarak İranlıları ödüllendirmek istemiş.

Şehirde tam bir savaş havası vardı. Elektrik santralleri zarar görmüştü ve halktan elektriği idareli olarak kullanması istenmişti. Hem kısıtlama hem de tedbir amaçlı olarak geceleri karartma yapılacağı açıklandı. Sokak lambaları yanmıyordu ve evlerde yanacak ışık dışarıya sızmayacak kadar cılız olmak zorundaydı. Mudî bir cep feneri taşımaya başladı.

Konuşma ve tartışmanın ardından geçen günleri korku ve gerilim dolu geceler takip etti. Hava saldırıları birkaç hafta boyunca önceleri haftada iki üç gecede bir, ardından da her gece tekrarlanmaya başladı. Hava kararmaya başladığında Mehtap'ın karnı ağrımaya başladığından ikimiz birlikte banyoya kapanıp dua ediyorduk. Geceleri yatakta yatmak yerine sağlam kalmış yemek masasının altında yatıyorduk. Kırık camlardan korunmak için battaniyeleri kenarlara kapatıyorduk. Çektiğimiz uykusuzluk bizi bitkin hâle düşürmüştü. Hava saldırıları sırasında duyulan korku tarif edilmezdi.

Bir gün okul çıkışında Şeriati sokağında kızımla birlikte taksiden indikten sonra ekmek almak için fırına gittik. Ekşimsi bir mayadan yapılan *barbari* adındaki yassı pideden istedim. Bu ekmek lavaştan çok daha güzel bir ekmekti. Özellikle sıcak olduğunda tadına doyum olmuyordu.

Nannide kuyruğa girdikten sonra fırıncıların çalışmalarını izlemeye başladım. Adamlardan biri hamuru tartıyor, yuvarlıyor, sonra da kabarması için kenara bırakıyordu. Bir başkası hamur kıvama geldiğinde hamuru yoğurarak şekil veriyor, ardından da parmaklarıyla üzerinde delikler açıyordu. Hamurun bazı yerler kabarık kalıyordu.

Başka bir işçi hamuru iki buçuk metre uzunluğundaki küreğe yerleştirip fırının içine attı.

Sıra öyle uzundu ki bize sıra geldiğinde hamur bittiği için işçilerden biri hamur tutmaya başladı. Kocaman teknenin içine hortumla su dolduran adam bu işlemin uzun süreceğini bildiğinden tuvalete gitti. Tuvalete girerken de çıkarken de dışarıya sızan tuvalet kokusu dayanılmazdı. Ellerini yıkadığını da sanmıyordum. Zaten görünürde elleri yıkayacak bir yer de yoktu.

Adamın hamuru tutacağı teknenin içine dolan suda ellerini yıkaması inanılır gibi değildi.

Gördüğüm manzara karşısında iğrenmeye zaman kalmadan hava saldırısını haber veren sirenler duyulmaya başlandı. Kısa bir sürenin ardından da yaklaşan uçakların sesi duyuldu. Aklımı başıma toplamaya çalıştım. Mudî'ye kendi başımızın çaresine bakabileceğimi ispat etmek istediğimden bir yere sığınmak ya da eve doğru koşmak arasında karar veremedim. Başımın çaresine bakabileceğimden şüphe duyması ihtimali karşısında bir daha yalnız başına dışarıya çıkamazdım.

"Koş Mehtap" dedim. "Eve gidiyoruz, çabuk."

"Çok korkuyorum, anneciğim" dedi Mehtap.

Kızımı vakit kaybetmeden kucağıma aldığım gibi yüreğimin derinliklerinde Şeraiti sokağından çıkıp yan sokaklardan birine dalmamı söyleyen sesi dinledim. Bacaklarımın gücü yettiği kadarıyla kaldırımda koşarak eve varmaya çalıştım. Koşarken üzerimde uçan bombardıman uçaklarının ve uçaksavarların açtığı ateşi görüyor ve duyuyorduk. Hedeflere vuran bombalar ölüm saçıyordu. İnsanların çığlıkları bombaların sesleriyle karışmıştı.

Uçaksavar ateşinden saçılan parçalar başımızdan aşağı yayıyordu. Bu parçalar insanları öldürebilecek kadar büyüktü. Mehtap yüzünü omzuma gömmüştü, var gücümle koşmaya devam ediyordum. Kızımın parmakları kollarıma yapışmıştı.

"Korkuyorum anneciğim, çok korkuyorum!" diye hıçkırıklarla ağladı.

"Tamam yavrum, az sonra geçecek" dedim durmaksızın. "Dua et Mehtap, dua et!"

Sonunda evimize ulaştığımızda Mudî endişe içinde bizi bekliyordu. Sokak kapısının önünden bizi içeriye çeker çekmez kapıyı hemen kapattı. Alt katta sırtımızı duvara yaslamış hâlde saldırı sona erinceye kadar öylece bekledik.

Bir gün Mehtap ile Emir'i parka götürdüm. Emir'i bebek arabasına bindirmiştim. Parka gidebilmek için voleybol alanından geçmek gerekiyordu. Voleybol alanında yirmi kadar genç oyun oynuyordu. Kısa bir süre sonra Mehtap salıncakta sallanırken voleybol alanından gelen sesler duyulmaya başladı. Seslerin geldiği tarafa baktığımda dört beş Nissan marka kamyonetin parkın kapısına yanaşmış olduğunu gördüm. Gelenlerin pasdar olduğunu düşündüm. Parkta bulunan kişileri araştıracaklarını sandığımdan üzerimdeki mantomu ve rusarimi düzeltmeye çalıştım. Ama mantom ilikliydi ve rusarim de yerli yerindeydi. Yine de pasdara ters düşmek istemediğimden eve dönmeye karar verdim. Yanıma gelmesi için Mehtap'a seslendim.

Emir'in bebek arabasını sürerek parkın çıkış kapısına doğru ilerlerken pasdarın bugünkü hedefinin delikanlılar olduğunu fark ettim. Üzerlerine silah doğrultulmuş delikanlılar kamyonetlere bindirildi. Çocuklar itiraz etmeksizin onlara söylenenleri yapıyordu. Oracıkta oturup delikanlıların kamyonete bindirilişini izledim.

Onlara bundan sonra olacakları merak ediyordum. Genç çocuklara yapılanlar beni ürkütmüş olduğundan hemen eve dönmek istedim.

Kapıyı Esey açtığında olup bitenleri Rıza'ya anlattım.

"Bir arada olduklarındandır" dedi Rıza yorum yaparcasına. "İzin almadan grup hâlinde dolaşmak yasaktır."

"Topladıkları çocuklara ne yapacaklar?" diye sordum.

Rıza omuzlarını silkti ve umursamayan bir ses tonuyla, "Bilemem" dedi.

Mudî çocuklar hakkında anlattığım hikâyenin üzerinde durmadı ama yine de, "Pasdar gelip topladığına göre mutlaka kanunlara aykırı bir şey yapmış olmalılar" dedi.

Şahit olduğum olayı ertesi gün Azar öğretmene anlattığımda bana, "Toplu hâlde yakaladıkları çocukları apar topar yakalayıp savaşmaları için cepheye gönderirler" dedi. Sesi oldukça üzgündü. "Okullara da geliyorlar. Zaman zaman kamyonetlerini okulun kapısına dayayıp topladıkları çocukları cepheye gönderiyorlar. Aileleri çocuklarının yüzünü bir daha göremiyor."

Savaştan inanılmaz nefret ediyordum! Savaş anlamsızdı! Topluca öldürmeye ya da ölmeye bu denli hazır bir ülkeyi anlamak mümkün değildi. Amerikan kültürüyle geri kalmış bir topluluğun kültürü arasındaki en büyük fark buydu. Mamal ve Nesrin için insan hayatının, kendilerininki de dâhil olmak üzere, hiçbir değeri yoktu. Ölüm onlar için doğal bir olaydı ve karmaşık bir olaymış gibi algılayanları anlamıyorlardı. Yapılacak tek şey Allah'a sığınmaktı ve kaderde ölmek ya da bir felaket varsa buna engel olmak mümkün değildi. İranlıların yağan bombaları cesurca karşılamaları benimsemiş oldukları kaderci felsefenin dışavurumuydu ve bu felsefe eninde sonunda terörist şehitler çıkartabiliyordu.

Böylesine bir şeye bir cuma gününün öğleden sonrasında Emine Bozorg'un evinde şahitlik ettim. Her zamanki gibi cuma namazı için toplanmıştık. Televizyonda beni ilgilendirmeyen dinî bir program vardı. Birdenbire Mamal ve Mudî yüksek sesle konuşmaya başladı ve Emine Bozorg dövünmeye başladı.

"Cuma namazını bombalıyorlar!" dedi Mudî.

Açık havada dua etmek için bir araya gelmiş insanların panik içinde sağa sola koşuşturması canlı yayınlanıyordu. Kameralar gökyüzündeki Irak uçaklarını gösterdi. Patlamalar sonucunda insanlar ya ölüyor ya da yaralanıyordu.

"Hacı Baba da orada" dedi Mudî. Hacı Baba cuma namazlarını asla kaçırmazdı.

Tahran'ın merkezinde dehşet dolu anlar yaşanıyordu. Haber

programlarının bir dediği diğerini tutmuyordu. Kesin olan tek şey Irak'ın maddi ve manevi anlamda bir zafer kazanmış olmasıydı.

Aile endişe içinde Hacı Baba'nın dönmesini beklemeye koyuldu. Saat iki derken iki buçuk olmuştu; ama Hacı Baba henüz dönmemişti. Bu kadar geç kalması normal değildi.

Emine Bozorg vakit kaybetmeden yas tutmaya başlayarak saçını başını yoldu. Üzerindeki çiçekli çadoru çıkarttı ve beyaz çadorunu üzerine aldıktan sonra yere diz çöktü ve ağlarken bir yandan da yüksek sesle Kuran okumaya başladı.

Mudî ablası için, "Aklını yitirmek üzere" dedi. "Beklememiz gerek. Ölüm haberini alıncaya kadar beklememiz gerek.

Ev halkı sırasıyla dışarıya çıkıp aile reisinin gelip gelmediğine bakıyorken bekleyişin yarattığı gerilim doruk noktasına ulaşmıştı. Emine Bozorg'un yaktığı ağıtlar kulakları çınlatıyordu. Emine Bozorg'un şehit karısı havasına bürünmesi ne kadar da kolay olmuştu.

Fereşte koşarak, "Geliyor!" diye bağırarak müjdeyi verdiğinde saat beş olmuştu. "Az önce sokağa saptı."

Herkes kapının eşiğinde toplandı ve Hacı Baba'nın etrafını sardı. Hacı Baba ise gözlerini yerden kaldırmadan yavaş adımlarla eve girdi. Bu kutsal insanın eve girmesi için kalabalık kenarlara çekildi. Kıyafetlerinin üzerinde kan ve insan eti parçaları vardı. Amerikan usulü yıkanmak için banyoya girmesi herkesi şaşırttı.

İlerleyen saatlerde onunla konuşan Mudî, "Hayatta kaldığından dolayı çok üzgün. Erkek kardeşi gibi o da şehit olmak istiyormuş!"

Mudî ailedeki diğer erkekler gibi körü körüne ölme arzusuna sahip değildi. Aslında gerçeği söylemek gerekirse ölmekten korkuyordu.

Tahran, savaş gerçeğini kabullendiğinden, sivil savunma tarafından alınan birtakım kararları açıkladı. Saldırı sırasında herkes evlerinin alt katında üstü kapalı bir yer bulup sığınmak zorundaydı. Biz yine de yatak odamıza döndük; ama siren sesini duyar duymaz girişe inip merdiven sahanlığında tehlike geçinceye kadar bekliyorduk.

Mudî, Mamal ve Rıza'nın önünde bile duyduğu korkuyu gizleyemiyor; hatta yaşlı bir adam gibi titreyip ağlıyordu. Tehlike geçer geçmez de korkaklığını gizlemek istercesine Amerikalılara verip veriştiriyordu. Ne yazık ki saldırılar üst üste başarılı olduğundan Mudî'nin sözleri havada kalıyordu.

Arada bir göz göze geldiğimizde kısa bir an için duygularımızı anlar gibi oluyorduk. Mudî başımıza açmış olduğu şeylerden dolayı pişmandı; ama bu işin içinde nasıl çıkacağını bilmiyordu.

ON BİRİNCİ BÖLÜM

Yılda bir kez İran'da herkes hamama gider.

Hamama gitmenin nedeni acemlerin yılbaşısı olan ve iki hafta süren nevruzdur. Kadınlar nevruz öncesi evlerini köşe bucak temizler. Ailedeki herkese yeni ayakkabı alındığından ayakkabıcılar nevruzun gelmesini büyük bir özlemle beklerler. Nevruz döneminde iki hafta çalışılmaz ve karşılıklı ziyaretler yapılıp, bol bol yemek yenilip çay davetleri düzenlenir. Yaş sırasına göre bütün aile üyeleri evlerini akraba ziyaretlerine açar.

Nevruz, ilkbaharın başlangıcı olan 21 Mart'ta kutlanıyordu. O akşam Rıza, Mamal ve aileleriyle birlikte *haft sin* denilen ve '7 S' anlamına gelen bir sofraya oturduk. Sofranın üzeri s harfiyle başlayan yedi farklı yemekle donatılmıştı. Aslında dikkati çeken şey bir aynanın üzerinde duran çok sayıdaki yumurtalardı. Acem efsanesine göre dünya bir boğanın boynuzlarının üzerinde duruyordu ve boğa, her yıl boynuzlarında taşıdığı yükünü bir boynuzundan diğerine aktarıyordu. Yeni yıla girildiği aynanın üzerinde duran yumurtaların sallanmalarından anlaşılıyormuş.

Bizim 31 Aralık'ta yeni yıl için geri sayım yaptığımız gibi İranlılar da geri sayım yaparken yumurtalara bakıyordu.

Birdenbire odanın içi kapkaranlık oldu ve düşman uçaklarının geldiğini haber veren siren sesleri duyulmaya başlandı. Hepimiz korku içinde yerlerimizden fırlayıp evin girişindeki sofaya geçtik. Bu nevruz gününde yumurtaların sallandığına dair en ufak bir kuşkum yoktu.

Düşman acımasız hava saldırılarına devam etse de İranlılar için günlük hayat devam ediyordu. Irak hava güçlerinin meydan okumasına karşın İranlılar bayramlarının tadını çıkartıyordu. Ziyaret zinciri bir sonraki gün başlayacaktı ve biz de ziyaretlerimize ailenin en büyüğüne giderek başlayacaktık. Rıza, Esey, Meryem, Mehdi, Mamal, Nesrin, Emir, Mudî, Mehtap ve ben hep birlikte Mamal'ın arabasına doluştuk ve bu büyük günü kutlamak için Emine Bozorg'un evine doğru yola çıktık. Benim kutlayacak bir şeyim yoktu.

Emine Bozorg'un evine varır varmaz karga burunlu ablası koşarak yanımıza geldi ve Mudî'nin boynuna sarıldı ve onu öpücüklere boğdu. Mudî ile işi biter bitmez Mehtap'a sarıldı. Kızıma karşı sevgi doluydu. Benim yanağıma da üstünkörü bir öpücük kondurdu; ama ben dudaklarının yanağıma temasını engellemek için rusarimi zamanında çekmeyi başarmıştım.

Emine Bozorg bu önemli gün için herkese birer hediye hazırlamıştı. Mudî'ye pahalı bir yazı masası ile sürgülü ayna kapakları olan bir kütüphane verdi. Mehtap, Mekke'den getirilmiş has ipekten bir elbisenin sahibi oldu. Emine Bozorg telaş içinde oradan oraya koşarken herkesin hediyesini veriyordu. Pahalı armağanlar herkesi sevindirdi. Beni atlamış olması Mudî dâhil kimsenin dikkatini çekmedi.

Bir zamanlar tutuklu bulunduğum bu evde geçirdiğim o gün inanılmaz berbattı. Benimle İngilizce konuşma zahmetine giren olmadı. Mehtap, Emine Bozorg ile baş başa kalma korkusuyla yanıma iyice sokulmuştu.

Can sıkıcı ziyaretler günlerden beri sürüyordu. Ziyarete gideceğimiz bir sabah açık kahverengi yünlü takım elbisemi giydim. Takımın ceketi oldukça uzun olduğundan palto görünümündeydi. Takımımın altına kalın çoraplarımı giyip başıma rusarimi bağladığım sırada, "Sence bu takımın üzerine mantomu giymeme gerek var mı?" diye sordum.

"Gerekmez" dedi Mudî. "Bunun manto olmadığını anlamak için yakından bakmak gerek."

Macit'in arabasına bindik ve birkaç zorunlu akraba ziyareti yaptık. Öğleden sonra Macit'in işi olduğundan Hakim Ağa'ya gitmek için bir taksiye bindik.

Hakim Ağa'lardan ayrıldığımızda hava iyice kararmıştı ve biz taksi bulmak için ana caddeye kadar yürüdükten sonra taksi için beklemeye başladık. Trafik yoğundu ve boş bir taksi de geçmiyordu.

Birden beyaz bir Nissan kamyonet önümüzde acı bir fren yaptı. Aynı anda arkasındaki Pakon da durdu. Nissan'ın içinden çıkan sakallı dört kişiden biri Mudî'yi kolundan yakaladı, diğerleri de silahlarını Mudî'nin üzerine doğrulttu. Daha neye uğradığımızı anlamaya fırsat kalmadan kara çarşaflı pasdar görevlileri üzerime geldi ve hep bir ağızdan bağırmaya başladılar. Bizi sorgulamalarının nedeni üzerimdeki takım elbisemdi. Mantomu giymeliydim.

Pasdarlar Mudî'yi arabaya doğru itekleyerek götürmeye çalıştıkça Mudî karşı koymaya çalışarak Farsça bir şeyler söylüyordu.

İçimden bu pisliği hapse atın diye bağırıyordum. *Tıkın onu deliğe.*

Mudî erkek pasdarlarla uzun uzun tartışırken kadınlar da bana bağırıp duruyordu. Derken geldikleri kadar hızlı arabalarına atlayıp gözden kayboldular.

"Onlara ne dedin?" diye sordum

"Burada yaşamadığını, misafirliğe gelmiş olduğunu ve bundan dolayı da kuralları bilmediğini söyledim" dedi.

"Bu şekilde çıkıp çıkamayacağımı sormuştum sana" dedim.

Mudî hatasını kabullenmişçesine, "Bilemedim. Bir daha mantosuz ya da çadorsuz sokağa çıktığını görmeyeceğim" dedi. Kendini toparladıktan sonra, "Artık kuralları biliyorsun. Bir daha durdurulmamaya dikkat etsen iyi olur" dedi tıslayarak.

Hafta sonuna doğru misafir ağırlama sırası Mamal ve Nesrin'e gelmişti. Nesrin ile birlikte evi temizlemeye giriştik. Mudî ve Mamal pazara çıkarak taze meyve ve kuruyemiş almaya gittiler.

Bol bol çay demledik. Gün boyunca ağırlanacak konuk sayısı yüz civarındaydı.

Ezan okunurken Hürmüz ve Ellen de bizimle birlikteydi. Gün boyunca üç kez okunan ezan insanları namaza davet ediyordu. Nerede olunursa olunsun ya da ne yapılırsa yapılsın ezanın kaçırılmaması gerekiyordu. Aslında namaz, ezanı takip eden birkaç saat içinde de kılınabiliyordu; ama ezanla birlikte kılanlar Allah'ın nezdinde daha makbul sayılıyordu.

"Bana bir çador bulun!" diyerek Ellen yerinden fırladı. Emine Bozorg ve diğer müminler onu takip etti. Kısa bir sürenin ardından sesler duyulmaya başlandı.

Namaz biter bitmez Emine Bozorg, "Maşallah" diyerek Mudî'ye Ellen'i ne kadar beğenmiş olduğunu anlattı. "Allah bağışlasın. Ne güzel dua ediyor. Allah bunu karşılıksız bırakmaz."

Aynı günün içinde Nesrin'in doktor arkadaşlarından biri olan Dr. Maraşi Mudî'ye, "Sen neden çalışmıyorsun?" diye sordu.

"Çalışma iznim bir türü çıkmıyor" dedi Mudî.

"İzin verirseniz yöneticilerle bir de ben konuşayım. Bizim hastanede anestezi doktoruna ihtiyacımız var."

"Bunu benim için gerçekten yapar mısınız?" diye sordu Mudî. Sesi oldukça iyimserdi.

"Hastanenin başhekimi benim arkadaşım" dedi Dr. Maraşi. "Onunla konuşup elimden gelen her şeyi yapacağım."

Mudî kendi ülkesinde dostluğun açmadığı kapı olmadığını bildiğinden oldukça mutlu görünüyordu. Büyük bir olasılıkla bu işin sonu iyi olacaktı. Mudî yapı itibariyle tembeldi; ama aynı zamanda iyi bir hekimdi. Mudî İran'daki doktorların iyi para kazandığının ve iyi bir mevki sahibi olduğunun bilincindeydi.

Bu gelişmenin işime yarayabileceğini düşündüm. Aslında eskisi kadar boyunduruk altında değildim; ama istediğim özgürlüğe henüz kavuşmamıştım. Mudî beni sürekli olarak göz hapsinde tutamayacağını yavaş yavaş anlamaya başlamıştı. Hayatı yeterince sorunluydu ve kendi yaşantısını rahatlatmak için zaman zaman beni serbest bırakmak zorundaydı.

Mudî'nin işe başlaması bana hareket imkânı tanıyacaktı. Üstelik kendisine olan saygısını da tekrar kazanacaktı.

Nevruzun ikinci haftasında Hazar Denizi sahilindeki tatile sıra gelmişti. Tahran'ın kuzeyinde yer alan Hazar Denizi İran-Rus sınırının bir bölümünü içine alıyordu. Esey'in erkek kardeşlerinden biri İslami Rehberlik Bakanlığı'nda çalıştığından Şah'ın mallarının denetimi ile görevlendirilmişti. Hazar Denizi kıyısındaki Şah'ın görkemli sarayından söz ettikten sonra aileye tatillerini orada geçirebileceklerini söyledi. Şah'ın terk etmiş olduğu villalarından birinde kalınacaktı.

İran'a yeni gelmiş olsaydım bu öneri hoşuma gidebilirdi. Şah'ın villasında kalmak hoş olabilirdi. Ama Ayetullah yönetiminin görkemli masallarına inanmamam gerektiğini öğrenmiştim artık.

Şah'ın villasında geçirilecek bir tatil için yirmi altı kişinin bir arabaya doluşması bu tatilin ne kadar hoş olacağının göstergesiydi. Beni heyecanlandıran tek şey yol boyunca izleyeceğim manzaraydı. İran'ın büyük bir ülke olduğunu biliyordum; ama yarın öbür gün kızımla kaçmaya kalkıştığımda karşılaşacağım şeyleri görmek istiyordum. Bu nedenle gözlerimi dört açtım ve çevremi iyice tanımaya çalıştım.

Ancak yol boyunca gördüklerim cesaretimi kırdı. Etraf inanılmaz güzeldi; ama bu güzellik dehşet verici dağlarla çevriliydi. Amerika'nın Batı yakasındaki *Rockies*'den de yüksek ve sarp görünen bu dağlarla karşılaştırıldığında Tahran kapana kısılmış gibi duruyordu. Tıkış tıkış olmuş arabanın içinde bana düşen daracık yeri korumaya çalışırken bir yandan da dağların gittikçe dikleştiğini görebiliyordum. İçimi umutsuzluk kapladı.

Tatil sırasında bir fırsat çıktığı takdirde belki de kaçabilirdim. Gemiye binip gizlice Hazar Denizi'ne açılıp Rusya'ya varabilirdik. Rusya'ya?

Nereye gideceğim umurumda bile değildi. Buradan kurtulmamı sağlayacak her yer mübahtı.

İçimden geçenleri birleştirerek tüyler ürpertici bir sonuca vardım. Gittikçe daha kötümser ve karamsar oluyordum. Mudî de zamanının çoğunda sinirliydi. Belki de içimden geçenlere tepki veriyordu. Nedeni ne olursa olsun sırtımdan soğuk terler boşanıyordu. Mudî ile aramızdaki gerilim arttıkça benden kuşkulanmaması için gösterdiğim çaba da tehlikeye giriyordu.

Kısa bir zaman inde karşıma iyi bir fırsat çıkmadığı takdirde korkunç şeylerin yaşanacağından korkuyordum.

Şah'ın villasına vardığımızda daha önceden tahmin ettiğim gibi Batı kültürünü anımsatacak her şeyin yerle bir edilmiş olduğunu gördüm. Bir zamanlar oldukça görkemli olan bu ev şimdilerde içi boşaltılmış bir kılıf gibi duruyordu. Akşam yemeğinden sonra yirmi altı kişi aynı odanın içinde yan yana uzandık ve uyumaya çalıştık. Erkeklerle aynı odadaydık ve yanımda Hakim Ağa yattığından gece boyunca üzerimdeki manto ve rusarimle rahat edeceğim bir pozisyon aramak zorunda kaldım.

Açık pencerelerden esen ilkbahar rüzgârı üşütmeye başlamıştı. İranlı akrabalarımız mışıl mışıl uyurken kızımla ben soğuktan titreyerek bir o yana, bir bu yana döndük durduk.

Sabah olduğunda etrafta kullanmak için su bulunmaması beni şaşırttı. Tatilimizin ilk gününde su kısıtlaması nedeniyle sebze ve meyveleri bir kovanın içinde buz gibi olmuş suyla yıkamak zorunda kaldık. Biz sebzeleri ve meyveleri yıkarken erkeklerden bazıları evin içinde dolanıyor, bazıları da uyumayı tercih ediyordu. Avluda oturmuş bizi seyredenler de vardı.

Öğlene doğru erkeklerden bazıları at binmeye gitti. Kadınların at binmeye hakkı olmadığından biz de yürüyüşe çıktık ve bir zamanlar güzel olan; ama şimdilerde çöp ve pislik birikintisine dönüşmüş kıyıda gezindik.

Tatilimizin ilk haftasını tatsız konuşmalar ve karşılıklı iğnelemelerle geçirdik. Mehtap ile birlikte bize yapılan her türlü saldırıya göğüs germek zorundaydık. Artık buna alışmıştım.

İlkbaharın gelişi iyimserliği ve karamsarlığı beraberinde getirdi.

Yakında dağlardaki karlar eriyeceğine göre Raşit ve arkadaşları bizi Türkiye'ye götürecek mi diye düşünmeye başladım. Mevsimlerin değişmesi tutukluluk süremin bitişinin altını çizerken yumuşayan hava harekete geçme zamanının geldiğini hatırlatıyordu. İran'da hapis tutulalı yedi ay olmuştu.

Tahran'a dönüp Mudî hastanedeki işin olduğunu söylediğinde sevinçten ne yapacağımı bilemedim. Sevincim beni bir çocuk gibi etrafta zıplatırken Mudî, Mehtap ile bana gülümsüyor; şakalaşıyor ve sevecen davranıyordu. Bir zamanlar beni ona âşık eden şey bu sevecenlik olmuştu.

"Gerçi evrak işi henüz yoluna girmemiş" dedi. Ardından, "Ama hastane idaresi evrak işlerinin üzerinde durmayacakmış. Anesteziste çok ihtiyaçları varmış. Evraklar tamamlanıncaya kadar çalışma saatlerim hesaplanarak ödeme yapılacakmış."

Akşama doğru Mudî'nin sevinci sönmüş, düşüncelere dalmıştı. Aslında kafasının içinden geçen şeyleri biliyordum. İşte olduğu saatler boyunca beni izleme olanağına sahip olmayacaktı. Ona herhangi bir şey sormadım ve onu düşünceleriyle baş başa bıraktım. Aklından geçenleri öyle ya da böyle tahmin etmek zor değildi. Aslında hastanede günün tamamında bulunmasına gerek yoktu, üstelik her gün gitmek zorunda da değildi. Ben de gittiği günlerde bir şeyler yapmaya karar verdim. Nesrin benim giriş çıkış saatlerimi bildirmekle görevlendirildiğinden okuldan çıkar çıkmaz eve dönmek zorundaydım. Nesrin'in üniversiteye gidebilmesi için Emir'e bakmak zorundaydım. Sadece perşembe günleri Kuran kursuna gittiğimde Emir'e başka biri bakıyordu.

Mudî'nin kafasının içinden geçenleri duymak zor değildi. Bana güvenip güvenmeyeceğini bilmiyordum; ama güvenmekten başka bir çaresi yoktu. Güvenmediği takdirde ona sunulmuş işi unutması gerekiyordu.

"Perşembe günü Kuran kursundan sonra derhâl eve geleceksin" dedi. "Gelip gelmediğini kontrol edeceğim."

"Gelirim" dedim söz verircesine.

"Öyleyse sorun yok" dedi Mudî. İşe başlayabileceğini düşünerek yüzü gülmeye başladı.

Özgürlüğümü sadece gerektiğinde kullanmaya karar verdim. Kendimi tehlikeye atmaya değecek zamanlarda kullanacaktım. Mudî inadını bırakmıyordu, bundan dolayı neredeyse akrabalarının tümüne bana göz kulak olmaları için görevler verdi. Kontrol etme işini zaman zaman kendisi de yapıyordu. Çalışmadığı günlerde ya da erken çıktığında kızımı ve beni almak için okula geliyordu. Mudî'nin geleceği zamanları bilmediğimden şimdilik giriş çıkış saatlerine uymak zorundaydım. Bir yere gitmem gerektiğinde önceden izin alıyordum.

Bir gün her zaman selamlaştığımız; ama bugüne kadar tanışma imkânı bulamadığımız bir öğretmen, müdire hanımın odasına girdi ve yanıma oturdu. Selamlaştık.

Öğretmen etrafına bakındı ve kimsenin bizi dinlemediğinden emin olduktan sonra, "Konuştuklarımızı Azar öğretmene söylemeyin" dedi.

Onaylarcasına kafamı salladım.

"Kocamla sizin durumunuzu konuştuk" dedi anlaşılması güç yarım yamalak İngilizcesiyle. "Size yardım etmek istiyoruz." Öğretmen önce kucağına baktı, ardından çadorunun altından elini çıkarttı ve etrafına bir kez daha baktıktan sonra elimi alelacele tuttuktan sonra bıraktı. Avucumun içine küçük bir not bırakmıştı. Küçük kâğıt parçasının üzerinde bir telefon numarası yazılıydı.

Fısıldayarak, "Arayınız lütfen" dedi. "Bayanı..."

Mehtap ile eve dönerken içimi kemiren merak Hamit'in dükkânına uğramama neden oldu. Numarayı çevirdikten sonra karşıma İngilizce konuşan bir kadın çıktı. Adının Alev olduğunu söyledi. Aramam onu mutlu etmişti. Alev Hanım, öğretmen hanımın kocasının yanında çalışıyordu ve annesiyle birlikte durumuma çok üzülmüşlerdi.

"İngiltere'de okumuş olduğum ve iyi İngilizce konuştuğum için size yardım edip edemeyeceğimi sordu bana" dedi. "Ben de elimden geleni yapacağımı söyledim."

İran'da yaşayan herkesin Amerikan düşmanı olmadığını bir kez daha görüyordum. Alev Hanım özgürlüğünü yitirme pahasına bana yaklaşmayı ve yardım etmeyi göze almıştı.

"Buluşabilir miyiz?" diye sordu Alev Hanım.

"Bir fırsat buluncaya kadar beklemek zorundayım."

"İstediğiniz bir gün öğlen tatilinde sizinle buluşabiliriz" dedi. "Beni arayın, bulunduğunuz yere arabamla gelirim."

"Tamam" dedim.

Alev Hanım'ın oturduğu yer Mehtap'ın okuluna, Mamal'ın iş yerine ve Kuran kursuna oldukça uzaktaydı. İkimiz için de uygun zamanda ya da uygun bir mekânda buluşmak kolay olmayacaktı. Bu işe kalkışmasının nedenini merak ediyor olsam da bu konuda samimi olduğunu hissedebiliyordum.

Günler hatta haftalar geçti; ama güvenli bir buluşma imkânı henüz yakalayamamıştım. Mudî işe başladığından beri beni eskiye nazaran daha çok denetliyordu. Mudî'den daha beter olan Nesrin görevini hakkıyla yerine getiriyordu. Eve girer girmez Nesrin'in yaptığı ilk şey saate bakmak oluyordu.

Ama on dört milyon insanın yaşadığı bir kentte birini kontrol etmek öyle ya da böyle elbet bir gün aksayacaktı. Günün birinde eve döndüğümüzde Nesrin'in bizi sabırsız bir hâlde beklediğini gördük. Üniversiteden telefon edip onu özel bir toplantı için çağırmış olduklarından Emir'i bana bırakması gerekiyordu. Nesrin apar topar evden çıktı. Mudî hastanedeydi. Rıza ve Esey akrabalarını ziyarete gitmişti.

Vakit kaybetmeden Alev Hanım'a telefon açtım ve hemen buluşmamız gerektiğini söyledim.

"Hemen geliyorum" dedi.

Alev Hanım'a birkaç sokak ötesindeki parkın yerini tarif ettim.

Onu ne şekilde tanıyabileceğim sordum.

"Mantom, pantolonum ve eşarbım siyah. Annem kısa bir süre önce öldü. Yas tutuyorum" dedi.

"Çok üzüldüm."

"Sağ olun" dedi.

Mudî'ye çocukların huysuzluk yaptığını ve onları parka götürdüğümü belirten bir not yazdım. Hastanede bulunduğu saatler belirsizdi. Sabah yapılacak ameliyatlar için erkenden evden çıkıyordu; ama çıkış saatlerinde herhangi bir düzen yoktu. Gecenin bir yarısına kadar gelmeme ihtimali de vardı, bir iki dakika sonra da gelebilirdi.

Mehtap da Emir de parka gitmekten çok hoşlanıyordu. Emir henüz bebek olduğundan olup biten hiçbir şeyi anlamıyordu. Mudî'nin izin almadan çocukları parka götürdüğümden dolayı vereceği tepkiyi merak ediyordum. Bu yüzden Mudî gelmeden eve dönmeyi umuyordum.

Çocuklar salıncaklarda sallanırken siyahlar giymiş bir kadının bana doğru geldiğini gördüm. Giydikleri kıyafetlerden dolayı İranlı bir kadının yaşını tahmin etmek kolay değildi. Ama Alev Hanım elli yaşında gibi duruyordu. Belki biraz daha genç olabilirdi. Bankta yanıma oturdu.

"Burada olduğuma dair kocama bir not bıraktım" dedim aceleyle. "Belli olmaz her an gelebilir."

"Tamam" dedi Alev Hanım. "Buraya gelirse çocuklarım varmış gibi davranırım." Karşı bankta oturan kadınla göz göze geldiğinde ona Farsça bir şeyler söyledi.

"Kocanız buraya gelirse sizinle değil de karşıdaki kadınla ve çocuklarıyla birlikte gelmiş gibi davranacağımı söyledim o da kabul etti."

Yabancı kadın herhangi bir sorgulama yapmadan kabul etmişti. Uzun bir süreden beri İranlıların entrikalardan hoşlandığını gözlemliyordum. Sadece Şah'ın zamanında değil, Ayetullah Humeyni'nin zamanında da insanlar saman altından su yürütmeye alışmıştı. Hükümete karşı olsun, aileler arası ilişkilerde olsun sürekli olarak komplo düzenlemeye devam ettiklerinden Alev Hanım'ın ricası İranlı kadını şaşırtmamıştı. Kadının gününe renk katma ihtimali bile vardı.

"Anlatınız" dedi Alev Hanım. "İran'a neden geldiniz?"

Ayrıntılara girmeden başıma gelenleri anlattım.

"Rahatsızlığınızı anlıyorum" dedi. "Ben de İngiltere'de okurken bir yabancı gibiydim. Bana bir yabancı gibi davrandılar, oysa ben dışlanmak istemiyordum. İngiltere'de kalmak istiyordum; bunu gerçekleştirmek için birilerinin bana yardım etmesi gerekiyordu. Ama yardım edecek birilerini bulamayınca İran'a geri dönmek zorunda kaldım. Annem de ben de bu durumdan dolayı çok üzüldük. O günden sonra ülkemizde bulunan yabancılara yardım etmeye karar verdik. Size yardım etmek istiyorum."

Biraz durakladıktan sonra, "Annemi iki hafta önce kaybettim. Size telefonda bahsetmiştim. Ama ölmeden önce sizden çok bahsettik. 'Sen yabancıyken sana kimse yardım etmedi' dedi annem. Ama sen onun için elinden geleni yap. Bana yemin ettirdi. Size gerçekten yardım etmek istiyorum." Konuşmasını bitirir bitirmez gözlerinden akan yaşları sildi.

"Peki, nasıl?" diye sordum. "Bana nasıl yardım edeceksiniz?"

"Erkek kardeşim Pakistan sınırındaki Zahidan'da yaşıyor. Ben ona..."

Kadın konuşmasını tamamlayamadan Mehtap koşarak, "Anne, anne, anne!" diye bağırarak yanıma geldi. "Babam burada!"

Alev Hanım kısık bir sesle, Telaşlanmayın, kuşkulanmaması gerek" dedi. "Mehtap sen de salıncağına geri dön."

Oturmuş olduğum banktan kalktım ve Mudi'ye doğru yürüdüm. Aramızda demir parmaklıklar vardı.

Homurdanarak, "Ne yapıyorsun burada?" diye sordu.

"Hava çok güzel" dedim. "İlkbahar geliyor. Çocuklar sıkıldı, ben de onları parka getirdim.

"Yanında oturan kadın kim?"

"Bilmiyorum. Onun da çocukları parkta oynuyor."

"Onunla konuşuyordun. İngilizce biliyor mu?"

Konuştuklarımızı duyamayacak kadar uzakta olduğunu bilerek, "İngilizce bilmiyor. Ben onunla Farsçamı ilerletmek için Farsça konuşuyorum" diyerek yalan söyledim.

Mudî kuşku içinde gözleriyle parkı inceledi; ama annelerle çocuklarından başka kimse yoktu. Ona yazmış olduğum yerde beni bulmuş olduğundan kontrol tamamlanmıştı. Başka bir şey söylemeksizin arkasını döndü ve eve doğru yöneldi.

Yavaş ve sakin adımlarla parka doğru ilerledim. Kafamı döndürüp Mudî'nin beni takip edip etmediğini görmek için can atıyordum; ama rolümü düzgün oynamak zorundaydım. Birkaç dakika içinde banka geri dönmüş olsam da Alev Hanım yanıma gelmek için biraz daha bekledi.

"Endişelenmeyin, gitti" dedi Alev Hanım.

Başını sallayarak karşıdaki kadına teşekkür etti. Kadın da başını eğerek karşılık verdi. Konunun ne olduğunu bilmiyordu; ama yine de içtenlikle yardımda bulunmuştu. Bu kadınların başlarına daha neler gelecekti diye merak etsem de hemen kendi konuma döndüm. "Erkek kardeşinizden bahsediyordunuz" diye başladım konuya girmek istercesine. Zamanım gittikçe daralıyordu.

"Pakistan sınırındaki Zahidan'da yaşıyor. Onunla irtibata girip size sınırı geçmek için yardımcı olup olamayacağını soracağım."

"Bunu gerçekten yapabilir mi?"

"İşi bu" dedi Alev Hanım. "İnsanlara sınırı geçmeleri için yardım ediyor."

Birden rahatladım. Parçaları birleştirdiğimde bunların tesadüf olmadığını anladım. Okuldaki öğretmenle kocası Alev Hanım'ın ihtiyaç duyduğum şeyi yapabilecek güce sahip olduğunu biliyor olmalılardı.

Alev Hanım'ın erkek kardeşinden de haberleri olmalıydı. İran'da zorla tutulan tek ben değildim ya! Bu ülke baskıcı bir yönetime sahipti ve bundan dolayı burada yaşamaya tahammül edemeyen milyonlarca insan vardı. Bu sebepten dolayıdır ki insanları buradan kaçıracak çetelerin var olmasına şaşırmamak gerekiyordu. Sonunda bu işi profesyonelce yapacak kişilerle yollarım kesişmişti.

"Bu bana kaça mal olacak?" diye sordum.

"Siz parayı dert etmeyin. Anneme vermiş olduğum sözden dolayı parayı ben ödeyeceğim. Günün birinde bana geri öderseniz memnun olurum. Ödemediğiniz takdirde de canınız sağ olsun."

"Ne zaman yola çıkabiliriz?" diye sordum.

"Çok yakında" dedi. "Zahidan'a uçakla gidebilmeniz için evraklarınızı hazırlamam gerek." Planını bana anlatırken bir noktanın üzerinde önemle durdu. Her şey ayarlandığında öyle bir bahane bulmalıydık ki Mudî birkaç saat boyunca yokluğumuzu fark etmemeliydi. Mudî kuşkulanıp polise haber vermeden önce uçağa binip Alev Hanım'ın erkek kardeşiyle buluşmamız gerekiyordu.

En uygun gün perşembeydi. Mudî hastanede olacaktı. Mehtap'la sabah okulda öğleden sonra da Kuran kursunda olacaktık. Mudî yokluğumuzu fark edinceye kadar uçağa atladığımız gibi Zahidan'a varabilirdik.

Alev Hanım'ın kaçış planı Trish ve Suzanne'nin planından çok daha akla yatkındı. Helen ve Bay Vincop da Mudî'den kaçarken Tahran'da kalıp polisten saklanmamızın zor olacağını bana söylemişti. Alev Hanım da saklanmanın mantıklı olmadığını söyledi. Kaçak bir kadın ve kızı ilk olarak havaalanı yetkililerine bildirilirdi. Önemli olan şey yokluğumuz resmî kayıtlara geçmeden önce Tahran'ı terk edip Zahidan'a gitmekti.

"Gitmemize ne kadar var?" diye sordum sabırsızlık içinde.

"İki hafta sonra" dedi. "Kardeşimle görüşeceğim. Fırsat bulduğunuzda pazar günü beni arayın. Ayrıntıları konuşmak için burada buluşuruz."

Sevincimi gizlemek kolay değildi; ama hiçbir şey olmamış gibi davranmak çok önemliydi. Mehtap oynaması gereken rolü anlayacak kadar büyümüştü; ama her şey tam anlamıyla belli olmadan onun sırtına böylesine bir yükü atmak istemiyordum. Ona kaçacağımızın müjdesini günü geldiğinde verecektim. Onu şimdiden heyecanlandırmanın gereği yoktu.

Parktan döndüğümüzde Mudî düşüncelere dalmış olduğundan tek bir kelime dahi konuşmadı. Kendi düşüncelerimle baş başa kaldığımda kafamın içi akşam yemeği için mutfakta kaynayan fasulyeden daha hareketliydi.

Helen ile Bay Vincop'un kaçışım hakkında söyledikleri aklıma geldiğinde düşüncelerimden sıyrılıp kendimi toparlamaya çalıştım. Elçiliktekiler Türkiye'ye kaçmam konusunda endişeliydi, Alev Hanım'ın kardeşi de beni Pakistan'a kaçıracaktı. Ama bu insanlar yine de kaçakçıydı ve bana tecavüz edip paramı aldıktan sonra beni pasdarlara teslim edebilirlerdi. Elçiliktekilerin bu korkunç hikâyeleri insanların kaçmalarını engellemek için uydurup uydurmadıklarını merak ettim. Yoksa gerçeğin ta kendisi bu muydu?

Alev Hanım'a güvenmiş olsam da erkek kardeşini tanımıyordum. Erkek kardeşini tanımadığım gibi beni kaçırmak için hayatlarını tehlikeye atan kişileri de tanımıyordum. Vakit kaybetmeden Helen ile görüşüp Alev Hanım hakkında ona danışmak zorundaydım.

Ertesi sabah Mehtap'ı okula götürdüğümde Helen'e telefon etmek için Hamit'in dükkânına uğradım. Üstü kapalı olanları anlattım. Helen telefonda dikkatli olmak zorunda olduğundan, "Gelin görüşelim" dedi. "Bugün gelirseniz iyi olur. Üstelik ailenizden gelen mektuplar var. Pasaportlarınız da hazır. Bugün gelmeye çalışın, lütfen."

"Gelmeye çalışırım" dedim.

Ama Mudî bu kadar kuşkuluyken böylesine tehlikeli bir işe kalkışmak delilik olurdu. Üstelik Mudî'nin boş günüydü ve her an için okula gelme ihtimali vardı.

Hamit'in telefonunu bir kez daha kullanarak Ellen'i arayıp İsviçre elçiliğine gidebilmek için daha önceden konuştuğumuz planı uygulamamız gerektiğini söyledim.

Aynı gün Ellen Mudî'yi arayarak beni ve Mehtap'ı alışverişe götürmek için izin istedi. Bizi okuldan alacaktı ve evinde yemek yedikten sonra baharlık bir şeyler almak için çarşıda dolaşacaktık. Mudî ses çıkarmadan teklifi kabul etti.

Ellen planının ikinci bölümünde benimle konuşmak için müdire hanımın odasını aradı; ama müdire hanım telefonu bana vermediğinden bir kez daha Mudî'yi aradı ve okul yönetiminin telefonu bana vermesi için okula telefon açmasını istedi. Sonunda Ellen ile konuşabildik.

"Her şey yolunda" dedi; ama Ellen'in ses titriyordu. "Sizi almak için okula geleceğim."

"Harika" dedim. "Hiçbir sorun yok değil mi?" diye sordum emin olmak istercesine.

Kısa keserek, "Yok" dedi.

Aradan on beş dakika geçmişti ki Ellen beni bir kez daha aradı.

"Mudî'ye haber verdim. Bu iş bugün olmayacak. Bir sorun var" dedi.

"Ne oldu?"

"Fikrimi değiştirdim. Seninle bu konuda konuşmamız gerek."

Ellen'e kızmıştım. Aslında elçiliğe gitmek istiyordum; ama Ellen'in vereceği güvence olmadan buna imkân yoktu. Çıkan sorun neydi diye merak ederken bir yandan da elçiliğe gitmenin yollarını arıyordum.

Ertesi gün Mudî çalışmadığından ve bizimle okula geldiğinden elim kolum bağlı kaldı. Yol boyunca homurdanıp durdu. Eve yalnız başına dönmememiz hususunda tembih üzerine tembih yağdırdı. Bizi almaya gelecekti. Ama çıkış saatinde ortalarda görünmediğinden kızımla birlikte uzun zaman beklemek zorunda kaldık. Birbirimize bakıp durduk; ama ne yapacağımızı bilmiyorduk. Beni deneyip denemediğini merak ettim.

Bekleyeli bir saat olmuş olmasına rağmen ortalarda yoktu.

"En iyisi eve dönmek" dedim kızıma.

Durumumuz inanılmaz karışıktı ve ben daha da kötüleşmesini istemiyordum. Vakit kaybetmeden turuncu taksilerden birini durdurduk ve Şeriati sokağına sapar sapmaz eve koştuk.

Ama eve vardığımızda Mudî yere kapanmış ağlıyordu.

"Ne oldu?" diye sordum.

"Nilüfer" dedi Mudî. "Balkondan düşmüş. Çabuk olun! Oraya gidiyoruz!"

ON İKİNCİ BÖLÜM

Hacı Baba ve Emine Bozorg'un ikinci oğullar Murtaza ve karısı Nesteren'ın on dokuz aylık kızları Nilüfer balkondan düşmüştü. Nilüfer Mehtap'ın doğum gününde istemeden pastanın yeri boylamasına neden olan çocuktu. Etrafa sürekli gülücükler dağıtan, insana sokulan bir çocuktu.

Olanları duyduğumda onun için çok üzüldüm. Ama kafamın içinde soru işaretleri de belirmedi değil. Mudî'nin bana tuzak kurup kurmadığını düşündüm bir an için. Beni başka bir yere götürmek için bunları uydurmuş olabilir miydi?

Kafamın içini kemiren şüphelere rağmen onunla gitmekten başka bir çarem yoktu. Mehtap Mudî ve ben Şeriati sokağına vardıktan sonra taksiye bindik. Ellen'in beni ele vermiş olma ihtimaline karşın gözümü dört açmak zorundaydım. Elçilikten aramış olabilirler miydi diye düşünmeden de edemedim. Belki de kimseye haber vermeden bizi saklı tutacağı bir yere götürüyordu.

İki kez araba değiştirdikten sonra İsviçre elçiliğine yakın bir yere geldik. Mehtap'ın buraları tanıdığını belli etmemesi için dua etmeye başladım. Sonunda elçiliğin karşısındaki bir hastanenin önünde durduk.

Mudî bizi içeriye sokar sokmaz Nilüfer'in yattığı odayı öğrenmek için görevlinin yanına gitti. Mudî Farsça konuşuyordu; ama anladığım kadarıyla ortada bir sorun vardı ve Mudî tıbbi otoritesini kullanarak bürokratik engeli ortadan kaldırmaya çalışıyordu. Danışmadaki memurla yapılan koyu bir tartışmanın ardından bana doğru bakarak, "Sizi buraya almıyorlar. İkiniz de çadorlu değilsiniz" dedi.

Mudî telaşlı bir hâldeydi ve Nilüfer'i görebilmesi için bizi dışarıda bırakmak zorundaydı. Elçilik binası da sokağın karşısındaydı. Mudî'nin tuzak kurmamış olduğunu anlamıştım. Nilüfer gerçekten yaralanmıştı ve ailesinin duyduğu üzüntü içimi burktuğundan bir an için kendi sorunlarımı unuttum ve küçük kızın durumunu düşünmeye başladım. Kızı ziyaret etmek bir zorunluluktu ve Mudî'nin burayı tanıdığıma dair en ufak bir bilgisi yoktu.

"Burada bekleyin" dedi emredercesine. Ardından Nilüfer'in durumunu öğrenmek için odaya koştu.

Elçiliğin karşısında olup oraya gidememek çok acıydı. Ama Helen'in yanında geçirilecek zaman Mudî'nin öfkesine değmezdi. Mudî birkaç dakika içinde geri döndü.

"Burada kimse yok" dedi. Murtaza çocuğu başka bir hastaneye götürmüş. Nesteren eve dönmüş. Oraya gidiyoruz."

Murtaza'nın evi hastaneye yakındı ve oraya giderken elçiliğin önünden geçmek zorunda kaldık. Binaya bakmamak için kendimi zorladım. Mehtap'ın bakmaması için ona işaret ettim. Mudî'nin burayı tanıdığımızı öğrenmesini istemiyordum.

Murtaza ve Nesteren'in evi elçiliğin arka sokağındaydı. Geçmiş olsun ziyaretine gelen kadınların arasında Mudî'nin yeğeni Fereşte de vardı. Çay servisi yapıyordu. Nesteren yerinde duramadığından arada bir balkona çıkıp kızından haber getirecek kocasını bekliyordu.

Küçük Nilüfer üçüncü kattan kaldırımın üzerine düşmüştü. Aslında düşmesi normaldi; çünkü balkonda korkuluk yerine ince metal bir çubuk duruyordu. Tahran'da bu tarz balkonlardan dolayı yaşanan kazalar bir hayli çoktu.

İki saat geçti; ama anneyi avutmak mümkün değildi. Mehtap sessizce yanıma sokulmuştu. İkimizin aklından da o neşeli, gülen gözlere sahip çocuk geçiyordu. Sessizce onun iyileşmesi için dua ettik.

İçten duygularla yaklaştığımı bilen Nesteren'i avutmaya çalıştım. Yüreğinin derinliklerinde çocuğu için ağlayan bir anneydi.

Nesteren kocasının gelip gelmediğini görmek için balkona çıktığında kızımla birlikte ona eşlik ettik. Murtaza'nın iki erkek kardeşiyle birlikte eve doğru yaklaştığını gördük. Zor bulunan kâğıt mendillerden kutular dolusu almışlardı.

Nesteren korkunç gerçeği anlamış olduğundan içler acısı çığlıklar atmaya başladı. Erkeklerin getirmiş olduğu mendiller gözyaşlarını silmek içindi. Nesteren gelenleri karşılamak için kapıya doğru koştu.

"*Mordeh*!" diye bağırdı Murtaza gözyaşları içinde. Küçük Nilüfer ölmüştü. Nesteren bayılarak kapının eşiğine yığıldı.

Eve toplanmış akrabaların tümü hep bir ağızdan ağıtlar yakmaya, dövünmeye ve göğüslerini yumruklamaya başladı.

Mudî, ben ve Mehtap onlarla birlikte ağladık.

Aslında Nesteren ve Murtaza'nın duydukları derin acıyı içtenlikle paylaşırken bir yandan da bunun kendi planımı ne şekilde etkileyeceğini düşünüyordum. Bugün günlerden salıydı ve pazar günü Alev Hanım ile parkta buluşmam gerekiyordu. Ama randevuya gidip gidemeyeceğimi bilmiyordum. En azından bir yolunu bulup ona telefon etmeliydim. Aslında elçilikteki Helen'i de arasam iyi olacaktı. Bu arada Ellen'e ne olduğunu da inanılmaz merak ediyordum.

Ertesi sabah siyahlara bürünmüş bir hâlde diğer akrabalarla birlikte mezarlığa gitmek için hazırlandık. Bir önceki gece buzların içine yatırılmış küçük Nilüfer'e gusül abdesti aldırılırken diğer akrabalar da dua ediyordu. Bu işlemden sonra küçük Nilüfer kefene sarılarak toprağa verilmek üzere mezarlığa götürülecekti.

Mamal'ın evinde yataklarımızı hazırlarken Mudî'ye, "Evde kalıp çocuklara baksam daha iyi olmaz mı? Böylece herkes mezarlığa rahat rahat gider" dedim.

"Olmaz" dedi Mudî. "Bizimle geleceksin."

"Mehtap'ın bunlara şahit olmasını istemiyorum. Hem evde kalıp çocuklara bakmakla daha yararlı olurum."

"Olmaz."

Nesteren ile Murtaza'nın evine vardığımda evde kalıp çocuklara bakma önerisini bir kez daha sunduğumda herkes yapmış olduğum teklifi yerinde buldu. Mudî benimle uğraşamayacak kadar acılı olduğundan bu kez itiraz etmedi.

Mudî'den izin almadan evden çıkmaya cesaretim yoktu; ama herkes gittikten sonra Helen'i aradım.

"Hemen gelin, lütfen" dedi Helen. "Sizinle acilen konuşmam gerek."

"Gelemem" dedim. "Şu anda karşı sokağınızdaki bir evde bulunuyorum; ama gelemem."

Aslında büyükler cenazeden döndükten sonra çocukları parka çıkartabilirdim. Helen ile saat üçte evin yakınlarındaki parkta buluşmayı kararlaştırdık.

Alev Hanım'a ulaşamamak beni hayal kırıklığına uğrattı; ama Ellen'e iş yerinden ulaşabildim. Bana söylediği şey tüylerimin ürpermesine neden oldu.

"Mudî'ye her şeyi anlatacağım" dedi. "Kaçmak üzere olduğunu söyleyeceğim ona."

"Bunu yapamazsın!" dedim. "Bir Amerikalı olduğun için seninle sırrımı paylaştım. Sırrımı kimseye söylemeyeceğine dair bana söz verdiğini unuttun mu?"

"Hürmüz her şeyi biliyor. Ona anlattım" dedi Ellen aksi bir ses tonuyla. "Bana çok kızdı ve elçiliğe gidemeyeceğimi üstelik bunu Mudî'ye anlatmanın da İslami bir görev olduğunu söyledi. Bunu yapmadığım takdirde Mehtap ile senin başına bir şey geldiğinde sizleri öldürmüş kadar günaha girecekmişim. Bu yüzden Mudî ile konuşmam gerek."

Bulunduğum yerde öylece donup kaldım. Mudî bunu öğrendiği takdirde beni öldürürdü! Üstüme kilit vurup Mehtap'ı benden uzaklaştırırdı. Binbir zorlukla elde ettiğim özgürlük avuçlarımın arasından kayıp gidecekti. Kaçacağımı öğrendikten sonra bana bir daha güven duymasına imkân yoktu.

"Lütfen anlatma!" diye yalvardım. "Lütfen ona anlatma."

Ellen'e yalvardım, elimden geldiğince onu ikna etmeye çalıştım; ama bir türlü yumuşamadı. İslami görevini yerine getirmesi gerektiğini tekrar edip durdu. Mudî'ye durumu anlatmasının sebebi beni ve Mehtap'ı sevdiğindenmiş.

Umutsuzluk içinde, "Ona ben anlatayım" dedim. "Bir fırsatını bulduğumda ona anlatmaya çalışırım."

"Peki" dedi. Ellen. "Sana biraz zaman tanıyacağım. Ama anlatmazsan o zaman ben anlatırım."

Telefonu kapatırken İslamın ilmeği boynuma geçirilmişçesine nefes alamıyordum. Bundan sonra ne yapacaktım ben? Daha ne kadar bekleyebilirdim ki? Ellen'i daha ne kadar oyalayabilirdim ki? Mudî'ye anlattığım takdirde göstereceği tepkiyi tahmin bile edemiyordum. Beni döveceğinden kuşkum yoktu; ama öfkesi bununla geçer miydi bilemiyordum. Öfkesi geçmezse ne olacaktı?

Kendi kendime çenemi tutamadığımdan dolayı kızmaya başladım. Sırrımı paylaşacak kadar aptal olmamam gerekiyordu. Ama İran'da bir İranlıdan değil de kendi ülkemden olan biri tarafından darbe alacağımı asla tahmin edemezdim.

İçimi kemiren öfke inanılmaz bir enerjiye dönerek temizliğe başlamama neden oldu. Önce mutfağı temizlemeye başladım. İran'daki mutfaklarda yerde biriken pisliği yıkamak için gider delikleri açılmıştı. Kollarımı sıvadım ve kovalar dolusu su dökerek mutfağın zeminini temizlemeye çalıştım. İranlı kadınların görmezden geldiği dolap içlerini iyice ovdum. Dolabın içinden kocaman ölmüş karafatmalar çıktı. Midem bulanarak mutfağın içini pırıl pırıl yaptım. Bu arada salonda toplanmış on beş çocuğun çıkarttığı dayanılmaz gürültü umurumda bile değildi.

Mutfaktaki yiyeceklere göz attıktan sonra akşam yemeği için bir şeyler pişirmeye karar verdim. Yemek yemek İran'daki insanlar için vazgeçilmez bir şeydi. Mezarlık dönüşü önlerine koyacağım yemek hoşlarına gidecekti. Buzlukta donmuş et olduğunu gördüğümde Mudî'nin çok sevdiği taskebabını pişirmeye karar verdim. Üç beş soğanı tencerenin içine doğradıktan sonra küçük küçük doğradığım eti üzerine ekledim ve her iki karışımı kavurduktan sonra baharatla tatlandırdım. Kavurma işlemi bittikten sonra üzerine havuç ve domates yerleştirdim. Evin içini nefis kokuların sarması uzun sürmedi.

Kalbimin çarpıntısını kontrol altına alamadığımdan kendimi ev işlerine vererek düşünmemeye çalışıyordum. En azından küçük Nilüfer'in acı ölümü bana birkaç gün kazandıracaktı. Yas dönemi boyunca Ellen ve Hürmüz Mudî ile bir araya gelmeyecekti. Tek şansım Ellen'in işgüzarlık yapmadan Alev Hanım'ın bir mucize yaratmasıydı.

Oyalanacak bir şeyler bulmak zorundaydım.

Lübnan usulü fava yapmaya başladığım sırada cenazeye gidenler döndü. Fereşte baklayla soğanı kavurduğumu gördüğünde, "Biz favayı bu şekilde yapmayız" dedi.

"Bildiğim gibi yapmama izin ver" dedim.

"Sen bilirsin. Ama bu şekilde yapılmış favayı kimse yemez."

Fereşte yanıldı; çünkü kalabalık önlerine gelen her şeyi silip süpürdü. Yemeklerime yapılan övgüler beni sevindirdi, kuşkusuz Mudî de benimle gurur duyuyordu; ama kafası başka bir yerde olduğundan bir şey söylemedi. Önümüzdeki haftayı büyükler dua ederek geçireceğinden ben de evde kalıp çocuklara bakmak ve bir yandan da yemekleri yapmak için gönüllü oldum. Bu görevin bana verilmesine herkes hemfikir oldu. Yemekten sonra çocukları parka götürmeyi teklif ettiğimde kimse karşı çıkmadı; ama çocuklarla oynamaktan hoşlanan Macit de bizimle gelmek isteyince Helen ile buluşamadım. Parka gelen Helen uzaktan başını salladı; ama yanıma gelecek cesareti bulamadı.

O hafta büyüklerden biri sürekli evde kaldığından telefon açma imkânı bulamadım. Cuma günü Mudî gelip yas döneminin bitmiş olduğunu söylediğinde çok sevindim; çünkü cumartesi günü Mehtap tekrar okula başlayacak ben de pazar günü Alev Hanım ile buluşacaktım.

Nilüferin acısı azaldıkça kendi sorunlarına dalan Mudî burnundan soluyarak neye çatacağını bilmiyordu. Düşünceli bakışlar dengesinin altüst olduğunun bir göstergesiydi ve ben bu bakışları daha önce de görmüş olduğumdan inanılmaz korkuyordum. Zaman zaman Ellen ile konuşmuş olduğunu düşünerek duyduğum paniğe engel olamıyordum. Mudî'nin bu hâlinin kendi kaygılarından olduğunu düşündüğüm anlarda az da olsun huzur bulabiliyordum.

Cumartesi günü bizi bir an için bile olsun gözünün önünden ayırmak istemediğinden bizimle birlikte okula geldi. Aksiliği üzerindeydi. Sokağa çıktığımızda küçücük bir olay kavga çıkartmasına yeterli oluyordu. Kabaca iterek bizi taksiye bindirdi. Mehtap korku dolu gözleriyle bana baktı. Yakında bir olayın patlak vereceğini hisseder gibi oldum.

Okulun önüne geldiğimizde, "Mehtap'ı artık yalnız başına bırakmanın zamanı geldi. Kendi başına kalmayı öğrenmek zorunda. Onu sınıfına bıraktıktan sonra benimle eve döneceksin."

Mehtap babasının söylediklerini duyar duymaz çığlığı basarak paltomun eteğine yapıştı. Kızı henüz beş yaşındaydı ve babasını kızdırmanın mı yoksa annesinden ayrılmanın mı daha tehlikeli olduğunu bilemezdi.

"Güçlü bir kız olmak zorundasın, Mehtap" dedim. Onu sakinleştirmek isterken kendi sesimin titrediğini fark ettim. "Haydi, birlikte sınıfa gidelim. Ağlayacak bir şey yok. Zaten öğlen olduğunda da seni almaya geleceğim."

Yavaşça elimi elinden çektim; ama sınıfın kapsına vardığımızda babasının tehdit dolu bakışlarından uzaklaşmış olduğundan gözleri doldu ve ardından hıçkırıklara boğuldu. Okulun ilk günündeki dehşete bir kez daha kapılmıştı.

Ne kadar ciddi olduğumu göstermek istercesine sesimi yükselterek, "Mehtap" dedim. "Babanın ne kadar öfkeli olduğunu gördün."

Avazı çıktığı kadar ağlayan kızım söylediğim şeyleri duymadı bile. Bir eliyle beni sımsıkı tutarken diğer eliyle de öğretmenini itti.

"Mehtap" diye bağırdım bir kez daha. "Lütfen!"

Birdenbire sınıftaki kızlar çığlığı basarak başlarındaki örtülerini düzeltmeye çalıştı. Bir erkek kutsal sınıflarına ayak basmıştı. Kafamı kaldırdığımda yumruğunu kafamıza indirecek kadar öfkelenmiş Mudî'yi gördüm. Gözlerinde binlerce şeytanın öfkesi parıldıyordu.

ON ÜÇÜNCÜ BÖLÜM

Mudî Mehtap'a tekme atmakla kalmadı; aynı zamanda da esaslı bir tokat attı.

"Yapma" diye yalvardım. "Onu dövme!"

Mehtap çığlık çığlığa ağlarken ne yapacağımı şaşırdığım bir sırada elimden kaçtı ve bir kez daha mantomun eteğine yapıştı. Kızımla Mudî'nin arasına girmeye çalıştım; ama Mudî bizden çok daha güçlüydü. Kendini kaybetmişçesine rastgele vuruyordu. İnen her bir darbe kızımın çığlığıyla son buluyordu.

Ne yapacağımı bilemediğim bir anda kızımı Mudî'nin elinden kurtarmak istercesine kolundan çektim; ama Mudî Mehtap'ı yakaladığı gibi duvara yapıştırdı. Etrafımızı sarmış öğretmenler herhangi bir şey yapmadı. Mehtap ile işi biten Mudî bana yönelerek beni dövmeye başladığında İngilizce, "Geberteceğim seni" diye bağırdı. Öfkesini alamayan Mudî öfkeli bakışlarını öğretmenlere yönelterek, "Geberteceğim onu" dedi.

Kolumdan çekerek beni sürüklemeye başladı. Yemiş olduğum darbelerden dolayı ona karşı gelecek hâlim kalmamıştı. Duyduğum acıya rağmen şiddetini kızımın yerine bana yöneltmiş olduğuna seviniyordum. Kızıma dokunmadığı sürece başıma gelecek hiçbir şey umurumda değildi. Benimle uğraştığı sürece kızım güvendeydi.

Mehtap öğretmeninin elinden kurtulup beni korumak istercesine bana doğru koştu; ama ben, "Üzülme, Mehtap" dedim. "Geri geleceğim. Sen sınıfına gir."

Şahin Hanım araya girdi ve Mehtap'ı kollarının arasına aldı. Diğer öğretmenler bize yol vermek için kenara çekildiler. Tek bir erkeğin öfkesi karşısında bir araya gelmiş bunca kadın hiçbir şey yapamıyordu. Mudî beni itekleyerek dışarıya çıkartırken Mehtap'ın çığlıkları kulaklarımı çınlattı. Duyduğum acı ve korku dayanılacak gibi değildi. Mudî'nin bana yapabileceklerini düşünmek bile istemiyordum. Beni öldürdüğü takdirde kızıma ne olacaktı? Kızımı bir daha görebilecek miydim?

Sokağa çıkar çıkmaz önünde duran ilk taksiye, "Doğru ileri!" dedi.

Taksinin arka kapısını açarak beni içeriye itti, arka tarafta yer kalmadığından ön koltukta oturmak zorunda kaldı.

Diğer yolculara aldırmadan arkasına dönerek, "Bıktım senden. Sen çok kötü birisin! Geberteceğim seni. Seni bugün geberteceğim!" diye bağırdı.

Öfkesi geçmek bilmiyordu. Söylenmeye devam etti. Sonunda yalnız olmadığımızdan dolayı kafa tutarcasına, "Bunu nasıl yapacaksın bakalım?" diye sordum.

"Kocaman bir bıçakla seni ufak parçalara ayırıp burnunla kulağını ailene göndereceğim. Seni bir daha göremeyecekler. Amerikan bayrağının küllerini de göndereceğim."

Aslında Mudî'ye kafa tuttuğumdan dolayı pişman olmuştum. Damarına basmış olmak onu daha da sinirlendirmişti. Öfkesini bir kez daha kusmaya başladığı takdirde durmayacağını biliyordum. Tehditlerini hafife almamak gerekiyordu; çünkü söylediklerini harf harfine yerine getireceğinden en ufak bir şüphem yoktu.

Taksinin içinde bile durmadan bağırıyor, küfürler savuruyordu. Ona cevap vererek karşı koyamayacağımı bildiğimden öfkesinin dinmesi için dua etmekten başka çarem yoktu.

Taksi bizim eve değil, hastaneye varmak üzereydi. Çenemi kapatmıştım. Mudî büyük bir ihtimalle yapacaklarını planlıyor olmalıydı.

Yol tıkanıp taksi durduğunda Mudî, "İn aşağıya" dedi emredercesine.

"İnmeyeceğim!" dedim.

"Sana in dedim!" diye haykırdı. Arka kapıya doğru eğilerek kapıyı açtıktan sonra diğer eliyle beni öylesine şiddetle itti ki kendimi kaldırımın üzerinde buldum. Mudî'nin arabanın içinde kalıp arabanın hareket etmesi karşısında hayrete düşmüştüm.

Gelip geçen insanlar bana çarpıp duruyordu. Hayatım boyunca kendimi bu denli yalnız hissetmemiştim. Bir an Mudî'nin Mehtap'ı hırpalamak için okula döndüğünü sandım; ama yüreğimin derinliklerindeki bir ses hastaneye gittiğini söyledi.

Mehtap'ı okuldan almaya gidecekti elbette; ama okulun çıkışı öğlen saatlerinde olduğuna göre önümde birkaç saat vardı.

Vakit kaybetmeden bir telefon bulup Helen'i aramam gerekiyordu. Kendimi toparladığımda bulunduğum evin Ellen'in evinin yakınlarında olduğunu fark ettim. Ellen ile Hürmüz'ün evlerine doğru koşarken bacaklarıma dolanan mantoma lanetler okuyordum. Elçiliğe ulaşamadığıma göre Ellen ile Hürmüz'e güvenmem gerekiyordu. Birilerine güvenmeye ihtiyacım vardı. Ellen'in evine varmadan önce telefonlarını kullandıkları dükkân geldi aklıma. Telefonu kullanarak elçilikle irtibata geçebilirdim. Dükkâna doğru ilerlerken kuşku uyandırmak istemediğimden dolayı üstüme başıma çeki düzen vermeye çalıştım. Dükkâna girdiğimde dükkânın sahibine olabildiğince sakin bir ses tonuyla Ellen'in arkadaşı olduğumu ve telefonu kullanmak için izin istediğimi söylediğimde izin verdi. Karşımda Helen'i bulur bulmaz, "Bana lütfen yardım edin" diye yalvardım. "Bana yardım etmek zorundasınız."

"Sakin olun lütfen ve olup bitenleri anlatın bana" dedi Helen.

Olup biteni ona anlattım.

"Sizi öldüremez" dedi Helen. "Sizi her zaman bununla tehdit etmiyor mu?"

"Bu seferki başka" dedim. "Beni bugün öldürecek. Lütfen, buluşalım. Ne olur yanıma gelin."

"Elçiliğe gelebilir misiniz?" diye sordu Helen.

Kafamın içinde planlar kurmaya çalıştım. Elçilik bir hayli uzaktaydı, oraya gittiğim takdirde Mehtap'ın çıkış saatine yetişemeyebilirdim. Yavrumu Mudî'nin elinden almak için tam zamanında okulda olmam gerekiyordu.

"Hayır" dedim. "Elçiliğe gelmeme imkân yok. İran'daki birçok yabancının problemlerini çözmeye çalışan Helen'in zamanının ne kadar değerli olduğunu biliyordum. Ama şu anda telefonda bile olsa ona inanılmaz ihtiyacım vardı.

"Siz gelin!" dedim haykırırcasına.

"Olur. Nereye?"

"Mehtap'ın okuluna."

"Tamam."

Kızımın okuluna gidebilmek için taksi bulmaya çalışırken gözlerimden akan yaşlara engel olamıyordum. Ellen'in evlerinin önünden geçerken ikinci kattaki pencerenin önünde duran Hürmüz bana, "Betty nereye gidiyorsun?" diye seslendi.

"Hiçbir yere. Ben iyiyim. Beni rahat bırakın" dedim.

Sesimdeki çaresizliği sezinleyen Hürmüz arkamdan yetişti ve "Ne oldu?" diye sordu.

"Lütfen, beni rahat bırakın" diye yalvardım.

"Hayır, seni rahat bırakmayacağım. Ne oldu?"

"Hiçbir şey yok. Gitmeliyim."

"İçeriye gel" dedi Hürmüz ısrarla.

"Olmaz gelemem. Mehtap'ın okuluna gitmem gerek."

Nazikçe, "İçeriye gel" dedi teklifini yineleyerek. "Biraz konuşalım. Sonra seni okula bırakırız."

"Olmaz. Elçiliğe haber verdim. Onlarla okulda buluşacağız."

Söylediklerim Hürmüz'ün İranlı gururunu kırmış olacak ki telaş içinde, "Elçiliğe neden haber verdin? Onları uzak tut. Onlar sana yardım edemez."

Hıçkırıklarıma engel olamıyordum.

"Çok büyük bir hata yaptın" diye sürdürdü Hürmüz konuşmasını. "Elçiliği aradığın için başın Mudî ile daha büyük derde girecek."

"Gidiyorum ben" dedim. "Kızımın okuluna gidiyorum."

Vermiş olduğum karardan dönmeyeceğimi gören Hürmüz, "O zaman en azından izin ver de seni okula ben götüreyim" dedi.

"Olur" dedim. "Ama hemen şimdi."

Okulda kargaşa vardı. Şahin Hanım Mehtap'ın sınıfta olduğunu, ağlamayı bırakarak içine kapandığını söyledi. Yanına gidip huzurunu bozmamamı söylediğinde kabul ettim. Ellen ve Hürmüz Mudî'nin yaptıklarını Şahin Hanım'ın ağzından öğrendiler. Mudî'nin bir çılgın gibi davranmış olması Hürmüz'ü kaygılandırdı. Çekmiş olduğum acıdan dolayı da üzülmüş olmalıydı. İşler çığırından çıkmadan bir çare bulmak için çırpınıyor gibiydi.

Kısa bir süre sonra Azar öğretmen telaş içinde yanımıza gelerek, "Dışarıda sizinle konuşmak isteyen birileri var" dedi.

Şahin Hanım kuşku dolu bakışlarla, "Kim?" diye sordu.

Hürmüz ve Ellen müdireye Farsça bir şeyler söylediğinde müdirenin yüzü asıldı. İsviçre elçiliğinin bu işe karışmasını istemedikleri her hâllerinden belliydi. Asık suratlara rağmen elçilikten gelenlerle yalnız başına konuşmak için dışarıya çıktım.

Dışarıda bekleyen Helen ve Bay Vincop elçilik plakası taşımayan bir arabanın ön koltuğuna oturttu beni. Olan biten her şeyi anlattım.

"Sizi polise götürelim" dedi Bay Vincop.

Aslında polise gitmek birçok kez aklıma gelmişti; ama her seferinde aklıma gelen bu fikri kafamın içinden söküp atmıştım. Polisler ne de olsa İranlıydı ve İran'da hüküm süren yasaları uyguluyorlardı. İran yasalarına göre ailenin reisi Mudî idi. Belki biraz yardımları olabilirdi; ama sonuç yine de korkunç olurdu. Beni sınır dışı etme yetkisine sahiptiler ve kızım olmadan bu ülkeden gitmem için beni zorlayabilirlerdi. Beni sınır dışı ettikleri takdirde zavallı kızım sinir hastası bir babayla ömrünün sonuna kadar yaşamak zorunda kalacaktı. Yine de bu durumda polise gitmekten başka bir çare yoktu. Sabah yaşadıklarım aklıma geldi bir kez daha. Mudî tehditlerini gerçekleştirebileceğinden hem kendim hem de kızım için korkuyordum.

"Peki" dedim. "Polise gidelim; ama önce kızımı alacağım."

Okula döndüğümde Ellen ve Hürmüz, Şahin Hanım ile tartışmaya devam ediyordu.

"Mehtap'ı alacağım" dedim.

Mehtap'ı alma isteğim müdire hanımı fena hâlde kızdırdı. Aylardan beri benim yanımda olan müdire hanım kocama rağmen bana elinden gelen yardımı sunmuştu. Ama şu anda onun gözünde büyükelçilikteki yetkilileri okula getirmekle affedilmez bir hata yapmıştım. Aslında gelen görevliler İsviçreliydi; ama sonuçta Amerika'yı temsil ediyorlardı. Şahin Hanım'ın görevi ise Amerikan karşıtı eğitim yapmaktı. Müdire olabilmesinin nedeni bu politik görüşe sahip olmasındandı.

"Kızınızı size veremeyiz" dedi Şahin Hanım. "Burada İslam yasaları geçerlidir. Burası İslami yasalarla yönetilen bir okuldur ve bu yasalar çocuğun babasına ait olduğunu söyler. Biz de bu kurallara uymak zorundayız. Hâl böyle olunca çocuğu size teslim etmemize imkânı yok."

"Ama vermelisiniz" diye bağırdım. "Çocuğun canını yakacak!"

"Hayır" dedi Şahin Hanım sert bir dille. "Elçilik görevlileri buraya giremeyecek."

"Peki, kızımla birlikte polise gelecek misiniz? Okulda yaşadıklarımı anlatacak birileri olacak mı?" diye sordum.

"Hayır" dedi Şahin Hanım. "Biz hiçbir şey bilmiyoruz."

"Ama Mudî beni öldüreceğini sizin yanınızda söyledi."

Müdire Hanım bir kez daha, "Biz hiçbir şey bilmiyoruz" dedi.

Başımı çevirdiğimde Matavi Hanım ile göz göze geldim. Matavi Hanım İngilizce derslerimdeki en iyi öğrencimdi.

"Ya siz?" diye sordum. "Siz duydunuz mu?"

"Evet" dedi. "Duydum."

"O zaman benimle polise gelecek misiniz?" diye sorum.

Matavi Hanım, Şahin Hanım'a doğru baktı ve olmaz dercesine kafasını salladı.

"Ders saatlerinde okuldan ayrılmam yasak" dedi Matavi Hanım. "Ama okul tatil olduğunda sizinle polise gidip kocanızın sizi öldüreceğini söylediğini anlatabilirim."

Şahin Hanım bu işe inanılmaz bozuldu.

Köşeye sıkıştırılmış ve korkudan ne yapacağını bilmez bir hâlde kendimi dışarıya atarak elçiliğin arabasına doğru yürüdüm. Kızımın benden alınabileceğini düşünmek bile istemiyordum.

Ağlayarak, "Mehtap'ı bana vermiyorlar" dedim. "Şahitlik etmek için karakola gelmek isteyen de yok."

"Peki, ne yapmayı düşünüyorsun?" diye sordu Helen.

"Bilmiyorum" dedim.

'Polis' ve 'İslami yasalar' kafamın içinde çınlayıp duruyordu. Şahin Hanım İslami yasalar bu şekilde demişti, bu sebeple polisin de benim için çok fazla bir şey yapacağını sanmıyordum. Polislerin hepsi erkekti ve polise gittiğim takdirde kızımı sonsuza dek unutmam gerekecekti. Mudî'nin beni öldüreceğini bilsem de bunu yapmama imkân yoktu. Kafamın içindeki bir ses tehditlerin asılsız olduğunu söylese de bundan sonrası için hiçbir yorumda bulunamıyordum.

Helen ve Vincop mantıklı düşünmem konusunda ısrar ettiler. Polisten korkmamı anlayışla karşılamış olsalar da onlar da hem benim hem de kızımın güvenliğinden dolayı endişe duyuyordu.

Yüksek sesle düşünürken Helen ve Bay Vincop'a Alev Hanım'ın bizi Pakistan sınırından kaçırma planlarından bahsettim.

"Bu iş çok yakında gerçekleşecek" dedim. "Bekleyeceğim. Belki bu yolla bu lanet olası ülkeden kaçmak mümkün olacak."

"Aklınızı mı kaçırdınız?" diye sordu Helen. "Polise başvurun ve sınır dışı edilin. Kızınız burada kalsın."

"Asla!" dedim. Helen'in bu kadar duyarsız olması beni bir kez daha şaşırttı. Aslında cana yakın bir insandı ve benim acı çekmemi istemiyordu. Ama Ermeni asıllı olsa da sonuç itibariyle yine de bir İranlı gibi düşünüyordu. Onun inandığı felsefeye göre çocuk koşulsuz şartsız babaya aitti. Bundan dolayı da benim annelik hislerimi anlaması beklenemezdi.

"Polise gitmeyecek misiniz?" diye sordu Bay Vincop.

"Hayır. Gidecek olursam Mehtap'ı bir daha asla göremem.

Bay Vincop derin bir iç çekti ve "Peki" dedi. "O zaman size bu durumda yardımcı olamayacağız. Arkadaşlarınızla konuşsak bir şey değişir mi?"

Ellen ve Hürmüz'ü dışarıya çağırdım.

"Betty'e yardım edebilecek misiniz?" diye sordu Bay Vincop.

"Ederiz" dedi Hürmüz. "Onu yalnız bırakmayız. Mudî buraya gelene kadar yanında kalırız. Gerekirse güvenlikleri için Betty'yi ve Mehtap'ı kendi evimize alırız. En azından ortalık yatışıncaya kadar."

Herkes rahat bir nefes aldı. Ellen ve Hürmüz kendilerince yardım etmeye çalışmıştı. Helen de Bay Vinco da ev telefonlarını vererek gerektiğinde aramamı söylediler.

Ellen ve Hürmüz ile birlikte arabanın içinde Mudî'yi beklerken Hürmüz, "Birer Müslüman olarak görevimiz Mudî'ye elçilik edip kaçma planından söz etmektir; ama bunu en azından şimdilik yapmayacağız. Sen de aynı işe bir daha kalkışmayacağına dair bize söz vermelisin."

Alçak sesle, "Teşekkür ederim" dedim. "Kızımla birlikte olabildiğim sürece İran'dan gitmeye kalkışmayacağıma söz veriyorum. Kaçmaya çalışmayacağım."

O anda öylesine çaresizdim ki Kuran'a el basarak yemin edebilirdim.

Öğlene doğru Mudî okula geldiği taksinin içinden fırladıktan sonra Hürmüz'ün arabasını gördüğünde, "Onları bu işe neden karıştırdın?" diye bağırmaya başladı.

Hürmüz araya girerek, "Karıştırmadı" dedi. "Gelmemizi istemedi. Biz kendiliğimizden geldik."

"Bu doğru değil" dedi Mudî beni suçlarcasına. "Size uğrayıp gelmenizi istemiştir. Bu işe sizi de karıştırmak istiyor."

Hürmüz dayıcana karşı gelmeye cesaret edemeyen Mamal ya da Rıza gibi değildi. Hürmüz Mudî'den daha genç, daha güçlü ve daha iri yapılıydı. İş kavga safhasına geldiği takdirde Mudî'nin hakkından geleceği kesindi. Mudî'ye diklendi; ama kavga etmek yerine sağduyuyla yaklaşarak,

"Mehtap'ı da alıp bize gidelim ve bu konuyu tartışalım" diye önerdi.

Mudî kısa bir süre düşündükten sonra Ellen'in ve Hürmüz'ün benim tarafımda olduğunu anlamış olmasına rağmen kabul etti.

Öğleden sonrayı onların evinde geçirirken Mehtap duyduğu korku yüzünden iki büklüm olmuş hâlde yanıma sokuldu. Mudî Ellen ve Hürmüz'e ne kadar kötü bir eş olduğumu anlattı. Beni yıllar öncesinde boşamamış olduğundan dolayı pişmanmış. Onlara Ayetullah Humeyni'den nefret ettiğimi anlattı. Aslında bunda haksız değildi. Mudî'ye göre bir CIA ajanıydım ki bu son derece gülünçtü. Ama Mudî'nin bu şekilde konuşması en azından ne kadar mantıksız olduğunu ortaya koyuyordu.

Kendimi savunmamın zamanının geldiğini düşünerek, "Ben de onunla yaşamaktan bıktım, kötü bir doktor olduğundan İran'da kalmak istiyor" dedim. Onun kötü bir doktor olduğu doğru değildi. "Kötü bir doktor olduğundan Alpena'daki hastaneden kovuldu. Aleyhinde açılmış bir sürü dava var. İnanılmaz dikkatsiz."

Bir süre birbirimize çirkin iftiralar attık. Sonunda Hürmüz Ellen'e sigara alma bahanesiyle Mudî'yi dışarıya çıkarttı.

Hürmüz'ün gitmesiyle Ellen bana, "Kocan hakkında kötü şeyler söyleme" diyerek öğüt vermeye çalıştı. "Senin hakkında ne söylerse söylesin sessiz kalmaya çalış. Ona iyi davran. Söylediklerinin hiçbir anlamı yok."

"Ama hakkımda söylediklerine baksana. Hiçbiri doğru değil."

"İranlı erkekler haklarında kötü konuşulmasına sinir olur. Âdeta delirirler" dedi Ellen uyarırcasına.

Hürmüz ve Mudî döner dönmez kavga kaldığı yerden devam etti. Dudaklarımı ısırma pahasına olsa da Ellen'in vermiş olduğu öğüdü tutmak için söyledikleri karşısında sessiz kaldım. Konuşarak canımı yakmasına imkân yoktu. Ellen'in ya da Hürmüz'ün Mudî'nin bana şiddet uygulamasına göz yummayacağını biliyordum. Mudî'nin içini dökmesini büyük bir sabır içinde bekledim.

Susmam sakinleşmesi için işe yaradı. Akşama doğru Hürmüz aramızı bulmaya çalıştı. Bizim mutlu olmamızı istiyordu. Ne yazık ki yabancı bir kadınla İranlı bir erkeğin birlikte mutlu olacağına inanıyordu. Sonunda Mudî, "Artık eve dönsek iyi olacak" dedi.

"Hayır" dedi Hürmüz. "Sorununuz halloluncaya kadar burada kalmalısınız."

"Olmaz" diye homurdandı Mudî. "Eve dönüyoruz. Burada kalacak değiliz."

Hürmüz, "Peki" dediğinde içimi korku sardı.

"Onunla gidemem" diye ağlamaya başladım. "Söz vermiştiniz ama..." Aslında neredeyse elçilikteki görevlilerin yanında söz vermiştiniz diyecektim; ama kendimi frenledim. "Bizi koruyacağınıza söz vermiştiniz. Beni onunla eve gönderemezsiniz."

"Size bir zarar vermeyecek" diyen Hürmüz bir yandan da Mudî'nin gözlerinin içine bakıyordu. "Kızgınlıktan bu şekilde konuşmuş."

Mudî bir kez daha, "Gidiyoruz" dedi.

"Tamam" dedi Hürmüz onaylarcasına.

Kucağıma sinmiş Mehtap öylece kalakalmıştı. Beni öldüreceğine yemin eden bu adamın eline teslim ediyordum.

"Haydi gel!" dedi Mudî.

Kapıya doğru ilerlerken Ellen ile bir an için yalnız kaldığımızda Ellen'e, "Lütfen beni ara" diye yalvardım. "Başıma bir şeyler gelecek, hissediyorum."

Şeriati sokağındaki manavın önünde taksiden indiğimizde Mehtap sabah geçirdiği korkuyu unutmuşçasına, "Çilek" diye atıldı.

İran'da çilek olduğunu daha önce görmemiştim. Çileği ben de çok seviyordum.

Babasına, "Bana çilek alır mısın?" diye sordu. "Ne oluur..."

Mudî bir kez daha öfkelendi.

"Çilek yok" dedi. "Ne kadar pahalı olduğunu görmüyor musun?"

Mehtap ağlamaya başladı; ama Mudî bizi itekleyerek, "Doğru eve" diyerek söylendi.

ON DÖRDÜNCÜ BÖLÜM

Bu iç karartıcı yerde uykusuz geçirdiğim gecelerin sayısını ben bile bilmiyordum. Ama bu gece hepsinden daha kötü geçeceğe benziyordu.

Mudî o gece Mamal ve Nesrin ile Farsça konuşarak yokmuşum gibi davranmayı tercih etti. Gece yarısına doğru yatağa geldiğinde uyumamış olmama rağmen duyduğum korku yüzünden uyuyormuş gibi yaptım.

Mudî kafasını yastığa koyar koymaz uykuya dalmış olsa da duyduğum kaygıdan dolayı gecenin karanlığında dakikalar geçmek bilmiyordu. İçimde duyduğum korku doruk noktasına ulaşmış olduğundan uykum tam anlamıyla kaçtı. Mudî gördüğü bir rüya yüzünden bile bıçağı kaptığı gibi bana saldırabilirdi. İple boğması, kendi elleriyle ümüğümü sıkması ya da zehirli bir iğne yapması da ihtimal dâhilindeydi.

Geçmeyen dakikalar boyunca duyduğum her sese kulaklarımı kabartıyordum. Mehtap'a öylesine sıkı sarılmıştım ki kollarım uyuşmuştu. Durmadan dua ederken çaresizlik içinde son nefesimi vereceğim anı beklemekten başka bir şey elimden gelmiyordu. Kısa bir sürenin ardından ezan sesi duyulduğunda Mudî Mamal ve Nesrin ile birlikte namaza kalktı. Mehtap huzursuz bir hâlde uykusunda inlerken korkunç geceyi aydınlatacak ilk gün ışığı odanın içini aydınlatmaya başladı.

Okula gitmek için hazırlanan Mehtap ağrıyan karnına elini koyarak sürekli tuvalete gidip geliyordu.

Mudî'nin düşündükleri bakışlarından anlaşılıyordu. Mehtap'ı elimden kaparak, "Onu okula bugün ben götüreceğim sen evde kalacaksın" dedi. Son sekiz aydır Mehtap ve ben birbirimizden ayrılmamıştık. Mudî'nin bizi klasik bir İranlı aile yapma isteğine birlikte göğüs germiştik. Birlikte olduğumuz müddetçe direnebilirdik; ama ayrı düştüğümüz takdirde bu savaşı kaybedeceğim kesindi.

"Baban seni götürmek istediğine göre onunla gitmelisin" dedim Mehtap'a banyoda yalnız başımıza kaldığımızda. "Baban seni benden uzaklaştırıp geri getirmese de ona iyi davran. Elçiliğe gittiğimizden de kimseye söz etme. Kaçmaya çalıştığımızdan da kimsenin haberi olmaması gerekiyor. Seni dövseler bile bunu asla anlatma. Sırrımızı açığa çıkarttığın takdirde bunu asla başaramayız."

"Ama ben senden ayrılmak istemiyorum" dedi Mehtap ağlayarak.

"Biliyorum. Senden ayrılmaya ben de dayanamam. Yalnız olmadığını bilmeni istiyorum. Tanrı her zaman senin yanında. Korktuğun anlarda dua et. Seni almadan bu ülkeden ayrılmayacağıma sana yemin ederim. Sensiz asla gitmem. Günün birinde buradan birlikte gideceğiz."

Mehtap sonunda giyindi; ama biraz geç kalmıştı. Mudî onu koyu renk takım elbisesinin içinde sabırsız bir hâlde bekliyordu. Hastaneye geç kalacağını düşündüğünden patlamaya hazır bir bomba gibiydi. Mehtap kapıdan çıkmak üzereyken kendini bir kez daha tuvalete atınca Mudî koştu ve onu kolundan yakaladı.

"Ne olur yapma" diye yalvardım.

"Karışma" dedi homurdanarak.

"Sizinle gelmeme izin ver."

"Olmaz!" Mehtap'ın yanağına bir tokat attığında çocuk afalladı.

Bir kez daha başıma geleceklere aldırmadım ve kızımı kurtarmak için aralarına girdim. Gücümün son noktasına kadar Mudî'ye saldırdım ve tırnaklarımla üstünü başını parçaladım.

Mudî kızımı kenara attıktan sonra beni yere itti ve üzerime abandı. İki eliyle kafamı yakaladığı gibi yere vurmaya başladı.

Mehtap Nesrin'i çağırmak için mutfağa koştuğu bir sırada Mudî'ye bir kez daha saldırdım. Tırnaklarımı yüzüne geçirdim, saçlarını parmaklarıma doladım. Birkaç dakika yerde boğuştuktan sonra Mudî'nin indirdiği yumrukla yığıldım kaldım.

Mutfakta kimseyi bulamayan Mehtap Mamal ve Nesrin'in yatak odasına yöneldi.

"Yardım edin lütfen! Yetişin!" diye haykırdım. Mehtap kilitli yatak odasının kapısını açmaya çalıştı; ama içeriden ses seda gelmedi. Bana gelecek bir yardım umudu yoktu.

Sekiz aydan beri içimde biriken kin ve öfkeden dolayı öylesine direnç gösteriyordum ki buna Mudî bile şaşırmıştı. Onu ısırıyor, tırmalıyor hatta gözlerini oymaya çalışıyordum. Dizimle karnına vurmaya da alıştım. Dikkati benim üzerimdeydi.

"Koş, aşağıya, Esey'lere koş!" diye seslendim Mehtap'a.

Çığlık çığlığa bağıran Mehtap deliye dönmüş babasıyla beni yalnız bırakmak istemiyordu. Babasının arkasından saldırdı ve küçücük yumruklarıyla onun sırtını yumruklamaya başladı. Kollarını tutup benden uzaklaştırmak isterken Mudî onu şiddetle kenara itti.

"Git Mehtap!" dedim bir kez daha. "Esey'e koş!"

Biz boğuşmaya devam ederken kızım alt kata inmek için kapıdan çıktı. Bu ikimizin son savaşıydı. Mudî kolumu öylesine sert ısırdı ki kanamaya başladı. Elinden kurtulur kurtulmaz karnına tekmeyi indirdim. Ama canı acımak yerine öfkesi daha da artmıştı. İki eliyle beni yakaladığı gibi var gücüyle yere attı. Sırtımda duyduğum ağrı dayanılamayacak gibiydi.

Kımıldayamıyordum. Mudî birkaç dakika boyunca tepemde durarak küfürler savurdu. Öfkesini alamamışçasına tokatlarına devam ediyordu. Yetinmedi saçlarımdan tutarak beni yerde sürükledi.

Nefes almak için ara verdiğinde kıpırdayamadım. Duyduğum acıdan dolayı inliyordum.

Birden arkasını döndüğü gibi dış kapıya yöneldi ve kapının kilit sesini ardından da Mehtap'ın çığlıklarını duyduktan sonra derin bir sessizlik oldu. Kalbim binlerce parçaya ayrılmış hâlde kanıyordu.

Yattığım yerden doğrulup oturmam birkaç dakikamı aldı. Ayağa kalkabilmem daha da uzun sürdü. Sendeleyerek banyoya kadar gidebildim; çünkü yaptığım en ufak bir hareket bel kemiğime binlerce iğnenin batmasına neden oluyordu. Ama kızımı düşündükçe çektiğim acının hiçbir önemi yoktu. Apartmanın boşluğuyla bağlantılı olan tuvaletin havalandırma deliğinden bir şeyler duymayı umut ederek kulağımı dayadım. Mudî küfürler savurmaya devam ediyordu. Esey onu yumuşak ve saygılı bir tavırla dinliyordu. Mehtap'ı duyamıyordum.

Bir süre banyoda öylece kaldım. Sırtımda duyduğum acıdan dolayı içimden haykırmak geliyordu; ama kendi acılarımı düşünmenin zamanı değildi. Ne olduğu anlaşılmayan Farsça seslerden sonra Mehtap çığlık atmaya başladı.

Kulaklarımla sesleri takip etmeye çalıştım. Mudî ve Mehtap Esey'in evinden çıkıp sokak kapısına doğru yöneldiler. Kısa bir sürenin ardından binanın dış demiri bir hapishanenin demir parmaklıklarının çıkarttığı gürültüyle kapandı. Tuvaletten çıkıp Mamal'ın ve Nesrin'in yatak odasının anahtarını alarak kapıyı açtım. Oda boştu, evin ön cephesine bakan pencereye koştum. Burnumu cama yapıştırdım, alnımı demir parmaklıklara dayayarak dışarıda olup biteni görmeye çalışıyordum. Ceketinin yırtık kolunu diktiren Mudî orada duruyordu. Yırtığı Esey'e diktirmiş olmalıydı. Kolunun altına sıkıştırmış olduğu Mehtap kurtulmak için nafile çırpınıyordu. Mehtap'ı Emir'in çocuk arabasının içine attı ve kollarıyla bacaklarını bağladı.

O anda kızımı bir daha göremeyeceğimi düşündüm. Umutsuzluk içinde yatak odamıza koşup Mudî'nin fotoğraf makinesini buldum ardından pencereye koştum. Şeriati sokağına saptıkları bir sırada onları kamerada yakaladım. Mehtap çaresiz bağırmaya devam etse de Mudî aldırış etmeden çocuk arabasını itmeye devam etti.

Gözyaşları içinde kızımın gidişini izledim. İçimden bir ses onu bir daha göremeyeceğimi söylüyordu. Onu bir daha göremeyecektim!

"İyi misin?" diye sordu Esey.

Az önce kulağımı dayadığım havalandırma deliğinden yukarıya sesleniyordu. Üzerime yapışmış kanı temizlerken inlediğimi duymuş olmalıydı.

"Evet" dedim. "Seninle konuşmak istiyorum." Ama bu şekilde konuşmak için birbirimize bağırmamız gerekiyordu. "Arka bahçeye çıkar mısın lütfen?" dedim.

Sırtım, kollarım, başım ve bütün bedenim inanılmaz sızlıyordu. Binbir güçlükle bahçeye vardığımda Esey beni bekliyordu.

"Mudî'yi neden içeriye aldın?" diye sordum ağlayarak. "Mehtap'ı neden korumadın?"

"İkisi de aynı anda geldi" dedi Esey. "Mehtap merdivenlerin altına saklanmış. Mudî onu buldu ve evin içine soktu.

Zavallı kızım. Kalbim parçalara ayrılmıştı; ama gözyaşlarımı yüreğimin derinliklerine akıttım.

"Bana yardım etmelisin, Esey" dedim.

"Rıza işe gitti, evde yok" dedi Esey. Bana acıdığı her hâlinden belli oluyordu. Ne yazık ki Esey İran kültüründe doğup büyümüş bir kadındı ve benim için elinden geleni yapmak istese de kocasının ve dayıcanın isteklerine karşı çıkmayı göze alamazdı.

"Senin için çok üzülüyorum; ama elimde gelen bir şey yok."

"Mehtap iyi mi? Onu nereye götürdü?"

"Onu nereye götürdüğünü bilmiyorum."

Esey'in küçük oğlu Mehdi'nin ağlama sesi duyulduğunda Esey, "İçeriye dönmem gerek" dedi.

Ben de içeriye girdim. Elçiliğe telefon etmek neden daha önce aklıma gelmemişti. Helen'i ya da Bay Vincop'u elçilikte bulamasam da bana evlerinin telefonunu zaten vermişlerdi. Mutfağa koştum; ama telefon yerinde değildi.

Mudî tüm bunları önceden planlamıştı. Mamal ve Nesrin neredeydi? Telefona ne olmuştu? Korktuğumdan çok daha beter bir durumdaydım. Aklımı başıma toplayıp buradan kaçmanın yolunu bulmak zorundaydım.

Kapana kıstırılmış bir hayvanın can havliyle etrafı gözden geçirdim. Mudî bu yeni tuzağı hazırlarken mutlaka hata yapmış olmalıydı. Balkona çıktım; ama buradan atlamayı başarmış olsam bile bahçede sıkışıp kalacaktım. Bahçenin etrafı kalın tuğlalarla örülüydü.

Balkonun kenarında komşu eve kadar uzanan bir çıkıntı vardı; ama komşunun evine ulaşma düşüncesi bile tüylerimi ürpertmeye yetiyordu. Kaçmayı başarsam bile kızıma ne olacaktı?

Mudî'nin darbelerinden dolayı şişen başım zonklamaya başladı.

Bir yere hapsedilmiş olmak ağrıma gitti. Birileriyle bir şekilde bağlantı kurmam gerekiyordu. Bir kez daha Nesrin'lerin yatak odasına gidip dışarıyı görmeye çalıştım. Başıma gelenlerden kimsenin haberi yoktu. Pencerelerde demir parmaklıklar, parmaklıkla pencerenin arasında da panjur vardı. Kaldırım genişti; ama aşağıdan burası görülmüyordu. Panjuru açmak için evin içinde bir tornavida aradım; ama tornavidayı bulamadığımdan panjuru bıçakla delmeye kalktım.

Panjuru yerinden oynatmayı başarabildiğimde sokağı artık daha iyi görebiliyordum. Ama kısa bir süre sonra kaldırımdan gelip geçenlerin bana bir faydasının olmayacağını anladım. Mudî'nin anlamaması için panjuru yerine taktım.

Evin içine bakındığımda her odanın kapısında bir anahtar olduğunu gördüm. İsteseydi beni hücre hapsine de kapatabilirdi. Kendimi korumak için bir silah arayışı içine girdim ve sonunda sivri uçlu bir mutfak bıçağında karar kıldım. Mudî beni hücre hapsine kapattığında bu bıçak dışarıya çıkmamı sağlayabilirdi.

Evin içindeki araştırmam devam ederken ikinci kattaki oturma odasının merdiven aralığına açılan boşluğu aklıma geldi. Bu pencere her zaman kalın perdelerle örtülü olduğundan gözden kaçmış olabilirdi.

Pencere kilitli değildi ve dokunduğumda açıldı. Bu pencereyi kullanarak merdiven boşluğuna çıkabilecektim; ama demirli dış kapı kilitli olduğundan yine kapana kısılı kalacaktım. Merdivenler çatıya kadar çıkıyordu. Çatıya çıkıp komşunun çatısına geçebilirdim. Ama kaçmayı başarsam da komşular kaçık bir Amerikalıyı anında ihbar ederdi. Üstelik yanımda kızım olmadan kaçmanın ne anlamı olacaktı ki?

Mudî'nin her an için gelip canımı alacağını düşündükçe gözyaşlarına boğuldum. Hayatım son bulmadan korumak zorunda olduğum insanlar olduğundan telefon defterimi aldım ve kodlanmış bazı numaraları telefon defterimden sildim. Bana iyilik yapan bu insanların başına bir şey gelmesini istemiyordum. Kodlanmamış numaraları da tedbir amaçlı yırttıktan sonra tuvaletin içine attım ve sifonu çektim.

Son günlerde yaşadıklarım beni öylesine bitkin düşürmüştü ki sonunda yere öylece yığıldım, o şekilde ne kadar kaldığımı bilmiyorum. Bayılmış olma ihtimalim de vardı.

Kapının kilidinin içinde dönen anahtar sesiyle kendime geldim. Doğrulmaya zaman bulamadan Esey içeriye girdi. Elinde bir tepsi dolusu yiyecek bir şeyler vardı.

"Yer misin?" diye sordu.

Ona teşekkür ederek elindeki tepsiyi aldım. Esey ile konuşmak istedim; ama o ürkek tavırlarla alelacele kapıya yönelirken, "Çok üzgünüm" dedikten sonra çıktı ve kapıyı kilitledi.

Kilidin sesiyle kafam allak bullak oldu. İçindeki yiyeceklere dokunmadığım tepsiyi mutfağa koydum.

Sıkıntı dolu saatler geçti, akşamüstüne doğru Mudî döndüğünde yalnızdı.

"Kızım nerede?" diye sordum bağırarak.

"Nerede olduğu seni ilgilendirmez" dedi. "Kendine dert etme. Bundan sonra onunla ben ilgileneceğim."

Yanımdan geçip yatak odasına doğru giderken yüzündeki tırnak izlerimi görmek yüreğime su serpti. Ama ardından yüreğim evladımın acısıyla kavruldu.

Mudî yatak odasından döndüğünde kucağında Mehtap'ın birkaç kıyafeti vardı. Doğum gününde ona aldığımız oyuncak bebeği de almıştı.

"Bebeğini istiyor" dedi.

"Kızımın nerede olduğunu söyle. Ne olur. Onu görmeme izin ver."

Tek bir kelime söylemeksizin beni kenara itti ve dışarıya çıktıktan sonra kapıyı iki kez kilitledi.

O gün akşama doğru sırtımdaki ağrıdan dolayı yatağın içinde iki büklüm yattığım bir sırada zil çaldı. Dışarıda bahçede biri vardı. Megafondan gelenin kim olduğunu sordum. Gelen Ellen'di.

"İçeride kilitliyim" dedim. "Biraz bekle pencereye çıkınca konuşuruz."

Aceleyle pencereyle parmaklığın arasındaki panjuru kaldırdım ve kafamı uzatabildiğim kadar uzattım. Ellen çocukları Meryem ve Ali ile birlikte kaldırımın üzerindeydi.

"Sana bakmaya geldim" dedi. "Ali susadı. İçecek bir şeyler var mı?"

"Sana içecek bir şey veremem" dedim Ali'ye. "İçeride kilitliyim."

Koşulanları duyan Esey elinde bir bardak suyla dışarıya çıktı.

"Sizin için ne yapabiliriz?" diye sordu Ellen. Esey de bu soruya bir yanıt bekliyordu.

"Git ve Hürmüz'ü getir" dedim önerircesine. "Mudî ile konuşmaya çalışsın."

Akşama doğru benimle konuşmak isteyen Rıza oldu. Rıza bahçede ben ise balkondaydım. Esey'de evin anahtarı vardı; ama buna rağmen Rıza eve girmek istememişti.

"İran'a geldiğimizde bana göstermiş olduğun dostluk için sana teşekkür ederim. Amerika'da aramızda geçen şeylere rağmen bana iyi davrandın."

"Teşekkür ederim" dedi. "İyi misin?"

"Ne olursa oldun Mudî ile konuşman gerek. Ona kızımın bir daha görüp göremeyeceğimi sor."

"Üzülmene gerek yok. Kızını senin elinden almaya niyeti yok. Mudî seni çok seviyor. Kızını da çok seviyor. Kızının yalnız başına büyümesine gönlü razı olmaz. Kendisi anasız babasız büyüdü, aynı acıları kızının çekmesini istemez."

"Ne olur. Konuş onunla" diye yalvardım.

"Konuşamam. Vereceği karar... Kendi kararı olmak zorunda. Ona akıl vermek benim haddim değil."

"Lütfen onunla bu gece konuşmaya çalış."

"Hayır. Bu gece olmaz" dedi Rıza. "Yarın iş için Reşt'e gideceğim. Birkaç gün sonra döndüğümde, eğer o zaman da değişen bir şey yoksa, o zaman onunla konuşmaya çalışırım."

"Yalvarırım gitme. Burada yalnız kalmaktan çok korkuyorum. Yalnız kalmak istemiyorum."

"Kalamam. Gitmem gerek."

Akşamın erken saatlerinde Esey kapının kilidini açtı ve "Aşağıya gel" dedi.

Ellen, Hürmüz ve Rıza da oradaydı. Birlikte oturduk ve bir çözüm bulmaya çalıştık. Geldiğim günden beri bu insanlar kocamın yanında yer almışlardı. Kendilerine göre hakları vardı. Ama bu arada benimle güzel bir dostluk kurmuşlardı ve Mehtap'ı da çok seviyorlardı. Onlar da böylesine bağnaz bir ülkede bir babanın ya da bir eşin çığırından çıkacağının farkındaydı.

İçlerinden hiçbiri polise gitme taraftarı değildi. Özellikle de Esey'in ve Rıza'nın yanında elçilikten söz etmem imkânsızdı. Kazara söz etmiş olsam Amerikan ya da İsviçre elçiliğiyle bağlantıya girmeme karşı çıkacaklarından en ufak bir şüphem yoktu.

Elimiz kolumuz bağlı olduğundan Mudî'yi mantıklı olmaya çağırmaktan başka çare yoktu. Odada toplanan herkes Mudî'nin şu anda mantıklı düşünemeyeceğini biliyordu. Mudî'nin şu anda mantıklı düşünecek hâli yoktu belki de hep böyle kalacaktı.

Şu lanet olası herifi dövmek için daha ne bekliyorsunuz? Kızımla beni ülkeme geri göndersenize, diye haykırmamak için kendimi zor tutuyordum. Ama kendimi kontrol altında tutmak zorundaydım. Herkesin kabul edeceği bir çözüm yolu bulmak zorundaydık. Ama ne yazık ki böyle bir yol görünürde yoktu.

Konuşmanın ortasında sokak kapısının açıldığını duyduk. Gelenin kim olduğunu öğrenmek için Rıza kapıya çıktı ve Mudî ile birlikte döndü.

Mudî, "Dışarıya nasıl çıktın? Burada ne arıyorsun?" diye sordu.

"Esey'de anahtar var" dedim açıklama getirmek istercesine. "Beni aşağıya o getirdi."

Mudî elini uzatarak Esey'e, "Ver o anahtarı" dedi.

Esey istenileni sesini çıkartmadan yaptı.

"Tamam, kızma dayıcan" dedi Rıza yavaşça Mudî'yi yatıştırmak istercesine.

"*Onların* burada ne işi var?" diye bağırdı Mudî Ellen ile Hürmüz'e.

"Yardımcı olmaya çalışıyorlar" dedim. "Sorunlarımızın üstesinden gelebilmemiz için yardıma ihtiyacımız var."

"Bizim hiçbir sorunumuz yok!" diye bağırdı Mudî. "Sorunu olan sensin." Ardından Ellen ile Hürmüz'ün bulunduğu yere doğru dönerek, "Çıkın gidin buradan" dedi. "Bu işe karışmanızı istemiyorum. Bundan sonra bu kadınla ilgilendiğinizi görmek istemiyorum."

Ellen ile Hürmüz'ün gitmek için ayağa kalktığını görünce korkudan dehşete kapıldım.

"Ne olursunuz gitmeyin" diye yalvardım. "Yine canımı yakacak. Çok korkuyorum. Beni öldürecek. Eğer öldürürse bundan kimsenin haberi olmaz. Ne olur gitmeyin. Lütfeeen..."

"Gitmeliyim" dedi Hürmüz. "Gitmemizi istedi. Kararı o verir."

Çıkıp gittiler, ardından Mudî beni üst kata çıkartarak kapıyı üzerime kilitledi.

Sinirli bir tavırla, "Mamal ve Nesrin nerede?" diye sordum.

"Senin gibi kötü bir kadınla aynı çatı altında kalmak istemediler" dedi Mudî. "Nesrin'in ailesinin evine gittiler. Kendi evlerini bırakmak zorunda kaldılar."

Sesi gittikçe yükseldi. "Aramızda olanlar onları ilgilendirmez. Kimseyi ilgilendirmez. Aramızdakileri başkalarıyla konuşmasan çok iyi olur. Bundan böyle ben neyi uygun görürsem o olacak. Kararları ben veririm, diğerleri de haddini bilir."

Ona karşı koyamayacak kadar korku içindeydim. Köşeye sindim ve içindeki öfkeyi kusuncaya kadar bekledim. En azından dayak atmıyordu.

O gece evde yalnız kaldık; ama aynı yatağın içinde mümkün olduğunca ayrı uçlarda yattık. Mudî mışıl mışıl uyurken ben sızlayan bedenimi rahat ettirebilmek için umutsuzca sağa sola dönmeye başladım. Kızımı merak ediyordum. Ağlamaya başladım. Yüreğimin derinliklerinde onunla konuştum ve bir an önce ona kavuşmak için hiç durmadan dua ettim.

Sabah Mudî işe gitmek için hazırlandı ve bir önceki gün paraladığım takım elbiseyi kenara bırakarak başka birini giydi. Tam evden çıkmak üzereyken Mehtap'ın tavşanını kaparak, "Bunu istiyor" dedi.

Ardından çıkıp gitti.

ON BEŞİNCİ BÖLÜM

Mudî gittikten sonra kızımı sayıklayarak saatlerce ağladım. Bedenimin tamamı çürükler içindeydi. Sırtım öylesine ağrıyordu ki yatağın içinde uzun bir süre iki büklüm yattım.

Birkaç saat sonra arka bahçede tanıdık bir ses işittim. Salıncağın gıcırtısını duyduğumda sallananın kim olduğunu görmek için yerimden kalktım ve balkona çıktım. Sallanan Esey'in kızı Meryem'di. Meryem Nisan güneşinin tadını çıkartıyordu. Beni görür görmez, "Mehtap nerede?" diye sordu.

Hıçkırıklara boğulmuş olduğumdan ona cevap veremedim.

Mehtap'ı İran'daki bağlarından tamamen kopsun diye buraya getirmiştim; ama şimdi onu kaybetmiştim. Gözlerim kararıyor olsa da bir an önce cesaretimi toplamak zorundaydım; ama Mudî'nin attığı dayakların dayanma gücümü yok edip etmediğinden emin değildim.

Mudî'nin Mehtap'ı götürmüş olduğu yeri düşündükçe delirecek gibi oluyordum. Ama beni allak bullak eden bir soru daha vardı. Bunu zavallı kızıma nasıl yapmıştı? Bildiğim bir şey varsa o da Mudî'nin evlendiğim adam olmadığıydı.

Bu değişimin sebebi neydi? Aslında bunun cevabını hem biliyor hem de bilmiyordum. Sekiz yıllık evliliğimiz boyunca inişli çıkışlı zamanlarımız olmuştu. Bu inişli çıkışlı zamanların çoğunun nedeni mesleki problemler ya da politikaydı. Ama böylesine bir felaketin yaklaştığını göremeyecek kadar nasıl kör olmuştum? Yaşadığımız olayları gözlerimin önünde canlandırırken nefesim kesiliyordu.

Sekiz yıl önce Mudî Detroit Osteopati Hastanesi'ndeki üç yıllık asistanlık süresini doldurmak üzereyken önemli bir karar vermenin eşiğindeydik. Ya birlikte yaşamaya karar verecek ya da ayrılacaktık. Sonunda birlikte olmaya karar verdik. İşte tam bu sırada Mudî Corpus Christi'deki Osteopati Hastanesi'nden teklif aldı. Aslında hastanede başka bir anestezi doktoru vardı; ama ikinci bir anestezi doktoruna ihtiyaçları vardı. Hastane yılda yüz elli bin dolar ödeyecekti ve bu para bizim için vazgeçilmezdi. Yüreğimin derinliklerindeki bir ses Michigan'daki ailemden ayrılmamamı söylese de gönlüm parasal ve sosyal açıdan tatminkâr edici yaşantıdan yanaydı.

Joe ve altı yaşındaki John bu işe çok sevindi; ama düğün töreninden önce John, "Ben Mudî ile birlikte yaşayabileceğimden emin değilim" dedi.

"Neden?" diye sordum.

"Bana o kadar çok şeker veriyor ki dişlerim çürüyebilir."

John'un içten yorumu gülmeme neden oldu. Mudî ve şeker mutlu günlerimizin vazgeçilmezleriydi.

Mantıksal sebepler bir yana Mudî ile evlenmemizin nedeni birbirimize duyduğumuz sevgiydi. Onu tek başına Corpus Christ'e gönderip sadece Michigan'da kalmak için ondan vazgeçmeyi düşünemezdim.

1977 yılının 6 Haziran gününde Houston'daki bir mescitte nikâhımız kılındı. Farsça ve ardından da İngilizce mırıldanan birkaç sözden sonra Mudî'nin kraliçesi oldum.

Mudî beni özel armağanlara, sevimli küçük sürprizlere boğdu. Posta kutusunu açtığım her gün içinde küçük hediyeler ya da sevgi dolu sözcüklerle yazılmış notlar çıkıyordu. Arkadaşlarımızın yanında bana övgüler yağdırmaya bayılırdı. Gecelerden birinde misafirlerimizin önünde bana altın kaplama bir kupa uzatarak beni, 'Dünyanın en tatlı eşi' ilan etti. Plak koleksiyonum büyüyordu. En küçük fırsatlarda bile içine sevgi sözcükleri yazdığı kitaplar hediye ediyordu. Bana sevgisini kanıtlamaya çalışmadığı gün yok gibiydi.

Mesleğinde uzmanlığı seçmiş olması yerinde bir karardı. Anestezi uzmanlığı diğer uzmanlık dalları içinde getirisi en fazla olanıydı. Üstelik diğerleri kadar yorucu da değildi. Gündüzleri ekip çalışmalarını denetleyip aynı anda üç-dört hastaya bakabildiğinden iyi kazanıyordu. Ameliyatlar için sabah saatlerinde erkenden hastanede olmak zorunda olsa da öğleden sonrasını evde geçirebiliyordu. Büro işleriyle uğraşmak zorunda değildi ve acil vakalar olduğunda arkadaşlarına devredebiliyordu.

İran'da zengin bir aileden geldiğinden Amerika'da zengin bir doktor havasına girmesi zor olmadı. Corpus Christi'nin güzel bir yerinde güzel ve büyük bir ev satın aldık. Komşularımız dişçiler, doktorlar, avukatlar ve diğer serbest meslek sahipleriydi.

Mudî ev işlerinde bana yardımcı olması için bir yardımcı almamızı istedi. Ben de aldığımız yardımcı sayesinde zamanımı ve yeteneklerimi onun işlerine adadım. İşlerin içinde en keyif veren kazancı tahsil etmek ve banka hesaplarını tutmaktı. Ev işleriyle zaman kaybetmediğimden çocukların eğitimine daha fazla zaman ayırabiliyordum.

Mudî'nin doktorluk mesleğinde yükselmesine yardımcı olan partiler veriyorduk. Bu partiler inanılmaz hoşumuza gidiyordu. Mudî geldiği için diğer anestezi doktoru işlerinin hafiflemesine çok seviniyor olsa da yine de ikisinin arasında gizli bir rekabet vardı. Görüştüğümüz doktorlardan bazıları Amerikalıydı bazıları da Mudî gibi ülkesini terk etmiş olan Hindistanlı, Suudi Arabistanlı, Pakistanlı ve Mısırlıydı. Değişik kültürleri tanımayı çok seviyordum. İran yemekleri yapmaktaki ünüm kısa zamanda aldı yürüdü. Hastanenin yardım bölümündeki çalışmalarım sayesinde diğer doktorların eşleriyle tanışmış, kendime yeni arkadaşlar edinmiştim.

İran'dan gelen üniversite öğrencilerinin en yoğun olduğu yer Teksas Üniversitesi'ydi. Bu öğrencilerle sık sık görüşüyorduk. 'Güney Teksas İslam Topluluğu'na üye olduk. İran'da dinî bayramların kutlandığı günlerde biz de burada özel kutlamalar yapıyorduk. Mudî'nin geçmişiyle güncel yaşantısı arasında bir denge kurmuş olması beni mutlu ediyordu. Mudî de İranlı gençlerin karşısına Amerikalı hekim bilgeliği ile çıkmaktan dolayı gurur duyuyordu.

Amerikalılaşma isteğinin kanıtı Amerikan uyruğuna geçebilmek için vermiş olduğu dilekçeydi. Başvuru formunda şunlara benzer sorular vardı:

Amerika Birleşik Devletleri'nin anayasasına ve yönetim biçimine inanıyor musunuz?

Birleşik Devletler'e sadık bir yurttaş olacağınıza yemin eder misiniz?

Gerektiğinde Birleşik Devletleri korumak amacıyla silah altına alınmayı kabul eder misiniz?

Mudî bu soruların tamamına evet cevabını vermişti.

Yolculuk yapmayı seviyorduk. Kaliforniya'ya, Meksika'ya birçok kez gittik. Tıbbi seminerlerin ve kongrelerin olduğu yerde biz de vardık. Joe ve John'u özel bakıcıya bıraktıktan sonra indirimlerden yararlanarak en lüks otellerde kalıyorduk. Üstelik bu kalmaları gider olarak gösterip vergiden düşme hakkına da sahiptik. İş için gittiğimiz yerlerde aldığım faturaları bir zarfın içinde biriktiriyordum.

Yaşam tarzımdaki baş döndürücü değişiklik beni büyülüyordu. Sözleşmeli bir işim yoktu; ama yaptığım iş tüm zamanımı alıyordu. Parayla ve sevgiyle şımartılmış mutlu bir kadın daha ne isteyebilirdi ki?

Aslında evliliğimizin ilk günlerinden başlamak üzere derin sorunlar da vardı; ama biz bunların üzerinde durmamaya çalıştık. Aramızdaki sürtüşmeleri kültür farkımıza bağlıyorduk. Bu farklar bazı zamanlarda Mudî'yi şaşırtıyordu. Günün birinde Corpus Christi'deki bir banka şubesine hesap açtırmak için gittiğimizde Mudî başvuru formuna sadece kendi adını yazdı.

"Neler oluyor?" diye sordum. "Neden sadece kendi adını yazdın?"

Büyük bir şaşkınlık içinde, "Kadınların adına banka hesabı açılmaz" dedi.

"Ama burası İran değil" dedim karşı çıkmak istercesine. "Amerikalı olmak istemiyor musun?"

Biraz tartıştık; ama direnmekten vazgeçmesi zor olmadı. Sahip olduğumuz her şeye benim de ortak olmama akıl erdiremiyordu.

Beni kendi malıymış gibi görmesine hiçbir zaman alışamadım. Banka hesaplarında olduğu gibi bana da sahip çıkıyordu. Kalabalık bir yere gittiğimizde küçük bir çocuk gibi yanında durmamı isterken kaçacakmışım gibi kolunu omzuma atıp sımsıkı tutuyordu. Bana karşı sevgi dolu yaklaşımı inanılmaz hoşuma gidiyor olsa da bu kadar düşkünlük zaman zaman bunaltıcı olabiliyordu.

Bir üvey baba olarak Joe ve John'dan İran'da olduğu gibi sorgusuz itaat bekliyordu. Bu durum on bir yaşındaki özgürlük âşığı Joe'ya ağır geliyordu. Üstelik Mudî'den önce evin erkeği Joe idi.

Ardından Rıza'nın hayatımıza girmesi büyük sorunlara neden oldu. Rıza, Detroit Wayne State Üniversitesi'nde okurken Mudî'nin evinde kalmıştı. Evliliğimizin ilk yıldönümünde Mudî ekonomi bölümünden diplomasını almış olan Rıza'yı iş bulmak için Corpus Christi'deki evimizde kalması için davet etmişti.

Mudî evde yokken Rıza evin erkeği kesilir, bana ve çocuklara onun sözünden çıkmamamız için baskı uygulardı. Rıza'nın gelişinden birkaç gün sonra arkadaşlarımızı çaya davet ettiğimde Rıza sesini çıkartmadan salonun bir köşesinde oturmuş ve Mudî geldiğinde onu fitnelemek için konuşulanları büyük bir dikkatle dinlemişti. Konuklar gittiğinde bana , "Bulaşıkları yıka" diye emrettiğinde ona ters ters bakarak, "Ne zaman istersem o zaman yıkarım" dedim.

Rıza çamaşırlarıma, çocuklarıma yedirdiğim yemeklere ve gezip tozmama kadar birçok şeye karışır oldu. Onu her seferinde terslesem de o karışmayı inatla sürdürdü. Öte yandan evin içinde hiçbir şekilde yardım etmediği gibi yan gelip yatıyordu.

Mudî'ye Rıza'nın varlığında rahatsız olduğumu söylesem de herhangi bir şeye şahit olmadığından bana sabırlı olmamı söylüyordu.

Sürekli olarak, "Endişelenme, uzun sürmeyecek" diyordu. "İş bulunca gidecek. Ayrıca o benim yeğenim. Ona yardımcı olmak zorundayım."

Mudî ile birlikte yatırım yaptığımız ve çevresi geniş olan bir bankacıdan Rıza'ya iş bulmasını rica ettik.

Rıza bankacıyla olan görüşmesinden sonra, "Bana veznedarlık önerdi" dedi. "Ben bir bankada veznedar olamam."

Sinirlenerek, "Bu işi kabul edecek çok kişi var" dedim. "En azından yükselmeye açık bir iş."

"Bu ülkede, işletme müdürlüğü dışında hiçbir işi kabul edemem ben" dedi.

O sırada açığa vurduğu bu gerçeği yıllar sonra özellikle de Mudî'nin ailesini tanıdıktan sonra bunun bir erkek bencilliğinden kaynaklandığını anlayabildim.

Bir Amerikan firmasını idare edebilecek gün gelinceye kadar ekmek elden su gölden yanımızda geçinip gidiyordu. Boş boş oturmaktan yorulduğunda da yatıp uyuyordu.

Huzursuz haftalar aylara döndüğünde bu işten iyice sıkıldım.

Sonunda Mudî'ye, "Ya Rıza gider ya da ben giderim" dedim.

Aslında gerçekten gider miydim bilmiyorum. Gidemezdim; ama o anda sadece Mudî'nin sevgisine güveniyordum. Sonunda kazanan ben oldum.

Rıza Farsça söylenerek eşyalarını topladı. Küfürler savurduğunu bile söyleyebilirim. Kısa bir süre sonra İran'a döndü ve yeğeni Esey ile evlendi.

Rıza gittikten sonra mutlu ve huzurlu evliliğimiz devam etti ya da en azından ben devam ettiğini sandım. Aramızda zaman zaman anlaşmazlıklar olmuyor değildi; ama bu her evlilikte olan bir şeydi. Zamanla dengeyi sağlayacağımı umarken evliliğimin olumlu yanlarını görmeye çalışıyordum. Arzu ettiğim birçok şeye kavuşmuştum.

15.000 kilometre doğuda büyüyen bir kasırganın evliliğimi altüst edip beni tutsak edeceğini, oğullarımdan ayıracağını; yalnız benim değil henüz doğmamış kızımın da yaşamını tehlikeye atacağını nasıl bilebilirdim ki?

1979 yılında bir buçuk yıllık evliydik ve Mudî yılbaşından hemen sonra kendine pahalı bir kulaklık ve kısa dalga radyo aldı. Alıcısı dünyanın diğer tarafına ulaşacak kadar güçlüydü. Mudî zamanının çoğunda İran radyosunu dinlemeye başladı.

Tahran'da öğrenciler Şah yönetimine karşı gösteri düzenliyordu. Aslında geçmişte de bu tarz gösteriler olmuştu; ama bu seferki ciddiydi. Paris'te sürgün hayatı yaşayan Ayetullah Humeyni, Batılı etkiye ve özellikle de Şah yönetimine karşı sert konuşmalar yapıyordu.

Çoğu zaman Mudî'nin radyoda dinlediği haberlerle televizyonda izledikleri arasında çelişkiler oluyordu. Sonunda Mudî Amerika haberleşme sistemini de eleştirmeye başladı.

Mudî Şah'ın gidişini ve ertesi gün Ayetullah Humeyni'nin İran'a gelişini kutlamak istedi. Bana haber vermeye gerek görmeden düzinelerce İranlı öğrenciyi eve davet etti. O gece sabahın ilk ışıklarına kadar benim Amerikan evimde hararetli hararetli Farsça konuşuldu.

İran'daki devrim evimizde de yaşandı. Mudî her zamankinden farklı olarak namazlarını ve dualarını aksatmamaya başladı. Birçok Şii grubuna katkıda bulunuyordu.

Konuklarımız için evde bulundurduğumuz pahalı içkileri bana sormadan imha etti. Birçok Amerikalı dostumuz bize uğramaz oldu. Mudî'nin ırkçı konuşmaları tek tük kalan arkadaşlarımızı da uzaklaştırdı. Mudî Amerika haber ajanslarına ateş püskürmeye devam ediyordu. Aylar boyunca öğrenciler evimizi toplantı yeri olarak kullanıp 'Müslüman Eylemciler' adında bir grup kurdular. Grup diğer uğraşılarının yanında şu bildiriyi hazırladı.

Bağışlayıcı ulu Allah'ın adına:

Bugün Amerika Birleşik Devletleri'nin gündelik yaşantısında, Müslümanlık terimi en anlaşılmayan terimler arasında yer almaktadır. Bunun pek çok nedeni vardır.

1) İran'daki İslami Cumhuriyet hakkında kamuoyuna yanıltıcı bilgiler verilmiştir.

2)Amerikan hükümeti Müslüman ülkelere karşı açık bir politika gütmeyi reddetmiştir.

3)Hristiyanlık, İslam dinini ve bu dine bağlı olanları kabul etmemektedir.

Haberleşme sistemi Amerikan toplumunun bakış açısı üzerinde son derece etkilidir. Haber programları, gazeteler, haftalık dergiler Amerikan kamuoyunun kaynağıdır. Bu kaynaklar birer propaganda aracıdır; çünkü olaylar yalnızca A.B.D. çıkarları gözetilerek yansıtılmaktadır. Bu nedenle de uluslararası olaylar çoğu zaman çarpıtılmakta, değiştirilmektedir.

Bu duruma güncel bir örnek olarak İran'daki İslami Cumhuriyeti gösterebiliriz. Şah'ı İran'dan kovan halktır ve İslami bir cumhuriyetin kurulmasını yine halk istemiştir. Kısa süre önce İran'da Kürtlerin ayaklandığını duyduk. Diyelim ki Kürtler özgürlükleri için savaşıyorlar, öyleyse o savaşın içinde İsraillilerin, Rusların, Iraklı askerlerin ne işi var?

İran'daki İslami devrim, İranlıların, Amerikan toplumuna değil; Amerikan dış politikasına karşı olduklarını kanıtlamıştır. Sizleri, haber kaynaklarınızın doğruluğunu gözden geçirmeye davet ediyoruz. Durumu yakından izleyen İranlı Müslümanlarla bağlantı kurun.

Teşekkürlerimizle,
Müslüman Eylemciler Grubu Corpus Christi, Teksas.

Bu bardağı taşıran son damla oldu. Mudî'nin iftiraları karşısında ülkemi savunmaya çalıştım; ama konuşmalarımız acı veren tartışmalara döndüğünden huzurumuz kalmadı.

"Ateşkes antlaşması yapalım" dedim çaresizlik içinde günün birinde. "Politik konulardan konuşmayalım."

Mudî bunu kabul etti ve bir süre boyunca huzur içinde yaşadık. Ama onun ilgi odağı olmaktan çıkmıştım. Gündelik sevgi gösterileri sona ermişti. Benimle ilgilenmek yerine kısa dalga yayını yapan radyosuyla ilgilenip abone olduğu düzinelerce gazete, dergi ve diğer propaganda bildirileriyle haşır neşir oluyordu. Bunlardan bazıları Farsça bazıları da İngilizceydi. Zaman zaman Mudî'nin haberi olmadan onlara göz attığımda Amerikan karşıtı mantık dışı suçlamaları okudukça hem şaşırıyor hem de inanılmaz tedirgin oluyordum.

Mudî Amerikan vatandaşlığı başvurusunu geri çekti.

Boşanmayı düşündüğüm günler oldu. Ama boşanmak nefret ettiğim ve korktuğum bir sözcüktü. Boşanmayı bir kez tecrübe etmiştim ve bunu ikinci kez yaşamak istemiyordum. Mudî'den boşandığım takdirde bu yaşam tarzından ve Mudî'ye duyduğum sevgiden mahrum kalacaktım. Üstelik boşanma artık düşünülmeyecek bir çözümdü; çünkü hamile olduğumu öğrenmiştim.

Hamile olmam Mudî'nin aklını başına getirdi. İran politikasına duyduğu ilginin yerini babalık sevinci aldı. Yeniden beni hediyelere boğmaya başladı. Hamilelik kıyafetleri giymeye başladığımda büyüyen karnımı herkese göstermeye çalıştı. Yüzlerce resim çekmekle kalmadı, hamileliğin bana ne denli yakıştığını yineleyip durdu.

Evliliğimizin üçüncü yazını doğumu bekleyerek geçirirken artık sekiz yaşına basan John'la vakit geçiriyordum. Mudî zamanının büyük bir bölümünde hastanedeydi. John doğacak küçük kardeşi için oda hazırlamama yardım edecek kadar büyümüştü. Oğlumla birlikte sarı beyazlı bebek kıyafetleri aldık. Mudî ile birlikte hamilelik kursuna katıldık ve o erkek çocuk beklediğini söylemekten çekinmedi. Benim içinse kız ya da erkek olmasının bir önemi yoktu. İçimde gelişen bu küçük varlığı sevmeye başlamıştım.

Sekiz aylık hamileyken Eylül ayının başlarında Mudî Houston'daki bir tıp kongresine beni de götürmek istedi. Doğum sonrası başımı kaşıyacak zamanım olmayacağından birkaç gün baş başa kalmak bana da iyi gelecekti. Doktor doğuma daha bir ay olduğunu doğrulayınca Houston'a gittik.

Otele vardığımızda sırtımda hafif bir ağrı vardı. Bir ara doğumun yaklaşıp yaklaşmadığımı sordum kendi kendime.

Endişemden Mudî'ye bahsettiğimde, "Merak etme" dedi beni rahatlatmak istercesine.

Ertesi gün NASA'ya gitmemizi istiyordu.

"Kendimi iyi hissetmiyorum" dedim.

"Peki, o zaman alışveriş yapalım" dedi.

Alışverişten önce yemek yedik. Yemek yerken sırt ağrılarım daha da arttı ve kendimi inanılmaz yorgun hissettim.

"Bence otele dönelim, belki biraz dinlendikten sonra alışverişe çıkabiliriz" dedim.

Otele döner dönmez doğum sancılarım başladı. Kısa bir sürenin ardından da suyum geldi. Mudî doğumun başlamak üzere olduğuna bir türlü inanmak istemiyordu.

"Doktor olan sensin" dedim. "Suyum boşaldı. Sence bu ne anlama geliyor?"

Mudî Corpus Christi'deki doğum uzmanımı aradı ve Houston'da doğumu yaptırabilecek bir doktor adı vermesini istedi. Aradığımız doktor acilen hastaneye gitmemiz gerektiğini söyledi.

Doğumhanede steril önlüğü ve maskesiyle Mudî'nin bana güç vermek için elimi tutmasını asla unutamam. Doğum sırasında çektiğim sancılar aklımdan çıkmış değil. Doktorun bana, "Bir kızınız oldu" demesi hâlâ kulaklarımda.

Doğumu yaptıran doktor her gün yaşadığı bu olay karşısında sevinç çığlıkları atarken ben yorgun, rahatlamış ve şaşkın şaşkın bakarak sırıtmaya başlamıştım.

Kızım mavi gözleriyle, açık teniyle bir mücevher gibiydi. Doğumhanenin ışıkları altında pırıl pırıl parıldıyordu. Kızıl sarı bukleli saçları nemli başına yapışmıştı. Mudî'ye inanılmaz benziyordu.

Mudî sinirli bir sesle, "Saçları neden sarı?" diye sordu. "Gözleri de mavi!"

Yorgun ve mutlulukla harmanlanmış sesimle, "Bunu ben bilemem" dedim. "Renkleri dışında tıpkı sana benziyor."

Küçük bebeğimi kollarımın arasında sallayıp okşarken doktorumun benimle ilgilendiğini fark etmedim bile.

"Adı Meryem olsun" dedim fısıltıyla. İran isimleri arasında en çok hoşuma giden isim buydu. Üstelik bu isim değişik bir telaffuzla söylenen Amerikan adlarına da benziyordu.

Mudî'nin gitmiş olduğunu çok sonra fark ettim. Duygularım karmakarışıktı. Mudî neden kız çocuğu doğurdun sorusunu sormaya cesaret edememişti. İlk çocuğunun kız olması onurunu zedelemişti. O gece yanımızda olması gerekse de o çekip gitmişti. Ondan beklediğim erkeklik gururu kesinlikle bu değildi.

Geceyi kâh uyuyarak kâh bebeğimi emzirerek geçirdim. Ama Mudî'nin çocuksu davranışının yarattığı hayal kırıklığı beni çok üzdü. Bunun geçici mi yoksa kalıcı mı olduğunu sorgulamadan edemedim. Aslında ona öylesine kızmıştım ki umurumda bile değildi.

Ertesi sabah telefon ettiğinde ne gittiği için özür diledi ne de erkek çocuk sahibi olamadığı için üzüldüğünü itiraf etti. Geceyi nikâhımızın kıyıldığı *mescitte* dua ederek geçirdiğini söyledi.

Hastanede beni ziyaret etmek için geldiğinde neşeliydi. Gülümsüyordu. Elinde Farsça yazılarla dolu pembe kâğıtlar vardı. Bunları ona mescitten vermişlerdi.

"İçinde ne yazıyor?" diye sordum.

"Mehtap" dedi.

"Mehtap mı? O da ne demek?"

"Ay ışığı anlamına geliyor" dedi Mudî. İran'daki ailesini aramış, onlar da birkaç isim önermişti. Ama o gece dolunay olduğundan Mudî Mehtap adını tercih etmişti.

Ben yine de Meryem adını tercih ettiğimi, bu çocuğun Amerika'da doğduğunu ve bir Amerikalı olacağını söyledim. Ama yorgundum ve kafam karmakarışıktı. Kimliği Mudî çıkarttı ve nüfus cüzdanına Mehtap Meryem Mahmudî olarak yazdırdı. Onun isteğine boyun eğmemin nedenini kısa bir süre sorguladım.

Mudî kısa zaman içinde kızına öylesine bağlanmıştı ki elbise dolabının içini rengârenk kıyafetlerle donatmıştı. İki aylıkken bile pembe bir elbisesi vardı. O gün bebeğim kollarımda huzurlu ve mutlu yatarken gözlerini gözlerime dikmişti. Mavi gözleri iki aylık zaman içinde kahverengiye dönmüş etrafı keşfetmeye çalışıyordu. 1979 yılının 4 Kasım günüydü ve biz etrafımızda yüzlerce öğrenciyle birlikte Kurban bayramını kutluyorduk.

Müslüman Eylemciler Grubunun etkin bir üyesi olan Mudî parkta bu toplantının düzenlenmesini sağlamıştı. Doğumdan kısa bir süre sora eski gücümü toparlamayı başarmış ve onun politik çalışmalarına katılmaya başlamıştım. Kocaman kazanların içinde pilav pişirdim; İranlı, Mısırlı, Suudi Arap ve Amerikalı olan diğer eşler de *koreş* yaptılar. Salatalık, domates ve soğanları küçük küçük doğrayıp üzerine limon sosu ekledik. Baklava bile vardı.

Etleri hazırlama işi erkeklere aitti. Tanrı'ya oğlunu kurban edeceğine söz veren İbrahim'e Tanrı'nın kıyamayıp bir koç kurban etmesini emretmesini kutladık hep birlikte. Birkaç erkek, canlı koyunları tutup başlarını Mekke'ye çevirerek bir yandan dualar okuyup bir yandan da hayvanların boğazlarını kestiler. Ardından temizlenen hayvanlar bir kazığa geçirilip hazırlanmış olan ateşte kızartıldılar.

Kurban bayramı sadece İran'da değil bütün İslam âleminde kutlanıyordu. Kutlamanın olduğu gün kutlamadan çok İran'daki politika çevresinde yoğunlaşıldı. Ayetullah Humeyni'nin elde ettiği zaferler anlatıla anlatıla bitmiyordu. Sohbetlerden uzak kalmak istedim ve diğer Amerikalı bayan arkadaşlarımla küçük bir Birleşmiş Milletler kurdum. Bu arkadaşlarımın çoğu Doğu kültürünü tanımış olmaktan dolayı mutluydu; ama yine de Amerika'da yaşadıkları için sevinçliydiler.

Bayramdan kısa bir süre sonra oğullarımı evde bırakarak Mudî, Mehtap ve ben Dallas'ta yapılacak bir seminer için arabamızla yola çıktık. Yolumuzun üzerinde Mudî Austin'de kendisi gibi İran'dan kaçıp Amerika'ya yerleşmiş akrabalarını ziyaret etmek için mola verdi. Mudî erkeklere 'yeğen' diye hitap ediyor onlar da ona dayıcan diyordu. Akşam yemeğini Mudî'nin akrabalarında yedik ve ertesi gün otelde onları kahvaltıya davet ettik.

Yorgun olduğumuzdan dolayı ertesi sabah geç kalktık ve hazırlanırken de televizyonu açmak aklımıza gelmedi. Lobiye indiğimizde, Mudî'nin 'yeğen' diye hitap ettiği Cemal sabırsızca bizi bekliyordu.

"Dayıcan!" dedi. "Haberleri dinledin mi? Tahran'daki Amerikan elçiliğini basmışlar. İçeridekileri de rehin almışlar." Bunları söylerken keyiften dört köşe olmuşçasına gülüyordu.

Politikanın ne denli tehlikeli olduğunu artık Mudî de anlamıştı. Bir yandan rahat ve konfor içinde yaşarken diğer yandan dünyanın diğer ucunda devrime ve İran'ı bir İslam Cumhuriyetine çevirmek isteyen Ayetullah'a olan inanç ve bağlılığını dile getirmek kolaydı.

Mudî, Tahran'daki üniversite öğrencileri Amerika'ya karşı savaş ilan ettiğinde tehlikeyle karşı karşıya olduğunu ancak fark edebildi. Karısı Amerikalı olan biri için şu anda İran'da yaşamak mümkün değildi. Teksas Üniversitesi'nde bir İranlı öğrencinin bilinmeyen iki saldırgan tarafından dövülmesinden sonra aynı şeyin kendi başına da geleceğinden Mudî korkmaya başlamıştı. Mudî tutuklanmaktan ve sınır dışı edilmekten de korkuyordu.

Hastanede bazı insanların onu 'Dr. Humeyni' diye çağırmaya başlamış olması sinir bozucuydu. Bir seferinde arabanın biri onu ezmek için üzerine doğru gelmiş, Mudî son anda ezilmekten kurtulmuştu. Tehdit telefonları alıyordu. Telefondaki sesler, "Canına okuyacağız" diyordu. "Geberteceğiz seni." Dışarıya çıktığımızda bizi koruması için özel koruma tutmuştu.

Bu deliliğin ne zaman sona ereceğini sorup duruyordum kendi kendime. Bu aptal savaşa ortak edilmemizin nedeni neydi? Bir eş, bir anne bu savaşa neden ortak ediliyordu ki?

Mudî'nin bu savaşın dışında kalmasına ya da tarafsız olmasına imkân yoktu. O kalmak istese de İranlı arkadaşları onu gösterilerde yanlarında görmek istiyordu. Mudî'nin İranlı arkadaşları evimizi bir üs olarak kullanmak isterken Amerikalı arkadaşlarımız da Mudî'nin Amerikan vatandaşı olmasını bekliyordu.

Başlarda çekimser olan Mudî Amerikalıların rehin alındığını duyduğunda içten içe sevindi. Gösterdiği sevinç ondan nefret etmeme neden oldu. Sürekli tartışmamız yetmiyormuş gibi Mudî Amerika'nın İran'a silah ambargosu koymuş olmasından dolayı bitmez tükenmez nutuklar çekiyordu. Amerika'nın silahları üçüncü bir dünya ülkesi aracılığıyla göndermeyi sürdürdüğünü, fiyatları arttırmak için bu yola başvurduğunu iddia ediyordu.

Mudî'nin İranlı bir nörolog olan Dr. Mücellali ile sıkı bir dostluk kurmuş olması anlaşılır şey değildi. Dr. Mücellali eğitimini İran'da almış olduğundan Amerika'da doktorluk yapma hakkına sahip değildi, bir laboratuvarda teknisyenlik yapıyordu. Mudî bu adama karşı her zaman son derece saygılıydı. Genç öğrencileri topluyor ve tek yürek olmuşçasına birlikte çalışıyorlardı. Günün birinde araları açıldığında Mudî, Dr. Mücellali ile bir daha asla konuşmadı. Ama aralarını açılmasına yol açan şeyden bana hiç bahsetmedi.

Mudî hastanede politik konular hakkında hiçbir tartışmaya girmezdi. İranlı gençlerin evimizde toplanmasına izin veriyor olsa da bu toplantıların gizli kalmasını istiyordu. Hastanedeyken onun için önemli olan tek şey yaptığı işti.

Ama son zamanlarda olanlar olmuş ve Mudî kimden yana olduğunu her yerde belli etmeye başlamıştı. Durum böyle olunca da ona öfkesi olan herkese açık bir hedef hâline gelmişti.

Hastanedeki diğer anestezi doktoru Mudî'nin ameliyata girmek yerine kısa dalga radyo dinlediğine dair suçlamada bulununca ipler iyice koptu. Aslında suçlamada haksız olduğunu sanmıyordum. Tabii ki meslektaşları arasındaki kıskançlığın da buna sebep olduğu düşünülebilir. Mudî'den daha az kazanan meslektaşının bu kazancı kendi lehine çevirmeye çalışmış olması da ihtimal dâhilinde.

Hastane personeli ikiye ayrıldı. Rehine krizinden sonra Mudî'nin yanında olanların sayısı iyice azaldı. Rehine krizi yangına körükle gitmekten farksızdı.

Olaylarla dolu bir yılın ardından Mudî uluslararası bir ikilemin arasında kaldı. Her iki yandan darbe yemesi ihtimal dâhilindeydi.

Noel tatilinde Michigan'daki ailemi görmeye gittik. Corpus Christi'deki bunalımlı günlerden sonra biraz soluk almaya ihtiyacımız vardı. Annemle babam çocukları hediyelere boğdu. Sakin geçen tatil boyunca Corpus Christi'den kurtulmanın yollarını aradım. Mudî Michigan'da mutluydu; ama iş bulduğu takdirde burada çalışmayı düşünüp düşünmeyeceğinden emin değildim. Eski arkadaşlarıyla görüştüğü zaman Michigan'da çalışması konusunun açılacağından emin olduğumdan ona, "Carson City'deki eski dostlarını görmeye neden gitmiyorsun?" diye sordum.

Mudî'nin yüzünü huzurlu bir ifade kapladı. Onun İranlı olduğunu bilen olmadığından herkesle rahatça konuşabilecekti. Bu görüşme ona iyi geldi. Üstelik arkadaşlarından biri, "Burada anestezi uzmanı arayan birini tanıyorum" dediğinde sevinci tavan yaptı.

Anestezi uzmanını arayan kişi Alpena'da oturuyordu. Mudî telefon açar açmaz görüşmeye çağrıldı. Çocukları evde bırakarak arabaya atladığımız gibi üç saat süren bir yolculuk yaptık.

İnce ince yağan kardan dolayı yolun kenarındaki ağaçların üstü karlarla kaplanmıştı. Teksas'da geçirdiğimiz kavurucu sıcaklardan sonra böylesine bir hava inanılmaz güzeldi.

"Buradan uzaklaşmış olmamızı anlamıyorum" dedi Mudî.

Alpena Hastanesi bir masal dünyasından farksızdı. Göze çarpan ilk şey karlarla kaplanmış kocaman bir alanın üzerideki modern binalardı. Çamların arasında gezinen Kanada kazları vardı. Yalpalaya yalpalaya yürümeleri çok hoştu. Geri planda görünen tepeler güzel bir manzara oluşturuyordu.

Mudî'nin görüşmesi çok rahat geçti. Bu hastanede ikinci bir anestezi doktoruna kesinlikle ihtiyaç vardı. Görüşmenin sonunda karşımızda oturan doktor gülümseyerek, "Ne zaman başlayabilirsiniz?" diye sordu.

Corpus Christi'de işleri yoluna koymamız birkaç ay sürdü. Mudî buradan taşınacağımız günü büyük bir özlem içinde bekliyordu. Özlemi öylesine büyüktü ki zaman zaman Teksas'ın ılımlı havasına rağmen pencereleri açıp şömineyi yakıyordu. Şöminenin başında oturmak ona Michigan'ı hatırlatıyordu. Taşınmanın vermiş olduğu mutluluktan hepimiz keyifle kollarımızı sıvadık. Ortak bir amaç doğrultusunda bir kez daha ailecek bir araya gelmiştik. Mudî seçimini Amerika'da yaşamak ve çalışmak doğrultusunda yapmıştı. Sonunda bir Amerikalı olmaya karar vermişti.

Corpus Christi'deki evimizi sattık; ama vergi indiriminden yararlanabilmek için diğer evimizi elden çıkartmadık. İlkbahar geldiğinde Alpena'ya taşınmıştık. Artık aileme üç saatlik İran'a ise bilerce kilometrelik uzaklıktaydık.

ON ALTINCI BÖLÜM

Alpena şu anda tutsak edildiğim evden çok uzaktaydı. Oğullarım Joe ve John'dan çok uzaktaydı. Kızımdan çok uzaktaydı!

Mehtap'ın Mamal ve Nesrin'i yanında olup olmadığını düşündüm bir süre boyunca. Onların yanında olmasını istemiyordum. Tanıdığı, sevdiği birinin yanında olmalıydı. Ama Emine Bozorg'un yanında olduğu düşünmek bile tüylerimin ürpermesine neden oluyordu. Kızımı düşündükçe gözlerim doluyor ağlamaklı oluyordum.

Evin içinde bir başına oturmuş kızımdan gelecek bir haber beklerken akıl sağlığımı kaybetmemek için direnmeye çalışıyordum. Kızıma çaresiz kaldığı durumlarda dua etmesini söylediğimi anımsadım. Ben de dua etmeye başladım. Dua ettiğim takdirde yalnız olmayacağımı umut ediyordum.

Gözlerimi kapattım. "Sevgili Tanrım sana yalvarırım bana yardımcı ol..." Düşüncelerimi toplamakta güçlük çekiyordum. Yıllardan beri dinle hiç ilgilenmediğim için kendimi suçlu hissetmeye başladım. Şimdi uzak diyarlarda tutsak edildiğim bir evde Tanrı'dan medet umuyordum. Yakarışlarıma kulak vereceğinden emin değildim.

Kısacık bir duayla şansımı bir kez daha denedim. İstediğim tek şey bir an önce kızıma kavuşmak ve Mehtap ile birlikte Amerika'ya gidecek bir yol bulmaktı. Tanrı'ya kızımı koruması için yalvardım. "Onu yeniden kollarımın arasına almama yardım et. Koruyucu meleklerini onun yanından esirgeme, ona umut ol. Onu sevdiğini her zaman yanında olduğunu hissettir Tanrım. Ona yeniden kavuşmam için bize yardım elini uzat!"

İçimden bir ses bana gözlerimi açmamı söyledi. Bu ses gerçekten yüreğimin derinliklerinden mi geldi yoksa bana mı öyle geldi bilmiyordum. Korkuyla etrafıma bakındığımda Mudî'nin köşede duran çantasını gördüm. Çantasını genellikle yanında taşırdı; ama bugün unutmuş ya da bilerek bırakmış olmalıydı. Büyük bir merak içinde çantanın yanına gittim. Çantanın içinde ne olduğunu bilmiyordum. Ama içinde işime yarayacak bir şeyler olabilirdi.

Ne yazık ki çantanın kilidi vardı ve ben kilidin şifresini bilmiyordum.

Sıfır, sıfır, sıfırla başlarım dedim kendi kendime.

Çantayı aldım ve Mamal ile Nesrin'in yatak odasına gittim. Birisi gelecek olsa yatak odasının penceresinden rahatlıkla görebilecektim. Yere oturdum ve sayıları 0-0-0 konumuna getirdim. Düğmelere bastım; ama çanta açılmadı. Sayıları 0-0-1 konumuna getirdim ve bir kez daha denedim; ama yine açılmadı. Bir kulağım yolda ayak sesleri olup olmadığını kontrol ediyordu. Sırasıyla 0-0-3, 0-0-4, 0-0-5'i denedim. Açılacağına dair hiçbir umudum olmasa da en azından oyalanıyordum.

Sıra 1-0-0'a geldi, şansım yoktu. Yeniden denemeye başladım ama açılacağına dair en ufak bir umudum dahi yoktu. Büyük bir olasılıkla çantanın içinden işime yarayacak bir şey çıkmayacaktı. Ancak önümde kombine edilecek 900 sayı daha vardı ve bununla uğraşmadığım takdirde de zaman geçmek bilmeyecekti.

1-1-4 açılmadı. 1-1-5 açılmadı. Uğraşmalarım anlamını kaybetmişti. 1-1-6 açılmadı. Mudî sessizce içeriye girip özel eşyalarını karıştırdığımı gördüğünde ne yapardı?

Sayıları 1-1-7'ye getirip düğmelere bastığımda her iki kilit açılıverdi.

Sevinç içinde derin bir nefes aldım. Çantanın içinde bir telefon vardı. Mamal bu telefonu Almanya'dan getirmişti. Kordonun ucundaki fiş prize uyduğu takdirde dışarısıyla konuşabilecektim.

Telefona doğru koştum; ama birdenbire durdum. Esey evdeydi ve ben bebeğin ağlama sesini duyabiliyordum. Telefonlar birbirleriyle bağlantılıydı ve üst katta çevrilen bir numara alt katta çınlama sesi yapıyordu. Bunu denemeye değmeyecekti. Her ne kadar Esey Mudî'nin yaptıklarını onaylamıyor olsa da ona sonuna kadar bağlıydı. Telefon açtığımı hissettiği anda bunu dayıcana yetiştireceğinden en ufak bir kuşkum yoktu. Zamanım daralıyordu. Elimde telefon, denesem mi diye düşünürken yirmi dakika belki de yarım saat geçti. Derken Esey'in kapısı açılıp kapandı, ardından dış kapının açılıp kapandığını duydum. Vakit kaybetmeden pencereye çıktığımda Esey'in çocuklarıyla birlikte uzaklaştığını gördüm. Esey o kadar ender çıkardı ki evden bir an için dualarımın kabul gördüğünü düşündüm.

Telefonu yerine taktım ve elçilikteki Helen'i aradım ve başıma gelenleri ayrıntılarıyla anlattım.

"Ellen'lerde kaldığınızı sanıyorduk" dedi Helen. "Hani işler yoluna girinceye kadar size yardımcı olacaklardı?"

"Yapamadılar. Mudî onları istemiyor. Beni eve hapsetti. Mehtap'ı da benden uzaklaştırdı. Nerede olduğuna ve nasıl olduğuna dair en ufak bir bilgim yok."

"Size nasıl yardımcı olabilirim?"

"Mehtap'ı geri alıncaya kadar bir şey yapmanızı istemiyorum" dedim aceleyle. "Onu kaybetmeyi göze alamam."

"Bir de Bay Vincop ile görüşseniz" diyerek hattı ona bağladı. Bu durumda elçiliğin yardımcı olmasının tehlikeli olabileceğini ona da söyledim. Mehtap'a kavuşmadan yardım istemiyordum.

"Söyledikleriniz hiç mantıklı değildi" dedi Bay Vincop. "Oraya gelip sizi dışarıya çıkartabiliriz. Ya da en azından kilit altında tutulduğunuzu polise bildirebiliriz."

"Hayır!" dedim haykırarak. "Bunu yapmanızı istemiyorum! Hiçbir şey yapmayın! Benimle bağlantı kurmaya çalışmayın. Beni kurtarmak için herhangi bir girişimde bulunmayın. Fırsat bulduğumda sizi ararım. Ama ne zaman fırsat bulurum, onu bilmiyorum. Belki yarın, belki de altı ay sonra. Ama beni telefonla aramaya sakın ola kalkışmayın."

Telefonu kapatıp bir de Ellen'i arayıp aramamayı düşündüğüm bir anda sokak kapısında anahtar sesi duydum. Esey ve çocukları geri dönmüştü. Büyük bir hızla telefonu yerinden söktüm ve çantanın içine koyduktan sonra da çantayı Mudî'nin bırakmış olduğu yere geri götürdüm.

Aklıma Mudî'nin Mehtap'ı götürürken çekmiş olduğum fotoğraflar aklıma geldi. Fotoğraf makinesinin içinde Mehtap'ın resimleri vardı. Filmleri götürdüğünde çektiğim fotoğrafları görüp çıldıracaktı. Hırsından yapacağı şeyleri tahmin bile edemiyordum. Fotoğraf makinesinin çantasını açtım ve filmi değiştirmek için yedek bir film olup olmadığına baktığımda olmadığını gördüm.

Çektiğim fotoğrafın bir önemi olmadığından filmi çıkarttım ve ışığa tuttum. Mudî'nin çekmiş olduğu fotoğrafların da yanmış olmasını umut ettim.

İki gün sonra Esey herhangi bir açıklama yapmaksızın çocukları Meryem ve Mehmet'i yanına alarak evden taşındı. Pencereden baktığımda toplamış olduğu bavullarını taksiye yerleştiriyordu. Anlaşılan akraba ziyaretine çıkıyordu. Rıza iş gezisindeydi ve henüz dönmemişti. Artık tam anlamıyla yalnız başıma kalmıştım.

Mudî bazı akşamlar geliyor, bazı akşamları da gelmiyordu. Gelmesini mi yoksa gelmemesini mi istediğimden emin değildim. Bu adamdan ölümüne nefret ediyordum ve ölesiye korkuyordum; ama öte yandan Mehtap ile aramdaki tek bağlantımdı. Eve geldiği akşamlarda eli kolu yiyeceklerle doluydu; ama Mehtap ile ilgili sorduğum sorulara kısa ve ters cevaplar kullanarak sadece, "İyi" diyerek kesip atıyordu.

Bir akşam ona, "Okulda rahat duruyor mu?" diye sordum.

Sinirli bir tavırla, "Okula gitmiyor" dedi. "O gün yaptıklarından dolayı onu okulda istemiyorlar. Her şeyi berbat ettin. Çocuğun kaydını sildiler. Sen sorun çıkartmaktan başka bir işe yaramıyorsun" derken konudan konuya atlarcasına, "Çok kötü bir kadınsın sen. İyi bir kadın kocasına erkek çocuk doğurur. Bir oğlum olsun istiyorum. Bir kadın daha alacağım."

Mudî'nin bu şekilde konuşması ondan saklı taktırdığım spirali aklıma getirdi. Mudî'nin bundan haberi olsa beni öldürürdü. Doktor müdahalesi gerektirecek kadar beni dövse ve muayene sırasında spiral ortaya çıksa ne olurdu? Mudî beni öldürmese de ölüm cezasına çarptırılırdım.

Homurdanarak, "Seni Humeyni'nin yanına götürüp ondan nefret ettiğini ona söyleyeceğim" dedi. "Seni hükümet görevlilerine şikâyet edip bir CIA ajanı olduğunu söyleyeceğim."

Başka bir zaman bunları söylemiş olsa bana gözdağı verdiğini söyler, üzerinde durmaya gerek bile duymazdım; ama yok yere suçlanıp mahkemeye bile çıkartılmadan ölüm cezasına çarptırılan ya da hapse tıkılan insanlar hakkında anlatılmış bir sürü hikâye vardı. Kaderim aklı olmayan bu adama ve tutarlılıktan uzak bir yönetimin keyfine kalmıştı.

Hapsedildiğim evde aklını kaçırmış bu adamla konuşma hakkım bile yoktu. Gözlerinden öfke saçan bu adamın yüzünden sustum ve kalbimin deli gibi atmasını duymamasını umut ettim. Bu sefer de Müslüman olmamama dil uzattı.

"Cehennem ateşinde yanacaksın!" diye bağırdı. "Ben de cennete gideceğim. Bakalım bu gerçeği ne zaman anlayacaksın!"

Yumuşak bir sesle, "Olacakları önceden bilmemize imkân yok" dedim onu yatıştırmaya çalışarak. "Ben yargıç değilim. Yargılayacak olan Tanrı'dır."

Evde kaldığımız gecelerde aynı yatakta yatıyor olsak da benden uzak duruyordu. Özgürlüğüm uğruna verdiğim savaşın çaresizliği içinde birkaç kez ona sokuldum, başımı omzuna koydum; ama Mudî bana aldırmadan sırtını dönüp uyudu.

Sabah olduğunda içinde telefon olan çantasını alıp çıktı ve beni yalnız başıma bıraktı.

Korkudan ve sıkıntıdan çıldırmak üzereydim. Yediğim dayaktan dolayı her tarafım ağrıyordu. Umutsuzluk içinde saatlerce yattıktan sonra bile ayağa kalkacak gücü kendimde bulamıyordum. Evin içinde ne aradığımı bilmeden dolaştığım zamanlarım da oldu. Bir süre sonra hangi ayda olduğumuzu günleri kestiremez oldum. Aslında bilmek de istemiyordum. İstediğim tek şey bir an önce kızıma kavuşmaktı.

Bomboş geçen günlerimden birinde korkumun üzerine gitmeye karar vererek parmağımla spiralin telini yakalamaya çalıştım. Tel elime geldiğinde kanamanın başlayacağından korktuğumdan dolayı duraksadım. Evde kilitliydim, üstelik birini arayacak bir telefon da yoktu. Kanamam durmadığı takdirde ölebilirdim.

Aslında o anda ölmek ya da yaşamak umurumda bile değildi. Teli parmağıma doladım ve var gücümle asılmış olsam da çektiğim acıya rağmen tel yerinden kımıldamadı. Ne yapsam nafile en ufak bir hareket bile yoktu. Manikür takımımı açtım ve içinden cımbızımı çıkarttım. Cımbızla teli çekerken bir yandan da acı içinde inliyordum. Sonunda başarmıştım. Beni ölüm cezasına çarptıracak spiral parmaklarımın arasında duruyordu. Acı duymama rağmen herhangi bir kanama yoktu.

Elimdeki spirale baktığımda iki buçuk santim uzunluğunda beyaz, saydam bir plastik parçanın ucuna takılı bakır bir tel olduğunu gördüm. Çöpe attığım takdirde Mudî bunu bulabilirdi. Doktor olduğuna göre bunun ne olduğunu anlaması uzun sürmezdi. Tuvaletin içine atabilirdim ama tesisat tıkandığı takdirde tesisatçı bunu Mudî'ye gösterebilirdi.

Madeni kısım yumuşak olduğundan parçalara ayırabileceğimi düşündüm. Nesrin'in dikiş kutusunda bulduğum bir makasla teli küçük küçük parçalar hâlinde kestim. Pencereyi açtım, bıçakla panjuru kaldırdım ve kimsenin bulunduğum tarafa bakmadığından emin olur olmaz kestiğim parçaları Tahran sokaklarına savurdum.

5 Nisan babamın doğum günüydü ve babam hâlâ hayattaydı. Bu yıl altmış beş yaşına basacaktı. Oğlum John'un doğum günü 7 Nisan günüydü. On beş yaşına girecek oğlum benim yaşadığımı biliyor muydu? Onlara hediye alamadığım gibi bir şeyler pişirme imkânına da sahip değildim. Doğum günlerini kutlamak için bir telefon edemiyor, bir kart bile gönderemiyordum.

Zaman kavramını yitirmiş olduğumdan doğum günlerinin hangi güne geldiğini kestiremedim.

Bazı gecelerde balkonda durup ayı seyrediyordum. Dünya ne kadar büyük olursa olsun tek bir ay vardı. Oğullarım Joe ve John da benim gördüğüm ayı görebiliyordu. Mehtap da aynı ayı görüyor diye düşünüyordum. Aramızdaki tek bağ aydı.

Günün birinde pencereden dışarıyı seyrederken nefesim kesilir gibi oldu. Alev Hanım kaldırımın üzerinde durmuş bana bakıyordu. Bir an için hayal gördüğümü sandım.

Şaşkınlık içinde, "Burada ne işiniz var?" diye sordum.

"Başınıza gelenleri öğrendim" dedi Alev Hanım. "Saatlerdir buradayım."

Başıma gelenleri kimden öğrenmişti? Elçilikten mi? Okuldan mı? Ama kimden öğrendiğinin hiçbir önemi yoktu. Beni ve kızımı buradan kaçıracak kadar cesur olan bu kadını bir kez daha karşımda görmek beni inanılmaz heyecanlandırmıştı. Ama aynı zamanda kızımın yokluğu içime çökmüş olduğundan dertli dertli içimi çektim.

"Sizin için ne yapabilirim?" diye sordu Alev Hanım.

"Hiçbir şey" dedim çaresizlik içinde.

"Sizinle konuşmam gerek" dedi sesini alçaltarak. Bir kişi kaldırımda diğeri ikinci katta İngilizce konuşmak dikkat çekici olacaktı.

"Bekleyin!" dedim.

Aceleyle panjuru yerinden oynattım ve kafamı parmaklıklara kadar uzattım. Konuşmamıza daha alçak sesle devam ettik.

"Günlerdir evinizi gözetliyorum" dedi Alev Hanım. Erkek kardeşi de gelmiş ve arabanın içinde beklemiş; ama birileri kuşkulanarak burada ne aradıklarını sormuş. Alev Hanım'ın kardeşi de nişanlısının evini gözetlediğini söylemiş. Açıklama yeterli olmuş; ama bir daha gelmeye cesaret edememiş olduğundan Alev Hanım bu sefer yalnız gelmiş.

"Zahidan yolculuğunuz için her şey hazır" dedim.

"Mehtap olmadan gidemem."

"Mehtap'ı ben bulurum."

Bunu gerçekten yapabilir miydi?

"Kuşkuyu üzerimize çekecek herhangi bir şey yapmayın."

Olur anlamında kafasını salladı ve geldiği gibi yok oldu. Vakit kaybetmeden panjuru yerine taktım ve yarı uyuşuk hâlime geri döndüm. Biraz önceki sahnenin hayal olup olmadığından bile emin değildim.

Tanrı'nın emriyle dünya yavaş yavaş dönüyor olmalıydı. Günlerin kırk sekiz saat, hatta yetmiş iki saat sürme ihtimali bile vardı. Kendimi bu kadar yalnız hissettiğim bir zaman daha olmamıştı. Kendimi oyalamak için yapılacak bir şeyler aramakla geçiriyordum.

Sonunda Mehtap ile aramda bir bağ kurmayı başardım. Mudî'nin eve getirdiği erzaklarla ona en sevdiği yemekleri pişirip gönderiyordum. Bulgur pilavını çok seviyordu.

Elime geçen bir tığla bebeğine güzel bir patik ördüm. Boğazını sıkan kazaklarından birinin boğazını genişlettim ve kurdele ile süsledim. Kalan kumaş parçalarıyla Mehtap'ın bebeğine kıyafetler diktim. Mehtap'a küçük gelen uzun kollu beyaz bluzunun kollarını kesip bedenine ekleyerek, rahat bir kısa kollu bluz hâline getirdim.

Mudî kızıma hazırlamış olduğum hediyeleri götürdü; ama kızım hakkında en küçük bir bilgi dahi vermedi. Yalnız bir dahaki gelişinde bebeği için ördüğüm patikleri geri getirerek, "Onları kaldığı yerde tutmak istemiyormuş. Diğer çocukların bu patikleri kirletmesinden korkuyormuş" dedi.

Aslında sonunda beklediğim haber gelmişti. Mudî'nin duyduğum sevinçten dolayı kalbimin deli gibi attığını anlamasını istemiyordum. Küçük kızım kafamdan geçenleri anlamıştı. O da kendince yaşadığı yeri ve başka çocuklarla birlikte olduğunu bana söylemek istiyordu. Tanrı'ya şükürler olsun ki Emine Bozorg'un evinde değildi!

Eğer Emine Bozorg'un yanında değilse o zaman kimin yanındaydı?

Can sıkıntısından Mudî'nin kitaplarını karıştırmaya başladım. Kitapların çoğu İslam dini hakkındaydı; ama İngilizce olduktan sonra bunun bir önemi yoktu. Baştan sona kadar hepsini okudum. Elime geçen Webster sözlüğünü de okudum. Aralarında keşke bir de İncil olsaydı diye düşündüm.

Bu bunalımlı günlerimde tek dayanağım Tanrı'ydı. Tanrı'yla konuşmadığım tek bir anım bile yoktu. Bir zaman sonra ne kadar sürdüğünü bilmiyorum; ama aklıma bir şey geldi. Umutsuzdum, kendimi koruyacak durumda değildim; ama beni kızıma kavuşturacak her şeyi denemeye hazırdım. Dikkatimi Mudî'nin dinine yöneltim.

Eğitici bir kitap vasıtasıyla duaları ve namazları öğrendim ve uygulamaya başladım. Namazdan önce ellerimi, kollarımı, yüzümü ve ayaklarımın üst kısımlarını yıkıyordum. Sonra üzerime beyaz bir dua çadoru geçiriyordum. İslam dininde, namaz kılan kişi Allah'ın huzurunda bir hiç olduğunu göstermek istediğinden secde ediyordu. Secde ederken insan eliyle yapılmış hiçbir şeye alnını sürmüyordu. Dışarıda bunu yapmak çok kolaydı ve evin içinde de bunu yapmak için dua taşları bulunuyordu. Evin her yerinde bulunan bu taşlar iki santim çapında küçük, donmuş balçık parçalarıydı. Bu taşlar herhangi bir topraktan da olabiliyordu; ama bu evdeki dua taşları Mekke'den özel olarak getirilmiş taşlardı.

Çadora bürünüp namaza durarak secdeye kapanıyor ve alnımı dua taşına değdiriyordum. Yanıma açtığım dua kitabına baka baka namazı tamamlıyordum.

Bir sabah Mudî, namaz öncesi abdest alırken onu izlediğimi fark ettiğinde şaşırıp kaldı. Üzerime çadorumu alıp namaz kılınan yere geldiğimde şaşkınlığı daha da arttı. Üstelik yerimin onun yanında değil de arkasında olduğunu sormadan bilmiştim. İkimiz birlikte Mekke'ye dönüp duamızı mırıldandık.

İki amacım vardı. Öncelikle Mudî bu işe sevinecekti. İlk başta Mehtap'ı geri alabilmek için ona yarandığımı düşünse de zamanla işe yarayacaktı. Mehtap'ı benden uzaklaştırmak oynayacağı son kozdu. Amacı burada mutlu bir aile kurmaksa benim Müslümanlığa yönelmem, planımı uygulamama yardımcı olacaktı.

Aslında dua ederken Mudî'nin düşündüğünden çok daha ciddiydim. Yardıma ihtiyacım vardı. Eğer Allah benim inandığım Tanrı ile aynı büyük gücü temsil ediyorsa onun buyruklarını olabildiğince yerine getirme çalışacaktım. Allah'ı memnun etmek Mudî'yi memnun etmekten çok daha önemliydi.

Duam bitince Mudî, "Duaları İngilizce okumamalısın" dedi.

İşte o zaman kendime yeni bir uğraş buldum. Arapça öğrenmek için günler boyunca sabahtan akşama kadar çalıştım. Bir yandan da kendimi boyun eğen İranlı bir ev kadını olmaya çalıştığıma inandırmak istiyordum.

Bir gün kapı çaldı. Gelen Ellen'di. Pencereden konuştuk.

"Mudî senden uzak kalmamı istiyor; ama ben dayanamadım ve nasıl olduğunu öğrenmek istedim" dedi. "Değişen bir şey var mı?"

"Yok."

"Mehtap'ın nerede olduğunu biliyor musun?"

"Hayır. Ya sen?"

"Hayır" dedi Ellen. Ardından bir fikir yürüttü. "Belki bu konuda Hakim Ağa yardımcı olabilir. Mudî onu dinler. Gidip Hakim Ağa ile konuşayım."

"Hayır" dedim engellemek istercesine. "Herhangi biriyle konuştuğumu Mudî öğrenirse işler daha da kötüye gider. Başımı daha fazla derde sokmak istemiyorum. Tek istediğim Mehtap ile görüşmek."

Ellen acımı paylaşırcasına kafasını salladı.

"Senden tek bir ricam var" dedim. "Evindeki İncil'i bana getirebilir misin?"

"Olur; ama sana nasıl vereceğim?"

"Küçük bir sepet ya da ona benzer bir şey sarkıtırım."

"Peki."

Ellen gitti; ama bana söz verdiği İncil'i asla getirmedi. Beni görmeye geldiğinden kocasına bahsetmiş olabilirdi.

Güneşli bir sabah balkonda dururken kavganın üzerinden ne kadar zaman geçmiş olduğunu hatırlamaya çalıştım. Bir ay, iki ay ya da daha fazla zaman geçmiş olabilirdi; ama emin değildim. Geçen cuma günlerini saymaya çalıştım. Cuma günleri daha sık ezan okunduğundan dolayı ayırt edebiliyordum. Ama hatırlayabildiğim tek bir cuma oldu. Kavganın üzerinden sadece bir cuma mı geçmişti? Yoksa iki mi? Hâlâ Nisan ayında mıydık?

Birdenbire karşı binanın penceresinden bana doğru bakan bir kadını fark ettim. Onu daha önce görmemiştim.

"Nerelisiniz?" diye sordu İngilizce olarak.

Şaşırmış aynı zamanda da korkmuştum. Bu bir tuzak olabilir miydi?

"Neden?" diye sordum.

"Yabancı olduğunuzu biliyorum da onun için."

Öylesine umutsuzdum ki düşünmeden sözcükler ağzımdan dökülüverdi. Kadının dost mu yoksa düşman mı olduğunu anlamak zaman kaybı olacaktı.

"Bu eve kapatıldım" dedim kekeleyerek. "Kızımı elimden aldılar ve beni bu eve hapsettiler. Yardım bekliyorum. Ne olur yardım edin bana."

"Vah vah" dedi kadın. "Elimden geleni yaparım."

Bu kadın benim için ne yapabilirdi ki? İranlı bir ev kadının sahip olduğu özgürlük benimkinden farklı değildi. Ardından aklıma bir fikir geldi.

"Aileme bir mektup göndermek istiyorum" dedim.

"Peki. Siz mektubu yazın. Sokağa çıktığımda mektubunuzu bana atarsınız."

Aceleyle bir şeyler karaladım. Ne durumda olduğumu anlatmaya çalıştım ve en azından kızıma kavuşuncaya kadar Dışişleri Bakanlığı'na baskı yapmamalarını rica ettim. Onları ne kadar sevdiğimi yazarken gözlerimden akan yaşlar kâğıdı ıslattı.

Ardından panjuru yerinden çıkarttım ve kadının sokağa çıkmasını bekledim. Yoldan fazla geçip giden yoktu; ama kapalı giysiler giymiş olsa da komşu kadını tanıyacağımdan emindim. Geçenlerden hiçbiri kafasını kaldırıp bakmıyordu.

Derken üzerinde manto ve başında rusarisi olan bir kadın hızlı adımlarla yaklaştı. Pencerenin altına geldiğinde kafasını kaldırdı ve belli belirsiz kafasını salladı. Mektup elimden kaydı ve bir o yana bir diğer yana süzülerek yere düştü. Kadın yere düşen zarfı aceleyle mantosunun altına soktu.

Kadını bir daha görmedim. Onu görebilmek umuduyla balkona çıktım. Herhangi bir şey daha yaptığı takdirde kendini tehlikeye atacağını düşünmüş olmalıydı.

Aslında bu arada namaz kıldığımı gören Mudî biraz yumuşadı ve bunun karşılığında İngilizce olarak yayımlanan *The Khayan* gazetesini getirmeye başladı. Baştan sona kadar propagandalarla dolu olsa da en azından din kitaplarının dışında İngilizce okuyacak bir şeylere sahip olmuştum. Üstelik gazetelerin sayesinde tarihin ne olduğunu öğrenmiş oluyordum. Sadece bir buçuk haftadan beri kapalı olduğumu fark ettiğimde çok şaşırdım. Bir ara bu gazetenin uyduruk haberleri gibi tarihinin de uyduruk olup olmadığını düşündüm.

Gazetenin gelişiyle Mudî'nin bana karşı yumuşamış olduğunu sezinlemeye başladım. Artık her akşam eve gelmekle kalmıyor getirdiği gazetenin yanına küçük sürprizler de ekliyordu.

Bir gece geç saatte eve geldiğinde, "Çilek aldım" dedi. "Hem pahalı, hem de zor bulunuyor."

Garip bir barışma hediyesiydi bu. Mehtap'ı son gördüğüm o akşam da kızım çilek istediğinde çok pahalı deyip almamıştı.

Çilek yemeyeli bir yıl olmuştu. Küçük ve kuru görüntüleri vardı, tadının güzel olduğundan emin olmasam da arka arkaya üç tanesini ağzıma tıktıktan sonra, "Bunları Mehtap'a götür" dedim.

"Olur" dedi Mudî.

Bazı akşamlar yumuşak davranıyor, az da olsa benimle konuşuyordu. Ama bazı akşamlar konuşmadığı gibi asık suratıyla öylece oturuyordu. Her fırsatta Mehtap'ı sorsam da bana herhangi bir cevap vermiyordu.

"Daha ne kadar sürecek?" diye sordum.

Sadece homurdandı.

Umudumu kaybettiğim günler uzayıp gidiyordu.

Gecenin bir vaktinde çalan zil bizi uyandırdı. Etrafındaki şeytanlara karşı her an için savunmaya hazır olan Mudî yataktan fırladığı gibi pencereye koştu. Gelen Emine Bozorg ve Hacı Baba'nın üçüncü oğlu Mustafa'ydı. Onu sesinden tanıdım. Mudî ile aralarında Farsça bir şeyler konuştuktan sonra Mudî hemen geleceğini söyledi.

Mudî yatağa döndüğünde, "Ne oldu?" diye sordum.

"Mehtap hastalanmış" dedi. "Ben gidiyorum."

Kalbim duracak gibi oldu.

"Ne olur seninle gelmeme izin ver!" diye yalvardım.

"Hayır, sen burada kalacaksın."

"Lütfen."

"Olmaz."

"Öyleyse, eve getir onu, lütfen!"

"Olmaz. O bir daha bu eve gelmeyecek."

Mudî kapıdan çıkarken yataktan kalkıp Mudî'ye yetiştim. Kızıma kavuşmak için gerekiyorsa Tahran sokaklarında gecelikle dolaşabilirdim.

Ama Mudî beni kenara itti, çıktıktan sonra kapıyı kapattı ve beni korkularımla baş başa bırakıp gitti. Mehtap hastaydı! Mustafa gecenin bir yarısında gelip haber verdiğine göre çok hastaydı! Çocuğu hastaneye mi götüreceklerdi? Mehtap hastaneye gidecek kadar mı hastaydı? "Neyin var canım kızım" diyerek hıçkırıklara boğuldum.

Gece bitmek bilmedi ve ben ağlamaktan başka bir şey yapamadım. Mehtap'ı ve Mustafa'nın gelişini bir türlü aklımdan çıkartamıyordum.

Ardından Mustafa ve karısı Melek'in üç sokak ötede oturduğunu hatırladım. Orası Mehtap'ı saklamak için uygun bir yerdi. Mehtap'ın Mustafa ile Melek'in yanında olduğunu düşünmek içime su serpti. Ama yine de inanılmaz hüzünlüydüm. Düşüncelerim aracılığıyla ona sevgimi göndermeye çalıştım ve yanında olduğumu hissetmesi için Tanrı'ya dua ettim.

Geçen haftalarda en kötü günlerimi yaşadığımı düşünürken şimdiki umutsuzluğum hepsini bastırmıştı. Sabah olduğunda kızımdan bir haber alamadım. Saatler geçti ve hüzünlü kalbim her atışında, "Mehtap, Mehtap, Mehtap!" diye ağlıyordu.

O gün uyuyamadım, yemek yemedim ve kendimi oyalayacak bir şey yapamadım. Hasta yatan kızımın görüntüsü gözlerimin önünden gitmiyordu.

Öğleden sonrası uzun ve bir o kadar da boğucuydu. Yaşadığım en uzun gündü.

Elimden gelen hiçbir şey yoktu. Birden komşumun arka bahçesinde bir kadın gördüm. Kadın evin hizmetçisi olmalıydı. Üzerinde bir çador vardı ve havuzun kenarındaki saksıları suluyordu. Onu çiçekleri sularken birçok kez görmüştüm; ama bugüne kadar hiç konuşmamıştık.

O anda bu evden kaçıp Mustafa ve Melek'in evine giderek kızımı kurtarmaya karar verdim. Düşüncelerimi toparlayamayacak kadar telaşlı ve bir o kadar da şaşkındım. Sonuç ne olursa olsun kızımı görmek zorundaydım.

Evin arka penceresinde ne panjur vardı ne de demir. Pencerenin altına bir sandalye getirdikten sonra üzerine çıktım ve pencerenin pervazına tutunarak kadına, "*Hanım*!" diye seslendim.

Yaşlı kadın beni gördüğünde şaşırdı.

"*Soma Englisi sobatkom*?" diye sordum ki bu, "İngilizce biliyor musunuz?" anlamına geliyordu. Beni anlamasını, çatıya çıkmama, içeriye girmeme ve arka kapıdan kaçmama izin vermesini istiyordum.

Kadın soruma cevap vermeden çadoruna sıkı sıkıya bürünüp içeriye kaçtı.

Dikkatlice eve geri döndüm. Bana yardım edecek kimse yoktu. Bir çıkış yolu bulmama imkân yoktu. Odanın içinde ileri geri giderek bir çıkış yolu aramaya koyuldum.

Oyalanmak için okuyacak bir şeyler aradım, Mudî'nin kütüphanesini okumadığım bir şey kalıp kalmadığını görmek için gözlerimle taradım. Kitapların arkasında sıkışmış dört sayfalık bir kitapçık gözüme ilişti. Kiapçığı elime aldım. İngilizce yazılmıştı ve özel durumlar karşısında okunması gereken duaları içeriyordu. Hızla gözden geçirdim, bir '*nasr*'a takıldı gözüm.

Nasr, adak demekti, adak Allah'a verilmiş sözdü. Bir yemin, bir tür antlaşma, hatta pazarlık anlamına geliyordu. Rıza ve Esey'in de adakları vardı. Küçük Mehdi'nin bacakları Allah tarafından düzeltilecek olursa onlar da adakları olan kocaman bir tepsiyi ekmek, peynir, sebze ve başka yiyeceklerle donatılacak ve bir mescide bırakacaklardı. Yiyecekler muhtaçlara dağıtılacaktı.

Ezan sesi duyuldu. Abdestimi alırken de çadorumu üzerime geçirirken de gözyaşlarıma engel olamıyordum.

Müslümanlıkla Hristiyanlığın birbirine karıştığının farkında bile olmadan, "Allahım beni kızıma kavuştur ve sağ salim evimize dönelim. Bu gerçekleştiği takdirde kutsal toprakları, Kudüs'ü ziyaret edeceğime yemin ederim. Nasrım bu." Ardından elimdeki kitaptan uzun bir Arapça dua okudum. İnancım tamdı ve dünyadan elimi eteğimi çekmiş, yüzümü Tanrı'ya dönmüştüm.

Akşam olduğunda Tahran'ın üzerine karanlık çöktü. Koridorda oturmuş kitap okuyarak oyalanmaya çalışıyordum.

Birdenbire elektrikler kesildi ve hava saldırısını haber veren siren sesleri duyulmaya başladı.

"Mehtap!" dedim içimden. Kim bilir ne kadar korkacaktı. Umutsuzluk içinde kapıya koştum; ama kapı tabii ki kilitliydi. Evin ikinci katında sıkışıp kalmıştım. Kendi güvenliğimi düşünmeden bir ileri, bir geri, bir ileri, bir geri gidip geliyordum. Aklıma oğlum John'un bana yazdığı mektuptaki satırlar geldi. "Ne olur Mehtap'a dikkat et ve onu yanından ayırma" demişti. Kızımı düşünerek ağlıyordum. Bugüne kadar akıttığım en acı gözyaşlarıydı bunlar.

Birkaç dakika içinde hava saldırısı sona erdi. Bu seferki saldırı kısa sürmüştü. Işıkları sönmüştü, karanlık evin içinde yalnız ve karamsardım. Ağlayarak yere kapandım.

Yarım saat sonra evin dış kapısı açılıp kapandı. Mudî'nin ağır ağır merdivenlerden çıktığını duyduğumda kapıya koştum. Mehtap'tan en ufak bir haber almak için her şeyi yapabilirdim. Kapı açıldığında el lambasının yaydığı ışıkla Mudî'nin belli belirsiz siluetini gördüm.

Mudî kucağında geniş ve ağır bir şey taşıyordu. Taşıdığı şeyin ne olduğunu görebilmek için yaklaştım.

Taşıdı şeyin Mehtap olduğunu fark eder etmez nefesim kesildi. Battaniyeye sarılmış kızım babasının kucağında hâlsiz yatıyordu. İfadesiz yüzü karanlıkta fark edilecek kadar solgundu.

ON YEDİNCİ BÖLÜM

"Tanrım sana şükürler olsun" diye mırıldandım. Adağımı az önce yapmıştım ve Tanrı dualarımı kabul etmişti.

Coşku ve korku birbirine karıştı. Yavrum inanılmaz bitkin, hâlsiz, bir o kadar da üzgündü; babasının kucağında öylece yatıyordu.

Kocamla kızımı kollarımın arasına aldım.

Mudî'ye, "Onu bana geri getirdiğin için seni çok seviyorum" dedim. Söylemiş olduğum şeyler gülünç geldi bir an için; ama Mehtap'ı gördüğümden öylesine sevinçliydim ki söylediklerimin mantığını arayacak değildim.

"Sanırım az önceki hava saldırısıyla Allah bir uyarıda bulunmak istedi" dedi Mudî. "Birbirimizden ayrı kalmamızın hiçbir anlamı yok. Böylesine zamanlarda bir arada olmalıyız. Seni çok merak ettim. Ayrı kalmamalıyız."

Mehtap'ın alnı terli ve sıcaktı. Kollarımı ona doğru uzattım. Ona dokunabilmek çok farklı bir duyguydu.

Mudî arkamda kızımı yatak odasına götürürken tek bir şey söylemedi. Kızımı yatağın üzerine yatırdıktan sonra onu battaniyeyle örttüm ve bir iç çamaşırını suya batırdıktan sonra alnını sildim. Bilinci yerindeydi; ama Mudî'nin yanında bana bir şey söylemekten korkuyor gibiydi.

"Yemek yedi mi?" diye sordum.

"Evet" dedi kesin bir ifadeyle. Aslında yemiş gibi durmuyordu. İnanılmaz zayıflamıştı.

Mudî gece boyunca bizi baş başa bırakmamak için çok uğraştı. Mehtap sessiz ve sakindi; çabalarım sonucunda ateşi düşmüştü. Bütün gece boyunca üçümüz birlikte yattık. Ortamızda yatan Mehtap'ı ishal olduğu için gece boyunca tuvalete taşıdım. Karnı ağrıyordu. Arada bir uykuya daldığımda kâbuslar görüyordum. "Şimdi ne olacak?" sorusu aklımı kurcalıyor olsa da Mudî'ye sormaktan korkuyordum.

Sabah Mudî işe gitmek için hazırlanırken ters olmayan; ama bir önceki gecenin duyarlılığıyla, "Kızı hazırla" dedi.

"Lütfen götürme onu" diye yalvardım.

"Olmaz. Onu burada seninle bırakamam."

Karşı koymaya korktum. İpler ne de olsa Mudî'nin elindeydi ve bir daha yalnızlığa terk edilmeyi göze alamazdım. Mehtap babasının kucağında evden çıkarken sessizliğini koruyordu. Ardında bıraktığı annesinin üzüntüden ölmek üzere olduğunu hissediyor olmalıydı.

Üçümüz de büyük bir değişimden geçmiştik. Çözümlemesi uzun sürecek olsa da üçümüz de ortak yaşantımızda yeni bir döneme başlamıştık.

Mudî eskisi kadar bağırıp çağırmıyordu; ama öte yandan donuk ve içten pazarlıklıydı. Dış görünüşü sakin olsa da gözlerinden derin bir bunalımın içinde olduğunu anlamak zor değildi. Para konusu aklını kurcalıyor olmalıydı.

"Hastaneden hâlâ paramı ödemediler" diye söylendi. "Boş yere çalışıyorum."

"Çok saçma" dedim. "İnanılır gibi değil. O zaman nereden para buluyorsun?"

"Mamal'dan aldığım borçlarla geçiniyoruz."

Ona tabii ki inanmadım. Paramız olmadığından yaşam koşullarımızı değiştiremeyeceğimize inandırmak istiyordu bizi.

Nedeni bilinmez; ama Mudî öfkesini bana yöneltmekten vazgeçmiş gibiydi. Hastanede nöbet tuttuğu günlerin haricindeki akşamlarda Mehtap'ı eve getiriyordu. Bir iki hafta sonra arada bir Mehtap ile baş bala kalmamıza izin verdi. Yine de dışarıya çıkarken kapıyı üzerimize iki kez kilitlemeyi ihmal etmiyordu.

Bir sabah dışarıya çıktığında kilit sesinin gelmesini bekledim; ama kilit sesi gelmedi. Ayak seslerini dinledim, uzaklaştı ve evden çıkıp gitti. Pencereden baktığımda yokuş aşağı uzaklaştığını gördüm.

Kapıyı kilitlemeyi mi unutmuştu yoksa beni mi sınıyordu?

Sınıyor olması ihtimali yüksekti. Mehtap ile dışarıya adım bile atmadık. Birkaç saat sonra döndüğünde oldukça neşeliydi. Bizi denemek istediğini anlamıştım. Evi gözetlemiş ya da gözetleyecek birini tutmuştu. Sonunda onun güvenini kazanmıştık.

Mudî son zamanlarda daha tutkulu biçimde dışarıdan gelecek tehlikelere karşı ailecek kenetlenmemiz gerektiğini vurguluyordu. Günler, haftalar geçtikçe Mehtap'ı bana tam anlamıyla geri vereceğine dair umutlarım büyüyordu.

Mehtap da değişmişti. Önceleri ayrılmamız hakkında konuşmaktan çekinerek, "Çok ağladın mı? Ya da babandan seni geri getirmesini istedin mi?" diye sorduğumda, korkak bir ses tonuyla, "Hayır" diyordu. "Ondan hiçbir şey istemedim. Ağlamadım. Hiç kimseyle konuşmadım. Oyun oynamadım. Hiçbir şey yapmadım."

İçine kapanmış kızımı konuşturmam günlerime mal oldu. Sonunda bana açıldı ve orada bulunduğu süre boyunca sürekli olarak sorguya çekildiğini söyledi. Özellikle de Mudî'nin yeğeni olan Melek, kızımı annesiyle birlikte elçiliğe gidip gitmediği hakkında sorguya çekmişti. Ülke dışına kaçmak için girişimde bulunup bulunmadığımız da sorulan sorular arasındaymış. Mehtap tüm sorulara, 'Hayır' cevabını vermişti.

"Evden kaçmak istedim anneciğim" dedi. Ona kaçmayı denemediği için kızdığımı sanıyordu. "Meleklerin evinden geri gelmek için yolu biliyordum. Arada bir, birlikte alışverişe çıktığımızda, kaçıp gelerek seni bulmak istedim."

Tanrı'ya şükürler olsun ki kaçmayı denememişti. Bu tek başına Tahran'ın sokaklarında, dikkatsiz sürücülerin ve yoğun trafiğin arasında ya da kötü yürekli polislerin elinde olduğunu aklıma bile getirmek istemiyordum.

Kaçamamıştı. Hiçbir şey yapamamıştı, Mehtap'taki en büyük değişim de buydu. İsteği dışında davranmaya zorlanmıştı. Boyun eğmeye başlamıştı. Yaşadığı korku ve dehşet onu boyun eğmeye zorlamıştı. Dayak yemiş, acı çekmiş ve ürkmüştü.

Mudî ve Mehtap'taki değişim bir yana aslında ben de değişmiştim. Mamal'ların evinde kilitli kaldığım süre boyunca düşünecek çok zamanım olmuştu. Artık mantık yürütmeye çalışıyor, olayları ince eleyip sık sokuyordum ve daha dikkatli planlar yapmaya çalışıyordum. İran'da yaşamaya asla alışamayacağım aşikârdı. Üstelik Mudî'nin de bir daha sağlıklı düşünebileceğine dair umudum yoktu. Şu sıralarda daha ılımlı, daha mantıklı görünüyor olsa da çevresine dehşet saçmamasının uzun sürmeyeceğinden emindim. Belki de bu geçici süreden faydalanabilirdim. Ama dertli günlerin geleceği kesindi.

Bu işin içinden nasıl çıkacağımı bilmiyordum. Buradan kurtulmanın ayrıntılarını bilmiyor olmasam da yine de kafamın içinde genel bir plan vardı. Öncelikle bundan sonraki adımlarım oldukça hesaplı olacaktı. Bundan sonra sırrımı Mehtap'tan bile saklamak zorundaydım. Melek'in onu sorguya çekmiş olması canımı sıkmıştı. Kızımın gereğinden fazlasını bilmesi doğru değildi. Amerika'ya dönme konusunu onun yanında açmamam gerekiyordu. Bu kararı vermek oldukça zor oldu. İyi bir haber aldığımda bunu kızımla paylaşmak isterdim. Ama bu karar kızımı çok sevdiğimden dolayı alınmış bir karardı. Onu boş yere umutlandırıp tedirgin etmeye hakkım yoktu. Ancak Amerika'ya gitmek için yola çıktığımızda ki, bunu nasıl yapacağımı henüz bilmiyordum, kızıma her şeyi anlatacaktım.

Sonuç itibariyle üçümüz de kendi koruyucu kalkanımızı kuşandık ve geçmişe meydan okumaya başladık. Dışarıdan bakıldığında evimizde sakin, huzurlu bir hava esiyordu; ama içten içe gerilimin derinleştiğini hissetmemek mümkün değildi.

Mamal ve Nesrin evlerine dönmediler, akrabalarında kalmaya devam ediyorlardı. Rıza ve Esey alt kata geri döndü. Esey ile uzaktan olan dostluğumuz devam ediyordu.

Ordibeheşt ayının on altıncı günü bu yıl Mayıs ayının altısıydı. Aynı gün, on ikinci imam Mehdi'nin doğum günüydü. Şiiler, yüzlerce yıl öncesinde ölen Mehdi'nin kıyamet günü İsa Peygamber ile birlikte yeniden doğacağına inanıyordu. Onun doğum gününde bir dilekte bulunmak âdetti. Esey beni nasrını yerine getiren yaşlı bir kadının evine götürdü. Kadın ölüm döşeğindeki kızının iyileşmesi durumunda her yıl İmam Mehdi'nin doğum gününde bir ziyafet düzenleyeceğine dair adak adamıştı. Esey iki yüz kadının geleceğini söyledi. Günün tamamının dualar ve dövünmelerle geçeceğini düşündüğümden Esey'e, "Gelmek istemiyorum" dedim.

"Lütfen gel" dedi. "Gerçekleşmesini istediğin bir dileğin varsa orada Kuran okuyan kadına para karşılığında dua ettirebilirsin. Bir yıla varmadan dileğinin gerçekleşeceğine inanabilirsin. Gerçekleşmesini istediğin bir dileğin yok mu?" Esey'in yüzünde sıcak bir gülümseme vardı. Dileğimin ne olduğunu biliyordu.

"Peki, öyleyse" dedim. "Mudî'ye sorarım izin verirse gelirim."

Mudî gitmeme izin verdiğinde şaşırdım. Kadın akrabalarının neredeyse tamamı orada olacaktı. Esey, Mehtap ile beni onların arasına soktu. Kutlama dolayısıyla Mudî'nin akrabalarıyla kaynaşmamı istiyordu. O sabah evin içi dolup taştı. Erkekler Rıza'larda toplandı. Kutlama töreni için düzinelerce kadın birkaç arabanın içine doluşarak havaalanına yakın bir yerdeki kutlama alanına gitmek için yola çıktı. Yolculuk bir saate yakın sürecekti.

Eve girdiğimde evin içindeki kadınların örtünmemiş hatta dekolte giymiş olduğunu görmek beni oldukça şaşırtmıştı. Pullu askılı elbiseler, bedeni sımsıkı saran ipek pantolonlar giyilmiş, saçlar yapılı üstelik makyajlar da yerli yerindeydi. Taktıkları altınlar göz kamaştırıyordu. Çalan davullarla kadınlar kolları başlarının üzerinde göbek atıyordu.

Esey üzerindeki çadoru çıkartınca altından göğüs dekoltesi oldukça derin turkuaz bir elbise çıktı. Altınlarını takıp takıştırmıştı.

Nesrin kırmızı arması olan gece mavisi bir takım giymişti.

Zühre ve Fereşte de oradaydı; ama Emine Bozorg görünürlerde yoktu. Emine Bozorg için hasta yatıyor dediler. Aslında partinin havasını gördükten sonra Emine Bozorg'un neden gelmediğini anladım. Bu kadın insanların mutlu olduğunu görmekten hasta olabiliyordu.

Program başladığında birkaç kadın koro eşliğinde göbek dansı yapmaya başladı. Diğer kadınlar hep bir ağızdan şarkı söylüyordu. Ardından parlak renkli kıyafetler giymiş başka dansözler geldi.

Kadınlar birer birer köşede Kuran okuyan kadının yanına geldiler. Dilekler mikrofonla anons edildikten sonra duaya geçiliyordu.

Fereşte üniversite sınavında başarılı olmayı diledi.

Zühre koca istedi.

Esey, Mehdi'nin yürümesini diledi.

Nesrin dilek dilemedi.

Eğlence devam ederken Esey, yanıma gelerek, "Senin dileğin yok mu?" diye sordu.

"Evet, var ama nasıl yaparım bilemiyorum" dedim.

Esey elime bir miktar para tutuşturdu.

"Kadının yanına gidip parayı eline ver" dedi. "Yanına otur, o senin yerine dua eder. Dileğinin ne olduğunu ona söylemek zorunda değilsin. O dua ederken yalnızca dileğini düşün, yeter."

Mehtap'ı elinden tutup kadının yanına gittim. Parayı uzatarak hiçbir şey söylemeden yanına oturdum.

Kadın başımın üstüne ipekli bir siyah kumaş parçası koyduktan sonra dua etmeye başladı.

Çok aptalım dedim kendi kendime. Unun işe yaramasına imkân yok. Ama denemekte fayda vardı. Sonunda dileğimi düşündüm. "Mehtap ile birlikte Amerika'ya dönmek istiyorum" dedim içimden.

Birkaç dakika sonra Esey'in yanına döndüğümde başımın derde gireceği geldi aklıma. Mudî'nin yeğenleri Esey, Fereşte, Nesrin ya da diğerleri bir dilek dilediğimi Mudî'ye söyleyeceklerdi. Mudî de dileğimin ne olduğunu öğrenmek isteyecekti.

Döner dönmez kimse bir şey anlatmadan dilek dilediğimi kendim söyleyecektim ona.

"Bugün bir dilekte bulundum" dedim Mudî'ye. "İmam Mehdi'nin dileğimi yerine getirmesini istedim."

"Ne diledin?" diye sordu Mudî.

"Üçümüzün birlikte tekrar mutlu bir aile olmasını diledim."

Mudî yavaş olsa da üzerimdeki denetimini azaltıyordu. Mehtap'ı eve getirmesinden bir ay sonra bir kez daha aile havasına bürünmüştük. Üstelik kızımın haftanın birkaç günü benimle yalnız kalmasına bile izin veriyordu. Bazı günlerde yalnız başımıza çıkmamıza izin verse de diğer zamanlarda yanımızdan bir an olsun ayrılmıyordu. Bizimkisi garip bir manastır hayatıydı.

Kaçmak için uygun zamanı beklemekten başka bir çarem yoktu. Bu arada sadece Mudî'ye değil, kızıma da numara yapmak zorundaydım. Hiç aksatmadan namaz kılıyordum. Beni örnek alan kızım da namaz kılmayı öğrenmişti. Mudî oynadığım role kendini öylesine kaptırmıştı ki gelecekte normal bir hayat yaşayacağımızı sanıyordu. Ancak yeniden bir aile oluşturduğumuza göre ona sevgi göstermem gerekecekti ki bu beni inanılmaz korkutuyordu. Hamile kalmaktan endişe duyuyordum. Bu çılgın ortamda masum bir yavrunun günahına girmek istemiyordum. Üstelik nefret ettiğim bu adamdan başka bir çocuk sahibi olmayı düşünemiyordum. Hamile kalmam burada hayatımın sonuna kadar tutsak kalmam anlamına gelecekti.

9 Haziran günü doğum günümdü; ama Mudî bugünün üzerinde durmak istemiyordu. O gece nöbetçi olacağından gece Mehtap ile birlikte Esey'in evine inmemizi istedi bizden. Karşı koymak istesem de ısrar etti. Böylece doğum günümde kızımla birlikte Esey'in çiş kokan halısının üzerine battaniye sererek uyumaya çalıştık.

Gece yarısı telefon çaldı. Esey telefonu açtı. "*Na, na*" dedi.

"Ailem arıyor" dedim. "Onlarla konuşmak istiyorum. Bu gece benim doğum günüm." Kaba bir hareketle telefonu Esey'in elinden kaptığım gibi kız kardeşim Carolyn'in sesini duydum. Babamın sağlık durumunda bir değişiklik olmadığını söyledi. Ama Joe'nun ITT Hancock Şirketi'nde işe başladığını öğrendiğimde boğazım düğümlendi.

Zorlukla konuşarak, "Lütfen onlara hepsini çok sevdiğimi söyle" dedim. Ağlamaktan konuşmaya devam edemiyordum. "John'u da... çok sevdiğimi... söyle."

Ertesi sabah Mudî eve döndüğünde elinde küçük bir kır çiçeği demeti vardı. Ona içtenlikle teşekkür ettikten sonra kız kardeşimin aradığını anlattım. Nasıl olsa Rıza ya da Esey bunu ona anlatacaktı ki ben bu sefer önce davranmak istedim. Mudî bu konuşmayı beklemediğim kadar doğal karşıladı.

Günün birinde Mudî ile beraber birkaç sokak ötede oturan uzaktan akrabası yaşlı bir çifti ziyaret etmeye gittik. Çiftin Mudî yaşındaki oğlu Murtaza birkaç yıl önce karısını kaybetmişti. Kızları Elham'ın yetiştirilmesi konusunda yaşlı anne baba yardımcı olmaya çalışıyordu. Elham tatlı ve güzel bir kızdı; ama aynı zamanda da huysuz ve içine kapanıktı.

Konuşmanın başlarında anladığım kadarıyla Mudî'nin akrabaları Mudî'nin bana daha fazla özgürlük tanımasını istiyormuş.

"Seni aramızda görmek çok güzel" dedi Murtaza bana. "Son zamanlarda ortalarda yoktun. Seni merak ettik. Hasta olduğunu düşündük."

"Sağlıklı olduğunu görüyorsun işte" dedi Mudî benim yerime. Murtaza'nın sözlerine canı sıkılmış gibiydi. "Hasta olmadığı aşikâr."

Murtaza devlet bakanlığında görevliydi ve teleks giriş çıkışlarını denetliyordu. Bu iş çok önemliydi ve bir sürü avantajları vardı. Tatil için Elham'ı İsviçre'ye ya da İngiltere'ye götürmekten bahsediyordu.

"Gitmeden önce biraz İngilizce öğrenmesini isterim" dedi.

"Çok iyi fikir" dedi Mudî onaylarcasına. "Yarın sabah Elham'ı bize bırak. Ben işteyken Betty onunla ilgilenir."

Eve dönerken Mudî Elham'ı sevdiğini ve diğer İranlı çocuklar gibi şımarık olmadığını ve saygılı olduğundan dolayı da onu beğendiğini anlattı. Mudî de küçük yaşta annesini kaybetmiş olduğundan

Elham'a ayrı bir ilgi duyuyordu. Aslında benim de bir şeylerle uğraşmamı amaçlıyordu.

"Senin burada mutlu olmanı istiyorum" dedi.

"Ben de burada mutlu olmak istiyorum" dedim numara yaparak.

Elham'a ders vermek dualarımın gerçekleşmesi demekti. Artık Mudî Mehtap'ı gündüzleri Meleklere götürmeyecekti; çünkü Mehtap'ın bize çevirmenlik yapması gerekecekti.

Esey ve Rıza Meşhed'deki kutsal mescidi ziyaret etmek istiyordu. Zaten ağır bir hastalık geçiren Emine Bozorg da orada kalmıştı. Mehdi'nin doğumundan önce Allah'ın onlara bir erkek evlat vermesi için mescit ziyareti adamışlardı ve Mehdi'nin bacaklarının sakat olmasının hiçbir önemi yoktu. Bizim de onlarla gitmemizi önerdiklerinde Mudî'nin kabul etmesi için ısrar ettim. İlk aklıma gelen şey Meşhed'e uçakla gidileceğiydi ve son zamanlarda öylesine çok uçak kaçırılmıştı ki belki bizimki de kaçırılır ve Bağdat'a zorunlu iniş yapardık.

Üstelik kendi isteğimle bir dinî yolculuğa çıkmam Mudî'nin kuşkularının azalmasına neden olacaktı.

Aslında oraya gitmeyi istememin nedeni çok daha başkaydı. Esey bana inanarak yapılan bu ziyaret sırasında kabir başında edilen duadan sonra üç dileğin gerçekleştiğinden bahsetmişti. Benim kalbimin derinliklerinde tek bir dileğim vardı ve ben Meşhed mucizesine tüm kalbimle inanmak istiyordum.

"Buraya getirilen kaç tane aklını yitirmiş hasta şifa buldu tahmin bile edemezsin. Kabrin kenarlarına bağlanan ipler kaç hastaya şifa verdi..." dedi Esey

Mudî'nin dinine tam anlamıyla inanıp inanmadığımdan emin değildim; ama bildiğim bir şey varsa o da çaresizlik içinde olduğum ve hiçbir umut ışığını kaçırmak istemiyor olduğumdu.

Mudî hacca gitmeyi hemen kabul etti. Onun da dilekleri vardı.

Uçak yolculuğumuz uzun sürmedi ve gideceğimiz yere varır varmaz kalacağımız otele gitmek için bir taksiye doluştuk. Rıza bize kentin en lüks otelinde yer ayırtmıştı.

Mudî oteldeki odamıza girdiğinde, "Bu da ne?" diye söylendi. Odanın orta yerinde kocaman bir karyola vardı ve pencereye takılmış perdeler bile yırtıktı. Yer yer çatlamış duvarlara büyük bir ihtimalle yıllardan beri bakım yapılmamıştı. Yerdeki halı öylesine kirliydi ki ayakkabısız üzerine basmaktan korkuyordum. Tuvaletin kokusu dayanılır gibi değildi.

Yanımızdaki süit dairede kalan Esey ve Rıza'nın odaları da bundan farklı değildi. Durum böyle olunca Haram'daki kabir ziyaretine gitmeye karar verdik. Sabırsızlığımız dinî nedenlerden çok bir an önce otelden kaçmaktı.

Esey ile birlikte kiraladığımız abaları üzerimize geçirdik. Abalar Araplara has kıyafetlerdi ve çadordan farklı olarak bele oturuyordu. Bana göre abalar çadordan çok daha kullanışlıydı.

Mescit otelden beş blok ötedeydi ve biz bu mesafeyi yürüdük. Sokaklar tespih, dua taşları, kutsal taşlar, firuzeden yapılmış takılar satan çığırtkan sokak satıcılarıyla doluydu. Hoparlörlerden dualar okunuyordu.

Mescit bugüne kadar gördülerimin arasında en büyüğüydü. Enfes bir kubbesi ve zarif bir mimarisi vardı. Müminlerden oluşmuş bir kalabalığın arasından yol açtık ve çeşmenin başına geldiğimizde dua etmek için hazırlandık. Duanın ardından geniş avluyu ve diğer bölümleri gezmek için rehberin arkasına takıldık. Yerler değerli Acem halılarıyla kaplanmıştı ve duvarlarda altın ve gümüş kakmalı aynalar vardı. Etrafı aydınlatan devasa büyüklükteki kristal avizenin aynalarda yansıyan ışık demetleri muhteşemdi.

Haram'a yaklaşırken kadınlarla erkekleri ayırdılar. Esey ve ben Mehtap ile Meryem'i çekiştirerek kendinden geçmiş insanların arasından bir yol bulmaya çalışıyorduk. Haram'a dokunup Allah'tan dileklerimizi yerine getirmesini isteyecektik. Ama oraya ulaşmamız neredeyse imkânsızdı. Bir süre boyunca itilip kakıldık sonunda da dua etmek için yan odalardan birine girmek zorunda kaldık.

Esey kısa bir sürenin ardından bir kez daha denemeye çalıştı. Beni Mehtap ile yalnız bırakarak Meryem'i kaptığı gibi kendine bir yol buldu ve Meryem'in mezara dokunmasını sağladı.

Az sonra Mudî, Mehtap'a aynı şansı tanımadığımdan dolayı bana kızdı.

"Yarın da Mehtap'ı götürürsün" dedi Esey.

Üç günlük bir dinî heyecandan sonra ben de mezara dokunmayı başarmıştım. Allah'tan tek bir dileğim vardı o da kızımla birlikte sağ salim, babam ölmeden önce Amerika'ya dönebilmekti.

Yapmış olduğumuz dinî ziyaret beni etkilediği gibi Mudî'nin dinine inanmamı sağlamıştı. Bunun nedeni içinde bulunduğum çaresizlik ya da etrafın büyüsünden kaynaklanıyor olabilirdi. Nedeni ne olursa olsun Haram'ın gücüne inanmıştım. Ziyaretimizin dördüncü ve son gününde kutsal mezar ziyaretini bir kez daha yapmaya karar verdim.

Mudî'ye, "Haram'a tek başıma gitmek istiyorum" dedim.

Bana tek başıma gitme isteğimin nedenini sormadı. Dine olan bağlılığımı görmüştü. Sırıtması doğru yolu bulmuş olmamdan dolayıydı.

Herkesten önce davranıp erkenden kalktım ve erken bir saatte otelden çıktım. Mescide vardığımda kalabalıktan önce varmış olmaktan mutluydum. Zorluk çekmeksizin Haram'a ulaştım ve benim için dua eden sarıklı hocanın eline birkaç riyal sıkıştırdım. Bir köşeye oturarak kendimden geçtiğim dakikalarda dileğimi Allah'a bıkmadan usanmadan tekrar ettim. Allah'ın ya da Tanrı'nın dileğimi kısa bir zaman içinde yerine getireceğini artık biliyordum.

Sonunda kafamın içinde darmadağınık duran parçalar birleşip bir şekil almaya başlamıştı.

Bir gün Mudî bizi Emine Bozorg'un evine götürdü. Eve vardığımızda her zamankinin aksine ziyaret pijamalarını giymek istemedi. Takım elbiselerini çıkartmadığı gibi ablasıyla dakikalarca tartıştı. Çocukken konuştukları Şustari lehçesiyle birbirlerine bağırıyorlardı. Ne Mehtap ne de ben konuştuklarını anlıyorduk; ama bana daha önceki bir anlaşmazlığın devamıymış gibi geldi.

Birdenbire Mudî, "Yoluna koymam gereken bir iş var. Mehtap ile birlikte burada kalın" dedikten sonra da Macit ile birlikte dışarıya çıktı.

Bana kötü anılarımı çağrıştıran bu evde üstelik de beni hiçbir şekilde sevmeyen ev halkıyla bir arada kalmak hoşuma gitmemişti. Kızımla birlikte önce taraçaya ardından yüzme havuzunun bulunduğu arka bahçeye çıktık. Burada kıyafetlerimiz elverdiğince güneşlenebilirdik; ama asıl önemlisi ev halkından uzak kalmaktı.

Ama ne yazık ki Emine Bozorg da arkamızdan geldi.

Yumuşak bir sesle, "*Azizem*" dedi.

Kollarını açıp bana sıkı sıkıya sarılmasına ve bana bu şekilde hitap etmesine bir anlam veremedim.

"Azizem" dedi bir kez daha. Farsça konuşuyor; ama onu anlayabilmem için tane tane konuşuyordu. "*Man hayli, hayli, hayli mutasefan azizem*" dedi ki bu, "Ben çok, çok, çok üzülüyorum senin için" anlamına geliyordu. Ardından her iki elini başının üzerine koyarak, "*Ey Hüda*!" diye haykırdı. "İçeriye gel ve ailene telefon et."

Bu bir tuzak olmalıydı.

"Hayır" dedim. "Mudî telefon etmemi istemediği için ben de etmeyeceğim. Telefon etmeye iznim yok" dedikten sonra söylediklerimi kızıma çevirttim.

Emine Bozorg yine de diretmeye devam etti.

"Babam bunu duyarsa öfkeden deliye döner" dedi Mehtap.

Emine Bozorg yüzüme dikkatlice bakarken ben de çadorunun altından görünen yüzüne bakıyordum. Neler oluyordu? Mudî beni denemek için tuzak mı kurmuştu? Yanımızda yokken onun sözünden çıkıp çıkmayacağımızı bilmek istiyor olabilirdi. Yoksa benim bilmediğim bir takım değişiklikler mi olmuştu?

Emine Bozorg Mehtap'a, "Babana kimse bir şey söylemeyecek. O da öfkeden çıldırmayacak" dedi.

Kafam alabildiğine karışmış olduğundan başımı hayır dercesine sallayarak karşı koydum. Kum kentine gittiğimiz gün bana oynamış olduğu oyunu unutmam mümkün değildi. Bana bir yere kımıldamadan otur demiş olmasına rağmen çıkışta yatırı ziyaret etmediğime dair Mudî'ye şikâyette bulunmuştu.

Emine Bozorg aniden ortadan kayboldu ve kısa bir sürenin ardından kızları Zühre ve Fereşte'yi de yanına alarak yanıma geldi.

Zühre İngilizce konuşarak, "Haydi ama içeriye gir!" dedi. "Uzun zamandan beri ailenle konuşmuyorsun. Annem bundan dolayı çok üzülüyor. Hepsiyle konuş. İstediğin kadar konuş onlarla. Ona hiçbir şey söylemeyiz."

"Ona" derken sesinde bir kınama var gibiydi.

Sonunda ikna olmuştum. Mudî'nin öfkesini üzerime çekme pahasına olsa bile ailemle kısacık konuşmak istiyordum.

Telefon ettim; ama onlara duyduğum özlem gözyaşlarımın akmasına neden oldu. Babam sağlığının gittikçe kötüleştiğini ve doktorların onu bir kez daha ameliyat etmek istediğini anlattı. Oğullarım Joe ve John ile de konuştum. Telefon açtığım saat gece yarısı olduğundan onları uyandırmıştım.

Emine Bozorg telefonla konuştuğum sırada yanımıza gelmedi. Konuştuklarımıza kulak vermek bile istememişti. Telefon konuşmasının ardından hep birlikte girişte oturduk ve Zühre ile Fereşte'nin yardımıyla uzun uzun konuştuk.

"Mehtap'ı sana geri getirmesini ben söyledim Mudî'ye" dedi Emine Bozorg. "Artık sana bu şekilde davranmaması gerektiğini söyledim ona. Sana bu kadar kötü davranmaya hakkı yok."

Nefret ettiğim, geldiğimden beri bana düşmanca davranan bu kadının bir anda benim yanımda yer almasının imkânı var mıydı? Sonunda erkek kardeşinin çılgınlığının farkına varıp Mehtap ile beni tehlikelere karşı koruyacak kadar merhametli birine dönüşmüş olabilir miydi? Bu kadar büyük bir değişime hazır olmadığım için Emine Bozorg'a karşı çekimser davranıyordum. O da bu davranışımın nedenini biliyor gibiydi. Bu kadın gözümde değer kazanmış olsa da yine de davranışlarındaki değişimini yadırgadığımın bilincindeydi. Ona içimi dökme niyetinde değildim; ama bir yanım onun Mudî'nin üzerinde etkili olduğuna inanmak istiyordu.

O gün halledilmesi gereken başka bir iş daha vardı. Eşyalarımızın çoğu bize tahsis edilen yatak odasındaki dolaptaydı ve bizden başkası yatak odasını kullanmadığından eşyalar bıraktığımız yerde duruyordu. Önce Mudî'nin Amerika'dan getirmiş olduğu küçük pembe hapları bir plastik poşetin içinde topladım. Bu ilaçların adı *Nordette*'ydi ve doğum kontrolü için kullanılıyordu. Doğum kontrolünün yasak olduğu bir ülkeye Mudî'nin bunları sokmuş olmasını akıl erdiremiyordum. Bunları sokmak için rüşvet vermiş olması mümkündü. Önemli olan ilaçların şu an burada olmasıydı; ama Mudî'nin bunları sayıp saymadığından emin değildim. Hapları aldığımı öğrenmesinin mi yoksa hamile kalmamın mı daha tehlikeli olacağına karar veremedim. Sonunda tehlikeyi göze alarak birkaç aylık hapı kendim için ayırdım.

İlaçları koyduğum küçücük paketi kıyafetlerimin altına sakladım; ama plastik ambalaj her hareketimde hışırdıyordu. Kimsenin fark etmemesi için dua ettim.

Mudî Mehtap ile beni eve götürmek için geldiğinde telefon konuşmasından söz eden olmadı. Gitmeye hazırlanırken hışırtı sesinin duyulması ödümü kopartıyor olsa da anlaşılan sesi benden başkası duymuyordu.

Eve gelir gelmez hapları şiltenin altına sakladım. Ertesi gün doğru günde başladığımdan emin olmasam da haplardan bir tanesini yuttum.

Birkaç akşam sonra Hacı Baba telefon edip bir konuda konuşmak istediğini söylediğinde Mudî itiraz etmedi. Vakit kaybetmeden mutfağa gittim ve saygıdeğer konuğumuz için çay demleyip yiyecek bir şeyler hazırladım. Geçen günkü telefon konuşmasından bahsedebileceğini düşündükçe kalbim deli gibi çarpıyordu. Ama Mehtap ile birlikte yatak odasından duyabildiğimiz kadarıyla son derece olumlu bir konuşmaydı.

Anlayabildiğimiz kadarıyla Hacı Baba Mudî'ye, "Burası Mamal'ın evi. Mamal'lar kayınpederinin evine taşınmak zorunda kaldılar; çünkü Nesrin sürekli senin yanında örtünmek zorunda olduğundan bıkmış. Üstelik alt katta oturan Rıza'ya da karışıyormuşsun. Onlar da senin bu karışmalarından bıkmış. Hemen buradan taşınıyorsun. Bu evi terk etmen gerek" dedi.

Mudî saygılı ve sakin yanıtlar veriyordu. Hacı Baba'nın emrine karşı çıkmasına ihtimal dahi yoktu. Yaşlı adam başka bir şey söylemeden Mudî, Hacı Baba'nın kararını onaylarcasına kafasını salladı. Hacı Baba'nın sözlerinin Tanrı'nın buyruğu kadar geçerli olduğunu biliyordu. Söylenecek başka bir şey kalmadığında evden çıkıp gitti.

Mudî ailesine ve akrabalarına fena hâlde içerlemiş olduğundan birdenbire tüm dünyası ben ve Mehtap olduk. Bu adaletsiz dünyaya karşı üçümüz başbaşaydık.

Mehtap yattıktan sonra Mudî saatlerce konuştu.

"Rıza'yı ben okuttum" dedi yakınırcasına. "Ona ihtiyaç duyduğu her şeyi verdim. Ona para verdim, altına yeni bir araba verdim. Onun için bir ev bile aldım. Mamal geldiğinde ameliyat harcamalarını ben karşıladım. Ailemin isteklerin sorgusuz sualsiz yerine getirdim. Amerika'ya telefon edip benden palto istediklerinde hepsine gönderdim. Onlar için onca para harcadım. Hepsini unuttular, onlar için yaptığım onca şeyi unuttular ve şimdi de beni kovuyorlar."

Ardından Nesrin'i çekiştirmeye başladı. "Nesrin tam bir salak. Neden sürekli örtünmek zorunda kalıyor ki? Neden Esey gibi olamıyor? Bizim sayemizde rahat yüzü gördüler. Yemeklerini pişiren vardı. Emir'in altını değiştiren hep sendin. Kendisi bayramdan bayrama yıkadı çocuğu. Nasıl bir kadın bu, nasıl bir anne? Ama şimdi yaz geldi ve üniversiteler kapandığına göre artık bir bakıcıya ihtiyaçları kalmadı. İhtiyaç kalmayınca da 'Çekin gidin!' diyebiliyorlar."

Mudî'nin söylediklerine inanamıyordum. Mudî aylardan beri Esey'in örtünmemesinden şikâyet etmiş Nesrin'i ise bir namus abidesi olarak görmüştü. Şu anda söyledikleri büyük bir çelişki yaratıyordu!

Ondan yana çıkıyormuşçasına birkaç şey mırıldandım. Nesrin'in yerinde olmuş olsaydım ben de Mudî'nin bu evden çıkıp gitmesini isterdim. Tabii ki bunu ona söylemedim. Onun düşüncelerine katılıyormuş gibi yaptım, zaten onun da beklediği buydu. Bir kez daha beni hayat arkadaşı ve tek dayanağı olarak görüyordu. Elimden geldiğince onu şımartmak zorundaydım.

"Gerçekten hiç paramız yok mu?" diye sordum.

"Yok. Hastaneden henüz ödeme yapmadılar. Formaliteler henüz tamamlanmamış."

Bu sefer ona inandım.

Merakımı gidermek istercesine, "O zaman nasıl taşınacağız?" diye sordum.

"Macit bize istediğimiz gibi bir yer bulacak masrafları da Mamal ile birlikte karşılayacak."

İçimde coşan sevinci bastırmak kolay olmadı. Mudî Hacı Baba'ya söz vermişti ve biz bu hapishaneden taşınacaktık. Üstelik Emine Bozorg'un evine dönmemize taraftar değildi. Mudî bir zamanlar saygı duyduğu ablasına karşı öfke doluydu. Akrabalarının tümü onu aşağılamış olduğundan bu saatten sonra başka bir akrabasının yanına sığınmamıza imkân yoktu.

Amerika'ya dönme vaktimizin geldiğini anlamasını umut ettim.

Sevgi dolu bir sesle, "Onlar seni anlamıyor" dedim. "Onlar için onca şey yaptın. Ama onlar... Boş ver üstünde durmaya değmez. Her şey yoluna girecek. Üçümüz bir arada olduğumuz sürece her şey çok kolay olacak."

"Evet" dedi mırıldanarak ardından bana sarılarak dudaklarımdan içtenlikle öptü. Onu izleyen tutku dolu dakikalar boyunca kendimi şimdiki zamandan soyutladım; çünkü o anda kullandığım beden beni özgürlüğümü kavuşturacak bir araçtan başka bir şey değildi.

Kiralık ev aramaya başladığımızda komisyoncuların gösterdiği evlere bakmak için dar ve pis sokaklara girip çıkıyorduk. Bize gösterilen evlerin hepsi bakımsızdı.

Mudî'nin etraftaki pislikten tiksiniyor olması iyiye işaretti. Herkesin kabullendiği kötü koşullara tepki göstermesi tam bir yıl sürmüştü. Artık bu kötü koşullar altında yaşamak istemiyordu.

Kötü koşullar boğazına geçirilmiş bir ilmek gibi nefes almasına engel oluyordu. Hastanede saygın bir iş bulmuş olsa da bu ülkede mesleğini resmen icra etmesine izin yoktu. Amerikan düşmanı resmî daireler diplomasını onaylamadığından para kazanamıyor ve ailesine dilediği hayatı yaşatamıyordu.

Aile büyüklerine göstermek zorunda olduğu saygı, bocalamasına neden oluyordu. Hacı Baba aracılığı ile gördüğümüz bir daireyi Mudî'nin beğenmemesi ikisi arasında tartışmaya yol açtı. Mudî, "Evin değil bir bahçesi avlusu bile yok" dedi. "Mehtap nerede oynayacak?"

"Bunun ne önemi var" dedi Hacı Baba kızgın bir ses tonuyla. Hacı Baba'nın çocukların gereksinimleri ya da istekleri hakkında bir bilgisi yoktu.

"Evde ne eşya var ne de mobilya" dedi Mudî.

"Bunun ne önemi var. Mobilyayı da ne yapacaksınız?"

"Hiçbir şeyimiz yok" dedi Mudî. "Ne ocağımızı ne buzdolabımız ne de çamaşır makinemiz var. Çatal bıçağımız bile yok."

Konuştuklarına kulak verirken Farsçayı daha iyi anlamaya başladığımı fark ettim. Mudî'nin Mehtap'ın oynaması için bir avlu istiyor olması hoşuma gitti. Benim için hayatımı kolaylaştıracak makineler istemesi de hoştu. Üstelik bizi aile büyüğüne karşı gelecek kadar önemsiyordu artık.

"Bunların hiçbiri önemli değil" dedi Hacı Baba. "Sen evi tut, etraftan yardım eden olur."

"*Taraf*" dedi Mudî. "Hepsi *taraf*."

Hacı Baba Mudî'nin yanından uzaklaşırken öfke içindeydi. Mudî ileriye gitmiş olmaktan dolayı endişelenmeye başladı.

"Bir an önce kendimize bir yer bulmalıyız" dedi. "Ev yeterince büyük olmalı. İçinde bir klinik kurup para kazanmaya çalışacağım." Biraz düşündükten sonra, "Amerika'daki eşyalarımızı buraya getirmemiz gerek" dedi.

İsviçre'de anestezi uzmanı olarak çalışan Rıza Şafi, Mudî'nin akrabasıydı. Annesiyle babasını görmek için İran'a geldiğinde onuruna büyük davetler düzenlenirdi. Bu davetlerden birine bizi de çağırdılar. Mudî çağrılmış olmaktan dolayı çok mutlu oldu. Rıza Şafiye de özel bir yer açmak istediğinden bu konuda onunla konuşmak istiyordu.

Rıza Şafi'ye özel bir hediye almak isteyen Mudî bu görevi bana ve Mehtap'a verdi. Şam fıstığıyla yapılan dekoratif resimler satan bir dükkânı tarif etti; ama öğlen sıcağında kızımla oraya vardığımızda dükkânın namaz vakti olduğu için kapalı olduğunu gördük.

Yolun karşısındaki ağacın gölgesini işaret ederek kızıma, "Gel şurada bekleyelim" dedim. "Hava çok sıcak."

Beklerken pasdarların az ilerimizde pusu kurmuş beklediklerini gördüm. Beyaz kamyonetleri az ileride duruyordu. Pakon arabanın içinde çadorlarını örtmüş dört kadın pasdar oturuyordu. İçgüdüsel olarak elimi alnıma götürdüm ve rusarimi kontrol edip saçlarımın hiçbir telinin gözükmediğinden emin olduktan sonra rahat bir nefes aldım. Bu sefer bana sataşamayacaklar dedim kendi kendime.

Beklemekten sıkılıp dükkânın açılıp açılmadığına bakmak için karşı kaldırıma geçeceğimiz bir sırada pasdarların Pakon arabası hızla bize doğru geldi ve tam önümüzde durdu. Kadın pasdarların dördü arabadan inerek etrafımı sardı. İçlerinden biri sitem dolu bir ses tonuyla, "Siz İranlı değil misiniz?" diye sordu.

"Hayır."

"Nerelisiniz?"

"Amerikalıyım" dedim.

Dillerini iyi bilmediğimi kanıtlamak istercesine hızlı ve kaba bir şeyler söyledi.

"Ne dediğinizi anlamıyorum."

Kadın bunu duyar duymaz daha da öfkelendi.

"Ne dediğini anlamadığın için sana kızmış, anne" dedi kızım. "Başlangıçta pek güzel Farsça konuşuyormuşsun" diyor.

"Birkaç kelimenin haricinde bir şey anlamadığımı söyle onlara."

Bunu duyunca kadın pasdar az da olsa yumuşadı; ama hızlı hızlı konuşmaya devam etti.

"Çorapların düşüyormuş anne. Seni uyarmaya gelmişler."

Lanet olası çoraplar hep düşüyordu. Çoraplarımı vakit kaybetmeden çektiğimi gören kadın pasdar arkasını dönüp giderken arkasını döndü ve Mehtap'a, "Söyle annene bir daha düşük çoraplarla sokağa çıkmasın" dedi.

Ortalık yatıştıktan sonra fıstıkları aldım ve kızıma bundan babasına asla bahsetmemesi gerektiğini söyledim. Mudî'nin hareketlerimizi kısıtlayacak herhangi bir şey öğrenmesini istemiyordum. Mehtap demek istediğim şeyi anladı.

Aynı günün akşamında Şafi *Amu*ların evine gittik. *Amu* amca anlamına geliyordu. Aldığımız fıstıkları sunduk. Aşağı yukarı elli-altmış kişi gelmişti.

Gecenin geç saatlerinde konukların çoğu gitmişti. Kalkmak için hazırlandığımız sırada hava saldırısı için uyarı sirenleri çalmaya başladı. Işıklar söndü ve ben kızımı kucağıma alarak odalardan birinin duvarlarına yaslanarak korunmaya çalıştım.

Gerilim dolu bir sessizlikte beklerken yaklaşmakta olan uçakların sesi gelmeye başladı. Ama uçaksavarların sesinden hiçbir haber yoktu.

Birileri, "Bu işte bir gariplik var" dedi. "Belki de cephanemiz tükenmiştir."

Saldırı uçakları büyük bir gürültüyle tepemizden geçmeye başladı.

Korkunç bir patlama sesi kulaklarımızın çınlamasına neden oldu. Bir an için karanlık bir hayaletin odanın içinde dolaştığını sandım. Yaslanmış olduğum duvar sallandı, üzerime düşmesi an meselesiydi. Çay bardakları zangırdıyor, kırılan pencerelerin sesleri duyuluyordu. Üçüncü patlama duyulduğunda da herhangi bir şey yapamamıştık. Ev yerinden sarsılıyordu. Tavandan sıvalar dökülmeye başladı. Karanlığın içinde çatının başımıza yıkılmasını beklerken Mehtap hıçkırıklara boğuldu ve Mudî bizi cesaretlendirmek istercesine elimi sımsıkı tuttu. Çaresizlik içinde soluğumuzu tutmuş bir hâlde olsak da kontrolümüzü kaybetmemek için çaba sarf ediyorduk.

Yavaş yavaş gerginlik sona erdiğinde savaş uçakların sesi kesildi ve yerini ambulans sirenlerinin sesi aldı. Dışarıdan çığlık sesleri geliyordu.

"Çatıya çıkalım" dedi odanın içindeki bir ses. Kendimizi alçak çatının üzerinde bulmamız saniyeler sürdü. Kentte hiç ışık yoktu. Görünen tek şey kontrol altına alınamayan yangınlar, ambulanslar ve polis arabalarıydı. Ölüm kol geziyordu. Etrafımızı sarmış yüksek binalar yok olmuş, yerini taş yığınlarına bırakmıştı. Burnumuza gelen barut ve yanık insan eti kokusu dayanılmazdı. Çok geçmeden trafiğin ambulans geçişinin dışında kapalı olduğunu öğrendik. Geceyi Şafilerin evinde yerde yatarak geçirdik. Bu kez de ölümden kıl payı kurtulmuş olduğumuz için birlikte dua ettik.

Ertesi gün de yollar kapalıydı. Hastaneden bir ambulans göndererek Mudî'yi aldırdılar. Mudî hastanedeyken ev halkıyla birlikte evde hapis kaldık. Konuşulanlara kulak kabarttım. Herkes uçaksavarların neden ateş açmadığını konuşuyordu. Çoğu kişi, hükümetin elinde cephane kalmamış olduğunu düşünüyordu. Bu doğru olduğu takdirde bu saatten sonra başımıza cehennem ateşinin yağmaya devam edeceği kesindi.

Söylentiler kente öylesine yayılmış olacak ki akşam haberlerinde halkın endişe etmemesi hususunda açıklama yapıldı. Gerekçe olarak hükümetin yeni bir strateji denemek istediği gösterildi. Ama bu stratejinin ne olduğu açıklanmadı.

Mudî akşamüstüne doğru geri geldi. Yollar henüz trafiğe açılmamış olduğundan o geceyi de orada geçirmek zorunda kaldık. Gün boyu bir ameliyattan diğerine koşan Mudî yorgun ve sinirliydi. Bir sürü olay anlattı. Doğum günü kutlaması için bir evde toplanmış seksenden fazla çocuk patlayan bomba yüzünden ölmüştü.

Rıza Şafi, İsviçre'ye dönüş tarihini ertelemek zorunda kaldı. O akşam Mudî'ye, "Betty'i ve Mehtap'ı burada tutmamalısın" dedi. "Burada kalmak çok tehlikeli. Benimle birlikte İsviçre'ye gelsinler. Bizim yanımızda kalabilirler. Merak etme, bir şey yapmalarına izin vermem."

Rıza Şafi'nin teklifinin içten olup olmadığına karar veremedim. Gerçekten bizi İsviçre'ye götürüp oradamı tutacaktı yoksa Mudî kaçmamızdan korktuğu için gitmemize izin vermez diye mi böyle söylemişti, emin olamıyordum. Aslında İsviçre'ye ulaştığımızda Amerika'ya gitmemiz de kolay olacaktı.

İçimde yanan küçücük umut ışığı Mudî'nin, "Hayır" diyerek homurdanmasıyla sona erdi. "Bu mümkün değil." Bizi göndermek yerine savaş tehlikesiyle karşı karşıya bırakmayı yeğliyordu.

Üçüncü günü de orada geçirdik. Sonunda yaralıların ve ölülerin hepsi götürüldü. Resmî haber ajansları esrarengiz bir havaya büründü. Haber kaynakları uçaksavarların devreye girmemesine gerekçe olarak uçaksavar ateşinden çok daha etkili olan misilleme roketlerinin devreye girmek üzere olmasını gösteriyordu. Televizyondaki sunucularından biri bu roketlerin nereden geldiğini duyunca İran halkının çok hayret edeceğini söyledi.

Nereden geliyordu bu roketler? Amerika'dan mı? Rusya'dan mı? Fransa'dan mı? İsrail'den mi? Her kafadan bir ses çıksa da Mudî bu roketlerin Amerika'dan geldiğine emindi. Silah ambargosu sebebiyle İran'a daha fazla para ödetmek için silahlar üçüncü bir ülke aracılığıyla gönderiliyordu. Mudî paraya doymayan Amerikan silah satıcılarının böylesine iştahlı bir müşteriyi geri çevirmeyeceklerine inanıyordu.

Misillerin nereden geldiği umurumda değildi. Benim istediğim tek şey gerektiğinde işe yaramalarıydı.

Mamal'ların evine döndükten birkaç gün sonra hükümet Irak'ın o geceki saldırısının intikamını alacağını açıkladı. Bağdat'ı yepyeni silahlarla ateşe vereceklerini, bunun için yerden misilleme yapacaklarını, bir daha hava saldırısına geçemeyeceklerini açıkladı.

İran'ı desteklemek için olağanüstü silahları gönderen ülkeyi herkes çok merak ediyordu. Aslında İran bu silahların İran'da imal edildiğini açıklamış olsa da Mudî ve diğerleri buna inanmıyordu.

Günün birinde Mudî Esey ile birlikte çarşıya çıkıp çocuklara yazlık bir şeyler almamız için izin verdi. Sabah çarşıda işimiz biter bitmez turuncu taksilerden birini durdurduk ve dördümüz birden ön koltuğa sıkıştık. Sürücü vitesi değiştirdikçe eli bacağıma değiyordu.

Başlarda bunu istemeden yaptığını sandım; ama trafik sıkıştıkça eli daha da yukarıya çıkmaya başladı. Sürücü leş gibi kokan çirkin bir adamdı. Arada bir sırnaşık bir ifadeyle beni süzüyordu. Mehtap'ın Meryem ile ilgilenmesini fırsat bilerek dirseğimle kaburgalarına esaslı bir darbe indirdim. Ama bu onu cesaretlendirmekten başka bir işe yaramadı. Bir kez daha elini bacağımda gezdirmeye başladı. Gittikçe yukarıya çıkıyordu.

"Muhakher incas!" diye bağırdım ki bu, "Tamam, teşekkürler inecek var" anlamına geliyordu.

Sürücü frene bastığında Esey'e doğru döndüm ve "Hiçbir şey sorma, hemen in!" dedim. Esey kızları taksiden indirir indirmez kendimi dışarıya attım.

"Ne oldu?" diye sordu Esey. "Burada inmeyecektik ki!"

"Biliyorum" dedim. Her yanım titriyordu. Çocukları dükkânların vitrinlerine bakmaları için yanımızdan uzaklaştırdıktan sonra olup biteni Esey'e anlattım.

"Bunu başkalarından da duymuştum" dedi Esey. "Benim başıma hiç gelmedi. Sanırım daha çok yabancı kadınlara yapıyorlar."

Tehlike geçmişti; ama aklıma daha tehlikeli bir şey geldi.

Esey'e, "Ne olur bundan Mudî'ye bahsetme" diye rica ettim. "Duyacak olursa beni bir daha yalnız başıma sokağa bırakmaz. Rıza'ya da anlatma."

Esey biraz düşündükten sonra söylediklerimi onaylarcasına kafasını salladı.

Mudî'nin akrabalarıyla bozulan ilişkileri beni düşündürüyordu. Karşı saldırımı çok iyi hazırlamak için onu çok iyi tanımam gerektiğinden Mudî'nin çocukluğunu incelemeye başladım. Okulunu bitirir bitirmez İran'ı terk ederek İngiltere'ye gitmiş, birkaç yıl sonra da Amerika'ya gelmişti. Önceleri öğretim görevlisi olarak çalışmış; ama kısa bir süre sonra mühendislik eğitimine başlamış, birkaç yıl sonra da tıp fakültesine gitmişti. Üç yıl Corpus Christi, iki yıl Alpena ve bir yıl Detroit'te kaldıktan sonra o güzelim yaşantıyı bırakarak

Tahran'a geldi. Bir yıldır buradaydık ve sonunda Mudî yine dönüm noktasındaydı.

Bir türlü huzur bulamıyordu. Kısa süreliğine bulunduğu yerden mutlu oluyor; ama ardından düzenini bozuveriyordu. Bunun sebebini de dış etkenlere bağlıyordu. Asıl sorunun kendisinden kaynaklandığını aslında biliyordu. İçindeki dengesizlik onu mahvediyordu.

Bundan sonra ne yapacak diye düşünmeden edemedim.

Onu bu ikilemden kurtaracak bir yol bilmiyordum. Tek dostunun ve arkadaşının ben olduğunu söyleyip duruyordu. Zalim dünyaya ikimiz birlikte karşı koyacaktık.

Durum böyle olunca Mehtap ile beni Amerika'ya geri göndereceğine dair umuda kapıldım. Ama bunu istese bile bir sürü pürüz vardı.

Bir akşamüstü Amerika'ya dönme konusunu açtığımda sinirlenmek yerine rahatsız oldu. Bana inanılmaz gibi gelen; ama kendisinin tam anlamıyla inanmış olduğu bir olay anlattı.

"Dr. Mücallali'yi hatırladın mı?" diye sordu.

"Tabii ki" dedim. Dr. Mücallali ile Mudî Corpus Christi'deyken bir süre dost olmuş; ama Tahran'daki Amerikan elçiliği basıldıktan sonra arkadaşlıkları sona ermişti.

"CIA'nin adamıymış" dedi Mudî. "Benim de CIA için çalışmamı, öğrencileri Humeyni'ye karşı ayaklandırma hareketinde yardımcı olmamı istemişti. Önerisini geri çevirdim tabii ki. Ama artık Amerika'da tutunmamıza imkân yok. Eğer dönecek olursam beni öldürürler. CIA peşimde."

"Bu doğru olmaz" diyerek karşı koymaya çalıştım. "Yanılıyor olmalısın."

"Hepsi doğru!" diye bağırdı.

Mudî'nin öfkelenmeye başladığını görür görmez konuyu fazla uzatmadan sustum. Mudî'nin CIA'nin arananlar listesinde bulunacak kadar önemli biri olduğunu sanmıyordum. Ama kendisi bu saçma sapan şeylere gerçekten inandığından İran'da kalmaya kendini mecbur hissediyordu.

Günün birinde Mudî beni Mehtap ile birlikte çarşıya gönderdiğinde elçilikteki Helen'e telefon etmek için Hamit'in dükkânına gittim. Helen'e Mudî'nin Amerika'ya geri dönmekten korktuğunu söyledim. Bunun gerçek bir nedeni olup olmayacağını sorduğumda Helen, "Hayır" dedi. "Asıl neden yeşil kart süresinin dolmuş olması."

Artık Mudî'nin Amerika'ya dönmesinin tek yolu karısı olarak benim ona izin vermeme bağlıydı. Kızımla birlikte geri dönebilmek için ona tabii ki izin verirdim; ama Mudî'nin gururu bunu asla kaldırmazdı.

Demek yeşil kartının süresi dolmuştu. Demek ki Mudî haddinden fazla beklemişti. Mudî'nin takdire şayan planı ne yazık ki geri tepmişti. Tuzak kuracağım derken İran'da kapana kısılan kendisi olmuştu.

ON SEKİZİNCİ BÖLÜM

Bir gün *The Khayan* gazetesini gözden geçirirken yabancılara ev kiralamak için verilmiş bir ilan gözüme çarptı.

"Herhâlde İngilizce biliyorlardır" dedim Mudî'ye. "Onları arasam mı?"

"Olur" dedi Mudî.

Telefonu açan kadın çok iyi İngilizce konuşuyordu. Amerikalı bir çiftin ev aradığını duyduğunda kadın çok sevindi ve ertesi gün buluşmak için sözleştik. Mudî hastaneden döndükten sonra evi görmeye birlikte gidecektik.

Komisyoncu kadın birkaç gün üst üste birçok ev gösterdi. Evlerin hepsi de temiz, aydınlık ve Batı tarzı döşenmiş rahat evlerdi. Ama bazıları haddinden fazla küçük olduğundan diğerleri de hastaneye uzak olduğundan bize uymuyordu. Ama bu şekilde istediğimiz evi bulacağımızı anlamıştık. Bu evler yurt dışına kaçmış varlıklı İranlılara aitti ve evlerine iyi bakılmasını istiyorlardı.

Sonunda aradığımız evi bulacağımıza inanıyor olsak da Mudî yoğun çalışma temposundan dolayı evleri dolaşmaya ayıracak çok fazla zaman bulamıyordu. Sonunda hassas durumumdan habersiz kadın Mudî'ye, "Aslında gün boyu Betty ile gezebilsek çok iyi olur. Böylece bir sürü yer görür ve onun uygun bulduklarını sonradan siz de görürsünüz" diye önerdi.

Nasıl bir tepki vereceğini merak ettiğim Mudî'ye doğru baktım.

"Olur" dedi.

Yalnız kaldığımızda, "Seni gelip evden alacak. Sen de gün boyunca onun yanından ayrılmayacaksın. Sonra da seni eve geri getirecek" diyerek kendince şartlar koydu.

"Olur" dedim. Mudî yavaş yavaş dizginlerini gevşetiyor gibiydi.

Ertesi gün bizim için uygun olan evi buldum. İki katlı geniş bir daireydi ve aynı binada bulunan üç dairenin en geniş olanıydı. Tahran'ın kuzeyinde, oldukça bakımlı bir yerde bulunan daire hastaneye sadece on beş dakikalık uzaklıktaydı.

Ev, Şah döneminde yapılmış ve içi İtalyan mobilyalarıyla döşenmişti. Divanlar ve sandalyeler rahattı ve yemek odası takımı da oldukça zarif ve moderndi. Evin telefonu vardı ki bu sayede bir telefona sahip olmak için bitmez tükenmez telefon sırasına yazılmamıza gerek kalmadı. Binanın önünde çimle kaplı geniş bir bahçe, bahçenin ortasında da bir yüzme havuzu vardı.

Dairenin iki katlı olması Mudî'nin muayenehane açma fikrine oldukça uygundu. Komisyoncu bu dairenin bir villa olduğunu söyledi. Binanın sağ kanadını ev olarak kullanıp kalanını muayenehane yapabilirdik. Her iki kanadı birbirinden ayıran masif kaplamalar vardı. İçerisi hem muayenehane hem de bekleme salonu yapılacak kadar genişti.

İçinde birer banyo ve tuvalet bulunan büyük yatak odası ve çocuk odası üst kattaydı. Ayrıca yatak odası arka tarafta bulunan bir oturma odasına açılıyordu.

Aynı akşam villayı Mudî'ye gezdirdiğimizde o da hemen sevdi. Muayenehanesi için uygun bir ev olduğunu söyledi.

Aslında ev benim planıma inanılmaz uygundu. Burada hem evimin kadını hem de bir doktor eşi olarak çok daha fazla özgür olacaktım. Eve taşındıktan sonra Mudî'nin her hareketimi kontrol etmesi ya da beni telefondan uzak tutması mümkün olmayacaktı. Ayrıca artık beni gözetleyen birileri de olmayacaktı ve en önemlisi artık beni kilit altında tutmasına imkân yoktu.

İran'a yerleşiyor gibi olmak beni rahatsız ediyordu. Üstelik bu yeni evde hayatımızın sonuna kadar kalmayacağımızı kızıma söyleyememek canımı sıkıyordu. Kızım uzun zamandır Amerika'nın sözünü etmiyor olsa da Amerika'daki hayatımıza duyduğu özlem gözlerinden okunuyordu. Yine de yalnız başımıza kaldığımızda bu konuyu açmıyordu.

Macit ile Mamal'ın verdiği para sayesinde Haziran sonunda yeni evimize taşınabildik. Eksiklerimizi tamamlamak için bize hatırı sayılır bir miktar vermişlerdi. Havlu, battaniye, yastık, tencere, tava ve erzak almamız gerekiyordu.

Diğer akrabalar da yardımlarını esirgemediler. Yeniden barıştığımız ve buraya yerleştiğimiz için herkes mutluydu. Hakim Ağa ve karısı Hakim Hanım bizi akşam yemeğine davet etti. Bize bir sürpriz hazırlamışlardı. Mudî davet edildiğimiz yemekte beklemediği iki kişiyle karşılaştığında çok sevindi.

"Şemsey! Zühre!" diye bağırdı büyük bir sevinçle.

Bu iki kız kardeş Mudî'lerin Şuştar'daki komşularıydı. İran'dan ayrıldıktan sonra Mudî'nin onlarla bağlantısı kesilmişti. Mudî onları karşısında gördüğüne çok sevindi. Şemsey ve Zühre'nin hayatları hakkında herhangi bir bilgi sahibi olmasam da ilk bakışta onları çok sempatik buluşum. Şemsey'in üzerindeki çador bugüne kadar gördüklerime benzemiyordu. Şeffaf bir dantelden yapılmış olduğundan çador olma özelliğini kaybetmişti. Üstündeki siyah gömleği ve pembe kazağını yabancı bir ülkeden getirtmiş olduğu besbelliydi. Şemsey inanılmaz nazikti ve mükemmel İngilizce konuşuyordu.

Mudî, Şemsey'in kocasının Tahran'daki saygın bir klinikte operatör olarak çalıştığını duyduğunda çok sevindi.

Hakim Ağa, "Belki Dr. Necef sana kliniğinde iş bulabilir" dedi.

Konuşma ilerledikçe Şemsey'in ve Zühre'nin yılın on ayını Amerika'da geçirdiğini öğrendim. Dr. Necef, iki ülke arasında gidip geliyordu. İran'da bulunduğu dönemlerde muayenehanesinde oldukça büyük miktarda paralar kazanıp yılın altı ayını incelemeler yapmak üzere Kaliforniya'ya gidip özgürlüğün tadını çıkartarak geçiriyormuş. Zühre Şemsey'den on beş yaş daha büyüktü ve duldu. Kardeşiyle birlikte yaşıyordu. İngilizcesi Şemsey kadar iyi olmasa da bana karşı oldukça yakın davrandı. Her iki kız kardeşin de kendilerini birer Amerikalı gibi hissettikleri her hâllerinden belli oluyordu.

Yerde oturmuş yemeğimizi yerken etrafımdakilerin yarı Farsça yarı İngilizce konuşmaları hoşuma gitti.

Zühre Mudî'ye, "Ablan Betty'den hoşlanıyor mu?" diye sordu.

"Çok iyi geçindiklerini söyleyemem" dedi Mudî.

"Karınla ablanı karşı karşıya getirmiş olmanı sana yakıştıramadım" dedi Şemsey araya girerek. "Ablanı çok iyi tanırım. Betty ile anlaşmalarına imkân yok. Betty ne yapsa ablan mutlaka bir kusur bulur. Betty'nin de ona tahammülünün olmadığından adım kadar eminim."

Mudî'nin, ablası hakkında bu kadar çok laf söylenmesine kızacağını sanmıştım; ama o, "Haklısın, düşüncesizlik ettim" dedi.

"Artık dönseniz iyi olacak" dedi Şemsey. "Neden bu kadar kaldınız ki burada?"

Mudî omuzlarını silkti.

"Hata yapıyorsun" dedi Şemsey. "Aptallık etme, vakit varken geri dönün." Zühre de kardeşinin söylediklerini onaylıyormuşçasına kafası salladı.

Mudî bir kez daha herhangi bir yorum yapmaksızın omuzlarını silkerek cevap vermeyi tercih etti.

Bu kadınlarla daha sık bir araya gelmeliyiz dedim içimden.

Gitmeden önce Mudî nezaketle, "Sizi bir akşam yemeğe davet etmek isteriz" dedi.

O gece eve dönerken Mudî'nin davetinin *taraf* olup olmadığını anlamak için, "Pek hoş insanlar" dedim. "Onları en yakın zamanda evimize çağıralım."

"Haklısın" dedi Mudî. "Bizden dört sokak ileride oturuyorlar." Mudî'nin güzel sofralarda kaliteli insanlardan yine zevk almaya başlayıp başlamadığını sordum kendi kendime.

Sonunda hastanenin müdürü Mudî'nin parasının bankaya yatırıldığını söyledi. Para hastanenin hemen yanındaki bankada açılan bir hesaba yatırılmıştı. Mudî'nin bankaya gidip banka hesap numarasını bildirmesi yeterli olacaktı.

Mudî büyük bir sevinç içinde bir yılı aşkın bir süreden beri ilk kez kazanmış olduğu parayı çekmek için bankaya gittiğinde banka müdürü hesapta para olmadığını söyledi.

Hastanedeki yönetici, "Parayı yatırdık" dedi.

Banka memuru, "Hesapta para yok" diye diretti.

Mudî hastane yöneticisiyle banka memuru arasında mekik dokuduktan sonra gerçek anlaşıldı. İran'da hesaplar elle tutuluyordu ve yazışma hatası yapılmış olduğundan Mudî parayı ancak on gün sonra çekebilecekti.

Olayı bana anlatırken Mudî'nin sinirleri inanılmaz bozulmuş olmalı ki, "Bu kokuşmuş ülkeyi ancak bir atom bombası temizler!" dedi. "Önce haritadan sileceksin ardından her şeye yeniden başlayacaksın."

Paranın gelmesi de sorunlarımızı çözmeye yetmedi; çünkü bankaya yatırılan para söz verilenin çok altındaydı. Üstelik hastane birtakım kesintiler yapmıştı. Mudî hastaneye altı gün yerine iki gün gittiğinde de aynı parayı kazanacağını hesaplamış olduğundan hastaneyi aradı ve bundan sonra sadece salı ve çarşamba günleri çalışacağını bildirdi. Böylece kendi kliniğinde çalışacak zaman bulabilecekti.

Evin kapısının üzerine DR. MAHMUDÎ: AMERİKAN DİPLOMALI AĞRI TEDAVİ UZMANI yazan Farsça bir tabela astı.

Mudî'nin avukat olan yeğeni Murtaza Kutsi eve girdiğinde tabelayı görür görmez bağırarak, "Kaldır şu tabelayı!" dedi. "Lisansın olmadan doktorluk yaparsan seni tutuklarlar."

"Umurumda bile değil" dedi Mudî. "Bunca zamandır büyük bir sabırla bekledim; ama lisansımı vermediler. Daha fazla beklemeye tahammülüm yok."

Mudî Mehtap ile kaçmaya çalışacağımı düşünüyor olsa da bunu engellemek için herhangi bir şey yapmıyordu. Çünkü bize her zamankinden daha çok ihtiyacı vardı. Onun ailesi artık bizdik ve bizden başka kimsesi de yoktu. Mantıklı düşündüğü takdirde bunun olanaksız olduğu hemen ortaya çıksa da sevgimize ve birbirimize olan bağlılığımıza inanmak zorundaydı.

Evimizin arka tarafı ana caddeye bakıyordu. Gündelik alışverişimi bu cadde üzerinde bulunan üç dükkândan yapıyordum. Ana caddeye, bizim sokağın başından yan sokağa saparak çıkılıyordu.

Alışveriş yerlerinden biri süpermarketti. Tabii ki Amerika'daki süpermarketlerle kıyaslanamazdı; ama fasulye, ekmek, peynir, ketçap ve baharat gibi şeyleri orada bulmak mümkün oluyordu. İkinci dükkân bir manav, üçüncüsü de bir kasaptı.

Mudî bu üç dükkânın sahibiyle dost olmuştu ve gerektiğinde onların ailelerini para almadan tedavi ediyordu. Onlar da Mudî'ye teşekkür etmek için nadir bulunan mallar dükkânlarına geldiğinde bize haber veriyor ya da bizim için ayırıyorlardı.

Evden kullanılmış gazete ya da sicim götürmediğim gün olmuyordu. Bir gün süpermarketin sahibi bana, "İran'da yaşayan kadınların arasında eşiniz benzeriniz yok" dedi. "İranlı kadınlar malın değerini bilmez. İnanılmaz müsrifler."

Üç dükkânın sahibi de bana, "Doktor Hanım" diyordu ve alışveriş yaptığımda aldıklarımı eve taşımaları için çırakları görevlendiriyorlardı.

Mudî İran'da Amerika'da eğitim görmüş; kültürlü, profesyonel biri olarak çevresindekilere göre çok daha üst düzeyde bir yaşam kurmak istiyordu; ama bu işe ayıracak zamanı yoktu.

"Ne gerekiyorsa git al" dedi bana. "Evimizi ve kliniği düzenleme sana ait."

On dört milyon nüfuslu, çoğu da Amerikan düşmanı bu kalabalığın içinde Mudî'nin isteğini yerine getirmek çok zor olacaktı. Aslında ister İranlı ister başka bir ülkeden olsun bir kadının yanında kocası ya da yaşlı başlı bir akrabası olmadan sorunlarının üstesinden gelmesine imkân yoktu.

Günün birinde Mudî Melek'in babasının kentin merkezinde bulunan dükkânına gitmemi söyledi. Melek, Mudî Mehtap'ı benden uzaklaştırdığında kızımı sorguya çeken kadındı. Dükkândan örtülük kumaş almamı istedi. İran'da örtülük kumaş almak lüks olduğundan sadece seçkin insanlara mahsustu.

"Oraya otobüsle gidebilirsin" dedi. "Yol epeyce uzun ama ne de olsa otobüse para verilmiyor." Elime devlet memurlarına verilmiş bir tomar bedava otobüs bileti tutuşturdu.

Mudî'nin bütçesine yapacağım katkı umurumda değildi; ama Tahran'ın tüm ulaşım araçlarını tanımak istediğimden Mudî'nin talimatlarına uydum. Kızımla ilk olarak Pasdaran sokağına yürüdük ardından Mamal'ların evlerinin yakınlarındaki otobüs durağına gidebilmek için taksiye bindik. Bindiğimiz otobüs Amerika'da şehirlerarası ulaşımda kullanılan uzun yol araçlarından farksızdı. Oturulacak yerler dolu olduğundan biz de birçok insan gibi ayakta yolculuk yapmak zorunda kaldık.

Kentin merkezine varmamız saatler sürdü. Her durakta düzinelerce insan iniyor ardından düzinelerce insan biniyordu. İçlerinde sırasını beklemeyecek kadar sabırsız olanlar vardı ki bunlar çoğunlukla binmek için küfürleşerek binenleri itip kakıyordu.

Sonunda aradığımız dükkânı bulduk ve almamız gereken şeyleri aldık. Mehtap çok yorulmuştu. Elimiz kolumuz paketlerle dolu bir hâlde otobüs terminalinde Mudî'nin binmemizi söylediği otobüsü bulamayınca paniğe kapıldım. Aldıklarımızı sağ salim eve götürmemiz gerekiyordu ve beceremediğim takdirde Mudî bundan sonra bu tarz işleri kendi başına halletmek isteyecekti. Gecikirsem benden kuşkulanmaya başlayacak olması da en kötüsüydü.

Telaşımı gözlerimden okuyan bir İranlı yanıma geldi ve "*Hanım, çi mikay*?" diye sordu ki bu, "Hanım ne arıyorsun?" anlamına geliyordu.

"*Seyyid Handan*" dedim. Bu Mamal'ın oturduğu semtin adıydı. Oraya vardığımız takdirde turuncu taksiye binip eve ulaşmamız kolay olacaktı. Otobüslerden birini göstererek, "*Seyyid Handan*?" diye sordum.

"*Na*" dedi ardından da kafasını salladı. Kızımla beni boş bir otobüsün bulunduğu yere doğru götürdükten sonra, "*Seyyid Handan*" dedi.

Teşekkür etmek için kafamı salladıktan sonra Mehtap ile birlikte otobüse bindik. Otobüs boş olduğundan sürücünün arkasındaki koltuğa oturduk. *Seyyid Handan*'a gidecek yolcuların otobüsü doldurması uzun sürmedi. Otobüse binmemizi sağlayan adamın sürücü koltuğuna oturmasına çok şaşırdım. Doğru otobüsü bulmak için otobüsün sürücüsüne rastlamış olmam büyük şanstı.

Biletleri uzattığımda şoför kabul etmedi. Adam inanılmaz kötü ter kokuyordu ve bundan dolayı tam arkasına oturduğum için pişman oldum. Temiz olan tek yanı sakal tıraşı olmuş olmasıydı. Üstü başı aylardır yıkanmamışçasına leş gibi kokuyordu.

Otobüs hareket etmeden önce koridorda ilerledi ve biletleri topladı. Kızım inanılmaz yorgun olduğundan sürücüye fazla dikkat etmedim. Kucağımızdaki ağır paketlerden rahat bir konumda oturamıyorduk.

Sürücü yanımıza geldiğinde biletleri uzattım; ama sürücü biletleri elimden alırken elimi tuttu. Önce bunun yanlışlık olduğunu sandım. İranlı erkekler kadınlara dokunmamak için çok dikkat ediyordu. Üzerinde durmadım; çünkü o an için istediğim tek şey Mehtap'u bir an önce eve götürmekti.

Yol boyunca kızımın gözleri kapanıp durdu, sonunda derin bir uykuya daldı. Hem onu hem de paketleri taşıyıp taşıyamayacağımı düşündüm. Onu uyandırmaya çalışarak, "Haydi kızım" dedim yavaşça. "İniyoruz."

Derin uykuda olduğundan kımıldamadı bile.

Bütün yolcular indiğinde sürücünün bana baktığını fark ettim. Gülümseyerek Mehtap'ı kucağına alıp indirebileceğini söylemek istiyor gibiydi. Çok nazik bir adam dedim kendi kendime. Kızımı kucağına aldı, pis dudaklarıyla onu öpmesi midemi bulandırdı.

Yolcuları inmiş otobüs karanlık olduğundan yüreğimi inanılmaz bir korku sardı. Paketleri toplayıp kalkmak için davrandığım bir sırada Mehtap'ı bir koluna alarak diğer koluyla beni engellemeye çalıştı. Tek bir kelime söylemeksizin tüm ağırlığıyla üzerime abandı.

Özür dilemek istercesine, "*Babakşid*!" dedim. Kollarımı uzattım ve adamın kucağındaki kızımı çekerek almaya çalıştığım sırada bir kez daha kolunu uzatıp beni engellemeye çalıştı. Hiçbir şey söylemeksizin iğrenç kokan bedeniyle üzerime abanıyordu.

Kendimi ne şekilde savunacağımı bilmediğimden gerçekten korkmaya başlamıştım. Böğrüne bir tekme atmak geldi aklıma; ama bunu yapamayacak kadar yorgundum ve çaresizlikten bayılmak üzereydim.

Farsça, "Nerede oturuyorsun?" diye sordu. "Seni evine kadar bırakabilirim."

Elini uzattı ve göğsüme dokundu.

Tüm gücümü toplayarak, "*Babakşid*" diye bağırdım ve dirseğimle ona esaslı bir darbe indirdikten sonra onu kenara iterek kucağındaki Mehtap ve paketlerimle kendimi otobüsten aşağı attım.

Göçmenlerle dolup taşan ve yoksulluğun kol gezdiği bu kentte tehlikenin bir kez daha farkına vardım. O gün Ellen'i ziyarete gitmiştim.

Ellen ile açıkça bir barışma yaşanmamış olsa da bir kez daha yakınlaşmıştık. Müslümanlık adına bana ihanet etmeye kalkmış olsa da en zor günlerimde kocası Hürmüz ile birlikte hep yanımda yer almış ve bana destek olmaya çalışmışlardı. Kaçma planlarımdan da Mudî'ye asla söz etmediler. Aslında Ellen ile temel felsefe konuşunda görüş ayrılıklarımız mevcuttu; ama öte yandan iki Amerikalı olarak paylaşılacak çok şey vardı.

O gün Ellen'in yanından ayrılırken hava kararmak üzereydi.

"Yalnız gidemezsin" dedi Ellen.

"Giderim" dedim "Merak etme."

"Olmaz. Hürmüz bıraksın seni."

"Onu rahatsız etmek istemiyorum. Bir taksiye atlar giderim."

"Olmaz. Seni bu şekilde bırakamam" dedi ve ısrarının nedenini açıklamaya başladı. "Dün bizim mahallede bir kızı öldürdüler. Cesedini buraya yakın bir yerde buldular. Zavallı kızcağız daha on üçündeymiş ve sabahın beşinde kuponla et almak için evden çıkmış. Eve dönmediğini gören ailesi kızı aramaya başlamış. Cesedi bulunduğunda ölmeden önce tecavüz edildiği anlaşılmış."

Tabii ki çok sarsıldım.

"Buna benzer şeyler her gün oluyor buralarda" dedi Ellen. "Böyle şeyler hep oluyor."

Duyduklarıma inanamadım. Bundan daha önce bana hiç söz etmemişti. Okuduğum gazetelerde de soygun, ırza geçme, adam öldürme gibi olaylar gözüme çarpmamıştı.

"Suç işleyenlerin çoğu Afganlı" diye devam etti Ellen. "İran'da çok Afganlı var ve hiçbiri de evli olmadığından önlerine gelenin ırzına geçmeye çalışıyorlar."

Ertesi gün Macit bize uğradığında Ellen'den duyduklarımı ona da anlattım. "Evet doğru" dedi. "Her gün buna benzer olaylar oluyor. Dışarıda yalnız başına dolaşmak tehlikeli. Sen de dikkatli ol."

Bir gün Esey ağlayarak beni aradığında, "Çok korkuyorum" dedi. "Az önce Amerika'dan annen aradı. Ben de taşındığınızı söyledim. Senin telefon numaranı istedi; ama bilmediğimi söyleyince beni yalancılıkla suçladı. Bunun üzerine senin telefon numaranı ona verdim; ama şimdi de başım dayıcanla derde girecek.

İki dakika sonra telefon çaldı. Hemen açtım. Arayan gerçekten de annemdi. Babam da geldi konuşmak için. Boğazım düğümlenmiş olduğundan konuşmakta zorluk çekiyordum. Neden sonra, "Nasılsın?" diye sordum babama.

"Fena değilim" dedi. "İrade olan yerde çare de vardır." Sesi o kadar yorgundu ki.

"Sen nasılsın?" diye sordu annem.

"Daha iyiyim." Onlara yeni evimizden ve biraz daha özgür olduğumdan bahsettim. "Joe ve John nasıllar?" diye sordum. "Onları öylesine özledim ki."

"İyiler, koca delikanlı oldular" dedi annem.

Joe ITT Hancock firmasındaki işine devam ediyormuş. John orta ikiye geçmiş ve okul takımında futbol oynuyormuş. Onların büyüdüklerine şahitlik edememek ne kadar üzücüydü.

"Onları çok sevdiğimi söyleyin."

"Söyleriz."

Telefonda konuşabileceğimiz günleri saptadık. Mudî salı ve çarşamba hastanede olduğundan o günlerde aradıkları takdirde rahatça konuşabilecektik. Ama beni aramaları için sabahın üçünde yataktan kalkmaları gerekecekti. Olsun yine de değerdi. Annem bir sonraki hafta beni Joe ve John ile konuşturmaya çalışacağını da söyledi.

Ertesi gün Esey'i rahatlatmak için onu ziyaret ettim. Eve dönünce de Mudî'ye Esey'lerdeyken annemin aradığını onlara yeni telefon numaramı verdiğimi söyledim.

"İyi etmişsin" dedi. Ailemle konuştuğum için kızmışa benzemiyordu. Aslında rastlantı hoşuna gitmiş gibiydi.

"Çaya bekliyorum seni" dedi Şemsey telefonda.

Mudî'den izin istedim.

"Gidebilirsin" dedi. Mudî, Şemsey ve Zühre'ye büyük saygı duyuyordu. Bunun için çay davetlerine itiraz etmezdi. Şemsey'in ve Zühre'nin Mudî'nin bir zamanlar bana ne kadar kötü davrandığını öğrenmelerini de istemiyordu.

Çok güzel bir gün oldu. Şemsey ile kaynaşmamız uzun sürmedi ve yaz boyunca sık sık birlikte olduk.

Şemsey'ler bize çok yakın olan evlerinde sadece yılın iki ayı kalıyorlardı; ama bu sefer kalış sürelerini biraz uzattılar. Kocasıyla birlikte evlerini satılığa çıkarttılar. Tüm mal varlıklarını Kaliforniya'ya aktarmak istiyorlardı. Şemsey İran'la olan tüm bağlarını koparmak için can atıyordu. Ama yaz boyunca bir kardeş kadar yakın bulduğum Şemsey'den ayrılmak içimi burkuyordu.

"Betty'i burada bırakıp nasıl Kaliforniya'ya gideceğim bilemiyorum" dedi bir gün Mudî'ye. "İzin ver de Betty de benimle gelsin."

Bu beklenmedik öneriye ne Mudî ne de ben verecek bir karşılık bulduk. Şemsey hayatıma büyük bir yenilik getirmişti; ama haftalarca süren arkadaşlığımıza rağmen başıma gelenleri ona anlatma cesaretini bulamamıştım. Anlatmış olsaydım bana yardımcı olmak için elinden geleni yapacağından şüphem yoktu; ama dilini tutup tutamayacağından emin değildim. Bir kez bu hatayı yaptığım için ele verilmiştim. Şemsey yaşadıklarımı bilmiş olsaydı hesap sormak için Mudî'nin üzerine yürüyebilirdi. Mudî hakkında ilerleme kaydettiğim şu dönemde onun bir kez daha bana düşman olmasına neden olmak hata olurdu. Sırrımı kendime saklayarak arkadaşlığın tadını çıkartmaya çalıştım. Yine de Şemsey arada bir bazı ayrıntıları kendiliğinden yakalıyordu. Belki de atacağım her adım için Mudî'den izin almam dikkatini çekmiş olabilirdi. Gideceğim her yer ya da harcayacağım her riyal Mudî'nin onayından geçmek zorundaydı.

Günün birinde Michigan'da hasta yatan babam için çok üzüldüğümü söyledim.

"Peki, babanı neden gidip görmüyorsun?" diye sordu.

"Gidemem."

"Gitmezsen sonradan pişman olursun" dedi ve bir olay anlattı. "Ben Şustar'da yaşarken babam Tahran'da yaşıyordu. Bir gün içimi bir sıkıntı bastı ve içimdeki ses onu gidip görmem gerektiğini söyledi. Kocama bundan bahsettiğimde, 'Şimdi gidemezsin. Gelecek ay okullar tatil olduğunda gidersin' dedi. Çok tartıştık. Evliliğimiz boyunca ettiğimiz tek kavgaydı. Ona, 'Eğer babamı görmeme izin vermezsen seni terk ederim' dedim. Sonunda pes etti ve 'Git o zaman' dedi."

Şemsey babasının Tahran'daki evine ulaştığında ertesi gün sağlık kontrolü için hastaneye gideceğini öğrenmiş. O gece geç saatlere kadar konuşmuşlar, anılardan söz etmişler. Ertesi gün birlikte hastaneye gittiklerinde babası ani bir kalp krizi sonucu hayatını kaybetmiş.

"Eğer gitmemiş olsaydım, kahrolurdum. Belki de sadece bu sebepten dolayı kocamdan ayrılacaktım. İyi ki içimdeki ses babamı görmemi söylemiş. Senin de gidip babanı görmen gerek."

Gözyaşlarına boğulmuş bir hâlde, "Gidemem" dedim. Ardından da başıma gelen her şeyi anlattım.

"Mudî'nin bunları yapmış olmasına inanamıyorum" dedi Şemsey.

"Buraya taşındıktan sonra hayatımız normale döndü. Seninle olan dostluğumuz benim için çok önemli. Ama Mudî sana evime gitmeyi ne kadar çok özlediğimi anlattığımı öğrendiği takdirde seninle arkadaşlık etmeme izin vermez."

"Üzülme" dedi Şemsey. "Ona hiçbir şey anlatmam."

Verdiği sözü tuttu. Ama yine de o günden sonra Mudî'ye karşı olan tutumunda bir değişiklik oldu. Ona karşı soğuk ve uzak durdu.

Yaz ayları sona erip Ağustos ayının sonunda Savaş Haftası sırasında, bir yıldan beri İran'da kalmak zorunda olduğumu düşünmek bir karabasan gibi üzerime çöktü. Savaş Haftası dolayısıyla akşamları sokaklarda yürüyüşler oluyordu. Belirli bir ritimle toplu hâlde yürüyen erkekler çıplak omuzlarına zincirle vuruyordu. Önce sağ ardından sol omuz! Bir yandan da yüksek sesle tekerlemeler söyleyip kendilerinden geçiyorlardı. Sırtları kan revan içinde olsa da herhangi bir acı duymuyorlardı.

Televizyondaki haberler sert söylevlerle doluydu. Haberler inandırıcı olmaktan çok uzaktı. Zamanla İranlıların sözleriyle eylemleri arasında büyük farklılıklar olduğunu öğrendim. Sert söylevler ya da meydan okumalarının hepsi birer *taraf*tı.

"Mehtap'ın doğum günü için bir davet vermek istiyorum" dedim.

"Olur; ama aileden kimseyi çağırmayalım" dedi Mudî. "Ailemden birilerinin buraya gelmesinden hoşlanmıyorum. Hepsi pis insanlar ve çok kötü kokuyorlar." Birkaç ay öncesine kadar aile üyelerini çağırmadan yapılacak bir doğum günü partisi düşünülemezdi. "Şemsey ile Zühre'yi, Ellen ile Hürmüz'ü bir de Malike ile ailesini çağırırız."

Malike yan dairemizde oturan komşumuzdu. İngilizce biliyordu ve bana her zaman dostça davranıyordu. Karşılaştığımızda konuşuyorduk. Bana Farsçayı çok iyi anladığımı söylüyordu.

Mudî'nin dost çevresini değiştirdiği çağırmak istediği konukların listesinden anlaşılabiliyordu. Ellen ve Hürmüz'e karşı eskisi kadar sert davranmıyordu. Sonunda Mudî de Ellen ve Hürmüz'ün aramızı bulmak için çabalamış olduklarını anladı. İnişli çıkışlı hayatımın bu sakin evresinde onlarla yeniden görüşmek istemesi, sorunların kendinden kaynaklandığını kabul etmesi anlamına geliyordu.

Mehtap bu seferki doğum gününde hazır pasta yerine doğum günü pastasını benim yapmamı istedi. Kolay olmadı. Fırının derecesini ayarlayamadığımdan pasta kupkuru oldu. Ama Mehtap çok beğendi. Pastanın ortasına yerleştirmiş olduğum plastik bebek çok hoşuna gitti.

Mehtap'ın doğum günü Eyde Kadir Günü'ne rastlamış olduğundan herkes evdeydi ve biz akşam yemeği yerine kutlamayı öğlen yemeği tarzında düzenledik.

Rozbif pişirdim yanına da fırında fasulye ve patates püresi yaptım.

Her şey hazırdı. Ellen ve Hürmüz dışında herkes gelmişti. Onların gelmesini beklerken Mehtap hediye paketlerini açtı. Malike, Fare Muş getirmişti. Fare Muş İran'da çok sevilen bir çizgi film kahramanıydı. Şemsey ve Zühre taze ananas getirmişti. Taze ananas İran'da yaşayanlar için paha biçilmez bir hediyeydi. Mudî ve ben de kızıma mor kadife bir bluz ve pantolon aldık. Mor Mehtap'un en sevdiği renkti. Özel hediyemiz Tayvan malı bir bisikletti. Bisiklet için dört yüz elli dolar ödedik.

Yemeği olabildiğince ertelemiş olsak da sonunda açlığımıza yenik düştük ve Ellen ile Hürmüz gelmeden yemeğe başladık. Öğleden sonra çıkıp geldiklerinde yemeğin bitmiş olduğunu görmek onları çok şaşırttı.

"Sen bizi akşam yemeğine çağırdı, öğlen yemeğine değil" dedi Ellen.

"Hayır, öğlen yemeğine çağırdığımdan eminim" dedim. "Herhâlde yanlış anlamış olacaksın."

"Sen zaten her şeyi yanlış anlarsın" dedi Hürmüz. Karısına söylenmeye başladı. "Aklında tutamadığın için her yere geç gidiyoruz."

Diğer konuklara aldırmadan karısını dakikalarca azarlarken Ellen de çadorunun altından başı eğik bir hâlde kocasını dinledi.

Ellen'in hâlini gördükçe İran'dan kaçmak için duyduğum istek kabarıyordu. Hoş karşımda duran olumsuz örnek olmasaydı da kaçacaktım; ama kadıncağızın hâlini gördükçe bir an önce çekip gitmek istiyordum. Burada ne kadar çok kalırsam onlara o kadar çok benzeyecektim.

İran'daki hayatımız bir dönüm noktasına gelmişti. Eskiye nazaran belli bir konfora kavuşmuştum; ama bu sefer de bu hayata alışıp kaçmaktan vazgeçeceğimden korkmaya başlamıştım. Mudî ile birlikte İran'da kalıp mutlu olmaya çalışmam imkân dâhilinde bile değildi.

Mudî ile yatağa girdiğimizde benimle sevişmek istiyordu; ama ben bahaneler uydurarak hayır diyordum. Birlikte yattığım bu adamdan nefret ediyordum. Üstelik ondan korkuyordum. Bu aralar sakindi; ama bu her an için delilik krizine girmeyeceği anlamına gelmiyordu.

Son zamanlarda sık sık telefon görüşmeleri yapabiliyordum. Arada bir elçiliğe de uğruyordum. Tüm gücümle bana yardım edebilecek birini arıyordum. Bana yardım edecek birileriyle yaptığım bağlantılar kavurucu yaz sıcağında eriyip gitmişti. Alev Hanım telefonlarıma cevap vermiyordu. Bir kez daha Raşit ile bağlantıya geçtim. Arkadaşı Türkiye'ye insan kaçırmaya devam ediyordu; ama yanında çocuğu olan bir kadını kaçırmaya pek sıcak bakmıyorlardı.

Yeni birini bulmak zorundaydım. Ama kimi? Ve en önemlisi nasıl bulacaktım.

ON DOKUZUNCU BÖLÜM

Adını veremeyeceğim birinin kâğıda karalayarak elime tutuşturmuş olduğu adrese bakıyordum.

"Oraya gidin ve yöneticiyi görmek istediğinizi söyleyin" dedi bana kâğıdı veren kişi. Oraya nasıl gideceğimi anlattı. Bana yardım eden kişinin adını verirsem onu İran İslam Cumhuriyeti'nin eline teslim ederek ölüme mahkûm olmasına neden olurum.

Verilen adres kentin diğer ucundaydı ve Mudî hastaneden dönünceye kadar evde olabilmek için hemen yola çıkmam gerekiyordu. Mudî gelmeden evde olamasam da ona Mehtap ile birlikte bir şeyler almak için çarşıya çıkmış olduğumu söyleyecektim. Bu açıklamayı bir kereye mahsus yutmasını umut ettim.

Artık bekleyemeyecek kadar sabırsızdım. Kararlıydım. Vakit kaybetmeden çıkmalıydım.

Zaman kazanmak için paraya kıydım ve telefonla taksi çağırdım. Mehtap gittiğimiz yer hakkında bir şey sormadı. Bazı şeyleri bilmemesi gerektiğini anlamış olmalı, diye düşündüm.

Sonunda bana verilmiş olan adrese ulaştık. Bir iş merkeziydi ve insanlar alışılmadık bir hâlde hareketliydi. İngilizce bilen danışma memurunu buldum ve yöneticiyi görmek istediğimi söyledim.

"Sol taraftan gidin" dedi. "Sonra aşağı inin, koridorun sonundaki oda."

Mehtap ile birlikte bize verilen tarifi takip ettik. Kısa bir sürenin ardından kendimizi yan yana büroların bulunduğu katta bulduk.

Bekleme salonu Batı tarzı rahat eşyalarla döşenmişti. Beklerken okuması için kitap ve dergiler vardı.

"Beni burada bekler misin, Mehtap?" diye sordum.

Mehtap itiraz etmedi.

"Yönetici nerede?" diye sordum yanımızdan geçen birine.

"Koridorun sonundaki kapı" dedi.

Kapıyı tıklatıp girin sesi üzerine içeriye girdim.

"Ben Betty Mahmudî" dedim.

"İçeri buyurun" dedi adam. Kusursuz bir İngilizcesi vardı. Elimi sıktıktan sonra, "Sizi bekliyordum" dedi.

Arkadan kapıyı kapattı ve gülümseyen bir yüz ifadesiyle, "Buyurun" dedi. Adam kısa boylu, ince yapılı, temiz giyimli biriydi. Üstelik kravat takmıştı. Masasının başına geçer geçmez konuşmaya başladı. Konuşurken elindeki kalemle masaya vuruyordu.

Adresi veren kişi yöneticinin de günün birinde İran'dan kaçmayı planladığından bahsetmişti. Ama şu anda hayatı oldukça karışıktı. Gündüzleri Humeyni yanlısı başarılı bir iş adamıydı, geceleri ise akla gelmeyecek entrikalar çeviriyordu.

Birden fazla ismi vardı. Bu yüzden ben de ona Amahl diyeceğim.

"Durumunuza çok üzüldüm" dedi Amahl. "Sizi buradan kaçırmak için ne gerekiyorsa yapacağım."

Açık konuşması hoşuma gitmiş olsa da biraz ürkmüştüm. Başıma gelenleri biliyordu. Bana yardımcı olacağından emindi. Ama ben buna benzer sözleri daha öncesinden Trish ve Suzanne'den ya da Raşit ve arkadaşlarından ya da şu esrarengiz Alev Hanım'dan duymuştum.

"Bakın" dedim. "Bana daha öncesinde de bu tarz sözler verildi; ama benim bir sorunum var. Kızım olmadan buradan adımımı atmam. Kızım benimle gelmezse ben de kalırım. Boşuna zaman kaybetmemek için bunu önceden söylemek istedim."

"Bu isteğinize saygı duyuyorum" dedi Amahl. "İsteğiniz buysa o zaman ikinizi birlikte gönderirim bu ülkeden. Ben de sizden sabırlı olmanızı rica edeceğim. Sizi kaçırma işini ne zaman ve nasıl ayarlayacağımı bilmiyorum; ama sabırlı olursanız bu iş başarabiliriz."

Amahl'ın söyledikleri içimi rahatlattı. Beni ne zaman ve ne şekilde kaçıracağını söylememiş olsa da en azından umut vermişti.

"İşte telefon numaram" dedi. Bir kâğıda yazdıktan sonra bana uzattı. "Bunları nasıl kayıt edeceğinizi size göstereceğim. Bunlar benim özel numaralarım, buradakiler de iş numaralarım, bu da ev numaram. Gece gündüz fark etmez beni her zaman arayabilirsiniz. Lütfen çekinmeyin. Sizinle sürekli bağlantıda olmak çok önemli. Beni rahatsız edeceğinizi düşünerek aramamazlık etmeyin. Beni siz arayın; çünkü ben ararsam kocanız kıskançlık krizi yaratabilir." Bunu söyler söylemez de kahkahalarla güldü.

Neşesi bulaşıcıydı. Ne yazık ki evli diye düşündüğümden dolayı suçluluk duydum.

"Peki" dedim başımla onaylayarak. Amahl çekici bir erkekti.

"Yalnız telefonda bu konu hakkında konuşamayız. Beni aradığınızda sadece "Nasılsınız?" ya da buna benzer şeyler söylemeniz gerek. Size verecek bir haberim olursa buraya gelmenizi söylerim, siz de gelirsiniz."

Bu işin içinde para olup olmadığını öğrenmek zorunda olduğumdan, "Ailemden elçilik aracılığıyla para göndermelerini istemem gerekiyor mu?" diye sordum.

"Hayır. Para konusunu asla dert etmeyin. Gerekli ödemeler benim tarafımdan yapılacak. Amerika'ya döndüğünüzde parayı gönderebilirsiniz."

Taksiyle eve dönerken uzun yol boyunca Mehtap tek bir kelime dahi söylemedi. Aslında konuşmaması bir bakıma iyiydi çünkü kafamın içi karmakarışıktı. Başarı olasılığını hesaplamaya çalışıyordum. Sonunda İran'dan kaçmanın yolunu bulmuş muydum yoksa?

Bana güvenmişti. "Amerika'ya döndüğünüzde parayı gönderirsiniz" demişti.

Ama yine de, "Ne zaman ve nasıl ayarlayacağımı bilemiyorum" deyişi aklımdan çıkmıyordu.

YİRMİNCİ BÖLÜM

Yazın sonuna gelmiş olduğumuzdan okul zamanı bir kez daha gelmişti. Mehtap'ın birinci sınıfa başlamasına engel olmamaya karar verdim. Mudî'yle tartışmaya girmek istemiyordum. Mehtap da hiç ses çıkartmadan kabul edince aslında şaşırdım. Duruma bakılırsa İran'da yaşamak fikrine alışıyor gibiydi.

Bir sabah üçümüz birlikte bize sadece on dakikalık bir uzaklıkta olan mahalle okuluna bakmak istedik. Bu okul *Zeynep Medresesi*'ne göre çok daha sıcak bir yerdi. Ama müdiresi son derece asık suratlı bir bayandı. Mudî çadorunun altından ters ters bakan müdire hanıma aldırış etmeden, "Kızımızı bu okula kayıt ettirmek istiyoruz" dedi.

Kadın bizi tersleyerek, "Olmaz" dedi. "Okulda boş yerimiz yok." Bizi başından savmak istercesine evin çok uzağında olan bir okulun yerini tarif etti.

"Burası evimize çok yakın" dedi Mudî.

"Boş yer yok!"

Mehtap ile çıkmak üzere arkamızı döndük. Aslında kızımın bu kadının eline düşmeyecek olmasına sevinmiştim.

"Bakın benim başka bir okul arayacak kadar zamanım yok" dedi Mudî söylenerek. "Ameliyathaneden bekliyorlar beni."

Müdire hanım birden ilgi göstermeye başladı. "Ya... Siz doktor musunuz?" diye sordu.

"Evet."

"Öyle mi? Gelin bakalım. Oturun." Bir doktor kızı için her zaman boş bir yer bulunduruyor olmalıydılar. Mudî ağırlığını koyarak istediğini yaptırmış olmanın gururunu yaşıyordu.

Müdire okula başlamadan önce Mehtap için almamız gereken şeyleri saydı. Mehtap'ın gri bir önlüğe, paltoya, pantolona ve '*makney*'e (önden dikilmiş bir eşarp, rusariden biraz daha rahatsız, çadordan daha rahat) gereksinimi olacaktı. Tarihini sonradan bildireceği bir günde Mehtap'ı anne-kız toplantısına getirmemi istedi.

Okuldan çıktıktan sonra Mudî'ye, "Tek önlükle nasıl idare edecek?" diye sordum. "Her gün aynı şeyi giymesi mümkün mü?"

"Herkes böyle yapıyor" dedi Mudî. "Ama haklısın. Kaç tane gerekiyorsa sen o kadar al."

Hastaneye giderken önlükleri almamız için bize para bıraktı. Çarşıda dolaşırken yüzüme vuran sıcak sonbahar güneşi umutlarımı kabarttı. Sonunda kızımla birlikte özgürce dolaşabiliyordum. Üstelik bundan sonra Mudî hastanede Mehtap'ta okuldayken Tahran'da istediğim yere gidebilecektim.

Birkaç gün sonra okuldaki anne-kız toplantısına katıldık. Komşumuz Malike bana çevirmenlik yapmak için bizimle birlikte geldi. Malike İngilizceyi çok az anlıyordu; ama Mehtap'ın ve Malike'nin yardımları sayesinde konuşulanları anlayabildim.

Beş saat süren toplantının çoğunda Kuran okundu. Ardından ailelerden para toplamaya çalışan müdire hanım ateşli bir konuşma yaptı. Okulda tuvalet bulunmadığını ve okul açılmadan önce acil ihtiyaçların karşılanabilmesi için para gerektiğini söyledi. Eve geldiğimde Mudî'ye müdire hanımın söylediklerini aktardım.

"Ne münasebet! Okula tuvalet yapılması için para filan veremem. Kadınların düşen çoraplarının ya da rusarilerin içinden çıkmış bir tutam saçın peşine düşen pasdarları besleyeceklerine okullara tuvalet yaptırsınlar" dedim Mudî'ye.

Mudî benim gibi düşünmedi ve okula cömert bir bağışta bulundu. Okul açıldığında da okulda hâlâ yapılmış bir tuvalet yoktu.

Yeni düzenimizi kurmak uzun sürmedi. Mehtap sabah erkenden okula gidiyordu. Onu her sabah otobüs durağına götürmekten ve öğleden sonra da otobüs durağından almaktan başka bir işim yoktu.

Mudî çoğu zaman evde kalıp kliniğinde çalışıyordu. İyi bir doktor olduğu dilden dile dolaşmış olduğundan muayenehanesi dolup taşmaya başlamıştı. Gelen insanlar Mudî'nin yapmış olduğu masajlı tedaviden oldukça hoşnuttu. Ancak çekingen kadın hastalar biraz sorunluydu. Bu sorunu çözmek için bu tip kadınların tedavilerine ben de katılıyordum. Muayenehane, ev derken kendime ayıracak çok fazla zaman kalmıyordu.

Salı ve çarşamba günlerini iple çekiyordum. O günlerde Mudî tam gün hastanede çalıştığından kentte özgürce dilediğim yeri geziyordum.

Neredeyse her hafta salı ya da çarşamba günlerinde elçiliğe gidiyor ve bana gelmiş mektupları alabiliyordum. Kendi yazdığım mektupların da gönderilmesini sağlıyordum. Bu hem sevindirici hem de üzücüydü; çünkü ailemi çok özlemiştim. Üstelik annemden aldığım mektuplarda babamın durumunun daha da kötüye gittiğini öğrenmek beni kahrediyordu. Annem babamın daha ne kadar dayanacağını bilmediğinden söz ediyordu. Bizi sayıklıyormuş ve ölmeden önce son bir kez görmeyi arzu ediyormuş.

Amahl'ı aramadığım gün yoktu. Her seferinde sağlığımı soruyor ardından da, "Sabırlı olun" diye ekliyordu.

Bir gün Mudî eve yedek anahtar yaptırmamı istedi. Pol Pizza yakınlarında bir anahtarcı olduğunu biliyordum; ama oraya giderken yolun üzerindeki kitapçıyı fark etmemiştim. Tezgâhtar İngilizce biliyordu.

"İngilizce yemek kitabınız var mı?" diye sordum.

"Var, alt katta" dedi.

Alt kata indiğimde ikinci el birkaç yemek kitabı buldum. Tarifleri görünce kendimden geçtim. Bu yemekleri yapacak malzemeleri bulabilir miyim diye düşünürken İngilizce konuşan bir çocuğun, "Anneciğim bana masal kitabı alır mısın?" diye sorduğunu duydum.

Yan tarafta üzerlerinde palto ve eşarp bulunan bir kadın ve kızı duruyordu. Kadın uzun boyluydu, koyu renk saçları vardı. Teni bir İranlının teninden farksız esmerdi. Amerikalıya pek benzemiyordu.

"Amerikalı mısınız?" diye sordum.

"Evet" dedi. Alice Şerif.

Bu yabancı ortamda kaynaşmamız uzun sürmedi. Alice, San Francisco'da ilkokul öğretmeniydi ve Amerika'ya yerleşmiş bir İranlı ile evliydi. Kocasının adı Melih'ti ve babasının ölümünden sonra miras işlerini yoluna koymak için Tahran'a gelmişlerdi. Alice buralardan hoşlanmamıştı; ama uzun süre kalmayacak olmalarından dolayı kendine dert etmiyordu. Sammy diye çağırdığı kızının gerçek adı Semra'ydı ve Mehtap'un yaşındaydı.

"Aman Tanrım" dedim saatime bakar bakmaz. "Kızımı okul durağından almam gerekiyor. Koşmalıyım." Birbirimize telefon numaralarımızı verdik.

Akşam Mudî'ye Alice ve Melih'ten söz ettiğimde büyük bir coşkuyla, "Evimize hemen çağıralım" dedi. "Şemsey ve Zühre de onlarla tanışsın."

"Cuma olur mu?" diye sordum.

"Olur" dedi atılırcasına.

Cuma akşamı geldiğinde Mudî de en az benim kadar heyecanlıydı. Alice akıllı ve cana yakın bir kadındı. Çok güzel konuşuyordu. Espri anlayışı vardı ve insanları güldürüyordu. Akşam konuklarımızı ayrı ayrı incelerken içlerinde yalnızca Alice'in ve Şemsey'in mutlu olduğunu gözlemledim. Bunun nedeni çok yakın zamanda Amerika'ya geri dönecek olmalarıydı.

Alice bir fıkra anlattı. "Adamın biri bir galeriye gitmiş ve Humeyni'nin bir portresini görmüş. Portreyi satın almak istediğinden fiyatını sormuş. Galerinin sahibi, 'Beş yüz tümen' demiş. Alıcı, 'Üç yüz veririm' demiş. 'Olmaz, beş yüz.' 'Üç yüz elli.' 'Dört yüz ve bu son teklifim' demiş alıcı. Bu arada galeriye başka bir müşteri girmiş ve İsa'nın tablosunu beğendiğinden fiyatını sormuş. 'Beş yüz tümen' diye yanıtlamış galerinin sahibi. 'Tamam' demiş müşteri ve parayı ödeyerek tabloyu almış. 'Beyim, gelen müşteriyi gördünüz. İçeri girdi, resmi gördü söylediğim fiyatı da saydı.' Bunun üzerine alıcı, 'Siz Humeyni'yi çarmıha gerin, ben de size hemen beş yüz tümen öderim' demiş."

Mudî dâhil hepimiz güldük.

Ertesi gün Şemsey bana telefon ettiğinde, "Betty ben Alice'i çok sevdim. Onunla arkadaşlık etmelisin" dedi.

"Sana katılıyorum" dedim.

"Ama Ellen'i boş ver" dedi ekleyerek. "O beş para etmez."

Alice ile sık sık birlikte olmaya başladık. Bir çamaşır kurutma makinesi bile vardı. İran'da evlerde çamaşır kurutma makinesinin olması oldukça nadirdi. Çamaşır yumuşatıcı da vardı. Hardal bile vardı!

Ve her şeyden önemlisi Amerika'ya dönebilecek pasaportları vardı.

"İran'da başına gelen şeylerden sakın ola ki Şemsey'e söz etme" dedi Mudî beni uyarırcasına. "Alice'e de anlatma. Anlatacak olursan onları bir daha asla göremezsin."

"Peki" diyerek söz verdim.

Verdiğim sözle yetindi. Onu Amerika'ya dönmekten vazgeçtiğim konusunda ikna etmeye çalışmıştım, durum ikna olduğunu gösteriyordu. Sonunda Hürmüz Ellen'e nasıl boyun eğdiyse ben de Mudî'ye o şekilde boyun eğiyordum.

Vermiş olduğum söze güvenmiş olduğundan Alice ve Şemsey ile istediğim zaman görüşmeme izin verdi. Zaten beni bir kez daha eve hapsetmeye kalkıştığı takdirde arkadaşlarımız mutlu evliliğimizin bir numaradan ibaret olduğunu öğrenir ve o da rezil olurdu.

Mudî son zamanlarda akrabalarıyla son derece seyrek görüşse de yerine getirmesi gereken bazı görevleri vardı. Hacı Baba'yı ve Emine Bozorg'u akşam yemeğine davet etmek istemiyordu; ama davet etmemek saygısızlık olacaktı. Zaten bu akşam yemeği yeterince ertelenmişti.

"Mehtap okula gittiği için saat sekizde yatmak zorunda. Saat altıda burada olun" dedi Mudî ablasına telefonda.

Emine Bozorg saat ondan önce akşam yemeği yemediklerini hatırlatmış olacak ki Mudî, "Bu beni ilgilendirmez" dedi. "Altıda yemek yemek istemiyorsanız, o zaman gelmeyin."

Emine Bozorg çaresiz kabul etti.

Yemeğin sıkıcı geçmemesi için Hakim çiftini de davet ettik.

Bu akşam yemeğine büyük bir özenle hazırlandım. İlk olarak içi tavuklu krep ikram etmeyi planladım. Bu en makbul et yemeğiydi. Alışverişe çıktığımda burada ilk kez Brüksel lahanasının olduğunu gördüm. Aldım ve içine pırasa ve havuç katarak sote yaptım.

Hacı Baba ve Emine Bozorg yanlarına Fereşte ve Macit'i katarak ancak saat sekizde gelebildiler. Onların geç kalacağını bildiğimiz için üzerinde durmadık. Hakim'lerle birlikte yemek odasındaki masamıza oturduk.

Hakim'ler kültürlü insanlar olduğundan uyum sağlamakta zorluk çekmediler. Ama Hacı Baba ve Emine Bozorg'un uyum sağlamakta güçlük çektikleri her hâllerinden belliydi. Hacı Baba kullanmayı bilmediği gümüş çatal bıçak takımına bakıyordu. Hayatı boyunca böylesine bir takım kullandığını sanmam. Tabağın üzerindeki peçeteden de bir haber olduğu kesindi. Herkesin önünde bir bardak bulunması da onların açısından gülünç bir durumdu.

Sandalyesinin üzerinde kıpır kıpır oynayan Emine Bozorg rahat edemiyordu. Sonunda tabağını masadan kaptı ve yere bağdaş kurarak büyük bir iştahla Brüksel lahanalarını mideye indirirken, "Betty'nin küçük kabakçıkları çok lezzetli" dedi.

Birkaç dakika içinde yemek odamdaki halı yemek kırıntılarıyla doldu. Tabaklardan yemeklerin dökülmesinin nedeni çatal bıçak kullanmak yerine yemeğin elle yenilmesiydi. Mudî, Mehtap ve ben sakin ve özenle çatal bıçağımızı kullanarak yemeğimizi yedik.

Yemek çok uzun sürmedi. Konuklar oturma odasına geçmeden önce Mudî, Mehtap'ın oturduğu yeri göstererek, "Çocuğun oturduğu yerde tek bir kırıntı görebiliyor musunuz?" diye sordu. "Bir de büyüklerimizin yaptığı pisliğe bakın."

Bakmak istemedim; çünkü yatmadan önce halıları kırklayacağım kesindi.

Çayları oturma odasında ikram ettim. Emine Bozorg ince belli şekerlikten kaşık kaşık şekerleri doldururken her zamanki gibi şekerin yarısını halının üzerine döktü.

Bir akşam Mudî'nin yeğeni Cemal'in annesi Ekrem Hakim'in evine gittik. Cemal yıllar öncesinde bir seminer için Austin'e gittiğimizde Tahran'daki elçiliğin basıldığını bildiren kişiydi. Ekrem Hakim'in bir bayan akrabası da gelmişti ve kadın oldukça üzgündü. Nedenini sorduğumda bana İngilizce olarak o gün evinde temizlik yaparken birden canının sigara çektiğini söyledi. Mantosunu giyip rusarisini bağladıktan sonra biri on diğeri sekiz yaşındaki çocuklarını evde yalnız başına bırakarak sokağa çıkmış. Sigaraları alıp eve dönerken pasdarlar yolunu kesmiş, onu arabanın içine sokarak asetonlu pamukla ojelerini ve dudak boyasını silmişler. Ona bağırıp çağırmışlar ve hapse atmakla tehdit etmişler. Eve gidip kızlarını alması için yalvarmış; ama iki saat boyunca onu arabanın içinde tutarak sorguya çekmişler. Namaz kılıp kılmadığını sorduklarında o da kılmadığını söylemiş. Gitmesine izin vermeden önce bir daha asla tırnak cilası ve dudak boyası sürmeyeceğine yemin ettirmişler. Ayrıca bundan sonra namazlarını da aksatmadan kılacağına dair söz vermek zorunda kalmış. Namaz kılmadığı takdirde cehennem ateşinde yanacağı konusunda uyarı almış.

"Pasdarlardan nefret ediyorum" dedim.

"Ben de çok korkuyorum" dedi kadın. "Çok tehlikeli insanlar."

Tahran sokaklarındaki pasdarlar sadece huzursuzluk yaratıyormuş. Ama gizli polislik yapıp çaresiz insanları korkutmaktan zevk alanlar da varmış. Bir kadın ele geçirilip ölüme mahkûm edildiğinde ilk önce pasdarlar kadının ırzına geçiyormuş. Onlara göre, "Bir kadın asla bakire ölmemeliymiş" diyerek devam etti.

Güne başlarken düşündüğüm ilk ve yatağa gitmeden önce düşündüğüm son şey kaçmaktı. Henüz elle tutulur bir gelişme yoktu.

Sık sık elçiliğe uğrayıp Helen ile görüşüyordum. Amahl'a telefon etmediğim gün de yoktu.

Hem iyi bir eş hem de iyi bir anne olmaya karar vermemim üç nedeni vardı. Birincisi Mudî'yi kuşkulandırmamak için mutlu görünmek zorundaydım. İkincisi Mehtap'ın kaçma fikrini kafasından silebilmesi için sevildiğini hissetmesi gerekiyordu. Aslında arada bir, "Anne Amerika'ya dönebilecek miyiz?" diye soruyordu.

"Şu aralar dönmemiz imkânsız" diyordum sorduğunda. "Bakarsın ileride, belki de günün birinde baban dönmek ister, işte o zaman hep birlikte döneriz."

Üçüncü neden aklımı yitirmekten korktuğum için mutluluk oyununu sürdürmem gerekiyordu. Kaçmaya kalktığımızda başımıza gelecekleri tahmin bile edemiyordum. Bazen Trish ve Suzanne aklıma geldiğinde onların teklifini çevirmiş olmakla iyi bir şey yapıp yapmadığımı sorguluyordum. Hata yapıp yapmadığımı zaman gösterecekti. Zamanı geldiğinde kaçacak kadar cesaretli olabilecek miydim? Kafamın içini kurcalayan tüm bu sorulara verecek bir cevabım olmadığından o gün gelinceye kadar kendimi oyalamaya çalışıyordum.

Bana şirin görünmeye çalışan Mudî evimizin yakınlarında bulunan bir güzellik salonuna gitmemi önerdi. Saçının bir telinin gözükmesinin bile olay olduğu bu ülkede güzellik salonuna gitmek komikti; ama ben yine de gittim. Güzellik uzmanı kaşları ve yüzümde çıkmış kılları almak istediğinde itiraz etmedim. Kadın, cımbız ya da ağda kullanmak yerine ince ve uzun bir ipliği gererek yüzümü temizledi.

Duyduğum acı öylesine derindi ki kadınların güzelleşmek uğruna buna neden katlandıklarını anlayamadım. Kadının işi bittiğinde yüzüm yanıyordu. Terden de sırılsıklam olmuştum.

Akşamüstü yüzümde sivilceler çıkmaya başladı. Kısa bir süre sonra sivilceler boynuma doğru yayıldı.

Mudî, "Pis bir ip kullanmış olmalılar" dedi söylenerek.

Bir akşamüstü süpermarketten döndüğümde bekleme salonunun hasta kaynadığını gördüm.

"Kapıları aç" dedi Mudî. "Bir kısmını oturma odasına al." Gönülsüzce kapıları açtım ve ayakta bekleyen hastaları oturma odasına alarak onları koltuklara ya da sandalyelere oturttum.

Hasta kabul eden kişi olarak görevlerimden biri de gelenlere çay ikram etmekti. Aslında normal zamanlarda bile bu işten nefret ederken şu anda oturma odamın şeker içinde kalacağını düşündükçe çıldırma noktasına gelmiştim.

Başka çarem olmadığından çayları dağıttım, tepsiyi mutfağa geri götürürken bekleyenlerden bir kadın, "Siz Amerikalı mısınız?" diye sordu.

"Evet" dedim. "İngilizce biliyor musunuz?"

"Evet. Amerika'da öğrenim gördüm."

Kadının İngilizce bilmesi keyfimi yerine getirmişti. Yanına oturdum.

"Nerede eğitim gördünüz?" diye sordum.

"Michigan'da."

"Öyle mi? Ben de Michiganlıyım. Michigan'ın neresinde öğrenim gördünüz?"

"Kalamazoo."

Kadının adı Fereşte Noruzi idi ve buraya gelmesini Mudî'nin çalıştığı hastaneden biri önermişti. Nedeni belli olmayan boyun ve sırt ağrısından dolayı acı çeken bu kadın masaj tedavisinden medet umuyordu.

Sıra beklediği kırk beş dakika boyunca sohbet ettik.

Fereşte tedavi olmak için sık sık gelmeye başlamıştı. Geldiğinde onu bekleme odası yerine oturma odasında ağırlıyordum. Bir gelişinde bana içini dökercesine, "Ağrılarımın nereden kaynaklandığını biliyorum" dedi.

"Öyle mi? Nereden?" diye sordum.

"Stresten." Bunu söyler söylemez ağlamaya başladı. Anlattığına göre kocası bir akşam arabalarına benzin almak için evden çıkmış ve bir daha geri dönmemiş. Fereşte ailesini yanına alarak bütün hastaneleri araştırmış; ama kocasının hiçbir izine rastlamamış.

Gözyaşlarına engel olamadan, "Yirmi beş gün sonra karakoldan telefon ettiler" dedi. "Bana sadece, 'Gelin, arabayı alın' dediler; ama kocamdan bahsetmediler." Fereşte bir yaşındaki kızıyla ailesinin yanına taşınmış. Üzüntü ve merak içinde geçen dört ayın sonunda polis kocasının hapiste olduğunu ve isterse onu ziyaret edebileceğini haber vermiş.

"Durup dururken onu hapse atmışlar ve henüz mahkemeye bile çıkartmadılar."

"Ama bunu yapmaya hakları var mı?" diye sordum. "Neden yapıyorlar?"

"Kocamın ekonomi uzmanı diploması var" dedi Fereşte açıklama getirmek istercesine. "Ben de aynı diplomaya sahibim. İkimiz de Amerika'da okuduk. Hükümet bizim gibi insanlardan korkuyor."

Kocası hakkında anlatmış olduğu şeyleri kendime saklamamı rica etti. Orada burada şikâyet ettiği duyulursa kocasını ziyaret edemeyeceğinden korkuyordu.

Aynı akşam Mudî muayenehanesini kapattıktan sonra, "Fereşte çok hoş bir kadın" dedi. "Kocası ne iş yapıyormuş?"

"Ekonomi uzmanıymış" dedim.

"Derhâl gelmek zorundasın" dedi Amahl telefonda.

Sesindeki telaş beni endişelendirdi.

"Salıdan önce gelemem" dedim. "Mudî salı günü hastanede."

"Gelmeden önce telefon açın da ben de sizi bekleyeyim" dedi Amahl.

Ne olabilir diye düşündüm? Yine de içimdeki bir ses Amahl'ın sesinden anladığım kadarıyla iyi şeyler olacağına dairdi.

Salı sabahı erkenden uyanıp Mudî ile birlikte sabah namazını kıldıktan sonra Mehtap'ın okul için, Mudî'nin de hastaneye gitmesi için hazırlanmasını büyük bir sabırla bekledim. Mehtap evden çıktığında saat sekizdi. Mudî de kırk beş dakika sonra çıktı. Mudî çıkar çıkmaz Amahl'ı arayarak geleceğimi söyledim. Vakit kaybetmek istemediğimden taksiye atladım.

Kasım ayının ilk günleriydi ve yüzüme esen soğuk rüzgâr yakında yağacak karın habercisiydi. Sabah trafiği oldukça yoğundu. Gideceğim yol uzundu; ama taksi sürücüleri ile pazarlıkta anlaşamadığım için birkaç kez taksi değiştirmek zorunda kaldım. Sonunda Amahl'ın çalıştığı binaya vardığımda kafamın içinde binlerce soru dolaşıyordu.

Beni içeriye alan Amahl güler yüzlü bir ifadeyle, "Buyurun" dedi. "Oturunuz lütfen. Çay mı istersiniz, kahve mi?"

"Kahve" dedim. "Tabii zahmet olmazsa." Bir an önce kahveyi hazırlamasını isterken Amahl bu anın tadını çıkartmak ister gibiydi.

Sonunda kahveyi hazırladı ve bana uzattıktan sonra masasının başına geçerek, "Sanırım ailenizi arasanız iyi olacak" dedi.

"Neden? Ne oldu?"

"Şükran Günü için masaya iki tabak daha eklemelerini söyleyebilirsiniz."

Derin bir nefes alarak rahatlamaya çalıştım. Bu sefer olacağını biliyordum. Sonunda yanılmamıştım. Mehtap ile Amerika'ya dönmemize çok az kalmıştı.

"Nasıl olacak?" diye sordum.

Planını açıkladı. Amahl'ın planına göre Mehtap ile birlikte Bandar Abbas'a gidecektik. Bandar Abbas İran'ın güneyinde bulunuyordu. Oradan bir sürat teknesine binip körfezi geçecek ve Arap Emirlikleri'nden birine gidecektik.

"Arap Emirlikleri kimlik sorunu çıkartabilir gerçi" dedi Amahl. "Ama sonuç itibariyle bir kez İran'dan çıkmış olacaksınız. Sizi geri göndermezler. Oradaki elçilikten kısa bir süre içinde kimlik edinip Amerika'ya kaçacaksınız."

"Bunlar için para gerekecek mi?"

"Parayı ben ödeyeceğim" dedi Amahl. Aynı teklifi bana daha önce de yapmıştı. "Amerika'ya vardığınızda bana geri ödersiniz."

Elimde bulunan para destesini Amahl'a uzattım. "Bunu benim için saklar mısınız? Mudî'nin bulmasından korkuyorum" dedim.

Uzattım, para destesinin içinde doksan dolar, altı yüz dolar değerinde de riyal vardı.

Amahl parayı saklamayı kabul etti.

"Uçağa binmeniz için size kimlik çıkartılması gerekiyor" dedi.

"Elçilikte ehliyetim var" dedim. Ayrıca nüfus cüzdanım ve kredi kartlarım da onlarda."

"İran kimliğiniz var mı?"

"Hayır, yok. Onlardaki sadece Amerika'dan getirmiş olduğum nüfus cüzdanım. İran kimliğimi Mudî'nin nerede sakladığını bilmiyorum."

"Amerikan kimliğinizle uçak biletini almaya çalışacağım" dedi Amahl. "Aslında İran kimliğiniz olsaydı işimiz daha kolay olacaktı. Bu arada siz de elçilikten belgelerinizi alın ve İran kimliğinizi bulmaya çalışın."

"İşi ayarlayacak kişiyi Bandar Abbas'a gönderdim. Sanırım birkaç gün içinde Tahran'a dönmüş olacak. Ama siz yine de merak etmeyin. Şükran Günü'nü evinizde geçireceksiniz."

Amahl'ın bürosundan çıkmadan önce Helen'i arayarak, "Sizinle hemen görüşmem gerek" dedim.

Elçiliğin görüşme saati olmamasına rağmen Helen, "Aşağıya inip kapıdaki güvenliğe geldiğinizde sizi içeriye almanızı söyleyeceğim" dedi.

Telefon görüşmesi biter bitmez Amahl, "Elçilikte planımızdan bahsetmeyiniz" dedi.

Ama öylesine heyecanlanmıştım ki Helen beni görür görmez, "Tanrım! Ne oldu size böyle? Bugün ne kadar da mutlu görünüyorsunuz." dedi hayretle.

"Amerika'ya gidiyorum" dedim.

"Şaka yapıyorsun."

"Gerçekten gidiyorum" dedim bir kez daha. "Bunun için size bırakmış olduğum kimliklerimle kredi kartlarını geri almak istiyorum."

Helen benim için çok sevindi. İçten bir gülümsemeyle beni kucakladı. İkimiz de öylesine mutluyduk ki sevinç gözyaşları döktük. Ne zaman gideceğime ya da ne şekilde olacağına dair hiçbir şey sormadı. Sorsaydı ona söyleyeceğimi biliyordu; ama bu sorumluluğu almak istemiyordu.

Helen ehliyetimi, Amerikan kimliklerimizi ve yeni çıkartmış olduğum Amerikan pasaportlarımızla kredi kartlarımı bana geri verdi. Birlikte Bay Vincop'un odasına gittik. Bay Vincop da çok sevindi; ama "Kaçmaya kararlı olduğunuzu görebiliyorum; ama bunun ne kadar tehlikeli olduğunu size hatırlatmak bizim görevimiz" dedi. "Mehtap'ın hayatını tehlikeye atmaya hakkınız yok."

Ama yüz ifadesi söylediğiyle örtüşmüyordu. Beni uyarmak onun göreviydi; ama planımın başarıya ulaşmak üzere olduğuna da için için seviniyordu. Farkında olmadığım bir şeyi bana hatırlattı.

"Sizin için endişe duyuyorum" dedi. "Öylesine mutlu görünüyorsunuz ki kocanız bir şeyler çevirdiğinizi anlayabilir."

"Sevincimi gizlemeye çalışırım" dedim.

Saatime baktığımda oldukça gecikmiş olduğumu fark ettim. Mudî öğleden sonra geleceğinden sorun değildi; ama kızımı biri çeyrek geçe duraktan almam gerekiyordu. Özür dileyerek veda ettim ve aceleyle sokağa çıkarak uzun dönüş yoluma koyuldum.

Durağa vardığımda saat bir buçuktu ve geç kaldığımdan dolayı Mehtap iki gözü iki çeşme ağlayarak beni bekliyordu.

"Beni burada bırakıp Amerika'ya gittiğini sandım" dedi hıçkırıklara boğularak.

Gelişmelerden ona bahsetmeye can atıyordum; ama ona bilgi vermenin zamanı değildi. Ne de olsa bir çocuktu ve sevincini saklaması kolay olmayabilirdi.

"Seni almadan asla Amerika'ya gitmem" dedim. Onu kucağıma aldım ve "Lütfen babana geç kaldığımı söyleme" diye rica ettim.

Peki dercesine kafasını salladı. Bana kavuşmuş olduğundan dolayı mutluluğuna diyecek yoktu. Kafamın içi karmakarışıktı ve ben nereden başlayacağımı bilmiyordum. Elçilikten almış olduğum evrakları oturma odasındaki fermuarlı minderin içine sakladım. Ardından sevincimi bastırmamın yolunu aradım.

Birdenbire aklıma bir fikir geldi ve Alice'e telefon açarak, "Şükran Günü için davet vermek istiyorum" dedim. "Hep birlikte oluruz. Şemsey'i ve Zühre'yi de çağırırız. Fereşte ile tanışmanı istiyorum."

Alice hemen kabul etti. Bunu düşünmem iyi olmuştu. Şükran Günü'nde burada olmayacaktım; ama o güne kadar burada olacakmış gibi davranacaktım.

Mudî aynı gün akşamüstü eve geldiğinde, "Alice ile birlikte Şükran Günü eğlencesi düzenliyoruz!" dedim.

"İyi" dedi Mudî. Mudî kızarmış hindiyi çok severdi.

"Çarşıya çıkıp hindi almamız gerekecek."

"Alice ile birlikte bu işin altından kalkabilecek misiniz?"

"Tabii ki."

"Öyleyse sorun yok" dedi Mudî. Karısının geleceğe yönelik planlar yapıyor olması hoşuna gitmişti.

Bir sonraki haftalarda rutin hayat devam etti. Mudî işte Mehtap da okuldayken ben büyük bir coşku içinde Tahran'da çarşı pazar dolaştım. Alice ile el ele verip kullanacağımız baharatlara kadar aradığımız her şeyi bulduk.

Tahran'ı avucumun içi gibi biliyor olmam Alice'i şaşırtmıştı. Alice gezmekten hoşlanan biriydi; ama tek başına uzaklara gitmeye cesareti yoktu. Bu nedenle ona rehberlik ettim.

Çarşıya varmamız bir saat sürdü. Kocaman kavisli geçitten kapalı çarşıya girdikten sonra bilinmeyen uzak diyarların kokusu burnumuza geldi. Sağlı sollu bir sürü dükkân vardı. Satıcılar dükkânlarına müşteri çekmek için kapılarda durmuş çığırtkanlık yapıyordu. Göğüs göğse ilerleyen bir kalabalık, ite kaka yollarını bulmaya çalışırken arada bir de mallarla yüklü el arabalarına yol veriyordu. Bağrış çağırışların arasında küfürler de eksik olmuyordu. Çarşının hamalları genelde Afganlılardı. Afganlı hamallar sırtlarında inanılmaz ağırlıktaki yükleri taşıyordu.

"Şu yan sokakta ne ararsan var" dedim Alice'e. "Balık, tavuk, hindi, aradığın her tür et var."

Kendimize yol açabilmek için kalabalığı yarmak zorunda kaldık. İstediğimiz yan sokağa vardığımızda az önceki gürültü kulaklarımızı çınlatmaya devam ediyordu. Köşedeki dükkâna geldiğimizde aradığımızı bulduk. Birkaç sıska hindi ayaklarından asılmış hâlde yan yana duruyordu. Tüyleri yer yer yolunmuş, yolunmayanlara da kentin tozu yapışmıştı. Başka bir seçeneğimiz yoktu. Biz de almak zorunda kaldık. Hayalimde besili, en az beş kilo ağırlığındaki bir hindiydi; ama aldığımız sadece üç kilo geldi.

"İlaveten bir de rozbif yaparız" dedi Alice.

Hindiyi alıp çarşıdan çıktık; ama turuncu bir taksiye binemedik. Kentin en işlek yerinde turuncu taksilere binmek çoğu zaman mümkün olmuyordu. Hindinin ağırlığından dolayı kolum kopmak üzereyken bir araba durdu. Önce Alice öne bindi ardından da ben bindim.

Nefret ettiğim bu kentin yoğun trafiğinde ağır ağır ilerlerken hayallere daldım. Kucağımda tuttuğum hindiyi kızartmak yerine anneme Şükran Günü hazırlıkları için mutfakta yardım ederken Mehtap ile birlikte Amerika'da olmaktan dolayı şükran duyuyor olacaktık.

"*Muhakher incas*!" diyen Alice'in sesi beni kurmuş olduğum düşten uyandırdı. "Tamam, teşekkürler" dedi sürücüye.

"Ama biz burada..." diyecek oldum.

Alice inmem için beni itekledigğinde olanları anladım.

"Sürücünün yaptığını anlatsam inanmazsın."

"Merak etme, inanırım. Aynı şey benim de başıma geldi. Yine de bundan kocalarımıza söz etmesek daha iyi olur. Yoksa bizi yalnız başımıza dışarı bırakmazlar."

Alice bana hak verircesine kafasını saldı.

İranlı kadınlara bu şekilde davranıldığını duymamıştık. Amerikalı kadınların boşanma oranının yüksekliği basında sürekli olarak verildiğinden İranlı erkeklerin Amerikalı kadınları birer seks ilahesi olarak görmelerine neden oluyordu.

Başka bir araba durduğunda bu kez arka koltuğa geçtik.

Uzun bir yolculuktan sonra eve varır varmaz sıska hindimizi dondurucuya atmadan önce cımbızla tüylerini tek tek yolduk.

Alice ile birçok kez alışverişe çıktık. Her seferinde onu eve bırakıyordum. Bir gün onu eve bıraktığımda, "Mudî sorarsa seni eve bıraktıktan sonra sizde kahve içtiğimizi ve saat birde buradan ayrıldığımı söyler misin?" diye sordum. Sözümü bitirdiğimde Alice bana hayretle baktı; ama açıklama yapmamı istemedi. Sadece olur anlamında kafasını saldı. Salı ve çarşambanın haricindeki günlerde de Alice'in evinde görünecektim.

Alice'in evinden çıkar çıkmaz Amahl'a telefon etmek için Hamit'in dükkânına koşuyordum. Hazırlıklar hakkında bazı ayrıntıları konuşmak istiyordu. Şükran Günü yaklaşıyor olsa da Amahl iyimserliğini koruyordu. Hamit bu konuda kötümserdi. Sırrımı bu güvenilir dostuma açıkladığımda bana, "İmkânsız! İmam Mehdi'nin dönüşüne kadar İran'da kalacaksınız" dedi.

Koşturmakla geçen günlerde akşamları Mudî'nin karşısında uyumamak için kendimi zor tutuyordum. Mehtap'ın bakımını, yemek, temizlik işlerini aksatmadan yürütmem gerekiyordu. Geceleri de aklım Amerika'da olduğundan uyuyamıyordum. Şimdiden ruhum oradaymış gibi geliyordu bana.

Alice çok değerli bir arkadaştı. Özel hayatım hakkında bir şey bilmiyordu; ama yine de soru sormuyordu. Alışverişe çıktığımız bir gün, "Annemle babamı inanılmaz özledim" dedim. Aslında düşünmeden söylemiştim. "Onlara en azından bir telefon edebilseydim..."

Mudî'nin evden annemleri aramama izin vermediğini biliyordu. Alice'in kocası da son derece pahalı olduğundan sık sık Kaliforniya'nın aranmasını istemiyordu. Ama güzel arkadaşım Alice İngilizce dersi veriyordu, bu sayede kenara üç beş bir şeyler atıp dışarıdan ailesini arayabiliyordu.

"Seni *tup kuneh*'e götüreyim" dedi.

"O da ne?"

"Bir telefon şirketi. Kentin merkezinde. Pazar alanına da çok yakın. Orada nakit para ödeyerek uluslararası konuşma yapılabiliyor."

Bu müthiş bir haberdi. Ertesi gün kereviz arama bahanesiyle *tup kuneh*'e gittik. Alice Kaliforniya'daki ailesiyle konuşurken, ben de Michigan'daki annemle babamı aradım.

"Artık buradan çekinmeden arayabilirim" dedim. "Elçilikten aramaktan daha rahat. Beni evden aramanızdan da çok daha güvenli. Artık daha sık konuşabiliriz."

"Çok iyi olur" dedi annem.

Babamın da sesimi duymuş olmaktan dolayı neşesi yerine geldi.

"Sana bir sürprizim var, baba" dedim. "Mehtap ile birlikte Şükran Günü'nde aranızda olacağız."

YİRMİ BİRİNCİ BÖLÜM

"Lütfen hiçbir şey söylemeyin" dedi Amahl. "Oturun ve sadece beni dinleyin."

Söylediklerini itiraz etmeden yaptım. Sandalyenin üzerinde oturmuş kıpırdamadan onu dinliyordum. Arkamdaki kapıya doğru yürüdü, kapıyı açtı ve Farsça bir şeyler söyledi.

Odaya esmer, uzun boylu bir adam girdi ve önümde ileri geri gitmeye başladı. Yüzümü en ince ayrıntısına kadar hafızasına kazımak istercesine bana baktı. Yüzümü daha iyi görebilmesi için rusariyi çıkartmayı düşündüm; ama Amahl'ın söylediklerinin dışına çıkmaya niyetim yoktu. Ayrıca adamın da kim olduğunu bilmiyordum. Yapacağım herhangi bir şeyi hakaret olarak algılayabilirdi.

Adam birkaç dakika kaldıktan sonra herhangi bir şey söylemeden çıkıp gitti. Adam gittikten sonra Amahl yerine oturdu ve hiçbir şey olmamış gibi, "Bandar Abbas'a sürat teknesi ayarlaması için birini gönderdiğimi söylemiştim" dedi. "Adamımın Tahran'a dönmesini bekliyorum. Bu aralar Bandar Abbas'a uçuş için hazırlık yapıyorum. Uçağın içinde de adamlarım olacak; ama siz bunların kim olduğunu bilmeyeceksiniz. Sizden uzak bir yerde oturacaklar."

Amahl'a güveniyordum; ama yine de tedirgindim. Gelişmeler çok yavaş ilerliyordu. İranlılar için zaten zaman kavramı yoktu ve bu yüzden de bir işi vaktinde yaptırmak pek mümkün değildi. Günler gelip geçmişti ve bir sonraki pazartesi de Şükran Günü'ydü.

Gelişmeler bu şekilde ilerlediği takdirde yortu gününü Michigan'da geçirmemiz olanaksızdı.

"Hafta sonu orada olma ihtimalimiz var" dedi Amahl. Beni yatıştırmaya çalışıyordu. "Ya da bir sonraki hafta sonu. Ne yazık ki işler istediğim gibi ilerlemiyor. Her şeyi halletmeden sizi göndermeme imkân yok."

"Ya işler asla yoluna girmezse ne olacak?"

"Böyle düşünmeyin" dedi. "Başka yolları da düşünüyorum. Adamlarımdan biri Zahidanlı bir ağa ile görüşüyor. Bir ihtimal; ama belki de sizi Pakistan üzerinden gönderebilirim. Ayrıca karısı size benzeyen ve Mehtap'ın yaşında kızı olan bir adamla da anlaşmaya çalışıyorum. Belki sizi yanınıza alarak Tokyo'ya ya da Türkiye'ye geçirebilir. Geri döndüğünde pasaportuna karısıyla kızının damgasını vuracak birini bile buldum."

Kulaklarıma inanamıyordum. Benim İranlı bir kadını oynamam mümkün müydü? Belki çadorumu örttüğümde İranlı kadınlardan farksız olabilirdim; ama havaalanındaki memur benimle Farsça konuşmaya kalkıştığında İranlı olmadığım anlaşılmayacak mıydı?

"Lütfen acele edin" dedim Amahl'a. "Zamanımız boşa geçiyor. Babamı ölmeden önce görmek istiyorum. Geri döndüğümüzü görürse içi rahat edecektir. Beni bir an önce buradan kaçırın."

"Olur."

Annemle babama Şükran Günü'nde yanlarında olacağımı söyledikten sonra o günü İran'da geçirmek kolay olmayacaktı. Şükürler olsun ki kızıma bundan bahsetmemiştim.

O salı inanılmaz mutsuz uyandım. Şükredecek bir şeyimin olmadığını düşünüyordum.

Kafamı dağıtmak için yemek yapmaya giriştim. Bu sıska hindiden harikalar yaratmaya çalışıyordum.

Öğleden sonra arkadaşlarım geldiğinde biraz neşelendim. Belli bir yaşam düzeyine alışmış ve bir İranlı gibi değil Amerikan kültürüne entegre olmuş arkadaşlarıma teşekkür borçluydum. Amerikan bayramını kutlamak için evimde toplanmayı kabul etmişlerdi. Şemsey'i, Zühre'yi, Fereşte'yi ve Alice'i çok seviyordum. Ama yine de evime geri dönebilmek için her şeyimi verebilirdim.

Yemeğin ardından kabak tatlısı ikram ettim. Mudî rahat bir koltuğun içine gömülüp ellerini karnının üzerinde birleştirdikten sonra uyudu. Üzüntüm bir kez daha canlandı. Mudî İran'da istediği yaşam tarzına kavuşmuştu ve benim de bir buçuk yıldan beri yaşadıklarıma bir sünger çekebileceğimi sanıyordu. Karşımda uyuklayan o canavardan öylesine nefret ediyordum ki. Böylesine bir günde annemin, babamın ve oğullarımın yanında olamamak bana inanılmaz acı veriyordu.

Salı günü Şükran Günü evde olacağımızı duyan erkek kardeşim Jim telefon ettiğinde babamın geleceğimizi duyduğundan beri sağlığının oldukça düzeldiğini söyledi.

"Üç gün arka arkaya yatağından kalktı ve evin içinde dolaştı" diye devam etti Jim. "Babam ne zamandır yataktan çıkmıyordu. Böyle bir şey yapması bizi oldukça şaşırttı. Bir ara bahçeye bile çıktı."

"Şimdi nasıl?" diye sordum.

"Seni bunun için arıyorum zaten. Şükran Günü yanımızda olmadığını gördüğünde çok bozuldu, âdeta düş kırıklığına uğradı ve durumu günden güne kötüleşti. Bir inanca tutunması gerek. Lütfen onu bir daha ara!"

"Babamı aramak kolay değil" dedim. "Evden onu arayamam. Mudî telefon faturası geldiğinde aradığımı anlar. Aslında kent merkezinde bir yer var. Bir tek orada rahat konuşuluyor. Aramaya çalışacağım."

"Peki, yakında gelebilecek misiniz?"

"Noelden önce gelebilmek için çaba sarf ediyorum. Ama babama bu konudan bahsetme."

"Emin olmadığın bir tarih için söz verme" dedi Jim.

Şükran Günü için vermiş olduğum sözü yerine getirememiş olmaktan dolayı kendimden utandım. Önümüzde Noel vardı. Tüm umutlarım Noel'de İran'da değil, Michigan'da olmamdan yanaydı!

İran'da Noel'i umursayan olmazdı. Tahran'da Noel'i kutlayan sadece Ermenilerdi; ama bu yıl kutlamalar yasak edilmişti. Aralık ayının başında İran basını savaş hâlinde olduklarından dolayı böylesine kritik bir dönemde yortu kutlamasının yakışık almayacağını hatırlatmıştı. Savaş acı demekmiş ve acının olduğu yerde kutlama yapılamaz, diye buyurmuş Humeyni.

Kendimi oyalamak ve kentin her bir yanını keşfetme isteğimin Mudî'yi kuşkulandırmaması için Noel alışverişine başladığımı söyledim.

"Mehtap'ın çok az oyuncağı var" diye girdim söze. "Kızımıza iyi bir Noel hazırlamak istiyorum. Ona bir sürü oyuncak alacağım."

Mudî itiraz etmedi, ben de her gün alışveriş yapmaya çıktım. Bazı zamanlarda yanıma Alice'i alıyor, bazen tek başına dolaşıyordum. Genellikle öğleden sonra çıkıyor, dönüşte de otobüsle dönüyordum. Dolaşırken gözüm hep saatteydi. Mehtap'ın okul otobüsünü kaçırmamaya çalışıyordum.

Birden düşman uçaklarının yaklaşmakta olduğunu haber veren sirenlerin sesi duyulmaya başlandı. Tahran'da yaşayan halk bu siren seslerine öylesine alışmıştı ki sirenler çalsa da arabalar gitmeye devam ediyordu. Ama sirenler bu sefer daha uzun ve daha ısrarlı çalıyordu. Otobüsün sürücüsü kenara çekip ambulanslara yol verince çok şaşırdım. Önce polis arabaları ardından da ağır silahlar taşıyan büyük, garip görünüşlü bir kamyon geçti.

"Bomba! Bomba!" diye bağırdı yolculardan birkaçı.

Demek ki garip görüntülü kamyon bomba ekibini taşıyordu. Ellen daha önce bu tür kamyonları gördüğünden bahsetmişti. Robot kollar bombayı yakalayıp kamyondaki koruyucu bölgenin içine yerleştiriyordu.

Merak ve kaygı içindeydim. Bizim evin dolaylarında bir bomba bulunuyor olmalıydı.

Durağa vardığımızda vakit kaybetmeden otobüsten indim ve bir taksiye atladığım gibi Mehtap'a yetişmeye çalıştım. Ama trafik birbirine karışmıştı ve sürücüler bir adım ilerlemek için küfürler savuruyordu. Saatime baktığımda Mehtap'ın geliş saatinin yaklaştığını gördüm. Beni bulamadığında paniğe kapılacak, etraftaki polis arabalarını gördüğünde de ürkecekti. Üstelik oralarda bir yerlerde patlamak üzere olan bir bomba vardı.

Trafiği açmak için yan sokaklardan birine giriş verdiler. Taksi de aynı sokağa girdiğinde az ileride Mehtap'ın okul otobüsünü gördüm. Mehtap durağa geldiğinde indi ve kaygı dolu gözlerle etrafına bakındı. Sokağın köşesinde polisler ve bir sürü meraklı insan kalabalığı toplanmıştı.

Sürücüye birkaç riyal verdim ve hemen arabadan kendimi atarak kızıma yetiştim. Bomba yakınımızda olmalıydı.

El ele eve doğru koşarken az önce gördüğüm bomba ekibini taşıyan kamyonun bizim evin yüz metre ilerisinde olduğunu gördüğümde dehşete kapıldım. Kıpırdayamadık. Robotun kocaman kolları, kenarda duran sarı bir Pakon'un içinden bir kutu çıkartıp havaya kaldırdı ve yavaş yavaş kamyonun arkasındaki demir koruyucunun içine yerleştirdi.

Birkaç dakika sonra da bomba ekibi çekip gitti. Polis, sarı Pakon'da ve çevresinde kanıt aramaya başladı. Bombayı bırakanlar büyük bir ihtimalle Humeyni rejimine karşı olan münafıklardı.

Polis böylesine olaylara alışkın olsa da bana sadece Tahran'da yaşamanın ne denli tehlikeli olduğunu bir kez daha hatırlatıyordu. Çevremizle birlikte havaya uçmadan ne yapıp ne edip bu cehennemden bir an önce kurtulmanın bir çaresini bulmak zorundaydık.

Mudî'ye hediyelerin çoğunun çarşıdan alındığını söyledim. Aslında bu yarı yarıya yalandı. Aradıklarımın çoğunu evimizin yakınlarında keşfettiğim dükkânlardan almıştım. Bu sayede Amahl'ı daha sık görmeye gidebilmiştim.

Alışverişlerden birinde Mehtap'a bir dünya oyuncak aldım; ama bunu eve getirmek yerine çoğunu Alice'de bırakmak istedim. Alice itiraz etmeden önerimi kabul etti. Nedenini sorgulamaya kalkışmadı. Alice soru sormayan gerçek bir dosttu. Ona planımdan bahsedecek cesareti kendimde bulamıyordum; ama Alice akıllı bir kadındı ve Mudî'nin yanında mutsuz olduğumu biliyordu. Aslında gizli gizli birtakım işler çevirdiğimden kuşkulandığına emindim. Belki de başka biriyle ilişkim olduğunu düşünüyordu

Başka bir açıdan bakıldığında pek de haksız sayılmazdı. Ama Amahl'la aramızdaki ilişki fiziksel değildi ve Amahl eşine sadık bir erkekti. Onun evliliğine zarar verecek bir şeyi asla yapmazdım.

Ama onu çekici bulmadığımı söylemek yalan olurdu. Kontrollü davranışları, bitmek tükenmek bilmeyen enerjisi ve özellikle de kızımla bana karşı göstermiş olduğu sevecenlik beni oldukça etkiliyordu. Bizi birbirimize yakınlaştıran şey ortak amacımızdı. Bir bakıma Mudî'nin yerini almış ve hayatımın erkeği olmuştu Şükran Günü başarısızlığının ardından Noel'de evimde olacağımıza söz verdi.

Ona inanmak zorundaydım, yoksa aklımı yitirecektim. Yine günler dopdolu geçse de elle tutulur bir gelişme olmuyordu.

Bir sabah Mehtap okula, Mudî de hastaneye gitmek için taksiye biner binmez evimizin köşesindeki süpermarkete gittim. Bugün süt satılma günüydü ve insanlar markete doluşmadan alışverişimi yapmak istiyordum. Köşeyi döndüm; ama marketin önüne park etmiş bir sürü pasdar arabalarını gördüğümde kalakaldım. Üniformalı pasdarlar silahlarını dükkâna doğrultmuştu. Onları bir süre izledikten sonra geniş bir kamyonun pasdar araçlarının yanına yanaştığını gördüm.

Onlarla karşı karşıya kalmak istemediğimden hemen uzaklaştım. Bir taksiye bindim ve birkaç cadde ötedeki başka bir süpermarkete gittim. Alışverişimi bitirip dönerken pasdarların üç dükkândaki malları büyük kamyona doldurduğunu gördüğümde dehşete kapılarak hemen eve döndüm.

Dükkânların başına geleni bilip bilmediğini Malike'ye sordum; ama omuzlarını silkerek cevap verdi. Malike yanımızdan geçen çöpçüye aynı soruyu yönelttiğinde ise çöpçü pasdarların dükkânları boşaltmakta olduğunu söyledi. Dükkân sahipleri için endişe duyuyordum. Sonunda dayanamayarak evden çıktım. Üstümü başımı kontrol ettim ve hiçbir şeyden haberim yokmuşçasına markete doğru yürüdüm. Dükkânın sahibi Rıza Ağa kaldırımın kenarına oturmuş, çaresizlik içinde pasdarların mallarını taşımalarını izliyordu.

"Süt alacaktım" dedim Farsça.

"*Nistiş*" dedi ki bu hiç yok anlamına geliyordu. Ardından devletten yenilen darbeyi sineye çeken insanlara özgü bir tavırla, "Tamum" dedi ki bu da kısaca "Bitti" anlamına geliyordu

Daha sonra manava gittim; ama orada da manzara farklı değildi. Pasdarlar taze meyve ve sebzeleri yüklemiş kamyona taşıyordu. Yandaki dükkândan etleri boşaltan pasdarlar da vardı.

Aynı akşam Mudî'ye şahit olduğum olayları anlattım.

"Karaborsa satışı yapmışlardır" dedi Mudî. "Yoksa başlarına böyle bir şey gelmezdi."

Mudî'nin ahlak anlayışı gerçekten çok garipti. O da herkes gibi karaborsada satılan malları yemekten hoşlanıyordu; ama diğer yandan hükümetin karaborsa satışı yapanları cezalandırmasını haklı buluyordu.

Bu olaya en çok üzülen Mehtap oldu. Kızım üç dükkân sahibini de çok seviyordu. O gece ve onu takip eden diğer gecelerde de Mehtap, "Yalvarırım Tanrım, o insanların dükkânlarının yeniden açılmalarına yardımcı ol. Bize nazik davranan bu adamlara sen de iyi davran. Lütfen Tanrım!" diye dua etti.

Kulaktan kulağa dolaşan söylentilere göre hükümet resmî iş yeri yapmak için bazı yerlere el koyuyormuş. Dükkânlar bir daha açılmadı. Bu insanların gerekçe gösterilmeden işsiz bırakılmaları pasdarların etkinliklerinin en güzel örneklerinden biri olmuştu.

Bir kez daha haftalar gelip geçti. Amahl'ı her gün telefonla arıyor, fırsat buldukça da uğruyordum. Ama durumumla ilgili bir gelişme yoktu. Hâlâ ayrıntıları yoluna koymakla uğraştığını söylüyordu.

Bazı zamanlarda bunun bir *taraf* olup olmadığını soruyordum kendi kendime.

"Noelde olmasa da yeni yılda evinizde olacaksınız" dedi Amahl güvence vermek istercesine. "Elimden geldiğince çabuk davranmaya çalışıyorum. Yakında her şey hallolacak. Lütfen sabırlı olun."

Bu sözleri elçilikte Helen'i gördüğüm ilk günden Amahl'ı her görmeye gidişime kadar öylesine çok duymuştum ki... Herkes benden sabırlı olmamı istiyordu. Ama sabrımın tükenmek üzere olduğunu hiç kimse anlamıyordu.

Bir plan daha çıkmıştı ortaya. Amahl'ın dediğine göre bazı gümrük görevlileriyle bağlantı hâlindeymiş. Görevliler Amerikan pasaportlarına bir şekilde geçerlilik sağlayacakmış. Aynı zamanda Mudî'nin hastanede bulunduğu salı günleri Tokyo'ya kalkan uçağa binmemizi de sağlayacaklarmış. Sorun zamanlamadaymış; çünkü bizim işimizi yapan görevliler salı günleri çalışmıyormuş. Amahl onların mesai saatlerini değiştirmeye çalışıyormuş. Plan son derece olumlu dursa da gümrükteki görevlilerin böylesine bir sorumluluğu alıp almayacağından emin değildim.

"Bandar Abbas işine ne oldu?" diye sordum.

"Onu da düşünüyoruz" dedi. "Ama sabırlı olmak gerek."

Sinirlerim bozulmuş olduğundan gözyaşlarıma hâkim olamadım ve ağlamaya başlayarak, "Bazen buradan kurtulamayacağımı düşünüyorum" dedim.

"Hayır, kurtulacaksınız" dedi bir kez daha güvence vererek. "Ben de kurtulacağım."

Amahl güzel sözler sarf ediyordu; ama Tahran sokaklarına dökülüp kocamın yanına dönmek zorundaydım.

Artık etrafımda hüküm süren karışıklık beni öylesine çileden çıkartmıştı ki en ufak bir şey bile beni altüst etmeye yetiyordu.

Bir öğleden sonra Mehtap televizyonda şiddet dolu bir çizgi film izledikten sonra vaazlarla süren bir çocuk yayının ardından tıpla ilgili bir program başladı. Programda doğum konusu işleniyordu ve kızımla birlikte kulak kabarttık. Programın ilerleyen dakikalarında bir kez daha tutarsızlığa şahit oldum. Hamile bir kadın erkek doktorlar tarafından doğurtuluyordu ekranda. Kamera kadının çıplak bedenini herhangi bir sansüre gerek duymadan gösterirken diğer taraftan kadının başı, yüzü ve boynu çadorla sımsıkı örtülüydü.

"Noel Baba için süt ve kurabiye hazırlamıyor musun?" diye sordum kızıma.

"Gerçekten gelecek mi? Geçen yıl gelmemişti de..." Mehtap ile Noel Baba konusunda konuşurken İran'ın kuzey kutbuna oldukça uzakta olduğunu ve bundan dolayı böylesine bir yolculukta çok zorlanacağını söylemek zorunda kalmıştım.

"Bu yıl da gelip gelmeyeceğinden emin değilim" dedim. "Ama bakarsın gelir. İşte o zaman biz de buna hazırlıklı olmalıyız."

Mehtap söylediklerimi sorgulamadı. Mutfağa gitti ve kendi elleriyle bir tabak hazırladı, ardından üzerinde Noel Baba ve Noel Anne resminin bulunduğu süs iğnesini getirdi. İğneyi ona Alice hediye etmişti.

"Belki Noel Baba, karısının resmini görünce sevinir" diyerek resmi tabağın kenarına koydu.

Yatağa yattığında bile aklı Noel Baba'daydı. Uykuya dalmadan önce, "Noel Baba'nın geldiğini duyarsan beni uyandırır mısın lütfen?" diye sordu. "Onunla konuşacaklarım var."

"Ne konuşacaksın sen Noel Baba'yla."

"Dedemle anneanneme selam götürmesini söyleyeceğim. Benim iyi olduğumu söylesinler onlara. O zaman Noel'de daha mutlu olurlar."

Boğazım düğümlendi. Noel Baba'nın bu yıl kızıma bir sürü hediyesi vardı; ama kızımın istediği hediyeyi getiremeyecekti. Noel Baba kızımı parlak kâğıtlara sardıktan sonra geyiklerinin çektiği kızağına atsa ve dağları, denizleri aşıp Michigan'daki evimize uçuruverse olmaz mıydı? Keşke Noel Baba Mehtap'tan haber götüreceğine kızımı armağan olarak götürüp süslü çam ağacının altına yatırsa diye diledim.

Ama gerçek, bir Noel'i daha İran'da geçirmek zorunda olmamızdı. Bir Noel daha annemden, babamdan, oğullarım Joe ve John'dan uzak kalacaktım.

İran'daki insanlar için Noel'in hiçbir anlamı olmadığından Mudî o gece geç saatlere kadar hasta baktı. İşini bitirip yanımıza geldiğinde, "Mehtap yarın okula gitmeyip yanımda kalsa olur mu?" diye sordum.

"Hayır, olmaz" diyerek beni tersledi. "Sırf Noel diye evde kalmasının hiçbir gereği yok."

Sesindeki otoriter havayı sezinlemiş olduğumdan karşılık vermedim. Bu aralar sağı solu belli değildi. Bir an için deli Mudî'nin geri döndüğünü hisseder gibi olduğumdan yangına körükle gitmek istemedim.

"Mehtap, gel bakalım. Dün gece Noel Baba bize uğramış mı?"

Ona almış olduğum hediyeleri okula gitmeden önce rahatça açabilmesi için onu erkenden uyandırmıştım. Yataktan atlarcasına indikten sonra alt kata indi. Noel Baba'nın süt ve kurabiyeleri bitirmiş olmasına öylesine sevindi ki çığlık attı. Ardından özenle hazırlanmış hediye paketlerini gördü. Mudî de yanımıza geldi. Akşama nazaran keyfi biraz daha iyiydi. Mudî Amerika'dayken Noel kutlamalarından çok hoşlanıyordu. Amerika'daki anıları canlanmış olacak ki Mehtap paketlerin içine dalarken onun da mutluluktan gözleri parıldıyordu.

"Noel Baba benim için taaa İran'a gelmiş. İnaaamııyorum..." dedi Mehtap.

Mudî Mehtap'ın resmini çekti ve saat yediye yaklaşırken okul otobüsünü kaçırmamak için hazırlanmaya başladığı sırada Mudî, "İstersen bugün okula gitme ya da biraz geç git" dedi.

"Hayır" dedi Mehtap. "Derslerimi kaçırmak istemem."

Bunu içinden gelerek söylemiş olduğuna eminim. Öğretmenlerinin onu bu yönde iyi işlediği her hâlinden belli oluyordu. Okula geç kaldığında herkesin içinde *baad* diye bağırılacağını biliyordu.

Akşam yemeğinde dostlarımızla birlikteydik; ama herkes Fereşte'nin bir yıldır tutuklu olan kocasının yargılandıktan sonra hüküm giymesinden dolayı derin bir üzüntü içindeydi.

Bugüne kadar bu ülkede çok fazla tutarsızlık görmüştüm; ama buna rağmen Fereşte'nin anlattıklarına inanmak zor oldu.

"Onu hükümete karşı kötü düşünceler beslemekten dolayı suçlu buldular! Altı yıl hapis cezası aldı."

Mudî de en az benim kadar seviyordu Fereşte'yi ve bu duruma çok üzüldü. Ama yalnız başımıza kaldığımızda, "Yalnız düşünce suçu olamaz. Mutlaka başka bir şeyler vardır" dedi.

Onunla aynı fikirde değildim; ama herhangi bir şey söylemedim. Mudî İran'da adaletin yerine getirildiğine inanmak istiyordu, aslında buna inanmaya ihtiyacı vardı. Mudî de Ayetullah rejimine karşı geliyordu. İzinsiz hasta bakmak büyük bir suçtu. Bir adama sadece düşüncelerinden dolayı altı yıllık hapis cezası veriliyorsa açık seçik bir meydan okumanın cezası kim bilir ne kadardı.

Noel'i izleyen günlerde başım kalabalık olduğu için hâlime acıyacak zamanım yoktu. Mudî'nin sonu gelmez akraba sürüleri elleri kolları yiyecek, ev eşyaları ve kızıma aldıkları oyuncaklar ile dolu geldiler gittiler. Ve tabii ki çoğu habersiz geldi. Geçen yıla nazaran bana çok farklı davranıyorlardı ve her fırsatta bana aileden biri olduğumu ima etmeye çalışıyorlardı.

Hacı Baba gelmedi; ama karısı onu aratmadı.

Eve ayak bastığında içtenlikle, "*Azizem, azizem*" diye bağırdı büyük bir coşkuyla.

Kucaklar dolusu armağanlar getirmişti. Mehtap'a oyuncak tencere tava takımı, çiçekli çoraplar; bana kutsal Meşhed kentinden getirilmiş pahalı saf safran ve amber, yeni bir rusari ve pahalı bir çift çorap getirmişti; ama Mudî'ye herhangi bir hediye yoktu.

Emine Bozorg'un her zamanki gibi çenesi düşmüştü. Yanına oturmamı ve bana söylediklerinin çevrilmesini istedi. Her cümlesine *Azizem* diye başlıyordu ve cümle boyunca da beni överek göklere çıkartıyordu. Çok iyiymişim ve herkese kendimi sevdirmişim. Çalışkanlığıma diyecek yokmuş. İyi bir eş, anne ve en önemlisi iyi bir gelinmişim.

Övgülerden başım döndü. Misafirlere bir şeyler ikram etmek için mutfağa gittim; ama bu kadar çok insanı ağırlayacak kadar hazırlıklı değildim. Evde Noel akşamından kalan yiyeceklerden başka bir şey yoktu. Evde olanları özenle hazırlamaya çalıştım. Tavuklu krepten, lazanyadan kalanları birkaç dilim meyveli pastayı ve birkaç çerezi bir araya getirdim.

Emine Bozorg herkesin yiyeceklerden tatmasını istedi. Bu garip Amerikan yiyecekleri gelinin elinden çıkmış olduğuna göre bir nevi kutsal sayılırdı.

Akşam saatlerinde konukların bir kısmı gitmişti; ama bu kez da Hakim Ağa ve Hakim Hanım geldiler. Hakim Ağa her zamanki gibi sözü dönüp dolaşıp dine getirerek, "Size Noel'den bahsetmek istiyorum" dedi. Ardından Kuran'dan bir sure okumaya başladı.

Kitabında Meryem'in öyküsünü de anlat. O da ailesinden uzaklaşıp doğuya çekildiğinde biz ruhumuzu yakışıklı bir erkek (Cebrail) şeklinde ona gönderdik. Meryem ona şöyle dedi: "Sizden korktuğum için Tanrı'ya sığınmak istedim. Bu size bir şeyler ifade ediyor olmalı." Erkeğin yanıtı şu oldu: "Senin taptığın Yaradan beni sana bir erkek evlat vermem için yolladı." Meryem bunun üzerine, "Bugüne kadar bana erkek eli değmedi, iffetsiz de değilim, nasıl çocuk doğurabilirim?" dedi. Erkek: "Yaradan'ın, 'Bu benim için çok kolay. Biz insanlar için bir mucize işareti göstereceğiz ve merhametli olacağız. Buna karar verilmiştir' diye buyurmuştur." Ve Meryem, bir erkek çocuğuna hamile kalıp inzivaya çekildi. Doğum sancıları bir hurma ağacının altında yatarken başladığında, "Ah! Keşke doğurmadan önce ölsem de beni kimse hatırlamasa!" diye bağırdı. Ama içindeki çocuk dile geldi ve: "Üzülme, Yaradan senin için ayaklarının dibinde bir dere yarattı. Altında oturduğun hurma ağacını salla, olgun hurmalar aşağı düşecek. Onları ye, iç; o zaman rahat edeceksin. Karşına biri çıkar da sana soru sorarsa, 'Oruçluyum kimseyle konuşamam' dersin." Meryem kucağına çocuğunu alarak ailesinin yanına döndüğünde ona: "Ey Meryem, bu yaptığın kabul edilir gibi değil. Ey Aeron'un kız kardeşi Meryem, ne baban kötülük yapmıştır ne de annen iffetsiz bir kadındır; öyleyse bu ne hâldir?" O zaman Meryem, çocuğu işaret ederek onunla konuşmalarını istedi. 'Beşikteki bebekle nasıl konuşuruz?' diye sordular. Bunun üzerine (çocuk) şöyle dedi: "Ben Tanrı'nın kölesiyim. Tanrı bana yazma yeteneği verdi ve beni peygamber olarak seçti. Nereye gidersem gideyim, Tanrı beni kutsayacak, yaşadığım süre boyunca salad dualarımı yapacak ve zekât yardımında bulunacağım. Tanrı benim itaatsiz olmamı istemediğinden annemi de onurlandıracağım. Doğumumla barış getirdim ve öldükten sonra yeniden dünyaya geldiğimde de barış benimle birlikte olacak." Bu Meryem'in oğlu İsa'nın gerçek öyküsüdür ve buna inanılmıştır. Ancak Tanrı'nın çocuğu yoktu. O her şeye kadirdir ve olmasını istediği şey için, "Olacak!" diye buyurması yeterlidir.

Kuran, İsa'nın mucizevi doğumunu ve peygamberliğini kabul ediyordu; ama onun Tanrı'nın oğlu olduğunu kabul etmiyordu.

Aynı düşüncede olmasam da herhangi bir fikir beyan etmedim.

Noel yortusundan dolayı evimizin konuklarla dolup taşması Mudî'nin hoşuna gitmişti. Bu yüzden yılbaşı gecesi arkadaşlarımızı çağırmak için ondan izin istemedim. Ama Mudî izin istemediğimden dolayı çok sinirlendi.

"Kesinlikle içki ikram edilmeyecek!" dedi emredercesine.

"İçkiyi nerden bulacağım ki?" diye sordum.

"Yanlarında getirebilirler."

"Getirmemelerini söylerim. Zaten evimde içki bulunmasını da istemem. Bu çok tehlikeli olur."

Sözlerim Mudî'yi bir nebze rahatlattı; ama kafasını kurcalayan bir soru daha vardı. "Evimizde dans edilmesini ya da öpüşülmesini de istemiyorum" dedi. "Kimsenin yeni yılını kutlamayacaksın onlar da seninkini kutlamayacak."

"Olur, kutlamam. Ben sadece dostlarımızla birlikte olmayı istemiştim."

Mudî homurdandı; ama daveti iptal edemeyeceğimi de biliyordu. O gün tüm gün hasta kabul etti ve misafirler geldiğinde bile çalışmaya devam etti. Alice ve Şemsey kocalarıyla, Fereşte ve Zühre de yalnız geldi. Mudî gelmediği için yemeği bir saat geciktirerek çay içtik, meyve yedik. Bu arada Şemsey'in kocası Dr. Necefi'yi telefonla aradılar ve acil durum olduğundan hastaneye gelmesini istediler. Ama Dr. Necefi kabul etmedi ve "Söyleyin onlara başkasını bulsunlar" dedi. Eğlenceyi kaçırmak istemiyordu.

Sonunda Mudî muayenehanesinden çıktı ve yanımıza geldiğinde, "Hastaneden aradılar. Acil durum varmış. Hemen gitmem gerekiyor" dedi. Mudî'nin eğlenceden kaçmasını herkes merak etti. İsteseydi o da Dr. Necefi gibi bir bahane bulabilirdi. Ama yapmadı.

Kısa bir sürenin ardından evin önüne bir ambulans geldi. Ambulansların çoğu doktorları acilen hastaneye yetiştirmek için kullanılıyordu. Ambulansın gelmesi Mudî'nin iddiasını doğrulamıştı.

Mudî gittikten sonra yılbaşı yemeği için sofraya oturduk. Mudî on buçuğa doğru eve döndüğünde henüz sofradan kalkmamıştık.

"Gel otur, bir şeyler ye" dediğim sırada Mudî'nin telefonu çaldı ve odadan çıktı. Geri döndüğünde, "Bir hastam aradı" dedi. "Sırtındaki ağrılara dayanamıyormuş. Onu buraya çağırdım."

"Ama... Olmaz" diyerek karşı çıkmak istedim. "Söyle yarın sabah gelsin."

"Olmaz" dedi. "Onu bu akşam görmem gerek." Ardından odasına çekildi.

Alice suratı asarak, "Gecenin tadını kaçırmaya çalışıyor" dedi.

"Her zamanki hâli" dedim. "Zamanla alışıyor insan, hatta artık aldırış bile etmiyorum."

Aslında odada bulunan herkes bana acıyor gibiydi; ama işin gerçeği Mudî uzaktayken arkadaşlarımla birlikte olmak bana mutluluk veriyordu.

Güzel bir geceydi; ama erken bitti. Batının yılbaşı âdetleri Tahran'da kimsenin umurunda bile değildi. Ertesi gün çalışılacaktı ve diğer günlerden bir farkı yoktu. Gece yarısına beş dakika kala Mudî odasından çıktı ve "Yoksa gidiyor musunuz?" diye sordu. "Tam da size katılmak üzereyken..."

"Yarın sabah erken kalkmak zorundayız" dedi Dr. Necefi.

Konuklar gittikten sonra kapıyı kapatır kapatmaz Mudî beni kucakladı ve büyük bir şehvetle öpmeye başladı.

Şaşkınlık içinde, "Neler oluyor?" diye sordum.

"Yeni yılın kutlu olsun!" dedi.

Evet, sana da iyi yıllar, diye geçirdim içimden. Yıl 1986. Bir yıl daha geçti ve ben hâlâ kurtulamadım.

Daha ne kadar kalacağım?

Yeni yıl telaşı bittikten sonra kendimi bir kez daha çaresiz hissetmeye başladım. Yeni yıl hazırlıkları derken günlerce kendimi oyalamayı başarmıştım. Aslında burada değil, Michigan'da olmayı umut ediyordum. Şükran Günü'nde başaramamıştım ve yeni yılda da olmamıştı. Takvimlere göre önümüzde uzun ve puslu bir kış vardı. Zaman geçmek bilmiyordu.

Amahl her görüşmemizde, "Sabırlı olun" demeye devam ediyordu.

Kar yağmaya başladı ve sokaklar birer kahverengi bataklığa dönmeye başladı. Her sabah, gittikçe artan bir umutsuzlukla kalkıyordum ve gün boyunca umutsuzluğumu gizlemeye çalışarak geçiriyordum.

Günün birinde evimize yakın, kalabalık bir sokakta yürürken kadın pasdarlardan biri yolumu kesti. Bu kadınla daha önce de karşılaşmıştım; ama o gün Mehtap okulda olduğundan kadının söylediklerini çevirecek kimse yoktu. Bu sefer onu anlamıyormuş gibi davranmaya karar verdim.

"Sizi anlamıyorum" dedim İngilizce olarak.

Kadın pasdar benimle İngilizce konuşmaya başladığında şaşırdım. Öfke içinde bana, "Karşıdan karşıya geçerken paltonuzla çorabınız arasında diziniz göründü. Doğru dürüst çorap giyin!" diye bağırdı.

"Bu çorapları sevdiğimi mi sanıyorsunuz?" dedim. "Ben hayatım boyunca böyle çorap giymedim. Başka şansım olsa şu anda Amerika'da olup yerinde durmak bilmeyen çorapların yerine adam gibi külotlu çorap giyerdim. Düşmeyen bir çorabı İran'ın neresinde bulabileceğimi ne olur bana söyler misiniz?"

Kadın pasdar düşünceli bir bakışla bana baktı. Anlayışsız birine benzemiyordu. "Bilmiyorum hanım, bilmiyorum" dedi yumuşamış bir ses tonuyla. Sonra da çekip gitti. Arkasından sadece bakakaldım. Sonunda pasdarların arasında hâlden anlayan birinin çıkmış olması mümkün müydü?

İstediğim gibi giyinebileceğim ve nefes alabileceğim bir toplumda bir daha yaşabilecek miyim sorusu geldi aklıma. Yüreğim burkuldu.

Ocak ayının ortalarında öğleden sonra saat dörtte telefon çaldığında Mudî muayenehanesinde hasta bakıyordu. Bekleme odasında olduğumdan telefona cevap verebildim. Çevremde bir sürü hasta vardı ve ahizeyi kaldırır kaldırmaz kız kardeşimin ağladığını duydum.

"Doktorlar bütün aileyi bir araya toplamamızı istediler" dedi. "Babamın bağırsakları düğümlenmiş ve ameliyat olması gerekiyormuş. Ameliyat olmadığı takdirde ölecekmiş. Ama ne yazık ki ameliyatı kaldıracak kadar güçlü değilmiş. Belki de bugün ölü..."

Gözlerimden akan yaşlar öylesine yoğundu ki etrafımı bulanık görmeye başlamıştım. Yüreğim binlerce parçaya ayrıldı. Babam binlerce kilometre ötedeydi ve ben elini tutup onu ne kadar sevdiğimi söyleyemiyordum. Acımı ailemle paylaşmaya bile hakkım yoktu. Kız kardeşime babamın durumu hakkında bir sürü soru sordum; ama öylesine derin bir acı içindeydim ki söylediklerinin çoğunu anlayamadım.

Birden başımı kaldırdığımda yanımda duran Mudî'yi gördüm. Üzgün bir yüz ifadesiyle bana bakıyordu. Konuşmamızı dinlemiş gibiydi.

Alçak bir ses tonuyla, "Git" dedi. "Git ve babanı gör."

YİRMİ İKİNCİ BÖLÜM

Mudî'nin söyledikleri beni sersemletti. Böyle bir şeye hazır değildim. Elimle ahizeyi kapatarak, "Babamın durumu çok kötüymüş" dedim. "Bugünü atlatabileceğini sanmıyorum."

"Onlara geleceğini söyle."

Bir an için öylesine mutlu olmuştum ki ne yapacağımı bilemedim; ancak Mudî'nin kuşkuya kapılmasını istemediğimden toparlanmaya çalıştım. Bu ani değişikliğin sebebi neydi acaba, diye sordum kendi kendime. Bir buçuk yıllık aradan sonra nasıl oluyordu da beni ve Mehtap'ı Amerika'ya göndermeye razı olmuştu. Zaman kazanmak istercesine, "Bu konuyu daha sonra konuşuruz" dedim.

Telefona geri dönerek, "Carolyn" dedim yüksek sesle, "Babam ameliyata girmeden önce onunla konuşmak istiyorum."

Mudî sesini çıkarmadan konuşmamızı dinledi. Tam üç saat sonra Carson City Hastanesi'ni arayacaktım. Carolyn, ameliyat öncesi babamla beni konuşturmaya çalışacaktı.

"Gidebileceğini söylesene!" dedi Mudî bir kez daha.

Söylediklerini duymuyormuş gibi yaptığımı gördüğünde, "Haydi, şimdi söyle" dedi.

Kendi kendime bu işte bir iş var dedim. Bir şeyler çeviriyor olmalıydı.

"Söyle!" dedi Mudî. Bu kez sesi tehditkârdı.

"Carolyn" dedim. "Mudî oraya gelebileceğimi söylüyor."

Kız kardeşim sevinç çığlığı attı.

Telefon konuşması biter bitmez Mudî muayenehanesine geri döndü. Hastaları gitmeden ona bir şey sormamın imkânı yoktu. Yatak odama kapandım ve babam için uzun uzun ağladım. Kafamın içi karmakarışıktı. Mudî'nin Amerika'ya dönebileceğimi söylemesi beni altüst etmişti.

Ne kadar ağladığımı bilmiyorum; ama birdenbire karşımda Şemsey'i gördüğümde az da olsun kendime geldim.

"Seni aradım ve Mudî babanın çok hasta olduğunu söyledi. Çok üzüldüm" dedi. "Zühre ile birlikte seni görmeye geldik."

Yataktan kalktım ve Şemsey'in boynuna sarılarak, "Teşekkür ederim" dedim.

Birlikte alt kata indik. Uzun bir süre Zühre ile birlikte beni avutmaya çalıştılar. Babam hakkında her şeyi bilmek istiyorlardı. Babamın durumu kendi babalarının ani ölümünü hatırlatmıştı.

"Bu sabah, Amerika ile yaptığın telefon görüşmesinden önce Mudî ile uzun uzun konuştuk" dedi Zühre. "Babana ne kadar üzüldüğünü bildiğimden dolayı Mudî'ye babanı görmene izin vermesi gerektiğini söyledim.

Kendime Mudî'nin tavrının değişmesinin bu konuşmaya bağlı olup olmadığını sormaya başladım. Mudî Amerika'ya gitmeme izin veremeyeceğini, gittiğim takdirde bir daha geri gelmeyeceğimi bildiğini söylediğinde Zühre, "Bunu ona yapamazsın" demiş.

"Geri dönmeyeceğinden korktuğun için onu hayatı boyunca burada tutamazsın." Zühre ayrıca Mudî'ye babamı görmeme izin vermediği takdirde *baad* olacağını da ima etmiş. Ablası yaşındaki bir kadın tarafından bu şekilde aşağılanmış olması Mudî'nin gücüne gitmiş olmalıydı.

Yine de boyun eğmemiş yani en azından Zühre, Mudî'nin işine yarayacak teklifi yapıncaya kadar.

"Betty uzaktayken Mehtap için endişe duyuyorsan merak etme biz varız. Onun her şeyiyle biz ilgileniriz" demiş.

On sekiz aylık esaretim boyunca kalbimin bu denli sancıdığına şahit olmamıştım. Aslında Zühre iyi niyetliydi; ama farkında olmadan bana büyük bir tuzak kurmuştu. Geri dönüş konusuyla ilgili her tartışmamız Mehtap'ın da benimle birlikte gelmesi üzerineydi. Bu yeni durumu kızıma açıklayamazdım. Amerika'ya yanımda Mehtap olmadan gidemezdim.

Ama Mudî beni yalnız göndermenin yolunu bulursa ne olacaktı?

"Büyükbaba seni görmeye geliyoruz" dedi Mehtap telefonda. Kızım etrafına şaşkın şaşkın bakıyordu. Babasının bizi bırakmayacağını biliyor gibiydi. Endişeleri vardı; ama diğer taraftan da büyükbabasını üzmek istemiyordu. Mehtap babamın sevgili Tobby'siydi. Torunuyla kısa bir süre konuşmak bile onu az da olsun canlandırdı.

"Geleceğinize öylesine seviniyorum ki" dedi. "Acele edin, fazla zamanım kalmadı."

Onu rahatlatmaya çalışıyordum; ama diğer yandan kalbim binlerce parçaya ayrılıyordu. Amerika'ya gidinceye kadar büyük bir ihtimalle dayanamayacaktı. Onu bir daha göremeyeceğimi bilmek acı veriyordu. Amerika'ya gitsem bile yetişebileceğim tek şey babamın cenazesi olacaktı.

"Sen ameliyattayken senin için dua edeceğim" dedim.

"İrade olan yerde çare de vardır!" derken sesi gidip geliyordu. Telefonu kapatmadan önce, "Mudî ile konuşmak istiyorum" dedi.

Telefonu uzatarak, "Babam seni istiyor" dedim.

"Gelip, seni görmek istiyoruz, baba" dedi Mudî. "Seni gerçekten çok özledik." Zühre ve Şemsey'de duydu konuşulanları.

Ameliyat saati gelmiş olduğundan telefon konuşmasına son vermek zorunda kaldık.

"Babamın gönlünü aldığın için sana teşekkür ederim" dedim Mudî'ye düşündüklerini anlamak için.

Bir şeyler homurdandı. İstediği zaman çok güzel rol yapıyordu! Amerika'ya gitmeyi düşünmediğini biliyordumi üstelik Mehtap'ı da gönderme gibi bir niyeti olmadığını biliyordum; ama şu anda oynamakta olduğu oyunu çıkartamamıştım.

Mudî geç saatlere kadar hastalarına baktı. Mehtap büyükbabası için öylesine çok endişeleniyordu ki uyuyamadı. Ben de yatağıma uzanmış ağlamaktan başka bir şey yapamadım. Annemin ne durumda olduğunu düşünemiyordum bile. Sadece kendim için değil; kardeşimlerim, oğullarım Joe ve John da acı çekiyordu. Onları avutmak için annelerinin yanında olmayışı çok acıydı. Mehtap Amerika'ya gideceğimizi duymuştu. Bunun doğru olmadığı fikrine nasıl alışacaktı? Kızıma Amerika'ya asla gidemeyeceğini ve büyükbabasını da bir daha göremeyeceğini söylemek zor olacaktı.

Mudî yatak odasına geldiğinde saat on buçuğa gelmişti. Yatağın kenarına oturdu ve yumuşak bir tavırla beni avutmaya çalıştı.

Bu acı dolu anımda kızımla birlikte gidebilmek için bir şans kolladım.

"Sen de bizimle gel!" dedim. "Amerika'ya yalnız başımıza gitmek istemiyorum. Sen de yanımızda ol. Üçümüz birlikte olalım. Böyle bir günde sana ihtiyacımız var. Sen yanımda olmadan bu acıya dayanamam."

"Amerika'ya gelemem" dedi Mudî. "Gidecek olursam hastaneden kovulurum."

İmkânsızı istercesine, "Neyse ki Mehtap yanımda olacak, öyle değil mi?" diye sordum.

"Hayır, Mehtap'ın okulu var" dedi.

"Kızım benimle gelmezse ben de gitmem" dedim kararlılıkla.

Herhangi bir şey söylemeden kalktı ve odadan çıktı.

Ertesi sabah, "Mamal her şeyi hazırlıyor" dedi. "Aileni göreceğin için senin adına seviniyorum. Hangi gün gitmek istersin? Dönüşünü ne zamana alalım?" diye sordu.

"Mehtap olmadan gitmek istemiyorum" dedim.

Mudî buz gibi bir sesle, "Gideceksin" dedi. "Onsuz gideceksin."

"O zaman iki gün kalır, hemen dönerim."

Sesini yükseltti ve "Saçmalıyorsun" dedi. "Senin için Corpus Christi'ye kadar bilet ayarlıyorum."

"Orada ne işim var?"

"Evi satacaksın. Evi satmadan buraya dönme. Bu kadar yol iki gün için gidilmez. Oraya gidecek varımızı yoğumuzu satıp dolarları da bana göndereceksin. Parayı göndermedikçe buraya dönmene izin vermem bilesin."

Mudî'nin planı şimdi anlaşılıyordu. Beni birdenbire Amerika'ya göndermeye istekli olmasının altında delice amacı yatıyordu! Babam, oğullarım ya da annem onun umurunda bile değildi. Ailemi göreceğim için sevindiği falan yoktu. İstediği tek şey paraydı. Ve geri dönmemi sağlamak için kızımızı rehin olarak tutacaktı.

"Söylediklerinin hiçbirini yapmayacağım" diye bağırdım. "Gitmiyorum. Babamın cenazesi için giderken satış işleriyle nasıl uğraşabilirim ki? Elimizde bir dünya mal varlığı var. Bunları satmanın ne kadar süreceğini bilmiyor musun? Üstelik böylesine bir acı yaşarken bunların üstesinden gelebilir miyim?"

"Kolay olmayacağını ben de biliyorum" dedi Mudî bağırarak karşılık verirken. "Ne kadar istersen o kadar kal, umurumda bile değil. Ama ne yaparsan yap bunların üstesinden gelmeden geri dönemezsin, anladın mı?"

Mudî hastaneye gitmek için evden çıktıktan sonra kendimi deli gibi sokağa attım ve bir taksiye atladım ve Amahl'ın ofisine gittim. Amahl yeni gelişmeleri dikkatle dinledi. Yüzünde hüzünlü bir ifade vardı. Düşünceliydi.

"Belki de sadece iki günlüğüne giderim" dedim. "Cenaze için yani. Sonra da dönerim. Ardından da kızımı alıp kaçarım."

"Gitmeyin" dedi Amahl tavsiye verircesine. "Giderseniz Mehtap'ı bir daha göremezsiniz. Emin olunuz. Ülkeye bir daha girmenize izin vermeyecektir."

"Ama babama vermiş olduğum söz ne olacak? Onu kaç kez hayal kırıklığına uğrattım."

"Gitmeyin."

"Peki, gidip parayla dönersem... O zaman kaçmak için gereken parayı da getirmiş olurum."

"Gitmeyin. Babanız onu görmek uğruna Mehtap'ı İran'da bırakacağınızı bilse bunu kabul etmezdi."

Amahl haklıydı. Onun haklı olduğunu zaten biliyordum. İran'da yanımda Mehtap olmadan beş dakikalığına bile çıksam Mudî'nin kızımı bana bir daha göstermeyeceğini biliyordum. Aslında Tahran'da onun için bir düzen kurmuştum; ama buna rağmen beni başından atmak istediğini hissedebiliyordum. Mal varlığımızı satıp dönmek istesem de önce parayı yatırmamı isteyecekti. Parayı elde ettikten sonra da beni boşayıp bir daha İran'a ayak basmama izin vermeyecekti. Mehtap'a analık edecek bir İranlı kadınla evleneceğini de biliyordum.

"Peki, planınızı biraz daha çabuklaştırın. Mudî beni Amerika'ya göndermeden kızımla benim kaçmamızı sağlayamaz mısınız?" diye sordum.

Amahl'da işlerin haddinden fazla uzamış olduğunun farkındaydı. Oturduğu yerde sallanmaya başladı. Büyük bir bunalımın eşiğinde olduğumuzdan emindi. Ama bir mucizeyi gerçekleştirmesine imkân yoktu.

Mehtap ile birlikte buradan kaçabilmeniz için her şeyin tamamlanmış olması çok önemli" dedi Amahl hatırlatırcasına. "Sizi Mudî'nin yanından alıp Tahran'da başka bir evde saklamamız çok tehlikeli olur. Her türlü ayrıntının halledilmiş olduğundan emin olmadan bu işe kalkışamam. Kentten çıkmak için bir sürü yol var. Havaalanı olsun, otoyol çıkışları olsun, aramaya kalkıştıklarında sizi bulmaları uzun sürmez."

"Haklısınız" dedim. "Ama fazla zamanım kalmadı."

"Sizin için elimden gelen her şeyi yapacağım" dedi Amahl. "Siz kendinizi daha fazla üzmeyin." Daha sonrasında bana bir İran pasaportunun gerekli olduğunu söyledi. Ama ülkeye girmek için kullandığımız pasaport üçümüze aitti. O pasaportu kullanabilmek için Mudî'nin de yanımda olması gerekiyordu. Bu pasaportu tek başıma kullanmamın imkânı yoktu. Mudî'nin bir yerlere saklamış olduğu Amerikan pasaportunun da bir değeri yoktu.

"Size kısa zaman için İran pasaportu çıkartan olmaz" dedi Amahl. "Pasaportu beklemenin normal bekleme süresi bile bir yılken özel bağlantılarımı devreye sokup bu süreyi kısaltmaya çalışsam da bu en az altı hafta ila iki ay kadar sürer. Üstelik altı hafta içinde pasaport çıkartıldığını da duymadım. Bu süre içinde sizi yurt dışına çıkartacağım ama siz sabırlı olun!"

Aynı günün akşamüstünde kız kardeşimle konuştum. Söylediklerine göre babam ameliyatı atlatmış. Hâlâ hayattaymış! Carolyn'in söylediğine göre babam ameliyata girmeden önce odada bulunan doktorlara ve hemşirelere Betty'sinin ve minik Tobby'sinin döneceğini söylemiş. Kız kardeşime göre babam kızımla birlikte döneceğimi öğrendikten sonra moral bulmuş. Daha yoğun bakımdan çıkmamış; çünkü doktorlara göre henüz hayati tehlikeyi atlatamamış.

O akşam Mamal ve Macit geldi. Mudî ile birlikte odaya kapanıp çıkmak istemediğim yolculuğun ayrıntılarını konuşmaya başladılar. Mutfaktayken Mehtap yanıma geldi. Yüzü allak bullak olmuş gibiydi. Ağlamıyordu; ama gözlerinde acı ve öfke vardı.

"Beni burada yalnız başıma bırakarak gidiyorsun, değil mi?" diye sordu.

"Neler diyorsun sen?"

"Babam beni burada bırakıp Amerika'ya gideceğini söyledi" dedi ve gözyaşlarına boğuldu.

Ona sarılmak için kollarımı uzattım; ama tam ona doğru bir adım atarken yanımdan uzaklaştı.

"Bana söz vermiştin, hani bensiz gitmeyecektin?" dedi ağlarken. "Ama şimdi bırakıp gidiyorsun."

"Baban sana ne dedi?" diye sordum.

"Annen seni bırakacak" dedi. "Anneni bir daha asla görmeyeceksin" dedi.

Kızımın elini yakalayarak kendime doğru çektim ve "Benimle gel" dedim. İçimi tarifi mümkün olmayan bir öfke kapladı. "Babanla bu konuyu konuşmamız gerek."

Mudî'nin kapısını büyük bir şiddetle açtım ve bana komplo kurmaya çalışan üç adamın karşısına dikilerek, "Mehtap'a neden annen seni bırakıp Amerika'ya gidecek dedin?" diye sordum.

"Ondan bunu saklamak anlamsız olurdu" dedi gayet sakin. "Buna alışması gerek. Bir an önce bilsin istedim."

"Gitmiyorum" dedim.

"Gidiyorsun."

"Asla. Gitmiyorum."

Bağrışmalarımız birkaç dakika sürdü ve ikimizin de alttan almaya niyeti yoktu. Mamal ve Macit yaşanan tüm bu olayların kızımı ne denli etkileyeceğini düşünmeden öylece oturuyordu.

Bir sonuca varmadan odadan çıktım ve kızımla birlikte yatak odasına girdim. Kızımı kollarımın arasına alarak durmaksızın, "Seni asla bırakmayacağım, ne olursa olsun seni bırakıp gitmeyeceğim" dedim.

Mehtap bana inanmak istedi; ama yine de gözlerinde kuşku vardı. Babasının gücünü bizi alt etmeye yeteceğini daha öncesinden tecrübe etmiş olduğundan gayet iyi biliyordu.

"Şimdi beni çok iyi dinle" dedim. "Babanın bunu bilmesini kesinlikle istemiyorum. Beni uçağa bindireceği gün ben hasta olacağım. Ama bundan babana sakın bahsetme."

Bana tam inanmamıştı; ama bu durumda ona Amahl'dan söz etmeye cesaret edemezdim. Daha zamanı vardı.

Kızım o gece sabaha kadar bana sarılarak iç çekti.

Mudî o gün pasaport dairesine gitti ve akşama kadar binlerce bürokratik engelle cebelleştikten sonra Amahl'ın dediği gibi eli boş döndü.

"Senin gitmen gerekiyormuş" dedi. "Yarın birlikte gideceğiz."

İşi uzatmak için bahane ararcasına, "Mehtap ne olacak? Akşama kadar gelemedin. Çocuk okuldan geldiğinde evde olmayacağız."

Mudî biraz düşündükten sonra, "O zaman yalnız başına git" dedi. "Gereken bilgileri sana veririm. Ben de evde kalıp Mehtap'ı beklerim."

O gece çalışma odasına kapandı ve pasaport dilekçemi doldurdu; ayrıca babamın ölüm döşeğinde olduğunu bildiren bir de mektup yazdı. Hazırladığı şeyleri bana verirken pasaport dairesinde beni bekleyen adamın adını da söyledi.

Pasaport dairesine gitmekten başka çarem yoktu. Mudî oraya gidip gitmediğimi nasıl olsa öğrenecekti. Ama en azından bana doldurulacak yeni kâğıtların verileceğinden ve işimin uzatılacağından eminim.

Pasaport dairesi labirentten farksızdı. Bir sürü koridor, bir sürü kapı, erkeklerin ve kadınların ayrı ayrı oluşturmuş oldukları uzun kuyruklar vardı. Buradaki kuyrukta bekleyen insanlar pasaportlarını alır almaz yurtlarını terk etmeyi umuyordu! Buradan kurtulmak için uzun zaman mücadele vermiştim; ama şimdi pasaportumu almak üzereyken gitmek istemiyordum.

Mudî'nin adını verdiği adamı buldum. Beni güler yüzle karşıladı ve Farsça mırıldanarak bir şeyler söyledi. Birlikte birkaç odaya girip çıktık. Her seferinde bir şekilde kapıların önünde bekleyen kuyruğun başına geçmeyi başardı. Sonunda büyük bir odaya girdikten sonra adam etrafına bakındı ve aradığını bulmuşçasına genç bir İranlının yanına gelmesi için işaret etti. Gelen genç adama Farsça bir şeyler söyledi.

"Burası erkeklerin bekleme yeri; ama siz burada bekleyeceksiniz" dedi bir sürenin ardından.

"Bekledikten sonra ne olacak?"

"Bir iki saat içinde pasaportunuz verilecek."

"Bugün mü?"

"Evet. Burada, sıranız geldiğinde."

İşi uzatmak istercesine, "Ama ben daha işlemlere bugün başlamıştım" dedim.

"Olamaz" dedi adam.

"İnanın bana. Ben başvuru dilekçemi bu sabah getirdim."

"Her neyse işte. Pasaportunuz size bugün verilecek. Burada beklemeniz yeterli olacak."

Her ikisi çekip gittiğinde bedenimi saran korku doruk noktasına ulaştı. Bu olacak şey değildi? Mudî kendi lisansının onaylanması için aylarca beklemek zorunda kalmıştı. Onca övünmesine karşı ne kendisi ne de ailesi prosedürle başa çıkamamıştı. Ama yine de Amahl ile birlikte onların İran'daki gücünü küçümseyip küçümsemediğini sormadan edemedim. Mamal'ın ya da Macit'in ya da Hacı Baba'nın ihracat işleriyle uğraştıklarından dolayı bu tarz bağlantıları olmuş olabilirdi. Üstelik buraya ayak bastığımızda Ziya Hakim'in gümrük görevlileriyle içli dışlı olmasını da unutmamak gerekiyordu.

Yüzlerce İranlı erkeğin arasında kuyrukta beklerken kendimi çıplak ve çaresiz hissettim. Mudî'nin şeytanca planı sonunda başarıya mı ulaşacaktı, diye düşünmeden edemiyordum.

İçimdeki bir ses, kuyruktan çıkıp var gücünle koş, dedi; ama koşulacak yer yine Tahran sokakları olmayacak mıydı? Nereye gidebilirdim ki? Elçiliğe mi? Polise mi? Amahl'a mı? Mehtap hiçbirinin yanında değildi. Kızım evde can düşmanımın elindeydi.

Kıpırdamadan olduğum yerde kaldım. Kuyruk ilerledikçe sadece bir gün içinde elde ettiğim pasaportu Mudî'ye teslim etmek zorunda kalacağımı biliyordum.

Kuyruk görülmemiş bir hızla ilerliyordu. Bir parça et, yağ, birkaç yumurta için saatlerce beklenen bir ülkede pasaport kuyruğunun bu kadar hızlı ilerlemesi şaşırtıcıydı.

Sonunda sıra bana geldi. Elimdeki memura dilekçemi uzattıktan sonra memur bana pasaportumu uzattığında şaşkınlıktan ne yapacağımı bilemedim.

Kafamın içi karmakarışıktı; ama yine de pasaport dairesinden çıkarken Mudî'nin beni bu kadar kısa sürede beklemediği geldi aklıma. Saat biri biraz geçiyordu. Bir taksiye atladığım gibi Amahl'ın ofisine gittim. İlk kez habersiz gitmiş olduğumdan karşısında beni görünce şaşırdı. Ama umutsuz bir durumda olduğumu anlaması uzun sürmedi. Ona pasaportumu uzattım.

"İnanamıyorum" dedi Amahl. "Böyle bir şeyi daha önce hiç duymadım. Demek ki benden daha güçlü bağlantılara sahip insanlar da var. Benim de pasaport dairesinde adamlarım var; ama bu kadarı onların bile elinden gelmez."

"Şimdi ne olacak?"

Amahl elindeki pasaportu dikkatlice inceledi.

"Burada Almanya'da doğmuş olduğunuz yazıyor" dedi. "Bu doğru mu? Nerede doğdunuz?"

"Alma'da, Michigan'da."

Amahl biraz düşündükten sonra, "Bu çok iyi; çünkü Alman, Farsçada Almanya demek. Mudî'ye pasaportu değiştirmek için yarın geri götüreceğinizi söyleyin. Bunu kullanmaya kalkarsanız geçersiz olur. Yarın pasaport dairesine tekrar gidin ve pasaportunuzu orada bırakın. Düzeltmeler için herhangi bir zaman kısıtlaması koymayın. Sonra da kocanıza pasaportunuza el konduğunu söylersiniz. Bu en azından size biraz zaman kazandıracaktır."

"Peki" dedim.

Aceleyle çıktım. Eve dönüş yolunda kafamın içinde kurduğum senaryoyu çalıştım. Mudî'ye kafamda kurduğum senaryoyu aktaracakken beni hazırlıksız yakaladı.

Homurdanarak, "Nerede kaldın?" diye sordu.

"Tabii ki pasaport dairesindeydim."

"Pasaport dairesinden beni aradılar ve pasaportunun saat birde verildiğini söylediler." Sesi yüksek değildi; ama yine de öfke saçıyordu.

"Sana pasaport dairesinden telefon mu ettiler?"

"Evet."

Geciktiğim için özür dilerim; ama trafik inanılmaz berbattı ve aktarma yaparken de birtakım aksilikler oldu."

Mudî bana kuşkuyla bakıp yalanımı yüzüme vurmaya hazırlanırken, "Ahmak memurlar!" diyerek pasaportu burnuna uzattım. "Beni saatlerce sırada beklettiler; ama pasaportumda yanlışlık var. Doğum yerimi Almanya yazmışlar. Düzeltmeleri için geri götürmem gerek."

Mudî pasaporta dikkatlice baktı ve doğru söylediğimi anladı. Pasaportla nüfus belgem arasında bir uyumsuzluk vardı.

"O zaman yarına kaldı" dedi homurdanarak.

Ertesi sabah beni yalnız göndereceğinden emindim; çünkü bir kez göndermişti ve üstesinden gelmiştim. Üstelik muayenehanesinde bekleyen hastalar da vardı; ama Mudî buna aldırış etmedi ve telefonla taksi çağırdı. Pasaport dairesine gitmemiz kısa sürdü. Pasaportu verdi ve beş dakika sonra düzeltilmiş hâlde geri aldı.

İran'dan ayrılmam için gereken belgem hazırdı.

Ama bu belge sadece tek başıma gitmemi sağlıyordu.

Mudî Tahran'dan ayrılmam için İsviçre Hava Yollarına ait bir uçaktan 31 Ocak Cuma gününe bilet aldı.

"Her şey tamam" dedi Amahl. "Sonunda."

Günlerden salıydı ve uçuşuma üç gün kalmıştı. Ertesi gün Mudî hastanedeyken Mehtap ile birlikte evden ayrılacaktık. İki günümüzü onun planladığı şekilde geçirecektik.

Amahl ile tüm ayrıntıları konuştuk. Bunca zamandır uğraşmış olmasına rağmen Bandar Abbas'a uçakla gidip oradan da sürat teknesiyle Arap Emirlikleri'ne kaçma planı sonuçlanmamıştı. Bir yandan da Mudî baskı yaptığından dolayı Amahl diğer planını uygulamaya koydu. Yeni plana göre Mehtap ile birlikte saat dokuz uçağıyla Zahidan'a uçacak, oradan dağları aşıp Pakistan'a kaçırılacaktık. Bir grup profesyonel kaçakçı bizi Pakistan'da Quetta'ya götürecekti; oradan da Karaşi'ye uçacaktık.

Kısa bir süre önce Pakistan'a kaçırılan Avusturyalı bir çiftin başına gelenleri *The Khayan* gazetesinde okuduğumdan elim ayağım boşaldı. Kaçakçılar onları sekiz ay tuttuktan sonra salıvermişlerdi. Kim bilir neler yaşamışlardı?

Gazetede okuduklarımı Amahl'a anlattığımda, "Doğrudur" dedi. "Böyle şeyler her zaman oluyor; ama tehlikeyi göze almadan İran'dan kaçmanıza imkân yok. Ama hemen arkasından sınırın her iki yanını da denetim altında tutan yöre liderlerinin arkadaşı olduğunu söyledi. "Kaçış yolları içinde en güvenceli olanı bu" dedi. "En iyi adamlarım orada. Bandar Abbas planı henüz kesin değil ve dağlar karla kaplı olduğundan dolayı da Türkiye üzerinden kaçmayı düşünmek bile mümkün değil. Oradaki kaçakçılar yılın bu mevsiminde çalışmaz. Hem çok kar var hem de hava dondurucu soğuk. Üstelik arkadaşlarım dolayısıyla da Zahidan yolu Türkiye'den çok daha güvenli. Ayrıca Türkiye sınırında adım başı pasdar kontrolü mevcut."

Tanrı'ya şükürler olsun ki Amahl'ın ağzından her zamanki gibi sabırlı olun sözü çıkmamıştı. Sonunda gidiyorduk. Babamın, "İradenin olduğu yerde çare de vardır" sözü kulaklarımdan hiç gitmiyordu.

Amahl'a içine Mehtap'ın ve benim çamaşırlarımızı koyduğumuz ve geride bırakmak istemediğim birkaç parça eşya olan bir çanta bıraktım. Bu eşyalardan biri oldukça büyük olan bir duvar halısıydı. Halıyı iyice dürerek küçültmüştüm. Ayrıca Emine Bozorg'un Noel için almış olduğu safranları koydum çantanın içine.

Bir yandan Amahl ile konuşuyordum; ama kafamın içinde binlerce düşünce vardı. Amerika'dan gelen haberler hem iyi hem de kötüydü. Babam bizi bir kez daha görme umuduyla hayata sımsıkı tutunmuştu. Bugünlerde iradeli olan bendim; çaresini bulan Amahl'dı.

Ertesi gün Mehtap'a belli etmeden okul hazırlıklarını ağırdan alıp otobüsü kaçırmasını sağlayacaktım. Otobüsü kaçırdıktan sonra okula yürümek zorunda kalacaktık. Kızıma mutlu haberi Mudi'den iyice uzaklaştıktan sonra verecektim. Kocam her şeyden habersiz hastaneye vardığı sırada Amahl'ın adamıyla buluşacak ve Zahidan'a gidecek uçağa binmek için havaalanına gidecektik.

Aylar öncesinde Alev Hanım'ın çizmiş olduğu rotayı uygulamamız ne büyük tesadüftü. Alev Hanım'dan bir daha haber alamamıştım. Aslında ona ne olduğunu bilmek istiyordum. Belki de tutuklanmıştı ya da ülke dışına kaçmış olma ihtimali de vardı. Bir an için keşke kaçmış olsa diye düşündüm.

"Bu iş için ne kadar ödemem gerek?" diye sordum Amahl'a.

"On iki bin dolar istiyorlar" dedi. "Ama siz kafanızı yormayın. Parayı sizin için ben ödeyeceğim. Amerika'ya vardığınızda bana gönderirsiniz."

"İlk işim size parayı göndermek olacak" dedim. "Yaptıklarınız için size teşekkür ederim."

"Rica ederim" dedi.

Bizim için bunca tehlikeye girip parayı da bizim için ödemesinin nedenini Amahl'a hiç sormamıştım; ama sanırım yanıtını biliyordum.

Birincisi Amahl'ın ettiğim bunca duanın karşılığı olduğunu biliyordum. Adak adamış, İmam Mehdi'de dilek dilemiş, Meşhed'de hacca gitmiştim.

İkincisi Amahl hem kendine hem bana hem de dünyaya bir şeyler kanıtlamak istiyordu. On sekiz ay boyunca bu kötü insanların arasında yaşamaya zorlanmıştım. Bana ilk elini uzatan dükkân sahibi Hamit olmuştu. Alev Hanım, Şemsey, Zühre, Fereşte ve birkaç kişi daha insanların dil, din, ırk ayrımına göre sınıflandırılmaması gerektiğini öğretmişti. Emine Bozorg bile sonunda sevgisini göstermişti. Ve Amahl. Aslında Amahl'ın yardım gerekçesi açık ve netti. Onun amacı İran rejiminin kurbanı olan iki masum insana yardım etmekti. Karşılığında ise herhangi bir talebi yoktu. Onun için en büyük ödül başarıya ulaşmak olacaktı.

Gazetede Avusturyalı çiftin başına gelenleri ve elçilikte gerek Helen'in gerekse Bay Vincop'un söylediklerini unutamıyordum. Elçilikte kaçakçılardan bahsettiğimde Bay Vincop, "Paranızı alırlar, sizi sınıra kadar götürürler, orada size tecavüz ederler ve ardından sizi ihbar ederler" demişti.

Ama bu saatten sonra bunları düşünmenin hiçbir anlamı yoktu. Önümde iki seçenek vardı; ya cuma günü kalkan uçağa rahat rahat binecek ve kızımı bir daha göremeyecektim ya da kızımın elinden tutup akla gelebilecek her türlü tehlikenin bizi beklediği yola girecektim. Gerçekten bunların dışında başka bir seçeneğim yoktu.

Ya İran'la Pakistan'ı ayıran dağlarda ölecek ya da Mehtap'ı sağ salim Amerika'ya götürecektim.

Turuncu taksiden inerken soğuk esen rüzgâr içimi ürpertti. Dalgın bir hâlde çamurla kaplı kaldırımda ilerlemeye çalıştım. Mehtap'ın okuldan dönmesine az kalmıştı. Ardından Mudî gelecekti. Akşamüstü Şemsey, Zühre ve Hakim çifti bana iyi yolculuklar dilemek için uğrayacaktı. Onlar benim ölmek üzere olan babamı görmek için cuma günü kalkacak uçağa bineceğimi biliyordu. Bir süre sonra geri dönecektim. İçimi kıpır kıpır eden umutları ve aynı zamanda içimi ürperten korkularımı saklamam gerekecekti.

Eve yaklaşırken kafamı kaldırdığımda Mudî ile Mamal'ı karşımda görmem bir oldu. Mudî öylesine öfke doluydu ki yoğun kar yağışına dönüşmüş havanın farkında bile değildi.

"Neredesin?" diye sordu.

"Alışverişe çıktım."

"Yalancı! Paketlerin nerede?"

"Anneme bir hediye almak istedim; ama bir şey bulamadım."

"Yalancı!" diye bağırdı bir kez daha. "Kim bilir ne dolaplar çeviriyorsun! Çabuk eve gir! Cuma günü havaalanına gidene kadar evden dışarı çıkmayacaksın."

Mamal yanımızdan uzaklaştı. Mudî emirler yağdırmaya devam ediyordu. Evden çıkmama izin vermeyecekti. Telefonu kullanamayacaktım. Havaalanına gitmemize daha üç gün vardı ve o üç gün boyunca beni evde hapsedecekti. Ertesi gün de beni gözetleyebilmek için işinden izin almıştı. Telefonu aldı ve muayenehaneye kilitledi. Öğleden sonrayı yine Mudî'nin gözünün önünde olmak şartıyla bahçede kardan adam yaparak geçirdim. Kardan adamın boynuna kızımın en sevdiği renkte mor bir eşarp taktık.

Bir kez daha köşeye sıkıştırılmış, âdeta tuzağa düşmüş gibiydim. Yarın Amahl'ın adamları beni boşuna bekleyecekti. Ona planımızın suya düştüğüne dair telefon da edemiyordum.

Akşam gelecek misafirler için hazırlık yaparken bir yandan içimi kemiren korkudan diğer yandan da soğuktan titriyordum. Ne yapıp edip Amahl ile bağlantıya geçmem gerekiyordu. Mehtap ile benim evden çıkmamızı sağlayacak bir şey olması gerekiyordu. Titremem kesilmemişti. Birdenbire evin soğumuş olduğunu fark ettim. Aklıma müthiş bir fikir geldi.

Mudî'ye kaloriferler çalışmıyor diye söylenmeye başladım.

"Bozuldu mu, yoksa yakıt mı bitti?" diye sordu.

"Malike'ye gidip bakayım mı?" diye sordum.

"Olur" dedi. Acele etmemeye çalışarak kendimi üst katta oturan Malike'nin evine attım. Kapıyı açar açmaz ona Farsça, "Telefonu kullanabilir miyim?" diye sorduğumda onaylarcasına kafasını salladı. Telefonda İngilizce konuşacağım için hiçbir şey anlamayacaktı. Numarayı çevirir çevirmez Amahl çıktı.

"İş yattı" dedim. "Gidemeyeceğim. Evden dışarı çıkmam yasak. Bugün eve geldiğimde Mudî gelmişti. Geç kaldığım için benden kuşkulandı.

Amahl derin bir nefes çekerek, "İş zaten yatmıştı" dedi. "Zahidan'dakiler az önce aradı ve son yüz yılın en yoğun kar yağışının olduğunu söylediler. Dağları aşmak olanaksızmış."

"Peki, ne zaman yapacağız?"

"O uçağa sakın binmeyin. Zorla bindirecek hâli yok ya!"

Akşamüstü Şemsey mutfakta yanıma gelerek, "Gitme" dedi. "O uçağa binme. Olup bitenlerin farkındayım. Sen gider gitmez Mehtap'ı ablasına götürecek ve ailesiyle arasını düzeltmeye çalışacak. Sakın gitme."

"Ben de gitmek istemiyorum" dedim. "Mehtap olmadan gitmek istemiyorum."

Ama Mudî bir kez yuları boynuma geçirmişti. Beni köşeye sıkıştırmıştı. Elimden Mehtap'ı almakla tehdit ederek beni zorla uçağa bindirebilirdi. Bunu düşünmek bile korkunçtu. Ne kızımı elimden almasına ne de onu geride bırakarak Amerika'ya gitmeye tahammül edebilirdim. Her iki durumda da kızımı sonsuza kadar kaybedecektim.

O akşam bir iki lokma bir şey yemeye çalıştım; ama aldığım hiçbir lokmanın tadı yoktu. Kafam öylesine dalgındı ki Hakim Hanım'ın sorduğu soruyu anlayamadım.

"Nasıl?" diye sordum.

Ertesi gün onunla birlikte *tavuni* denen yere gitmemizi istiyordu. Bu Hakim Ağa'nın mescidine üye olanların ortaklaşa işlettikleri bir dükkândı.

Şemsey'de gelmek isteyince olur dedim. Aslında aklım başka bir yerdeydi.

Aynı akşam misafirler gittikten sonra Mudî hasta bakmak için muayenehanesine gitti, Mehtap da yattı. Hakim çiftiyle oturma odasında çay içerken Mamal beklenmedik bir şekilde bizi ziyarete geldi.

On sekiz aydır içimde biriktirdiğim öfke patlama noktasına ulaşmış bir hâlde, "Ver o bileti bana" diye bağırdım. "Onu parçalara ayırmak istiyorum."

Hakim Ağa araya girmek istedi. Bu anlayışlı nazik, din adamı sakin bir tavırla bana sorular sormaya başladı. Mamal isteseydi soruları tercüme edebilirdi; ama bunu yapmadı.

Farsçayı çok az konuşabiliyor olsam da Hakim Ağa'nın dostluğuna güvenerek kendimi ifade etmeye çalıştım.

Ağlayarak, "Burada çektiklerimi hiç kimse bilmiyor" dedim. "Mudî beni eve kapattı. Amerika'ya dönmek istedim; ama beni burada zorla tuttu."

Hakim çifti şaşkınlık içinde bana bakıyordu. Hakim Ağa soru sormaya devam etti ve duyduğu her bir cevap onu daha da şaşkına çevirdi. Sonunda gerçekler bir bir gün ışığına çıkmaya başlamıştı. Hakim Ağa'nın kafası karışmış olduğundan, "Peki şimdi aileni göreceğin için neden mutlu değilsin?" diye sordu.

"Ailemi tabii ki görmek istiyorum" dedim. "Ama Mudî her şeyimizi satıncaya kadar orada kalmam gerektiğini söylüyor. Sonra da paraları ona gönderecekmişim. Babam ölüm döşeğinde. Amerika'ya iş için gitmiyorum ben."

Hastalarıyla işi biten Mudî aramıza döndüğünde Hakim Ağa'nın kaş çatmalarıyla karşılaştı. Ona sorulan soruları büyük bir soğukkanlıkla cevaplandırdı. Yolculuk hakkındaki düşüncelerimi duyunca şaşırmış gibi yaptı.

"Betty istemediği takdirde ne olacak? Onu zorla mı göndereceksin?" diye sordu.

"Yok, öyle bir şey" dedi Mudî. "Ben sadece onun ailesini görmesini istiyorum" dedikten sonra bana doğru döndü ve "Gitmek istiyor musun?" diye sordu.

"İstemiyorum" dedim.

"O zaman tamam. Bu kadar tantanaya da gerek var mı? Ben her şeyi ölüm döşeğindeki babanı görmeni sağlamak için yaptım. Gitmek istemiyorsan, gitmezsin." Nedeni bilinmez; ama sesinde içtenlik vardı. Hakim Ağa'nın gönlünü hoş etmek istediği her hâlinden belliydi.

Ardından az önceki tartışma yaşanmamış gibi Hakim çiftiyle sohbete daldı. Hakim çifti kalkmak istediğinde onları kapıya kadar geçirdi ve geldikleri için teşekkür etti.

"*Tavuni*'ye gitmek için sabah onda gelip sizi alırım" dedim Hakim Hanım'a. Alışveriş sırasında Amahl'ı aramayı da umut ediyordum.

Mudî, Hakim'lerin uzaklaşmasını bekledikten sonra kapıyı kapattı ve büyük bir öfke içinde bana doğru gelerek bana esaslı bir tokat attı. Attığı tokat beni öylesine sersemletti ki dengemi kaybederek yere düştüm.

"Yine yapacağını yaptın!" diye bağırdı. Her şeyi mahvettin. O uçağa binilecek, binmediğin takdirde Mehtap'ı senden uzaklaştırırım ve seni ömrünün sonuna kadar bir odaya kapatırım!".

YİRMİ ÜÇÜNCÜ BÖLÜM

Bunu yapacağından kuşkum yoktu.

Gece bir dakika bile uyuyamadım. Acı içinde bir sağa ardından da sola döndüm. Mehtap'ı İran'a getirmeye razı olduğumdan dolayı kendi kendimi yiyip bitiriyordum.

Mudî ile aramızdaki tatsızlık dört yıl öncesinde başlamıştı. Sanırım tam olarak 7 Nisan 1982 yılının akşamında. Mudî Alpena Hastanesi'ndeki işinden eve dönerken canı sıkkın ve düşünceliydi. Birkaç gündür aynı ruh hâli içindeydi; ama oğlum John'un on ikinci doğum günü için vereceğim partinin hazırlıklarıyla uğraştığımdan üzerinde durmamıştım.

Son iki yıldır aramızda bir sorun yoktu. Mutluyduk. Mudî 1980 yılında Corpus Christi'ye geldiğinde kendi ülkesindeki politik gelişmeleri bundan sonra özel hayatına karıştırmamaya karar vermişti.

"Yabancı olduğumu inkâr edemem" dedi. "Ama İranlı olduğumu birilerinin bilmesini istemiyorum."

Ayetullah Humeyni'nin insanın içini karartan resmini çatı katına kaldırdı, bir daha devrimden bahsetmeyeceğine dair yemin etti. Zaten Corpus Christi'deyken ülkesine duyduğu özlem ona dertten başka bir şey vermemişti. Alpena'daki işine alışması uzun sürmedi ve kısa zaman içinde bir Amerikalı gibi yaşamaya başladı.

Thuder Ray nehri kenarında bir ev bulduğumuzda keyfime diyecek yoktu. Dıştan bakıldığında gösterişsiz ve küçük görünen bir evdi; ama ben ilk bakışta çok sevdim. Arka penceredeki manzara görülmeye değerdi. Alt kattaki odalar inanılmaz aydınlıktı. Evin önündeki bahçe nehrin kenarına kadar uzanıyordu. Nehrin kenarında rahatlıkla balık tutulabilen bir tahta iskele vardı.

Evin içi de oldukça büyüktü; yatak odaları genişti. İki banyosu, büyük bir mutfağı, iki şöminesi ve rahat bir oturma odası vardı. Nehir manzarası huzur vericiydi. Mudî de evi çok beğenince hemen satın aldık.

Alpena ile Bannister'in arası sadece üç saatti. Bu da anne ve babamla sık sık görüşebileceğim anlamına geliyordu. Babam da benim gibi balık tutmaktan hoşlanıyordu. Annemle saatlerce konuşuyor, yemek pişiriyorduk. Artık yaşlılığın eşiğine gelmiş ailemle vakit geçirebildiğim için çok mutluydum. Annem sedef hastalığına yakalanmıştı. Torunlarıyla zaman geçirmekten çok hoşlanıyorlardı. Evin içinde düşe kalka yürümeye çalışan Mehtap'ı seyretmek onlara ayrı bir zevk veriyordu. Babam kızımı 'Tobby' diye çağırmaya başlamıştı.

Alpena'daki iş çevremiz bizi hemen kabullendi. Davetlere katıldığımız gibi kendi davetlerimizi de düzenliyorduk. Kocam işinde ben de evimde mutluyduk. Ta ki o akşam Mudî'yi canı sıkkın ve düşünceli görünceye kadar.

Basit bir ameliyat için gelen üç yaşındaki çocuk hastasını kaybetmişti. Hakkında soruşturma açıldığından geçici olarak görevden alınmıştı.

Ertesi sabah kız kardeşim Carolyn telefon etti. Bütün gece ağlamaktan gözlerim şişmişti. Carolyn'in sesi uzaktan gelir gibiydi.

"Babam kanser olmuş!" dedi.

Mudî ile birlikte vakit kaybetmeden tanışmamıza vesile olan Carson City Hastanesi'ne gittik. Doktorlar babamı ameliyat ederken bekleme odasında yerimde duramadığımdan bir aşağı bir yukarı dolanıyordum. Haberler iyi değildi. Babama kolostomi yapılmış; ancak kanserli bölüm temizlenememişti. Hastalık vücudun büyük bir bölümüne yayılmıştı. Kemoterapist bize babamın yaşamını uzatabileceklerini; ama bu sürenin ne kadar olacağını bilemeyeceklerini anlatmıştı.

Eninde sonunda onu kaybedecektik.

Onunla geçirebileceğim kadar zaman geçireceğime yemin etmiştim kendi kendime.

Birkaç gün öncesine kadar hayatımızda hiç olmadığımız kadar mutluyken birdenbire hayatımız altüst olmuştu. Mudî'nin işi tehlikeye girmişti ve babam da ölmek üzereydi. Gelecek karanlık görünüyordu.

Sonraki haftalarda Carson City ile Alpena arasında mekik dokuduk. Mudî ameliyatın verdiği boşluk duygusunu doldurup ağrılarını dindirmeye çalışıyordu. Bir hekim olarak ona birtakım tavsiyelerde bulunuyordu. Babamın anlayamadığı tıbbi terimleri basit bir dille anlatmaya çalışıyordu.

Babamın durumu yolculuğa çıkacak kadar düzeldiğinde onu yanımıza gelmesi için davet ettik.

Mudî babamla saatlerce konuşuyor, onu rahatlatmaya çalışıyor ve kolostomi ile yaşamanın yollarını öğretiyordu.

Babam o zamanlar Mudî'nin tek hastası olduğundan Mudî babamla ilgilenirken kendini yeniden doktor gibi hissediyordu. Ama günler boyunca evde başka bir şey yapmadan oturması onun daha da içine kapanmasına neden oldu. Haftalar geçtikçe bir de üşengeç oldu.

"Siyasal nedenlerle suçlanıyorum" diyordu hastanedeki soruşturma uzayınca.

Mudî mesleğinden uzaklaşmak istemediğinden bu zamanı seminerlere katılarak değerlendiriyordu; ama öğrendiklerini hastanede uygulayamamak onu bunaltıyordu. Bir de para konusunda endişeliydik. İşe dönünce Mudî'nin eski neşesinin geri geleceğini umuyordum. Soruşturma süreci boyunca herhangi bir hastanenin ona iş vermesine imkân yoktu; ama osteopat lisansı hâlâ geçerliydi. Onun bu alanda daha başarılı olacağından emindim.

"Detroit'e gitsen?" dedim önerircesine. "On dördüncü caddedeki kliniğe geri dönersin. Onların her zaman senin gibi bir hekime ihtiyacı var." Mudî bir süre bu klinikte kaçak olarak çalışmıştı ve bazı dostları hâlâ orada çalışmaya devam ediyordu.

"Olmaz" dedi. "Burada kalıp uğraşacağım."

Ama uğraşmak yerine zaman geçtikçe daha da kabuğuna çekildi. Olur olmaz şeylere kızıyor ve hıncını çocuklardan çıkartıyordu. Artık mesleğiyle ilgili seminerlere de katılmaktan vazgeçmişti ve günü pencerenin kenarına oturarak, nehri seyrederek geçirmeye başlamıştı. Manzaraya bakmaktan yorulduğu zamanlarda da uyuyordu. Zaman zaman radyo dinliyor ya da kitap okumaya çalışıyordu. Evden çıkmadığı gibi birilerinin bizi ziyarete gelmesini de istemiyordu.

Bir doktor olarak depresyon bulgularını kendisinde gözlemliyordu ve bir doktor karısı olarak ben de bunun farkındaydım. Ama Mudî'nin kimsenin söylediklerini dinlemeye niyeti yoktu. Yapılan her türlü öneriyi reddediyordu.

Bir eş olarak bir süre hayatına müdahale etmeden onu kendi hâline bıraktım. Ama durum hepimizi etkilemeye başlamıştı. Haftanın birkaç günü çocukları yanıma alarak babamı görmeye gidiyordum.

Haftalar ayları kovaladı. Zamanımın çoğunu babamla azını Mudî ile geçirmeye başladım. Mudî'nin varlığı gitgide dayanılmaz bir hâl alıyordu. Hiçbir gelirimiz olmadığından birikimlerimizle geçiniyorduk.

Uzun bir süre boyunca sabırlı davranmaya çalıştım; ama sonunda dayanamadım ve "Git ve Detroit'te kendine bir iş bul!" diye bağırdım.

Mudî boş bakışlarla bana baktı. Normal şartlar altında sesimi yükseltmemden nefret ederdi; ama bu sefer aldırış bile etmedi. Sustu, karısının talebi karşısında ne şekilde davranacağını bilemiyordu.

Yerinden kalktı ve odadan dışarı çıkarken, "Hayır" dedi.

Onun üzerine bu şekilde gitmiş olmam depresyonunu daha da derinleştirdi. Başına gelenleri İranlı olduğuna bağlıyordu. "İranlı olmasaydım bunu bana yapmazlardı" diyordu.

Hastanedeki bazı doktorlar Mudî'den yanaydı ve arada bir uğrayarak hâlini hatırını soruyorlardı. Mudî'nin ve benim geçirmekte olduğumuz ruhsal bunalım hakkında da uyarıyorlardı. İçlerinden biri psikologdu ve düzenli olarak gelerek Mudî ile konuşmak istediğini söylüyordu.

Mudî her seferinde, "Hayır" diyerek doktor arkadaşını reddediyordu. "Bu konuda konuşmak istemiyorum."

Gidip başka bir doktorla konuşması için ona yalvardım.

"Onlardan daha çok şey biliyorum ben" dedi. "Bana yardım edemezler."

Ne arkadaşlarımız ne de dostlarımız Mudî'nin ruhsal durumundaki değişikliğin farkındaydı; çünkü artık davetlere gitmekten vazgeçmiş ve eve de kimseyi kabul etmez olmuştuk. Maddi sıkıntıda olduğumuz bilindiğinden bu durumu doğal karşıladılar. Herkesin derdi kendine yetiyordu. Mudî'nin durumunu ben ya da kendisi bahsetmediği sürece kimse bilmeyecekti.

Kendime bir avukatın yanında yarım günlük bir iş buldum. Mudî iş bulmama çok bozuldu; çünkü ona göre kadının yeri evinde oturup kocasıyla ve ilgilenmekti.

Mudî'yi her gün bir öncekinden daha kötü buluyordum. Bencillik nedeniyle mesleğine zarar vermekle kalmamış, şimdi de erkeklik gururu çıkmıştı. Sırtüstü yatıp üstünlük taslamayı bırakmıyordu; ama öğlen vaktinde eve gelip yemeğini hazırlamamı istiyordu. Onu yumuşatmak ve son günlerde yaşananları unutturmak için bu isteğe boyun eğdim. Evliliğimizde taraflara düşen görevler de belirginliğini yitirmişti. Görünüşe bakıldığında şu durumda ondan üstündüm. Peki, durum böyle ise ona öğlen yemeğini hazırlamanın mantığı neydi?

Öğle vaktinde eve vardığımda Mudî'yi henüz pijamalarını çıkartmamış sabahlığıyla oturuyor buluyordum. Sabah biraz çocuklarla ilgilenmenin dışında başka bir işe elini sürmüyordu. Mudî'ye öğlen yemeğini verdikten sonra koşa koşa işe dönüyordum. Akşam döndüğümde de mutfakta kirli tabaklar karşılıyordu beni. Kocam da bu arada divana uzanmış yediklerini hazmediyordu.

Benim çalışmama bu kadar bozulacağına neden kendine bir iş bulmuyor, diye düşünmeden edemedim.

Bu garip durum bir yıla yakın sürdü ve kendi iş hayatım yoğunlaşmaya başladığında ev hayatını boşlamaya başladım. Önceleri yarım günlüne başladığım iş daha sonra tam güne döndü ve tüm zamanımı almaya başladı; ama aldığım para yine de geçinmemize yetecek kadar çok değildi. Elimizdeki avucumuzdaki erimeye başlayınca bir kez daha Mudî'ye kafa tutmaya karar verdim. Sonunda güzelim evimizi satılığa çıkartmak zorunda kaldık.

Bahçeye, SAHİBİNDEN SATILIK EV tabelasını yerleştirip beklemeye başladım. Şansımız yaver gittiği takdirde evi aracı olmadan satabilecektik.

Mudî haftalar boyunca insanların evi gezdiğini; ama herhangi bir fikir beyanında bulunmadıklarını söyledi. Sonunda kuşkulanmaya başladım. Mudî evi ya kötülüyordu ya da garip tavırlar sergileyerek insanları tedirgin ediyordu.

Sonunda bir çiftin evi çok beğendiğini, evi bir kez daha görmek için ertesi günü tekrar geleceğini söyledi. O gün evde bulunup gelecek çifti karşılamaya karar verdim.

Kararlaştırdığımız saatte işten eve geldiğimde etrafı darmadağınık buldum. Mudî'yi bir şeyler aldırmak bahanesiyle evden gönderdim ve etrafı topladım. Geldiklerinde de evi gösterdim.

"Evi çok beğendik" dedi adam. "Ne zaman teslim edebilirsiniz?"

"Siz ne zaman yerleşmeyi düşünüyorsunuz?"

"İki hafta sonra."

İki hafta kısa bir süreydi; ama sonunda ipoteği ve aradaki farkı da nakit olarak ödemeyi kabul ettiler. Masraflardan sonra elimize yirmi bin dolardan fazla para geçecekti ve bu paraya çok ihtiyacımız vardı.

"Tamam" dedim.

Mudî eve gelip anlaşma koşullarını öğrenince öylesine öfkelendi ki yüzü morardı.

"İki haftada nereye gideceğiz?" diye bağırdı.

"Paraya ihtiyacımız var" diyerek kestirip attım. "Bu paraya ihtiyacımız var."

Uzun bir süre tartıştık, sonrasında da içimizde kalanları kustuk. Mudî'nin karşı koyacak gücü kalmadığından eşit bir savaş değildi. Ailenin reisi olduğunu ileri sürüyordu; ama tahtını terk edeli uzun bir zaman olmuştu.

"Bizi bu duruma düşüren sensin" diye söylendim. "Varımızı yoğumuz bitene kadar bekleyemeyiz. Sadece evi satıyoruz."

Ve ona zorla da olsa evin satış sözleşmesini imzalattım.

Sonrasındaki iki hafta inanılmaz yoğun geçti. Çekmeceleri, dolapları, boşaltıyor ve nereye gideceğimizi bilmeden Alpena'daki hayatımı kutulara dolduruyordum. Mudî bana yardım etmek için hiçbir şey yapmıyordu.

"Hiç olmazsa kitaplarını topla" dedim. Mudî'nin mesleğiyle ilgili bir dünya kitabı vardı. Ama yine kılı kımıldamayınca eline bir tomar koli verdim ve "Bugün bunlar toplanacak" dedim.

Koşuşturmalarla geçen günün ardından eve geldiğimde Mudî pijamalarıyla tıraşsız bir hâlde kanepenin üzerinde oturuyordu. Üstelik kitaplar da yerli yerinde duruyordu. Bir kez daha kendimi tutamadım ve "Bu gece eşyalarını toplayacaksın! Yarın arabaya atlayıp Detroit'e gidecek ve sana bir iş bulmadan da dönmeyeceksin. Artık buna daha fazla dayanamayacağım. Yetti artık!" diye isyan ettim.

"İş bulamadım ki" diye homurdandı.

"Bulmayı denemedin bile."

"Hastanedeki soruşturma sonuçlanıncaya kadar bana kimse iş vermez."

"Anestezi uzmanı olarak çalışman gerekmez. Pratisyen hekim olarak iş bulabilirsin."

Yenilmiş gibiydi ve en ufak bir bahaneye tutunmaya çalışıyordu. "Yıllardır pratisyen hekim olarak çalışmadım" dedi. Sesi duyulmayacak kadar zayıf çıkıyordu. "Hem pratisyen hekim olmak istemiyorum."

O anda Rıza geldi aklıma. O da bir Amerikan şirketinde müdürlük istiyordu ve sürekli olarak başka bir konumda çalışamayacağını söylüyordu.

Bir anda kapıldığım öfkeyle, "Benim de yapmak istemediğim; ama yapmak zorunda olduğum bir sürü şey var" dedim. "Hayatımı her yönüyle altüst ettin. Artık bu şekilde yaşayamam. Tembelin tekisin ve durumundan yararlanıyorsun. Oturduğun yerden iş bulamazsın. İş bulmak için evden çıkıp araman gerek. Şimdi çık git ve iş bulmadan da dönme ya da..." Sözler düşünmeksizin ağzımdan dökülüverdi. "Ya da senden boşanırım."

Aslında bu bir uyarı değildi, ciddi bir ültimatomdu.

Mudî söylediğimi yaptı. Aynı akşam da Detroit'ten telefon etti ve bir klinikte iş bulduğunu söyledi. Bir sonraki pazartesi yani Paskalya tatilinden bir gün sonra işe başlayacaktı.

Keşke bu kadar beklememiş olsaydım. Geçmişte de böyle direnmekten neden kaçınmıştım ki?

1983 yılının Paskalya tatilinden hiçbir şey anlayamadık; çünkü evi boşaltmamız gerekiyordu. Onu takip eden pazartesi günü de Mudî işe başlayacaktı. Ama çarşamba günü gelmiş olmasına rağmen biz oturacak evi henüz bulamamıştık.

Çalıştığım şirketin müşterilerinden biri yerel bankaların birinde müdür yardımcısıydı ve ev aradığımızı öğrendiğinde yardım etmek istedi. İcra yoluyla el koydukları bir evi aydan aya ödemek şartıyla bize kiraya verebileceğini söyledi. Cuma günü sözleşmeyi imzaladık ve taşınma işlemlerine hemen başladık.

Hafta sonunda Mudî iş bulmanın sevinci içinde bana biraz yardım etti. Cumartesi günü beş saat sürecek Detroit yolculuğuna çıkmadan önce de bana bir veda öpücüğü verdi. Aylardan beri ilk kez öpüşüyorduk ve bu şekilde istekli öpüşmesi beni şaşırtmıştı. Klinikteki iş çok fazla çekici bulduğu bir iş değildi; ama en azından kendisini iyi hissettiriyordu. Daha önce kazandığı parayla mukayese bile edilemezdi; ama yılda doksan bin dolar yine de fena sayılmazdı.

Rahat ve huzurlu günlerimize dönmemiz uzun sürmedi. Hafta içinde ikimiz de işimize gücümüze bakıyor, hafta sonlarında ise Alpena ve Detroit arasında gidip geliyorduk.

Mudî'nin keyfi yerindeydi.

Bir buluşmamızda, "Ne güzel anlaşıyoruz, değil mi?" dedi. Bizi gördüğünde yüzü aydınlanıyor Mehtap da kendini babasının kollarına atıyordu.

İlkbahar ve sonbahar bu gidiş gelişlerle geçti. Mudî Detroit'ten hoşlanmasa da geleceğinin buna bağlı olduğunu bildiğinden dayanmaya çalışıyordu. Bense bir kez daha özgürlüğün tadını çıkartıyordum. Hafta içi işlerle boğuşuyor, hafta sonlarında yeniden âşık kadın oluyordum. Evliliğimizi kurtaracak şey de buydu.

Sonunda işler yoluna girmişti.

1984 yılının Mart ayında bizi Tahran'dan aradılar. Arayan kişi adının Muhammed Ali Kutsi olduğunu söyledi. İngilizcesi oldukça kötüydü. Mudî'nin yeğenlerinden biriydi. İran'da akraba evliliğinden geçilmediği gibi yeğenlerden de geçilmiyordu. Mudî İran'da yüzlerce yeğeni olduğunu söylüyordu.

Benim ve kızımın hâlini hatırını sorduktan sonra sohbet etmeye başladı. Mudî'yi sorduğunda onun telefon numarasını istedim ve Mudî'nin kendisini arayacağını söyledim.

Mudî'ye İran'dan telefon geldiğini söyledim. Aynı akşam beni geri aradı ve arayan kişinin Emine Bozorg'un dördüncü oğlu Mamal olduğunu anlattı. "Mamal son zamanlarda oldukça fazla kilo kaybetmiş" dedi. Tahran'daki doktorlar ona ülser tanısı koymuş ve ameliyat etmişti. Mamal çaresizlik içinde İsviçre'deki doktorlara da görünmüş. İsviçre'deki doktorlar Tahran'da yapılan ameliyatın başarısız olduğunu söyleyince o da Amerika'daki dayısının önerilerine başvurmak istemiş.

"Ona bir tavsiye veremedim" dedi Mudî. "Sen ne dersin?"

"Onu buraya getirelim" dedim. "Ameliyatın yapılacağı hastaneyi bulmasına yardımcı oluruz."

Verdiğim fikri beğenen Mudî biraz bekledikten sonra, "Ama İran'dan para transferi kolay olmaz" dedi.

"O zaman ameliyat masrafını biz karşılarız" dedim. "Zaten aynı şeyi benim ailem için de yapmanı beklerdim senden."

"Tamam, o zaman. Gelsin."

Hazırlıklar yapıldıktan birkaç gün sonra Mamal uçakla Amerika'ya eldi. Mudî onu cuma günü havaalanından alacak ve hafta sonunu hep beraber geçirmek için Alpena'ya getirecekti.

Corpus Christi'deki tanıdığımız ve hayatımızı altüst eden devrimci İranlıların dışındakiler kibar ve kültürlü insanlardı. Aslında kadınlar konusunda oldukça tutucuydular; ama söz konusu nezaket olunca kibarlıkları insanı şımartacak düzeydeydi. O gün boyunca büyük bir keyifle İran yemekleri pişirdim ve gelmelerini bekledim.

Mamal kapıdan girer girmez ona karşı nefret duydum. Oldukça kısa boyluydu, kendi beğenmiş bir havası vardı. Üstelik sakal tıraşı olmamış, alabildiğine bakımsızdı. Yuvalarına kaçmış gözleriyle beni yok sayıyormuşçasına bakıyordu. Tüm davranışları, "Sen kimsin, ben senden daha değerliyim!" der gibiydi.

Üstelik Mudî üzerindeki etkisi de korkutucuydu. Her lafının başında, "Tahran'a gelmelisiniz. Herkes Mehtap'ı ve sizi merak ediyor" diyordu. Tahran'a gitme düşüncesi bile ürkütücüydü. İlk gece baş başa verip Farsça konuştular. Bunca zamandan sonra birbirlerine anlatacak çok şeyleri olduğundan onları yadırgamadım; ama yine de Mudî'nin Mamal'ın önerisini ciddiye almasından endişe duydum. Aslında Mamal kendini anlatacak kadar İngilizce biliyor olsa da konuşmalarına beni dâhil etmek istemediğinden Farsça konuşmaya devam etti.

Kısa bir zaman sonra hafta sonunun bir an önce bitmesi için dakikaları saymaya başlamıştım. Pazartesi günü Mamal Mudî ile birlikte Detroit'e gidecekti. Ama pazar günü akşamüstüne doğru Mudî, "Ameliyat için gereken hazırlıkları tamamlayıncaya kadar Mamal'ın sizin yanınızda kalması daha iyi olacak" dedi.

"Olmaz" dedim. "Mamal senin yeğenin ve senin misafirin."

Mudî klinikte işlerinin yoğun olduğunu ve Mamal'ın da bakıma ihtiyacının olduğunu söyledi. Her yemeği yiyemiyormuş. Perhiz yemekleri pişirilmesi gerekiyormuş. Ameliyat tarihine kadar izin alıp evde oturmam gerekecekti.

Mudî karşı koymama fırsat tanımadı. Yüreğimin içindeki ses Mudî'nin bana üstünlük tasladığını fısıldamış olsa da kabul ettim. Nasıl olsa birkaç gün sonra bu iş bitecekti.

Mamal için elimden geleni yapmaya karar verdim. Mamal'ın valizi uçakta kaybolmuştu. Ani Küreciyan adındaki arkadaşımla birlikte alışverişe çıkarak Mamal'a birkaç parça eşya aldık. Ani Küreciyan Ermeni asıllı bir terziydi. Mamal için almış olduğumuz kıyafetlerin tümü Mamal'ın sıska bedenine uydurması için Ani'nin elinden geçmesi gerekti.

Mamal teşekkür etmedi bile. Kıyafetleri aldı ve onları odasının bir kenarına atarak pis gömleğini ve pantolonunu giymeye devam etti.

Mamal'ın bavulu bulunup kendisine teslim edildiğinde içinde bizlere almış olduğu bir dünya hediye çıktı; kendine ait herhangi bir kıyafet yoktu. Amerika'da uzun bir süre kalacağını bilmesine rağmen yanında hiçbir şey getirmemişti. Mamal'ın her gün aynı kıyafetlerle dolaşmaya alışkın olduğunu anlamak zor değildi.

Günün birinde, "Üzerindeki kıyafetleri yıkamamı ister misin?" diye sorduğumda, "Hayır" diyerek kestirip attı.

Bir sonraki hafta eve gelen Mudî de yeğeninin pis kokusundan rahatsız olmuşa benzemiyordu. Sonunda dayanamayıp Mudî'ye yıkanması ve üzerini değiştirmesi gerektiğini hatırlattığımda, "Git üzerindekiler çıkar ve Betty'de onları güzelce yıkasın" demek zorunda kaldı. "Yıkanmayı da unutma."

Mamal suratını asarak ona söylenen şeyi yaptı. Çok ender yıkandığı ve yıkanma işinden de hoşlanmadığı belli oluyordu.

Mamal iki hafta sonra Carson City Hastanesi'ne götürülünceye kadar tembel tembel oturmakla kalmadı, aynı zamanda terbiyesizce davranarak, kendini bir halt sanarak evin içinde yan geldi yattı. Mamal'ı Carson City'e götürdükten sonra annemle babamı da ziyaret ettim ve evime geri döndükten sonra da Mamal'ı yaşantımdan silip attım.

Sonraları Mudî Mamal'ın bana alındığını söyledi. Alınmasının nedeni beş saat süren yolculuğu göze alamadığım için onu ameliyatın ardından ziyaret etmememdi. Aslında çocuklara da bakıcı bulamamıştım.

Ameliyattan sonra Mamal'ı on gün hastanede tuttular, ardından Mudî, bakmam için onu Alpena'daki evimize getirip bana teslim etti.

"Olmaz. Ona bakmak istemiyorum" dedim karşı koyarcasına. "Ya fenalaşırsa doktor olan sensin, ona sen bak."

Mudî söylediklerime aldırış bile etmedi ve Detroit'teki görevine geri döndü.

Boyun eğen bir kadın olarak görünmekten nefret ediyordum. Yine de kaderime razı oldum ve günde beş öğün yemek hazırlayarak Mamal'a hemşirelik yaptım. Benim yemeklerimi beğenmiyordu, ben de ona yemek yapmaktan hoşlanmıyordum. Ama Mamal'ın İran'a dönecek kadar iyileşmesi için biraz sabırlı olmam gerekiyordu.

Mudî Mehtap'ın Mamal'a yakınlaşmasını istedi; ama Mehtap huysuzluk yapmaktan başka bir işe yaramayan bu adama benim gibi tepki gösteriyordu.

Sonunda dayanamayıp, "Çocuğu rahat bırak" dedim. "Ona zorla bir şey yaptırmam mümkün değil. Çocuğunun huyunu bilmen gerek. Üzerine varmazsan belki kendiliğinden yakınlık gösterir."

Mudî beni dinlemedi ve yeğenine karşı çekingen davranan Mehtap'ı azarlamaya devam etti.

Hafta içi Mudî'nin Mamal'ı aramadığı tek bir akşam bile yoktu. Aralarında Farsça konuşuyorlardı ve bazen konuşmaları saatlerce sürebiliyordu. Mudî'nin Mamal'ı kullanarak yaptıklarımı kontrol etmeye çalıştığının farkındaydım. Mamal da gereken şikâyetleri iletiyordu; çünkü bir akşam ortada hiçbir şey yokken Mamal telefonun ahizesini bana uzattığında Mudî inanılmaz öfkeliydi.

"Sana o programı yasak etmemiş miydim?" diye sordu Mudî. "Yasak olmasına rağmen neden Mehtap'a izletiyorsun?"

Huzur dolu hafta sonu tatillerimiz geçmişte kalmıştı. Mudî hafta sonlarında geldiğinde zamanının tümünü Mamal ile sohbet ederek geçiriyordu. Ayetullah Humeyni'ye duyduğu hayranlık bir kez daha depreşti. Birlikte Batılı -özellikle de Amerikalı- ahlak ve geleneklere sayıp sövüyorlardı.

Yirmi beş yıldır Amerika'da yaşayan kocamın her hafta İranlı kimliğine daha da yakınlaştığını görsem de elimden bir şey gelmiyordu. Ben Amerikalı Mudî ile evlenmiştim ve karşımda duran İranlı Mudî bir yabancıdan farksızdı. Mamal ile yaptıkları sohbetlerin çoğunda beni ve Mehtap'ı Tahran'a götürmekten bahsediyorlardı. Aralarında Farsça konuşmalarına rağmen yanlarına yaklaşır yaklaşmaz seslerini alçaltıyorlardı.

"Mamal ne zaman gidecek?" diye sordum günün birinde.

"Doktorlar ne zaman izin verirse" dedi Mudî.

Mamal yetmiyormuş gibi dertler üst üste gelmeye başladı. Önce banka kirada oturduğumuz eve alıcı çıktığını, bundan dolayı da taşınmamız gerektiğini bildirdi. İkincisi işime son verildi. Sonuç itibariyle Mudî bu işe sevindi; çünkü ona göre aileyi tekrar bir araya getirmek gerekiyordu.

Gitmek istemiyordum. Özgürlüğümden vazgeçmeye de niyetli değildim. Öte yandan Mamal kısa bir süre sonra İran'a dönecek, biz de eski rahat günlerimize dönecektik. Başka bir seçenek daha vardı o da Mudî'den boşanmak. İki seçeneğim vardı: Ya Mudî'ye boyun eğip Detroit'e gidecek ya da burada kalıp evliliğime son verecektim. Sonunda Detroit'e gitmeye razı oldum. Zorlukların geçmişte kaldığını umut ederek evliliğimizdeki pürüzleri yok etmeye karar verdim.

Yine de önlemimi almak zorundaydım. Evliliğimizin uzun ömürlü olup olmayacağından emin olmadığımdan Detroit'e gitmeden önce kadın doğum uzmanına gittim ve spiral taktırdım.

Mudî'nin oturduğu ev çok küçük olduğundan bizim için yeterli değildi; ama Mudî bir süre daha kirada oturup uygun bir arsa buluncaya kadar beklememiz gerektiğini söyledi. Her şey öylesine çabuk gelişiyordu ki başım dönmeye başlamıştı; ama ortadaki gerçek Mudî'nin her istediğini yaptırıyor olmasıydı. Southfield'de bir ev kiraladık; Mudî, Joe, John, Mehtap ve tabii ki Mamal o eve taşındık.

Mehtap'ı Birmingham yakınlarındaki Montessori okuluna yazdırdım. Okulu, Avrupa'daki Montessori anlayışını Amerika'ya ilk getiren bir bayan işletiyordu.

Mudî'nin bana aldığı arabayla Mamal'a şehir turu yaptırıyordum. Mudî Mamal için kesenin ağzını açmış olduğundan neredeyse her gün alışverişe çıkıyorduk. Mamal'ın kendini beğenmiş tavırları eskisine nazaran çok daha beterdi ve beni ne denli rahatsız ettiğinin farkında bile değildi. İran'a döneceği günü iple çeker olmuştum.

Mamal Temmuz ayının ortalarına kadar bizimle kaldı ve gitmesine birkaç gün kala benim, Mehtap'ın ve Mudî'nin Tahran'a gelmesi konusundaki ısrarları doruk noktasına ulaştı. Sonunda Mudî Ağustos ayındaki iki haftalık tatilini Tahran'da geçirmeye karar verdiğini açıkladığında şaşkınlıktan ne yapacağımı şaşırdım. Joe ve John babalarının yanında kalacaktı.

Mudî'nin ve Mamal'ın saatlerce baş başa konuşmaları meyvelerini vermeye başladı. Son günlerde Mudî Mamal'ın yanından ayrılmaz olmuştu. Bir şeyler çevirip çevirmediklerini inanılmaz merak ediyordum.

Sonunda dayanılmaz korkularımı açığa çıkartırcasına, "Neler konuşuyorsunuz siz?" diye sordum. "Mehtap'ı kaçırıp Tahran'a götürmeyi mi planlıyorsunuz?"

"Neler saçmalıyorsun sen?" dedi Mudî. "Delirdin mi! Git de psikiyatra görün."

"İran'a gidecek kadar delirmedim henüz. İstersen sen git; ama ben çocuklarla birlikte burada kalıyorum."

"Mehtap ve sen de benimle geleceksiniz" dedi Mudî. "Başka bir şansın yok."

Elbette başka şansım vardı. Aslında acılı bir seçim olacaktı ve uzun zamandır da kafamı kurcalıyordu. Yine de içimdeki bir umut Mamal gittikten sonra evliliğimi yoluna koyacağımdan yanaydı. Kendimi ve çocuklarımı boşanmanın yaratacağı boşluğun içine atmak istemiyordum. Ama İran'a gitmeme de imkân yoktu.

Mudî beni yumuşatmaya çalışarak, "Neden gitmek istemiyorsun?" diye sordu.

"Çünkü oraya gittiğimiz takdirde geri dönmek istemeyebilirsin. Buraya bir daha dönmeyeceğini biliyorum."

Anlayışlı bir tavırla, "Demek seni üzen şey buymuş" dedi. "Sana böyle bir şeyi asla yapmam. Seni seviyorum." Birden aklına gelerek, "O zaman Kuran'ı getir" dedi.

Kitaplıktan İslam dininin kutsal kitabı olan Kuran'ı çıkartıp Mudî'ye uzattım.

"İran'da kalmayacağıma ve seni istemediğin bir yerde yaşamaya zorlamayacağıma dair Kuran'a el basarım."

Mamal araya girerek, "Böyle bir şey asla olmaz" dedi. "Ailemiz buna izin vermez. Böylesine bir şey olmayacağına ben de söz veririm. Herhangi bir sorun yaşanırsa ailemiz bunu çözmek için elinden geleni yapar. Size yemin ederim."

İçim nedense birden rahatlayıverdi.

"Peki" dedim. "O zaman gidiyoruz."

Mudî uçak biletlerimizi aldı. 1 Ağustos günü gittikçe yaklaşıyordu. Kocamın Kuran'a el basarak vermiş olduğu söz beni az da olsa rahatlatmıştı. Mudî ülkesine gideceğinden dolayı öylesine heyecanlıydı ki eline geçen tüm propaganda yayımlarını yutarcasına okudu. Ailesinden, özellikle de ablası Emine Bozorg'dan sevgiyle bahsediyordu. Bir kez daha namaz kılıp dua etmeye başladı. Bir daha gözle görülür şekilde Amerikalı olmaktan vazgeçip bir İranlı oldu.

Kimseye haber vermeden bir avukata danıştım. Durumumu açıklarken, "Ya gideceğim ya da ondan boşanacağım" dedim. "İran'a gitmeyi kesinlikle istemiyorum. Bir kez gittim mi geri dönmeyeceğimizden korkuyorum."

Avukatla yaptığımız konuşma sırasında korkutucu bir gerçek daha ortaya çıktı. Boşanmak yolculuğa nazaran çok daha tehlikeli olacaktı. Boşanmak belki Mudî'yi hayatımdan silecekti; ama Mudî'nin Mehtap üzerindeki haklarını korumaya devam edecekti. Kızımı İran'a götürüp hayatının sonuna kadar orada tutmaya karar verdiği takdirde onu bir daha asla göremeyecektim.

"Boşanırsam kocamın kızımı görme hakkı olacak mı?" diye sordum. "Hâkime Mehtap'ın karşı karşıya olduğu tehlikeden bahsederek onu babasından uzak tutamaz mıyız?"

Bunun üzerine avukat babanın suç işlemediği durumlarda öylesine bir uzaklaştırmanın mümkün olmadığını söyledi.

"Kocanız hiçbir suç işlemedi. Kızını görme hakkını onun elinden alamazsınız" dedi. Ardından da, "İran'a gitmenizi onayladığımı sanmayın; ama bunda bir kötülük görmüyorum. Anlattığınıza göre Mudî son zamanlarda baskı altındaymış ve rahatlamak için ailesini görmek istemesi son derece normal. Geriye döndüğünüzde bakarsınız her şeye yeniden başlarsınız. Bu ziyaretin ona iyi geleceğini sanıyorum" diye devam etti.

Aslında tam bir çıkmaza saplanmıştım. Boşanmak için başvurduğum takdirde Mudî öyle ya da böyle Mehtap ile bağlarını kopartmayacaktı ve belki de günün birinde kızımı alıp İran'da sönük bir hayat yaşatacaktı. Tek umudum Mudî'nin iki toplum arasındaki farkı görebilmesiydi. Bu farkı gördüğünde belki de Amerika'ya dönmek için can atacaktı. Tahran'da yaşantının ne kadar berbat olduğunu tahmin edebiliyordum ve iki haftalık bir sürenin bunu Mudî'nin de anlaması için yeterli olmasını umut ediyordum. Tahran'a giderek kendimi tehlikeye attığımı biliyordum; ama gitmediğim takdirde kızımı tehlikeye atacağımı da biliyordum.

Hareket günü çattı. Mehtap ile benim eşyalarım çok azdı; çünkü bavulun büyük bir bölümünü İran'a götüreceğimiz hediyeler kaplıyordu. Mudî birkaç bavul aldı yanına. Bavulun birini ilaçlarla doldurdu ve hekimler birliğine bağışlayacağını söyledi. Son anda Mehtap tavşanını yanına almak istediğini söyledi.

1 Ağustos 1984 günü, önce New York'a oradan da Londra'ya uçtuk On iki saatlik bekleme süresi boyunca etrafı gezdik. Mehtap birkaç İngiliz bebeği aldı. Bineceğimiz uçak beni inanılmaz ürkütüyordu.

Heatrow havaalanında beklerken Mudî İran'dan dönen bir doktorla sohbete daldı.

Sinir içinde, "Ülkeye giriş çıkış yaparken zorluk çıkartıyorlar mı?" diye sordum.

"Hayır, çıkartmıyorlar" dedi adam beni yatıştırmak istercesine.

İranlı doktor gümrükten geçerken dikkat edilmesi gereken şeylerden bahsetti. Doktorun anlattığına göre İranlılar ülkeye sokulmak istenen Amerikan mallarından inanılmaz gümrük vergisi talep ediyordu.

"Eğer orada kalıp çalışmak istediğinizi söylerseniz belki de sizden vergi almazlar" dedi öneride bulunurcasına.

Para söz konusu olsa bile böyle bir öneriyi yapmak iğrençti.

"Ama biz..."

"Biliyorum" diye sözümü kesti.

"Biz İran'da kalmayı düşünmüyoruz" dedim. "İki hafta sonra evimize döneceğiz."

"Evet" dedi. Ama bundan sonraki konuşmalarını Farsça sürdürdüler.

Uçağa binerken öylesine titriyordum ki avazım çıktığı kadar bağırmamak için kendimi zor tuttum. Mehtap bana güvenmiş bir hâlde elimden tuttu, uçağa bindik ve yerlerimizi bulduk. Sonunda kendimizi koltuğumuza bıraktık.

Kıbrıs'a doğru uçarken olup bitenler bir film şeridi gibi gözlerimin önünden geçiyordu. Uçak adaya indiğinde son bir şansım daha var dedim. Uçaktan inip Mehtap'ı aldığım gibi Amerika'ya dönebilirdim. Aslında bunu yapmak üzereydim; ama bu kez de avukatın, "Kocanız hiçbir suç işlemedi. Mehtap'ı görme hakkını elinden alamazsınız" diyen sesi geldi kulaklarıma.

Zaten kaçma ihtimalim de yoktu; çünkü uçuş görevlileri Kıbrıs'ta kısa bir süre için kalınacağını ve Tahran'a devam edecek yolcuların uçaktan inmemeleri gerektiğini anons etti.

Uçak birkaç dakikanın ardından pistte ilerlemeye başladı, ardından burnu havaya kalktı ve tekerlekleri pistten ayrıldı. Bizi göklere çıkartan motorun gücünü hissedebiliyordum.

Uzun süren yolculuktan dolayı yorgun düşen kızım uykuya daldı.

Mudî Farsça kitap okuyordu.

Bense, gergin ve panik hâlindeydim. Nereye gittiğimi bilmeme rağmen kaderimin beni nereye sürükleyeceğini bilmiyordum.

YİRMİ DÖRDÜNCÜ BÖLÜM

29 Ocak Çarşamba günü yüreğim soğuk ve karamsardı. Sabaha kadar ağlamış olduğumdan yüzüm gözüm şişmiş, yanaklarım kıpkırmızı olmuştu. Mudî, Mehtap'ı otobüs durağına bıraktıktan sonra pasaportumu İsviçre Hava Yollarının bürosuna teslim edeceğimizi söylemişti. Cuma günü uçağa bininceye kadar pasaport orada kalacaktı.

"Şemsey ve Hakim Hanım ile tavuniye gideceğime söz verdim" dedim hatırlatırcasına. Sarıklı din adamının karısına verilmiş bir sözden cayılmaması gerektiğini biliyordu.

"Önce İsviçre Hava Yolları'nın bürosuna gidilecek" dedi.

Büro kentin öbür ucundaydı. Taksiyle yol alırken Mudî'nin Şemsey ve Hakim Hanım ile yalnız başıma gitmeme izin verip vermeyeceğini düşündüm. Telefon etme fırsatım olacak mıydı?

Ama ne yazık ki Mudî, Şemsey'in evine kadar benimle geldi.

Yüzümü görür görmez Şemsey, "Ne oldu?" diye sordu.

Herhangi bir şey söylemedim.

"Söylesene, ne oldu?" diye sordu bir kez daha.

Mudî bizi yalnız bırakmıyordu.

"Amerika'ya gitmek istemiyorum" diyerek ağlamaya başladım. "Mudî oraya gittiğimde her şeyimizi satmamızı istiyor; ama ben gitmek istemiyorum."

Şemsey Mudî'ye dönerek, "Böylesine hassas bir zamanda karına iş yükleyemezsin. Bırak da birkaç günlüğüne gidip babasını görsün" dedi.

Mudî homurdanarak, "Olmaz" dedi. "Babası hasta filan değil. Bunlar yalancı. Hepsi bir düzen."

"Ama babam gerçekten çok hasta!" dedim haykırırcasına. "Babamın çok hasta olduğunu sen de biliyorsun."

Şemsey ve Zühre'nin yanında Mudî ile birbirimize bağırarak içimizdeki nefreti kustuk.

Mudî öfke içinde, "Kendi tuzağına düştün, haberin yok!" dedi. "Seni Amerika'ya getirmek için oyun oynadılar. Şimdi gitmek zorundasın. Gideceksin ve paranın hepsini buraya göndereceksin."

"Hayır!" diye bağırdım.

Mudî beni kolumdan tuttuğu gibi çekiştirerek, "Yürü, gidiyoruz" dedi.

"Tam bir *Bozorg*" dedi Şemsey. "Kendine gel. Bunlar karşılıklı görüşülmesi gereken konular."

Mudî bir kez daha, "Biz gidiyoruz" dedi.

Beni kapıdan çıkartmak üzereyken var gücümle geri döndüm ve "Ne olur bana yardım edin. Beni arayın. Bize zarar verecek" dedim.

Mudî kapıyı çarparak kapattı.

Kolumu sımsıkı tutarak, buz tutmuş kaldırımda sürükleyerek Hakim'lerin evine doğru getirdi. On beş dakikalık yol boyunca ağzına gelen ne varsa döktü. Çirkin sözlerinin sonu gelmiyordu. Aslında o anda hakaretleri umurumda bile değildi; ama "Mehtap'ı bir daha görmeyeceksin!" diye bağırması yüreğimi yakıyordu.

Hakim'lerin evine yaklaşırken, "Kendini toparla! Hakim Hanım'ın yanında gözyaşlarını sakla. Hiçbir şeyden haberinin olmasını istemiyorum."

Mudî Hakim Hanım'ın ikram etmek istediği çayı da geri çevirdi.

"Bir an önce tavuniye gidelim" dedi.

Üçümüz birlikte dükkâna doğru gittik; ama Mudî elimi bir an olsun bırakmadı. Bir miktar mercimek aldık, ardından eve döndük.

Öğleden sonra hastalarına baktı ve benimle tek bir kelime dahi konuşmadı. Uçağa bininceye kadar konuşacağını da sanmıyordum.

Mehtap okuldan döndü ve babasının hasta baktığını gördükten sonra mutfakta yanıma gelerek, "Anneciğim, ne olur bugün Amerika'ya geri dönelim" dedi.

Aylardır ilk kez bahsediyordu Amerika'ya dönmekten. Zamanımızın daraldığının farkındaydı.

"Şimdi gidemeyiz, canım" dedim. "Ama üzülme; çünkü seni Tahran'da bırakmaya niyetim yok. Seni almadan Amerika'ya gitmeyeceğim."

Kızıma verdiğim sözü tutabilecek miydim? Bunu yapmaya kalkışsam bile Mudî beni tekme tokat yine uçağa bindirirdi. Bu arada onu durdurmaya çalışan da olmazdı. Beni uyuşturarak uçağa bindirmesi de muhtemeldi. Bu saatten sonra ondan her şey beklenirdi.

İyi yolculuklar dilemek için akşamüstü Fereşte uğradı. Ne kadar üzgün olduğumu gördüğünde beni avutmaya çalıştı. Artık bu saatten sonra ne onun ne diğer arkadaşlarımın ne de Mudî'nin önünde mutlu Müslüman kadını oynamaya ihtiyacım vardı.

Mudî yanımıza geldi ve çay istedi, Fereşte'ye kocasını sordu. Bu kez ağlamaya başlayan Fereşte oldu. Herkesin derdi farklıydı.

İçimden, "Yalvarırım sana Tanrım" diyordum. "Kızımla birlikte Mudî'nin elinden kurtulmamızı sağla. Ne olursun bize yardım et." Birden ambulansın sesi duyulur gibi oldu ya da bana öyle geliyordu. Duvarlara yansıyan şey ambulansın ışığı değil miydi? Yoksa aklımı mı kaçırıyordum. Ambulans kapıya kadar gelmişti.

Hastanede acil bir durum vardı ve Mudî hastaneye çağırılıyordu.

Göz göze geldik ve nefretle birbirimize baktık. Beni bırakıp gitmek istemiyordu; ama yapacak bir şeyi de yoktu. Üstelik bu saatten sonra ne yapabilirdim ki?

Fereşte ikilemi anlamışçasına, "Sen dönene kadar yanında kalırım" dedi.

Mudî konuşmadan çantasını aldı, kapıyı açtı ve ambulansa bindi.

Gitmişti. Kim bilir ne zaman dönecekti. Belki beş saatim vardı, belki de yarım saatim. Bu acil duruma bağlıydı.

Sonunda dualarım kabul olmuştu. Üzerimdeki uyuşukluğu attım. Bir şeyler yapmam gerekiyordu! Hem de hemen!

Fereşte içten bir dosttu, ona inanılmaz güveniyordum. Bundan dolayı da kendimi onun ellerine teslim edecektim. Ama diğer taraftan ona ne Amahl'dan ne de planımdan bahsedebilirdim. Bunu yapmak onun hayatını tehlikeye atmak olacaktı. Kocasının düşünce suçundan hapse atılmış olması onu yeterince güç bir duruma sokuyordu.

Birkaç dakika bekledikten sonra sakin bir ses tonuyla, "Akşam yemeği için biraz çiçek alsam iyi olacak" dedim.

Komşumuz Malike benim için bir veda yemeği düzenlemişti. Bahanem inandırıcıydı; çünkü İran'da bir davete çiçek götürmek incelikti.

"O zaman çiçekçiye kadar seni ben götüreyim" dedi Fereşte.

Buna sevindim. Hiç değilse mahalleden ayrılmak uzun sürmeyecekti. Acele ettiğimi belli etmeden Mehtap'ı sıkı sıkıya giydirdim ve birlikte Fereşte'nin arabasına bindik.

Birkaç sokak ilerideki bir çiçekçinin önüne park etti. Arabadan çıkarken, "Bizi burada bırakabilirsin. Biraz hava alırız. Mehtap ile birlikte döneriz" dedim.

Aslında söylediklerim benim kulağıma bile saçma geldi. Böylesine karlı ve buzlu bir havada kim yürüyüş yapmak isterdi ki?

"Ne olur sizi bırakmama izin verin" dedi Fereşte.

"Gerek yok. Temiz havaya gerçekten çok ihtiyacımız var. Biraz yürümek istiyorum" dedim. Ön koltuğa uzandım ve onu kucakladım. "Artık git. Çok teşekkür ederim."

"Tamam" derken gözleri doldu.

Mehtap ile birlikte arabadan çıkıp Fereşte'nin uzaklaşmasını izledik.

Buz gibi ayaz yüzümüze vurdu; ama umurumda bile değildi. Mehtap hiç soru sormadı.

İki kez taksi değiştirdikten sonra karlarla kaplı bir telefon kulübesi bulduk. Ellerim titreyerek Amahl'ın özel numarasını çevirir çevirmez cevap verdi.

"Bu benim son şansım" dedim. "Kaçacaksam şimdi kaçmak zorundayım."

"Zaman lazım" dedi. "Henüz her şey hazır değil.

"Olmaz. Denememiz gerek. Şu anda kaçmadığım takdirde kızımı bir daha asla göremeyeceğim."

"Öyleyse gelin" dedi. Bürosunun yakınlarındaki bir evin adresini verdi. İzlenmediğimizden emin olmamızı istiyordu.

Telefonu kapatır kapatmaz kızıma müjdeli haberi verdim.

"Mehtap" dedim. "Amerika'ya gidiyoruz."

Hiç beklemediğim bir tepki verdi ve ağlamaya başladı.

"Ne oldu?" diye sordum. "Daha bugün seni Amerika'ya götürmemi istemiştin."

"Evet, ama" dedi burnunu çekerek. "Gitmeden eve uğrayıp tavşanımı almak istiyorum."

Herhangi bir tepki vermemek için kendimi tuttum. "Bak kızım" dedim. "O tavşanı sana Amerika'dan almıştık, öyle değil mi?" Evet dercesine kafasını salladı. "Amerika'ya gittiğimizde sana bir tane daha alırım, tamam mı? Amerika'ya gitmek mi, yoksa babanın yanında kalmak mı istersin?"

Mehtap gözyaşlarını sildi. Altı yaşındaki kızım büyük bir olgunlukla bakıyordu. Mudî ona boyun eğdirmeyi başaramamıştı. Her söyleneni yerine getiren bir İranlı değildi benim kızım; o kararlı ve akıllı bir Amerikalıydı.

Büyük bir kararlılıkla, "Amerika'ya gitmek istiyorum" dedi.

"Öyleyse benimle gel" dedim. "Hemen bir taksi bulmamız gerek."

YİRMİ BEŞİNCİ BÖLÜM

Kapı aralandığında bir kadın sesi, "Betty?" diye seslendi.

"Evet."

Kadın kenara çekildi ve bizi içeri aldı. Kar fırtınası sebebiyle birkaç kez taksi değiştirmek zorunda kaldığımızdan bana verilen adresi bulmam bir saatten fazla sürmüştü. Bu arada Amahl'da bizi uçağa bindirmek için gereken hazırlıkları yapacaktı.

Kadın, "Amahl karnınız acıkırsa size yemek vermemi söyledi" dedi.

Ne ben ne de kızım acıkmıştık. Zaten şu durumda yemeği düşünecek hâlimiz yoktu; ancak bizi bekleyen bilinmezliğe ve buz gibi karanlık gecelere hazırlıklı olmamız gerekecekti. Bunun için yemek davetini geri çevirmedik. "Size zahmet olmazsa bir şeyler yeriz."

Kadın siyah rusarisini başına örttü. Bir öğrenci olacak kadar gençti. Amahl'a olan yakınlık derecesini merak ettim.

"Hemen dönerim" dedi.

Bizi yalnız bıraktığında pencerelere koştum ve perdeleri çektim. Küçük ve bakımsız bir daireydi; ama en azından sokaklardan çok daha güvenceliydi. Oturma odasındaki divanın yayları fırlamıştı. Yatak odasında yatak yerine yere serilmiş döşekler vardı.

Korkunun bulaşıcı olduğu söylenir. Bence doğru; çünkü içimde büyüyen korkumun aynısını kızımın gözlerinde de görebiliyordum. Mudî eve dönüp polise haber vermiş olabilirdi. Mehtap'ın gözlerinde korkudan başka şeyler de vardı. Heyecan, mutluluk ve enerji göz bebeklerini parlatıyordu. Sonunda bir adım atabilmiştim ve uyuşuklukla geçen günler geride kalmıştı.

Kafamın içinde binlerce soru dolaşıyordu. Ya Tahran'dan hemen çıkamazsak diye düşündüm. Burada birkaç gece boyunca kalmamız mümkün olacak mıydı? Kaçışın her dakikasının en ince ayrıntısına kadar planlanması gerektiğini birçok kişiden duymuştum. Bizim ise şu anda uymamız gereken bir kural bile yoktu.

Telefona sarıldım ve Amahl'ın isteğini yerine getirerek sağ salim vardığımızı söylemek için onu aradım.

"Alo" dedi tanıdık bir ses.

"Kızımla birlikte geldik" dedim.

"Betty!" diye bağırdı. "Oraya ulaştığınıza çok sevindim. Sakın üzülmeyin. Size çok iyi bakacağız. Birkaç kişiyle bağlantı kurdum bile. Henüz bir sonuç yok; ama bütün gece üzerinde çalışacağız."

"Lütfen acele edin."

"Sakın üzülmeyin. İşler istediğimiz gibi gelişecek." Ardından, "Orada bulunan genç kız size yemek getirdikten sonra oradan gidecek. Yarın sabah erkenden size kahvaltı getireceğim. Binadan asla çıkmayın ve perdeleri de sıkı sıkıya kapalı tutun. Herhangi bir şey istediğinde beni araman yeterli. Saat kaç olursa olsun mutlaka ara."

"Peki."

"Şimdi yazmanızı istediğim bir şey var" dedi. Telefonun ahizesini kenara bıraktım ve çantamdan kâğıtla kalemi çıkarttım. "Tahran'dan sizi uzaklaştırıncaya kadar zaman kazanmamız gerek" dedi Amahl. "Onu arayın ve geri döneceğinizi hissetmesini sağlayın."

"Mudî'yi aramak mı? Şu anda yapmak istemediğim tek şey bu!" dedim karşı çıkmak istercesine.

"Biliyorum; ama bunu yapmak zorundasınız." Söylemem gereken şeyleri bana yazdırdı.

Amahl ile görüşmemiz bittikten sonra genç kadın geri geldi. Elinde İran pizzası ve iki şişe coca cola vardı. Ona teşekkür ettim, ardından çıkıp gitti.

İştah kaçırıcı pizzaya bakan Mehtap, "Ben yemek istemiyorum" dedi. Aslında ben de yemek istemedim; ama o anda bize besin sağlayacak başka bir şey yoktu.

Aldığım notları bir kez daha okudum, temize çektim ve ezberledikten sonra kafamın içinde tekrarladım. İstemeye istemeye kendi numaramı çevirdim.

Telefon çalar çalmaz Mudî cevap verdi.

"Benim" dedim.

"Neredesin?" diye bağırdı.

"Bir arkadaşımın evindeyim."

"Hangi arkadaşın?"

"Sana bunu söyleyemem."

"Derhâl eve geliyorsun!" dedi emir vererek.

Bana gözdağı vermeye çalışıyordu; ama ona kanmayacaktım. Amahl'ın söylediklerini harfi harfine yerine getiriyordum.

"Görüşmemiz gereken bir konu var" dedim. "Sorunu çözmeye hazırsan ben de hazırım."

"Olur, görüşelim." Sesi az da olsun sakinleşmişti. "Mamal'a, ablana ya da Macit'e bu konudan bahsetme. Bu bizim sorunumuz ve bunu baş başa verip kendimiz çözmeliyiz. Eğer isteğimi kabul etmezsen seninle görüşemem."

Sesim öylesine kararlıydı ki Mudî rahatsız oldu.

"Hemen gel de konuşalım" dedi bir kez daha.

"Eğer şimdi gelirsem sen Mamal'ı kapıya dikersin ve o da Mehtap'ı alıp götürür. Sen de yeminini yerine getirip beni odaya kapatırsın."

Mudî kararsızlık içindeydi. Benimle ne şekilde konuşacağını şaşırmıştı.

"Hayır, seni odaya kilitlemeyeceğim. Yarınki randevularımı iptal ettim. Eve gel. Önce yemek yeriz ardından istediğin kadar konuşuruz."

"Cuma günkü uçağa binmeyeceğim."

"Bu konuda sana söz veremem."

"Kulaklarını aç ve beni iyi dinle. Cuma günkü uçağa binmeyeceğim." Birdenbire sesimin yükselmiş olduğunu hissettim. Ama şu anda işi uzatıp kavga etmenin sırası olmadığından kendimi tuttum.

Hattın diğer ucundan Mudî'nin, "Benden bir söz alamazsın. Hemen şimdi eve geliyorsun!" diye bağıran sesini duyuyordum.

Polisi arayacağını bildiğimden Amahl'ın tavsiyesine uydum.

"Beni iyi dinle" dedim. "İznin olmadan doktorluk yapıyorsun. Eğer başıma bir iş açarsan, seni hükümete şikâyet ederim."

"Hayır, bunu yapma, lütfen" dedi yalvararak. "Para kazanmadan nasıl geçiniriz? Bu işi bizim için yapıyorum. Lütfen yapma. Hemen eve gel."

"Düşünmem gerek" diyerek telefonu yüzüne kapattım.

Mudî'nin bundan sonra ne yapacağını kestiremesem de en azından bu gecelik polise gitmeyeceği kesindi.

Mehtap dikkatle beni izliyordu.

"Gitmek istediğinden emin misin?" diye sordum. "Biliyorsun gittiğimiz takdirde babanı bir daha hiç göremeyeceksin."

"İstiyorum" dedi Mehtap. "Amerika'ya gitmek istiyorum." Kızımın kararlılığına bir kez daha hayran kalmıştım. Artık geri dönüşümüz yoktu.

Saatlerce Amerika'dan konuştuk. Amahl arada bir nasıl olduğumuzu sormak için telefon ettiğinde ara veriyorduk. Amahl her telefonunda az da olsa gelişme kaydetmiş olduğundan bahsediyordu.

En son aradığında saat on ikiyi çeyrek geçiyordu.

"Bu son arayışım. Bu gece bir daha aramayacağım" dedim. "Artık uyuyun ve güç toplayın. Önümüzde zor günler bizi bekliyor. Sabah görüşürüz."

Kızımla birlikte eğri büğrü divanın sağlam kalmış yerine uzandık. Birbirimize kenetlenmiş hâlde saatlerce dua ettik. Uyku tutmadığından bir sağa bir sola döndük. Mehtap sonrasında uyudu; ama ben gün ışıyıncaya kadar gözlerimi kırpmadım. Odanın içi aydınlanmak üzereyken Amahl telefon etti ve gelmek üzere olduğunu söyledi.

Amahl saat yediye doğru geldiğinde içinde yiyecekler olan bir piknik çantası taşıyordu. Tereyağı, süt, peynir, domates, salatalık ve yumurta getirmişti. Mehtap için boyama kitabı ve boya kalemleri bile vardı. Salı günü kendisine teslim etmiş olduğum ve içinde kıyafetlerimizle özel eşyalarımızın bulunduğu bavulu da getirmişti. Bana ayrılık hediyesi olarak oldukça pahalı bir çanta almıştı.

"Bütün gece çalıştım ve bir dünya insanla görüştüm" dedi. "Sizi Türkiye üzerinden kaçırmaya karar verdik."

Türkiye'yi duyar duymaz dehşete kapıldım. Bugüne kadar üzerinde durduğumuz seçenekler arasında önce Bandar Abbas'a uçmak ardından da Arap Emirlikleri'ne gitmek ya da Zahidan'a uçarak Tokyo'ya gitmek vardı. Ama Türkiye üzerinden kaçmak bugüne kadar üzerinde en az durulan seçenekti. Amahl Türkiye üzerinden kaçmanın, araya haddinden fazla adam konulması gerektiğinden, tehlikeli olduğunu söylemişti.

"Kaçak çıkış yaptığınızdan dolayı uçakla gidemezsiniz" dedi Amahl yeni duruma açıklık getirircesine.

"Tahran'dan Türkiye sınırına kadar arabayla gideceksiniz. Oldukça uzun bir yol; ama başka çaremiz yok. Amahl'ın adamlarından biri bizi Tebriz'e kadar götürdükten sonra burada Kızılhaça ait bir ambulansla sınırı geçecektik.

"Bunun karşılığında otuz bin dolar istediler" dedi Amahl. "Bu çok fazla. Onlarla pazarlık ediyorum. On beş bine düşürdüm ama yine de çok."

"Kabul edin" dedim. Amerika'ya vardığımda kalan paramın ne kadar olacağını bilmiyordum; ama nasıl olsa bu parayı bir yerlerden bulabilirdim.

Amahl kafasını her iki yana sallayarak, "Yine de çok para" dedi.

Birdenbire hakkında konuştuğum paranın aslında Amahl'a ait olduğunu hatırladım. Üstelik Amerika'ya gittiğimde de parayı göndereceğimden yüzde yüz emin olamazdı.

"Fiyatı biraz daha düşürmeye çalışacağım" dedi. "Bugün çok işim olacak, eğer bana ulaşmak isterseniz büromdan arayabilirsiniz."

Mehtap ile gün boyunca oturduk, konuştuk ve dua ettik; ama ikimiz de çok gergindik. Kızım arada bir boya kalemlerini alsa da yoğunlaşamadığından kısa süre sonra bırakıyordu. Yere yaydığım İran halısının üzerinde ileri geri giderek heyecanımı bastırmaya çalışıyordum. Kızımın hayatını tehlikeye atıp atmadığımı sorguluyordum. Yaptığım bencillik miydi bilmiyordum; ama kızımın benimle ya da bensiz burada kötü şartlar altında büyüyeceği kesindi. Oysa şu anda daha iyi bir geleceğe yelken açma şansı vardı.

Amahl öğlene doğru bir kez daha uğradı. Fiyatı on iki bine kadar indirmeyi başardığını söyledi.

"Kabul edin" dedim. "Benim için fark etmez."

"Daha aşağı çekeceğimi de sanmıyorum."

"Kabul edin o zaman" dedim bir kez daha.

"Öyleyse tamam" dedi. Ardından bizi rahatlatmak için, "Bu insanlar çok güvenilir, canını yakmayacaklar. Söz veriyorum. Onları tek tek araştırdım. Hepsi de iyi insanlar. Aksi bir durum olsa sizinle gelmelerine izin vermezdim zaten. Aslında ilk seçtiğim yol bu değildi. Ama şimdi aceleye geldi. Merak etmeyin size çok iyi bakacaklar" dedi.

Perşembe gecesi de uykusuz geçti. Divan öylesine rahatsızdı ki yerde yatmaya çalıştım. Mehtap kısa bir süre sonra uykuya daldı; ama ben kızımı sağ salim Amerika'ya götürmediğim sürece uyuyamayacaktım.

Cuma sabahı Amahl tekrar geldi ve yiyecek bir şeyler getirdi. Gazete kâğıdına sarılmış tavuk budu ve İran'da bulunması neredeyse imkânsız 'corn flakes' vardı. Ayrıca Mehtap'a bir boyama kitabı, battaniye ve bana da siyah bir çador getirmişti. Alman malı bir paket sakız da vardı. Mehtap boyama kitaplarıyla ilgilenirken Amahl gelişmeleri anlattı.

"Planın tüm ayrıntılarını yerli yerine oturtmaya çalışıyoruz. Bazı kişilerin telefon numaraları olmadığından zorlanıyoruz."

"Ne zaman gidiyoruz?" diye sordum.

"Henüz bilmiyorum" dedi. "Bugün öğleden sonra kocanızı bir kez daha aramanızı istiyorum. Ama buradan olmaz. Ben gelip Mehtap'ın yanında kalırım, siz de dışarı çıkıp bir telefon kulübesi bulursunuz. Söyleyeceklerimi yazınız, lütfen."

Sadece ben değil, Mehtap da Amahl'a güveniyordu. Güvenmese yanında ben olmadan Amahl ile kalmaya asla razı olmazdı. Amahl'ın önerisini duyduğunda ağzında sakız gülümseyerek olur dercesine kafasını salladı.

O gün öğleden sonra az çok güvenli evden dışarı çıkıp tehlikelerle dolu Tahran sokaklarına daldım. Bir buçuk yıldır ilk kez çador vardı üzerimde ve beni sakladığı için mutluydum. Yüzüme doğru esen rüzgâra karşı direndikten sonra köşe başındaki telefon kulübesine daldım. Numarayı çevirirken duyduğum heyecandan dolayı parmaklarım titriyordu. Üzerine notlar aldığım kâğıdı çıkarttım.

Telefonu açan Macit oldu.

"Neredesin?" diye sordu. "Neredesin?"

Sorusunu duymazdan gelerek, "Mudî nerede?" diye sordum. "Onunla konuşmak istiyorum."

"Mudî evde değil. Havaalanına gitti."

"Ne zaman döner?"

"Üç saate kadar..."

"Onunla konuşmam gerek."

"Evet, o da seninle konuşmak istiyor. Lütfen gel."

"Peki, öyleyse yarın Mehtap ve avukatımla birlikte geleceğim; ama söyle ona yanında kimse olmasın. Saat on bir ila on iki arası ya da altı ile sekiz arası orada olurum. Avukatımın başka boş zamanı yok" dedim.

"On birle on iki arası gel" dedi Macit. "Yarınki hastalarının tümünü iptal etti. Ama yanında avukatını getirme."

"Olmaz, avukatım olmadan gelemem."

"Mehtap ile yalnız gelin" dedi Macit ısrarlı bir tavırla. "Konuyu aranızda halledersiniz. Ben de yanınızda olurum."

"Korkuyorum" dedim. "Mudî beni daha önce dövüp odaya kilitledi ve aileden hiç kimse bunu engellemek için bir şey yapmadı."

"Üzülme. Ben yanınızca olacağım" dedi Macit bir kez daha.

Mudî'nin akrabasının suratına karşı bir kahkaha atmamak için kendimi tutarak, "Senin orada olmanın ne anlamı olacak ki?" diye sordum söylenerek. "Bunları çok dinledim ben. Sen söylediklerimi Mudî'ye ilet yeter."

Konuşmam bittikten sonra elim ayağım boşaldı. Mudî havaalanına İsviçre Hava Yollarındaki pasaportumu almaya gitmişti. Pasaportumu aldıktan sonra polise başvurup vurmayacağından emin değildim.

Üzerimde çadorum olmasına rağmen Tahran sokaklarında eve dönerken kendimi çıplak hissettim. Çevrede silahlı polisler dolaşıyordu. Beni aradıklarından hiçbir kuşkum yoktu.

Kaçmak tehlikeli bir süreçti; ama bu cehennemden kurtulmak için bunu göze almak zorundaydım. İran'ın kuzey batısındaki kaçakçılar ne kadar tehlikeli olursa olsun kocam kadar tehlikeli olamazdı. Sonuçta Mudî de beni soymuş, kaçırmış ve bir nevi tecavüz etmişti. Mudî gibileri cinayet bile işleyebilirdi.

Eve vardığımda Amahl, "Bu akşam yola çıkıyoruz" dedi. Haritayı yere serdi ve üstünde Tahran'dan Tebriz'e kadar gideceğimiz uzun, zorlu yolları işaret etti. Ne yazık ki Tebriz'den sonraki dağlık alanlar hem Kürtlerin ve pasdarların denetimi altındaydı. Şah döneminde ayaklanmış Kürtler Ayetullah hükümetine karşı da baş kaldırmıştı.

"Birileri sizinle konuşmaya kalksa bile asla kendiniz hakkında bilgi vermeyin" diye uyarmıştı Amahl. "Onlara benden bahsetmeyin ve Amerikalı olduğunuzu da kimseye söylemeyin."

Tahran'daki sınıra kadar kaçakçıların sorumluluğu altındaydık. Sınırdan Türkiye'ye Kızılhaç ambulansıyla geçecek oradan da Türkiye'nin Van şehrine gidecektik. Oraya geldiğimizde herkes kendi başının çaresine bakacaktı. Sınırı kaçak olarak geçmiş olduğumuzdan pasaportumuzda damga olmayacaktı. Bundan dolayı Türkiye'deki görevliler belgelerimizi kabul etmeyebilirdi. Yakalandığımız takdirde bizi İran'a geri gönderme ihtimalleri düşük olsa da Mehtap'ı yanımdan alma ihtimalleri oldukça yüksekti. Van'dan bir uçağa ya da otobüse atlayıp Ankara'ya oradan da vakit kaybetmeden Amerikan Büyükelçiliği'ne gidecektik. Elçiliğe varmadan kendimizi güvende hissetmemiz imkânsızdı.

Amahl elime bir avuç dolusu bozuk para tutuşturarak, "Yoldan bana sık sık telefon edin" dedi. "Ama konuşurken çok dikkatli olun." Bir süre düşündükten sonra, "İsfahan" dedi. İsfahan, İran'da bir kentin adıydı. "Aramızdaki parolanın adı İsfahan olsun" dedi. "Ankara'ya ulaştığınızda bana İsfahan'a ulaştığınızı söyleyin."

Amahl'ın yanımızdan ayrılmamasını istiyordum. Onunla konuşmak beni rahatlatıyordu. Onunla birlikteyken kendimi güvende hissediyordum. Müslümanların hiçbir şey yapmadan geçirdikleri bu mübarek cuma gününde Amahl'ın yapacak çok işi vardı.

İran'da geçirdiğim son günün bu cuma olması için Tanrı'ya dua ettim.

Hata yapmamam gerekiyordu. Yanıma almam gereken şeyleri düşünürken yere sermiş olduğum İran halısını bir kez daha gözden geçirdim. Bu halıyı almış olmama bir anlam da veremedim. Önemli olan tek bir şey vardı, o da kendimi ve kızımı sağ salim eve atmaktan başka bir şey değildi.

Takılarım yolda paraya çevrilebilirdi. Zamanı bilmek için saatim gerekliydi. Takılarımı ve saatimi Mehtap'ın geceliğinin içine sakladım. Mehtap da okul çantasının içine boyama kitaplarını, 'corn flakes'lerini, kurabiyelerini ve boya kalemlerini yerleştirdi.

Artık hazırlanmış bir hâlde hareket saatinin gelmesini bekliyorduk.

Saat altıya doğru Amahl telefon etti ve "Saat yedide yola çıkıyoruz" dedi.

Bir saatimiz kalmıştı. Beklediğimiz onca gün, onca aydan sonra yalnızca bir saatimiz kalmıştı. Korkumu bastırmak istercesine dua etmeye başladım. Bana bir şey olursa kızımı koru.

Amahl saat yediyi on geçe bugüne kadar görmediğim iki adamla çıkıp geldi.

Adamlar düşündüğümden çok daha gençti; ancak yüzleri otuzu gösteriyordu. Üzerinde kot pantolon, tişört ve deri ceket olan biraz İngilizce biliyordu. Bana bir an için *Mutlu Günler* dizisindeki Fonzi'yi anımsattı. Bıyıklı olan diğer adamın üzerinde spor bir ceket vardı. Mehtap da ben de bu iki adama karşı bir sempati duymuştuk.

Kaybedilecek zamanımız olmadığından Mehtap'ın mantosunu giydirdikten sonra kendi siyah mantomu aldım ve çadorumla yüzümü iyice örttüm. Siyah kıyafetlerin arkasına saklanabilmiş olmak mutluluk vericiydi.

Amahl'a baktığımda ikimizin de yüreği burkuldu. Ayrılık saati gelip çatmıştı.

"Yapmak istediğiniz şeyin bu olduğundan emin misiniz?" diye sordu Amahl son kez.

"Evet" dedim. "Gitmek istiyorum."

Gözleri doldu ve "İkiniz adına çok seviniyorum" dedi. Ardından Mehtap'a dönerek, "Annenle gurur duyman gerek. Gerçekten olağanüstü biri. Ona iyi bak olur mu?" diye sordu.

Mehtap ciddi bir ses tonuyla, "Olur" dedi.

"Bize öyle çok yardımınız oldu ki" dedim. "Karşılığını size ödemek isterim."

Amahl korku içinde bekleyen Mehtap'a bakarak, "Bana vereceğiniz en değerli ödül, Mehtap'ın yüzünü güldürmek olacak" dedi. Ardından yüzümü örtmüş olduğum çadoru aralayarak yanağıma hafif bir öpücük kondurdu. "Gidin artık!" dedi.

Mehtap ve ben, Fronzi'ye benzettiğim adamın arkasına takılıp kapıdan çıktık. İkinci adam Amahl'ın yanında kaldı.

Fronzi bizi gösterişsiz bir arabanın yanına kadar götürdü. Arabaya bindikten sonra kızımı kucağıma aldım. Cuma akşamının artan karanlığındaki Tahran sokaklarında bilinmeyen bir geleceğe doğru yola çıktık. Sonunda başardım diye düşündüm. Artık bundan sonrası Allah'a kalmıştı. Tanrı istediği takdirde gerçekleştirmeyeceği hiçbir şey yoktu. Bu neşesiz, dertli insanların ve kulakları sağır eden korna seslerinin arasında yol alırken Tanrı'nın bizi buradan kurtarmak için elinden geleni yapacağından emindim.

Siren ve korna sesleri kesilmiyordu. Bu sesleri duydukça beni aradıklarını sanıyordum. Aslında bu sesler Tahran'ın günlük hayatında her zaman vardı. Etrafa bakabilmek için sadece sol gözüm açık olmasına rağmen kendimi gözler önünde duruyormuş gibi hissediyordum.

Yarım saat boyunca kuzeye doğru ilerledik. Aslında ilerleyişimiz oturduğumuz ev yönündeydi; ama evin uzaklarındaydık. Fronzi ani bir fren yaptı ve dar bir sokağa saptı.

"*Biya, zud baş!*" dedi emredercesine ki bu acele ederek inmemiz gerektiği anlamına geliyordu.

Kaldırıma indik ve başka bir arabanın arka koltuğuna bindik. Soru soracak zaman yoktu. Arabaya başkaları bindi ve Fronzi'yi ardımızda bırakarak ilerlemeye başladık.

Arabaları kabaca süzdüm. Mehtap ve ben otuz yaşlarında olan yeni şoförün tam arkasında oturuyorduk. Şoförün yanında on iki yaşlarında bir erkek çocuğu ve şoförden yaşça büyük bir adam oturuyordu. Arka koltukta üzerinde İngiliz malı palto bulunan ve Mehtap yaşlarında olan bir kız çocuğu ve kız çocuğunun yanında da bir kadın oturuyordu. Aralarında öylesine hızlı Farsça konuşuyorlardı ki onları takip edemiyordum. Ama tavırlarından bir aile olduklarını anlamak zor olmuyordu.

Aslında vermek istedikleri de 'aile' havasıydı.

Bu insanlar kimdi? Ve en önemlisi hakkımızda ne biliyorlardı? Onlar da kaçmaya çalışıyor muydu?

Ara sokaklardan çıkıp otoyoldan batı yönüne doğru ilerliyorduk. Otoyol girişinde polis tarafından durdurulduk. Komiser silahını yüzümüze doğrultarak arabanın içine göz attı. Gördüğü tek şey cuma akşamı bir arabaya doluşmuş tipik bir İran ailesinden başka bir şey değildi.

Modern ve dört şeritli otoyolda son süratle ilerlemeye devam ettik. Yanımda oturan kadın yarım yamalak İngilizcesi ve Farsçasını birbirine katarak benimle konuşmaya çalıştı. Amahl'ın hiç kimseye durumum hakkında bilgi vermemem gerektiğini söyleyen sesi kulaklarımda yankılandı. Kadın Amerikalı olup olmadığımı öğrenmek istiyordu; ama bunu bilmemesi gerekiyordu. Anlamamış gibi yaptım ve kadının bir daha denemesini engellemek istercesine uyuyormuş gibi davrandım. Mehtap çoktan uykuya dalmıştı.

Amahl, Tebriz'in beş yüz kilometre uzaklıkta olduğunu söyledi. Sınırla Tebriz'in arası da yüz kilometreymiş. Diğer yolcular seslerini kestikten sonra uyumak istememe rağmen bir türlü uyuyamadım.

Yol üzerinde Kazvin, Takistan, Ziyaabad'ı gösteren tabelalar olmasına rağmen ben bu yerlerin hiçbirini çıkartamadım.

Şoför bir benzin istasyonunun yanındaki lokantanın park yerine saptığında saatler gece yarısını geçiyordu. Benim de onlarla birlikte lokantaya girmemi istediler; ama benim birlikte görülmekten dolayı tereddütlerim vardı. Polisin bizi aramaya başlamış olmasından korkuyordum. Kucağımda uyuyan Mehtap'ı bahane ederek arabada kalacağımı söyledim.

Ailece inip uzun bir süre lokantada kaldılar. Çevrede park hâlinde bulunan bir sürü araba vardı. Lokantanın pencerelerinden içerisinin kalabalık olduğu görülüyordu. En azından Mehtap zamanın nasıl geçtiğini anlamıyordu. Bir an için gözlerimi kapatıp açtığımda Amerika'da olmayı diledim.

Bir süre sonra erkeklerden biri döndü ve "Nescafe" diyerek elindeki fincanı uzattı. Tahran'da kahve bu kadar ender bulunurken bu ıssız yerde karşıma çıkmış olması beni şaşırttı. Kahve inanılmaz sertti; ama adamın onu kendi elleriyle getirmiş olması son derece ince bir davranıştı.

Kısa bir sürenin ardından diğerleri de geldi ve bir kez daha yola koyulduk. Otoyol iki şerite düştü; çünkü bu yol dağların kenarında üstelik de dönemeçliydi. Kar yağışının başlaması uzun sürmedi. Şoför silecekleri çalıştırmaya başlamıştı. Fırtına hızını arttırdı. Yollar buz tutmuş olmasına rağmen yolumuza devam ediyorduk. Şu ana kadar yakalanmamıştık; ama her an için bir araba kazasında ölebilirdik. Arada bir sağa sola savursak da şoförümüz arabanın kontrolünü sağlıyordu. İşini biliyor gibiydi; ama aniden durması gereken durum olduğunda bunu başaracağından emin değildim.

Yorgunluğum korkumu bastırdı. Zaman zaman içim geçiyor, araba sarsıldıkça yarı uyanık, gözlerimi açıyordum.

Güneş doğmak üzereyken kendimi hiç tanımadığım bir çevrede buldum. Etrafımız üstü karlı dağlarla çevriliydi. Batı yönünde pembe tepeler görünüyordu. Buzlu yoldan hızımızı azaltmadan ilerlemeye devam ediyorduk.

Yanımda oturan kadın uyandığımı görünce bir kez daha benimle konuşmaya çalıştı. Kadın Amerika'ya gitmek istediğini söyledi. "İran çok kötü" dedi mırıldanarak. "Vize vermiyorlar bize."

Mehtap gerinerek uyandı.

"Konuşulanları anlamıyormuş gibi yap" diye fısıldadım. "Hiçbir şeyi çevirme." Peki, dercesine kafasını salladı.

Tebriz'e yaklaşırken bir kontrol noktasında araba yavaşladı. Önümüzdeki arabaları durdurmuş arabaları gördüğümde kalbim duracak gibi oldu. Bazı arabaları durdurup bazılarını da durdurmadan geçmelerine izin veriyorlardı. Gelişigüzel durdukları araçların arasındaydık. Küstah tavırlı bir pasdar kafasını arabanın içine uzatarak şoföre bir şeyler söyledi. Mehtap ile benim sadece Amerikan pasaportumuz vardı. Korku içinde nefesimi tuttum. Arananlar listesinde adımızın olup olmadığını düşünmeden edemedim. Pasdarla şoförün konuşması kısa sürdü. Belgelerimize bakmadan geçmemize izin verdi. Arabadaki herkes derin bir nefes aldı.

Sonunda Tebriz'e vardık. Tebriz Tahran'dan daha küçük, daha temiz daha güzel bir kentti. Belki her tarafın karlarla kaplı olmasından ya da attığım her adımda özgürlüğüme daha da yaklaşıyor olmam sebebiyle bu kenti sevimli bulmuştum. Tebriz İran'ın en önemli kentlerinden biri olmasına rağmen devrimin merkezi değildi. Aslında ortalarda dolaşan pasdarlar vardı; ama Tahran'dakilere kıyasla daha çok kendi hâlindeydiler. Tahran'da olduğu gibi burada da büyük katlı binaların yanında gecekondular görmek mümkündü. İran'da Doğu ve Batı iç içeydi ve hangisinin daha ağır basacağını bilen yoktu.

Şoför dar bir sokağa saptıktan sonra durdu ve kadınla çocuğun inmesini söyledi. Konuşmalardan anladığım kadarıyla çocuk teyzesini ziyarete gelmişti. Çocuk arabadan çıkıp eve doğru yürüdü, birkaç dakika sonra da geri geldi. Teyzesinin evde olmadığını söyledi. Kadın da arabadan inip çocukla birlikte uzaklaşınca ister istemez huzursuz oldum. Ama ben kadının da niyetini bilmiyordum. Üstelik arabada bulunan erkekler nazik davranıyordu; ama yine de onlarla yalnız kalmaktan dolayı huzursuzdum. Yanımda bir kadının bulunması güç vermişti.

Mehtap rahatsızlanmışa benziyordu. "Kendimi iyi hissetmiyorum" dedi inleyerek. Alnı yanıyor ve midesi bulanıyordu. Birlikte kaldırım tarafına doğru kaydık ve kapıyı açar açmaz Mehtap kusmaya başladı. Gerginlik çocuğumu altüst etmişti. Sonunda teyzenin evde olduğu ve kapıyı duymadığı anlaşıldı. Kadının bizimle devam edeceğini duymak beni rahatlattı. Yolumuza devam ettik.

Birkaç dakika sonra bir yol ayrımında bir kez daha durduk. Burası kentin merkezi olmalıydı. Şoför, polis arabasının karşısında durdu ve arabadan indi.

"*Zud baş! Zud baş! Zud baş*!" dedi kadın ki bu, "Acele edin" anlamına geliyordu. O arada kaldırımda duran bir kadın kapıyı açtı ve bizi aşağı indirdi. Şoförümüz bir şekilde polis arabasının içindekileri oyalarken arkada duran arabaya geçmemiz istendi. Bu planın bir parçasıysa tam anlamıyla başarılı olunmuştu. Kimse ne olduğunu anlamadan kızımla ben arkadaki arabaya geçmiştik. Adam, karısı ve kızları da arkamızdan geldi ve yolumuza devam ettik.

Kadın altmış yaşlarındaki yeni şoförümüzü işaret ederek, "Bu adamla konuşmayın" dedi. "Amerikalı olduğunuzu bilmesin."

Yeni şoförümüz iyi bir insana benziyordu; ama anlaşıldığı kadarıyla uluslararası bir trajedide rol aldığının farkında bile değildi. Büyük bir olasılıkla ona bizi A noktasından alıp B noktasına götürmesi söylenmişti.

Tebriz'den çıkıp başka bir kente varmış olsak da bana hep aynı yerde dolaşıyormuşuz gibi geldi. Çevremizdeki evler düşen bombalardan dolayı yerle bir olmuştu. Her yerde askerler vardı. Kısa bir süre sonra lacivert bir kamyonetin arkasında durduk. Kamyonetin içinde iki erkek oturuyordu. Arka koltukta oturan adam inerek bulunduğumuz yere doğru geldi. Şoförümüzle hiç bilmediğim bir dilde konuşunca bunun Türkçe olduğunu düşünerek heyecanlandım.

Adam kamyonete geri döndü ve hızla uzaklaştı. Biz de onu takip etmeye başladık; ama giderek artan trafiğin içinde kamyoneti kaybettik. Elimizi çabuk tutmamız gerekirken bu kadar dolanmamızın nedenini anlayamıyordum. Günlerden cumartesiydi ve Mudî'ye avukatımla birlikte geleceğimi söylemiştim. Onu kandırdığımı anlaması uzun sürmeyecekti. Kandırıldığını anladığında öfkeden gözü dönecek ve polisi arayacaktı. Aslında polisi bu saate kadar arayıp aramadığını da bilmiyordum.

Amahl onu aramamı istemişti; ama şu saate kadar bunu yapamamıştım. Bizim için endişe duyuyor olmalıydı.

Mudî Michigan'da bulunan annemi, babamı ya da oğullarımı aramış mıydı? Ya babamı? Ya ailem babamla ilgili haber vermek için evi aramış mıydı? Babamı kaybetme kaygılarına bir de Mehtap'la benim üzüntüm eklenecekti. Gelecekte üç cenaze birden kaldırılabilirdi. "Çabuk olalım!" diye haykırmamak için kendimi zor tuttum.

Sonunda kentten çıkıp otoyolda batı yönüne doğru ilerledik. Saatler geçiyordu; ama şoförün arada bir "*Nakon! Nakon! Nakon*!" diye homurdanmasının dışında konuşan yoktu.

"Adamın koltuğunu tekmeliyorsun" dedim Mehtap'a. "Bacaklarını yere indir."

Öğleden sonra terk edilmiş bir evin önünde durduk. Kentte gördüğümüz kamyonetin aynısı bizim arabanın arkasında durdu. Bizi izlemiş olmalıydı. Sonunda bize Mehtap ile inmemiz ve diğer kamyonete binmemiz söylendi. Söyleneni yaptık ve hızla uzaklaştık. Yeni bir şoförümüz vardı. Bize eşlik edecek adam da değişmişti.

Şoför bir İranlıdan çok bir Kızılderili'ye benziyordu. Simsiyah saçları özenle kesilmiş ve taranmıştı. Çıkık elmacık kemikleri yüzüne korkutucu bir hava veriyordu. Bu sefer yanımda olan adam daha sevimliydi. İnce ve uzun boyluydu, kendine güvenen bir havası vardı. Kamyonet ana yola saparken bize doğru bakarak gülümsedi ve "Adım Mosehn" dedi.

Birkaç metre sonra bir ara sokağa saptık ve hava buz gibi soğuk olmasına rağmen yarı çıplak ve yalın ayak dolaşan çocuklar gördük. Şoför ani bir hareketle kamyoneti durdurdu, aşağı indi ve duvara tutunup kendini yukarı çekerek öbür tarafa baktı ve gelebileceğimizi söyleyen bir işaret yaptı. Mosehn direksiyonun başına geçti, demir kapı açıldı ve içeriye geçtik. Demir kapı arkamızdan kapandı ve sürgüsü sürüldü.

"*Zud baş! Zud baş! Zud baş*!" dedi Mosehn. "Acele edin!"

Mehtap ile birlikte çamurlu avluya indik. Tavuklar ve koyunlar ortalarda dolaşıyordu. Mosehn'in ardından bata çıka avlunun ortasındaki ambara benzeyen bir yapının içine girdikten sonra bazı hayvanlar da beni takip etti.

Ambarın duvarları soğuğu olduğu gibi içeri geçirdiğinden elimizde olmadan titremeye başladık. Ağzımızdan çıkan nefes, buzlu bir bulut gibi havada asılı kalıyordu. Alçak bir sesle, "Çok dikkatli olmak zorundasın" dedim. "Ben talep etmeden sakın çeviri yapma. Konuşulanları anladığını sakın belli etme. Yorgunmuş ya da uyuyormuş gibi yap. Bu insanların hakkımızda bir şey bilmelerini istemiyorum."

Kızımı ısıtmak için onu sımsıkı kollarımın arasında tutarken bir yandan da ambarı incelemeye başladım. Yerler parlak muşambayla kaplıydı, duvarlarda battaniyeler vardı. Erkeklerin bir gaz sobası getirmeleri uzun sürmedi. Bizim oturmamızı istediler. Onlar çalışırken içlerinden biri istemeden sobaya çarptığından sobanın içindekiler yerdeki muşambanın üzerine döküldü. Yangın çıkmasından endişe duydum.

Nemli ve soğuk battaniyeleri üzerimize çekerek sobanın olabildiğince yakınına oturduk. Küçücük bir soba böylesine bir yeri ısıtmaya yetmiyordu. Bir yandan titrerken bu nemli battaniyelerin bizi ısıtıp ısıtamayacağını düşünüyordum. Olacakları beklemeye başladık.

"Az sonra geri gelirim" dedi Mosehn. Yanındaki adamla çıkıp gitti.

Kısa bir süre sonra Kürtlerin yerel kıyafetlerini giymiş bir kadın içeri geldi. Kıyafeti İranlı kadınların kıyafetlerine nazaran daha renksizdi. Kadın üst üste giymiş olduğu parlak renkteki etekleri belinde büzmüş olduğunda kalçası etkili bir biçimde ortaya çıkmıştı. Bir yaşındaki bebeğini sırtına bağlamıştı. Çocuk bizi buraya getiren şoföre benziyordu. Çocuğun da elmacık kemikleri çıkıktı. Onun oğlu olmalıydı.

Kadın yerinde duramıyordu. Önce yere oturup sebzeleri ayıkladı, ardından ayıklamış olduğu sebzeleri sudan geçirdi. Sonra içeri girip battaniyeleri topladı ve çalı süpürgesiyle yerleri süpürdü. O sırada içeri giren tavukları süpürgenin sapıyla kışkışladı.

Bundan sonrasını düşünüyordum. Mosehn geri gelecek miydi? Kadın hakkımızda bir şey biliyor muydu? Sanmıyordum; çünkü yokmuşuz gibi işine devam ediyordu.

İşlerini bitirdikten sonra çıktı gitti ve döndüğünde yanında ekmek, peynir ve çayla geri geldi. Çok acıkmıştık; ama peynir öylesine tuzluydu ki ikimiz de yiyemedik. Çay ve ekmekle yetinmek zorunda kaldık.

Sinir bozucu ve hareketsizlik içinde beklerken akşam oldu. Mehtap ve ben soğuğun ve duyduğumuz korkunun etkisiyle titriyorduk. Bizi öldürmeye kalkışsalar kendimizi savunacak durumda bile değildik. Bize istediklerini yapabilirlerdi.

Mosehn'i saatlerce bekledik ve geri geldiğini gördüğümüzde rahatladık. Kibar davranıyordu. Belki de çaresizlikten mi bilinmez; ama bana yardım elini uzatan herkese her kim olursa olsun bir yakınlık duyuyordum. Amahl'dan ayrılmam da bu yüzden bu kadar yıkıcı olmuştu. Önceleri arabadaki kadından da korkmuştum; ama sonrasında yanımda olduğundan dolayı mutlu olmuştum. Şimdi sıra Mosehn'deydi. Kızımın ve benim hayatım onun ellerindeydi. Ona güvenmek istiyordum ve güveniyordum.

"Çantanızın içinde ne var?" diye sordu.

Çantanın içini boşalttım. Mehtap'ın boyama kitapları, birkaç parça çamaşır, mücevher, para ve Amahl'ın telefon açmam için verdiği bozuk paralar ve pasaportlarımız vardı.

"*Betaman*" dedi Mosehn ki bu, "Bana verin" anlamına geliyordu.

Yoksa Mosehn her şeyimize el koyacak bir hırsız mıydı? Öyle olsa bile ona engel olmama imkân yoktu. Saatimi almak istediğimi anlattım, diğer eşyaları ona verdim.

Mosehn eşyaları teker teker inceleyerek yerine koydu.

"Yarın" dedi Farsça. "Bütün kıyafetlerinizi üst üste giyinin. Geri kalanını bırakın." İki inci kolyemi ve inci bileziğimi eline aldı, sonra da çantanın içine geri koydu.

Makyaj malzememi ona uzattım.

"Bunları karınıza verin" dedim. Acaba karısı var mıydı?

Paramı, pasaportlarımızı ve altın kolyemi üst üste koydu ve "Bu gece bende kalsın; ama yarın yola çıkmadan önce size veririm" dedi.

"Olur" dedim itiraz etmeden.

Mehtap'ın Farsça okul kitabına baktı, tam paltosunun cebine koyarken gözleri dolan Mehtap, "O benim, onu geri istiyorum" dedi.

"Merak etme, sana geri vereceğim" dedi Mosehn. Mosehn her geçen dakika biraz daha gizemli hareket ediyordu. Konuşmaları nazikti; ama konuşması ve sesi insana başka bir seçim tanımıyordu. Babacan bir tavırla bize doğru bakarken incilerim cebinde duruyordu.

"Yarın geri geleceğim" dedikten sonra karanlığın içinde kayboldu.

Kadın geri geldi ve yataklarımızı hazırladı. Köşeye toplamış olduğu örtülerden, battaniyelerden kendisine, bana, Mehtap'a ve kocasına ve küçük çocuğuna bir yatak yaptı.

Çok geç olmuştu. Kızımla birbirimize sarıldık ve sobanın yanına uzandık. Yorgunduk, açtık ve korkudan titriyorduk. Sobadan dolayı üzerimizdeki örtünün tutuşmasından endişe ediyordum. Mudi'nin bizi bulmasından korkuyordum. Pasdarların bizi yakalamasından korkuyordum. Yarın sınırı geçmekten korkuyordum. Nasıl olacaktı bu? Ambulansın içinde kızımla birlikte hasta numarası mı yapacaktık?

Babamı, annemi, Joe ve John'u merak ediyordum. Onlar için kaygılanıyordum.

Ambarın içi buz gibi olmuştu. Mehtap uykusunda titriyordu.

Kadın erkenden kalkıp bize çay demledi ve yenilmesine imkân olmayan tuzlu peynirden getirdi. Çayımızı yudumlayıp kuru ekmekten yerken kadın elinde ayçiçeği çekirdekleriyle yanımıza geldi. Mehtap'ın gözleri fal taşı gibi açıldı. Mehtap öylesine acıkmıştı ki bir an için hepsini kabuklarıyla yiyeceğini sandım; ama o dikkatlice çekirdekleri ayıkladı.

"Hepsini bugün yemeyelim, anneciğim" dedi. "Bir kısmını da yarın yeriz." Eliyle çekirdekleri ayırarak, "Bunları bugün, diğerlerini de yarın yeriz."

Mehtap'ın çok sevdiği çekirdekleri ikiye ayırması beni şaşırtmıştı. Durumun belirsizliğinden korkuyor olmalıydı.

Kadın avludaki küçük bir ocakta bir şeyler pişirmeye çalışıyordu. Tek başına kesip temizlediği tavuğu pişiriyor olmalıydı. Öylesine acıkmıştık ki...

Tavuk pişerken mis gibi koku ambarın açık kapısından içeri doldu. Kadın bu kez sebzeleri ayıklamak için geldi. Yanına çömeldim ve sıcak bir yemeğin özlemiyle ona yardım ettim.

Sonunda tavuk hazırdı. Sofra kuruldu ve tabaklar kondu; ama o sırada Mosehn geldi.

"*Zud baş! Zud baş! Zud baş!*" dedi emir verircesine.

Kadın ayağa kalktı, dışarı çıktı ve kucak dolusu kıyafetlerle geri geldi. Hızlı hareketlerle dört adet Kürt kıyafetini üzerime giydirdi. İlk kıyafetimin kolları öylesine uzundu ki yere değiyordu. Diğer kıyafetlerin kollarıyla katladı ve ardından uzun bir kumaşla kafamı sıkı sıkıya örttü. Artık tam bir Kürt kadını olmuştum.

Mehtap kendi mantosunu giydi.

Mosehn yolun bir kısmını at üstünde gideceğimizi söylediğinde, "Yanımda pantolonum yok" dedim.

Dışarı çıktı ve uzun bir erkek pantolonuyla geri döndü. Pantolon biraz dardı; ama giydim. Sonra da paçalarını katladım. Üzerine çizmeleri giydikten sonra hazırdık.

"*Zud baş! Zud baş! Zud baş!*" dedi bir kez daha Mosehn.

Sıcacık yemeğe elimizi sürmeden onu takip ettik. Kamyonete bindik. Şoför yine aynı adamdı. Geldiğimiz yoldan tekrar geri gittik.

"Korkmayın, korkmayın" diyerek yarı Türkçe yarı Kürtçe bir şeyler söylemeye çalışarak. O gün gidilecek güzergâhı anlatmaya çalışıyordu. Bir süre boyunca bu kamyonette ilerlenecek ardından da kamyonet değiştirilecekti. Yine de Mosehn'in anlatamadığı ayrıntılar vardı.

Mosehn hakkında bir karara varamamıştım. Tutumu sürekli değişiyordu. Paramla mücevherlerimi almıştı. Pasaportlar onun elindeydi, hoş vize olmadan o pasaportların bir geçerliliği yoktu. Ankara'daki elçiliğe vardığımızda bize yenilerini hazırlayacaklarından kuşkum yoktu. Peki, para konusu ne olmuştu? Ya mücevherler? Mücevherlerin benim için bir önemi yoktu, benim için önemli olan şey Mosehn'in niyetiydi.

Yolculuğun sonuna kadar yanımızda kalacak mıydı acaba?

"Daha önce yanımda birisi varken sınırı geçmemiştim" dedi Farsça. "Ama siz benim bacımsınız. Sizinle birlikte geçeceğiz."

Birdenbire kendimi inanılmaz rahatlamış hissettim.

Kısa bir sürenin ardından karşı yönden gelen bir kamyonetle karşılaştık. Yan yana geldiklerinde her iki sürücü kamyonetlerini durdurdu.

"*Zud baş!*" dedi Mosehn.

Mehtap ile birlikte indik. Mosehn'e doğru döndüm ve inmesini bekledim; ama o pasaportları elime tutuşturdu ve kamyonetteki adama vermemi söyledi. Sonra da gaza baktı ve gözlerden kayboldu. Onu bir daha görmeyeceğimi düşündüm.

İkinci kamyonet U dönüşü yaparak bizi aldı. Vakit kaybetmeden dağlara çıkan dönemeçli yoldan ilerlemeye başladık.

Yeni aracımız bir tür cipti. İçinde iki adam oturuyordu. Ortada oturana pasaportumu uzattım. Elini yakacakmışçasına dikkatli tuttu. İran'da hiç kimse üzerinde bir Amerikan pasaportuyla yakalanmak istemiyordu.

Kısa bir mesafeden sonra cip durdu ve bize açık bagaj kısmına geçmemiz buyruldu. Korunmasız yere geçmemizi istemelerinin nedenini anlamamış olsak da isteklerini yerine getirdik.

Dün gece kaldığımız ambardan daha soğuk bir yer olamayacağını düşünmüştüm; ama yanılmışım. Kızımla birlikte birbirimize sokulduk. Buz gibi soğuk iliklerimize işliyordu; ama Mehtap şikâyet etmedi.

Kavisli yolda bir o yana, bir bu yana kaykılarak ilerledik. Buna daha ne kadar dayanabilecektik?

Sürücü ana yoldan ayrılarak kayalık hatta çukurlarla kaplı bir arazide ilerlemeye başladı. Bir kilometre sonra durdu ve bizi içeri çağırdı. Hemen geçtik. Birbirinden uzak kulübeler, sıska koyun sürüleri vardı etrafta. Ortadaki adam dağın tepesindeki asker profilini gösterdi. Başımı kaldırıp baktığımda dağın tepesinde omzunda silahı olan asker profilini gördüm. Dağlarda nöbet tutanları göstererek homurdandılar.

Sessizliğin içinde bir el silah sesi duyuldu. Hemen ardından bir el daha atıldı ve dağlarda yankılandı.

Şoför hemen frene bastı. Her iki adamın da yüzü bembeyaz kesildi. Mehtap'ı sımsıkı sardım. Gerilim içinde beklerken elinde silahı olan hâkî üniformalı asker bize doğru koştu. Pasaportlarımı geri verdiler. Ne yapacağımı bilmediğimden pasaportları çizmemin içine sakladım. Ardından Mehtap'ı sıkı sıkıya göğsüme bastırarak beklemeye başladım.

Mehtap'a, "Gelen adama hiç bakma" dedim. "Mümkünse hiç konuşma."

Asker kuşkulu bakışlarla kamyonetin içine baktı, ardından elindeki silahı şoföre doğrulttu. Korkudan öylece donakaldım.

Silahlı asker anlamadığım bir dilde bir şeyler söylerken arabanın içindeki adamlar el kol hareketleriyle bir şeyler anlatmaya çalıştı. Seslerini yükseltmişlerdi. Askerin sesi tehdit edercesine çıkıyordu. Mehtap elimi öylesine sıkmıştı ki nefes almaya bile korkuyordum.

Sonsuz gibi gelen bir bekleyişin sonunda asker sırtını döndü ve gitti. Şoför yanındaki arkadaşına baktı ve derin bir nefes aldı. Askere her ne anlattılarsa inandırmayı başarmışlardı.

Yola çıktık. Bu seferki yol düzdü. Her iki taraftan askerî araçlar gelip gidiyordu. İleride görünen kontrol noktasına varmadan şoför arabayı kenara çekti ve dışarı çıkmamız için işaret etti. Diğer adam da arabadan çıktı ve onu takip etmemizi söyledi. Büyük bir ihtimalle kontrol noktasına görünmeden geçmemiz gerekecekti.

Geniş ve açık bir yayladan ilerleyen adamın ardına takıldık. Dağlar arasındaki bu alan, karlarla, buzlarla ve donmuş çamurla kaplıydı. Kontrol noktasının görüş açısı içindeydik; ama bize aldırış eden yoktu. Atış alanındaki açık hedef gibiydik. Yaylayı birkaç dakikada boydan boya geçtik ve çift taraflı trafiğin aktığı başka bir yola vardık.

Mosehn'in bahsettiği kırmızı arabanın bizi almaya geleceğini sanmıştım. Ama adam yolun kenarında beklemek yerine yürümeye başladı. Çaresizlik içinde soğuktan titreyerek onu takip ettik. Trafiğin akışını izliyor, inişli çıkışlı yolda adamla aramızdaki mesafeyi koruyarak yanımızdan geçen kocaman ürkütücü askerî araçlara aldırmadan ve hızımızı azaltmadan tehlikelere göğüs gererek yürümeye devam ettik. Arada bir buzlu çamurun üzerinde kaysak da hemen toparlanıyorduk.

Bir saat boyunca bata çıka yol aldık. Adam dik bir yamacın eteğinde karlarla örtülü bir düzlüğü işaret etti ve oturup dinlenmemizi söyledi. Mehtap ile oturarak adamın uzaklaşmasını izledik.

Geri gelecek miydi? Gelmesi için bir sebep var mıydı? Burası berbat bir yerdi ve Amahl da paralarını önceden ödemişti. Kandırılmıştık.

Orada dualarla ne kadar beklediğimi bilemiyorum.

Birinin durup bize soru sormasından ya da yardım elini uzatmasından korkuyordum. Böyle bir şey olduğunda ne yapardım?

Bir ara arkası açık bir kamyonet görür gibi oldum. Gelen, askerlerle tartışan şofördü; ama bizi tanıdığına dair bir ibare yoktu.

Kendi kendime adam geri gelmeyecek, dedim. Daha ne kadar bekleyebilirdim ki? Nereye gidecektim?

Mehtap'ın sesi çıkmıyordu. Her zamanki gibi ciddiydi ve Amerika'ya gitmeye kararlıydı.

Adamın gelmeyeceği kesindi. Hava kararıncaya kadar bekleyecektim. Sonrasında bir şey yapacaktım; ama ne olduğunu bilmiyordum. Ana kız el ele verip batıya doğu ilerleyerek Türkiye sınırını aşabilecek miydik? Ya da kontrol noktasına dönüp düşlerimize veda mı edecektik? Ya da ana kız burada donarak ölecektik.

Adam geri gelmeyecek, dedim kendi kendime.

Uzun bir süre önce Helen'in anlattığı hikâye geldi aklıma. İranlı bir anne ve kızın başına gelenleri anlatmıştı. Kızı ölmüştü, kadın yarı ölüydü ve ona ulaştıklarında bütün dişleri dökülmüştü. Kadının görüntüsü gözlerimin önünden gitmiyordu.

Soğuktan ve korkudan öylesine kaskatı kesilmiştim ki kırmızı arabanın yaklaştığını göremedim. Arabayı yanımda durduğunda fark ettim.

Adam dönmüştü! Bizi vakit kaybetmeden arabanın içine bindirdi ve şoföre devam etmesini söyledi.

On beş dakika yol aldıktan sonra yolun kenarındaki bir eve ulaştık. Dört köşe, beyaz çatılı, çimentoyla yapılmış bir evdi. Ana yoldan uzaklaştık ve yokuşu çıkarak evin arka tarafına geçtik. Avluda, karlar üstünde, üstü başı yırtık, yalın ayaklı çocuklar koştururken büyük bir köpek havlıyordu.

Pencerenin kenarlarından ağaçların dallarına kadar her yerde donmuş çamaşırlar vardı.

Kadınlar ve çocuklar bizi yakından görmek için yanımıza geldiler. Kadınlar koca burunlu, aksi bakışlı ve çirkindi. Kat kat giyinmiş, enine boyuna yapılı kadınlar elleri bellerinde bize kuşkuyla bakıyordu.

"*Zud baş*!" dedi geri gelen adam. Bizi evin içine almadan önce çizmelerimizi çıkartmamızı işaret ettiler. Çamur ve buzla kaplı çizmeleri çıkartırken herkes bize bakıyordu. Bizi boş bir odaya aldılar. Odanın içi buz gibi soğuktu. Kadınlardan biri oturmamızı söyledi.

Toprak zemine oturduk ve bizi düşmanca süzen Kürt kadına kaygıyla baktık. Sıvası yer yer dökülmüş duvarların kirli beyaz monoton rengini demir parmaklıklarla çevrili iki küçük pencere ile bir Kürt erkeğinin resmi bozuyordu. Resimdeki adamın elmacık kemikleri çıkıktı ve başında bir kalpak vardı. Kadınlardan biri ateşi körüklerdi ve çay demledi. Battaniyeye sıkıca sarılmış olsak da titrememizi durduramıyorduk.

Bu kadınların hakkımda düşündüklerini bilmek isterdim. Anlaşılmayan lehçeleriyle aralarında ne konuştuklarını merak ediyordum. Kürtler de Amerikalılardan nefret ediyor muydu? Yoksa Şii çoğunluğun karşısında aynı safta mı yer alıyorduk?

Geri gelen adam yanımıza oturdu; ama tek bir kelime konuşmadı. Ondan bundan sonraki adımı öğrenmeme imkân yoktu.

Bir süre sonra hayatımda gördüğüm en geniş kalçalara sahip kadın odaya girdi. Yanında on iki yaşlarında bir erkek çocuğu vardı. Kadın yanımıza yaklaştı, erkek çocuğuna bir şeyler söyledi ve Mehtap'ın yanına oturmasını işaret etti. Annesi olduğunu sandığım kadın tepemizde dikilmeye devam ediyordu.

Kadın beni korkutuyordu. Neler oluyordu? Böylesine garip bir sahneye öncesinden şahit olmadığımdan nasıl davranacağımı bilemiyordum. Bize istediklerini yapabilirlerdi. Haykırmak istiyordum. Bu olanlar gerçek miydi? Kendi ayakları üzerinde duran Amerikalı bir kadının bu duruma düşmesinin nedeni Mudî idi. Duvardaki gölgelerin arasında sırıtan suratını görür gibi oluyordum. Beni döverken, kızımı hırpalarken gözlerindeki öfke sobanın içinde yanan kor kadar yakıyordu. Çevremde yükselen Kürtçe konuşma sesleri Mudî'nin beynimin içindeki bağrışmalarıyla bütünleşti.

Mudî!

Beni kızımla birlikte kalmaya zorlayan da oydu. Ama Tanrı şahidim ki kızımın başına bir şey gelirse o da...

Bu insanların bize tuzak kurup kurmadığını sordum kendi kendime. Mehtap'a el koymayı mı planlıyorlardı? Yoksa kadın kızımı kendine gelin olarak mı seçiyordu? Bir buçuk yıldır içinde yaşadığım garip dünyada her şeyin mümkün olabileceğini öğrenmiştim.

Bundan kötüsü olabilir miydi? Onu satmaya karar vermiş olabilirler miydi? Bir an için ömür boyu İran'da kalmaya razı olsaydım, diye düşündüm. Mehtap'ı böylesine bir durumla karşı karşıya bırakmaktansa kalmak çok daha iyi olacaktı.

Bütün bunlar yorgun beynimin bir ürünü, diyerek kendimi sakinleştirmeye çalıştım.

Mehtap fısıldayarak, "Anneciğim burayı hiç sevmedim" dedi. "Gitmek istiyorum."

Mehtap'ın tepkisini duyunca çok korktum. Çocuk kötü bir şeylerin döndüğünün farkındaydı.

Arada bir on iki yaşındaki erkek çocuğu Mehtap'a doğru yaklaşıyor; ama annesinin ürkütücü bakışlarından korktuğundan geri çekiliyordu. Diğer taraftan geri gelen adam ağzını açıp herhangi bir şey söylemiyordu.

Yarım saat sonra odaya başka bir erkek girdi ki bu kadınların hareketlenmesine neden oldu. Adamın önüne sıcak çay ve ekmek koydular. Çayı biter bitmez bardağını dolduruyorlardı. Odanın bir köşesine oturmuş bize doğru bakıyordu. Giysilerinin arasından bir tabaka sigara kâğıdı çıkartıp içine beyaz renkli bir tütün sarmaya başladı. Bu marihuana mıydı, esrar mıydı yoksa afyon muydu bilemedim. Bu tarz şeyleri ayırt edemiyordum zaten.

Adamı tanımamam uzun sürmedi. Evin duvarında resmi asılı olan adamdı. Ama etrafındaki tüm bu kadınların onun karısı olup olmadığını anlamadım. Erkek gücünün egemen olduğu bu toplumdan kaçarken beterine mi rastlamıştım?

"Ne zaman gideceğiz?" diye sordu Mehtap fısıldayarak. "Buradan hoşlanmadım."

Saatime baktım. Akşam olmak üzereydi.

"Bilmiyorum" dedim kızıma. "Her şeye hazır ol."

Hava kararmaya başladığında birileri mum getirdi. Etraf karardığında mumun titrek ışığı ortalığı bir hayal dünyasına çevirdi. Gaz sobasının içinden çıkan tekdüze ses insanı sersemletiyordu. Dört saat boyunca kadınların ve adamın şüpheci bakışları altında oturmak zorunda kaldık.

Sonunda gerilim birisinin yaklaşmakta olduğunu haber veren köpek havlamasıyla sona erdi. Odadaki herkes ayağa kalktı. Herkes tedirgindi.

Kısa bir süre sora altmış yaşlarında görünen bir erkek odaya girdi. Daha genç olma ihtimali de vardı. Burası insanları oldukça yıprattığından yaş tahmini yapmak çoğu zaman mümkün olmuyordu. Adamın üzerinde zeytin yeşili asker ceketi vardı. Evin erkeği bana bir şeyler söyledi. Büyük bir ihtimalle gelen adamı tanıştırıyor olmalıydı. Yeni gelen adam *selam* tarzında bir şeyler mırıldandı. Adam bir dışarı çıkıyor bir içeri giriyor, girdiğinde de gaz sobasında ellerini ısıtmaya çalışıyordu. Yaşına göre oldukça canlıydı.

Kadınlardan biri yeni Kürt elbiseleri getirdi ve üstümdekileri çıkartmamı istedi. Kendi kıyafetlerim kalıncaya kadar soyundum. Ardından kadının yardımıyla tekrar giyindim. Bu kıyafetler diğerlerine nazaran daha farklıydı. Belki de kıyafetler yörelere göre değişiklik gösteriyordu. Bu seferki kıyafetleri giydikten sonra neredeyse kıpırdayamaz oldum.

Soyunup giyinirken adamın gitmek için sabırsızlandığını fark ettim. Giyinme bittiğinde Mehtap ile bana çizmelerin durduğu yeri işaret ederek bir şeyler söyledi. Çizmelerimizi giymemiz gerektiğini anladık.

Kızım çizmelerini bir türlü giyemiyordu. Benim de eğilip ona yardım etme imkânım yoktu. Sonunda yaşlı adam, "Çabuk! Çabuk!" dercesine işaretler yapmaya başladı.

Sonunda hazırdık. Mehtap elimi yakaladı ve nereye gideceğimiz belli olmasa da gittiğimizden dolayı mutluyduk. Bu adam bizi Kızılhaç'ın ambulansına götürecek adam olabilirdi. İnsanın kanını donduracak kadar soğuk gecede yeni liderimizin arkasından yürüdük. 'Geri gelen adam' da dışarı çıktı. Kapının kapandığını duyduk. Ses çıkartmadan evin arka tarafına geçtik. Köpek havlamaya başladığında ulumaları rüzgâra karışarak uzaklardan geliyormuşçasına yankılanıyordu. Köpek yanımıza yaklaştı, burnunu uzattı; ama uzatmasıyla kaçması bir oldu.

Bir at kişnemesi duydum.

Parıldayan yıldızlar nedense etrafı aydınlatmıyordu. Karanlığın içinde liderimizi takip etmeye çalışıyorduk. Kısa bir sürenin sonunda bize dört saat boyunca ev sahipliği yapan adama yüz hatlarını belirgin bir şekilde görecek kadar yaklaştık. Güle güle dercesine ellerini salladığında ben de ona elimi sallayarak karşılık verdim.

Yeni liderimiz ata binmemi işaret ettiğinde 'geri gelen adam' basmam için elini uzatarak ata binmeme yardımcı oldu.

Atın üzerinde eyer yerine battaniye vardı. Dengemi sağlamaya çalıştım. 'Geri gelen adam' Mehtap'ı kucaklayıp önüme oturttu. Bu kadar çok kıyafet giymiş olmama rağmen esen rüzgâr iliklerime işliyordu.

"Başını eğ" dedim kızıma. "Hava çok soğuk."

Kollarımla onu kollamaya çalışırken diğer yandan da atın yelesini yakalamaya çalıştım. Amerikan atları kadar büyük değildi, katır olma ihtimali bile vardı.

Yaşlı adam büyük bir aceleyle önden ilerledi, sonra bahçe kapısından çıkıp karanlığın içinde kayboldu. 'Geri gelen adam' atı çekerek yürümeye başladı.

Yıllardır ata binmemiştim. Üstelik eyersiz bir ata bindiğimi de hatırlamıyordum. Her an için düşe tehlikesi vardı. Kalan son gücümle atın yelesine sımsıkı asıldım. Mehtap kollarımın arasında tir tir titriyordu.

Açık arazi üzerinde hızla ilerleyemiyorduk. Yaşlı adam arada bir geri dönerek bize birtakım uyarılarda bulunuyordu. Altımızda yer

yer çatlamış buzlar kırılacak olsa atın dengesi bozulabilirdi. Bu dağlık arazide en ufak bir ses yankılanacağından devriye gezen pasdarları harekete geçirebilirdi. Şu andaki baş düşmanımız gürültüydü.

Yokuş yukarı dimdik yükselen dağlara doğru tırmanarak yol alıyorduk. Sonunda at adımlarını güçlükle atmaya başladı. Bir ileri bir geri kayıyordu; ama azimle yoluna devam etti. Bu yolculuğu daha önce de yapmış olduğu belliydi.

Bir tepeye geldiğimizde atın ayağı tökezlediğinden boş bulunduk ve Mehtap ile yere yuvarlandık. Düşerken acı duymaması için onu göğsüme sımsıkı bastırmıştım; ama yine de buzun üzerine düşüşümüz sert oldu. 'Geri gelen adam' hemen yardım etmeye çalışarak bizi ayağa kaldırdı ve üzerimize yapışmış karları temizledi. Mehtap'ın yüzü esen soğuk rüzgârdan dolayı yanmıştı. Öylesine yorgun ve öylesine üşümüştü ki buna rağmen sesini çıkartmıyordu.

Ata tekrar bindiğimde atın yelesine bir kez daha yapıştım. Bayır aşağı görünmeyen ve bilinmeyen bir yolda ilerliyorduk.

Bir an için henüz sarp dağlara gelmedik diye düşündüm. Bu çılgın işin üstesinden gelebilecek miydim? Atın üzerinde dengemi bile sağlayamıyordum. Devam edemediğim takdirde beni bırakmak zorunda kalacaklardı.

Etraf zifiri bir karanlığa gömülmüş, hava daha da soğumuştu. Yüzüme esen rüzgâr iğne gibi batıyordu. Tepeler arasında bir yukarı çıkıp ardından da aşağı iniyorduk. Aslında at yokuş yukarı daha rahat gidiyordu. İnişler çok daha tehlikeliydi. Tepelerin üzerindeyken rüzgâr inanılmaz yakıyordu. Kar taneleri şarapnel gibi vuruyordu yüzüme. Yüksek kümeler hâlindeki kar zaman zaman boyuma yaklaşıyordu.

Artık kollarım sızlıyor, ayak parmaklarımın uçlarını neredeyse hissetmiyordum. Ağlamaktan, attan düşerek kendimden geçeceğimden korkuyordum. Donmaktan korkuyordum. Bu korkunç gecede ayak parmaklarımızı kaybedeceğimiz kesindi. Zavallı kızımın titremesi bir an için durmadı.

Sonu gelmeyecek bir savaş veriyorduk. Bunun daha ne kadar süreceğini de bilmiyordum. Aslında zaman kavramım uçup gitmişti. Karanlıkta saati görsem bile bakmak için kolumu kıpırdatmam imkânsızdı. Ucu bucağı belirsiz, buz tutmuş karanlıkta kaderimize terk edilmiştik.

Birdenbire yukarıdan gelen bir ses duydum. Umutsuzluk her yanımı kapladı. Pasdarlara yakalanmış olduğumuzdan en ufak bir şüphem bile yoktu. Bu kadar dayandıktan sonra yakalanmanın sırası mıydı şimdi?

'Geri gelen adam' duyduğumuz sese aldırış etmedi. Birkaç dakika sonra bir koyun sürüsüyle karşılaştık. Burada hayvanlara rastlamak çok garipti. Bu buzlu ülkede nasıl oluyordu da hayatta kalabiliyorlardı? Postları kalın olmalı diye düşündüm. Yün giysilere imrendim.

Biraz daha yaklaşınca yaşlı adamın, siyahlar giymiş çobanla konuştuğunu fark ettim. Çobanın elinde değnek vardı.

Çoban yumuşak bir sesle 'geri gelen adam'ı selamladı ve koyunlarını bırakarak bizimle yürümeye başladı. Arkamı dönerek koruyucumu aradım; ama bize veda etmeden gidip gitmemiş olduğunu anlayamadım.

Yaşlı adam ilerideydi, yolu buluyor ve çobana rehberlik ediyordu. İnişli çıkışlı dağları aştık; ama karşımıza başka bir dağ çıktı. Atın üzerinde kalmayı başarmış olsak da kollarımızı hissetmiyorduk. Belki de donmuşlardı. İçin için bu işin üstesinden gelemeyeceğimi söyleyerek ağlamaya başladım. Kollarımın arasında titreyen kızımdan titremenin dışında bir hayat belirtisi yoktu.

Bir ara kafamı kaldırdım ve yukarı baktım. Dağın tepesinde ürkütücü şekiller vardı. Bunlar gökyüzünün donuk rengine yansıyan dehşet verici görüntülerdi. Pasdarlar at üzerinde devriye geziyordu.

Pasdarların eline düşmekten daha korkunç bir şey olamazdı. Onların eline düşen insanlar hakkında öylesine çok şey duymuştum ki. Yakaladıkları kadınlara hatta küçük çocuklara öldürmeden tecavüz ediyorlardı. Onlara göre bir kadın asla bakire ölmemeliydi. Hayatımda bu kadar korktuğumu sanmıyordum.

Yola devam ederken üzerimizde birilerinin konuştuğunu duyar gibi oldum. Tartışma seslerine benziyordu. Artık yakalanmış olduğumuzdan şüphem kalmamıştı. Mehtap'a sımsıkı sarıldım. Acıyla deli gibi akan gözyaşlarım yanaklarımın üzerinde donuyordu.

Çoban atı durdurdu. Seslere kulak verdik.

Rüzgâr sesleri bize ulaştırıyordu. Birkaç kişiydi; ama yakalanmaktan korkmadıkları aşikârdı.

Yaşlı adamın geri gelmesini bekledik; ama gelmedi. Dakikalar geçtikçe duyduğumuz korku da artıyordu.

Sonunda çoban ilerlemeye karar verdi. Atı çekerek seslerin geldiği yere doğru ilerlemeye başladı.

Seslere yaklaştıkça atın kulakları dikleşti. Başka at sesleri de vardı. Kısa bir süre sonra dört erkeğin yanına vardık. Adamlar aralarında rahatça konuşuyordu. Yanlarında da üç tane at vardı.

"*Selam*" dedi içlerinden biri bana. Sesi tanıdık geldi; ama yüzünü algılamam biraz zaman aldı. Mosehn'di bu. Sözünde durmuştu.

"Daha önce hiç kimseyi sınırdan geçirmedim" dedi haydutların başı. "Ama bu gece sizi geçireceğim. Şimdi attan inin."

Önce Mehtap'ın inmesini sağladım, ardından kendim indim. Ama kollarım ve bacaklarım uyuşmuştu. Ayakta bile duracak gücüm yoktu.

Mosehn planın değişmiş olduğunu anlattı. Öğleden sonra bizim kamyoneti durdurduklarında şoförün bizim için uydurduklarıyla paçayı sıyırmıştık; ama bu sınırdakileri alarma geçirmişti. Mosehn bu durumda sınırı ambulansla geçmenin mümkün olamayacağını söyledi. Bize at ayarlamıştı. Şimdi de yolculuğumuza bu dağlar üzerinden devam ederek Türkiye'ye geçecektik.

"Mehtap adamlardan biriyle başka bir atın üzerinde gidecek" dedi Mosehn Farsça.

Mehtap ağlamaya başladı ve "Hayır, olmaz" dedi.

Kaçışımızın beşinci günündeydik ve açlık, uykusuzluk ve korkuyla geçen bu beş gün boyunca kızım hiç ağlamamıştı. Sonunda onun da sinirleri boşalmıştı. Yanaklarından akan gözyaşları boynundaki eşarpta buz kesiyordu. Amerika'ya tavşanını götürmedi için döktüğü gözyaşlarından bu yana onu ilk kez ağlarken görüyordum. Benim cesur kızım sızlanmadan her şeye göğüs germiş; ama şimdi benden ayrılacağını duyunca dayanamamıştı.

"Seninle gitmek istiyorum, anneciğim" diye ağlıyordu.

"Şşşt" dedim "Bunca yol geldik. Tam sınırdayız. Biraz daha dayan. Sınırı geçtik mi doğru Amerika! Yoksa babanın yanına dönmemiz gerekecek. Ne olur benim için bir kez dene."

"Tek başıma ata binmek istemiyorum" dedi hıçkırıklara boğularak.

"Yanında biri olacak."

"Sensiz ata binmek istemiyorum."

"Binmek zorundasın. Neyin doğru olduğunu onlar biliyor. Ne olursun söylediklerini yap. Güven onlara."

Sonunda kendini toparladı. Gözlerinden akan yaşlar kurudu. Mosehn'in sözünü dinleyeceğine dair söz verdi. Ama bir sorunu vardı; tuvaleti gelmişti.

Dağların arasında, gecenin karanlığında, yabancı erkeklerin biraz uzağında ve buz gibi soğuk bir havada ihtiyacını giderdi.

"Mehtap" dedim. "Tüm bu olanlar için senden özür diliyorum. Bu kadar zor olacağını hiç düşünmemiştim. Bu işi nasıl başaracağını bilmiyorum. Kendim bile başarıp başaramayacağımı bilmiyorum."

Kızım bitkin bir hâldeydi. Soğuktan ve açlıktan titriyordu. Ama beklenmedik bir güçle, "Ben başarabilirim" dedi. "Dayanıklım ben. Amerika'ya gitmek için ne gerekiyorsa yaparım." Sonra da ekledi. "Bizi bu işe zorladığı için babamdan nefret ediyorum."

Yabancı bir adamın önüne oturttular Mehtap'ı. Mosehn de beni başka bir ata oturttu. Erkekler yürüyor ve atları çekiyordu. Mehtap'ın ne yaptığına bakmak için arkama baktım; ama sadece atının sesini duydum.

İçimden, *korkma kızım*, diye sayıklıyordum.

Geceni sonu gelecek gibi değildi. Dağlar daha da dikleşmişti. Bir aşağı, bir yukarı sürekli ilerliyorduk. Sınıra daha çok mu vardı bilmiyordum. Yoksa sınırı geçmiş miydik?

Dizginleri tutan adama uzandım ve "Türkiye? Türkiye?" diye fısıldadım bulunduğumuz yeri işaret ederek.

"İran, İran" diye cevap verdi.

Şimdi önümüzde duran dağ, at sırtında aşılamayacak kadar sarptı. Mosehn attan inip buzun üzerinde ilerlememizi söyledi. Attan indim; ama bacaklarım beni taşıyamayacak kadar uyuşmuştu. Ayağım uzun eteğime dolandı ve çizmem ayağımdan fırladı. Adamlardan birinin yardımıyla düşmekten son anda kurtuldum. Sonra kolumdan tutarak tırmanmama yardımcı oldular. Arkadan gelen başka bir adam Mehtap'ı sırtına çantasını da eline aldı. Elimden geleni yaptığım hâlde sürekli kayıp tökezliyordum. Eteklerime dolanarak grubun ilerleyişini de yavaşlatıyordum.

Tepeye ulaştığımızda karmakarışık zihnimden bunca sarp bir dağın ancak sınır olabileceği geçti. Adama bir kez daha, "Türkiye? Türkiye?" diye sordum.

"İran, İran" dedi.

Yeniden atlara binerek inişe geçtik. Kısa süre sonra da karlara saplandık. Atın ön ayakları çöktü ve ayaklarımın kara değdiğini hissettim. Adamlar hayvanı çekiştirerek kaldırdılar ve yolumuza devam ettik.

Dağın eteğine yaklaşırken karşımıza, öteki dağla aramızda duran, derin bir uçurum çıktı.

Rehber döndü, yanıma yaklaştı, elini dudağına götürdü. Nefesimi tuttum.

Adamlar konuşmadan dakikalarca bekledi. Dağların üstündeyken güvendeydik. Ama karlarla kaplı geniş yaylanın üstüne gökyüzünün parlaklığı yansıyordu. Yumuşak kar beyazlığının üzerindeki gölgelerimiz göze çarpabilirdi.

Rehberimiz bir kez daha sessiz olmamızı istedi.

Sonunda adamlardan biri öne atıldı. Yaylada ilerleyen bedeni gözden kayboluncaya kadar izledim. Ardından Mosehn, rehbere bir şeyler fısıldadı. Ardından fısıldayan bir ses tonuyla, "Birer birer geçireceğiz sizi" dedi. "Uçurumun kenarındaki patika çok dar ve tehlikeli. Önce sizi geçireceğiz ardından kızınızı."

Mosehn'e karşı çıkma şansına sahip değildim. Beni uzaklaştırdığında Mehtap'ın yokluğumu fark etmemesi için dua ettim.

Yayla üzerinde ilerleyerek hızla geçtik. Kısa süre sonra dar patika çıktı karşımıza. Yol ancak tek bir atın yürümesine olanak sağlıyordu. Dağların etrafında dönen buz tutmuş patikanın bir yanı dimdik kayalıklarla kaplıydı, öbür yanı ise derin bir uçurumdu.

Adamlar işlerini biliyordu. Karşı tarafa geçmemiz on dakika sürdü.

Rehberim benimle kaldı. Mosehn Mehtap'ı getirmek için geri gitti. At üzerinde sesimi çıkartmadan beklerken soğuktan titriyordum. Mehtap'ın yaygarayı basmasından korkuyordum.

Sonunda onlar da geldi. Adamın kucağında büzülmüş kızım titremekten kendini alamıyordu. Ama en azında bilinçli ve sakindi.

Birden gözlerim rehbere takıldı; adam altındaki toprağı işaret ederek, "Türkiye! Türkiye" diye fısıldadı.

Rahat bir soluk alarak, "Elhamdülillah" dedim.

İnanılmaz soğuğa karşı içimi bir sıcaklık dalgası sardı. Sonunda Türkiye'deydik. İran'dan kaçmayı başarmıştık!

Ama özgürlük sandığımız kadar yakın değildi; çünkü Türkiye'deki sınır nöbetçileri bizi görecek olursa ateş açacaklardı. Yaylım ateşinden kurtulsak bile yakalanıp sorguya çekilirdik. Ama Amahl Türklerin bizi geri vermeyeceğine dair güvence vermişti.

Birden sırtımdan ter boşandı. Mehtap'ın gelmesini beklerken yirmi dakika boyunca ben Türkiye'deydim Mehtap da İran'daydı. Bunu düşünmek bile tüylerimin ürpermesine neden oldu. İyi ki tehlikeyi atlattıktan sonra bunun bilincinde olmuştum.

Soğuk rüzgâr yüzüme çarpınca kendimi toparladım. Hâlâ dağın üstünde üstelik kar fırtınasının ortasındaydık. Haritanın üzerindeki bir çizgiyi aşmak tehlikenin geçtiği anlamına gelmiyordu.

At sırtında dik bir yamacı tırmanmaya başladık. Bir kez daha atın üzerinden kayıp beceriksizce düştüm. Rehberim ve Mosehn beni kaldırmak için yanıma geldi. Kendimi bayılacak gibi hissediyordum.

Ruhum bedenimden ayrılmış gibiydi. Bir parçam, dağı aşmayı beceremeyecek olan zavallı bedenimi uzaktan izliyordu. Sonra kendimi, atın üzerinde bayır aşağı inerken gördüm derken yine tırmanışa geçtik.

"Daha kaç dağ var?" diye sordum Mosehn'e

"*Nazdik*" dedi ki bu yaklaştık anlamına geliyordu.

Bu belirsiz ifadenin umut verici olmasını diledim. Sıcaklığa ve dinlenmeye öylesine ihtiyacım vardı ki. Gücümü yeniden toparlayabilecek miydim?

"Şu karşıdaki dağ sonuncu" dedi Mosehn.

Bir kez daha attan indiğimde bacaklarımın hiç tutmadığını fark ettim. Karın içinde debeleniyor; ama adamların yardımı olmasa ayakta duramıyordum. Bacaklarım bedenimden kopmuş gibiydi.

"*Da dadiga*" dedi Mosehn ki bu, "On dakikamız daha var" anlamına geliyordu.

"Ne olur" dedim yalvararak. "Bırakın biraz dinleneyim."

Rehberimiz dinlenmeme izin vermedi. Ayağa kaldırarak devam etmem için beni itekledi. Buzun üzerinde ayağım kaydı ve neredeyse üç metre aşağı sürüklendim. Rehberim yanıma geldiğinde, "Yapamayacağım" diye inlemeye başladım.

Rehber birinin gelmesi için yukarıya seslendi. Mosehn geldi.

"Mehtap" diye inlemeye başladım. "Mehtap nerede?"

"O iyi. Adamların birinin sırtında."

Rehber ve Mosehn beni kucakladı. İkisi birden kollarımın altından tutarak beni kaldırmaya çalıştı. Sallanan ayaklarım karın içinde sürükleniyordu. Birkaç kez kollarımı gevşetmeye kalktılar, kendi başıma yürümemi sağlamak istiyorlardı; ama her seferinde de dizlerim büküldü. Ama şans eseri düşmeden beni tutmayı başardılar.

Durmaksızın, "Yalvarırım" diyordum. "Bırakın beni, dinlenmek istiyorum."

Sesimdeki umutsuzluk Mosehn'i etkilemiş olmalıydı. Beni karların üzerine yatırdı ve ateşime bakmak için buz gibi elini alnıma koydu. Bakışları kaygı vericiydi.

"Yapamayacağım" diye yalvardım. Bu gece ölecektim. Dayanamayacağım kesindi. Mehtap'ı İran'dan çıkartmayı başarmıştım artık gerisini tek başına da halledebilirdi. "Benden bu kadar!" dedim.

"Beni burada bırakın" dedim Mosehn'e. "Mehtap'ı götürün. Yarın gelir beni alırsınız."

"Olmaz" diye bağırdı Mosehn. Sesi yüzümde patlayan bir tokat gibiydi. Neden kendini bırakıyordum ki? Bunca zamandır beklediğim gün gelmişti. Pes etmenin sırası değildi, sonuna kadar dayanmalıydım.

Alçak bir sesle, "Peki öyleyse" dedim.

Ama kalkacak gücüm yoktu. İki adam tuttukları gibi beni yerden kaldırdılar ve yokuş yukarı sürüklemeye başladılar. Kar yer yer diz boyunu geçiyordu. Attıkları emin adımlara karşın kollarındaki ağır yük nedeniyle onlar da arada bir tökezliyordu. Birkaç kez üçümüz birlikte karların içine yuvarlandık. Ama adamlar yılmak nedir bilmiyordu. Hemen toparlanıp üstlerimizdeki karı silkeledikten sonra yolumuza devam ediyorduk.

Kafamın içi bomboştu. Düşünemiyordum. Bilincimi yitirmiş olmalıydım.

Mehtap'ın sesi kulağıma geldiğinde bir an için aradan yıllar geçmiş gibi hissettim.

"Anne!" diyordu, Mehtap alçak bir sesle. Yanımdaydı. Ve biz dağın tepesindeydik.

"Bundan sonra yola atla devam edebilirsiniz" dedi Mosehn. İkisi de bana yardımcı oldu ve beni ata bindirdiler. Yol boyunca yokuş aşağı devam ediyordu.

Nasıl oldu bilmiyorum; ama dağın eteğine varıncaya kadar atın üstünde kalmayı başardım. Çevre henüz aydınlanmamıştı. Karşımda duran Mosehn'in yüzü zorlukla seçiliyordu. Eliyle uzaktaki ışıkları göstererek, "Oraya gidiyoruz" dedi.

Demek ki sığınağa yaklaşıyorduk. Bu bitmek bilmeyen gecenin de bir sonu olacaktı!

On dakikalık bir yürüyüşten sonra köpek havlamaları yaklaşmakta olduğumuzu haber verdi. Çok geçmeden dağların arasında saklı duran bir eve vardık. Bizi bekliyor gibi görünen birkaç erkek hemen dışarı çıktı. Bu evin Türkiye'nin doğu sınırındaki bir kaçakçı sığınağı olduğunu çok sonra anladım.

Evden çıkan erkekler bizi sevinç içinde karşıladılar. Mosehn'i ve diğerlerini de yanlarına alarak bu işi başarmış olmanın verdiği sevinçle birbirlerini kutladılar. Mehtap'ı atıyla getiren adam dikkatlice kızımı yere indirdi. Tek başıma attan inmeme imkân yoktu. Yeleyi tutan elimi gevşettim ve kendimi yana bırakarak beton zeminin üzerine düştüm. Kıpırdayamıyordum. Mehtap yanıma koştu. Mosehn ve diğerleri beni unutmuş gibiydi. Kimisi atları uzaklaştırma işine girişmiş, kalanlar da içeri girmişti.

Son gücümle dirseklerimin üzerinde emeklemeye çalıştım. İşe yaramayan bacaklarım ardımdan sürükleniyordu. Mehtap beni çekmek istedi. Sonunda güç bela evin eşiğine kadar gidebildim. İşte o anda Mosehn perişan hâlimi gördü ve diğerleriyle birlikte yardımıma koştu. Mosehn ayaklarımdan çizmelerimi çekerken duyduğum acıdan dolayı haykırıyordum. Adamlar Mehtap ile beni odanın ortasındaki odun sobasının yanına taşıdılar.

Orada kıpırdamadan yattım. Hiçbir yerimi oynatamıyordum. Sobadan yayılan sıcaklık ağır ağır içime işlemeye başladı. Bu sıcaklık ilaç gibi gelmişti. Mehtap'a bakarak gülümsedim. Başarmıştık! Artık Türkiye'deydik.

Uzun bir süre sonra doğrulup oturabildim. El ve ayak parmaklarımı ovuşturarak kan dolaşımımı sağlamaya çalıştım. Ama canım yanmaya devam ediyordu. Ellerim ve ayaklarım alev alev yanıyordu.

Parmaklarımı ve ayaklarımı hissetmeye başlar başlamaz etrafı incelemeye koyuldum. Evin içi erkek doluydu. Bir sürü adam benimle ve kızımla birlikte sobanın başına toplanmıştı. Türkiye'deydik; ama yasa dışı kaçakçıların elindeydik. Bu adamlar onca yolu, bize dehşet dolu dakikalar yaşatmak için katetmiş olabilir miydi? Mosehn böyle bir kötülük yapabilir miydi?

Korktuğumu anlamış olmalılar ki bana ve kızıma çay getirdiler. Ağzımın içine birkaç kesme şeker attıktan sonra çayı yudumlamaya başladım. Mehtap'a da aynısını yapmasını söyledim. Enerjiye ihtiyacımız vardı. Şekerli çay kendimize gelmemizi sağladı.

Bir saat sonra ayağa kalkabilecek kadar güçlü hissettim kendimi. Bunun üzerine Mosehn bizi çağırdı. Dışarı çıktık ve bahçenin diğer tarafında bulunan ve içinde kadınlarla çocukların yaşadığı başka bir kulübenin içine girdik. Kadınlardan bazıları konuşuyor bazıları da kalın örtülere sarınmış hâlde uyuyordu.

Bizi kapıda gören, kabarık ve renkli elbiseli Kürt kadın yanımıza geldi. Mosehn kadın için, "Benim kız kardeşim" dedi. Ardından sobanın içini odunla doldurdu. "Yarın sizi Van'a götüreceğiz" dedi. Sonra da erkeklerin yanına döndü. Kaçakçıların sorumluluğu Van'da sona eriyordu. Ertesi gün oraya ulaştıktan sonra Mehtap ile birlikte başımızın çaresine bakmak zorunda kalacaktık.

Mosehn'in kız kardeşi bize kalın battaniyeler verdikten sonra sobada uzak bir yerde uyuyabileceğimiz bir yer gösterdi.

Odanın içi soğuk, yerler nemliydi. Mehtap ile kalın battaniyelerin altında birbirimize sokulduk.

Durmaksızın, "Türkiye'deyiz! Türkiye'deyiz" diyordum. "Mehtap, inanabiliyor musun? Türkiye'deyiz."

Kızım derin bir uykuya dalana kadar bana sımsıkı sarıldı. Onun bu rahat uykusu çektiğimiz sıkıntıları unutturabilecek miydi? Kafamın içi hâlâ bulanıktı. Üstelik inanılmaz açtım. Birkaç saat uyumuşum. Tanrı'ya bugünü gösterdiğinden dolayı minnettardım. Uyumadan önce, "Yalvarırım Tanrım yolun kalan kısmında da yardımlarını bizden esirgeme" diye dua ettim. Onun yardımı olmadan bu işi başaramazdık.

Mosehn bizi saat sekizde uyandırdığında sersem gibiydim. Bu kadar uyku Mosehn'e yetmiş olacak ki oldukça zinde görünüyordu. Mehtap uyanır uyanmaz Türkiye'de olduğunu hatırladı ve yerinden fırladı.

Ben de canlanmıştım. Her yanım dayak yemişçesine sızlıyordu; ama şükürler olsun ki el ve ayak parmaklarımı hissedebiliyordum. Artık gitmeye hazırdım. Mosehn bizi tekerlerine zincir takılmış bir arabanın yanına götürdü. Direksiyonun başında kaçakçılardan biri vardı.

Dar bir dağ yolunu döne döne inmeye başladık. Yolun uçurum tarafında herhangi bir koruyucu set yoktu. Uçuruma yuvarlanmamız an meselesiydi. Allah'a şükürler olsun ki sürücü işin ustasıydı ve zincirler de kaymamızı engelliyordu. Türkiye'nin içlerine doğru ilerledikçe İran'dan o kadar uzaklaşıyorduk.

Bir süre sonra yamaçlı bir köy evinin önünde durduk. İçeriye girdiğimizde bizi hazırlanmış bir kahvaltı sofrası bekliyordu. Çay, ekmek ve yine o tuzlu peynir. Çok açtık; ama fazla yiyemedik. Birkaç bardak çay içtim ve çayın içini şekerle doldurdum.

Kadınlardan biri keçi sütü getirdi. Mehtap bir yudum aldıktan sonra başka içmeyeceğini söyledi.

Yüzü kırış kırış olmuş, aşırı şişman, dişleri dökülmüş ve saçları ağırmış bir kadın girdi odaya. Kadın seksen yaşlarında görünüyordu. Değiştirmemiz için elbise getirdi. Bu kez Mehtap ve ben aynı tip Kürt kıyafetlerinden giydik. Ama bu seferki kıyafetlerimiz Türk motifleri de taşıyordu.

Hazırlandıktan sonra beklemeye başladık. Sabırsızlanıyordum, Mosehn'in nerede olduğunu sorduğumda şehre gittiğini söylediler. Bizi giydiren şişman kadının Mosehn'in annesi olduğunu öğrendim. Karısı da buradaymış. Sonunda Mosehn'in İranlı değil, Türk olduğunu öğrendim. Aslında her ikisi de değildi; bir gece önce geçtiğimiz sınırı tanımayan bir Kürt'tü.

Mosehn arabayla dönünce herkes hareketlendi. Bizi arabaya doğru götürürken gazete kâğıdına sarılı paketi bana doğru attı. Paketi çantama koydum ve Mosehn'in annesine teşekkür etmek isterken kadının bizden önce arabaya kurulmuş olduğunu gördüm. Yanına oturmamız için bize işaret etti.

Kaçakçılardan biri direksiyonun başına geçti, iri bir erkek çocuğu da yanına oturdu.

Tipik bir Kürt ailesi görünümündeydik. Mehtap, Mosehn'in annesinin kalçalarının yanında neredeyse kaybolmuştu. Belki de bilerek onu bu şekilde oturtmuşlardı. Keskin dönemeçli yollardan hızla inişimiz Mosehn'in annesinin neşesini yerine getiriyordu. Bir yandan da durmadan sigarasını tüttürüyordu.

Dağın eteğine vardığımızda sürücü yavaşladı. Çok geçmeden kontrol noktası göründü. Bir Türk askeri eğilip arabanın içine baktı, sürücü ile konuştu, kimliğini sordu. Bizim kimliklerimizi isteyen olmadı. Mosehn'in annesi sigarasının dumanını askerin yüzüne üfledi. Asker yolumuza devam edebileceğimizi söyledi.

Dağdan inmiştik. Yayla üzerinde iki şeritli bir yolda ilerliyorduk. Yirmi dakikada bir arabamız durduruluyor, kontrolden geçiriliyorduk. Her seferinde yüreğim ağzıma gelse de hiçbir sorun çıkmıyordu. Mosehn'in annesi işinin hakkını veriyordu.

Bir ara sürücümüz, uzaktaki köye giden bir yolun ağzında durdu; önde duran delikanlı indi ve köy yoluna saptı. Biz de yolumuza devam ettik. Van'a gidiyorduk. Birden Mosehn'e ne veda ne de teşekkür edebildiğimi hatırlayarak üzüldüm. Gazete kâğıdıyla sarmış olduğu paketi açtığımda içinden pasaportlarımız, param ve mücevherlerim çıktı. Amerikan doları eksiksizdi. İran parası Türk parasıyla değiştirilmişti. Mosehn altın kolyemin dışında her şeyi geri vermişti. Kısa bir tanışıklığın, birkaç günlük beraberliğin sonucu bu olsa gerekti. Hem kendi hayatımı hem de kızımın hayatını Mosehn'e borçluydum. Sanırım altın kolyeyi hak ettiği bahşiş olarak alıkoymuştu.

Terk edilmiş bir köye giden yolun ağzında durduk. Mosehn'in annesi elindeki izmaritle yeni bir sigara yaktıktan sonra arabadan indi. O da veda etmedi.

Arabada sürücüyle yalnız başımıza kaldık. Van'a doğru ilerliyorduk.

Birden açık arazide, sürücü arabayı durdurdu ve üzerimizdekileri çıkartmamızı istedi. Hepsini çıkarttık ve en altta kendimize ait kıyafetlerle kaldık. Artık Mehtap ve ben birer Amerikalı turist olmuştuk. Tek eksiğimiz pasaportlarımızdaki damgaydı.

Yola devam ederken gelip geçen köylerin büyüdüğünü ve aralarının sıklaştığını fark ettim. Van'a yaklaşıyor olmalıydık.

"Havaalanı" dedim şoföre. Mehtap bunu Farsçaya çevirdi. Adam ne demek istediğimizi anlayınca yüzü aydınlandı ve vitrininde seyahat afişi bulunan bir büronun önünde durdu. Biz arabada beklerken büroya girdi ve geri döndüğünde Ankara uçağının iki gün sonra kalkacağını söyledi.

Bu kadar bekleyecek sabrım yoktu. Vakit kaybetmeden Ankara'ya gitmek zorundaydım.

"Bus?" diye sordum

Şoför şaşkınlık içinde bana baktı.

"Otobüs?"

"Haa" dedi şoför ne dediğimizi anlayarak. Van'ın içinde ara sokaklara dalarak kısa süre sonra otobüs terminalini bulduk. Biz arabanın içinde bekledik. Az sonra geri geldi.

"Lira?" diye sordu.

Çantamdan bir tomar Türk parası çıkartarak ona doğru uzattım. İçinden birazını alıp gitti. Az sonra sırıtarak geri geldi ve Ankara biletini bana uzattı. Mehtap'a dönerek Farsça bir şeyler anlattı.

"Ankara otobüsü saat dörtteymiş" dedi Mehtap. "Bir sonraki gün öğlen Ankara'da olacakmışız."

Saatime baktığımda bir olduğunu gördüm. Üç saat boyunca otobüs garajında beklemek istemiyordum. Özgürlüğün tadını çıkartmalıydık.

Elimi ağzıma götürüp, "*Gaza*" diye sordum ki bu yiyecek anlamına geliyordu. Amahl'ın Tahran'daki dairesinden çıktığımızdan beri çay, kuru ekmek ve ay çekirdeğinden başka bir şey yememiştim.

Şoför etrafına bakındı ve onu izlememizi işaret etti. Birlikte girdiğimiz lokantada ellerini ovuşturarak, "Tamam, tamam" dedi.

Dilimiz yettiğince ona teşekkür ettik. Bizden ayrılırken gözleri doldu.

Anlamadığım yemek listesinden kızıma ve kendime bir şeyler söyledim. Karşılaşacağımız şeyi bilmiyorduk. Önümüze nefis bir pilav ve tavuk yahnisi geldi. Sevincimiz tarifsizdi.

Tabağımızdakileri silip süpürdük. Tek bir kırıntı bile bırakmadık. Bir yandan da Amerika'dan söz ediyorduk. Karnım doymuştu; ama ailemden bir haber alma açlığım içimi kemiriyordu.

Birden Mehtap'ın yüzü aydınlandı ve "Bak anne, bizi buraya getiren adam orada" diye işaret etti.

Başımı kaldırdığımda genç adamın bize doğru yaklaştığını gördüm. Masamıza oturdu, kendine yemekle çay ısmarladı. Sanırım bizi otobüse bindirmeden rahat edemeyecekti.

Zamanı geldiğinde otobüsün yanına gittik. Bizi garaja getiren adam otobüsün şoförüne bizi göstererek bir şeyler söyledi. Otobüsün şoförü yanımıza geldi ve bizi selamladı.

"Tamam, tamam" dedikten sonra da içi rahatlamış bir hâlde bizden uzaklaştı. Otobüs şoförü bizi sobayla ısıtılan bir odaya götürdü. On yaşlarındaki bir çocuk da bize çay ikram etti.

Saat dörde yaklaşırken adam yanımıza geldi ve "Pasaport?" diye sordu.

Kalbim deli gibi çarparken anlamamış gibi bakmaya çalışıyordum.

"Pasaport?" diye tekrar etti.

Çantamı açtım, elimi içine soktum. Adam tamam dercesine beni durdurdu ve diğer yolcuların kimliğini sormak için yanımdan uzaklaştı. Onu anlar gibi oldum. Adamın işi yolcuların kimliğini kontrol etmekti. Pasaportumuzun yanımızda olduğunu görmüş bu da ona yetmişti. Şoförümüzün ona ne söylediğini de bilmiyorum. Anlaşılan o ki hâlâ birtakım dümenlerin döndüğü ve kulaktan kulağa fısıldamalarla anlayış gösterilen bir dünyadaydık.

Görevlilerden biri anons yaparken, "Ankara" dediğini duyar gibi oldum. Mehtap ile birlikte yerimizden kalktık ve otobüse doğru gittik. Modern bir otobüstü.

Arka tarafta, solda iki boş koltuk bulup otururduk. Yolcular koltuklarına yerleşince hiç boş yer kalmadı. Bu arada motor sürekli çalıştığından otobüsün içi sıcaktı.

Önümüzde yirmi dört saatlik bir yolculuk vardı. Bunu da başardıktan sonra artık güvencede olacaktık.

Birkaç dakika içinde Van'dan ayrıldık ve dönemeçli, buz tutmuş bir dağ yolunda hızla ilerlemeye başladık. Korunmasız virajları alırken sürekli tehlikelerle karşı karşıya kalıyorduk. Aman Tanrım çektiğimiz onca eziyetten sonra sonumuz bir uçurumun dibinde ölmek olmamalıydı.

Bitkin bir hâldeydim. Tüm bedenim sızlıyordu; ama bu bile derin bir uykuya dalmamı engellemedi. Yarı bilinçli, kaygı dolu; ama ısınmış olarak rüyamda geleceğimi gördüm.

Bir sarsıntı uyanmama neden oldu. Dışarısı zifiri karanlıktı. Şoför frene bastı, otobüs kaydı ve durdu. Önümüzde birkaç otobüs daha vardı. Kar fırtınası yolu kapatmış, öndeki otobüsler de yolda kalmıştı.

Yol kenarında bir bina gördüm. Bu bir otel ya da bir lokanta olabilirdi. Yolcular bir süre burada kalacaklarını düşünerek otobüsten indiler ve sıcak binaya doğru ilerlediler.

Gece yarısıydı ve Mehtap yanımda derin derin uyuyordu. Uyku sersemi otobüsün buğulanmış camlarından dışarıya bakmaya çalıştım. O ara yine dalmışım.

Soğuktan titreyerek uyandım. Saatler geçmiş olmalıydı. Otobüsün içi buz kesmişti. Aynı yerde bekliyorduk. Çok yorgun olduğumdan tekrar uykuya daldım.

Yolu açan kar makinesinin sesiyle uyandığımda gün yeni ağarıyordu. Mehtap yanımda titriyordu. Hâlâ uyanmamıştı.

Altı saat bekledikten sonra, karla kaplı yola yeniden devam ettik.

Mehtap gerinerek gözlerini açıp gözlerini ovuşturmaya başladı. Nerede olduğunu anlamadan, "Ne zaman varıyoruz, anne?" diye sordu.

"Daha çok var" dedim ve uzun bir süre yolun açılmasını beklediğimizi anlattım.

Otobüs, göz gözü görmeyen bir tipi hâlindeki kar yağışına rağmen ürkütücü bir hızla yol alıyordu. Şoför kaybedilen zamanı telafi etmek istercesine ilerliyordu. Bu dağlar arasındaki yol üzerinde kendimi her an için ölümle burun buruna gelmiş gibi hissediyordum. Bu gidişle yolun sonuna varamayacaktık. Böylesine bir ölüm ne kadar anlamsız olacaktı.

Öğleden sonra geç saatlerde ölüme de tanık olduk. Otobüs hızını kesip adım adım ilerlerken korkunç bir kaza olduğunu gördük. Belki de yarım düzine otobüs, önümüzdeki dönemeçte yuvarlanmış, takla atmıştı. Yaralılar, inleyen yolcular karların üzerinde yatıyordu. Onlara yardım eden insanlar vardı. Birden midemin bulandığını hissettim.

Otobüsün şoförü usta manevralarla kaza yerini geçti. Dışarı bakmamak için kendimi zorluyordum; ama elimde değildi. Kaza yerinden ayrılır ayrılmaz otobüsün şoförü deli gibi gaza bastı. "Yalvarırım Tanrım sağ salim Ankara'ya varalım" diye dua etmeye başladım.

Hava tekrar karardı. Yirmi dört saat sürecek yolculuğumuzun ikinci gecesi başlamıştı. Bu sefer Mehtap'ın yerine ne zaman varacağımızı soran ben oldum.

Dalıp dalıp gidiyordum. Her yanım ağrıdığından kıpırdayamıyordum. Sanki koltuk bana batıyordu.

Ankara'nın modern otobüs garajına vardığımızda saat gecenin ikisiydi. Van'dan buraya yolculuk, yirmi dört saat yerine tam otuz iki saat sürmüştü. Ama sonunda Ankara'daydık.

5 Şubat Çarşamba günü Mudi'nin baskılarından kurtulmak için kendimizi sokağa atmıştık ve artık güvendeydik.

Otobüs garajının kalabalık bekleme salonuna girdiğimizde birinin, "Taksi" diye seslendiğini duyunca Mehtap ile o yöne doğru yürüdük. Ankara'da bulunup bulunmadığını bilmeden sürücüye:

"Otel Sheraton" dedim.

"Yok."

"Otel Haytt?"

"Yok."

"Kub Otel" dedim. "İyi bir otel."

Şoför, bu Farsça sözcüğü anlamış göründü ve şehre doğru hareket ettik. Gece karanlıkta, tenha sokaklar arasında yol alırken yavaşladık ve sürücü karanlık bir binayı göstererek, "Amerika" dedi.

Elçilik! Yarın sabah, açılır açılmaz ilk iş buraya gelecektik.

Yan sokaklardan geniş bir caddeye çıktık. Çok geçmeden modern bir binanın önünde durduk ve sürücü kapıdaki yazıyı işaret etti:

BÜYÜK ANKARA OTELİ.

Sonra arabadan fırladı, binaya girdi ve az sonra İngilizce bilen bir otel görevlisi ile yanımıza döndü.

"Evet, bu gece için bir boş odamız var" dedi görevli memur. "Pasaportlarınız yanınızda mı?"

"Evet."

"İçeri buyurun."

Sürücüye dolgun bir bahşiş verdim ve Mehtap ile otel görevlisinin arkasından rahat bir lobiye girdik. *Hemen* bildiri formunu doldurdum ve annemlerin Michigan'daki adresini verdim.

"Pasaportlarınız, lütfen."

"Peki." Başladım çantamın içinde aranmaya. Sonra da Amahl'ın önerisini yerine getirerek pasaportları yüz elli dolarla birlikte görevliye uzattım.

"Odayı peşin ödemek istiyorum" dedim.

Görevli memur, pasaportlardan çok parayla ilgilendi ve gülümseyerek teşekkür ettikten sonra üniformalı bir gence bizi odamıza götürmesini söyledi. Girdiğimiz oda, bize şimdiye dek gördüğümüz odaların en güzeli gibi geldi. Çift yatak, rahat koltuklar, kocaman bir banyo, giyinme odası ve televizyon! Odada yalnız kalınca sevincimi paylaşmak için Mehtap ile birbirimize sarıldık.

"Düşünebiliyor musun?" dedim. "Dişlerimizi fırçalayacağız, yıkanacağız ve uyuyacağız!"

İran'dan arta kalanları üzerinden silip atmak için Mehtap doğru banyoya gitti.

Birden sert sert kapı vuruldu.

Pasaportlarla başımız dertteydi, hemen anladım.

"Kim o?" diye sordum.

"Resepsiyondan."

Kapıyı açtım. Görevli, elinde pasaportlarla karşımda duruyordu.

"Bu pasaportları nereden aldınız?" diye sordu ciddi bir yüzle. "Pasaportların ne vizesi var ne de Türkiye'ye giriş damgası!"

"Biliyorum" dedi. "Bir sorunumuz var; ama yarın sabah ilk iş, elçiliğe giderek bunları yoluna koyacağım."

"Otelde kalamazsınız. Bu pasaportlar geçerli değil. Polise bildirmek zorundayım."

Geçirdiğimiz bunca şeyden sonra olacak iş miydi bu?

"Lütfen" dedim. "Kızım banyoda. Yorgunuz, açız ve çok üşüdük. İzin verin de bu gece burada kalalım. Yarın elçiliğe gideceğiz ve her şey düzelecek."

"Olmaz, polise bildirmek zorundayım" diye yineledi. "Odayı lütfen terk edin!"

Nazik konuşuyordu; ama tavrı kesindi. Bizim için üzülse de işini yitirmekten korkuyor olabilirdi. Eşyalarımızı toparlamamı bekledi. Sonra bizi aşağı indirdi. Saltanatımız yalnızca iki dakika sürmüştü. Birlikte aşağı inerken bir kez daha denemeye kalkıştım.

"Size daha fazla para verebilirim, ne olur bırakın da bu gece burada kalalım."

"Olmaz" dedi kesinlikle. "Otelimize gelen yabancıları polise bildirmekle yükümlüyüz. Sizi otelde alıkoyamayız."

"Otelin girişinde bekleyebiliriz. Ne olur, bu soğukta kızımla beni dışarı yollamayın" dedim. Sonra aklıma bir fikir geldi. "Elçiliğe telefon edebilir misiniz?" diye sordum. "Belki sorunumuzu bu geceden halledebilecek birini bulabiliriz orada."

Otelin kuralları çerçevesinde bize yardıma hazırdı. Elçiliği aradı, kısaca konuştuktan sonra telefonu bana uzattı.

"Sorun nedir bayan?" diye sordu birisi can sıkıntısıyla.

"Otelde kalmama izin verilmiyor. Pasaportlarımızda damga yok diye. Nerede kalacağımızı bilemiyorum. Şimdi elçiliğe gelemez miyiz?"

"Hayır" diye atıldı. "Şimdi buraya gelemezsiniz."

"Peki, ne yapabiliriz?" diye sordum ağlamaklı bir sesle.

"Pasaportunuzu damgalatmadan nasıl girebildiniz Türkiye'ye?" diye sordu aksilenerek.

"Telefonda bundan söz etmek istemiyorum. Anlayış göstermenizi bekliyorum."

"Türkiye'ye nasıl girdiniz?" diye sorusunu yineledi.

"At sırtında."

Elçilikteki kişi kahkahayı bastı ve "Bayan, saat sabahın üçü" dedi. "Bu saçma sapan konuşmayı sürdüremem. Sizin sorununuz elçilikle değil, polis ile. Polise gitsenize!"

"Beni böyle başınızdan atamazsınız" diye bağırdım. "Bir haftadır polisten kaçıyorum ve siz bana şimdi polise gitmemi söylüyorsunuz. Bana yardım etmek zorundasınız."

"Hayır, değilim."

Çıldırmak üzereydim. Özgürlüğe elle tutulacak kadar yaklaşmışken bürokratik engellerle karşılaşacağımız kimin aklına gelirdi? Hiç olmazsa otelin lobisinde kalmamız için kendisinden anlayış beklerken görevli, "Kalmanıza izin veremem" demişti. Yanıtı kesindi; ama yine de hâlimize acıdığını hissediyordum. Belki onun da bir kızı vardır. Umutlanarak bir deneme daha yaptım ve "Amerika ile ödemeli bir görüşme yapabilir miyim?" diye sordum.

"Evet."

Michigan'dan haber beklerken görevli sağa sola birtakım emirler savurdu ve çok geçmeden bir tepsi içinde çaydanlıkla çay bardakları getirdi. Çayı yavaş yavaş içtik, zaman kazanmak için. Bu karanlık ve soğuk gecede bizi dışarı atmayacağını umuyordum hala.

Telefonda annemin sesini duydum. Ankara'da günlerden çarşamba Michigan'da ise salıydı.

"Anne! Mehtap ile Türkiye'deyiz!"

"Tanrı'ya şükürler olsun" dedi annem ağlayarak. Bir gece önce kız kardeşim Carolyn, Tahran'a, bize telefon etmiş; Mudî ona öfkeyle bizim gittiğimizi ve nerede olduğumuzu bilmediğini söylemiş. Bizi çok merak etmişler.

Korkuyla sordum.

"Babam nasıl?"

"Dayanıyor" dedi annem. "Hastaneden çıktı, evde. Dur, telefonu yanına götüreceğim."

"Betty!" diye bağırdı babam. "Başardığınız için çok seviniyorum. Bir an önce gel. Ben... Siz buraya gelene kadar dayanacağım." Sesi gitgide zayıflıyordu.

"Başaracaksın baba" diyerek ona güç vermek istedim. "İrade olan yerde çare de vardır!" Annem telefonu geri alınca ondan dış işleri ile bağlantı kurmasını, Washington'dakilerin Ankara elçiliğine durumumu açıklamasını istedim.

"Yarın sizi elçilikten yine ararım" dedim.

Telefonu yerine koydum, gözyaşlarımı sildim ve "Söyleyin bana bu saatte ne yapayım?" diye sordum. "Çocuğu Ankara sokaklarında süründüreyim mi?"

"Bir taksiye binerek size oda verecek bir otel arayın. Sorulmadıkça pasaportlarınız göstermeyin" dedi ve vermiş olduğum yüz elli dolarla birlikte pasaportlarımızı uzatarak taksi çağırdı.

Anlaşılan polise haber vermeyecekti. Tek derdi, bizi başından savmak, polisle uğraşmak zorunda kalmamaktı. Gelen taksinin sürücüsüne bir otel adı söyledi:

"Otel Dedeman."

Oradaki resepsiyon görevlisi daha anlayışlı çıktı. Pasaportlarımızdaki sorunu ertesi gün elçilikte gidereceğimi söylediğimde:

"Polisle başınız dertte mi?" diye sordu.

"Hayır" dedim.

"İyi öyleyse" dedi ve kayıt formuna değişik bir isim yazmamı istedi. Ben de kızlık adımı yazarak Betty Lover diye imza attım.

Odamıza girince Mehtap ile sıcak bir banyo yaptık, dişlerimizi fırçaladık ve rahat bir uykuya daldık.

Ertesi sabah Amahl'ı aradım.

"Bet-tyyy!" diye sevinçle çığlık attı. "Neredesiniz?"

"İsfahan" dedim sevinçle.

Amahl aramızdaki parolayı duyunca bir çığlık daha attı.

"Nasılsınız? İyi misiniz? Her şey yolunda gitti mi? Size iyi davrandılar mı?"

"Evet" diyerek onun içini rahatlattım. "Teşekkürler! Binlerce teşekkürler!"

Mehtap ile önümüze getirilen kahvaltıyı kıtlıktan çıkmış gibi sildik süpürdük. Portakal suyumuzu içtik. Özlediğim Amerikan kahvesini keyifle yudumladım.

Sonra da bir taksiye atlayıp elçiliğe gittik. Ben taksinin hesabını öderken Mehtap, "Anne, bak" diye çığlık attı.

Rüzgârda dalgalanan Amerikan bayrağını gösterdi bana.

İçeride, kurşungeçirmez kalın camların ardında oturan görevli memura pasaportlarımızı uzattık.

Çok geçmeden bir erkek, görevli kişinin arkasında belirdi.

"Adım Tom Murphy, başkonsolosum" diyerek kendini tanıttı ve Washington'dan adımızın kendisine verilmiş olduğunu söyledi.

"Dün gece için özür dilerim" diye devam etti. "Nöbetçinin yıl sonunda zam almayacağından emin olabilirsiniz. Gezmek için birkaç gün daha Türkiye'de kalmak ister miydiniz?"

"Hayır" diye atıldım. "İlk uçakla eve dönmek istiyorum."

"Peki, öyleyse" dedi. "Pasaportlarınızı elden geçirterek bugün öğleden sonra kalkacak uçakta yerlerinizi ayırtacağım."

Birkaç dakika bekleme odasında oturmamızı rica etti. Giriş yerinde şimdi dimdik duran Amerikan bayrağına gözüm takılınca, boğazımda bir şeylerin düğümlendiğini hissettim.

"Eve döneceğimize inanabiliyor musun, Mehtap?" diye sordum. "Sonunda gidiyoruz evimize."

El ele tutuştuk ve "Şükürler olsun sana Tanrım!" diye dua ettik.

Oturup beklerken Mehtap'ın elindeki boya kalemlerini gördüm. Orada mı bulmuştu yoksa birisi mi vermişti, anlayamadım. Otelden verilen mektupluk kâğıda bir şeyler çiziyordu. Az sonra yaptığı resmi bana gösterdi.

Yukarıda altın sarısı bir güneş vardı. Onun önünde sıra sıra kahverengi dağlar. Önde bir yelkenli, herhâlde Alpena'daki evimizin anısı olacaktı bu. Bir kenarda uçan bir şekil: Bir kuş, ya da uçak olabilirdi... Yol boyunca gördüğümüz tipik Kürt evlerinden biri vardı resimde. Evin duvarına kurşun yerleri olarak noktalar oturtmuştu. Resmin tam ortasına da kırmızı, beyaz, mavi renklerde bir bayrak dalgalanıyordu. Bayrağın üzerine açık olarak yazmış olduğu sözcüğü, gözlerimden akan yaşlar nedeniyle buğulu olarak görebildim. Aynen şöyle yazmıştı Mehtap:

AMErİKA.

SONSÖZ

7 Şubat 1986 günü Mehtap ile birlikte Michigan'daki evimize vardık. Joe, annem ve babam ile kavuşmamız olağanüstü güzeldi. Oraya varışımız babama taze bir güç verdiyse de 3 Ağustos 1986 günü, Mehtap ile Tahran'a ayak bastığımızda tam bir yıl sonra onu kaybettik.

Eksikliğinin acısı hep içimizde.

Annem sık sık ağlayarak babamsız bir yaşantıya ayak uydurmaya çalışıyor. Kızıyla torununu cehennemden kurtardığı için Tanrı'ya sürekli şükrediyor ve yarınlar için dua ediyor.

Yaşantımızı yeniden düzene koymamızda Joe ile John bize çok yardımcı oldu. Geçen yıllarla birlikte yetişkin birer delikanlı hâline gelen oğullarım, gençliklerine özgü güçleri ile bize destek oluyorlar.

Tahran'daki arkadaşlarım Şemsey, Zühre, Alice ve Fereşte'den bir daha hiç haber alamadım. Hiçbirinin kaçış tasarımlarından haberi olmadı ve benim yüzümden başlarının derde girmediğini umuyorum.

Helen Balasanyan hâlâ Tahran'da İsviçre elçiliğinin Amerikan bölümünde çalışıyor ve benim durumumdaki kişilere yardım elini uzatıyor.

Tahran'dayken Helen, Amahl ve bana yardım eden diğer kişilerle telefon görüşmelerimi yaptığım dükkânın sahibi Hamit'e kısa bir mektup gönderdim. Üçüncü bir kişinin aracılığı ile Hamit'ten gelen, 2 Haziran 1986 tarihli yanıtı burada veriyorum:

Kahraman kardeşim Betty,

Mektubunuzu aldığımda neler hissettiğimi nasıl anlatacağımı bilemiyorum. Bir süre yazı masamda oturdum kaldım. Daha sonra kendimi toparladım ve çok sevindim. Karımı çağırarak durumunuzu ona anlattım. O da çok sevindi. Evinize ulaştığınızı ve sağlığınızın yerinde olduğunu bilmek bizleri rahatlattı. Bildiğiniz gibi sizi de küçük ortağınız M.'yi de çok sevmiştim. Sizleri hiçbir zaman unutmayacağım.

Üzerinde İngilizce harfler bulunan tişörtler sattığım için dükkânımı yaklaşık elli gün önce kapattılar. Artık çalışamıyoruz. Durumumuz günden güne kötü gidiyor. Gerçekten çok şanslı olduğunuzu düşünüyorum.

Mehtap'a selamlarımı, ailenize de saygılarımı iletin lütfen.

Tanrı sizi korusun,

Hamit

Anlayışlı bir banka memurunun açtığı kredi ile Amahl'a borçlandığım parayı geri gönderdim. 1986 sonlarında kendisi için kaçış tasarıları yapıyordu. Ancak Amerikan silahlarının İran'a sokulması işinin su yüzüne çıkıp alevlenmesiyle güvenlik önlemleri daha sıkılaştırılınca iş suya düştü. Bu kitap yazıldığı sıralarda o hâlâ kaçmanın yollarını araştırıyordu.

İran'a silah göndermesi konusunda Amerika'da koparılan gürültü, benim kadar son birkaç yılını İran'da geçirmiş pek çok kişi için de sürpriz oldu. Orada, uzayıp giden savaş boyunca Amerika'nın hem İran'a hem de Irak'a yardım ettiği zaten bilinen bir konuydu.

Amerika'daki yaşantıya yeniden ayak uydurmak, Mehtap için pek de kolay olmadı; ama gençliğin verdiği uyum yeteneğiyle işin üstesinden geldi. Artık okulunda sürekli 'pekiyi'ler getiriyor ve yine çevresine ışık saçan mutlu bir çocuk oldu. Arada bir babasının eksikliğini hissetmiyor değil; ama aradığı, bizi İran'da tutsak eden adam değil, bir zamanlar her ikimizi de sevecenlikle kuşatmış olan sevgi dolu bir baba. Tavşanını da özlüyor. Oyuncakçı dükkânlarını taradık; ama aynısını bir türlü bulamadık.

Amerika'ya döndükten sonra dış işlerinde görevli olan Teresa Hobgood ile tanıştım. On sekiz ay süreyle aileme büyük destek olan bu insan, başkalarına ibret olması için başıma gelenleri kaleme alma düşüncemi onayladı. Teresa'nın çalıştığı bölüm, İran'da ya da diğer Müslüman ülkelerde istekleri dışında yaşamaya zorlanan Amerikalı kadın ve çocukları izliyor. Tutanaklarına göre bu durumda olanların sayısı bini geçiyormuş.

Mehtap ile Mudî'nin pençesinden tam olarak kurtulamayacağımızın bilincindeyiz. Dünyanın öteki ucundan da olsa istediği anda elini uzatabilir. Öcünü almak için sayısız yeğenlerinden biri her an harekete geçebilir. Mehtap'ı yeniden İran'a kaçırmaya kalktığında toplumun kendisine arka çıkacağını Mudî çok iyi biliyor.

Mudî'nin bilmediği ise benim öcümün de onunkinden geri kalmayacağı... Amerika'da olduğu kadar İran'da da onun zaferini engelleyebilecek güçte dostlarım var. Aldığım önlemleri burada ayrıntılı olarak verecek değilim. Yalnız, Mehtap ile şimdi yepyeni bir isim altında ve Amerika'nın bambaşka bir yerinde yaşıyor olduğumuzu açıklamam bilmem yeterli mi?

Mudî hakkında ise hiçbir şey bilmiyorum. Yalnızca 14 Haziran 1986 tarihiyle Ellen'in benim adıma yazarak anneme göndermiş olduğu mektup şöyle:

Sevgili Betty,

Bu mektup eline ulaştığında sağlıklı ve mutlu olmanı diliyorum. Aslında olup bitenleri bana yazmanı beklerdim. Her şeye karşın yakın arkadaş olduğumuzu sanıyordum.

Sen gittikten sonra birkaç kez kocanı ziyaret ettik. Hatta seni araması için ona yardım bile ettim. Öyle çok merak etmiştim ki sizi. Tahmin edebileceğin gibi aklıma çok kötü şeyler geldi. Başına gelenleri hâlâ çok merak ediyorum.

Dr. Mahmudî'yi aylardır görmedik. Geçenlerde uğradık; ama evde bulamadık. Kış boyunca birkaç kez uğrayıp hatırını sormak istedik. Her gelişimizde sizin yaptığınız kardan adamı biraz daha küçülmüş bulduk. Sonunda yerde yalnızca mor boyun atkısı kaldı. Kardan adam, aynen sizin gibi hiçbir iz bırakmadan buharlaşmıştı...

- Son -

Mevlânâ'nın Üvey Kızı Kimya Hatun'un Gerçek Hikâyesi...

KİMYA HATUN

Kocasının ölümünden sonra Mevlânâ Celaleddin-i Rumi ile evlenen Kerra Hatun, yeni kocasının haremine yerleşir. Tabii sevgili kızı Kimya da onunladır. Kimya Hatun içine düştüğü bu yeni dünyada bir yandan kendini bulmaya çalışırken, diğer yandan da Mevlânâ'nın özel yaşamına şaşkınlıkla şahit olmaktadır...

İrfan ve tasavvuf dünyasının iki dev ismi -Mevlânâ ve Şems'in- yaşamına dair birçok bilinmeyenin bilinmesine yardımcı olacağını umduğumuz bu romanın asıl kahramanları, herhâlde kadın oldukları için tarih tarafından bir kenara itilmişlerdi. Yazar Saide Kuds, eski yazılar ve Şems ile Mevlânâ'nın karşılaşma kayıtlarını derinlemesine inceledikten sonra hayatı bu her iki adama da bağlı olarak geçen genç bir kadının hikâyesinin unutulduğunu fark eder. Ve biyografik bir roman dili ile anlattığı Kimya Hatun'un yaşamını tozlu sayfaların arasından çekip gün ışığına çıkarır.